Alle Rechte, einschließlich das des vollständigen oder
auszugsweisen Nachdrucks in jeglicher Form, sind vorbehalten.

Alle handelnden Personen in dieser Ausgabe sind frei erfunden.
Ähnlichkeiten mit lebenden oder verstorbenen Personen wären rein zufällig.

Der Preis dieses Bandes versteht sich einschließlich
der gesetzlichen Mehrwertsteuer.

Umwelthinweis:
Dieses Buch wurde auf chlor- und säurefreiem Papier gedruckt.

Im Zauber des Frühlings

Nora Roberts
Meer der Liebe
Seite 7

Debbie Macomber
Zauber der ersten Liebe
Seite 119

Maura Seger
Wer bist du, schöner Fremder?
Seite 245

Virginia Kantra
Niemand darf es je erfahren
Seite 413

MIRA® TASCHENBUCH
Band 20060
1. Auflage: März 2016

MIRA® TASCHENBÜCHER
erscheinen in der HarperCollins Germany GmbH,
Valentinskamp 24, 20354 Hamburg
Geschäftsführer: Thomas Beckmann

Copyright © 2016 by MIRA Taschenbuch
in der HarperCollins Germany GmbH

Titel der nordamerikanischen Originalausgaben:
Less Of A Stranger
Copyright © 1984 by Nora Roberts
erschienen bei: Harlequin Enterprises Ltd., Toronto

The Way To A Man's Heart
Copyright © 1989 by Debbie Macomber
erschienen bei: Silhouette Books, Toronto

Man Without a Memory
Copyright © 1995 by Seger Inc.
erschienen bei: Silhouette Books, Toronto

Guilty Secrets
Copyright © 2004 by Virginia Kantra Ritchey
erschienen bei: Silhouette Books, Toronto

Published by arrangement with
Harlequin Enterprises II B.V./S.àr.l

Konzeption/Reihengestaltung: fredebold&partner GmbH, Köln
Umschlaggestaltung: pecher und soiron, Köln
Redaktion: Maya Gause
Titelabbildung: Thinkstock / Getty Images, München / _chupacabra_
Satz: GGP Media GmbH, Pößneck
Druck und Bindearbeiten: CPI books GmbH, Leck – Germany
Printed in Germany
Dieses Buch wurde auf FSC®-zertifiziertem Papier gedruckt.
ISBN 978-3-95649-282-2

www.mira-taschenbuch.de

Werden Sie Fan von MIRA Taschenbuch auf Facebook!

Nora Roberts

Meer der Liebe

Roman

Aus dem Amerikanischen von
Sonja Sajlo-Lucich

1. KAPITEL

Er sah sie kommen. Obwohl sie Jeans, Lederjacke und einen Motorradhelm trug, fiel ihre weibliche Ausstrahlung Catch sofort auf. Sie fuhr eine kleine Maschine, eine Honda.

Catch zog an seiner Zigarette und beobachtete, wie sie das Motorrad geschickt auf den Parkplatz des Supermarkts lenkte.

Sie stellte den Motor ab und schwang sich geschmeidig vom Sattel. Groß war sie, wie Catch bemerkte, gut 1,75 m, und schlank. Er lehnte sich lässig an den Getränkeautomaten und beobachtete sie weiter. Sein Interesse steigerte sich, als sie den Helm absetzte. Sie war eine Schönheit.

Das brünette Haar mit rötlichen und golden schimmernden Strähnen fiel ihr gerade bis auf die Schultern. Der Pony hing ihr fast bis in die Augen. Ein schmales Gesicht mit feinen, ausgeprägten Zügen, die Lippen voll und sinnlich. Er kannte Models, die alles dafür geben würden, ein solches Gesicht zu haben.

Das dezente Make-up war ganz sicher nicht in der Absicht aufgetragen worden, Aufmerksamkeit auf sich zu ziehen. Das hatte sie auch gar nicht nötig. Ihre Augen waren groß, und selbst auf die Entfernung hin konnte er das tiefe warme Braun ausmachen. Die Augen eines Fohlens – eindrucksvoll schimmernd und wachsam. Sie bewegte sich mit unaufdringlicher Grazie. Und sie musste noch jung sein, vielleicht Anfang zwanzig.

Er nahm einen Zug von der Zigarette. Ja, auf jeden Fall eine Schönheit.

„Hallo, Megan!"

Jetzt drehte sie sich um in die Richtung, aus der der Ruf gekommen war. Ihr Haar funkelte in der Sonne, als sie es über ihre Schulter warf.

Als Megan die Bailey-Zwillinge in ihrem offenen Jeep auf den Parkplatz einbiegen sah, verzogen sich ihre Lippen zu einem Lächeln. Sie hängte den Helm an den Lenker und ging zu dem Wagen hinüber. Sie mochte die Zwillinge.

„Hi."

Die beiden waren genauso alt wie sie, dreiundzwanzig, nur dass die beiden im Gegensatz zu Megan klein und hellblond waren und strahlend blaue Augen hatten.

Diese blauen Augenpaare sahen jetzt an Megan vorbei zu dem Mann, der beim Getränkeautomaten stand. Fast wie durch einen Reflex richteten beide sich das vom Fahrtwind zerzauste Haar und setzten sich in Pose, um sich von ihrer besten Seite zu zeigen.

„Dich hat man ja ewig nicht mehr gesehen." Während Teri Bailey mit Megan sprach, ließ sie Catch nicht aus den Augen.

„Ich musste noch einige Dinge erledigen, bevor die Saison jetzt wieder anfängt." Megan sprach mit dem für das Küstengebiet von South Carolina typischen weichen Singsang. „Wie ist es euch denn ergangen?"

„Oh, uns geht's großartig!" Jeri drehte sich ein wenig auf dem Fahrersitz. „Wir haben uns den Nachmittag freigenommen. Hast du nicht Lust, mit uns auf einen Einkaufsbummel zu kommen?" Auch sie hielt den Blick unauffällig auf Catch gerichtet.

„Würde ich gerne", sagte Megan, doch sie schüttelte den Kopf. „Aber ich muss hier ein paar Dinge besorgen."

„Nimmst du den Typen da drüben mit den umwerfenden grauen Augen auch mit?", wollte Jeri wissen.

„Was?" Megan lachte.

„Der mit den breiten Schultern", kam es von Teri.

„Er lässt Megan nicht aus den Augen, was, Teri?", meinte Jeri zu ihrer Schwester. „Und dabei haben wir ein Heidengeld für diese Tops ausgegeben." Sie zupfte gespielt schmollend an den dünnen Trägern ihres rosa T-Shirts, das gleiche, das auch ihre Schwester trug.

Megan verstand kein Wort. „Wovon redet ihr überhaupt?"

„Hinter dir", raunte Teri mit einem unmerklichen Kopfnicken. „Das Prachtexemplar dort drüben am Automaten. Zum Anbeißen!"

Als Megan sich umdrehen wollte, zischelte Teri aufgeregt: „Dreh dich jetzt bloß nicht um!"

„Wie soll ich ihn denn sonst sehen können?", bemerkte Megan höchst logisch, noch während sie sich umwandte.

Er war blond. Nicht so hell wie die Zwillinge, sondern dunkler, fast honigfarben, mit von der Sonne gebleichten Strähnen. Das Haar war etwas zu lang und lockte sich in seinem Nacken. Er trug ausgewaschene Jeans und lehnte lässig am Automaten, während er aus einer Dose trank.

Aber sein Gesicht ist alles andere als uninteressant, im Gegenteil, dachte Megan, als er ihren Blick, ohne mit der Wimper zu zucken, erwiderte. Sicher, er hätte dringend eine Rasur nötig, aber seine Augen waren hellwach und die Gesichtszüge einfach perfekt.

Normalerweise hätte dieses Gesicht mit dem markanten Ausdruck, dem Grübchen am Kinn und den schmalen Lippen Megan fasziniert.

Es war ein aussagekräftiges Gesicht, attraktiv auf eine ursprüngliche, raue Art. Doch die Augen … sie wirkten herausfordernd. Nein, unverschämt, entschied Megan mit einem Stirnrunzeln.

Sie kannte diesen Typ Mann zur Genüge. Herumtreiber, Tagelöhner, Vagabunden auf der Suche nach Sonne und einer flüchtigen Affäre.

Megan runzelte die Stirn noch ein wenig stärker, als er ihr mit der Dose zuprostete.

Dann schwang ihr Kopf herum, denn die Zwillinge begannen zu kichern.

„Himmel, ist der süß!"

„Blödsinn! Er ist total typisch für die Männer hier in der Gegend."

Die Zwillinge tauschten einen wissenden Blick aus.

„Ich würde mir den nicht entgehen lassen", sagte Jeri und startete den Jeep.

Mit einem Lächeln, das bei beiden fast identisch aussah, und einem fröhlichen Winken verabschiedeten sich Teri und Jeri von Megan und fuhren davon. „Bye!"

Megan zog die Nase kraus, dennoch winkte sie ihnen nach.

Dann ging sie in den Supermarkt. Den Mann, der dort weiterhin am Eingang herumlungerte, ignorierte sie bewusst.

Den Willkommensgruß des Angestellten hinter der Kasse dagegen erwiderte sie freundlich.

Megan war in Myrtle Beach aufgewachsen. Sie kannte all die kleinen Läden im Umkreis von fünf Meilen, und jeder kannte sie. Schließlich gehörte ihrem Großvater der hiesige Vergnügungspark.

Sie holte sich einen Einkaufswagen und ging die erste Ladenreihe entlang. Nur ein kleiner Einkauf, sagte sie sich und nahm einen Liter Milch aus dem Kühlregal. Viel transportieren konnte sie mit den Satteltaschen ohnehin nicht. Wenn der Pick-up in Ordnung wäre …

Doch es war müßig, jetzt darüber nachzudenken. Im Moment ließ sich nun mal nichts daran ändern.

Vor dem Regal mit Keksen und Backwaren blieb Megan stehen. Sie hatte den Lunch ausfallen lassen, und die Schachteln und Dosen sahen wirklich sehr verlockend aus. Vielleicht das Müsli …

„Die hier sind besser."

Megan zuckte leicht zusammen, als eine Hand an ihr vorbei nach der Schachtel Kekse griff, die eine Extraportion Schokoflocken versprach.

Als sie den Kopf drehte, schaute sie in die unverschämten grauen Augen.

„Wollen Sie die?" Sein Grinsen war ebenso dreist.

„Nein." Sie sah vielsagend auf die Hand, die auf dem Griff ihres Einkaufswagens lag.

Mit einem achtlosen Schulterzucken zog Catch seine Hand zurück. Doch zu Megans Ärger hatte er wohl beschlossen, sich nicht abwimmeln zu lassen, und schlenderte neben ihr her.

„Also, was brauchen Sie alles, Meg?", meinte er leutselig und riss die Keksschachtel auf.

„Ich bin durchaus in der Lage, meine Einkäufe allein zu erledigen." Sie bog in die nächste Reihe ein und legte eine Dose Thunfisch in den Korb.

Er hat den Gang eines Revolverhelden, dachte sie bei sich. Lange Schritte, ein wenig schlenkernd und wippend.

„Nette kleine Maschine, die Sie da haben." Er biss in einen Keks. „Leben Sie hier in der Nähe?"

Sie sah prüfend auf ein Paket Tee und warf es in den Wagen. „Irgendwo muss der Mensch ja leben."

„Niedlich", kommentierte er ihre Antwort und bot ihr einen Keks an. Megan ignorierte die Geste und ihn so gut wie möglich und ging weiter.

Als sie jedoch nach einem Toastbrot greifen wollte, hielt er ihre Hand fest.

„Vollkornmehl ist doch viel gesünder."

Seine Hand lag hart und fest um ihre Finger. Megan bedachte ihn mit einem strengen Blick. „Hören Sie, ich …"

„Kein Ring", bemerkte er, verschränkte seine Finger mit ihren und begutachtete ihre Hand genauer. „Also keine feste Bindung. Wie wär's mit einem gemeinsamen Dinner?"

„Auf gar keinen Fall." Sie versuchte ihm ihre Hand zu entziehen, doch er hielt sie fest.

„Seien Sie doch nicht so abweisend, Megan. Sie haben fantastische Augen, wissen Sie das?"

Er lächelte sie an, und sie hatte das Gefühl, als seien sie die einzigen beiden Menschen auf der Welt.

Jemand griff mit einem empörten Murmeln an ihnen vorbei ins Regal, um einen Laib Brot herauszuholen.

„Werden Sie mich wohl jetzt endlich in Ruhe lassen?!", verlangte sie böse mit angehaltenem Atem. „Oder ich werde Ihnen eine lautstarke Szene bieten."

„Das ist in Ordnung", meinte er unbeeindruckt. „Szenen machen mir nichts aus."

Das glaubte sie ihm unbesehen. Wahrscheinlich genoss er sie sogar.

„Hören Sie", setzte sie an, „ich weiß nicht, wer Sie sind, aber …"

„David Catcherton", stellte er sich sofort mit einem charmanten Lächeln vor. „Aber meine Freunde nennen mich alle Catch. Wann soll ich Sie abholen?"

„Sie werden mich nicht abholen", sagte sie betont. „Nicht jetzt und nicht später." Sie sah sich hastig um. Der Supermarkt war gut besucht. Das bedeutete, sie konnte sich keine Szene erlauben. Selbst wenn sie wollte. „Lassen Sie jetzt endlich meine Hand los."

„Die Tourismusbehörde wirbt damit, dass Myrtle Beach ein freundliches Städtchen ist, Meg." Er gab ihre Finger frei. „Sie ruinieren den guten Ruf der Stadt."

„Und nennen Sie mich nicht Meg", zischte sie wütend. „Ich kenne Sie überhaupt nicht!" Damit stapfte sie davon, den Einkaufswagen vor sich her schiebend.

„Das wird sich ändern."

Er hatte es leise gesagt, dennoch hatte sie ihn gehört.

Sie drehte sich um, und ihre Blicke trafen sich. Megans Augen sprühten wütende Funken, seine blickten ruhig und selbstsicher.

Erbost wandte sie sich ab und ging auf die Kasse zu.

„Du wirst nicht glauben, was mir heute im Supermarkt passiert ist." Mit einem dumpfen Laut setzte Megan die Einkaufstüte auf der Anrichte ab.

Ihr Großvater saß am Küchentisch und präparierte konzentriert den Köder an einem Angelhaken. Vor ihm lagen verschiedene Sorten dünnen Drahts und Dutzende von Federn und Gewichten ordentlich sortiert.

„Dieser Mann", sie zog das Brot aus der Tüte, „dieser unglaublich dreiste Mann hat sich an mich herangemacht. In der Keksabteilung!"

Mit empört gerunzelter Stirn füllte Megan Teebeutel in eine Dose um. „Er hat mich doch tatsächlich zum Dinner eingeladen, Pop."

„Hm." Ihr Großvater wickelte penibel Draht um eine gelbe Feder. „Dann viel Spaß."

„Pop!" Frustriert schüttelte Megan den Kopf, aber ihre Mundwinkel zuckten.

Timothy Miller war ein kleiner, drahtiger Mann in den Sechzigern. Sein rundes Gesicht war eingerahmt von schlohweißem Haar, der Vollbart mit Sorgfalt gepflegt. Wache blaue Augen, denen nie etwas entging, strahlten aus dem gebräunten Gesicht.

Im Moment jedoch galt seine ganze Aufmerksamkeit den Ködern. Dass er Megan überhaupt gehört hatte, war nur der tiefen Zuneigung für seine Enkelin zu verdanken.

Megan ging zu ihm und setzte einen Kuss auf sein Haupt. „Gehst du morgen fischen?"

„Jawohl! Mit dem ersten Hahnenschrei." Pop zählte die Köder ab und überdachte wohl noch einmal seine Strategie. Angeln war schließlich eine äußerst ernste Angelegenheit – zumindest für ihn. „Der Pick-up müsste übrigens heute Abend repariert sein. Ich kann also morgen das Auto nehmen und bin vor dem Abendessen auf jeden Fall wieder zurück."

Megan nickte und gab ihm noch einen Kuss. Pop brauchte seine Angeltage.

Im Frühling und Herbst war der Vergnügungspark nur an den Wochenenden geöffnet. Im Sommer jedoch arbeiteten sie sieben Tage in der Woche.

Es war die Sommersaison, die die Stadt am Leben hielt. Dann kamen die Touristen, und mit ihnen das Geschäft. In den drei Monaten schwoll die Stadt von ungefähr dreizehn-, vierzehntausend Einwohnern schlagartig auf dreihunderttausend an. Und fast jeder dieser dreihunderttausend Menschen kam hierher, um sich zu amüsieren.

Ihr Großvater hatte immer hart gearbeitet. Er verdiente sich seinen Lebensunterhalt, indem er anderen ihr Vergnügen ermöglichte. Würde es ihm selbst nicht so großen Spaß machen, wäre das wohl ein hartes Schicksal. Aber er liebte den Vergnügungspark von ganzem Herzen.

Und zum Leben seiner Enkelin gehörte der Park, seit sie denken konnte.

Megan war noch keine fünf Jahre alt gewesen, als sie ihre Eltern verlor. Pop war ihr über die Jahre Mutter, Vater und Freund gewesen. Und der Vergnügungspark *Joyland* und das kleine Cottage am Strand wurden ihr Zuhause.

Hatte anfangs die Trauer Großvater und Enkelin zusammengeführt, so waren ihre Bindung und ihre Liebe füreinander inzwischen unerschütterlich.

Anderen Menschen gegenüber ging Megan vorsichtig mit ihren Gefühlen um. Denn wenn sie einmal Gefühle entwickelte, dann waren diese sehr intensiv. Wenn sie liebte, dann liebte sie rückhaltlos und ohne Einschränkungen.

„Frische Forelle zum Abendessen wäre nicht schlecht." Sie umarmte ihn noch einmal fest. „Heute Abend wird es wohl eine Thunfischkasserolle tun müssen."

„Hattest du nicht gesagt, du gehst aus?"

„Pop!" Mit beiden Händen strich Megan sich das Haar aus dem Gesicht. „Glaubst du etwa, ich gehe mit einem Mann aus, der mich in der Keksabteilung anspricht?"

Mit einer routinierten Handbewegung zündete sie das Gas unter dem Teekessel an.

„Ich würde sagen, das kommt auf den Mann an, oder?" Das Lachen in seinen Augen sagte ihr, dass sie jetzt seine volle Aufmerksamkeit hatte. „Wie sah er denn aus?"

„Einer von diesen merkwürdigen Typen, die am Strand herumlungern." Noch während sie das sagte, wusste sie, dass das so nicht stimmte. „Und er hat auch noch etwas von einem Cowboy."

Sie lächelte, als sie Pops Grinsen sah. „Eigentlich hat er ein faszinierendes Gesicht. Schmal und stark, sehr attraktiv. Auf ungeschliffene Art. Als Bronze würde er sich großartig machen."

„Hört sich doch interessant an. Wo, sagtest du, hast du ihn getroffen?"

„Vor dem Keksregal."

„Und da bereitest du eine Thunfischkasserolle zu, anstatt zum Dinner auszugehen?" Pop seufzte schwer. „Ich weiß wirklich nicht, was mit diesem Mädchen nicht stimmt."

„Er war frech und vorlaut." Megan verschränkte die Arme vor der Brust. „Und außerdem hat er mich anzüglich angesehen. Ich dachte, Großväter holen das Gewehr hervor, wenn jemand ihre Enkelinnen anzüglich ansieht."

„Willst du dir etwa eines ausleihen und auf die Jagd nach ihm gehen?"

Das schrille Pfeifen des Wasserkessels bewahrte sie vor einer Antwort.

Pop beobachtete Megan, wie sie den Tee aufgoss. Sie ist ein gutes Mädchen, dachte er bei sich, manchmal etwas zu ernst, aber ein gutes Mädchen. Und eine Schönheit.

Es wunderte ihn nicht, dass ein Fremder versucht hatte, sich eine Dinnerverabredung mit ihr zu ergattern. Im Gegenteil, seiner Meinung nach müsste das viel öfter passieren.

Allerdings schaffte Megan es, einen Mann ohne ein einziges Wort zu entmutigen. Sie brauchte nur ihren „Ich muss doch wohl sehr bitten"-Blick aufzusetzen, und schon nahmen potenzielle Verehrer schleunigst die Beine in die Hand. Anders wollte sie es anscheinend nicht haben.

Der Vergnügungspark und ihre Kunst nahmen sie voll und ganz in Anspruch, ihr blieb gar keine Zeit für gesellschaftliche Unternehmungen.

Nein, sie nimmt sich keine Zeit, verbesserte er sich in Gedanken. Und wenn ihn nicht alles täuschte, hatte da auch noch etwas anderes in ihrem Bericht über den Mann im Supermarkt mitgeklungen – Amüsiertheit und ein ganz kleines bisschen Interesse.

Aber da Pop seine Enkelin kannte, beschloss er, das Thema vorerst fallen zu lassen.

„Laut Wettervorhersage soll es das ganze Wochenende schön bleiben." Vorsichtig legte er seine Köder in die kleine Kiste mit seinen Angelutensilien. „Das führt bestimmt eine Menge Leute in den Park. Übernimmst du den Schießstand?"

„Ja, sicher." Megan stellte zwei Becher mit Tee auf den Tisch und setzte sich. „Sind die beiden Gondeln auf dem Riesenrad repariert?"

„Hab mich heute Morgen selbst darum gekümmert." Pop blies vorsichtig in seinen Becher, um den heißen Tee ein wenig abzukühlen.

Ihr Großvater war bester Stimmung, wie Megan bemerkte.

Pop war ein einfacher Mann. Schon immer hatte sie seine Aufrichtigkeit, seinen stillen Humor und seine Geradlinigkeit bewundert. Er liebte es, die Menschen fröhlich zu machen. Das war ihm wichtiger, so fügte sie mit einem stillen Seufzer hinzu, als sich an der Bezahlung dafür zu erfreuen.

Joyland hatte nie mehr als einen bescheidenen Profit abgeworfen. Pop war eben ein sehr viel besserer Großvater als ein Geschäftsmann.

Größtenteils regelte sie die geschäftliche Seite, auch wenn diese Verantwortung sie von ihrer Kunst fernhielt. Schließlich sicherte der Park ihnen den Lebensunterhalt. Und was wichtiger war ... Pop liebte seinen Park.

Im Moment schrieb der Park leider rote Zahlen. Ein Thema, das bewusst keiner von ihnen ansprach.

Stattdessen redeten sie über Neuerungen für die kommende Saison, besprachen Werbemaßnahmen für die Osterferien und Spezialangebote während des Memorial-Day-Wochenendes im Mai.

Megan nippte an ihrem Tee und hörte Pop nur mit halbem Ohr zu, wie er über die Möglichkeiten sprach, für den trubeligen Sommer Hilfskräfte einzustellen. Darum würde sie sich schon kümmern, wenn es so weit war.

Pop war ein wahrer Magier, wenn es um stotternde Karussellmotoren und von der Sonne erschöpfte Touristen ging. Doch er neigte nun mal dazu, seine Arbeiter viel zu großzügig zu entlohnen, ohne darauf zu achten, ob er auch etwas für sein Geld zurückbekam. Megan war da wesentlich praktischer veranlagt. Ihr blieb eigentlich auch keine andere Wahl.

Diesen Sommer werde ich wohl selbst als Vollzeitkraft einspringen müssen, überlegte sie.

Nur kurz blitzte das Bild der halb fertigen Skulptur in ihrem Atelier über der Garage vor ihr auf. Nun, die würde eben bis Dezember warten müssen.

Megan musste sich beherrschen, um nicht laut aufzuseufzen. Es ging eben nicht anders. Bis die Lage wieder besser aussah. Vielleicht nächstes Jahr ...

Immer hieß es „Vielleicht nächstes Jahr". Immer gab es andere Dinge zu erledigen.

Mit einem unmerklichen Schulterzucken wandte sie ihre Aufmerksamkeit wieder Pops Monolog zu.

„Ich denke, wir können ein paar Wanderarbeiter und Studenten anheuern, die die Karussells bedienen."

„Ja, das wird wohl kein Problem sein." Bei Pops Erwähnung der Wanderarbeiter gingen Megans Gedanken automatisch zurück zu David Catcherton.

Catch. Sein Gesicht erschien vor ihrem inneren Auge. Eigentlich würde sie diesen Typus Mann als vagabundierenden Tagelöhner abtun, doch da war mehr an ihm.

Megan hielt sich für eine Menschenkennerin und war stolz auf ihr genaues Auge. Es ärgerte sie, dass es ihr nicht gelang, diesen Mann exakter zu charakterisieren. Noch mehr allerdings ärgerte es sie, dass sie schon wieder an diese lächerliche Begegnung mit dem Fremden dachte.

„Noch Tee?" Pop war bereits auf dem Weg zum Herd.

Megan riss sich zusammen. „Äh ... ja, gern."

Sie runzelte über sich selbst die Stirn. Da erging sie sich in unnützen Lappalien, während es genug andere Dinge zu tun gab. „Dann werde ich mich wohl besser ans Abendessen machen. Sicher wirst du bald zu Bett gehen wollen, wenn du morgen früh zum Angeln aufbrichst."

„Das ist mein Mädchen." Pop drehte die Gasflamme auf. Dann sah er interessiert aus dem Fenster.

„Ich hoffe, es ist genug für drei da", meinte er leichthin. „Sieht aus, als hätte dein Strandcowboy den Weg zur Ranch gefunden."

„Was?" Mit gerunzelter Stirn erhob sie sich.

„Deine Beschreibung passt genau. Wie üblich, Megan." Pop beobachtete den Mann, der mit lockeren Schritten auf das Cottage zukam.

Er gefiel Pop auf Anhieb.

Schmunzelnd drehte er sich zu Megan um, die neben ihn getreten war, um ebenfalls aus dem Fenster zu sehen. Als er ihr Gesicht sah, musste er sich das laute Lachen verkneifen.

„Er ist es!", flüsterte Megan fassungslos. Sie traute ihren Augen kaum.

„Das dachte ich mir schon", meinte Pop gutmütig.

„Dass dieser Mann eine solche Dreistigkeit besitzt!", stieß sie düster aus.

2. KAPITEL

Bevor ihr Großvater etwas sagen konnte, marschierte Megan energisch zur Tür und riss sie auf, genau in dem Augenblick, als Catch auf den Treppenabsatz trat.

Nur ganz kurz flackerte Erstaunen in seinen grauen Augen auf.

„Sie haben wirklich Nerven", begrüßte sie ihn eisig.

„Das hat man mir schon öfter gesagt", stimmte er gelassen zu. „Sie sind noch hübscher als vor einer Stunde."

Mit einem Finger fuhr Catch über ihre Wange. „Dieser Hauch von Rot unter der gebräunten Haut steht Ihnen wunderbar."

Er strich noch über ihr Kinn und ließ seine Hand dann sinken. „Wohnen Sie etwa hier?"

„Sie wissen genau, dass ich hier wohne", erwiderte sie kalt. „Sie sind mir gefolgt."

Catch grinste jungenhaft. „Tut mir leid, Ihre Hoffnungen zu enttäuschen, Meg, aber Sie hier vorzufinden ist für mich nur ein Bonus. Ich wollte zu einem gewissen Timothy Miller. Ist er ein Freund von Ihnen?"

„Er ist mein Großvater." Fast unmerklich positionierte sie sich so, dass sie den Eingang blockierte. „Was wollen Sie von ihm?"

Catch war die beschützende Haltung nicht entgangen. Doch bevor er etwas dazu bemerken konnte, trat Pop hinter Megan.

„Warum bittest du den Mann nicht herein, Megan? Was immer er will, er kann es mir selbst sagen."

„Im Grunde meines Herzens bin ich recht zivilisiert und weiß mich zu benehmen, Meg", murmelte Catch.

Sie sah über ihre Schulter zu Pop, dann zurück zu Catch.

Der Blick, mit dem sie ihn bedachte, warnte ihn deutlich. Er sollte es ja nicht wagen, ihren Großvater aufzuregen.

Dabei fiel ihr selbst etwas auf, das sie stutzen ließ: Sie las Wärme und Verständnis in Catchs Blick. Das irritierte sie mehr als seine Arroganz.

Megan trat einen Schritt zurück und hielt in stummer Einladung die Tür auf.

Mit einem Lächeln ging Catch an ihr vorbei in die Küche hinein, nicht ohne ihr vorher sanft eine Strähne hinters Ohr zu streichen.

Für einen Moment verharrte Megan regungslos und fragte sich, warum die Geste eines Fremden sie so tief anrühren sollte.

„Mr. Miller?", fragte Catch freundlich und bot Pop die Hand zur Begrüßung. „Ich bin David Catcherton."

Pop nickte. „Sie haben mich vorhin angerufen." Er sah an Catch vorbei zu Megan. „Meine Enkelin haben Sie ja schon getroffen, wie ich höre."

„Durchaus." Catchs Augen lachten Pop an. „Sie ist sehr charmant."

Pop kicherte vergnügt und ging zum Herd. „Ich wollte gerade frischen Tee aufbrühen. Trinken Sie eine Tasse mit?"

Megan sah, wie Catch unmerklich eine Augenbraue hochzog. Tee war sicherlich nicht das, was er sich ausgesucht hätte.

„Danke, gern." Catch ging wie selbstverständlich zum Tisch und setzte sich, so als fühle er sich hier wie zu Hause.

Nur zögernd und fast trotzig nahm Megan ebenfalls Platz. Als sie ihn ansah, standen unausgesprochene Fragen deutlich in ihrem Blick.

„Habe ich Ihnen eigentlich schon gesagt, dass Sie umwerfend schöne Augen haben?", murmelte Catch.

Offenbar erwartete er keine Antwort von ihr, denn er griff sofort nach Pops Angelschachtel. „Sie haben da ein paar wirklich gute Köder präpariert", sagte er zu Pop und nahm einen kleinen hölzernen Frosch in die Hand. „Machen Sie die selbst?"

„Das ist doch der halbe Sport." Pop stellte die Becher auf den Tisch. „Angeln Sie auch?"

„Ab und zu. Ich nehme an, Sie kennen hier all die besten Plätze, oder?"

„Einige von ihnen", gab Pop bescheiden zu.

Megan starrte mit gerunzelter Stirn in ihren Tee. Beim Thema Angeln fand Pop nur schwer ein Ende. Darüber konnte er stundenlang reden.

„Ich hatte mir schon überlegt, ob ich nicht ein wenig das Gelände auskundschaften soll, wenn ich schon hier bin", erwähnte Catch leichthin.

Erstaunt erhaschte Megan den abschätzenden Ausdruck in seinen Augen.

„Nun …", Pop schien sich für die Vorstellung zu erwärmen, „… ich könnte Ihnen da vielleicht den einen oder anderen Platz zeigen. Haben Sie eine eigene Ausrüstung?"

„Leider nicht mitgebracht, nein."

Mit einer großzügigen Geste wischte Pop dieses kleine Problem beiseite. „Woher stammen Sie, Mr. Catcherton?"

„Für Sie Catch, bitte", verbesserte Catch sofort und lehnte sich in den Stuhl zurück. „Ursprünglich aus Kalifornien."

Aha, daher also das typische Beachboy-Aussehen, dachte Megan und nippte an ihrem Tee.

„Da sind Sie aber weit von zu Hause weg." Pop machte es sich auf seinem Stuhl gemütlich und zog seine Pfeife hervor, die er sich für interessante Gespräche aufhob. „Wollen Sie länger in Myrtle Beach bleiben?"

„Kommt darauf an. Ich würde mich gern mit Ihnen über den Vergnügungspark unterhalten."

Pop hielt ein Streichholz an den Pfeifenkopf und paffte mehrere Male, bis der Tabak vor sich hin schmauchte und der Duft von Kirscharoma in die Luft stieg. „Das sagten Sie bereits am Telefon. Megan und ich haben gerade darüber gesprochen, dass wir ein paar Hilfskräfte für den Sommer brauchen werden. Die Saison beginnt in sechs Wochen. Bis Ostern sind es sogar nur noch drei Wochen." Er paffte und stieß den Rauch aus. „Haben Sie schon mal auf einer Kirmes oder in einem Kassenhäuschen gearbeitet?"

„Nein." Catch probierte den Tee.

„Na ...", tat Pop mit einem Schulterzucken diese Unerfahrenheit ab, „das kann man leicht lernen. Sie sehen mir wie ein intelligenter Mensch aus."

Wieder fiel Megan dieses selbstsichere Grinsen bei Catch auf.

Sie setzte ihren Becher ab. „Einem Neuling können wir aber nicht mehr als das Minimum zahlen", beeilte sie sich zu sagen.

So ungern sie es sich auch eingestand – dieser Mann machte sie nervös. Vielleicht gelang es ihr ja, ihn zu entmutigen, und er zog weiter und versuchte sein Glück woanders.

Dennoch ... er sah nicht aus wie der Typ, der auf einer Kirmes die Achterbahn bediente oder einen Sommer lang auf einer Ranch die Mistgabel schwang. Ihn umgab eine Aura von Autorität. Seine Haltung strahlte Selbstsicherheit und Macht aus, auch wenn sein Charme eher als rau zu bezeichnen war.

So schien ihre Bemerkung auch keinerlei dämpfende Wirkung auf ihn zu haben. „Das ist nur vernünftig. Arbeiten Sie auch im Park mit, Meg?"

Sie verkniff sich eine bissige Bemerkung über seine Vertraulichkeit. „Oft", erwiderte sie nur.

„Megan ist der Kaufmann in der Familie", warf Pop ein. „Sie hält mich mit den Beinen auf dem Boden."

„Ich hätte gedacht, Sie arbeiten als Model." In Catchs Stimme lag weder Spott noch ein flirtender Ton. „Sie haben das Gesicht dafür."

„Megan ist Künstlerin." Pop zog stolz an seiner Pfeife.

„So?"

Catchs Musterung mit zusammengekniffenen Augen irritierte Megan.

„Wir weichen vom Thema ab", sagte sie spröde. „Wenn Sie wegen eines Jobs hier sind …"

„Das bin ich aber nicht."

„Aber Sie sagten doch …"

„Nein", wiederholte er mit einem Lächeln und wandte sich an Pop. Megan fiel die Veränderung in ihm auf. „Ich brauche keinen Job in Ihrem Park, Mr. Miller. Ich möchte den Park kaufen."

Die beiden Männer taxierten einander genau.

Pop war überrascht, aber der Vorschlag schien auch sein Interesse geweckt zu haben. Megan war für die beiden anscheinend vergessen.

Sie starrte Catch an. Plötzlich kam sie sich sehr jung und verletzlich vor. Zu gern hätte sie gelacht und die Idee als albernen Witz abgetan, doch irgendwie wusste sie es besser.

Catch meinte es ernst.

Unter seinem lässigen Äußeren hatte sie die Autorität erkannt. Im Moment ging es hier wirklich um eine rein geschäftliche Angelegenheit, sie konnte es an seiner Miene sehen.

In ihrem Magen flatterte es ungut, als sie zu ihrem Großvater sah.

„Pop?" Sie klang hilflos wie ein kleines Mädchen, und ihr Großvater schien sie auch nicht gehört zu haben.

„Sie überraschen mich, junger Mann." Pop paffte seelenruhig an seiner Pfeife und blies den Rauch in die Luft. „Warum ausgerechnet meinen Park?"

„Ich habe Informationen über die verschiedenen Freizeitaktivitäten hier in der Gegend zusammengetragen." Auf nähere Details ging Catch nicht ein. „Ihr Park gefällt mir."

Pop seufzte. „Nun, ich hatte eigentlich nicht vor, den Park zu verkaufen. Über die Jahre hat man sich an einen gewissen Lebensstil gewöhnt."

„Mit dem Angebot, das ich Ihnen mache, wird es Ihnen nicht schwerfallen, sich einen anderen Lebensstil zuzulegen."

Pop lachte leise auf. „Wie alt sind Sie, Catch?"

„Einunddreißig."

„Genauso lang bin ich in diesem Geschäft, mein Junge. Wissen Sie, wie man einen Vergnügungspark leitet?"

„Bestimmt weiß ich nicht so viel darüber wie Sie." Catch grinste. „Doch mit dem richtigen Lehrer könnte ich es mit Sicherheit schnell lernen."

Megan fühlte sich von dem Gespräch ausgeschlossen und ärgerte sich darüber. Ihr Großvater brachte so etwas auf sehr subtile, aber höchst effektive Art und Weise fertig, und David Catcherton hatte offensichtlich die gleiche Fähigkeit.

So blieb ihr nichts anderes übrig, als still dazusitzen und zuzuhören.

„Was interessiert Sie ausgerechnet an einem Vergnügungspark?", fragte Pop, und Megan wusste sofort, dass David Catcherton ihm gefiel.

Eine Alarmsirene ging in ihrem Kopf los. Pop durfte sich nicht mit Catch einlassen. Dieser Mann brachte Unruhe mit sich, dessen war Megan sich sicher.

„Es ist ein gutes Geschäft", antwortete Catch schließlich. „Und es macht Spaß." Er lächelte. „Ich mag Dinge, die das Leben ein wenig aufheitern."

Er sagte genau das Richtige, um Pop zu überzeugen, wie Megan ihm unwillig zugestand.

„Ich würde mich freuen, wenn Sie es sich wenigstens überlegen würden, Mr. Miller. Wir können uns in ein paar Tagen ja noch einmal unterhalten."

Und Catch weiß eindeutig, wann man sich zurückziehen muss, um sein Ziel zu erreichen, fügte Megan in Gedanken hinzu.

„Nun, das kann ich Ihnen nicht abschlagen." Dennoch schüttelte Pop den Kopf. „Aber vielleicht sollten Sie sich noch weiter umschauen. Megan und ich leiten *Joyland* jetzt schon seit vielen Jahren. Es ist unser Zuhause."

Er sah schmunzelnd zu seiner Enkelin. „Wolltet ihr beide nicht ausgehen?"

„Nein!" Sie warf ihm einen bösen Blick zu.

„Genau das wollte ich gerade vorschlagen", mischte Catch sich gewandt ein. „Kommen Sie, Meg, ich spendiere Ihnen einen Hamburger."

Er erhob sich und zog sie an der Hand von ihrem Stuhl hoch.

Ihr Temperament meldete sich nun lautstark. Angestrengt bemühte sie sich, es unter Kontrolle zu halten. „Ich schlage nur ungern eine solch charmante Einladung aus, aber ..."

„Dann tun Sie es auch nicht", schnitt Catch ihr das Wort ab und wandte sich an Pop. „Möchten Sie mitkommen?"

Leise lachend schob Pop die beiden zur Tür. „Geht nur. Ich muss sowieso noch meine Ausrüstung für morgen früh zusammensuchen."

„Können Sie bei Ihrem Ausflug einen Begleiter gebrauchen?"

Über seine Pfeife hinweg studierte Pop lange Catchs Gesicht.

„Ich breche um halb sechs auf", meinte er schließlich. „Eine zweite Angel habe ich auch."

„Gut! Bis um halb sechs dann also."

Megan war so verdattert, dass sie sich ohne den leisesten Protestlaut von Catch zur Tür hinausführen ließ.

Pop lud nie jemanden auf seine morgendlichen Angeltouren ein! Für ihn war das Alleinsein Entspannung pur, er genoss die Ruhe und die Einsamkeit.

„Er nimmt sonst nie jemanden mit", murmelte sie vor sich hin.

„Dann fühle ich mich noch mehr geschmeichelt."

Erst jetzt bemerkte sie, dass Catch weiterhin ihre Hand hielt.

„Ich gehe nicht mit Ihnen aus", sagte sie bestimmt und blieb stehen. „Pop können Sie mit Ihrem Charme vielleicht einwickeln, aber mich …"

„Aha, Sie halten mich also für charmant?" Er grinste herausfordernd und nahm auch noch ihre andere Hand.

„Nicht im Geringsten", lautete ihre Antwort, aber sie musste sich ein Lächeln verkneifen.

„Warum wollen Sie nicht mit mir zu Abend essen?"

Sie sah ihm gerade in die Augen. „Weil ich Sie nicht mag."

Sein Lächeln wurde breiter. „Ich würde gerne Ihre Meinung über mich ändern."

„Das wird Ihnen nicht gelingen." Sie wollte ihm ihre Hände entziehen, doch sein Griff wurde nur noch fester.

„Wetten?", forderte er sie heraus, und er sah wieder das verdächtige Zucken um ihre Mundwinkel. „Wenn ich es schaffe, dann bummeln Sie am Freitag mit mir durch den Vergnügungspark."

„Und wenn nicht?"

„Dann werde ich Sie nicht mehr belästigen."

Er klang sehr überzeugt und selbstsicher. Megan überlegte, ob sie es nicht auf den Versuch ankommen lassen sollte.

„Sie brauchen nichts weiter zu tun, als mit mir essen zu gehen", fuhr er unbeirrt fort. „Zwei Stunden, mehr nicht."

„Na gut", stimmte sie impulsiv zu, „abgemacht."

Wieder versuchte sie ihre Hände zurückzuziehen, doch vergebens. „Ich würde die Abmachung wirklich gern mit einem Handschlag besiegeln, aber Sie lassen mich ja nicht los."

„Stimmt. Also besiegeln wir das Ganze auf meine Art." Und damit zog er sie zu sich heran.

Bevor sie auch nur einen Ton sagen konnte, lagen seine Lippen schon auf ihren.

Er küsste sie mit gekonnter Gründlichkeit. Hinterher hätte Megan nicht sagen können, ob sie ihre Lippen instinktiv von sich aus geöffnet oder ob er sie mit seinen lockenden Liebkosungen dazu gebracht hatte.

In dem Moment, als sie seinen festen Mund spürte, schien ihr Kopf mit einem Mal wie leer zu sein. Die Empfindungen ihres Körpers hatten die Führung übernommen, befahlen ihr, sich der Umarmung zu ergeben und das Gefühl seiner Berührungen zu genießen.

Etwas anderes existierte nicht mehr, an nichts konnte sie sich noch festhalten, um dem Strudel zu entkommen, der sie in wilde Wasser zog, weiter und weiter.

Mit einem leisen Protestlaut machte sie sich schließlich von ihm los.

Seine Augen waren dunkel und verhangen. Wie hatte sie sich je einbilden können, er sei leicht durchschaubar? Wie hatte sie nur denken können, sie würde ohne Weiteres mit ihm fertig werden können?

Nichts von dem, was sie vor wenigen Minuten über ihn gedacht hatte, stimmte noch.

Zitternd holte sie Luft und versuchte sich zu sammeln.

„Du bist so warm und anschmiegsam", sagte Catch leise. „Ein Jammer, dass du dich so kühl und unnahbar gibst."

„Ich bin nicht anschmiegsam, und ich gebe mich auch nicht unnahbar." Sie schüttelte den Kopf, als könne sie damit ihren hämmernden Puls beruhigen.

„Doch, das bist du, und ja, das tust du." Er drückte ihre Hände und gab dann eine frei, während er Megan an der anderen zu seinem Wagen führte.

Panik stieg in ihr auf, die sie verzweifelt zu unterdrücken suchte. Du bist vorher schon so geküsst worden, sagte sie sich. Es ist einfach nur unerwartet gekommen.

Und noch während sie das dachte, wusste sie, dass es eine Lüge war. Nein, so war sie noch nie geküsst worden.

Und sie hatte die Situation nicht mehr unter Kontrolle.

„Ich glaube, ich komme besser nicht mit", hob sie an.

Mit einem Lächeln hielt er ihr die Wagentür auf.

„Abgemacht ist abgemacht, Meg."

3. KAPITEL

Catch fuhr einen schwarzen Porsche. Was Megan nicht besonders überraschte. Einen gewöhnlichen Wagen hätte sie bei ihm auch gar nicht erwartet. Man musste kein Genie sein, um zu erkennen, dass David Catcherton sich das Beste vom Besten leisten konnte.

Wahrscheinlich hat er sein Geld geerbt, entschied sie, während sie sich in den grauen Ledersitz zurücklehnte. Sicherlich hatte er in seinem ganzen Leben noch keinen einzigen Tag gearbeitet.

Dann erinnerte sie sich an die kräftigen, schwieligen Hände. Er musste eine Sportskanone sein, so fiel ihr herablassendes Urteil aus. Tennis, Squash, Segeln ... ein Mann, der nichts Produktives leistete, sondern nur seinem Vergnügen nachjagte. Und es bestimmt auch mühelos fand.

Abrupt sah sie zu ihm hin. Sein scharfes Profil war äußerst attraktiv, vor allem da sich Locken um sein Ohr und im Nacken ringelten.

„Gefällt dir, was du siehst?"

Das Blut schoss ihr in die Wangen, vor Verlegenheit und Ärger, dass sie ertappt worden war. „Du müsstest dich mal wieder rasieren", meinte sie spröde.

Catch warf einen Blick in den Rückspiegel und strich sich übers Kinn. „Du hast recht. Bei unserer nächsten Verabredung denke ich daran. Nein, sag nichts", setzte er sofort nach, als er spürte, wie sie sich versteifte. „Hat deine Mutter dir nicht beigebracht, dass man besser schweigt, wenn einem nichts Nettes einfällt?"

Megan verkniff sich die Antwort.

„Wie lange lebst du eigentlich schon hier?", fuhr er im Plauderton fort.

„Schon immer." Durch das offene Fenster drangen Straßengeräusche und Musik aus den verschiedenen Autoradios herein und mischten sich zu einem melodischen Ganzen.

Megan gefiel diese seltsame Harmonie. Sie spürte, wie die Anspannung langsam von ihr wich.

Sie lockerte ihre Schultern und drehte sich im Sitz zu Catch. „Und was machst du so?"

Der leicht verächtliche Ton war ihm nicht entgangen. „Ich besitze ... Dinge."

„Tatsächlich? Welche Art von Dingen?"

Catch hielt vor einer roten Ampel und sah sie an. „Alles, was mir gefällt."

Die Ampel wurde grün. Zügig fuhr er los, um bald darauf auf den Parkplatz eines exklusiven Restaurants einzubiegen.

„Da können wir auf keinen Fall rein", protestierte Megan.

„Wieso nicht?" Catch stellte den Motor ab. „Das Essen ist wirklich gut."

„Ich weiß, aber wir sind nicht passend angezogen, und ..."

„Muss bei dir immer alles passend sein, Meg?"

Die Frage ließ sie innehalten. Sie suchte in seiner Miene nach einem Anzeichen, ob er sich über sie lustig machte, aber sie fand keine Antwort.

„Ich sag dir was." Er stieg aus und steckte den Kopf zum offenen Fenster durch. „Denk in Ruhe darüber nach. Ich bin gleich zurück."

Megan sah ihm nach, wie er in dem eleganten Restaurant verschwand. Sie schüttelte den Kopf. Die Mitarbeiter werden ihn hochkant hinauswerfen, dachte sie. Dennoch schlich sich so etwas wie Bewunderung für seine Dreistigkeit in ihre Gedanken.

Diese Selbstsicherheit, die er an den Tag legte, war bemerkenswert. Sie verschränkte die Arme vor ihrer Brust.

„Und trotzdem mag ich ihn nicht", murmelte sie vor sich hin.

Eine Viertelstunde später mochte Megan ihn noch weniger. Er war einfach absolut unmöglich!

Vor Wut schäumend stieg sie aus dem Wagen und knallte die Tür zu.

Da ließ dieser Rüpel sie doch tatsächlich hier ewig lang sitzen und warten!

Sie würde zur nächsten Telefonzelle marschieren und Pop anrufen, damit er sie abholte! Doch vergeblich suchte sie in ihrer Jeans nach einer Münze. Nicht einen Penny hatte sie dabei.

Sie würde sich Kleingeld leihen müssen. Oder im Restaurant um Erlaubnis bitten, einen Anruf zu machen.

Megan holte tief Luft. Selbst das war besser, als hier zu sitzen und zu warten!

Als sie die Tür zum Restaurant aufzog, kam Catch ihr entgegen.

„Danke", meinte er unbewegt und schlenderte lässig an ihr vorbei.

Megan starrte ihm perplex nach. Er trug den größten Picknickkorb, den sie je gesehen hatte.

Nachdem er den Korb auf die Rückbank gestellt hatte, sah er zu ihr hin.

„Na, komm endlich. Ich bin halb verhungert."

„Was ist da drin?", fragte sie misstrauisch.

„Unser Abendessen natürlich." Er bedeutete ihr, in den Wagen einzusteigen.

Megan blieb vor der geschlossenen Beifahrertür stehen und rührte sich nicht. „Wie hast du sie dazu bewegen können?"

„Ich habe gefragt. Hast du Hunger?"

„Ja, aber wie ..."

„Dann lass uns losfahren." Catch glitt hinters Steuer und startete den Wagen.

Kaum dass Megan eingestiegen war, brauste er auch schon los. „Hast du einen Lieblingsplatz?"

„Einen Lieblingsplatz?", wiederholte sie verständnislos.

„Du willst mir doch nicht sagen, dass du dein ganzes Leben hier verbracht hast und keinen Lieblingsplatz hast? Irgendeinen Ort, an dem du dich eben besonders gern aufhältst!" Catch lenkte den Wagen in Richtung Meer. „Jeder hat so einen Platz. Also, wo liegt deiner?"

„Das nördlichste Ende des Strandes", teilte sie ihm mit. „Da gehen nur wenige Menschen hin, und wenn, dann nur in der Hochsaison."

„Gut. Ich möchte nämlich mit dir allein sein."

Die schlichte Direktheit seiner Worte ließ Schmetterlinge in ihrem Bauch aufflattern. Langsam drehte sie sich zu ihm hin und sah ihn an.

„Ist etwas verkehrt daran?" Das Lächeln war wieder da, unverbrüchlich und ansteckend.

Megan seufzte. Sie hatte das Gefühl, am Beginn einer wilden Achterbahnfahrt zu stehen. „Gut möglich", murmelte sie.

Außer einigen Schreimöwen war der Strand leer und verlassen.

Megan verharrte für einen Moment und schaute nachdenklich Richtung Westen, wo die Sonne wie ein glutroter Ball am Horizont versank.

„Ich liebe diese Tageszeit", sagte sie leise. „Alles ist so ruhig. So als würde der vergehende Tag den Atem anhalten."

Sie zuckte zusammen, als sie Catchs Hände auf ihren Schultern spürte.

„Hey, entspann dich." Er massierte ihre verkrampften Schultern und sah über ihren Kopf hinweg in den Sonnenuntergang.

„Ich mag das Morgengrauen, wenn die ersten Vögel ihren Gesang anstimmen und das Licht noch ganz weich ist." Er streichelte langsam über ihren Nacken. Irgendwann wurde die Liebkosung fordernder.

Als Megan sich ihm entziehen wollte, drehte Catch sie an den Schultern zu sich herum, sodass sie ihn ansehen musste.

„Nein", sagte sie hastig und legte beide Hände auf seine Brust. „Nicht."

„Na schön." Abrupt beugte er sich in den Wagen und holte den Picknickkorb und eine weiße Leinendecke hervor. „Zeit fürs Essen", meinte er brüsk.

Megan nahm ihm die Tischdecke ab und fragte sich, wie er es geschafft hatte, dass das Restaurant ihm derart feine Tischwäsche überlassen hatte.

„Hier." Den Kopf über den Picknickkorb gebeugt, kramte er zwei Gläser hervor.

Kristall, erkannte Megan fassungslos, als er ihr die eleganten Weinkelche reichte. Und Porzellan. Und Tafelsilber. „Wieso haben sie dir das alles mitgegeben?"

„Die Pappteller waren ausgegangen."

„Champagner?", rief sie aus und las das Etikett, als Catch die perlende Flüssigkeit in die Gläser schenkte. „Du musst verrückt sein!"

„Magst du etwa keinen Champagner?"

„Natürlich mag ich Champagner, obwohl ich bisher nur amerikanischen getrunken habe."

„Dann trinken wir also auf die Franzosen." Catch hob sein Glas und stieß mit ihr an.

Megan nippte an ihrem Glas und seufzte zufrieden. „Mmh, der ist wunderbar." Sie nahm noch einen Schluck. „Aber du hättest nicht so viel Aufwand betreiben sollen."

„Irgendwie hatte ich plötzlich keine Lust mehr auf Hamburger." Catch verankerte die Flasche sicher im Sand und holte eine kleine Dose aus dem Korb, die er auf die Decke stellte.

„Was ist das?" Megan zog den Deckel auf und starrte auf die glänzende schwarze Masse, während Catch Toast auf Tellern arrangierte. „Ist das etwa …?" Ungläubig riss sie die Augen auf. „Kaviar?"

„Ja. Gib mir was davon. Ich habe nämlich wirklich Hunger." Er nahm ihr die Dose ab und verteilte großzügig Kaviar auf einer Toastscheibe. „Willst du nichts?"

„Ich weiß nicht recht." Sie beäugte seinen Toast kritisch. „Ich habe noch nie Kaviar gegessen."

„Nicht?" Er hielt ihr den Toast vor den Mund. „Hier, probier mal."

Als sie zögerte, lächelte er. „Komm schon, Meg, sei mutig, beiß ein Stückchen ab."

„Salzig", sagte sie überrascht und kaute vorsichtig. Dann nahm sie ihm den Toast aus der Hand und biss noch einmal hinein. „Und gut!"

„Du hättest mir nicht alles wegessen müssen", beschwerte er sich, als Megan sich das letzte Stück in den Mund schob.

Lachend bestrich sie einen zweiten Toast und reichte ihn Catch.

Er nahm die Scheibe von ihr entgegen. „Ich habe mich schon gefragt, wie es klingen mag."

„Was?" Lächelnd leckte sie sich einen Klecks Kaviar vom Daumen.

„Dein Lachen. Ich habe mich gefragt, ob es genauso anziehend ist wie dein hübsches Gesicht." Ohne den Blick von ihr zu nehmen, biss er in den Toast. „Und ja, es ist so anziehend."

Megan versuchte ihren flatternden Puls zu ignorieren und rutschte etwas von ihm weg. „Du musst nicht Champagner und Kaviar auftischen, um mich lachen zu hören. Ich lache eigentlich ziemlich oft."

„Nicht oft genug."

Fragend schaute sie ihn an. „Warum sagst du das?"

„Deine Augen ... sie schauen immer so ernst. Und um deinen Mund liegt ein so strenger Zug. Vielleicht wollte ich dich deshalb so sehr zum Lachen bringen."

„Erstaunlich. Du kennst mich doch kaum."

„Ist das wichtig?"

„Bisher hielt ich es immer für wichtig", murmelte sie und sah zu, wie er in dem Korb kramte.

Als er mit Hummerschwänzen und frischen Erdbeeren aufwartete, war sie nicht überrascht.

Lachend strich sie sich das Haar aus dem Gesicht und rückte wieder ein bisschen näher heran.

Während sie schlemmten, versank die Sonne im Meer. Der Mond ging auf und schickte silberne Strahlen auf das dunkle Wasser.

Megan kam sich vor wie in einem Traum. Porzellan, Silber und Kristall schimmerten im Mondlicht, ihr Gaumen erfreute sich an erlesenen Köstlichkeiten, und der Fremde neben ihr wurde ihr mit jeder Minute, die verstrich, ein wenig vertrauter.

Schon jetzt erschienen ihr seine Gesichtszüge bekannter, wenn er lächelte, und sie hörte die unterschiedlichen Nuancen in seiner Stimme heraus.

Sie kannte den genauen Fall der Locken in seinem Nacken. Und verzaubert von Mondlicht und Champagner, musste sie sich mehr als einmal zusammennehmen, um nicht mit den Fingern in diese Locken zu fahren und zu fühlen, wie weich sie wohl sein mochten.

„Isst du keinen Käsekuchen?" Mit seiner vollen Gabel zeigte Catch auf die Platte, bevor er sich den Bissen in den Mund schob.

„Ich kriege absolut nichts mehr hinunter." Megan zog die Knie an und stützte ihr Kinn auf.

Fasziniert schaute sie ihm zu, wie er das Dessert genoss. „Wie schaffst du das nur?"

„Engagement und Hingabe." Er kaute den letzten Bissen. „Ich versuche immer, jedes Projekt zu Ende zu bringen."

„Ein solches Picknick habe ich noch nie erlebt." Mit einem zufriedenen Seufzer lehnte sie sich auf die Ellbogen zurück und sah in den sternenübersäten Himmel hinauf. „Und ich habe auch noch nie etwas so Gutes gegessen."

„Ich werde dein Lob an Ricardo weitergeben." Catch setzte sich neben sie. Er betrachtete ihr Profil, die weiche Linie ihres Halses.

„Wer ist Ricardo?", fragte sie abwesend und empfand es nun als das Natürlichste von der Welt, dass Catch ihr eine Strähne hinters Ohr strich.

„Der Chefkoch. Er liebt Komplimente."

Megan lächelte. Es gefiel ihr, wie sich seine Stimme mit dem leisen Rauschen der Wellen vermischte. „Woher weißt du das?"

„So habe ich ihn in Chicago abgeworben."

„Abgeworben?", fragte sie, doch dann verstand sie plötzlich. „Das Restaurant gehört dir?"

„Ja." Er musste über ihr ungläubiges Gesicht lächeln. „Ich hab's vor zwei Jahren gekauft."

Sie sah auf das feine Porzellan und das Tafelsilber. Jetzt fiel es ihr auch wieder ein. Vor etwas mehr als zwei Jahren hatte das Restaurant kurz vor dem Bankrott gestanden. Die Preise waren überhöht gewesen und der Service miserabel.

Dann war es komplett renoviert worden, einschließlich einer Spiegeldecke, wie sie gehört hatte. Seit der Neueröffnung hatte es sich den besten Ruf erarbeitet. Und das in einer Stadt, die stolz war auf den Standard und die Qualität ihrer Restaurants.

„Überrascht dich das?", fragte er.

Sie musterte ihn, wie er im Schneidersitz neben ihr saß. Das wirre Haar, verwaschene Jeans, ausgetretene Turnschuhe. Ganz sicher entsprach er nicht der allgemein üblichen Vorstellung von einem erfolgreichen Geschäftsmann. Wo war der dreiteilige dunkle Anzug, der akkurate Haarschnitt?

Und doch ... hatte sie es nicht schon vorher in seinem Gesicht erahnen können?

„Nein", sagte sie schließlich, „eigentlich nicht. Hast du es aus dem gleichen Grund gekauft, aus dem du *Joyland* kaufen willst?"

„Ich sagte doch schon, ich besitze Dinge."

„Aber dabei geht es dir nicht so sehr um das Besitzen als solches, oder?" Seine belanglose Antwort reichte ihr nicht. „Es reizt dich, mit diesen Dingen Erfolg zu haben."

„Stimmt genau. Findest du es nicht auch befriedigend, wenn du erreichst, was du dir vorgenommen hast?"

Sie setzte sich auf. „Aber *Joyland* kannst du nicht haben. Der Park ist Pops Leben. Du verstehst nicht …"

„Möglich, dass ich es nicht verstehe", stimmte er zu. „Du kannst es mir später erklären, nicht jetzt."

Er nahm ihre Hand. „Die heutige Nacht ist nicht fürs Geschäftliche gemacht."

„Catch, du musst …"

„Sieh dir die Sterne an, Meg." Er sah in den Himmel auf. „Hast du jemals versucht, sie alle zu zählen?"

Sie konnte nicht verhindern, dass ihre Augen ebenfalls nach oben wanderten. „Als ich klein war, ja. Aber …"

„Sternezählen ist nicht nur etwas für Kinder." Wärme und Humor schwangen in seiner Stimme mit. „Kommst du öfter nachts hierher?"

Die Sterne glitzerten hell am samtschwarzen Firmament. „Manchmal", gestand Megan. „Wenn mir etwas im Atelier nicht von der Hand geht und ich meine Gedanken klären muss. Oder einfach nur, um allein zu sein."

„Was genau machst du eigentlich?" Er strich über ihre Finger. „Malst du? Landschaften? Porträts?"

Lächelnd schüttelte sie ihren Kopf. „Nein, ich bin Bildhauerin."

„Ah." Er nahm ihre Hand, drehte sie und begutachtete die Handfläche. „Ja, ich kann es sehen. Du hast wirklich starke, fähige Hände."

Und als er seine Lippen auf ihre Handfläche presste, fühlte sie den Stromstoß in ihrem ganzen Körper.

Behutsam entzog sie ihm ihre Finger, zog die Beine wieder an und schlang die Arme darum. Sie konnte Catchs Lächeln mehr fühlen, als dass sie es sah.

„Mit welchem Material arbeitest du? Ton, Holz, Stein?"

„Mit allen dreien." Lächelnd sah sie ihn an.

„Wo hast du das gelernt?"

„Im College habe ich Kurse belegt." Sie zuckte achtlos mit den Schultern. „Aber mir bleibt nie viel Zeit dafür."

Sie blickte wieder zum Himmel auf. „Der Mond strahlt so hell heute.

Ich komme gern bei Vollmond her, wenn das Licht so wunderschön silbern ist."

Als seine Lippen ihre Schläfe berührten, zuckte sie zurück. Doch er legte ihr einen Arm um die Schultern und hielt sie fest.

„Entspann dich, Meg", flüsterte er an ihrem Ohr. „Wir sind allein, nur wir mit dem Mond und dem Meer."

Catch ließ seine Lippen über ihre Wange zu ihrem Hals wandern, und bei dem erregenden Prickeln auf ihrer Haut hätte sie ihm fast alles geglaubt.

Sie fühlte sich wunderbar schwer, wie trunken von dem Champagner und Catchs warmen Berührungen. Ihr Puls begann hart zu schlagen, und ein leises Stöhnen entrang sich ihr.

„Catch, ich sollte besser gehen." Jetzt setzte er eine Reihe kleiner Küsse entlang der Linie ihres Kinns. „Bitte", flüsterte sie schwach.

„Später", murmelte er und knabberte an ihrem Ohr. „Viel, viel später."

„Nein, ich ... bitte!" Sie drehte den Kopf, und ihre Stimme erstarb.

Seine Lippen waren nur Millimeter von ihrem Mund entfernt. Mit großen Augen starrte sie ihn an, sah, wie er den Kopf noch weiter vorbeugte.

Doch sein Mund verharrte einen Hauch von ihrem entfernt, voller Versprechen, voller Verlockung. Als er dann nur federleicht ihre Mundwinkel berührte, entfuhr ihr erneut ein leises Seufzen.

Megan spürte, wie ihr Widerstand schwand, Schritt für Schritt, bis nur noch Verlangen sie erfüllte.

Alle Zweifel, alle Bedenken über mögliche Konsequenzen zerstoben. Sie konnte nur noch fühlen. Sie war es, die seinen Mund in Besitz nahm, nicht scheu oder zögerlich, sondern fordernd und ungeduldig.

Sie verzehrte sich danach, es erneut zu erfahren – die köstliche Verwirrung, das dunkle Bewusstsein seiner Nähe.

Und noch immer berührte er sie nicht. Den Arm, den er ihr vorhin um die Schulter gelegt hatte, hatte er längst fortgezogen, mit den Händen stützte er sich auf.

Und so war es auch Megan, die die Arme um ihn schlang und sich an ihn schmiegte. Sie genoss den Laut, der seiner Kehle entfuhr, als sie den Kuss vertiefte.

Seine Finger lagen jetzt in ihrem Haar, doch er überließ ihr die Führung. Irgendwann, als sie meinte, ihr Herz müsse zerspringen, weil es so heftig klopfte, löste sie ihre Lippen von seinem Mund.

Doch Catch ließ nicht zu, dass sie sich zurückzog. „Noch ein Kuss?", fragte er leise, und doch hallte die Frage in der Stille der Nacht wie Donner.

Es lag Megan auf der Zunge, abzulehnen. Sie wusste, sie bewegte sich auf gefährlichem Gebiet. Doch als seine Hand an ihrem Nacken sie leicht vorzog, war es um sie geschehen.

„Ja", hauchte sie und sank in seine Arme.

Dieses Mal blieb er nicht passiv, sondern zeigte ihr, auf wie viele verschiedene Arten man küssen konnte. Leicht und kurz, lang und intensiv, ein erotischer Tanz von Lippen und Zungen.

Eng umschlungen lehnten sie sich in den Sand zurück. Und als sein Mund sich leidenschaftlich auf ihre Lippen presste, hieß sie ihn willkommen. Sie war nicht nur bereit, sondern sie sehnte sich wirklich danach, erwiderte den Kuss mit aller Inbrunst.

Doch dann spürte sie seine Hand auf ihrer bloßen Brust, und sie stieß ein protestierendes Murmeln aus. Sie hatte nicht einmal gemerkt, dass er den Reißverschluss ihrer Jacke und die Knöpfe ihrer Bluse geöffnet hatte.

Seine Finger waren so zärtlich, so verführerisch, und ihr Widerstand schmolz unter der Hitze der aufwallenden Leidenschaft dahin.

Sie spürte sein wachsendes Verlangen, konnte es schmecken in dem fiebrigen Kuss, ein Geschmack, berauschender als Champagner – und viel gefährlicher.

„Ich will dich", flüsterte Catch heiser an ihrem Mund.

Megan fühlte, wie ihr die Kontrolle entglitt. Ihr Verlangen nach ihm war überwältigend, eine Gier, die herrisch danach verlangte, gestillt zu werden.

Verzweifelt bemühte sie sich, zurück in die Realität zu gelangen, sich daran zu erinnern, wer sie waren, wo sie waren. Namen, Orte, Verantwortungen. Es gab mehr als nur den Mond und das Meer.

Und Catch war ein Fremder, ein Mann, den sie kaum kannte.

„Nein." Sie machte sich von ihm los und rappelte sich auf. „Nein", wiederholte sie bebend. Mit fahrigen Fingern machte sie sich an den Knöpfen ihrer Bluse zu schaffen.

Catch stand auf und griff nach dem Blusensaum. Überrascht hob Megan den Blick. In seinen Augen tobte ein Sturm, doch seine Stimme klang geradezu bedrohlich ruhig. „Warum nicht?"

Megan schluckte. Von seiner lässigen Arroganz war nichts mehr zu bemerken, stattdessen glaubte sie einen Blick auf eine gewisse Unerbittlichkeit in ihm erhascht zu haben. „Weil ich nicht will."

„Lügnerin", stellte er sachlich fest.

„Also gut." Sie musste ihm recht geben. „Ich kenne dich nicht."

Abwägend neigte Catch den Kopf ein wenig zur Seite, bevor er sie an der Bluse zu sich heranzog. Dann küsste er sie heiß und gierig.

„Du wirst mich auf jeden Fall noch kennenlernen", versicherte er ihr. „Aber bis dahin warten wir."

Sie bemühte sich, ruhig zu atmen und nicht zu schwanken. „Glaubst du wirklich, du bekommst immer alles, was du willst?"

„Ja", antwortete er schlicht und grinste. „Natürlich."

„Nun, dieses Mal wirst du eine Enttäuschung erleben." Sie schlug seine Hände von ihrer Bluse und schloss die Knöpfe.

Diesmal zitterten ihre Finger nicht, der Ärger hatte ihr geholfen, sich zu beruhigen. „Du kannst *Joyland* nicht haben und mich ganz bestimmt auch nicht. Weder der Park noch ich stehen zum Verkauf."

Regelrecht grob packte er sie beim Arm. „Ich kaufe keine Frauen." Er war wütend. Seine Augen waren dunkel geworden, und seine Stimme klang hart wie Stahl.

Die Künstlerin in Megan war fasziniert von den düsteren Schatten auf seinem Gesicht. Die Frau in ihr jedoch wurde bei seinen Worten unsicher.

Bemüht beherrscht sprach er weiter. „Das habe ich gar nicht nötig. Wir beide wissen, dass ich dich mit ein bisschen mehr Überzeugungskraft schon heute Abend hätte haben können."

Sie riss ihren Arm aus seinem Griff. „Was heute Abend passiert ist, bedeutet nicht, dass ich dir nicht widerstehen könnte."

Mit einem Ruck zog sie den Reißverschluss ihrer Jacke hoch. „Ich werde es dir noch einmal sagen: Du bekommst weder *Joyland* noch mich."

Catch musterte sie einen Moment lang, wie sie steif im Mondlicht dastand, den Rücken zum Meer.

Und dann erschien langsam das selbstsichere Lächeln wieder auf seinem Gesicht.

„Ich werde euch beide bekommen, Meg, dich und den Park", versicherte er ihr. „Noch bevor die Saison anläuft."

4. KAPITEL

Die Nachmittagssonne schien ins Atelier. Megan bemerkte es kaum, genauso wenig wie sie das Zwitschern der Vögel vor dem Fenster vernahm. Sie war völlig in ihre Arbeit mit dem Ton vertieft, oder besser, darin, was sie aus dem noch formlosen Klumpen erschaffen würde.

Megan hatte ihre anderen Projekte unvollendet zur Seite gestellt, um ein neues zu beginnen – das war etwas, das sie sonst nie tat. Aber diese neue Inspiration hatte sie die ganze Nacht lang verfolgt.

In diesen schlaflosen Stunden war es ihr klar geworden: Sie würde eine Büste von David Catcherton anfertigen und ihn durch diese Arbeit ein für alle Mal aus ihren Gedanken vertreiben.

Schon jetzt sah Megan genau vor sich, was sie ausdrücken wollte: Stärke und Entschlossenheit, kaschiert durch eine oberflächliche Lässigkeit.

Noch immer scheute sie davor zurück, sich einzugestehen, dass Catch ihr gestern Nacht Angst gemacht hatte.

Nicht vor physischer Gewalt, nein, er war viel zu intelligent, um seine körperliche Überlegenheit ihr gegenüber auszunutzen. Aber seine entschlossene Persönlichkeit schüchterte sie ein.

Verärgert knetete sie den nassen Ton. Catch war offensichtlich ein Mann, der es gewohnt war, seinen Kopf immer durchzusetzen.

Doch dieses Mal, das schwor sie sich, würde er nicht bekommen, was er wollte.

Er würde herausfinden, dass sie sich nicht herumschubsen ließ. Genauso wenig, wie Pop sich manipulieren lassen würde.

Ihre Finger formten, glätteten, modellierten. Es verlieh ihr eine grimmige Befriedigung, die Kontrolle zu haben – wenn auch nur über sein Abbild aus Ton.

Fast unbewusst formte sie eine vorwitzige Locke über einer Augenbraue. Sie lehnte sich zurück und betrachtete ihr Werk. Es war ihr tatsächlich gelungen, eine Facette seines Charakters in dieser Büste einzufangen. Er war ein Windhund, ein Hallodri, entschied sie. Das altmodische Wort passte zu ihm.

Sie konnte ihn sich gut in einem Saloon vorstellen, in Cowboystiefeln, den Colt an der Seite, wie er Karten an einem Pokertisch ausgab.

Oder als Freibeuterkapitän, der seine Mannschaft säbelschwingend zum Entern anfeuerte. Er würde sich lachend den Wind ins Gesicht wehen lassen, würde Schätze und Frauen rauben, wo er nur konnte. Frauen …

Megans Gedanken wanderten zum gestrigen Abend zurück. Wie seine Lippen sich auf ihrem Mund angefühlt hatten, wie seine Hand auf ihrer bloßen Haut gelegen hatte ...

Sie erinnerte sich an den Duft der See und das Rauschen des Meeres. Und an den Schimmer des Mondlichts auf seinem Haar. Wie weich und dicht es war. Sie hatte die Finger darin vergraben und ...

Entsetzt über sich selbst sah sie auf ihre Hände hinunter. Ihre Finger hatten sich in den Tonhaaren verfangen.

Sie fluchte leise und hätte die Büste fast wieder zu dem unförmigen Klumpen zerdrückt, die sie einmal gewesen war. Doch sie beherrschte sich und trat ein paar Schritte von dem noch unfertigen Werk zurück.

Ich darf mich nicht durch Lappalien vom Wesentlichen ablenken lassen. Der Abend mit Catch gehörte in diese Kategorie – nur eine Lappalie, völlig unwichtig.

Dennoch konnte sie sich nicht wirklich davon überzeugen. Intuition und Gefühl sagten ihr, dass Catch wichtig war. Viel wichtiger, als ein Fremder einer vernünftigen Frau sein dürfte.

Und ich bin eine vernünftige Frau, ermahnte sie sich.

Megan holte tief Luft und trat an das Waschbecken, um sich den Ton von den Händen zu waschen.

Sie musste sich konzentrieren. Pop brauchte jemanden, der darauf achtete, dass die Rechnungen bezahlt wurden.

Ein Lächeln zog auf ihr Gesicht, während sie sich die Hände abtrocknete. Eigentlich war sie für ihren Großvater ebenso Retter und Beschützer, wie er es für sie war.

Zu Anfang war sie noch zu jung und völlig von ihm abhängig gewesen. Dann, als sie älter wurde, hatte sie die Pflichten übernommen, die Pop schon immer nur äußerst ungern erledigt hatte. Die Buchhaltung, die Termine mit der Bank, das Bezahlen der Rechnungen ...

Oft hatte Megan ihre eigenen Wünsche zurückgestellt, um das zu erledigen, was sie als ihre Pflicht gegenüber dem Großvater betrachtete. Sie hatte sich mit trockenen Zahlen beschäftigt und gleichzeitig in der Welt ihrer Kunst gelebt.

Häufig fühlte sie sich, als würde sie zwischen zwei Stühlen sitzen. Sie hatte also genug, mit dem sie fertig werden musste, ohne auch noch an David Catcherton zu denken.

Megan hatte nicht die geringste Ahnung, wie es diesem Fremden gelungen war, ihre sorgfältig im Gleichgewicht gehaltene Welt so durcheinanderzubringen.

Doch anstatt sich darüber den Kopf zu zerbrechen, sollte sie lieber die Büste vollenden. Vielleicht bot ihr die Arbeit daran ja das perfekte Ventil für ihre Frustration.

Die nächste Stunde verging wie im Flug. Megan vergaß das Bild, wie ihr Großvater im Morgengrauen mit Catch zusammen zum Fischen losgezogen war. Sie dachte auch nicht mehr an das anziehende Lachen, das sie gehört hatte, als sie um halb sechs zu ihrem Fenster hinausgelugt hatte und dann wieder müde ins Bett gefallen war, nur um keinen Schlaf mehr zu finden.

Die Tonbüste nahm immer mehr Catchs Züge an, als Megan einen Wagen draußen vorfahren hörte. Und dann erklang auch schon Catchs charakteristisches Lachen, gefolgt von der rauen Stimme ihres Großvaters.

Da ihr Atelier über der Garage lag, hatte Megan freie Sicht auf die Auffahrt und das Haus.

Sie beobachtete, wie Catch die große Kühltasche von der Ladefläche des Pick-ups hob und etwas zu Pop sagte, der daraufhin die weiße Mähne schüttelte und Catch lachend auf die Schulter klopfte.

Der Anblick wurmte Megan maßlos. Die beiden schienen sich ja prächtig zu verstehen!

Sie sah weiter zu, wie die Männer die Angelausrüstung abluden. Catch war genauso lässig gekleidet wie auch schon am Tag zuvor. Auf dem hellblauen T-Shirt, das er trug, stand ein Namenszug aufgedruckt, doch die Buchstaben waren zu verwaschen, um sie aus dieser Entfernung entziffern zu können. Zudem trug er Pops Angelhut, was Megan noch mehr aufstieß.

Allerdings gestand sie sich unwillig ein, dass die beiden ein gutes Bild zusammen abgaben. Natürlich waren die Unterschiede in Alter und Körperbau offensichtlich, aber ihrer beider Aussehen zeugte von enormer Männlichkeit.

Megan verglich die Ähnlichkeiten und Unterschiede und war so vertieft in ihre Betrachtungen, dass sie auch dann noch weiter konzentriert nach unten schaute, als Catch den Kopf hob und zu ihr hinaufblickte.

Lächelnd schob er sich den Hut in den Nacken. Das Fenster zu Megans Atelier war groß und tief eingesetzt. Man konnte Megans Knie sehen, was den Eindruck erweckte, als stünde sie in einem Bilderrahmen.

Wie immer, wenn sie arbeitete, trug sie ein altes Hemd von Pop als Kittel und hatte ihr Haar zu einem Pferdeschwanz zusammengebunden. Es ließ sie jünger erscheinen und ihre Augen noch größer wirken.

Ihre Blicke trafen sich. Einen Sekundenbruchteil lang glaubte Megan etwas in Catchs Augen zu sehen, das sie auch gestern Abend im Mondlicht erkannt zu haben glaubte. Ein Prickeln fuhr ihr über die Haut.

Doch dann wurde Catchs Grinsen wieder arrogant, und seine Augen lachten.

„Komm runter, Meg." Er winkte ihr zu. „Wir haben dir etwas mitgebracht." Mit der Kühlbox ging er auf das Haus zu.

„Ich hätte aber lieber Smaragde", rief sie ihm zu.

„Beim nächsten Mal", versprach er leichthin und verschwand in der Tür.

Megan fand Catch in der Küche am Spülbecken, wo er gerade damit beschäftigt war, alles zum Säubern ihres Fangs vorzubereiten.

Als er sie bemerkte, legte er das Messer beiseite und zog sie schnell in seine Arme, um sie herzhaft zu küssen. Es überrumpelte sie völlig.

„Du kannst doch nicht einfach …", setzte sie perplex an.

„Ich hab's gerade getan, oder? Du hast gearbeitet", sagte er, als ob dieser brennende Kuss nie geschehen wäre. „Ich würde mir gern dein Atelier ansehen."

Es war wohl besser, wenn sie auf seinen unbeschwerten Ton einging. „Wo ist mein Großvater?"

„Pop verstaut die Ausrüstung."

Obwohl eigentlich jeder im Ort Pop zu Timothy Miller sagte, runzelte Megan die Stirn. „Du arbeitest dich schnell voran, was?"

„Immer. Meg, ich mag deinen Großvater. Gerade du solltest verstehen, wieso mir das so leichtfällt."

Megan musterte ihn durchdringend. „Ich weiß nicht, ob ich dir trauen kann."

„Besser nicht." Grinsend versetzte er ihr einen Nasenstüber und klappte den Deckel der Kühlbox auf. „Hast du Hunger?"

Wider die Warnungen ihrer Vernunft ließ Megan sich von seinem Charme mitreißen und lugte in die Box.

„Vorhin hatte ich noch keinen. Aber vielleicht bekomme ich ja welchen. Vor allem wenn ich die nicht ausnehmen muss."

„Pop hat mir schon gesagt, dass du zimperlich bist."

„Hat er also, ja? Was hat er denn sonst noch über mich verraten?"

„Dass du Narzissen magst und einen großen Stoffelefanten namens Henry hattest."

Megan stand vor Entrüstung der Mund offen. „Er hat dir von Henry erzählt?"

„Und dass du dir nach einem Gruselfilm immer die Decke über den Kopf ziehst, wenn du zu Bett gehst."

Megan kniff die Augen zusammen. „Entschuldige mich einen Moment!" Sie schob Catch beiseite und stapfte empört zur Küche hinaus, während sein Lachen ihr folgte.

„Pop!" Sie fand ihren Großvater im Anbau neben der Küche, wo er seine Ausrüstung aufbewahrte.

Mit in die Hüften gestemmten Händen sah sie böse zu ihm hin.

„Hi, Megan." Er lächelte ihr herzlich zu. „Lass dir von mir sagen, der Junge versteht was vom Angeln. Jawohl, das tut er!"

Seine offensichtliche Begeisterung für Catch ließ sie mit den Zähnen mahlen. „Das sind wirklich ganz wunderbare Neuigkeiten. Aber musstest du *dem Jungen* unbedingt von meinem alten Stoffelefanten erzählen und dass ich mir die Decke über den Kopf ziehe, wenn ich Angst habe?"

Pop kratzte sich verlegen am Kopf, doch das Grinsen verbarg er nicht. Megan runzelte die Stirn.

„Also ehrlich, Pop", meinte sie entnervt. „Musst du über mich reden, als sei ich noch ein kleines Mädchen?"

„Du wirst immer mein kleines Mädchen sein." Er küsste sie auf die Wange. „Hast du die Forellen gesehen? Das wird ein prächtiges Abendessen."

„Ich nehme an", sie verschränkte die Arme vor der Brust, „*er* soll sie mit uns zusammen essen?"

„Natürlich." Pop blinzelte verständnislos. „Schließlich hat er die Hälfte gefangen."

„Das kann ja heiter werden!"

„Wir hatten gehofft, du würdest vielleicht deine Blaubeertörtchen zum Nachtisch beisteuern." Er lächelte treuherzig.

Mit einem Seufzer gab Megan sich geschlagen und kehrte in die Küche zurück. Catch war wohl mit der Kühlbox hinausgegangen, also holte sie die Zutaten für die Törtchen hervor.

„Blaubeertörtchen, pah!", schnaubte sie und klapperte unnötig laut mit Pfannen und Backformen. „Männer!"

Gerade als sie das Backblech mit den Formen in den Ofen schob, hörte sie hinter sich die Fliegentür schlagen.

Sie richtete sich auf und sah das bereits vertraute Lächeln.

„Ah, deine Blaubeertörtchen. Davon habe ich schon gehört." Catch stellte den filetierten Fisch auf die Anrichte. „Pop sagt, er hat noch ein paar Dinge in der Garage zu tun. Wir sollen ihn rufen, wenn das Essen fertig ist."

Megan starrte erbost in Richtung Garage. „So, sagt er das, ja?" Mit grimmiger Miene wandte sie sich zu Catch. „Wenn du dir einbildest, du kannst dich gemütlich hinsetzen und wirst bedient, muss ich dich enttäuschen."

„Du glaubst doch nicht wirklich, ich würde dir erlauben, meinen Fisch zuzubereiten, oder?" Seine Miene war absolut ernst. „Den Fisch, den ich fange, brate ich grundsätzlich selbst. Wo sind die Pfannen?"

Ohne den Blick von ihm zu wenden, deutete sie mit der Hand auf den Schrank. Sie sah zu, wie Catch darin herumkramte, bis er eine schwere gusseiserne Pfanne gefunden hatte.

„Ich will ja nicht behaupten, dass du nicht kochen kannst", sagte er und richtete sich auf. „Es ist nur so: bei mir kann ich sicher sein, dass ich kochen kann."

„Willst du damit sagen, ich wüsste nicht, wie man diese jämmerlichen kleinen Sardinen da zubereitet?"

„Belassen wir es doch dabei, dass ich einfach kein Risiko eingehen möchte, einverstanden?"

Er begann die Küchenschränke nach den notwendigen Zutaten zu durchstöbern. „Warum kümmerst du dich nicht um den Salat und überlässt den Fisch mir?"

„Und warum nimmst du nicht deine Forellen und …" Der Rest ihres unfreundlichen Vorschlags wurde vom Schrillen der Backofenuhr unterbrochen.

„Deine Törtchen!"

Nur mit Mühe beherrschte Megan sich, zog das Backblech aus dem Ofen und stellte es zum Abkühlen ab.

Oh ja, sie würde einen Salat machen. Den Salat des Jahrhunderts! Im Vergleich zu ihrem Salat würden seine Forellen bis zur Nichtigkeit schrumpfen!

Eine Zeit lang herrschte in der Küche absolutes Schweigen. Nur das Öl in der Pfanne brutzelte, als Catch die panierten Forellenfilets in die Pfanne gab. Megan wusch Salatblätter, würfelte Tomaten, schnitt frische Champignons …

Als sie die Möhren schälte, hing ein solch appetitliches Aroma in der Luft, dass ihr unwillkürlich ein Seufzer entfuhr. Mit einer fragend hochgezogenen Braue blickte Catch zu ihr hinüber.

„Du musst natürlich richtig gut kochen können, was?" Sie lächelte schwach.

Mit einem Schulterzucken stibitzte er ihr die geschälte Möhre aus der Hand. „Wäre es dir lieber, wenn es mir misslingt?"

Kopfschüttelnd griff sie nach der nächsten Möhre. „Es wäre sehr befriedigend gewesen, wenn du dich wenigstens ungeschickt angestellt hättest."

Mit der Gabel prüfte Catch den Fisch in der Pfanne. „Soll das ein Kompliment sein?"

Megan schnitt die Karotte in feine Scheiben. „Ich weiß nicht. Wahrscheinlich würde man leichter mit dir umgehen können, wenn du nicht so fähig wärst."

Ohne Vorwarnung fasste er sie bei den Schultern und drehte sie zu sich herum. „Ist es das, was du willst? Mit mir umgehen?"

Er zog sie zu sich heran, doch sie legte abwehrend die Hände auf seine Brust. „Mache ich dich etwa nervös?"

„Nein." Viel zu heftig schüttelte sie den Kopf. „Nein, natürlich nicht."

Catch hob stumm eine Augenbraue und zog sie enger an sich.

„Doch", gestand sie ein. „Ja, du machst mich nervös!"

Sie machte sich frei und stapfte ungelenk zum Kühlschrank, um die Blaubeerfüllung herauszuholen. „Und du brauchst gar nicht so zufrieden darüber auszusehen." Sie wünschte, sie könnte die Wut empfinden, die in einer solchen Situation angebracht wäre.

„Es gibt viele Dinge, die mich nervös machen." Unwirsch füllte sie Blaubeerkompott in die Teigformen. „Schlangen, Karies, große Hunde …"

Als sie sein vergnügtes Lachen hörte, sah sie zu ihm hin und musste feststellen, dass sie selbst auch lächelte. „Wie soll ich dich nicht mögen, wenn du mich zum Lachen bringst?"

„Ist es denn unbedingt notwendig, dass du mich nicht magst?" Er drehte den Fisch geschickt um und ließ dabei das Öl aufspritzen.

„Nun, das hatte ich mir zumindest vorgenommen", gestand sie. „Es schien mir eine gute Idee zu sein."

„Warum lassen wir uns nicht etwas anderes einfallen?", schlug er vor und holte eine Servierplatte aus dem Schrank. „Was magst du gern? Außer Narzissen, meine ich."

„Softeis", erwiderte sie spontan und ehrlich. „Oscar Wilde. Barfuß laufen."

„Wie sieht es mit Baseball aus?", wollte er wissen.

Sie überlegte kurz und lächelte. „Ja. Baseball mag ich auch."

„Ich wusste doch, dass wir etwas gemeinsam haben." Er drehte das Gas unter der Pfanne ab. „Essen ist fertig. Ruf Pop herein."

Es war unglaublich gemütlich, zu dritt in der Küche am Tisch zu sitzen und das Essen zu genießen, zu dem jeder von ihnen einen Teil beigesteuert hatte.

Megan konnte die wachsende Sympathie der beiden Männer füreinander spüren, und das beunruhigte sie. Sie war sicher, dass Catch sein Vorhaben, *Joyland* aufzukaufen, nicht hatte fallen lassen. Im Gegenteil, er schien ihr entschlossener denn je.

Aber Pop fühlte sich ganz offensichtlich wohl in seiner Gesellschaft, und das bedeutete, dass Megan ihren ursprünglichen Plan nicht beibehalten konnte. Weder konnte sie Catch feindselig gegenübertreten noch konnte sie ihn komplett aus ihrem Leben verbannen.

Wie und auf welche Art er ihr Leben berührte, darüber wollte sie jedoch besser nicht nachdenken.

„Ich sag euch was." Mit einem zufriedenen Seufzer lehnte Pop sich in seinem Stuhl zurück. „Da ihr gekocht habt, übernehme ich den Abwasch." Er blickte von einem zum anderen. „Warum geht ihr beide nicht ein wenig spazieren? Megan geht gern am Strand entlang."

„Pop!"

„Ich weiß doch, dass ihr jungen Leute lieber allein seid", fuhr er unverblümt fort.

Megan öffnete den Mund, um zu protestieren, doch Catch kam ihr zuvor. „Liebend gern gehe ich mit einer schönen Frau spazieren, vor allem wenn mir damit der Küchendienst erspart bleibt."

„Du hast eine so schmeichelhafte Art, die Dinge auszudrücken", spöttelte Megan.

„Ehrlich gesagt, ich würde mir gern dein Atelier ansehen."

„Dann geh mit Catch nach oben", forderte Pop sie auf. „Den ganzen Tag hab ich ihm von deinen Kunstwerken vorgeschwärmt. Soll er sie sich ruhig ansehen."

Megan zögerte, doch dann beschloss sie, dass es einfacher war, sich nicht zu sträuben. Schließlich machte es ihr nichts aus, Catch ihre Arbeit zu zeigen, oder? Und es war garantiert sicherer, ihn in ihrem Atelier herumstöbern zu lassen, als mit ihm am Strand spazieren zu gehen.

„Also gut." Sie schob ihren Stuhl zurück. „Gehen wir nach oben."

Als sie durch die Fliegentür nach draußen gingen, legte Catch den Arm um ihre Schultern. „Ich mag dieses Cottage." Er ließ den Blick über den kleinen gepflegten Garten mit den farbenfroh blühenden Azaleen wandern. „Es ist so still und friedlich hier."

Das Gewicht seines Armes empfand Megan als merkwürdig angenehm, während sie Seite an Seite zur Garage hinüberschlenderten. „Ich hätte nie vermutet, dass ‚still und friedlich' dir gefallen würde."

„Es gibt eine Zeit für die Hollywoodschaukel auf der Veranda und eine Zeit für die Achterbahn."

An den Stufen zu ihrem Atelier blieb er stehen und sah auf Megan hinab. „Ich dachte, du wüsstest das."

„Das weiß ich auch." Sie merkte, wie ihr die Kontrolle über die Beziehung zu ihm immer mehr entglitt. „Ich ahnte nur nicht, dass es dir auch klar ist."

In Gedanken versunken stieg sie die Treppe hinauf. „Das Studio ist ziemlich klein, also wenig beeindruckend. Eigentlich ist es mehr ein Arbeitsraum, in dem ich Pop nicht störe und er mich nicht stört."

Megan öffnete die Tür und schaltete das Licht ein.

Dieser Raum gehörte ihr, ihr allein, und war deshalb für sie noch persönlicher als ihr Schlafzimmer im Haus nebenan. Werkzeuge lagen verstreut – hier erlaubte sie sich mehr Unordnung als in jedem anderen Bereich ihres Lebens –, Meißel, Messer, Schaber. Ihr Arbeitskittel war achtlos über eine Stuhllehne geworfen. Holz- und Sandsteinblöcke standen in einer Ecke sowie ein Marmorblock, den sie wie einen Schatz hütete.

Und überall, auf Regalen, Tischen und selbst auf dem Boden, waren ihre fertigen Werke verteilt.

Catch schob sich an ihr vorbei in den Raum. Seltsamerweise begannen Megans Nerven zu flattern. Sie fragte sich, wie seine Reaktion ausfallen mochte. Ob er ihre Arbeit kritisieren oder, viel schlimmer, oberflächlich loben würde?

Jedes einzelne Stück hier war ihr wichtig. Und verblüfft stellte sie fest, dass seine Meinung ihr ebenfalls wichtig war.

Leise schloss sie die Tür und lehnte sich mit dem Rücken dagegen.

Catch war prompt auf eine kleine Studie aus Walnussholz zugegangen – ein Mädchen, das eine Sandburg baute. Megan war besonders stolz auf dieses Stück, denn es war ihr gelungen, genau die Stimmung einzufangen, die sie hatte erzielen wollen. In dem jungen Gesicht lagen mehr als nur Jugend und Unschuld. Das Mädchen fühlte sich als Prinzessin auf der Burg, das leise Lächeln ließ den Betrachter sofort an ein Märchen mit glücklichem Ende denken.

Doch als Catch die Figur jetzt in seinen Händen drehte und nachdenklich betrachtete, meldeten sich erste Zweifel in Megan. Seine Augen blickten durchdringend, und sein Mund war streng zusammengepresst.

„Ist das deine Arbeit?"

Weil das Schweigen sich so lange ausgedehnt hatte, zuckte Megan bei seinen Worten zusammen. „Ja …"

Während sie noch überlegte, was sie sagen sollte, wanderte Catch wieder energisch durch den Raum, nahm eine Statuette hier auf, blieb vor einer Büste dort stehen, betrachtete jedes einzelne Werk genau, ohne einen Ton von sich zu geben.

Je länger die Stille dauerte, desto nervöser wurde Megan. Wenn er doch nur etwas sagen würde, dachte sie. Unruhig nahm sie den Kittel auf und faltete ihn fahrig zusammen.

„Was tust du nur hier?"

Mit weit aufgerissenen Augen wirbelte sie herum. Wenn sie eine Reaktion nicht erwartet hatte, dann war es Ärger. Aber Ärger stand deutlich in seinem Gesicht zu lesen, funkelte in seinen Augen.

Aufgeregt wrang sie den Kittel. „Ich weiß nicht, was du meinst."

„Warum versteckst du dich hier? Wovor fürchtest du dich?"

Verwirrt schüttelte sie den Kopf. „Ich verstecke mich nicht, Catch. Du redest Unsinn."

„Ich rede Unsinn?", wiederholte er fassungslos und eilte mit Riesenschritten auf sie zu, fing sich und begann im Zimmer auf und ab zu marschieren.

„Macht es etwa Sinn, solche Werke zu schaffen und sie dann in einem Raum über einer Garage einzuschließen?" Er hob die Skulptur eines Paares in enger Umarmung aus Seifenstein hoch. „Wenn man ein solches Talent geschenkt bekommt, hat man auch eine Verpflichtung. Was gedenkst du zu tun? Deine Arbeiten hier zu stapeln, bis es keinen Platz mehr gibt?"

Sie wusste nicht, wie sie mit der Situation umgehen sollte. Unsicher sah sie sich um. „Nein, ich … manchmal bringe ich das eine oder andere Stück zu einer Galerie im Zentrum. Sie verkaufen sich recht gut, vor allem in der Hauptsaison, und …"

Catch fluchte so laut, dass sie abbrach. War dieser wütende Mann derselbe, der vor Kurzem noch in der Küche friedfertig Forellen gebraten hatte?

„Ich verstehe nicht, warum du so aufgebracht bist." Verärgert über sich selbst, weil sie noch immer nervös den Kittel knetete, schleuderte sie ihn zu Boden.

„Verschwendung." Er stellte die Statue zurück ins Regal. „Eine solche Verschwendung macht mich wütend." Er kam zu ihr und packte sie bei den Schultern. „Wieso hast du nicht mehr mit deinen Arbeiten gemacht?"

Seine Augen drangen in ihre, ließen kein Ausweichen zu, verlangten nach Antwort.

„So einfach ist das nicht", begann sie. „Ich habe andere Pflichten zu erledigen."

„Du hast vor allem eine Pflicht dir selbst und deinem Talent gegenüber."

„Bei dir hört sich das an, als hätte ich etwas schrecklich Falsches getan."

Verwirrt suchte sie in seinem Gesicht nach seinen wahren Gefühlsregungen. „Ich tue, was ich kann. Ich begreife deine Wut nicht. Ich muss mich um den Park kümmern, um die geschäftliche Seite. Das ist meine Realität."

Sie schüttelte nachdenklich den Kopf. „Ich kann ja schlecht meine Arbeiten mit der Schubkarre zur nächsten großen Galerie transportieren."

„Das wäre auf jeden Fall besser, als sie hier zu horten."

Abrupt ließ er sie los und begann wieder auf und ab zu marschieren.

Er war offenbar doch erregbarer, als sie anfangs gedacht hatte. Unwillkürlich sah sie zu der unfertigen Büste hin, die mit einem feuchten Handtuch abgedeckt war. Neue Inspirationen strömten auf sie ein, und es juckte sie in den Fingern, sich sofort an die Arbeit zu machen.

„Wann warst du das letzte Mal in New York? In Chicago? In Los Angeles?"

„Wir können nicht alle Weltenbummler sein. Manche werden zu anderen Dingen geboren."

Er nahm das Mädchen mit der Sandburg in die Hand, dann das Paar aus Seifenstein. „Ich will diese beiden Statuen. Verkaufst du sie mir?"

Es waren ihre gelungensten Werke, wenn auch mit völlig entgegengesetzten Themen.

„Ich ... ich ... Wenn du sie haben willst."

„Ich gebe dir fünfhundert Dollar."

Megan riss die Augen auf.

„Pro Stück."

„Nein, so viel sind sie nicht wert ..."

„Sie sind sehr viel mehr wert, wie ich vermute. Hast du eine Kiste, in der ich sie sicher transportieren kann?"

„Ja, natürlich." Sie blies sich die Ponyfransen aus der Stirn. „Aber Catch, eintausend Dollar?"

Er setzte beide Statuetten ab und kam auf sie zu. Er war noch immer verärgert, strahlte es aus jeder Pore aus. „Was soll das? Hältst du es für sicherer, dich kleinzumachen, anstatt dich deinem eigenen Wert zu stellen?"

Sie setzte zu einem wütenden Protest an, doch dann überlegte sie es sich anders und warf nur hilflos die Hände in die Luft.

Catch drehte sich um und suchte auf eigene Faust nach Transportmaterial. Sorgfältig wickelte er die Statuen in Zeitungspapier ein, eine tiefe Falte auf der Stirn und ein aufgebrachtes Funkeln in den Augen. Dann fand er eine Kiste.

„Ich gebe dir später einen Scheck", sagte er noch und verließ ihr Atelier.

5. KAPITEL

Ein lang gezogener Schrei vibrierte durch die Luft. Die Achterbahn schoss in eine Kurve und legte sich fast waagerecht zur Seite. Überall blinkten Lichter, es herrschte lauter Trubel. Das Klingeln und Pfeifen von Maschinen und Geräten war zu hören. Musik schallte blechern aus Lautsprechern, und das „Plopp" der Luftgewehre hallte aus den Arkaden.

Und dann war da noch das Lachen der vielen Menschen, ihre begeisterten Rufe, ihre fröhlichen Gespräche.

Es roch nach Popcorn und gebrannten Mandeln, nach Bratwürsten und Maschinenöl.

Megan lud eine weitere Runde Kugeln in das Luftgewehr und reichte es dem selbst ernannten Revolverhelden. „Fünf Punkte für die Kaninchen, zehn für die Enten. Für einen Hirsch gibt's fünfundzwanzig und für Bären fünfzig."

Der sechzehnjährige Scharfschütze legte an und schoss eine Ente und ein Kaninchen. Als Preis wählte er eine Gummischlange, die seiner Freundin angeekelte Schreie entlockte.

Lächelnd sah Megan dem Pärchen nach, wie es davonschlenderte. Der Junge legte dem Mädchen den Arm um die Taille und bewies seinen Sinn für Romantik, indem er der Freundin die Gummischlange vors Gesicht hielt, was ihm einen Ellbogenstoß in die Rippen einbrachte.

Allzu viel los war heute Abend nicht, aber die Saison hatte auch noch nicht richtig begonnen.

Und es gab so viele andere Parks in der Gegend, mit mehr Attraktionen, Bühnenshows und einer moderneren Auswahl an unzähligen Videospielen.

Im Moment hatte Megan nichts gegen die Flaute einzuwenden. Ihr gingen stattdessen die verschiedensten Dinge im Kopf umher seit dem Abend, an dem Catch ihr Atelier gesehen hatte. Seit drei Tagen hatte sie nichts von ihm gehört.

Zuerst hatte sie ihn unbedingt sehen wollen, hatte mit ihm über die Dinge reden wollen, die er zu ihr gesagt hatte.

Er hatte sie zum Nachdenken gebracht. Sie war gezwungen gewesen, sich dem Teil ihrer Persönlichkeit zu stellen, den sie eigentlich die meiste Zeit ihres Lebens unterdrückt oder ignoriert hatte.

Allerdings war das Bedürfnis nach einem Gespräch mit Catch mit jedem Tag geschrumpft.

Wer war er denn überhaupt, und welches Recht hatte er, ihr Leben zu kritisieren?! Wieso erlaubte er sich, sie zusammenzustauchen, sodass sie sich vorkam, als hätte sie ein unverzeihliches Verbrechen begangen?

Innerhalb von Minuten hatte er sie angeklagt und verurteilt. Und dann war er verschwunden.

Drei Tage war das her.

Megan reichte dem nächsten Schützen das geladene Luftgewehr. Drei Tage ohne einen Ton von Catch. Sie hatte auf ihn gewartet – sehr zu ihrem eigenen Unmut. Und als die Tage ohne eine Nachricht von ihm vergingen, hatte sie sich in Wut geflüchtet.

Denn nicht nur hatte er sie erbarmungslos abgekanzelt, nein, er hatte auch ihre beiden liebsten Stücke mitgenommen. Tausend Dollar, na klar, dachte sie gallig und schob die nächste Runde Patronen in die Trommel. Alles nur leeres Geschwätz!

Das war etwas, das er wirklich perfekt beherrschte – reden. Wahrscheinlich gehörte ihm das Restaurant auch gar nicht! Aber warum war er so?

Männer brauchen keinen vernünftigen Grund, beschloss sie. Ihnen ging es nur ums Ego!

„Männer", entfuhr es ihr leise, als sie das Gewehr an den nächsten Kunden reichte.

„Ich weiß genau, was Sie meinen, Herzchen." Mit einem verschwörerischen Blinzeln nahm die rundliche blonde Frau das Gewehr von Megan entgegen.

„Wer braucht sie schon?" Megan runzelte die Stirn.

„Das ist ja das Problem." Die Frau legte das Gewehr an und zielte. „Wir brauchen sie."

Und dann konzentrierte sie sich und erzielte hundertfünfundzwanzig Punkte.

„Tolles Ergebnis", gratulierte Megan. „Sie dürfen sich etwas aussuchen, aus der zweiten Reihe."

„Dann nehme ich das Nilpferd, Liebes. Es erinnert mich an meinen zweiten Mann."

Lachend holte Megan das ausgestopfte Nilpferd aus der Reihe. „Hier, bitte. Viel Spaß damit."

Mit einem lustigen Augenzwinkern klemmte sich die Frau das Stofftier unter den Arm und watschelte davon.

Während zwei halbwüchsige Jungen ihr Glück versuchten, zog Megan sich ein wenig weiter in den Stand zurück.

Dieser kleine Austausch mit der korpulenten Frau war ein typisches Beispiel für die lockere, freundliche Atmosphäre, die hier im Park allgemein herrschte.

Megan fühlte sich besänftigt und lächelte leise vor sich hin. Allerdings kennt die Frau Catch nicht, dachte sie und nahm den Vierteldollar von der Theke, um noch ein Gewehr zu laden. Und ich kenne ihn genauso wenig, erinnerte sie sich.

Als eine Dollarnote auf den Tresen gelegt wurde, griff sie automatisch in die Kasse, um drei Münzen zurückzugeben.

„Zehn Schuss pro Vierteldollar", begann sie ihr Sätzchen aufzusagen. „Fünf Punkte für Kaninchen, zehn für Enten …"

Sie schob die Münzen über die Theke und griff nach einem Gewehr. Die Hand, die die Münzen zu ihr zurückschob, erkannte sie sofort.

„Ich schieße für einen ganzen Dollar."

Catch lachte in ihr verdutztes Gesicht, dann beugte er sich vor und presste einen schnellen Kuss auf ihre Lippen.

„Das bringt Glück", behauptete er, als sie zurückzuckte.

Sie hatte kaum die Münzen in die Kasse zurückgelegt, als Catch auch schon jeden einzelnen der Bären abgeschossen hatte.

„Wow!" Die beiden Jungs waren begeistert. „Hey, Mister, schaffen Sie das noch mal?"

„Versuchen wir's." Catch sah zu Megan. „Ich brauche die nächste Runde."

Wortlos reichte sie ihm das geladene Gewehr.

„Dein Parfüm gefällt mir, Meg. Was ist es?"

„Waffenöl."

Er lachte auf und zielte. Die unschuldigen Bären ereilte das gleiche Schicksal wie zuvor, und die beiden Jungs neben Catch ließen mit jedem Treffer simultan einen Begeisterungsschrei hören.

Immer mehr Schaulustige sammelten sich inzwischen um den Schießstand.

„Hey, Megan!"

Sie sah auf und erkannte die Bailey-Zwillinge. Beide Frauen nickten zu Catch.

„Sag, ist das nicht …"

„Ja", schnitt Megan den beiden das Wort ab. Sie verspürte keine Lust auf eine Erklärung.

„Wirklich appetitlich", murmelte Teri und schenkte Catch ein bezauberndes Lächeln, als er sich aufrichtete.

„Mmhh!", stimmte Jeri ihrer Schwester zu und lächelte ebenfalls.

„Hier!" Brüsk drückte Megan Catch, der die Zwillinge anerkennend musterte, das Luftgewehr in die Hand. „Das ist dein letzter Vierteldollar."

Catch legte an. „Wünschst du mir Glück?"

Sie hielt seinem Blick stand. „Sicher, warum nicht?"

„Ach Meg, ich bin verrückt nach dir."

Sie ignorierte das Prickeln, das seine achtlos dahingesprochenen Worte ihr über den Rücken jagten, und sah zu, wie er zum vierten Mal alle Bären hintereinander umfallen ließ.

Die Menge, die sich inzwischen am Schießstand versammelt hatte, applaudierte.

Catch legte das Gewehr ab.

„Und was habe ich gewonnen?", fragte er Megan.

„Du kannst es dir aussuchen. Alles, was du willst."

Ein breites Grinsen zog über sein Gesicht, und Megan hasste sich dafür, dass sie rot anlief.

Sie trat einen Schritt zur Seite und deutete auf die Stofftierreihen.

„Ich nehme Henry."

Als Megan ihn nur verständnislos anblickte, zeigte er auf den fliederfarbenen Elefanten, der ganz zuoberst saß und gut einen Meter groß war.

Sie holte den Stoffelefanten herunter und setzte ihn vor Catch auf die Theke.

„Und dich."

„Nur die in den Regalen ausgestellten Artikel sind als Preise zu vergeben", betonte sie reserviert.

„Ich liebe es, wenn du dich spröde gibst", lautete sein Kommentar.

„Hör auf damit!", zischelte sie ihm zu und wurde prompt wieder rot, als die Bailey-Zwillinge zu kichern begannen.

„Wir haben gewettet, weißt du noch?" Er lächelte und nahm ihre Hände. „Heute ist Freitagabend."

Vergebens versuchte sie ihm ihre Hände zu entziehen. „Wer sagt denn, dass ich verloren habe?"

Da die Menge sich noch nicht wieder zerstreut hatte, sprach sie nur leise und mit angehaltenem Atem.

Was Catch völlig ungerührt ließ. „Komm schon, Meg, du musst zugeben, ich habe fair gewonnen. Du willst dich doch wohl jetzt nicht herauswinden, oder?"

„So sei doch leise!"

Sie sah über seine Schulter hinweg zu den neugierigen Gesichtern.

„Ich winde mich nie heraus", flüsterte sie wütend. „Und selbst wenn ich verloren hätte – ich sage nicht, dass ich verloren habe! –, kann ich den Stand nicht verlassen. Du findest sicher jemand anderen, der dir Gesellschaft leistet."

„Ich will aber deine Gesellschaft."

Nur mit Mühe hielt sie seinem Blick stand. „Ich kann jetzt hier nicht weg!"

„Megan!"

Eine der Zeitarbeitskräfte schlüpfte unter dem Tresen hindurch. „Pop hat mich geschickt, um dich abzulösen."

Der junge Mann lächelte nur arglos, als sie ihm einen giftigen Blick zuwarf.

„Perfektes Timing", murmelte sie böse. „Vielen Dank auch."

„Sicher, keine Ursache, Megan."

„Können Sie den so lange hier aufbewahren?" Catch setzte den Stoffelefanten zurück auf die Theke und half Megan dann unter dem Tresen hervor. Sobald sie sich aufrichtete, zog er sie in seine Arme.

Ungeachtet der Zuschauer dauerte der Kuss ewig und fiel äußerst fordernd aus. Als Catch die Lippen von Megans Mund löste, lagen ihre Arme um seinen Nacken. Sie ließ sie dort und sah in sein Gesicht auf. Die grauen Augen waren dunkel geworden, wie sie bemerkte.

„Das wollte ich schon seit drei Tagen tun", murmelte er und rieb seine Nasenspitze an ihrer.

„Was hat dich davon abgehalten?" Prompt wurde sie rot, als ihr klar wurde, wie hitzig und vorwurfsvoll diese Frage geklungen hatte.

„Tut mir leid, so meinte ich das nicht." Sie hielt es für besser, sich von ihm loszumachen.

„Doch, du meintest es genau so, wie es sich anhörte."

Dieses Mal gab er sie frei, doch legte er ihr freundschaftlich einen Arm um die Schultern. „Es ist nett hier, also verdirb uns diesen Spaziergang nicht."

Er ließ den Blick über den Park schweifen. „Wie wäre es mit einer Führung?"

„Ich wüsste wirklich nicht, warum du eine brauchst. Wir verkaufen nicht."

„Wir werden sehen." Er klang schon wieder so nervenaufreibend selbstsicher.

„Aber wie auch immer … es würde mich interessieren. Weißt du eigentlich, warum die Leute in einen Vergnügungspark kommen?"

„Weil sie Spaß haben wollen."

„Richtig. Aber du hast zwei wichtige Dinge vergessen", fügte er an. „Sie wollen nämlich auch träumen... und vor allem sich selbst präsentieren."

Sie blieben stehen und sahen zu, wie ein Mann mittleren Alters vor dem „Hau-den-Lukas" seine Jacke auszog und den Holzhammer aufnahm.

Der Mann schlug mit voller Wucht zu, doch der Anzeiger stieg gerade bis zur Hälfte der Messlatte auf. Das ließ der Mann nicht auf sich sitzen. Er spuckte sich in die Hände und hob zum zweiten Schlag an.

„Du hast recht." Lächelnd warf Megan das Haar zurück. „Aber du musst es ja wissen."

Er grinste sie verschmitzt an. „Soll ich den Lukas hauen und dir zeigen, wie es geht?"

„Muskeln beeindrucken mich nicht."

„Wovon bist du dann beeindruckt, Meg?" Den Arm noch immer um sie gelegt, führte er sie weiter.

„Poesie", beschied sie impulsiv.

„Hm ..." Nachdenklich rieb er sich übers Kinn. „Wie wär's mit einem Limerick? Ich kenn da ein paar ganz gute."

„Das glaube ich dir aufs Wort." Sie schüttelte den Kopf. „Aber nein danke, ich passe."

„Feigling."

„So? Lass uns mit der Achterbahn fahren, dann werden wir ja sehen, wer hier ein Feigling ist."

„Abgemacht." Er griff nach ihrer Hand und rannte los.

Erst vor dem Kartenhäuschen bremste er ab, und Megan holte schnaufend Luft.

Ich sollte es mir endlich eingestehen, dachte sie, während sie sein Profil betrachtete. Ich bin gern mit ihm zusammen. Es ist unsinnig, es länger abzustreiten.

„Woran denkst du gerade?", fragte er sie, nachdem er die Tickets bezahlt hatte.

„Daran, dass ich lernen könnte, dich zu mögen – in drei oder vier Jahren vielleicht. Und dann natürlich auch nur für jeweils kurze Zeitspannen", fügte sie lächelnd hinzu.

Er nahm ihre beiden Hände und küsste sie. Der Stromstoß, der durch ihren ganzen Körper fuhr, überrumpelte Megan und entsetzte sie.

„Womit habe ich diese Ehre verdient?", murmelte er und lachte sie an.

Die Intensität ihrer Gefühle erschreckte sie. Es war sehr wichtig für sie, dass sie die Beziehung zu ihm leicht und unbeschwert hielt, also versuchte sie ihm ihre Hände zu entziehen.

„Nein, du musst meine Hand halten", meinte Catch mit einem Kopfnicken in Richtung Achterbahn. „Ich habe Höhenangst."

Megan lachte. Sie vergaß ihre guten Vorsätze und die Gefahr und ließ ihre Finger mit seinen verschränkt.

Catch gab sich nicht mit der Achterbahnfahrt zufrieden.

Er zog Megan von einem Karussell zum nächsten, von einer Bude zur anderen. Sie verliefen sich im Spiegelkabinett, genossen den wohligen Schauer in der Geisterbahn und lehnten sich entspannt in die offene Gondel des Riesenrads zurück.

Vom obersten Punkt aus sahen sie auf die Lichter des Parks hinunter und auf die dunkel daliegende See hinaus. Der Wind blies Megan das Haar ins Gesicht. Catch strich es ihr sanft hinter die Ohren.

Und als er sie küsste, fühlte es sich gut und richtig an. Hier oben, wohin der fröhliche Lärm nicht reichte, waren sie in ihrer eigenen Welt. Hier gab es nur den leichten Wind, der durchs Gestänge pfiff, die leise schaukelnde Gondel und ihrer beider Lippen, die sich sanft berührten.

Megan lehnte sich an Catch und seufzte zufrieden. Es war das Natürlichste der Welt, ihren Kopf an seine Schulter zu legen.

Über ihnen funkelten die Sterne, Wolkenfetzen zogen über den Mond, und der Wind trug den salzigen Duft der See heran.

„Wann hast du das zum letzten Mal gemacht?", fragte Catch leise.

„Was?" Sie hob den Kopf und sah ihn an.

„Den Park genossen. Einfach nur Spaß gehabt."

„Ich …" Das Riesenrad setzte sich wieder in Bewegung, hielt an, um neue Passagiere aufzunehmen und andere aussteigen zu lassen. Megan konnte sich erinnern, dass sie früher oft mit den Karussells gefahren war, als kleines Mädchen. Wann hatte sie damit aufgehört? „Ich weiß es nicht mehr."

Sie waren am Ende der Fahrt angekommen, und der Helfer entriegelte die Sicherheitsstange.

Als Megan jetzt mit Catch durch den Park schlenderte, sah sie sich mit einer neuen Aufmerksamkeit um. Sie erblickte mehrere Leute, die sie kannte.

Anwohner, die sich einen vergnüglichen Abend machen wollten, mischten sich mit den ersten Touristen.

„Du solltest das öfter machen." Catch steuerte sie zum östlichen Teil des Parks. „Lachen, entspannen und einmal die Einschränkungen vergessen, die du dir ständig selbst auferlegst."

Megan versteifte sich. „Für jemanden, der mich kaum kennt, scheinst du dir sehr sicher zu sein, was gut für mich ist."

„Das ist auch nicht schwierig zu erkennen." Er blieb vor einem Eiswagen stehen und bestellte zwei Softeis.

„Du bist nicht schwer zu durchschauen, Meg. Du hast keine Geheimnisse."

„Oh, vielen Dank auch."

Lachend reichte er ihr ein Eis.

„Du brauchst gar nicht eingeschnappt zu sein. Das war ein Kompliment."

„Ich nehme an, du kennst natürlich sehr viele geheimnisvolle Frauen, was?"

„Eine." Er schlang den Arm um ihre Taille, und sie gingen weiter. „Sie heißt Jessica und ist eine der schönsten Frauen, die ich je gesehen habe."

„So?" Gespielt unbeteiligt leckte Megan an ihrem Eis.

„Sie ist dieser klassische blonde Typ. Du weißt schon – sehr helle Haut, feine Gesichtszüge, wie gemeißelt, strahlend blaue Augen."

„Wie interessant."

„Oh ja, das ist sie auf jeden Fall. Zudem noch äußerst intelligent, und sie hat Humor."

„Du scheinst sie sehr zu mögen." Das Eis verlangte unbedingt ihre volle Aufmerksamkeit.

„Mehr als nur mögen. Jessica und ich haben jahrelang zusammengelebt." Er blieb völlig sachlich, während er die Bombe platzen ließ. „Jetzt ist sie verheiratet und hat zwei Kinder, aber wir treffen uns immer noch ab und zu. Vielleicht kann sie sich ja ein paar Tage freimachen und herkommen, dann könnt ihr euch kennenlernen."

Megan blieb abrupt stehen. „Wenn du Publikum für dein Liebesleben brauchst, dann such dir jemand anderen. Wenn du meinst, ich will deine ... deine ..."

„Schwester", teilte Catch ihr liebenswürdig mit. „Jessica ist meine Schwester. Sie würde dir gefallen. Dein Eis tropft, Meg."

Sie gingen auf die Tore des Parks zu.

„Es ist ein sehr netter Park", murmelte Catch. „Klein, aber schön aufgeteilt und bestens geführt. Ich habe nicht ein einziges gelangweiltes Gesicht gesehen."

Er steckte die Hände in die Jackentaschen und zog mit gerunzelter Stirn ein Stück Papier hervor. „Dein Scheck. Ich hab vergessen, ihn dir zu geben."

Megan stopfte sich den Scheck in die Tasche, ohne einen Blick daraufzuwerfen. Sie wusste, woran Catch dachte.

„Mein Großvater hat diesem Park sein ganzes Leben gewidmet", erinnerte sie ihn.

„Du auch", ergänzte er.

„Warum willst du den Park kaufen? Um des Geldes willen?"

Lange schwieg er.

Gemeinsam überquerten sie den Kai und liefen über den leicht abfallenden Strand zum Wasser.

„Ist das etwa ein so schlechter Grund, Megan?", antwortete er schließlich mit einer Gegenfrage. „Stört dich etwas am Geldverdienen?"

„Nein, natürlich nicht, das wäre lächerlich."

„Ich habe mich gefragt, ob das vielleicht der Grund ist, weshalb du nichts mit deinen Skulpturen unternimmst."

„Nein, das ist nicht der Grund. Ich habe meine Prioritäten, mit der verbleibenden Zeit tue ich, was mir möglich ist."

„Vielleicht hast du deine Prioritäten falsch gesetzt." Bevor sie etwas einwenden konnte, fuhr er fort: „Wie würde es sich auf den Park auswirken, wenn ihr moderne Geräte aufstellen und die Arkaden ausbauen könntet?"

„Dazu fehlt uns das Kapital."

„Das war nicht meine Frage."

Er fasste sie bei den Schultern und sah sie ernst an.

„Natürlich würde es das Geschäft beleben. Die Leute kommen, um sich zu amüsieren. Je größer und besser das Angebot, desto zufriedener die Gäste. Und desto mehr Geld würden sie ausgeben."

Catch nickte. „Genau das denke ich auch."

„Aber das Ganze ist müßig, weil wir das Geld für solche Investitionen nicht haben."

„Wie?"

Obwohl er sie direkt ansah, spürte Megan, dass er mit seinen Gedanken nicht mehr beim Thema war.

„Woran hast du gerade gedacht?", fragte sie ihn, als sein Blick wieder klar wurde.

Seine Hände begannen ihre Schultern zu streicheln.

„Daran, wie außergewöhnlich schön du bist."

Sie wich ein wenig zurück.

„Nein, das hast du nicht gedacht."
„Ich denke es jetzt."
Das Funkeln war in seine Augen zurückgekehrt, er legte ihr die Hände um die Taille. „Und ich habe es gedacht, als ich dich zum ersten Mal sah."
„Du bist albern."
Sie wollte sich losmachen, doch er ließ sie nicht gehen.
„Das bestreite ich gar nicht. Aber nicht weil ich dich schön finde."
Der Wind strich ihr das Haar aus dem Gesicht, und Catch setzte einen zärtlichen Kuss auf ihre Stirn, der ihr die Knie weich werden ließ. Sie legte die Hände auf seine Brust – weil sie sich festhalten musste und gleichzeitig protestieren wollte.
„Du bist doch Künstlerin." Er zog sie ein wenig näher zu sich heran. „Du hast ein geübtes Auge für Schönheit."
„Nicht!" Es war nur ein schwacher Laut, ohne große Überzeugung.
„Nicht was? Ich soll dich nicht küssen?"
Langsam und unendlich zart ließ er seine Lippen über ihre Haut gleiten, hin zu ihrem Mund. „Aber ich muss, Meg ..."
Ihr Herz schien stehen zu bleiben, so überwältigend war seine Liebkosung, lockend, verführerisch, verlangend.
Mit einem lustvollen Seufzer schmiegte Megan sich an ihn.
Und dann schien etwas in ihr zu explodieren, als der Kuss intensiver wurde.
Die Intensität ihrer Gefühle erschreckte sie zutiefst. Es waren Empfindungen von Verlangen und Sehnsucht, so machtvoll, dass sie sich an ihn klammerte, weil sie merkte, wie ihr die Kontrolle entglitt.
Panik erfasste sie. Sie wehrte sich, wollte sich aus seinen Armen lösen und rennen, so weit sie konnte, doch Catch hielt sie fest an sich gepresst.
„Was ist denn? Du zitterst ja."
Sanft hob er ihr Kinn, bis sie ihn ansah.
Ihre Augen waren riesengroß, seine blickten ernst.
„Ich wollte dir keine Angst machen, Megan. Es tut mir leid."
Seine Zärtlichkeit war zu viel für sie. Die Liebe, soeben erst entdeckt, verlangte danach, sich einen Weg in die Freiheit zu bahnen.
Megan schüttelte nur den Kopf. Als sie sprach, klang ihre Stimme heiser vor erstickten Tränen. „Nein, es ist nur ... ich muss zurück. Der Park schließt jetzt."
An seiner Seite vorbei konnte sie sehen, wie die Lichter eines nach dem anderen erloschen.

„Meg." Sein bittender Ton ließ sie innehalten. „Iss mit mir zu Abend."

„Nein."

„Ich habe ja noch nicht einmal einen Abend vorgeschlagen", hielt er ihr milde vor. „Wie wär's mit Montag?"

„Nein."

„Bitte."

Ihr Vorsatz löste sich mit einem Seufzer in Luft auf. „Du spielst nicht fair", murmelte sie.

„Nie. Um sieben?"

„Kein Picknick mehr am Strand", verlangte sie.

„Versprochen, wir bleiben drinnen."

„Einverstanden, aber nur ein gemeinsames Abendessen." Sie trat von ihm ab. „Und jetzt muss ich zurück."

„Ich begleite dich." Catch küsste ihre Hand, bevor Megan ihn aufhalten konnte. „Schließlich muss ich noch meinen Elefanten abholen."

6. KAPITEL

Megan hielt Catchs Gesicht zwischen den Händen. In völliger Konzentration formte sie seine Wangenknochen. Als sie an jenem Morgen mit der Büste angefangen hatte, war sie überzeugt gewesen, diese Arbeit könne als eine Art Therapie fungieren. In gewisser Hinsicht hatte sie recht behalten.

Die letzten Stunden waren relativ friedlich vergangen, ohne die ruhelosen Grübeleien, mit denen sie sich die letzten zwei Nächte geplagt hatte.

Jetzt war sie ganz und gar von ihrer Arbeit eingenommen, da blieb kein Platz für Sorgen und Zweifel.

Sie formte und knetete, bis ihre Finger schmerzten und ihre Muskeln verkrampft waren. Ein Blick auf die Uhr sagte ihr, dass sie viel mehr Zeit mit der Büste verbracht hatte als eingeplant. Die Strahlen der späten Nachmittagssonne fielen bereits durchs Fenster.

Megan lockerte ihre Finger und musterte kritisch ihr Werk.

Der Kopf war ihr gut gelungen, sie hatte das richtige Maß an Kühnheit und Intelligenz getroffen. Die Lippen wirkten fest und sinnlich, die Augen aufmerksam und voller Wachsamkeit.

Die Dynamik jenes Gesichts, das Megan so sehr faszinierte, konnte in einer Büste natürlich nur zum Teil wiedergegeben werden.

Es war ein Gesicht, das einen dazu veranlasste, wider besseres Wissen und den gesunden Menschenverstand Vertrauen zu fassen.

Mit zusammengekniffenen Augen studierte sie Catchs Gesicht in Ton.

Es gab Männer, die betrachteten Frauen als eine Art Karriere. Sie eroberten sie, liebten sie, und dann verließen sie sie.

Andere dagegen wurden sesshaft, heirateten und gründeten Familien.

Megan hatte nicht den geringsten Zweifel, in welche Kategorie Catch fiel.

Sie stand auf und wusch sich die Hände.

Schwärmerei, Faszination, ein kurzer Rausch, mehr konnte es nicht sein. Er ist anders, und deshalb finde ich ihn aufregend, dachte sie.

Es war auch durchaus menschlich, sich geschmeichelt zu fühlen, weil er Interesse an ihr zeigte. Und deshalb hatte sie überreagiert.

Während sie sich die Hände trocknete, versuchte sie sich in stiller Zwiesprache mit sich selbst weiter zu überzeugen.

Niemand verliebte sich so schnell. Und wenn, dann war es weder etwas Ernstes noch konnte es von langer Dauer sein.

Megans Blick glitt zu dem Tonkopf. Catchs Lippen schienen spöttisch zu lächeln über ihre vernünftigen Argumente.

Frustriert schleuderte Megan das Handtuch zu Boden.

„Es ist schlichtweg unmöglich, dass es so schnell passiert!", fauchte sie das Tongesicht an. „Nicht so, und schon gar nicht mir!"

Abrupt wandte sie sich ab. „Ich lasse es nicht zu."

Es geht ihm nur um den Park, rief sie sich in Erinnerung. Wenn er erst begriffen hat, dass er ihn nicht bekommt, dann wird er wieder gehen.

Der Schmerz, der sie jäh durchzuckte, kam unerwartet und war höchst unwillkommen.

Das ist doch genau das, was ich will, dachte sie. Dass er geht und uns in Ruhe lässt. Dabei musste sie sich jedoch bemühen, nicht an die neue Welt zu denken, die Catch ihr in seinen Armen eröffnet hatte.

Megan zog das Band aus ihrem Haar und schüttelte heftig den Kopf. Morgen arbeite ich in Holz, beschloss sie und deckte das Tonmodell ab.

Und heute Abend genieße ich das Dinner mit einem attraktiven Mann. So einfach ist das.

Schwungvoll – obwohl sie sich alles andere als das fühlte! – zog sie den Arbeitskittel aus und verließ das Atelier.

„Hallo, Liebes." Pop fuhr mit dem Pick-up an der Garage vor, gerade als Megan die Stufen hinunterkam.

Seine Bedrücktheit fiel ihr sofort auf, als er ausstieg.

Da sie wusste, wie ungern er über Probleme klagte, ging sie zu ihm und schloss ihn in die Arme.

„Selber hallo. Du warst lange weg."

„Es gibt da ein paar Schwierigkeiten im Park", erwähnte er wie beiläufig, während sie gemeinsam ins Haus gingen.

Das erklärte seine niedergeschlagene Miene.

Megan wartete, bis er sich an den Küchentisch gesetzt hatte. Dann ging sie zum Herd, um Wasser für frischen Tee aufzusetzen, bevor sie nachfragte.

„Was denn für Schwierigkeiten?"

„Reparaturen, nur Reparaturen, Megan. Die Achterbahn, der Oktopus und zwei von den kleineren Karussells."

„Schlimm?"

Pop seufzte schwer.

Offenheit war immer besser als Ausweichen. „Zehntausend, vielleicht sogar fünfzehn."

Megan schnappte unwillkürlich nach Luft. „Zehntausend Dollar!"

Sie rieb sich die Stirn. Ihn zu fragen, ob er sich auch nicht irrte, war unnötig. Pop hätte kein Wort erwähnt, wäre er sich nicht sicher.

„Nun, fünf bringen wir zusammen." *Wenn sie den Scheck von Catch zu ihren Ersparnissen hinzurechnete.* „Allerdings werden wir genauere Zahlen brauchen, bevor wir einen Kredit bei der Bank beantragen können."

„Banken sind nicht sonderlich erpicht darauf, Leuten in meinem Alter noch Kredite zu gewähren", murmelte Pop.

Weil sie sah, wie müde und entmutigt er war, entschied sie sich bewusst für einen brüsken Ton.

„Jetzt sei nicht albern! Der Kredit wird schließlich auf den Park geschrieben, nicht auf dich."

Den Gedanken an die hohen Zinsen und das knappe Geld verdrängte sie.

„Ich werde morgen mit ein paar Leuten sprechen", versprach Pop und stopfte seine Pfeife – das Zeichen, dass die geschäftliche Unterredung beendet war.

„Du gehst heute Abend mit Catch aus?"

„Ja." Megan stellte zwei Teebecher auf den Tisch.

„Ein netter junger Mann." Pop paffte an der Pfeife. „Ich mag ihn. Er hat Stil. Und er versteht was vom Angeln."

„Was ihn natürlich sofort zu einem Ehrenmann macht", spöttelte Megan gutmütig.

„Na, auf jeden Fall ist das kein Negativpunkt auf meiner Liste." Er lächelte. „Übrigens hab ich euch beide letztens zusammen beim Riesenrad gesehen. Ihr seid ein hübsches Paar."

„Also wirklich, Pop." Ihre Wangen begannen zu brennen. Eiligst beschäftigte Megan sich mit dem Geschirr in der Spüle.

„An dem Abend scheint er dir aber gut gefallen zu haben." Pop nippte an seinem Tee. „Du hast keine Einwände gehabt, als er dich küsste. Mir sah es sogar danach aus, als hättest du deinen Spaß daran."

„Pop!" Empört schwang Megan zu ihm herum.

„Ich habe euch ganz bestimmt nicht nachspioniert, Megan", beruhigte er sie mit einem Lächeln. „Aber schließlich wart ihr da oben gut zu sehen. Ich wette, ihr seid einer Menge Leute aufgefallen. Wie schon gesagt, ihr seid ein hübsches Paar."

Megan setzte sich an den Tisch und suchte nach Worten. Sie hatte nicht die geringste Ahnung, was sie sagen sollte.

„Es war nur ein Kuss", meinte sie schließlich. „Das hat nichts zu bedeuten."

Pop nickte stumm und trank seinen Tee.

„Wirklich nicht", bekräftigte sie.

Jetzt lächelte er sie milde an. „Aber du magst ihn, nicht wahr?"

Megan senkte die Lider. „Manchmal", gestand sie murmelnd.

Pop drückte verständnisvoll ihre Finger. „Wenn man es zulässt, dann ist es wirklich das Einfachste auf der Welt, jemanden zu mögen."

„Ich kenne ihn doch kaum."

„Und ich vertraue ihm."

Megan suchte im Gesicht ihres Großvaters. „Wieso?"

Mit einem Schulterzucken sog er an der Pfeife. „Das sagt mir mein Gefühl. Wenn man sein Lebtag mit so vielen Menschen zu tun hat wie ich, dann wird man ein guter Menschenkenner. Es sind seine Augen. Er ist integer. Sicher, er will seinen Kopf durchsetzen, aber er betrügt nicht, um sein Ziel zu erreichen. Und das ist wichtig."

Ihr Tee kühlte immer mehr ab, dennoch trank Megan nicht.

„Er will den Park", sagte sie leise.

Durch den Pfeifenrauch betrachtete Pop seine Enkelin nachdenklich. „Ja, ich weiß. Daraus hat er von Anfang an kein Hehl gemacht."

Sein Blick wurde milder. „Im Leben bleibt nicht immer alles so, wie es ist. Die Dinge ändern sich, Megan. Das ist es ja, was das Leben lebenswert macht."

„Was meinst du damit? Willst du sagen, du ... du denkst daran, ihm den Park zu verkaufen?"

Die unterschwellige Panik in ihrem Ton entging ihm nicht. Beruhigend tätschelte er ihre Hand. „Darüber denken wir im Moment noch nicht nach. Erst einmal müssen wir zusehen, dass wir die Geräte bis zu den Osterfeiertagen repariert bekommen. Warum trägst du heute Abend nicht das gelbe Kleid, das ich so gern an dir sehe, Megan? Das mit dem passenden kleinen Jäckchen. Da muss ich immer an den Frühling denken."

Megan überlegte, ob sie nicht weiter nachhaken sollte, doch dann schob sie alle ihre Fragen beiseite. Es war praktisch unmöglich, etwas aus ihrem Großvater herauszubekommen, wenn er beschlossen hatte, ein Thema zu beenden.

„Also schön. Ich gehe nach oben und nehme ein Bad."

„Megan." Auf seinen Ruf hin drehte sie sich an der Tür zu ihm um. „Amüsier dich gut. Manchmal ist es besser, den Dingen ihren Lauf zu lassen."

Nachdenklich sah Timothy Miller seiner Enkelin nach und strich sich über den weißen Bart.

Eine knappe Stunde später begutachtete Megan sich im Spiegel. Das Gelb des Kleides verlieh ihrer Haut einen warmen Schimmer, der schlichte Schnitt betonte ihre schlanke Figur, die dünnen Träger gaben Arme und Schultern frei.

Ausgiebig kämmte sie sich das Haar. Die kleinen goldenen Kreolen in den Ohrläppchen waren ihr einziger Schmuck.

„Hey, Megan!"

Mit der Bürste in der Hand hielt sie mitten in der Bewegung inne. Catch stand doch wohl nicht da draußen und rief nach ihr?!

„Meg!"

Ungläubig den Kopf schüttelnd ging sie zum Fenster.

Tatsächlich, da unten stand er und winkte zu ihr herauf. „Was machst du da?", wollte sie von ihm wissen.

„Öffne das Fliegengitter."

„Wozu?"

„Tu's einfach."

„Soll ich etwa zu dir hinunterspringen? Vergiss es!" Dennoch lehnte sie sich neugierig aus dem Fenster.

„Hier, fang!"

Ihre Reflexe waren schneller als ihre Gedanken. Mit beiden Händen fing Megan den Strauß Narzissen auf, den er zu ihr hinaufwarf.

Lächelnd barg sie ihr Gesicht in den Blüten. „Sie sind wunderschön. Danke!"

„Gern geschehen. Bist du so weit?"

„Ja." Sie warf das Haar zurück. „In einer Minute bin ich unten."

Catch lenkte den Wagen zügig und geschickt, aber nicht zu den Restaurants in der Stadt, wie Megan vermutet hatte. Er schlug die Richtung zum Meer ein und fuhr dann gen Norden.

Megan lehnte sich entspannt zurück und genoss die Fahrt im vergehenden Dämmerlicht.

Sie kannte die Gegend. Hier waren die Häuser größer und beeindruckender.

Hohe Hecken schützten die Anwohner vor neugierigen Blicken, die Vorgärten waren gepflegt, Weiden warfen Schatten auf kurz geschnittene Rasenflächen, in den Auffahrten schimmerte der Asphalt.

Auf eine dieser Auffahrten bog Catch jetzt ein. Im Vergleich zu den anderen Villen dieser Gegend war das Haus eher klein, dazu gänzlich mit Holz verschalt.

Es war versetzt auf zwei Ebenen gebaut und gekrönt von einer Sonnenterrasse oben auf dem Dach.

Es gefiel Megan sofort. „Wo sind wir hier?"

„Ich lebe hier." Er lehnte sich über sie und öffnete die Beifahrertür, bevor er selbst ausstieg.

„Du wohnst hier?"

Die Überraschung und der Argwohn in ihrer Stimme ließen ihn lächeln. „Irgendwo muss ich ja wohnen, oder?"

Auf dem gepflasterten Weg ging sie auf das Haus zu. „Der Gedanke ist mir nie gekommen, du könntest ein Haus gekauft haben. So etwas tut man doch nur, wenn man Wurzeln schlagen will."

„Ich habe Wurzeln, Meg. Mir fällt es eben nur leicht, sie umzupflanzen."

Sie betrachtete das großzügig gebaute Haus und den weitläufigen Garten. „Du hast wirklich den perfekten Ort für dich gefunden."

Catch verschränkte seine Finger mit ihren. „Komm herein."

„Wann hast du es gekauft?", fragte sie, während sie nebeneinander die Außentreppe hinaufstiegen.

„Vor ein paar Monaten, als ich hier durchfuhr. Letzte Woche bin ich eingezogen. Allerdings hatte ich noch keine Zeit, Möbel auszusuchen."

Er drehte den Schlüssel in der Tür. „Das eine oder andere habe ich mitgenommen, wenn ich es irgendwo sah, und ein paar Sachen habe ich mir aus meinem New Yorker Apartment schicken lassen."

Das Innere des Hauses bestätigte seine Worte. Das Wohnzimmer war spärlich möbliert, aber die gemütliche Sitzecke, die Bücherregale und die hier und da platzierten Teppichläufer bewiesen Geschmack. Immerhin schien er Zeit gefunden zu haben, Grünpflanzen zu besorgen.

Der große Kamin an der einen Seite beherrschte das Zimmer, eine Treppe führte von dem offenen Raum hinauf in die zweite Etage.

Megan suchte nach ihren beiden Statuen, konnte sie jedoch nirgends entdecken. Sie fragte sich, was er wohl mit ihnen gemacht haben mochte.

„Es ist ein wunderbares Haus, Catch."

Sie ging zum Fenster und sah auf die leicht abfallende und von einer hohen Hecke umrandete Rasenfläche.

„Kann man von der Dachterrasse aus das Meer sehen?", fragte sie.

Als sie keine Antwort bekam, drehte sie sich zu ihm um. Das Lächeln erstarb auf ihren Lippen, als sie seinem intensiven Blick beggnete. Ihr Herz begann schneller zu schlagen.

Das da war der Teil von ihm, vor dem sie sich fürchtete. Dieser eindringliche Mann hatte nichts mit dem galanten Verehrer gemein, der ihr Narzissen zum Fenster hinaufwarf.

Als er mit beiden Händen ihr Gesicht umfasste, lehnte sie den Kopf zurück. Er strich ihr übers Haar, und dann senkte er langsam seinen Mund auf ihre Lippen. Doch plötzlich hielt er kurz inne, um ihr in die Augen zu schauen, so als verspüre er eine plötzliche Unsicherheit. Doch als er sie küsste, war sein Kuss leidenschaftlich und fordernd, und Megan erwiderte diesen Kuss mit aller Inbrunst.

Es war dumm von ihr gewesen, sich einreden zu wollen, sie sei nicht verliebt in Catch. Eine Närrin, die wirklich geglaubt hatte, ihr Herz mit Argumenten des Verstandes zum Schweigen zu bringen.

Als Catch die Lippen von ihr löste, legte sie die Wange an seine Brust und schlang die Arme um seine Hüfte. Er zögerte unmerklich, dann zog er sie enger an sich heran und drückte einen Kuss auf ihr Haar.

„Sagtest du etwas?", murmelte er.

„Hm? Wann?"

„Vorhin." Sanft massierte er ihren Nacken, und ein angenehmer Schauer lief ihr über den Rücken. Sie versuchte sich an die Welt zu erinnern, wie sie vor dem Kuss gewesen war.

„Ich glaube, ich fragte, ob man von der Terrasse aus das Meer sehen kann."

„Ach ja." Wieder legte er die Hände um ihr Gesicht und küsste sie lange und ausgiebig. „Kann man."

„Zeigst du es mir?"

Seine Umarmung wurde fester, und schon schloss Megan in Erwartung des nächsten Kusses die Augen.

Doch Catch trat von ihr zurück und hielt sie nur bei den Händen.

„Nach dem Dinner."

Megan lächelte. „Wir essen hier?"

„Ich hasse Restaurants." Damit zog er sie mit sich Richtung Küche.

„Eine seltsame Einstellung für jemanden, der ein Restaurant besitzt."

„Sagen wir einfach, es gibt Gelegenheiten, zu denen ich eine intimere Atmosphäre vorziehe." Er stieß die Tür zur Küche auf, und Megan sah sich interessiert in dem Raum mit viel Holz und Edelstahl um.

„Und wer kocht dieses Mal?"

„Wir beide." Er grinste jungenhaft. „Wie magst du dein Steak?"

Vollmundiger Rotwein gehörte zum Essen, ebenso wie ein Dutzend weiße Kerzen in Messingständern auf dem Sideboard hinter ihnen.

Megan fühlte sich wunderbar entspannt und gelöst, während der schwere Wein seine Wirkung tat und ihr leicht zu Kopf stieg. Und sie war völlig hingerissen von dem Mann, der ihr gegenübersaß.

Als sie sich erhob, um den Tisch abzuräumen, schüttelte Catch den Kopf.

„Nicht jetzt. Heute Nacht ist Vollmond."

Sie folgte ihm, ohne zu zögern, die Treppen hinauf und durch das große Schlafzimmer, von wo aus breite Flügeltüren auf einen kleinen Balkon führten. Von dort ging eine Treppe hinauf auf die Dachterrasse.

Megan hörte die Wellen, noch bevor sie beim Geländer angekommen war. Direkt hinter der Hecke sah sie die schäumende Brandung. Gischt krönte die Brecher, weiß schimmernd im Licht des Mondes und unzähliger Sterne.

Sie atmete tief durch und lehnte sich an die Holzumrandung der Terrasse.

„Es ist wunderschön hier oben. Mir wird es nie langweilig, den Wellen zuzuschauen." Sie hörte das Klicken eines Feuerzeugs, und das Aroma von Tabak mischte sich mit der salzigen Luft.

„Hast du je daran gedacht, zu reisen?"

Megan zuckte mit den Schultern, es war eine rastlose, verlegene Geste. „Ja, natürlich. Aber im Moment ist das einfach nicht möglich."

Catch zog an seiner Zigarette und betrachtete sie durch den Rauch. „Wohin würdest du fahren? Wenn du könntest, meine ich."

Sie schloss die Augen und stellte sich vor, wohin sie reisen würde.

„Nach New Orleans", sagte sie impulsiv. „Die Stadt wollte ich schon immer einmal sehen. Und Paris, natürlich. Als ich noch jünger war, malte ich mir aus, wie es wäre, in der Stadt zu leben, in der alle großen Künstler gelebt haben."

Sie öffnete die Augen wieder. „Du warst wahrscheinlich schon dort, oder? In New Orleans und Paris."

„Ja."

„Wie ist es?"

„In New Orleans riechst du ständig den Fluss."

Er streichelte mit einem Finger über ihre Wange. „Im Sommer ist es schwül und drückend, die ganze Stadt stöhnt vor Hitze. Aus den Clubs hörst du zu jeder Tages- und Nachtzeit Musik. Straßenmusikanten stehen an jeder Ecke. Diese Stadt ist ständig in Bewegung, genau wie New York, nur in einem gemächlicheren Tempo."

„Und Paris?" Sie wollte diese Städte durch seine Erzählungen mit seinen Augen sehen und sie sich so besser vorstellen können. „Erzähl mir von Paris."

„Eine wunderbare alte Stadt, sehr elegant, eine *grande dame*. Sehr sauber ist es dort nicht, aber das stört niemanden. Im Frühling ist Paris am schönsten, nirgendwo sonst riecht es wie in Paris im Frühling. Ich würde sehr gern mit dir dorthin fahren."

Er fasste in ihr Haar und spielte mit einer Strähne. Der intensive Blick lag wieder auf ihr. „Ich möchte sehen, wie die Emotionen, die du so eisern unter Kontrolle hältst, endlich losbrechen. In Paris würdest du sie niemals zurückhalten."

„Ich halte meine Gefühle nicht zurück."

Wenn sich jetzt alles in ihrem Kopf drehte, so lag das nicht am Wein.

Er schnippte den Zigarettenstummel über das Geländer und zog Megan mit einem Arm zu sich heran. „Tust du das wirklich nicht?"

Sie hörte den Anflug von Ungeduld in seiner Stimme, während er ihr über die Schulter strich. Ihr Jäckchen glitt langsam nach unten. „Du bist leidenschaftlich, aber du verschließt diese Leidenschaft tief in dir. Nur in deinen Arbeiten zeigst du sie, doch selbst deine Werke hältst du unter Verschluss. Wenn ich dich küsse, spüre ich, wie diese Leidenschaft darum kämpft, an die Oberfläche zu kommen."

Er hatte ihr die Jacke nun vollständig ausgezogen und legte sie über das Geländer. „Eines Tages wird diese Leidenschaft hervorbrechen, und ich gedenke dabei zu sein, wenn es so weit ist."

Er schob die dünnen Träger ihres Kleides von ihren Schultern und küsste die bloße Haut.

Megan erlaubte es ihm und warf den Kopf in den Nacken, als er mit den Lippen zart an ihrem Hals hinaufglitt. Mit der Zunge liebkoste er ihre Halsschlagader, dort, wo ihr Puls immer heftiger zu pochen begann, als er mit einer Hand die Rundung ihrer Brust umfasste. Und sobald sein Mund ihre Lippen in Besitz nahm, lösten Begierde und Leidenschaft die Sanftheit ab.

Megan stöhnte vor Lust leise auf. Ein erotischer Tanz ihrer Zungen begann.

Sie ließ Catch gewähren, als er ihr das Kleid bis zu den Hüften hinunterstreifte, und hörte seine gemurmelte Bewunderung. Ihre nackten Brüste streckten sich seinen Berührungen entgegen.

Sie ließ sich mitreißen von der Flutwelle, die sich in ihrem Innern aufbaute. Ohne sich auf Erfahrung oder Wissen berufen zu können, folgte sie ihren Instinkten, während die Leidenschaft regierte.

Ihre Finger vergruben sich in seinem Haar, glitten zu seinem Nacken, fühlten die warme Haut. Seine Reaktion auf ihre Berührung berauschte sie.

Sie hatte nicht gewusst, welche Macht sie besaß, hatte sie bisher nie ausprobiert. Sie schob die Hände unter seinen Pullover, erkundete die Muskeln, wie sie sich anspannten und unter ihren Fingerspitzen zuckten.

Der Kuss wurde heftiger. Verlangen wurde zur drängenden Notwendigkeit, mehr, als Megan ertragen konnte.

Der Schmerz kam aus dem Nichts und erfasste sie mit unglaublicher Geschwindigkeit. Er war so scharf, wie er köstlich und unwiderstehlich war.

„Catch …", ihre Stimme klang heiser, „… ich will heute Nacht bei dir bleiben."

Für einen Augenblick fühlte sie sich an ihn gepresst, hart und fest, sodass ihr das Atmen schwerfiel.

Und dann, ganz langsam, lockerte er seinen Griff und schob sie von sich. Die Hände auf ihren Schultern, sah er hinunter in ihre Augen.

Unendlich behutsam zog er ihr Kleid hoch und schob ihr die Träger wieder auf die Schultern. „Ich bringe dich jetzt nach Hause."

Die Zurückweisung traf sie wie ein Schlag.

Mit bebenden Lippen öffnete sie den Mund, schloss ihn wieder.

Um die aufsteigenden Tränen zurückdrängen zu können, griff sie hastig nach ihrer Jacke.

„Meg." Er wollte sie bei der Schulter fassen und zu sich umdrehen, doch sie wich ihm aus.

„Nein. Fass mich nicht an."

Ein Kloß saß ihr in der Kehle. Sie schluckte ihn mühsam hinunter. „Ich brauche nicht getröstet zu werden. Anscheinend habe ich etwas missverstanden."

„Du hast nichts missverstanden", knurrte er rau. „Und wein jetzt nicht, verflucht."

„Ich habe nicht vor, in Tränen auszubrechen, keine Sorge. Ich möchte nur nach Hause."

Als sie ihn ansah, schimmerten der Schmerz und die soeben verneinten Tränen in ihren Augen.

„Wir müssen reden." Catch griff nach ihrer Hand, doch sie zog sie ruckartig zurück.

„Nein, müssen wir nicht."

Sie reckte die Schultern und sah ihm geradewegs ins Gesicht. „Wir haben zusammen zu Abend gegessen, die Dinge sind ein wenig aus dem Ruder gelaufen. So einfach ist das. Und es ist auch vorbei."

„Weder ist es einfach noch vorbei, Megan." Er betrachtete sie eindringlich. „Aber für den Moment belassen wir es wohl dabei."

Megan wandte sich stumm ab und stieg vor ihm die Treppe hinunter.

7. KAPITEL

Bei Tageslicht verlor jeder Vergnügungspark seinen Zauber. Schmutz, abblätternde Farbe, Kratzer und Beulen waren dann deutlich zu sehen. Was bei künstlicher Beleuchtung ein Märchenland war, entpuppte sich im hellen Sonnenschein als gemeiner Tummelplatz.

Nur die ganz Jungen und die, die in ihrem Herzen jung geblieben waren, konnten dennoch Magie entdecken, wenn sie mit der schalen Realität konfrontiert wurden.

Zu diesen ewig Junggebliebenen gehörte auch Megans Großvater. Und dafür liebte Megan ihn umso mehr.

Mit einem Lächeln auf dem Gesicht ging sie die Gleise der Geisterbahn entlang. Sie bog in den dunklen Tunnel. Pop war hier irgendwo und reparierte ein paar Dinge. Seine Geister sind ihm lieb und teuer, dachte sie still. Und dabei wurde sie von ihren eigenen Dämonen verfolgt.

Zehn Tage war es jetzt her, seit Pop ihr von den notwendigen Reparaturen berichtet hatte. Zehn Tage, seit sie Catch das letzte Mal gesehen hatte.

Sie verbannte den Gedanken an Catch. Sie war alt genug, um Fantasie und Wirklichkeit auseinanderhalten zu können. Sie musste sich auf die Realität konzentrieren, und ihre Realität waren Pop und der Park.

„Hi", rief sie, als sie Pop erblickte. „Wie kommst du voran?"

Bei ihren Worten drehte Pop sich mit einem vergnügten Grinsen zu ihr um.

„Bestens, Megan, schneller als erwartet. Bis Ostern ist längst alles erledigt."

Er legte ihr einen Arm um die Schultern und drückte sie an sich. „Die kleinen Karussells laufen schon wieder. Und wie geht es dir?"

Gern ließ sie sich von ihm ans Tageslicht führen. „Wie soll's mir schon gehen? Wie immer."

Sie blinzelte, als sie zusammen in die Helligkeit traten.

„Du hast diesen unglücklichen Ausdruck in den Augen, schon seit über einer Woche." Er rieb ihr über die Schulter, so als müsse er sie trotz der schon kräftigen Frühlingssonne wärmen. „Du weißt, mir kannst du nichts verheimlichen. Dazu kenne ich dich zu gut."

Sie wählte ihre Worte mit Bedacht. „Ich versuche gar nichts zu verheimlichen, Pop."

Mit einem Schulterzucken sah sie zu der Crew hinüber, die an der Achterbahn arbeitete.

„Es ist unwichtig, es lohnt nicht einmal, darüber zu sprechen. Wie lange wird es dauern, bis die Bahn repariert ist?"

„Offenbar ist es dir immerhin so wichtig, dass es dich traurig macht." Er fiel nicht auf ihr Ablenkungsmanöver herein. „Und das wiederum ist für mich wichtig. Bist du etwa zu alt, um mit deinen Problemen zu mir zu kommen?"

Sie sah ihn entschuldigend an. „Nein, natürlich nicht, Pop. Ich weiß doch, dass ich über alles mit dir reden kann."

„Nun, ich bin hier und höre dir zu."

„Ich habe einen Fehler gemacht, das ist alles."

Sie wollte zu der Handwerkercrew hinüberlaufen, doch Pop hielt sie fest.

„Megan", er legte beide Hände auf ihre Schultern und sah ihr ernst in die Augen, „ich werde dich jetzt offen heraus fragen: Hast du dich in ihn verliebt?"

„Nein", stieß sie sofort und viel zu heftig aus.

„Ich habe nicht einmal einen Namen genannt", stellte Pop mit einer hochgezogenen Augenbraue fest.

Megan stutzte. Sie hatte vergessen, wie listig ihr Großvater sein konnte.

„Ich dachte, ich sei verliebt", setzte sie vorsichtiger an. „Aber es war ein Irrtum."

„Und warum bist du dann so unglücklich?"

„Pop, bitte." Sie wollte einen Schritt zurück machen, doch noch immer hielt er sie fest.

„Meg, du hast mir immer offen und ehrlich geantwortet. Auch wenn ich die Antworten manchmal mühevoll aus dir herauslocken musste."

Wenn Pop in dieser Stimmung war, dann waren Ausflüchte und Halbwahrheiten sinnlos, das wusste Megan. Also ergab sie sich in ihr Schicksal.

„Na schön. Ja, ich bin verliebt in ihn, aber das macht keinen Unterschied."

„Keine sehr intelligente Bemerkung von einem ansonsten recht intelligenten Mädchen", lautete Pops tadelnder Kommentar. „Erkläre mir, warum die Liebe keinen Unterschied macht."

„Nun, es funktioniert nicht, wenn die Liebe nicht erwidert wird", murmelte Megan.

„Wer behauptet das denn?", wollte Pop wissen.

Er klang so entrüstet, dass es ihren Schmerz ein wenig linderte.

„Pop, nur weil du mich liebst, heißt das nicht, dass andere mich auch lieben müssen."

„Wieso bist du dir so sicher, dass er deine Liebe nicht erwidert? Hast du ihn gefragt?"

„Nein!" Sie war so schockiert, dass sie fast laut aufgelacht hätte.

„Und warum nicht? Eine direkte Frage vereinfacht die Dinge erheblich."

Megan holte tief Luft und setzte zu einer Erklärung an, die ihr Großvater bestimmt verstehen würde. „David Catcherton ist nicht der Mann, der sich in eine Frau verliebt, zumindest nicht ernsthaft. Und ganz sicher nicht in eine Frau wie mich."

Sie machte eine ausholende Geste, die alles andere als erklärend war. „Er war in Paris, er lebt in New York. Er hat eine Schwester, Jessica heißt sie."

„Das sind natürlich gute Gründe", stimmte Pop übertrieben verständnisvoll zu und entlockte Megan damit einen frustrierten Seufzer.

„Ich war noch nirgendwo." Sie fuhr sich mit den Fingern durchs Haar. „Während des Sommers treffe ich Tausende von Leuten, wirklich Tausende, aber sie bleiben eigentlich alle schemenhaft. Die einzigen Menschen, die ich kenne, sind die, die hier leben. Weiter als bis nach Charleston bin ich bisher nie gekommen."

Pop strich ihr das wirre Haar wieder glatt.

„Ich habe dich viel zu lange hier festgehalten", murmelte er bedrückt. „Dabei habe ich mich immer damit beruhigt, dass noch Zeit genug für das andere sei."

„Oh nein, Pop, so meinte ich das nicht." Sie schlang die Arme um ihn und barg ihr Gesicht an seiner Schulter. „So sollte sich das nicht anhören. Ich liebe dich doch, und ich lebe gerne hier. Ich möchte es um nichts auf der Welt missen. Es war gedankenlos und niederträchtig von mir, so etwas zu sagen."

Lachend klopfte Pop ihr auf den Rücken. Der schwache Duft ihres Parfüms machte ihm jäh bewusst, dass sie kein kleines Mädchen mehr war, sondern eine erwachsene Frau. Wo waren nur die Jahre so schnell hin?

„In deinem ganzen Leben hast du noch nichts Niederträchtiges getan, Liebes. Wir beide wissen, dass du gern mehr von der Welt gesehen hättest, aber du bist hiergeblieben und hast ein Auge auf mich gehalten. Doch, doch", bekräftigte er, als sie widersprechen wollte. „Und ich war egoistisch genug, es dir zu erlauben."

„Du warst in deinem ganzen Leben noch nie egoistisch", erwiderte sie und trat einen Schritt zurück. „Ich wollte damit nur sagen, dass Catch und ich kaum Gemeinsamkeiten haben. Er lebt in einer ganz anderen Welt als ich. Da kann ich unmöglich mithalten."

Pop schüttelte den Kopf. „Du hattest immer eine starke Persönlichkeit, du wirst keine Schwierigkeiten haben. Aber na gut, lassen wir das Thema für den Augenblick fallen. Du bist nämlich auch ein ausgesprochener Dickschädel."

„Ich bin konsequent", verbesserte sie ihn und lächelte. „Das hört sich netter an, meinst du nicht auch?"

„Das ist doch nur ein hochgestochenes Wort für stur." Aber seine Augen lachten. „Warum bist du mitten am Tag im Park und nicht in deinem Atelier?"

„Es lief nicht so gut", gab sie zu und dachte an das halb fertige Gesicht, das sie ständig verfolgte.

„Außerdem", sie hängte sich bei ihm ein, während sie weitergingen, „habe ich Vergnügungsparks schon immer gemocht."

„Na, dieser hier wird nächste Woche tipp topp in Ordnung sein." Pop sah sich befriedigt um. „Mit ein bisschen Glück haben wir eine gute Saison, und dann können wir schon einen dicken Batzen von dem geliehenen Geld zurückzahlen."

„Vielleicht macht die Bank ja Werbung für uns und schickt uns mehr Gäste", meinte Megan scherzhaft.

„Oh, das Geld habe ich nicht von der Bank bekommen, sondern …"

Pop unterbrach sich abrupt. Hüstelnd beugte er sich hinunter, um sich den Schuh zu binden.

„Du hast das Geld nicht von der Bank?" Verdutzt starrte Megan auf den weißen Schopf. „Von wem dann?"

Als Antwort erfolgte nur ein unverständliches Murmeln.

„Du kennst doch niemanden, der so viel Geld verleihen kann", hob sie mit einem schwachen Lächeln an. „Wo um alles in der Welt …?"

Dann dämmerte es ihr. „Oh nein. Nein, das kannst du nicht getan haben."

Noch während sie die Worte aussprach, wusste sie, dass sie ins Schwarze getroffen hatte.

„Etwa von *ihm*?"

„Das solltest du eigentlich gar nicht erfahren, Megan."

Die Besorgnis ließ sich aus seiner Stimme heraushören und in seinen Augen erkennen. „Er wollte auf keinen Fall, dass du es weißt."

„Warum? Warum hast du das getan?"

„Es hat sich einfach so ergeben, Meg."

Pop tätschelte auf die altvertraute Art beruhigend ihre Hand. „Er war zufällig hier, und wir kamen ins Gespräch. Ich habe ihm von den Reparaturen und den Kosten erzählt. Und da hat er es angeboten. Eigentlich war es die perfekte Lösung. Banken wollen immer alles Mögliche von dir wissen und brauchen ewig lang für den Papierkram, und er verlangt wesentlich weniger Zinsen von mir. Ich dachte, du würdest froh darüber sein ..." Seine Stimme erstarb.

„Habt ihr das schriftlich festgehalten?", fragte sie sehr ruhig. Sie hielt sich eisern unter Kontrolle.

„Natürlich." Pop war leicht pikiert. „Catch sagte, das sei nicht nötig, aber ich weiß doch, wie übergenau du bist. Ich habe den Vertrag aufsetzen lassen, da hat alles seine Richtigkeit."

„Nicht nötig, meinte er also", wiederholte Megan. „Und was hast du als Sicherheit angegeben?"

„Na, den Park natürlich."

„Natürlich."

Stille Wut schäumte in dem einzelnen Wort. „Ich wette, er hat sofort angenommen."

„Jetzt mach dir keine unnötigen Sorgen, Megan. Alles läuft bestens. Die Reparaturen sind bald erledigt, und wir können pünktlich zu den Feiertagen wieder aufmachen. Außerdem", er seufzte leise, „solltest du ja gar nichts davon wissen. Er wollte es nicht."

„Oh, das kann ich mir vorstellen", sagte sie bitter.

Sie drehte sich auf dem Absatz um und eilte davon.

Pop sah ihr grinsend nach, äußerst zufrieden mit seiner Taktik. Das Mädchen hatte ein aufbrausendes Temperament, wenn sie denn tatsächlich einmal die Zügel schießen ließ.

Das müsste jetzt eigentlich etwas in Gang setzen.

Megan stoppte ihr Motorrad auf der Auffahrt von Catchs Haus. Sie zog den Helm herunter und befestigte ihn auf dem Sitz.

Damit würde Catch nicht durchkommen, nicht, wenn sie auch nur ein Wörtchen mitzureden hatte!

Mit energischen Schritten marschierte sie auf die Haustür zu. Ihr Klopfen war eher ein Hämmern, trotzdem rührte sich nichts im Haus.

Mit gerunzelter Stirn stopfte sie ihre geballten Fäuste in die Jackentasche. Der schwarze Porsche war da, schließlich hatte sie ihr Motorrad dahinter geparkt.

Ohne Rücksicht auf das Gebot der Höflichkeit drehte sie am Türknauf. Und da die Tür nicht verschlossen war, zögerte sie auch nicht. Sie betrat das Haus.

Alles war still, niemand schien da zu sein. Dennoch ging Megan zum Wohnzimmer weiter, auf der Suche nach Catch.

Eine goldene Armbanduhr lag auf dem Messingtischchen, eine Kamera stand auf dem flachen Wohnzimmertisch, daneben eine Filmrolle. In einem Aschenbecher lag ein Zigarettenstummel. Turnschuhe, die wahrlich bessere Tage gesehen haben mussten, waren achtlos vor der Couch von den Füßen gestreift worden und lagen auf dem Boden, daneben ein aufgeschlagenes Buch.

In der gleichen Sekunde wurde Megan klar, was sie da tat: Sie war unbefugt in ein fremdes Haus eingedrungen.

Sie fühlte sich unwohl in ihrer Haut, war aber gleichzeitig fasziniert. Nach einem kurzen Kampf mit ihrem Gewissen ging sie zur Küche durch.

Nein, sie schnüffelte nicht herum, beruhigte sie sich, sondern wollte nur ganz sichergehen, dass Catch nicht zu Hause war. Immerhin stand sein Wagen vor der Garage, und die Tür war auch nicht abgeschlossen.

Im Spülbecken stand eine benutzte Tasse, auf der Anrichte eine halbe Kanne Kaffee, inzwischen kalt geworden. Catch hatte wohl beim Eingießen ein wenig Kaffee verschüttet, die Tropfen aber nicht weggewischt. Megan beherrschte den automatischen Drang, nach einem Lappen zu greifen und es nachzuholen.

Gerade als sie wieder gehen wollte, setzte draußen das Brummen eines Rasenmähers ein.

Sie ging zum Fenster und sah hinaus.

Catch, mit bloßem Oberkörper, die Jeans tief auf den Hüften sitzend, schob einen Benzinmäher vor sich her über den Rasen. Auf seiner Haut lag ein feiner Schweißfilm und ließ sie in einem goldenen Bronzeton schimmern.

Fasziniert schaute Megan eine Weile dem Muskelspiel seiner Arme zu, dann riss sie sich los und ging durch die Küchentür nach draußen.

Aus den Augenwinkeln heraus nahm Catch eine Bewegung und etwas Rotes wahr. Er wandte den Kopf und sah Megan, die in roter Bluse und weißer Jeans auf ihn zukam.

Catch blinzelte gegen das Sonnenlicht und wischte sich mit dem Handrücken den Schweiß von der Stirn. Dann stellte er den Motor ab.

„Hallo, Meg", begrüßte er sie lässig, doch seine Augen blickten wachsam.

„Du hast wirklich Nerven, Catcherton", setzte sie beißend an. „Selbst ich hätte nie gedacht, dass du das Vertrauen eines alten Mannes derart ausnutzen würdest."

Er hob eine Augenbraue und stützte sich auf den Griff des Rasenmähers. „Fang noch einmal an", meinte er. „Und etwas deutlicher, bitte."

„Du bist genau der Typ, der seine Nase in anderer Leute Angelegenheiten stecken muss", fuhr sie schneidend fort. „Du musstest natürlich ganz zufällig im Park sein, und mit deinem angenehmen Polster im Rücken musstest du auch unbedingt ein großzügiges Angebot machen, eines, das Pop nicht ausschlagen konnte."

„Ah, es dämmert." Er richtete sich auf. „Ich hatte schon vermutet, dass du nicht begeistert sein würdest. Ich hatte also recht."

„Du hast gewusst, dass ich das niemals zulassen würde."

„Ehrlich gesagt, das ist mir nie in den Sinn gekommen."

Er lehnte sich wieder auf den Rasenmäher, doch an seiner Ausstrahlung war nichts Lässiges mehr. „Soweit ich gesehen habe, bestimmst du nicht über Pops Leben, Meg. Und über meines erst recht nicht."

Sie mühte sich, ihren Ton so ruhig wie möglich zu halten. „Ich habe ein nicht unerhebliches Interesse an dem Park und an allem, was damit zusammenhängt."

„Sehr schön. Dann solltest du erfreut sein, dass das Geld für die Reparaturen so schnell zur Verfügung stand und zudem minimale Kreditzinsen anfallen."

Er klang jetzt sehr sachlich und geschäftsmäßig.

„Warum hast du uns das Geld geliehen?", verlangte sie zu wissen.

Lange musterte er sie, dann sagte er schließlich kühl: „Ich bin dir keine Erklärung schuldig."

„Dann werde ich dir eine geben", fauchte sie. „Du hast eine Gelegenheit gesehen und sofort zugegriffen. Vermutlich ist das in deiner Welt völlig normal. Man nimmt sich, was man will, ohne an die Menschen zu denken, die davon betroffen sind."

„Vielleicht bin ich heute etwas begriffsstutzig." Seine Augen waren dunkel wie Gewitterwolken und undurchdringlich. „Ich war eigentlich der Meinung, ich hätte etwas gegeben anstatt genommen."

„Geliehen", korrigierte sie ihn kalt. „Mit dem Park als Sicherheit."

„Wenn es das ist, was dich stört, dann solltest du dich mit deinem Großvater unterhalten und es mit ihm klären."

Er beugte sich hinunter und griff nach der Schnur, um den Rasenmäher wieder anzuwerfen.

„Du hattest kein Recht, sein Vertrauen so zu missbrauchen. Pop vertraut jedem."

Catch ließ die Starterschnur wieder zurückschnappen. „Zu schade, dass sich eine solche Eigenschaft nicht weitervererbt."

„Ich habe nicht den geringsten Grund, dir zu vertrauen."

„Und offenbar jeden, um mir von Anfang an zu misstrauen."

Er kniff abschätzend die Augen zusammen. „Gilt das denn nur für mich oder generell für alle Männer?"

Diese Frage war keiner Antwort würdig.

„Du willst den Park", sagte sie.

„Richtig, und das habe ich von Anfang an deutlich gesagt."

Catch schob den Mäher beiseite, sodass jetzt nichts mehr zwischen ihnen stand. „Und ich habe auch noch immer vor, ihn zu bekommen. Allerdings ohne irgendwelche hinterhältigen Taktiken. Das Gleiche gilt übrigens für dich", fügte er hinzu.

Megan wich zurück, doch er war schneller. Am Oberarm hielt er sie fest. „Möglich, dass es ein Fehler von mir war, dich an unserem letzten Abend gehen zu lassen."

„Du wolltest mich nicht. Für dich ist das alles nur ein Spiel."

„Ich – und dich nicht wollen?"

Sein Griff wurde fester, als sie sich erneut ergebnislos loszureißen versuchte. „Nein, du hast recht, ich wollte dich nicht."

Mit einem Ruck zog er sie an sich und presste den Mund auf ihre Lippen. In ihrem Kopf begann sich alles zu drehen. „Genauso, wie ich dich jetzt nicht will."

Bevor sie etwas darauf erwidern konnte, hatte er schon wieder Besitz von ihrem Mund ergriffen.

Er küsste sie hart, mit einer Grobheit, die er noch nie gezeigt hatte. „Wie ich dich seit Tagen nicht will." Damit zog er sie mit sich auf den Rasen hinunter.

Sie bekam es mit der Angst zu tun und wehrte sich.

„Nein!", stieß sie aus, doch sein Mund brachte sie zum Verstummen.

Die Sanftheit und lockende Zärtlichkeit, die sie bisher von ihm kannte, war verschwunden. Dieser Kuss war Beweis für eine ursprüngliche Gier ohne Finesse, und Megan erwiderte ihn in der gleichen Art, mit der gleichen uneingeschränkten Begierde.

Catch würde sich nehmen, was er wollte, auf seine Art, und während er die weiche Höhle ihres Mundes plünderte, ließ sie sich willig von ihm in den wilden Strudel hineinreißen. Sie hatte das Gefühl zu ersticken, als Hitze jäh in ihr aufschoss. Der Atem stockte ihr in der Kehle; kleine, lustvolle Laute entfuhren ihr.

Catchs Finger hinterließen eine heiße Spur auf ihrem vor Verlangen bebenden Fleisch.

Längst war sie an einem Ort jenseits von Angst, jenseits von allen Gedanken, murmelte unverständliche Laute, erschauerte unter den Wellen der Erregung, die über ihr zusammenschwappten.

Irgendwann hob Catch den Kopf, sein Atem ging rasselnd und strich heiß über ihr Gesicht.

Megan öffnete flatternd die Lider, ihre Augen waren verhangen vor Leidenschaft. Sie zitterte am ganzen Körper. Hätte ihre Stimme ihr gehorcht, so hätte sie Catch in diesem Moment ihre Liebe gestanden. Aller Stolz, alle Zurückhaltung waren geschmolzen, es existierten nur noch das Verlangen und eine Liebe, die schmerzhaft in ihrer Intensität war.

„Das ist nicht der richtige Ort", sagte er heiser und rollte sich auf den Rücken. „Und ganz bestimmt nicht die richtige Art."

Sie konnte keinen klaren Gedanken fassen, alles in ihrem Kopf wirbelte, das Blut rauschte in ihren Ohren. „Catch", war das einzige Wort, das sie herausbrachte. Benommen setzte sie sich auf, sah, dass sein Blick durchdringend auf ihrem Gesicht lag. Sie wollte ihn berühren, doch sie wagte es nicht.

„Habe ich dir wehgetan?", fragte er rau.

Sie schüttelte den Kopf. Nur das Verlangen, das schmerzte.

„Dann geh jetzt nach Hause, Megan." Er stand auf und sah auf sie herunter. „Geh nach Hause, bevor ich es doch noch tue."

Damit ließ er sie allein und ging ins Haus. Megan hörte, wie die Küchentür laut hinter ihm ins Schloss fiel.

8. KAPITEL

Megan fiel es in diesen zwei Wochen schwer, mit dem Ansturm der Touristen und Sonnenanbeter fertig zu werden. Wie jedes Jahr zu Ostern kamen sie in Scharen, ein Vorgeschmack auf die Sommersaison. Sie kamen, um sich am Strand die erste Bräune zu holen und so die Zuhausegebliebenen zu beeindrucken, sie kamen, um sich im Ozean zu tummeln, um sich zu amüsieren, um zu lachen, um Spaß zu haben.

Zum ersten Mal in ihrem Leben empfand Megan die vielen Menschen als störende Eindringlinge. Sie sehnte sich nach der Ruhe und dem Frieden, die außerhalb der Saison in dem kleinen Städtchen herrschten. Sie wollte ganz allein sein, in ihrem Atelier arbeiten. Sich nur auf sich selbst konzentrieren können.

Einzig in ihrer Kunst fand sie ein wenig Frieden. Mit ihrem Großvater konnte sie nicht über ihre Gefühle reden. Nicht wenn ihr selbst so vieles noch unklar war.

Und da Pop seine Enkelin und ihr Bedürfnis nach Privatsphäre kannte, stellte er auch keine Fragen.

Die Arbeit im Park erledigte sie mechanisch. Die Gesichter, denen sie begegnete, waren ihr alle fremd.

Sie neidete den Menschen die Unbeschwertheit, wo ihr eigenes Leben sich in einem solchen Aufruhr befand. Nur in ihrem Atelier fand sie Ablenkung, und wenn das Licht dort lange bis nach Mitternacht brannte, so fiel ihr nicht einmal auf, wie spät es war.

Eine seltsame, scheinbar unerschöpfliche nervöse Energie trieb sie an und ließ sie rastlos weitermachen.

Es war Nachmittag. Megan stand als Aufsicht beim Kinderkarussell. Sie nahm Fahrmünzen entgegen und tat ihr Bestes, die verwegeneren Kinder davon abzuhalten, sich gegenseitig wegzuschubsen und andere zu drängeln.

Sobald die Feuerwehrautos, Rennwagen und Motorräder ihre Fahrgäste aufgenommen hatten, bediente sie den Hebel, und das Rondell setzte sich in Bewegung.

Kinder mit lachenden Gesichtern umklammerten die Lenkräder und jubelten um die Wette mit den Sirenen und Martinshörnern.

Einer der Kleinen zeigte als Feuerwehrhauptmann so viel Begeisterung, dass er mit seinen strahlenden Augen sogar Megan ein Lächeln entlockte.

„Entschuldigung?"

Megan wandte sich zu der Stimme um, darauf eingestellt, eine Frage der Eltern zu beantworten.

Sie sah in das schöne Gesicht einer blonden Frau.

„Sie sind Megan, nicht wahr? Megan Miller?"

„Ja. Kann ich etwas für Sie tun?"

„Ich heiße Jessica Delaney."

Megan wunderte sich über sich selbst, dass sie die andere nicht sofort erkannt hatte.

„Sie sind Catchs Schwester!"

„Ja." Jessica lächelte. „Catch hat mir schon erzählt, dass Sie ein scharfes Auge haben. Die wenigsten sehen die Familienähnlichkeit, es sei denn, Catch und ich stehen direkt nebeneinander."

Megans geübtes Künstlerauge dagegen erkannte die Ähnlichkeit sofort, ebenso wie die offensichtlichen Unterschiede.

„Freut mich, Sie kennenzulernen." Megan überlegte, was sie sonst noch sagen sollte. „Sind Sie zu Besuch bei Catch?"

Jessica wirkte nicht wie eine Frau, die ihr Amüsement in Vergnügungsparks suchte. Sie würde wohl eher in den Countryklub oder ins Theater gehen.

„Nur für ein, zwei Tage."

Jessica deutete auf das Karussell.

„Meine Familie ist mit mir hier. Da ist Rob, mein Mann", Megan lächelte dem attraktiven dunkelhaarigen Mann grüßend zu, „und unsere beiden Töchter, Erin und Laura."

Die beiden blonden Mädchen, ungefähr vier und sechs Jahre alt, flogen begeistert die unvermeidlichen Runden in einem der Karussellflugzeuge.

„Hübsche Kinder", meinte Megan.

„Ja, uns gefallen sie auch", erwiderte Jessica trocken, dann lachte sie. „Catch konnte zwar nicht sagen, wo genau im Park wir Sie finden werden, aber er hat Sie uns sehr gut beschrieben."

„Ist er auch hier?", fragte Megan bemüht gleichgültig und suchte die umstehende Menge mit den Augen ab.

„Nein, er hatte etwas Geschäftliches zu erledigen."

Die Glocke ertönte, die das Ende der Fahrt einläutete.

„Entschuldigen Sie mich einen Moment." Dankbar für die Unterbrechung beaufsichtigte Megan das Ein- und Aussteigen der kleinen Fahrgäste. Die Letzten, die noch saßen, waren Erin und Laura.

Erin, die Ältere, lächelte Megan breit an, mit Augen in der gleichen Farbe wie die ihres Onkels.

„Ich bin der Pilot", behauptete sie überzeugt. „Laura fliegt nur mit."
„Stimmt gar nicht." Wild drehte die jüngere Schwester am Steuer.
„Das liegt in der Familie", sagte Jessica hinter Megan, die die Sicherheitsgurte löste. „Dickköpfigkeit. Ist Ihnen sicherlich schon aufgefallen."
Megan drehte sich lächelnd zu Jessica um. „Ja, ein- oder zweimal …"
Die nächsten Fahrgäste stürmten auf die Geräte.
„Ich weiß, Sie sind sehr beschäftigt", sagte Jessica mit einem Blick auf das schon wieder voll besetzte Karussell.
Megan zuckte mit den Schultern. „Eigentlich muss ich nur darauf achten, dass jeder sicher sitzt und angeschnallt bleibt."
„Meine beiden Engelchen werden darauf bestehen, sofort zum nächsten Abenteuer weiterzuziehen. Können wir uns unterhalten, wenn Sie hier fertig mit Ihrer Arbeit sind?"
Megan runzelte die Stirn. „Ja, sicher … in einer Stunde werde ich abgelöst."
„Wunderbar." Jessicas Lächeln war ebenso charmant wie das ihres Bruders.
„Wenn Sie nichts dagegen haben, treffen wir uns doch in anderthalb Stunden in Ihrem Atelier."
„In meinem Atelier?"
„Also abgemacht." Jessica legte ihre Hand auf Megans Arm. „Catch hat mir den Weg dorthin beschrieben."
Die Glocke läutete die nächste Fahrt ein und erinnerte Megan an ihre Pflichten.
Und während sie Sicherheitsgurte anlegte und überprüfte, fragte sie sich, warum Jessica sich wohl ausgerechnet im Atelier mit ihr treffen wollte.

In ihrem Schlafzimmer betrachtete Megan ihr Abbild im Spiegel. Wie konnte ein Mann, der für die grazile Schönheit Jessicas schwärmte, überhaupt etwas an ihr finden? Achtlos die Schultern zuckend legte sie die Haarbürste ab. Das war inzwischen völlig unerheblich. Wie die meisten anderen Menschen, die hierherkamen, war auch Catch offensichtlich nur an einem kurzfristigen Vergnügen interessiert.
Du bist eine solche Närrin, schalt sie die Frau im Spiegel und schloss die Augen, weil sie die Trauer darin nicht widergespiegelt sehen wollte. Weil du nicht loslassen kannst, fuhr sie in Gedanken fort. Weil es dir egal ist, aus welchem Grund er dich wollte. Wichtig ist dir nur, dass er dich wollte. Und weil du dir wünschst, er würde dich noch immer wollen.

Sie schüttelte vehement den Kopf und brachte ihr Haar damit wieder durcheinander. Sie musste aufhören, sich ständig im Kreis zu drehen. Jessica Delaney würde jeden Moment ankommen.

Warum? Megan starrte nachdenklich vor sich hin. Warum kam sie her? Was wollte sie hier?

Megan konnte es sich nicht erklären. Seit zwei Wochen hatte sie nichts von Catch gehört. Warum wollte seine Schwester jetzt plötzlich mit ihr reden?

Das Geräusch eines herannahenden Wagens unterbrach ihre Gedanken. Durch das Fenster sah sie Jessica aus Catchs schwarzem Porsche steigen.

Megan ging hinunter, um die andere zu begrüßen. Sie fühlte sich steif und verlegen.

„Hallo." Sie zögerte kurz, bevor sie von der Tür wegtrat und Jessica einlud, hereinzukommen.

Jessica sah sich um. „Was für ein hübsches Haus."

Ihr Kompliment klang echt, und ihr Lächeln glich so sehr dem von Catch, dass Megans Herz einen Schlag lang aussetzte. „Ich wünschte nur, meine Azaleen würden auch so prächtig gedeihen."

„Pop, mein Großvater, hegt und pflegt sie. Es sind seine größten Schätze."

„Ich habe schon so viele wunderbare Dinge von Ihrem Großvater gehört." Die blauen Augen der Frau strahlten warm. „Ich würde ihn sehr gern kennenlernen."

„Er ist noch im Park."

Die Verlegenheit wich langsam. Charme schien ebenfalls zu den Eigenschaften zu gehören, die der Familie Catcherton zu eigen waren.

„Möchten Sie vielleicht einen Kaffee? Oder lieber Tee?"

„Später vielleicht. Können wir jetzt direkt in Ihr Atelier gehen?"

„Mrs. Delaney, ich würde Sie gern fragen, wieso …"

„Jessica, bitte", fiel sie Megan fröhlich ins Wort und erklomm bereits die Stufen neben der Garage.

„Also schön, Jessica", stimmte Megan zu und begann erneut: „Jessica, woher wissen Sie, dass ich ein Atelier habe und dass es über der Garage liegt?"

„Oh, Catch hat es mir erzählt. Er erzählt mir überhaupt sehr vieles."

Jessica blieb vor der Tür stehen und wartete darauf, dass Megan aufschloss. „Ich bin ja so gespannt darauf, Ihre Arbeit zu sehen. Ich versuche mich des Öfteren in Öl, aber das sind nur sehr amateurhafte Ansätze."

„In Öl also." Jetzt ergab Jessicas Interesse für Megan zumindest ein wenig mehr Sinn – eine verwandte Künstlerseele.

„Ja, leider mehr schlecht als recht. Die Ergebnisse sind Quell nie versiegender Frustration."

Da war es wieder, das typische Catcherton-Lächeln.

Und es löste eine viel zu heftige Reaktion in Megan aus.

Um abzulenken, begann sie hastig draufloszuplappern. „Ich habe auch kein Glück mit der Leinwand. Nichts kommt zum Schluss so heraus, wie ich es mir vorgestellt hatte. Es macht mich rasend, wenn ich nicht ausdrücken kann, was ich möchte. Manchmal versuche ich es auch mit Airbrushing, aber …"

Jessica hörte gar nicht zu. Sie ging durch den Raum, in der gleichen Art, wie ihr Bruder es getan hatte – mit fließenden Bewegungen und konzentriertem Blick, ohne einen Ton zu sagen.

Sie hob eine Statue hier an, blieb vor einer Skulptur dort stehen. Schließlich nahm sie ein kleines Einhorn aus Elfenbein auf und studierte es so lange, dass Megan vor Nervosität von einem Fuß auf den anderen trat.

Was macht sie da nur, fragte sie sich. Und warum?

Das Sonnenlicht warf Schatten auf den Boden. Staubdiamanten tanzten in den Strahlen.

Zu spät erinnerte Megan sich an Catchs Büste. Ein Sonnenstrahl fiel schräg auf das Werk, betonte die Gesichtszüge, die der Schaber bereits herausgearbeitet hatte. Wenn auch noch unvollendet, so war klar erkenntlich, dass dieses Gesicht Catch darstellte.

Weil sie sich plötzlich albern vorkam, stellte Megan sich vor den Tonkopf, damit Jessica ihn nicht sehen konnte.

„Catch hatte recht", murmelte diese jetzt und strich vorsichtig mit dem Finger über das Einhorn. „Wie immer. Normalerweise treibt mich das zur Weißglut, doch diesmal nicht."

In diesem Moment war ihre Ähnlichkeit mit Catch geradezu verblüffend.

Megan schoss der Gedanke durch den Kopf, wie gern sie eine Skizze von dieser Situation entwerfen würde. Währenddessen bemühte sie sich, dem schnellen Zickzackkurs von Jessicas Anmerkungen zu folgen.

„Recht womit?", fragte sie.

„Er sprach von Ihrem außergewöhnlichen Talent."

„Wie?" Megan riss die Augen auf.

„Catch erzählte mir von Ihrer Arbeit und wie bemerkenswert sie sei."

Jessica setzte das Einhorn vorsichtig zurück auf seinen Platz. „Als er mir die beiden Skulpturen von Ihnen schickte, musste ich ihm zustimmen, aber ... es waren nur zwei Stücke. Nicht genug, um sich eine umfassende Meinung bilden zu können."

Sie nahm einen Meißel zur Hand und tippte sich damit abwesend auf die Handfläche, während sie den Blick im Raum umherwandern ließ. „Absolut erstaunlich."

„Er hat Ihnen die Skulpturen geschickt, die er mir abgekauft hat?"

„Ja, vor ein paar Wochen. Ich war sehr beeindruckt von den Stücken."

Jessica ließ den Meißel klappernd zurück auf den Werktisch fallen und nahm die fast vollendete Skulptur einer Frau, die aus den Schaumkronen des Meeres stieg, in die Hände.

Es war das Stück, an dem Megan gearbeitet hatte, bevor sie mit Catchs Büste begann.

„Das ist einfach fantastisch!", rief Jessica aus. „Das muss ich haben und das Einhorn auch. Die Reaktion auf die beiden anderen Stücke von Ihnen war phänomenal."

„Ich verstehe nicht ganz, wovon Sie reden."

Sosehr sie sich auch bemühte – mit diesen Sprüngen konnte sie nicht mithalten. „Wessen Reaktion?"

„Die Reaktion meiner Kunden. Ich besitze eine Kunstgalerie in New York."

Jessica lächelte Megan strahlend an. „Sagte ich etwa nicht, dass mir eine Galerie gehört?"

„Nein." Megan schluckte. „Nein, das sagten Sie nicht."

„Wahrscheinlich ging ich davon aus, dass Catch es Ihnen gegenüber bereits erwähnt hätte. Na, dann sollte ich wohl besser beim Anfang anfangen."

„Das wäre mir sehr recht", bemerkte Megan und wartete, bis Jessica es sich auf dem kleinen Holzschemel gemütlich gemacht hatte.

„Nun, Catch schickte mir vor ein paar Wochen Ihre Arbeiten", begann Jessica zügig. „Er wollte meine professionelle Meinung einholen. Ich bringe vielleicht nicht viel auf der Leinwand zustande, aber mit Kunst kenne ich mich aus."

Diese Selbstsicherheit war Megan bereits vertraut.

„Als ich erkannte, dass ich selbst nie viel als Künstler erreichen würde, spezialisierte ich mich also auf den Kunsthandel und eröffnete eine Galerie in Manhattan. *Jessica's*, so heißt sie. In den letzten sechs Jahren habe ich mir einen sehr guten Ruf und einen renommierten

Kundenstamm erarbeitet. Deshalb hat mein unternehmungslustiger Bruder mich natürlich zurate ziehen wollen. Seine Instinkte funktionieren hervorragend, aber er holt sich immer die Meinung von Experten ein. Danach allerdings trifft er seine eigenen Entscheidungen. So wie man ihm damals gegen den Bau der Klinik in Zentralafrika geraten hatte, und er hat sie trotzdem gebaut. Er tut immer, was er für richtig hält."

„Eine Klinik?" Megan hatte Mühe, dem neuerlichen Sprung in Jessicas Gedanken zu folgen.

„Eine Kinderklinik. Er hat eine Schwäche für Kinder."

Es sollte sich amüsiert anhören, doch Liebe und Bewunderung für ihren Bruder klangen deutlich hindurch. „Er hat auch ein paar erstaunliche Dinge für die Waisen von Vietnamveteranen getan. Und dann ist da noch dieses Kinderdorf in New South Wales."

Megan schwieg verblüfft. Redeten sie hier über denselben David Catcherton? Über den Mann, der sie so plump im Supermarkt angesprochen hatte?

Mit einem mulmigen Gefühl im Magen erinnerte sie sich daran, dass sie ihm vorgeworfen hatte, das Vertrauen ihres Großvaters zu missbrauchen. Sie hatte sich eingeredet, er sei ein Opportunist, verwöhnt durch Geld und gutes Aussehen. Sie hatte ihn als verantwortungslos, unzuverlässig und vergnügungssüchtig abgestempelt.

„Das wusste ich alles nicht", murmelte sie.

„Oh, Catch überlegt immer sehr genau, mit wem er darüber spricht. Und wenn er solche Projekte verwirklicht, dann achtet er darauf, dass die Medien es nicht an die große Glocke hängen. Er verfügt über endlose Energie und besitzt natürlich ein mehr als gesundes Maß an Selbstsicherheit, aber im Grunde ist er ein sehr warmherziger Mensch." Jessicas Blick glitt an Megan vorbei. „Aber Sie müssen ihn ja gut kennen."

Für einen Moment sah Megan Jessica verständnislos an, dann drehte sie sich abrupt um.

Catchs Büste. Die hatte sie vollkommen vergessen! Langsam wandte sie sich wieder zu Jessica um.

„Nein, nicht wirklich. Um ehrlich zu sein, ich glaube, ich kenne ihn überhaupt nicht. Er hat ein faszinierendes Gesicht. Daher konnte ich nicht widerstehen und habe mit der Büste angefangen …"

Verständnis blitzte kurz in Jessicas Augen auf. „Er ist ein faszinierender Mann."

Megan senkte hastig die Lider.

„Entschuldigen Sie", kam es sofort von Jessica, „ich mische mich schon wieder in Dinge ein, die mich nichts angehen. Reden wir also nicht über Catch, sondern lieber über Ihre Ausstellung."

Megan hob erstaunt den Blick. „Meine was?"

„Ihre Ausstellung", wiederholte Jessica. „Wann, meinen Sie, können Sie genügend Werke fertig haben? Was hier im Atelier steht, ist bereits ein sehr guter Anfang. Catch erwähnte etwas von einer Galerie in der Stadt, die auch ein paar Stücke von Ihnen zeigt. Meiner Meinung nach wäre der Herbst die beste Zeit."

„Jessica, ich weiß wirklich nicht, wovon Sie reden."

Panik war in Megans Stimme zu hören, ganz leicht nur, doch Jessica spürte es sofort.

Sie beugte sich vor und nahm Megans Hände in ihre.

„Megan, Sie haben hier etwas wirklich ganz Besonderes, etwas sehr Bedeutendes. Es wird Zeit, dass Sie es mit anderen teilen."

Sie stand auf und zog Megan mit sich hoch. „Kommen Sie, lassen Sie uns bei einem Kaffee darüber reden."

Eine Stunde später saß Megan allein in der Küche. Die Dämmerung brach herein. Es wurde immer dunkler im Raum, doch Megan schaltete kein Licht ein.

Zwei leere Kaffeebecher standen auf dem Tisch.

Megan schaute nur starr vor sich hin und versuchte ihre Gedanken zu ordnen.

Eine Ausstellung im *Jessica's*, einer renommierten Kunstgalerie in New York. Ausschließlich mit ihren Arbeiten. Um sie öffentlich einem interessierten Publikum zu präsentieren.

Das ist alles gar nicht passiert, dachte Megan, das war sicher nur ein Tagtraum.

Doch dann fiel ihr Blick auf die zweite leere Tasse auf dem Tisch. Und der leichte Duft von Jessicas exquisitem Parfüm hing ebenfalls noch in der Luft.

Benommen nahm Megan die beiden Becher und spülte sie ab.

Wie war es Jessica nur gelungen, sie zu überreden?

Noch bevor sie richtig nachdenken konnte oder überhaupt eine klare Zusage gegeben hatte, hatte sie auch schon Daten und Details zugestimmt.

Gab es überhaupt jemanden, der Nein zu einem Catcherton sagte?

Sie sah auf ihre nassen Hände hinunter. *Ich muss ihn anrufen.* Dieser Gedanke half ihr nicht, ihre Panik zu beruhigen.

Ich muss mich bei ihm bedanken.

Die Kehle wurde ihr eng. Auf dem Weg zum Telefon rieb sie sich die Hände an der Jeans trocken.

Es ist ganz simpel. Sie räusperte sich. *Ich muss nur seine Nummer wählen und Danke sagen. Ein, zwei Minuten, länger dauert es nicht.*

Sie streckte die Hand nach dem Hörer aus, das Herz klopfte ihr bis in den Hals.

Die Nummer kannte sie auswendig. Immer wieder hatte sie sie in den letzten zwei Wochen gewählt, nur um den Hörer sofort wieder aufzulegen.

Sie gab die erste Zahl ein. Nur fünf Minuten, dann existierte kein Grund mehr, ihn nochmals zu kontaktieren.

Es war auch besser, wenn sie ihr letztes Treffen und überhaupt alles andere vergaßen.

Megan wählte die letzte Zahl. Der Rufton erklang.

Viermal, dann meldete sich jemand am anderen Ende.

„Catch?" Ihre Stimme war kaum noch hörbar. Sie schloss die Augen.

„Meg?"

„Ja. Ich …" Sie musste sich zusammennehmen, um einen Ton herauszubekommen. „Ich hoffe, ich störe nicht."

Wie schrecklich banal!

„Ist alles in Ordnung mit dir?"

Er klang ehrlich besorgt.

„Ja. Ja, natürlich."

Sie stolperte über die Worte, die ihr nicht über die Lippen wollten.

„Catch, ich möchte mit dir reden. Deine Schwester war hier und …"

„Ich weiß, sie ist gerade bei mir angekommen."

Jetzt hörte man leichte Ungeduld in seiner Stimme. „Stimmt was nicht?"

„Nein, alles bestens."

Wie konnte sie dieses verfahrene Gespräch jetzt nur am schnellsten beenden?

„Bist du allein?"

„Ja, ich …"

„Ich bin in zehn Minuten bei dir."

„Nein." Frustriert fuhr Megan sich durchs Haar. „Nein, ich …"

„In zehn Minuten", wiederholte er und legte auf.

9. KAPITEL

Megan starrte auf den Hörer in ihrer Hand. War es überhaupt möglich, dass sie mit ihrem Gestammel ein solches Durcheinander angerichtet hatte? Sie wollte nicht, dass er herkam. Sie wollte Catch nie wiedersehen.

Lügnerin!

Wie in Zeitlupe hängte Megan den Hörer ein.

Doch, ich will ihn sehen, gestand sie sich ein, aber ich habe schreckliche Angst davor, ihm gegenüberzutreten.

Mit zusammengekniffenen Augen sah sie sich in der Küche um. Inzwischen war es dunkel geworden. Tisch und Stühle waren nur noch als Umrisse zu erkennen.

Mit der Erfahrung von Jahren ging sie zum Schalter an der Wand und schaltete das Licht ein. So war es schon besser. Die Helligkeit verlieh ihr ein wenig mehr Zuversicht.

Kaffee, so beschloss sie, ich werde frischen Kaffee aufbrühen. Sie brauchte etwas, um sich zu beschäftigen.

Sehr sorgfältig ging sie die einzelnen Schritte des Kaffeemachens durch, in der Hoffnung, endlich ruhiger zu werden.

Wenn Catch hier ankam, würde sie ihm sagen, was sie zu sagen hatte, und dann würden sie sich voneinander verabschieden.

Doch als das Telefon klingelte, zuckte Megan so stark zusammen, dass ihr fast die Tasse aus der Hand gerutscht wäre.

Sie schalt sich in Gedanken und setzte den Becher umso vorsichtiger ab, um dann den Hörer abzunehmen.

„Hallo, Megan", ertönte Pops Stimme am anderen Ende.

„Pop, bist du etwa noch immer im Park?"

Wie spät mochte es wohl sein? fragte sie sich und sah auf die Uhr.

„Deshalb rufe ich ja an. George ist vorbeigekommen. Wir gehen zusammen in der Stadt essen. Ich wollte dir nur Bescheid sagen, damit du dir keine Sorgen machst."

„Danke, das ist lieb von dir." Sie lächelte vor sich hin, und die Spannung in ihrer Brust löste sich. „George und du, ihr habt bestimmt ein paar großartige Angelepisoden auszutauschen."

„Seine Fische werden immer größer, seit er Rentner ist", behauptete Pop lachend. „Hey, warum kommst du nicht mit, Liebes? Wir spendieren dir ein Abendessen."

„Ihr beide sucht nur ein Publikum, das euch bei eurem Anglerlatein gehörig bewundert." Als sie Pop vergnügt lachen hörte, wurde ihr Lächeln breiter. „Danke, aber heute werde ich die Einladung ausschlagen. Im Kühlschrank sind noch Reste von gestern."

„Ich bringe dir etwas zum Nachtisch mit", versprach Pop.

Das war Tradition. Jedes Mal wenn Pop ohne sie ausging, besorgte er etwas Gutes für sie, um sie zu verwöhnen.

„Was möchtest du?"

„Ein Eissorbet", antwortete sie spontan. „Und viel Spaß euch beiden."

„Oh, den werden wir haben, bestimmt. Arbeite nicht zu lange, Liebes."

Während Megan einhängte, fragte sie sich, warum sie ihrem Großvater gegenüber nichts von Catchs bevorstehendem Besuch erwähnt hatte.

Sie hatte auch nichts von Jessicas Plänen für die Ausstellung in New York gesagt. Weil das warten soll, bis wir in Ruhe reden können, sagte sie sich. Denn nur wenn sie sich gegenübersaßen, würde sie seine Reaktion abschätzen können und wissen, wie er darüber dachte.

Zweifel begannen an ihr zu nagen. Wahrscheinlich war es keine so gute Idee. Nein, eigentlich war es sogar eine komplett verrückte Idee. Wie konnte sie nach New York gehen und ...

Ihre Gedanken wurden unterbrochen, als gleißendes Licht von Autoscheinwerfern durch das Küchenfenster auf die Wand fiel.

Megan riss sich zusammen und nahm sich die Zeit, sorgfältig die Schranktür zu schließen, bevor sie zur Hintertür ging und öffnete.

Catch stand auf dem Treppenabsatz vor dem Fliegengitter.

Für einen Moment sahen sie sich schweigend durch das Netz an. Dann stieß er den Rahmen auf und schloss ihn sofort wieder hinter sich, bevor Insekten ins Haus kommen konnten.

Stumm stand er vor Megan und legte ihr eine Hand an die Wange, während seine Augen in ihrem Gesicht suchten.

„Du klangst so aufgelöst am Telefon."

Sie fuhr sich mit der Zungenspitze über die plötzlich trockenen Lippen. „Nein, mit mir ist alles in Ordnung."

Sie wich einen Schritt zurück, um sich seiner Berührung entziehen zu können.

„Entschuldige, dass ich dich gestört habe ..."

„Megan, hör auf damit."

Catch sprach ruhig und kontrolliert. „Hör auf, dich von mir zurückzuziehen. Hör auf, dich zu entschuldigen."

Ihre Hände flogen hilflos in die Luft, bevor sie es verhindern konnte.

„Ich mache gerade Kaffee. Er ist gleich fertig."

Sie wollte sich umdrehen, um mit Tassen und Löffeln zu hantieren, doch Catch hielt sie fest.

„Ich bin nicht hier, um Kaffee zu trinken." Seine Finger an ihrem Handgelenk konnten ihren rasenden Puls fühlen.

„Catch, bitte, mach es mir nicht unnötig schwer."

Etwas flackerte in seinen Augen.

Megan sah es, konnte aber nicht sagen, was es bedeuten sollte.

„Tut mir leid", murmelte er schließlich.

„In den letzten zwei Wochen hatte ich selbst genug Schwierigkeiten, zu verarbeiten, was beim letzten Mal, als wir uns sahen, passiert ist."

Er sah, wie ihr das Blut in die Wangen schoss, doch sie hielt seinem Blick stand.

„Megan, ich möchte es wiedergutmachen."

Sie schüttelte nur stumm den Kopf und wandte sich nach der Kaffeekanne um.

„Du willst mir also nicht vergeben?"

Sie drehte sich wieder zu ihm, Verwirrung lag in ihrem Blick.

„Nein ... ich meine, natürlich."

„Was? Natürlich willst du mir nicht vergeben?" Ein leises Lächeln spielte um seinen Mund.

Megan hatte das Gefühl, in seinen Augen zu ertrinken.

„Doch, natürlich vergebe ich dir. Ist schon vergessen."

Wieder wandte sie sich um, doch als sie seine Hände auf ihren Schultern spürte, zuckte sie zusammen.

„Wirklich?" Catch zog sie zu sich herum, sodass sie ihn ansehen musste. „Du kannst es offenbar nicht ertragen, von mir berührt zu werden. Megan, der Gedanke gefällt mir nicht, dass ich dich verängstigt habe."

Bewusst versuchte sie sich mehr und mehr zu entspannen. „Du hast mir keine Angst gemacht, Catch. Aber du verwirrst mich, eins ums andere Mal."

Sie sah den grüblerischen Ausdruck in seinem Gesicht, als er über ihre Worte nachdachte. „Das war nie meine Absicht. Es tut mir leid, Megan."

„Ja, ich weiß."

Sein schlichter Ernst ließ sie lächeln.

Er zog sie näher zu sich heran. „Können wir uns wieder versöhnen? Mit einem Kuss?"

Sie wollte etwas dagegen einwenden, doch da lag sein Mund schon auf ihren Lippen, ganz sanft nur und zärtlich.

Ihr Herz begann zu hämmern, obwohl er keine Anstalten machte, den Kuss zu vertiefen. Seine Hände hielten sie leicht bei den Schultern. Und entgegen allen Warnungen ihres Verstandes entspannte sie sich und ließ sich gegen ihn sinken, lud ihn ein, zu nehmen, was und so viel er wollte. Doch er forderte nicht mehr.

Sanft schob er sie von sich und wartete, bis sie die Lider hob. Stumm strich er ihr übers Haar, dann wandte er sich um und ging zum Fenster, um hinauszusehen.

Megan hatte Mühe, die plötzliche Leere in sich zu überspielen. „Ich wollte mit dir über deine Schwester reden", setzte sie an und hantierte fahrig mit Kaffeekanne und Tassen. „Oder besser, über den Grund, weshalb Jessica hier war."

Catch sah, dass sie Kaffee in die Becher füllte, und lief zum Kühlschrank, um die Milch herauszuholen. Er gab etwas Milch in beide Tassen. „Also gut."

„Warum hast du mir nicht gesagt, dass du meine Arbeiten an deine Schwester schickst?"

„Ich hielt es für besser, erst auf ihre Meinung zu warten."

Er setzte sich neben sie an den Tisch und hielt den Becher mit beiden Händen. „Ich vertraue ihr. Und ich dachte, ihr würdest du auch mehr vertrauen als mir. Wirst du die Ausstellung machen? Jessica und ich hatten keine Zeit, darüber zu reden, weil dein Anruf kam."

Sie rutschte ein wenig auf dem Stuhl hin und her, starrte in ihren Kaffee, dann sah sie zu ihm hin. „Sie kann sehr überzeugend sein. Noch bevor mir klar wurde, was ich überhaupt tue, hatte ich schon zugestimmt."

„Gut", sagte er schlicht und trank einen Schluck.

„Ich möchte mich bei dir bedanken." Ihre Stimme klang jetzt fester. „Dass du das arrangiert hast."

„Ich habe überhaupt nichts arrangiert", erwiderte er. „Jessica trifft ihre eigenen Entscheidungen, in persönlicher wie auch beruflicher Hinsicht. Ich habe ihr lediglich deine Skulpturen geschickt, mit der Bitte um ihre Expertise."

„Dann danke ich dir dafür. Weil du den Schritt gemacht hast, gegen den ich schon fünf Minuten, nachdem sie aus dem Haus war, Hunderte von guten Gründen gefunden habe."

Catch zuckte nur mit den Schultern. „Na schön, wenn du unbedingt dankbar sein willst ..."

„Das bin ich. Und ich habe schreckliche Angst, wenn ich mir vorstelle, dass alle möglichen Leute meine Arbeiten begutachten werden." Zitternd stieß Megan den Atem aus. „Wenn die Kritiker mich erst in der

Luft zerrissen haben, werde ich dich wahrscheinlich aus tiefster Seele hassen, also solltest du meinen Dank besser jetzt annehmen."

Er beugte sich zu ihr, und alles in ihr stellte sich darauf ein, von ihm in die Arme genommen zu werden. Doch er strich ihr nur leicht über die Wange. „Wenn du erst begriffen hast, was für einen Erfolg du haben wirst, kannst du mir noch mal danken." Er lächelte sie an, und in diesem Moment schien die Welt heller zu werden. Megan war sich gar nicht bewusst gewesen, wie grau in grau alles bis jetzt für sie gewesen war.

„Ich bin froh, dass du gekommen bist", flüsterte sie.

Und weil sie nicht widerstehen konnte, schlang sie die Arme um seine Hüften und barg ihr Gesicht an seiner Schulter. „Es tut mir so leid, was ich gesagt habe – ich meine, über den Kredit. Wenn ich wütend bin, gebe ich schreckliche Dinge von mir."

„Heißt das, du bist jetzt an der Reihe mit Buße tun?"

Sie musste lachen und legte den Kopf in den Nacken. „Ja."

Er küsste sie und machte sich von ihr los. Nur unwillig entließ sie ihn aus ihren Armen.

Dann stand er stumm da und studierte ihr Gesicht.

„Was machst du da?", fragte sie leicht verlegen.

„Ich betrachte dich, damit ich jede Einzelheit von dir genau in Erinnerung behalten kann. Hast du schon gegessen?"

Sie schüttelte den Kopf. Wieso sollte es sie noch wundern, dass er sie immer wieder verblüffte? „Nein, ich wollte mich über die Reste von gestern hermachen."

„Inakzeptabel. Wie wär's mit einer Pizza?"

„Ich liebe Pizza. Aber musst du dich nicht um deinen Besuch kümmern?"

„Jessica und Rob sind mit den Mädchen zum Minigolf. Man wird mich nicht vermissen." Er hielt ihr seine Hand hin. „Komm, lass uns gehen."

Sie schaute in seine lachenden Augen, und ihr Herz war verloren.

„Oh, warte", fiel ihr ein, als sie ihre Hand in seine legte. Schnell kritzelte sie ein paar Worte für Pop auf einen Zettel.

Bin mit Catch aus.

Das würde reichen. Pop würde verstehen.

10. KAPITEL

Catch nahm die Straße am Meer entlang, sodass sie die Urlaubsatmosphäre unter den Touristen und Sonnenanbetern miterleben konnten. Musik aus Autoradios schallte aus heruntergekurbelten Fenstern, überall war Gelächter zu hören. In der Ferne glitzerten die Lichter des Riesenrads.

Urlauber saßen auf den Balkonen ihrer Hotels und beobachteten den trägen Strom von Autos und Fußgängern. Farbenfrohe Strandlaken flatterten über den Geländern. Linker Hand blitzte das Meer zwischen den Gebäuden auf.

Satt und zufrieden nach Pizza und Chianti, kuschelte Megan sich tiefer in den bequemen Ledersitz des Porsches.

„Nach diesem Wochenende wird es wieder ruhiger werden", merkte sie an. „Bis zum Memorial Day."

„Kommt es dir manchmal so vor, als würde euer Städtchen von den vielen Menschen regelrecht besetzt?" Catch zeigte mit dem Kopf auf den stockenden Verkehr.

„Ich mag die Menschenmengen." Sie lachte. „Und ich mag den Winter, wenn der Strand menschenleer daliegt. Irgendetwas an diesem Trubel reizt mich, vor allem da ich weiß, dass ich im Winter dann wieder monatelang Ruhe habe."

„Und Zeit für dich hast und dich ganz deinen Skulpturen widmen kannst."

Sie zuckte mit den Schultern, unter seinem forschenden Blick wurde ihr ein wenig unwohl. „Ich arbeite auch im Sommer im Atelier, wann immer ich kann. Den Zeitfaktor habe ich bei dem Gespräch mit Jessica völlig außer Acht gelassen. Ich weiß nicht, wie ich all die Dinge fertig kriegen soll."

„Du machst doch jetzt keinen Rückzieher, oder?"

„Nein, aber ..." Bei seinem Blick vergaß sie alle Ausflüchte.

„Nein", sagte sie bestimmt, „kein Rückzieher."

„Woran arbeitest du im Moment?"

„Ich, äh ..." Sie dachte an die halb fertige Büste von Catch und sah angestrengt aus dem Fenster. „Es ist nur ..." Sie lehnte sich vor und stellte einen neuen Sender im Radio ein. „Nur eine Studie in Holz."

„Eine Studie wovon?"

Megan murmelte unverständlich vor sich hin, bis Catch sie breit angrinste.

„Eines Piraten", entfuhr es ihr spontan, als das Licht der roten Ampel Schatten auf sein Gesicht warf. „Es ist nur ein Piratenkopf."

Als sie ihn plötzlich mit zusammengekniffenen Augen intensiv musterte, meinte er: „Ich würde das Stück gern sehen."

„Es ist noch nicht fertig", beeilte sie sich zu sagen. „Nicht einmal das Tonmodell ist komplett. Und wahrscheinlich werde ich das Stück beiseitelegen müssen, wenn ich die Sachen für deine Schwester zusammenstellen soll."

„Meg, warum hörst du nicht auf, dir Sorgen zu machen, und genießt es einfach?"

Verständnislos sah sie ihn an. „Was soll ich genießen?"

„Die Ausstellung", meinte er und wuschelte ihr durchs Haar.

„Ach so, ja." Sie ordnete ihre wirren Gedanken und brachte sogar ein Lächeln zustande. „Das werde ich auch ... wenn alles vorbei ist. Wirst du zu der Zeit in New York sein?"

Der Verkehrsfluss lief jetzt ein wenig schneller. Catch legte den nächsten Gang ein. „Ich wollte es eigentlich so einrichten."

„Es wäre mir sehr recht, wenn du es schaffen könntest." Als er lachend den Kopf schüttelte, fügte sie an: „Jedes freundliche Gesicht ist eine Hilfe für mich. Und ich kann jede Hilfe gebrauchen, die ich bekommen kann."

„Du wirst nichts anderes brauchen als deine Skulpturen", meinte Catch überzeugt. Das Lachen stand noch in seinen Augen. „Glaubst du etwa, ich würde mir deine erste Ausstellung entgehen lassen? Schließlich will ich mich damit brüsten, dass ich dich entdeckt habe."

„Hoffentlich werden wir beide es nicht bereuen", murmelte Megan, und wieder lachte er auf. Sie fühlte sich unverstanden. „Ist dir eigentlich nie der Gedanke gekommen, du könntest einen Fehler gemacht haben?"

„Ist dir eigentlich nie der Gedanke gekommen, dass du ein Riesenerfolg sein könntest?", benutzte er ihre Worte.

Sie öffnete den Mund, schloss ihn wieder.

Als sie erneut im Stau feststeckten, legte sie ihm eine Hand auf die Schulter. „Catch?"

„Hm?"

„Warum hast du diese Klinik in Afrika gebaut?"

Mit einem leichten Stirnrunzeln wandte er ihr das Gesicht zu. „Weil sie gebraucht wurde", antwortete er schlicht.

„Einfach so?" Sie ließ nicht locker, auch wenn sie an seiner Miene sah, dass er nicht darüber reden wollte. „Jessica sagte, man habe dir abgeraten, und trotzdem ..."

„Zufälligerweise steht mir ein recht ansehnliches Vermögen zur Verfügung, und ich kann damit tun und lassen, was ich will." Er sah ihr verständnisloses Gesicht und schüttelte den Kopf. „Es gibt eben Dinge, die ich tun möchte, das ist alles. Mach keinen Heiligen aus mir, Meg."

Sie entspannte sich und strich ihm unbewusst eine Locke hinters Ohr. „Das käme mir nie in den Sinn."

Catch war eher ein Exzentriker denn ein Wohltäter. Und wie viel einfacher machte es das Wissen um dieses kleine Geheimnis, ihn zu lieben. „Man kann dich viel sympathischer finden, als ich zuerst dachte. Damals, als du im Supermarkt so aufdringlich warst."

„Das habe ich dir doch gleich gesagt. Aber du warst ja zu beschäftigt damit, so zu tun, als wärst du nicht interessiert."

„Das war ich ja auch nicht", beharrte sie. „Nicht im Geringsten."

Mit einem herausfordernden Grinsen drehte er ihr das Gesicht zu, und sie fiel in sein Lachen mit ein. „Na, nicht sehr, zumindest", gestand sie ein.

Als er den Wagen in eine Seitenstraße lenkte, sah sie ihn fragend an. „Was machst du?"

„Lass uns am Kai spazieren gehen." Gekonnt setzte er den Porsche in eine Parklücke. „Vielleicht kaufe ich dir ein Souvenir." Er war schon ausgestiegen.

„Ich liebe Überraschungen." Lachend folgte sie ihm.

„Ich sagte ‚Vielleicht'."

„Den Teil habe ich nicht gehört. Und überhaupt", sie verschränkte ihre Finger mit seinen, „will ich etwas ganz Besonderes haben."

„Nämlich?" Sie schlängelten sich zwischen den langsam rollenden Autos hindurch auf die andere Straßenseite.

„Wenn ich es sehe, dann weiß ich es."

Die Strandpromenade war überfüllt mit Menschen. Der Duft der Grillbuden und Süßwarenstände mischte sich mit der salzigen Brise, die vom Ozean hereinwehte.

Doch anstatt an den Schaufenstern der kleinen Läden vorbeizubummeln, die die Straße säumten, zog Catch Megan in eine Videospielhalle.

„Große Töne über Geschenke, dabei sind das alles nur leere Worte", murmelte Megan abfällig, als Catch am Schalter Spielchips kaufte.

„Es ist noch früh. Hier." Er drückte ihr ein paar Jetons in die Hand. „Versuch mal dein Glück. Vielleicht kannst du ja die Welt vor außerirdischen Invasoren retten …"

Mit einem übermütigen Grinsen suchte sie sich einen Automaten aus und steckte zwei Münzen in den Schlitz. „Das werden wir ja sehen."

Und von da an starrte sie mit zusammengezogenen Augenbrauen konzentriert auf den Bildschirm und schoss mit ihrem Raumschiff gnadenlos einen Gegner nach dem anderen ab. Bei jedem Treffer explodierten Farben auf dem Monitor und drangen Geräusche aus den Lautsprechern des Automaten.

Catch trat einen Schritt zurück und beobachtete Megans Miene. Das war viel interessanter als die ausgeklügelte Grafik des Spiels. Sie kaute auf ihren Lippen, kniff die Augen zusammen, schreckte hoch, als sie nur knapp dem Bildschirmtod entkam, und stieß die Luft durch die Zähne. Irgendwann jedoch nahm ihr Gesicht den ruhigen, ja fast ernsten Ausdruck an, der so sehr Teil ihrer Persönlichkeit war. Geschickt wich sie den Angriffen der Aliens aus, doch schließlich ereilte sie das Schicksal.

Catch sah auf die erreichte Punktzahl. „Du bist gut", meinte er anerkennend.

„Das muss man auch sein", erwiderte sie trocken und wischte sich die Handflächen an der Jeans ab, „wenn man die letzte Hoffnung für den Planeten ist."

Lachend schob er sie beiseite und stellte sich an den Automaten. Megan musste zugeben, dass er die kosmischen Feinde ebenso gekonnt ausschaltete wie sie – und dazu mit ein bisschen mehr Bravour.

Er geht gern Risiken ein, dachte sie und beobachtete, wie er nur knapp der Gefahr entkam, von Laserkanonen erwischt zu werden. Als die Punktzahl unablässig höherkletterte, rückte sie näher heran und nahm sich vor, seine Taktik genauer zu studieren. Unabsichtlich streifte ihr Arm dabei seinen, und Megan bemerkte die kurze Unterbrechung in seiner Konzentration. Höchst interessant!

Mit einem leicht boshaften Lächeln rutschte sie noch ein Stückchen näher. Wieder fiel ihr sein Stocken auf. Also drückte sie leicht die Lippen auf seine Schulter und vernahm prompt darauf den Explosionsknall, als sein Schiff getroffen wurde.

Catch sah jetzt gar nicht mehr auf den Bildschirm, sondern in ihr Gesicht. In seinen Augen blitzte etwas auf, etwas Wildes, Ungestümes, nur schwer unterdrückt. Dann schob er eine Hand in ihren Nacken.

„Du mogelst", murmelte er rau.

Für einen langen Moment vergaß Megan alles um sich herum, das Klingeln und Pfeifen der Maschinen, die vielen Menschen, den Trubel. Sie schwebte in einer Welt, die nur aus seinen grauen Augen und aus dem Gefühl bestand, welche Macht sie hatte.

„Ich und mogeln?", hielt sie ihm pikiert vor. „Ich weiß wirklich nicht, was du meinst."

Der Druck an ihrem Hals wurde fester. Es überraschte und erregte Megan sehr, dass Catch um seine Beherrschung kämpfen musste.

„Ich denke, du weißt genau, was ich meine", sagte er leise. „Und ich sollte wohl besser vorsichtig sein, jetzt, da du herausgefunden hast, was du mit mir anstellen kannst."

„Catch", ihr Blick glitt zu seinen Lippen, „vielleicht will ich ja gar nicht, dass du vorsichtig bist."

Er strich ihr sanft über die Wange und ließ die Hand dann sinken.

„Umso mehr Grund, auf der Hut zu sein. Komm", er nahm ihre Hand und zog sie von dem Automaten fort, „lass uns ein anderes Spiel spielen."

Megan ließ sich von ihm mitziehen, zufrieden damit, mit ihm zusammen zu sein. Sie steckten Chips in Spielautomaten und lieferten sich einen harten Wettkampf – gegen die Maschinen und gegeneinander.

Dabei fühlte Megan sich so unbeschwert wie an dem Abend, als sie gemeinsam durch den Vergnügungspark gebummelt waren. Die Zeit mit ihm glich einer aufregenden Fahrt mit der Achterbahn. Scharfe Kurven, steile Anstiege, rasante Abfahrten. Und nichts liebte Megan mehr als eine Achterbahnfahrt.

Mit in die Hüften gestemmten Händen sah sie zu, wie Catch einen Coupon nach dem anderen beim Wurfball gewann.

„Verlierst du eigentlich nie?", fragte sie ihn künstlich genervt.

Catch zielte und traf genau ins Schwarze. „Ich versuche es natürlich zu vermeiden. Willst du die letzten beiden Würfe übernehmen?"

„Nein." Sie zupfte eine nicht vorhandene Fluse von ihrem Shirt. „Ich möchte dir ja den Spaß beim Angeben nicht verderben."

Lachend warf Catch die beiden letzten Bälle und nahm seine Coupons entgegen. „Für diese Bemerkung sollte ich es mir überlegen, ob ich die Coupons gegen ein Souvenir für dich eintausche."

„Die da?" Megan beäugte die dünnen Kärtchen kritisch. „Hieß es nicht, du willst mir ein Souvenir *kaufen*?"

„Habe ich doch. Indirekt." Mit einem jungenhaften Grinsen legte er ihr den Arm um die Schultern und führte sie zu dem Stand, wo die Preise ausgestellt waren. „Dann lass uns mal sehen ... ich habe zwei Dutzend Coupons. Wie wäre es mit dem Multifunktionstaschenmesser dort?"

„Für wen soll das Souvenir denn sein?" Megan ließ den Blick über die Regale mit den Gewinnen wandern, tippte dann aber mit dem Fingernagel auf die Glasvitrine, an der sie standen. „Die Anstecknadel hier, die Rose aus Emaille."

„Einverstanden." Catch gab der Frau hinter dem Schalter seine Coupons. „Dann bleiben noch vier übrig, und dafür bekommen wir noch ...", er deutete mit dem Finger auf eines der Regale, „... das da."

Nachdenklich betrachtete Megan die winzige Figur aus Muschelschalen, die die Frau aus dem Regal nahm. Das Figürchen sah aus wie eine Kreuzung zwischen einer Ente und einem Pinguin. „Was machst du jetzt damit?"

„Ich schenke es dir. Ich bin eben ein großzügiger Mann."

„Das überwältigt mich." Sie drehte das Figürchen in der Hand, während Catch ihr die Emaillerose ansteckte. „Aber ... was ist das?"

„Eindeutig eine Stockente." Den Arm um ihre Schulter gelegt, führte er sie aus der Halle hinaus. „Es überrascht mich, dass ausgerechnet du als Künstlerin den ästhetischen Wert dieses Werks nicht erkennst."

„Hmmm." Megan betrachtete das Figürchen noch einmal und ließ es dann in ihrer Tasche verschwinden. „Nun, ich erkenne einen gewissen Unterhaltungswert. Und", fügte sie hinzu und setzte einen Kuss auf seine Wange, „ich finde es süß, dass du alle deine Coupons für mich verbraucht hast."

Lächelnd versetzte er ihr einen Nasenstüber. „Ein Kuss auf die Wange ist alles, was ich dafür bekomme?"

„Für einen Muschelpinguin gibt es nicht mehr."

„Eine Stockente", korrigierte er sie ernst.

„Was auch immer." Sie schlang den Arm um seine Hüfte, und Seite an Seite schlenderten sie zum Strand hinunter.

Der Mond war nur eine schmale Sichel, doch Tausende von funkelnden Sternen standen am Himmel und spiegelten sich in der Wasseroberfläche.

Die Wellen schwappten ans Ufer. Liebespaare gingen Arm in Arm spazieren, unterhielten sich oder genossen schweigend die traute Zweisamkeit.

Kinder mit Taschenlampen rannten über den Strand, suchten im Sand nach magischen Schätzen.

Megan zog ihre Schuhe aus und rollte die Hosenbeine auf. Catch folgte ihrem Beispiel. Das Wasser lief ihnen kühl über die Zehen, während sie weiter den Strand hinaufliefen. Sie gingen Richtung Norden, bis das Stimmengewirr und das Lachen von der Promenade nur noch als leise Hintergrundmusik zu hören waren.

„Deine Schwester ist wunderbar", setzte Megan schließlich an. „Wie du gesagt hast."

„Jessica war schon immer eine Schönheit", stimmte er zu. „Ein Dickschädel, aber auf jeden Fall eine Schönheit."

„Ich habe auch deine Nichten kennengelernt." Der Wind wehte Megan sanft das Haar aus dem Gesicht. „Ihre Gesichter waren über und über mit Schokolade verschmiert."

„Typisch." Er lachte und streichelte ihren Arm.

In Megans Adern begann das Blut zu rauschen.

„Den ganzen Nachmittag haben sie nach Würmern gebuddelt. Ich wurde nämlich abkommandiert, morgen mit ihnen fischen zu gehen."

„Du magst Kinder."

Er drehte den Kopf, um sie anzusehen, doch sie hielt das Gesicht dem Meer zugewandt. „Ja. Kinder sind ein nie endendes Abenteuer, nicht wahr?"

„Jedes Jahr sehe ich so viele Kinder im Park, und doch erstaunen sie mich immer wieder." Mit einem Lächeln sah sie zu ihm auf. „Und ich sehe aber auch genügend völlig entnervte Eltern."

„Wann hast du deine Eltern verloren?"

Verwirrung flackerte kurz in ihren Augen auf, bevor sie den Blick wieder auf den vor ihnen liegenden Strand richtete. „Ich war fünf."

„Dann kannst du dich wohl gar nicht mehr richtig an sie erinnern?"

„Nein. Ich habe ein paar vage Bilder in meinem Kopf, eigentlich nur Eindrücke. Pop hat natürlich Fotos. Jedes Mal, wenn ich sie mir ansehe, überrascht es mich, wie jung die beiden noch waren."

„Es muss schwer für dich gewesen sein. Ohne sie aufzuwachsen, meine ich." Es lag unglaublich viel Mitgefühl und Zärtlichkeit in seiner Stimme.

Sie waren jetzt weit den Strand hinuntergelaufen, nur noch das Licht der Sterne erhellte die Nacht.

„Ohne Pop wäre es sicherlich schwer für mich gewesen. Aber er hat sehr viel mehr getan, als nur ihren Platz auszufüllen." Sie trat weiter in das Wasser hinein, die Wellen schäumten um ihre Fußgelenke. „Ich habe eine wunderschöne Erinnerung an ihn, wie er versucht, die Rüschen an meinem rosa Lieblingspartykleid zu bügeln. Da muss ich acht oder neun gewesen sein." Lachend spritzte sie Wasser mit dem Fuß auf. „Noch heute sehe ich ihn vor mir."

Catch trat hinter sie und schlang die Arme um ihre Taille. „Ja, ich kann es mir gut vorstellen."

„Er stand am Bügelbrett, das Bügeleisen in der Hand, und kämpfte mit dem Stoff, während er fluchte wie ein gestandener Seemann. Natürlich hatte er nicht gesehen, dass ich in der Tür stand. Schon allein dafür werde ich ihn immer lieben."

Catch strich mit den Lippen über ihr Haar. „Und ich wette, kurz danach hast du ihn wissen lassen, dass dir nichts an Rüschenkleidern liegt."

Erstaunt drehte sie sich in seinen Armen zu ihm um. „Woher weißt du das?"

„Ich kenne dich", sagte er leise.

„Bin ich so leicht zu durchschauen?", fragte sie ihn mit gerunzelter Stirn.

„Nein." Mit einem Finger hob er ihr Kinn leicht an. „Sagen wir mal, ich habe es mir zur Aufgabe gemacht, dich kennenzulernen."

Ihr Blut rauschte noch schneller. „Warum?"

Catch schüttelte den Kopf und fuhr sich mit einer Hand durchs Haar. „Keine Fragen heute Nacht", wehrte er leise ab. „Ich kenne die Antworten selbst noch nicht."

„Einverstanden, keine Fragen." Sie stellte sich auf die Zehenspitzen und presste zaghaft die Lippen auf seinen Mund. Es war ein vorsichtiger, zurückhaltender Kuss – ein Kuss, der Erneuerung bringen sollte.

Megan empfand die Zartheit, mit der Catch ihn erwiderte, als unendlich angenehm. Er behandelte sie, als sei sie von unschätzbarem Wert für ihn, als sei sie etwas ganz Besonderes und Einzigartiges. Er hielt sie, als könne sie bei der leichtesten Erschütterung zerbrechen.

Sie war es, die den Kuss vertiefte, fordernder werden ließ. Sein kehliges Stöhnen erregte sie, und sie ließ ihre Finger in sein Haar gleiten, um den starken Nacken dort zu massieren, während das kühle Wasser um ihre Füße spülte.

Sie presste sich enger an ihn, wollte die Anspannung und die Zurückhaltung in ihm schwinden fühlen. Und als die Leidenschaft zu schwelen begann, wusste Megan, dass er sich ihrem Drängen ergeben hatte. Die Erkenntnis, diese Macht über ihn zu besitzen, traf sie wie ein Blitzschlag.

Sie spürte die wilde Ungezähmtheit in ihm, nur mit Mühe kontrolliert. Es lockte sie, ihn dazu zu bringen, die Kontrolle aufzugeben. Sie wollte erleben, wie seine Beherrschung bröckelte, so wie er sie dazu gebracht hatte, die Zügel schießen zu lassen. Sie wollte, dass er sie so brauchte, wie sie ihn brauchte. Dass er sie liebte, dazu konnte sie ihn nicht bringen, doch dass er sie begehrte … Wenn sein Verlangen alles war, was sie von ihm bekommen konnte, so würde sie sich eben damit zufriedengeben.

Sie fühlte, wie seine Selbstbeherrschung nachließ. Sein Kuss wurde fordernder, und seine Arme hielten sie fester, bis sie beide, zu einer Silhouette verschmolzen, im schwachen Mondlicht standen.

Catch schob die Finger in ihr Haar und bog ihren Kopf zurück. Er übernahm jetzt die Führung, ließ einen Feuerregen von Küssen auf ihre Wangen, ihren Hals, ihren Nacken niederprasseln.

Und Flammen schossen in ihr auf, leckten an ihrem Körper wie heiße Lava. Sie knabberte an seiner Unterlippe und vernahm das leise Aufstöhnen, das sich seiner Kehle entrang.

Und dann machte er sich plötzlich von ihr los. „Meg…"

Den Kopf in den Nacken gelegt, wartete sie darauf, was er sagen würde. Wusste nicht, was sie ihn sagen hören wollte. Seine Augen waren jetzt fast schwarz. Megan konnte fühlen, wie er in ihrem Gesicht suchte. Ebenso, wie sie seinen heißen Atem auf ihrer Wange fühlte.

„Meg." Er wiederholte ihren Namen und legte ihr die Hände auf die Schultern. „Ich muss jetzt gehen."

Couragierter, als sie es sich je zugetraut hätte, küsste sie ihn erneut, warm und fest und verlangend, und spürte seine prompte Reaktion.

„Ist es das, was du willst?", hauchte sie an seinen Lippen. „Du willst jetzt von mir weggehen?"

Seine Finger klammerten sich um ihre Oberarme.

„Du kennst die Antwort darauf", knurrte er heiser. „Willst du mich in den Wahnsinn treiben?"

„Vielleicht." Verlangen tobte in ihr, stand in ihren Augen zu lesen. „Vielleicht will ich das wirklich."

Er riss sie an sich, hart und fest, sodass sie seinen rasenden Herzschlag spüren konnte. Seine Selbstbeherrschung hing an einem seidenen Faden, das wusste sie. Ihrer beider Lippen waren nur Millimeter voneinander entfernt.

„Die Zeit wird kommen", sagte Catch leise, „das verspreche ich dir. Und dann sind nur du und ich allein zusammen. Das nächste Mal, Megan, ganz sicher das nächste Mal. Denk daran."

Es kostete sie keinerlei Mühe, seinen Blick zu erwidern. Die Kraft floss noch immer in ihr. „Soll das etwa eine Warnung sein?"

„Genau das ist es, glaube mir."

11. KAPITEL

Zwei Tage arbeitete Megan an Catchs Büste. Dann, als das Werk fast vollendet war, versuchte sie sich von allen Gefühlen frei zu machen, um ein objektives Urteil fällen zu können.

Mit ihrer Entscheidung für Holz hatte sie die richtige Wahl getroffen. Holz war wärmer und lebendiger als Stein. Die Zunge zwischen den Lippen, suchte sie gewissenhaft nach kleinen Unebenheiten, die sie noch ausbessern musste.

Ohne eingebildet sein zu wollen, wusste sie doch, dass diese Büste zu ihren besten Arbeiten zählte. Vielleicht war es sogar das Beste, was sie je zustande gebracht hatte.

Das Gesicht war nicht stilisiert schön, aber es faszinierte durch seine Ausdruckskraft. Sein Humor ließ sich in Augenbrauen und Mund ausmachen.

Megan fuhr mit einer Fingerspitze über die Lippen aus Holz. Ein unglaublich ästhetischer Mund, dachte sie und rief sich Geschmack und Gefühl seiner Berührungen in Erinnerung. Sie wusste genau, wie dieser Mund sich verzog, wenn Catch amüsiert, verärgert oder erregt war. Sie konnte auch beschreiben, wie seine Augen sich je nach Stimmungslage veränderten – heller wurden, wenn er lachte, und dunkel wie Rauch, wenn er Wut oder Leidenschaft empfand.

Fast kenne ich sein Gesicht wie mein eigenes, dachte sie. Aber ich weiß nicht, was er denkt.

Also war er noch immer ein Fremder für sie.

Mit einem frustrierten Seufzer stützte sie die Ellbogen auf den Tisch und legte ihr Kinn in die Hände. Ob er mir je erlaubt, ihn wirklich kennenzulernen? fragte sie sich. Zärtlich zeichnete sie die Locken der Büste nach.

Jessica kannte ihn, wohl besser als jeder andere Mensch. Wenn er jemanden liebte ...

Wie er wohl reagieren würde, wenn sie ihm gestand, dass sie ihn liebte? Was würde passieren, wenn sie sich einfach vor ihn stellte und sagte: „Ich liebe dich"? Ohne Forderungen, ohne Erwartungen.

Hatte er nicht eigentlich das Recht, es zu erfahren? War die Liebe nicht etwas so Wunderbares und Seltenes, dass man sie nicht verschweigen durfte?

Doch dann stellte Megan sich vor, wie Mitleid in seine Augen treten würde. „Nein, das könnte ich nicht ertragen", murmelte sie und lehnte ihre Stirn an die Holzbüste. „Das würde ich nicht überleben."

Ein Klopfen an der Tür unterbrach sie in der stillen Zwiesprache mit sich selbst. „Herein."

Pop, den Anglerhut keck auf dem Kopf, betrat ihr Atelier. „Was hältst du von frischem Fisch zum Abendessen?"

Sein zufriedenes Lächeln verriet, dass seine heutige Angelexkursion erfolgreich verlaufen war.

Megan legte den Kopf leicht schief. „Nun, wahrscheinlich könnte ich mit Mühe und Not ein paar kleine Bissen herunterwürgen."

Sie lachte, als seine Wangen vor Entrüstung rot anliefen, und eilte auf ihn zu, um die Arme um ihn zu schlingen, wie sie es früher als Kind getan hatte. „Ach Pop, ich liebe dich!"

„Na, na, na." Er klopfte ihr leicht auf den Rücken, überrascht und erfreut zugleich. „Ich liebe dich auch, Kleines. Ich sollte wohl öfter frische Forelle mit nach Hause bringen, was?"

Sie hob den Kopf und sah ihn lächelnd an. „Ich brauche eben nicht viel, um glücklich zu sein."

Pop wurde schlagartig ernst. „Nein, das hast du wirklich noch nie gebraucht." Liebevoll legte er seine Hand an ihre Wange. „In den ganzen Jahren hast du mir so viel Freude bereitet, Megan. Du wirst mir fehlen, wenn du jetzt nach New York gehst."

„Oh Pop." Sie legte den Kopf an seine Brust. „Es ist ja nur für einen Monat, vielleicht zwei. Dann komme ich wieder nach Hause."

In seiner Hemdtasche roch sie den vertrauten Pfeifentabak.

„Du könntest mitkommen, Pop. Die Saison ist dann vorbei …"

„Megan." Er hielt sie leicht bei den Schultern. „Das ist ein ganz neuer Anfang für dich. Lege dir nicht von vornherein schon Beschränkungen auf."

Nervös begann sie im Raum auf und ab zu marschieren. „Ich weiß nicht, was du damit meinst …"

„Du wirst etwas aus dir machen. Etwas Wichtiges. Du hast ein seltenes Talent." Sein Blick wanderte durch den Raum und blieb auf Catchs Büste liegen. „Dir bietet sich ein neues Leben, und ich wünsche mir, dass du mit beiden Händen zugreifst."

„Du sagst das so, als würde ich nicht wieder zurückkommen."

Als sie sah, wo sein Blick ruhte, wrang sie nervös die Hände, auch wenn sie versuchte, ihre Stimme lässig klingen zu lassen. „Die habe ich gerade erst fertiggestellt. Sie ist mir gut gelungen, findest du nicht auch?"

„Ja, sehr gut sogar." Erst jetzt sah er zu ihr hin. „Setz dich, Megan, ich möchte mit dir reden."

Den Ton kannte sie. Ohne ein Wort des Widerspruchs gehorchte sie und setzte sich auf den Stuhl ihm gegenüber.

Pop wartete ab, bis sie saß und zu ihm sah. „Vor nicht allzu langer Zeit sagte ich zu dir, dass die Dinge im Leben sich ändern. Immer waren wir beide zusammen, wir brauchten einander und gaben uns gegenseitig Halt. Wir hatten den Park, der uns ein Dach über dem Kopf und unseren Lebensunterhalt garantierte."

Sein Ton wurde mild. „Nicht eine Minute von den achtzehn Jahren, die du bei mir bist, möchte ich missen. Du hast mich jung gehalten. Ich habe dich aufwachsen sehen, habe jede Phase deines Lebens mit dir durchgemacht und hätte nicht stolzer auf dich sein können. Doch jetzt ist die Zeit für die nächste Phase gekommen."

Megans Kehle war staubtrocken. Sie schluckte. „Ich verstehe nicht, was du mir sagen willst."

„Es wird Zeit, dass du in die Welt hinausgehst, Megan. Zeit, dass ich dich loslasse."

Pop zog einen Stapel gefalteter Blätter aus seiner Tasche und glättete sie sorgfältig, bevor er Megan die Papiere hinhielt.

Nur widerstrebend nahm sie die Papiere entgegen. Kaum hatte sie einen Blick darauf geworfen, wusste sie auch schon, worum es sich handelte. Dennoch las sie, Wort für Wort, Seite um Seite, bis zum bitteren Ende.

„Du hast ihm den Park also verkauft." Ihre Stimme hörte sich seltsam tonlos an.

„Sobald ich meine Unterschrift daruntersetze. Und du deine." Er sah die Verzweiflung in ihren Augen. Ihr Großvater nahm die Dokumente, legte sie auf den Tisch und griff Megans Hände. „Megan, hör mich an. Ich habe es mir genau überlegt. Catch ist nicht der Erste, der mir ein Angebot für den Park gemacht hat. Und es ist auch nicht das erste Mal, dass ich ernsthaft darüber nachgedacht habe, den Park zu verkaufen. Doch jedes Mal störte mich etwas. Jetzt passt jedes Teilchen an seinen Platz."

„Was passt denn?" Sie spürte, wie ihr die Tränen in die Augen traten.

„Er ist der richtige Mann, Megan, und es ist der richtige Zeitpunkt." Er hasste es, ihr so wehtun zu müssen. „Mir wurde es klar, als all die Reparaturen anfielen. Ich bin bereit, den Park zu übergeben. Soll ein Jüngerer übernehmen. Und ich kann dann in Ruhe angeln gehen. Mehr will ich nicht, Megan, ein Boot und eine Angelrute. Catch ist ein Nachfolger, so wie ich ihn mir wünsche."

Er hielt inne und zog ein Taschentuch aus der Hosentasche. „Ich habe dir doch schon gesagt, dass ich ihm vertraue. Das gilt immer noch. Wenn ich für Catch den Park manage, bleibt mir reichlich Zeit fürs Angeln, und ich muss mir keine Kopfschmerzen mehr um alles machen. Und du", er tupfte ihr die stillen Tränen von den Wangen, „musst endlich die Schnüre durchtrennen, die dich hier festhalten, und tun, was du immer tun wolltest. Das kannst du nicht, wenn du dich um die Buchhaltung und die Rechnungen kümmern musst."

„Wenn es das ist, was du willst …", setzte sie an, doch Pop unterbrach sie sofort.

„Nein, du musst es wollen. Aus genau diesem Grund ist die letzte Zeile ja noch leer." Der Blick aus seinen ruhigen blauen Augen wanderte eindringlich über ihr Gesicht. „Ich werde nicht unterzeichnen, wenn du nicht einverstanden bist. Dieser Schritt muss für uns beide der richtige sein."

Megan stellte sich ans Fenster und sah hinaus. Sie hätte nicht sagen können, was sie fühlte, was sie dachte, dazu war sie zu aufgewühlt.

Ihre Zusage zur Ausstellung in New York war ein riesiger Schritt fort von dem Leben, das sie bisher kannte. Und der Park gehörte zu diesem Leben. Wenn sie eine eigene Karriere verfolgen wollte, konnte sie sich nicht länger an *Joyland* binden.

Der Vergnügungspark war Sinnbild für Sicherheit. Ihr Zuhause, ihre Verantwortung, so wie der Mann dort ihr Vater und Mutter ersetzt hatte. Wie oft hatte sie nicht die Sorgen in seinem Gesicht erkannt, wenn wieder einmal eine größere Summe für den Park nötig geworden war. Und wenn der Sommer kam, würde der Park endlose Stunden Arbeit fordern.

Ihr Großvater hatte ein Recht darauf, seinen Lebensabend so zu verbringen, wie er wollte, mit weniger Sorgen, weniger Verantwortung. Er sollte fischen gehen und sich um seine Azaleen kümmern können. Sie hatte nicht das Recht, ihm das zu verweigern, nur weil sie Angst hatte, das letzte Band zu ihrer Kindheit zu durchtrennen. Pop hatte recht. Die Zeit für die nächste Phase, für Veränderungen war gekommen.

Megan ging zu ihrem Arbeitstisch und nahm einen Kugelschreiber auf, den sie Pop hinhielt. „Unterschreib. Zur Forelle werden wir Champagner trinken."

Pop nahm ihr den Stift ab, doch sein Blick ruhte unverwandt auf ihr. „Bist du dir sicher, Megan?"

Sie nickte. Ja, für ihn war sie so sicher, wie sie für sich unsicher war. „Absolut."

Lächelnd sah sie das Aufleuchten in seinen Augen, bevor er sich über den Vertrag beugte.

Schwungvoll setzte er seinen Namen auf die Linie, reichte den Stift dann an sie. Megan unterzeichnete mit gestochen scharfen Lettern. Sie verbot es sich, ihre Hand zittern zu lassen.

„Ich sollte jetzt wohl Catch anrufen", meinte Pop mit einem erleichterten Seufzer, als sei ihm eine enorme Last von den Schultern genommen. „Oder ihm die Papiere bringen."

„Ich werde sie ihm bringen." Sorgfältig faltete Megan den Vertrag zusammen. „Ich möchte mit ihm reden."

„Das ist eine gute Idee. Nimm den Pick-up", riet Pop. „Es sieht nach Regen aus."

Megan war völlig ruhig, als sie bei Catchs Haus ankam. Sie parkte den Pick-up hinter seinem Wagen und stieg aus. Die Papiere steckten sicher in der Rücktasche ihrer abgeschnittenen Jeans.

Die Luft war drückend und schwül, am Himmel ballten sich dunkle Regenwolken. Megan klopfte an die Haustür, doch wie schon bei ihrem letzten Besuch erfolgte keine Antwort. Sie stieg die Stufen wieder hinab und ging um das Haus herum.

Auch im Garten war kein Hinweis auf Catch zu finden. Es war still, nur die See rauschte hinter der hohen Hecke. Catch hatte eine Weide gepflanzt, an dem Abhang, der zum Strand hinunterführte. Die Erde war frisch umgegraben und noch feucht. Megan konnte nicht widerstehen und ging zu dem jungen Baum, der kaum größer war als sie selbst. Sie wollte die zarten Blätter berühren.

Eines Tages würde dieser Baum mächtig sein, in seiner biegsamen Eleganz dem Wind trotzen und ein schattiges Plätzchen für heiße Sommertage bieten.

Instinktiv wusste Megan, dass sie Catch am Strand finden würde. Sie ging weiter. Catch stand da, die Hände in den Taschen, das Gesicht dem Meer zugewandt, und betrachtete die hereinlaufende Flut.

Als hätte er ihre Anwesenheit gespürt, drehte er sich zu ihr um.

„Ich habe an dich gedacht", sagte er. „Habe ich dich mit meinen Gedanken herbeigerufen?"

Wortlos zog sie den Vertrag aus der Hosentasche und reichte ihn ihm. „Der Park gehört dir. So wie du wolltest."

Er sah nicht einmal auf die Papiere, doch der Ausdruck in seinen Augen änderte sich. „Lass uns ins Haus gehen, Megan. Ich möchte mit dir reden."

„Nein." Sie machte einen Schritt zurück, unterstrich damit ihre Weigerung. „Es gibt nichts mehr zu bereden."

„Du magst das so sehen, aber ich habe noch eine ganze Menge zu sagen. Und du wirst mir zuhören." Ungeduld schwang in seiner Stimme mit.

Ein plötzlicher Windstoß kündigte das Gewitter an.

„Ich will aber nichts hören, Catch." Sie drückte ihm die Papiere in die Hand, als der erste Blitz über den Himmel zuckte. „Pop will es so. Also nimm sie."

„Megan, warte." Er hielt sie am Arm fest, als sie sich umdrehen wollte.

Donnergrollen übertönte seine Worte.

„Nein, ich werde nicht warten!" Sie riss ihren Arm aus seinem Griff. „Und hör auf damit, mich ständig festzuhalten. Du hast, was du wolltest. Mich brauchst du jetzt nicht mehr."

Fluchend stopfte Catch den Vertrag in die Tasche.

Megan war keine drei Schritte weit gekommen, bevor er sie einholte und zu sich herumwirbelte. „So dumm kannst du unmöglich sein!"

„Ich muss mir von dir nicht sagen lassen, dass ich dumm bin", fauchte sie und wollte sich losmachen.

„Wir müssen reden, Meg. Es gibt Dinge, die ich dir sagen muss. Es ist wichtig."

„Kannst du kein Nein akzeptieren?" Sie musste gegen den Wind und die rauschende Brandung anschreien. „Ich will weder reden noch zuhören. Mir ist egal, was du zu sagen hast."

Im gleichen Augenblick öffnete der Himmel seine Schleusen. Innerhalb von Sekunde waren sie beide bis auf die Haut durchnässt.

„Pech für dich!" Er war jetzt genauso wütend wie sie. „Denn du wirst dir anhören, was ich zu sagen habe. Und jetzt lass uns zusehen, dass wir ins Haus kommen."

Er wollte sie mit sich ziehen, doch sie riss sich von ihm los.

Der Regen prasselte auf sie herab, stand wie eine Wand zwischen ihnen. „Ich gehe nicht mit dir ins Haus!"

„Oh doch, das wirst du!"

„Was willst du tun, mich an den Haaren hineinschleifen?"

„Lass es besser nicht drauf ankommen." Er fasste nach ihrer Hand, doch Megan zuckte abrupt zurück.

„Okay, das reicht jetzt!" Mit einer einzigen schnellen Bewegung packte er sie und hob sie auf seine Arme.

Megan wehrte und wand sich, rasend vor Wut. Doch das veranlasste Catch nur dazu, sie noch härter an sich zu pressen. Die Anhöhe schien ihm keinerlei Probleme zu bereiten, selbst nicht mit dem zusätzlichen Gewicht in seinen Armen. Blitze zuckten und Donner grollte, während er sie über den Rasen trug.

„Oh, ich hasse dich!", schrie Megan.

„Gut, das ist zumindest ein Anfang!" Mit der Hüfte stieß Catch die Hintertür auf. Ein Regenschwall folgte ihnen in die Küche hinein. Catch ging ins Wohnzimmer durch und ließ Megan ohne besondere Vorsicht aufs Sofa fallen.

„Setz dich und halt endlich für eine Minute den Mund." Er ging zum Kamin und hielt ein langes Streichholz unter die aufgeschichteten Holzscheite. Das trockene Holz fing fast augenblicklich Feuer.

Megan war wieder zu Atem gekommen. Sie sprang auf und marschierte zur Tür. Catch fing sie ab, bevor sie die Hand an den Türknauf legen konnte.

„Ich warne dich, Megan, meine Geduld hält nicht mehr lange. Reiz mich nicht noch mehr."

„Du machst mir keine Angst." Unwirsch wischte sie sich das nasse Haar aus dem Gesicht.

„Das war auch nie meine Absicht. Ich will lediglich mit dir reden. Aber du bist ja zu stur, um zuzuhören."

Mit frisch aufschießender Wut riss sie die Augen auf. „Rede nicht so mit mir! Das muss ich mir nicht bieten lassen!"

„Du wirst mir zuhören!" Er fasste ihr in die Hosentasche und zog abrupt die Schlüssel für den Pick-up hervor. „Solange ich die nämlich habe, kommst du nicht weg von hier."

„Ich kann laufen!"

„Bei diesem Gewitter?"

Fröstelnd rieb sie sich die Arme. „Gib mir sofort die Schlüssel zurück."

Ohne ihr eine Antwort zu geben, zog er sie vor das flackernde Feuer. „Du frierst. Zieh die nassen Sachen aus."

„Ganz bestimmt nicht! Wenn du meinst, ich ziehe mich in deinem Haus aus, täuschst du dich."

„Mach, was du willst." Er zog sich das tropfnasse T-Shirt über den Kopf und warf es achtlos beiseite. „Du bist das sturste und verstockteste Frauenzimmer, das ich kenne."

„Vielen Dank auch!" Nur mit Mühe unterdrückte sie das Bedürfnis zu niesen. „Ist das alles, was du mir sagen wolltest?"

„Nein, das war nur ein Vorgeschmack. Da kommt noch viel mehr. Setz dich."

„Dann sollte ich vielleicht besser anfangen." Schauer rannen ihr jetzt über den ganzen Körper, sie presste die Lippen zusammen, um nicht mit den Zähnen zu klappern. „Ich habe mich in dir geirrt, in vielerlei Hinsicht. Du bist weder verwöhnt noch verantwortungslos oder angeberisch. Und du warst immer sehr ehrlich."

Sie wischte sich die Nässe von den Wimpern, eine Mischung aus Regentropfen und Tränen. „Du hast von Anfang an gesagt, dass du den Park haben willst, und es sieht auch so aus, als wäre es das Beste für alle. Das, was passiert ist, ist meine Schuld, weil ich dumm genug war zuzulassen, dass du mir unter die Haut gehst."

Sie schluckte, wollte sich einen letzten Rest von Stolz bewahren. „Aber schließlich bist du auch kein Mann, den man leicht ignorieren könnte. Jetzt hast du, was du wolltest. Die Sache ist also aus und vorbei."

„Ich habe nur einen Teil von dem, was ich wollte." Er kam zu ihr und nahm eine Strähne ihres nassen Haars zwischen seine Finger. „Nur einen Teil, Meg."

Sie war zu ausgelaugt und erschöpft, um sich noch weiter mit ihm zu streiten. „Kannst du mich nicht einfach in Ruhe lassen, Catch?"

„Ich dich in Ruhe lassen? Weißt du eigentlich, wie oft ich um drei Uhr nachts am Strand entlanggelaufen bin, weil du mich nicht in Ruhe lässt? Weil das Verlangen nach dir mich wach hält und nicht schlafen lässt? Ahnst du überhaupt, wie schwer es mir gefallen ist, dich immer wieder gehen zu lassen, wenn ich dich in meinen Armen hielt?" Er schob die Finger in ihr Haar und zog sie näher zu sich heran.

Mit großen Augen starrte sie stumm in sein Gesicht. Was sagte er denn da überhaupt? Sie wollte nicht das Risiko eingehen und nachfragen, sie wollte nicht einmal darüber nachdenken.

Und dann ergriff sein Mund auch schon gierig Besitz von ihren Lippen. Die dünnen nassen Sachen boten kein Hindernis für seine Hände, die fiebrig die Rundungen ihrer Brust umfassten. Megan protestierte nicht, als er sie mit sich auf den Boden zog und sich fahrig an den Knöpfen ihrer Bluse zu schaffen machte.

Unter seinen Fingern begann ihre kalte Haut zu glühen.

Holzscheite knackten im Kamin, Regen prasselte an die Fenster. Megan vernahm das leise Aufseufzen, als Catch den Kopf hob und tief Atem holte. „Entschuldige. Dabei wollte ich wirklich nur mit dir reden. Es gibt Dinge, die ich dir sagen muss. Aber ich brauche dich so sehr. Ich habe es mir viel zu lange verweigert."

Brauchen. Sie klammerte sich an dieses Wort. „Brauchen" hatte eine ganz andere Bedeutung als „begehren". Obwohl noch immer von „lieben" entfernt, so war es doch sehr viel persönlicher.

„Ist schon in Ordnung." Sie wollte sich aufsetzen, doch Catch beugte sich über sie. Ein Prickeln überlief sie, als sie nackte Haut auf nackter Haut fühlte. „Catch …"

„Meg, hör mir bitte zu."

Sein Ernst erstaunte und verwirrte sie. Was immer er ihr zu sagen hatte, es musste ihm wichtig sein. „Also gut, ich höre."

„Schon als ich dich zum ersten Mal sah", begann er, „wollte ich dich. Das weißt du."

Seine Stimme klang tief und ruhig, doch unter der Oberfläche spürte Megan, wie es in ihm brodelte. „An unserem ersten gemeinsamen Abend hast du mich bezaubert und gereizt. Ich dachte, es würde einfach werden … eine nette, harmlose Affäre für ein paar Wochen."

„Auch das weiß ich." Sie bemühte sich, nicht verletzt zu klingen, auch wenn die Wahrheit schmerzte.

„Nein, du weißt nicht, was ich meine. Denn es war nicht einfach. Eigentlich hörte es sofort auf, einfach zu sein. An dem Abend, als du zum Dinner kamst und bleiben wolltest …" Sanft strich er ihr die nassen Strähnen aus dem Gesicht. „Ich konnte dich das nicht tun lassen, und ich konnte mir den Grund dafür nicht erklären. Ich begehrte dich, mehr, als ich je eine Frau begehrt habe. Aber ich konnte dich nicht in Besitz nehmen."

„Catch …" Sie schüttelte den Kopf, wusste nicht, ob sie stark genug war, seine Worte zu ertragen.

Sie schloss die Augen, doch Catch wartete, bis sie die Lider schließlich wieder hob.

„Ich wollte Abstand zu dir halten, Meg. Ich habe versucht, mich davon zu überzeugen, dass ich mir das alles nur einbilde. Und als du damals über den Rasen auf mich zugestürmt kamst, schäumend vor Rage, da konnte ich nur denken, wie schön du bist. Du hast mir den Atem geraubt." Er nahm ihre Hand und presste sie an seine Lippen.

„Nicht", murmelte sie. „Bitte."

Lange sah er sie an, bevor er ihre Hand freigab und fortfuhr: „Ich wollte dich. Brauchte dich. Und war maßlos wütend auf dich, weil es so war. Meg, ich wollte dir nie Angst einjagen, hatte nie vor, dich zu verletzen."

Megan lag sehr still. Sie ahnte den Tumult, der in ihm vorging, und beobachtete schweigend das Lichtspiel, das die zuckenden Flammen auf sein Gesicht warfen.

„Ich konnte doch unmöglich so involviert sein, dass ich mich nicht zurückziehen konnte. Das wollte ich einfach nicht wahrhaben", fuhr er fort. „Aber du gingst mir nicht mehr aus dem Kopf, warst in meinem Blut, suchtest mich in meinen Träumen heim. Es gab kein Entkommen. Und letzte Nacht, nachdem ich dich nach Hause gebracht hatte, gestand ich es mir endlich ein: Ich will gar nicht entkommen. Dieses Mal nicht, nicht vor dir."

Er hielt inne und sah ihr in die Augen. „Ich habe etwas für dich. Aber zuerst will ich dich wissen lassen, dass ich die Entscheidung getroffen hatte, den Park nicht zu kaufen. Bis dein Großvater gestern zu mir kam. Ich wollte nicht, dass das zwischen uns steht, doch es war sein Wunsch. Er hält es für das Beste, für dich und für sich selbst auch. Aber wenn es dich zu sehr verletzt, zerreiße ich den Vertrag hier und jetzt."

„Nein." Megan seufzte schwer. „Ich weiß, dass es das Beste ist. Aber es ist, als würde man jemanden verlieren, den man sehr liebt. Man weiß, es ist besser so, dennoch tut es weh. Bitte, du sollst dich nicht entschuldigen. Ich bin es, die sich geirrt hat. Es war falsch von mir, so hier hereingestürmt zu kommen und dich anzuschreien. Pop hat jedes Recht der Welt, den Park zu verkaufen, und du hast das Recht, den Park zu kaufen. Irgendwie habe ich mich betrogen und übergangen gefühlt, aber ich weigerte mich auch, es genauer zu überdenken."

„Und jetzt?"

„Jetzt schäme ich mich, weil ich mich wie eine Närrin verhalten habe."

Sie brachte ein schwaches Lächeln zustande. „Ich würde jetzt gern nach Hause gehen. Pop macht sich sonst Sorgen um mich."

„Noch nicht." Catch richtete sich auf und holte etwas aus seiner Hosentasche hervor – ein kleines Kästchen. Er zögerte kurz, dann reichte er Megan das Etui.

Verwirrt über das unerwartete Geschenk und die Anspannung, die Catch ausstrahlte, ließ sie den Deckel aufschnappen. Der Atem stockte ihr in der Kehle.

Es war ein Ring mit einem großen viereckigen Smaragd, bestechend schön in seiner Schlichtheit. Ratlos starrte Megan auf den Ring, dann hob sie das Gesicht und schüttelte den Kopf. „Catch ... ich verstehe nicht. Das kann ich unmöglich annehmen."

„Bitte, sag nicht Nein, Meg." Er nahm ihre Hand. „Zurückweisung habe ich noch nie gut verkraftet."

Sein Ton war leicht, doch der Ausdruck in seinen Augen strafte die Unbeschwertheit Lügen.

Das Herz pochte hart in ihrer Brust, dennoch versuchte sie ruhig zu bleiben und seinem Blick standzuhalten. „Ich bin nicht ganz sicher, was du mir mit diesem Ring sagen willst."

Er drückte ihre Finger fest. „Ich bitte dich, mich zu heiraten. Megan, ich liebe dich."

Die Gefühle überschlugen sich in ihr.

Er erlaubt sich einen schlechten Scherz, dachte sie, doch kein Anzeichen dafür war in seinem Gesicht zu erkennen. Miene und Augen waren so ernst, wie die schlichten Worte geklungen hatten. Wo waren die geistreichen Bemerkungen, wo der spielerische Charme geblieben? Erschüttert rappelte Megan sich auf, das Kästchen fest in der Hand. Sie musste unbedingt nachdenken.

Heirat. Nie hätte sie erwartet, Catch würde sie bitten, sein Leben mit ihm zu teilen. Wie würde dieses Leben aussehen?

Wie eine Achterbahnfahrt. Die Antwort schoss ihr sofort in den Kopf. Schnell, wild, aufregend und voll unvorhergesehener Biegungen. Und mit vielen stillen Momenten, fügte sie sogleich hinzu. Unschätzbaren Augenblicken der Zufriedenheit, die die neuerliche wilde Fahrt umso erregender machen würden.

Vielleicht hatte er sie so schlicht gefragt, ganz entgegen seiner sonstigen Art, weil er ebenso verletzlich war wie sie. Welch Vorstellung! Unwillkürlich fasste sie sich an die Schläfen. David Catcherton und verletzlich! Und doch ... sie hatte es in seinen Augen gesehen.

Ich liebe dich. Drei kleine Worte, Worte, die überall auf der Welt gesagt wurden, ganz gleich, wo, und die das ganze Leben veränderten.

Mit ernstem Gesicht hielt sie ihm das Kästchen entgegen. Sie sah die Verzweiflung in seinen Augen und beeilte sich zu sagen: „Der Ring gehört an den Ringfinger der linken Hand."

Im gleichen Moment fühlte sie sich hart an ihn gezogen und ungestüm geküsst. „Oh Meg", murmelte er an ihren Lippen, „ich dachte schon, du würdest mich zurückweisen."

„Wie sollte ich?" Sie schlang die Arme um seinen Nacken. „Ich liebe dich, Catch. Mit aller Macht, aus vollem Herzen. Ich hatte mich darauf eingestellt, einen langsamen Tod zu sterben, wenn du gehen würdest."

„Niemand geht mehr irgendwohin." Sie waren zurück auf den Boden gesunken, und Catch barg sein Gesicht in ihrem nassen Haar. „Oder doch", verbesserte er sich dann, „wir fahren nach New Orleans, in die Flitterwochen. Und danach bereiten wir deine Ausstellung vor. Und im Frühjahr fliegen wir nach Paris."

Er hob den Kopf und sah sie liebevoll an. „Ich habe mir oft vorgestellt, wie wir beide im Frühling durch die Straßen von Paris bummeln. Und uns danach lieben. Und wie dein Gesicht im sanften Licht des dämmernden Morgens aussieht."

Megan legte ihre Hand an seine Wange. „Lass uns bald heiraten", wisperte sie. „Ich will mit dir zusammen sein."

Catch hob das Kästchen auf, das zu Boden gefallen war, nahm den Ring heraus und steckte ihn Megan an den Finger. Er zog ihre Hand an seine Brust und sah ihr ernst in die Augen. „Das ist für immer, Megan", flüsterte er bewegt. „Jetzt kannst du nicht mehr wegrennen."

„Das hatte ich auch überhaupt nicht vor", sagte sie mit einem Lächeln und bot ihm ihren Mund, um seinen Kuss willkommen zu heißen.

EPILOG

Vor Nervosität drehte Megan den Smaragdring unablässig an ihrem Finger, während sie die Champagnerflöte hielt, die Jessica ihr gereicht hatte. Sie meinte, das Lächeln sei ihr längst auf dem Gesicht eingefroren.

Niemals hätte sie so viele Leute erwartet. Wieso war sie nur hier, in einer Kunstgalerie in Manhattan, und gab vor, eine Künstlerin zu sein? Am liebsten hätte sie sich ein Mauseloch gesucht und sich verkrochen.

„Da bist du ja, Liebes." Pop gesellte sich zu ihr. In seinem besten – und einzigen – schwarzen Anzug sah er ungewohnt vornehm aus. „Du solltest eines von diesen kleinen Dingern hier probieren. Die schmecken ausgezeichnet." Er hielt ihr das Kanapee hin.

„Nein danke, ich habe keinen Hunger." Im Gegenteil, ihr war sterbensübel. „Ich bin so froh, dass du fürs Wochenende hergeflogen bist."

„Ich werde doch den großen Tag meiner Enkelin nicht verpassen!"

Mit einem verschmitzten Lächeln verschlang er das Schnittchen. „Und, was sagst du zu dieser ganzen Veranstaltung?"

„Ich komme mir vor wie eine Betrügerin."

Sie sah einem Mann nach, der mit wehendem Cape zu einer ihrer Marmorstatuen eilte, um das Werk aus der Nähe genauestens zu studieren.

Pop strich ihr beruhigend über den Arm. „Du hast nie schöner ausgesehen. Außer natürlich auf deiner Hochzeit."

„Da hatte ich aber keine solche Angst." Megan ließ den Blick über die Menge schweifen, erblickte jedoch nur fremde Gesichter. „Wo ist Catch?"

„Ich hab ihn mit einem Pärchen zusammenstehen sehen. Die beiden sahen nach sehr viel Geld aus. Hatte Jessica nicht gesagt, du sollst dich ein bisschen unter die Leute mischen?"

„Hat sie." Megan gab einen erstickten Laut von sich. „Aber ich glaube, ich kann mich nicht bewegen."

„Aber, aber, Megan. Seit wann bist du denn ein solcher Hasenfuß?"

Sie öffnete den Mund und wollte protestieren, doch da schlenderte Pop auch schon weiter. Hasenfuß?! Unmerklich reckte sie die Schultern und trank einen Schluck Champagner. Na schön. Sie würde sich also nicht weiter verstecken und aus ihrer Ecke herauskommen. Wenn man sie zur Exekution führte, dann wollte sie ihre Henker auch sehen! Sehr bedacht einen Fuß vor den anderen setzend, machte sie sich auf den Weg zum Büfett.

„Sie sind die Künstlerin, nicht wahr?"

Megan drehte sich zu einer eleganten älteren Frau in schwarzer Seide und glitzernden Diamanten um. „Richtig", antwortete sie und hob unmerklich das Kinn.

„Ah." Ein langer musternder Blick, dann sagte die Frau: „Wie ich bemerkt habe, ist die Statuette ‚Das Mädchen mit Sandburg' nicht zu verkaufen."

„Nein, sie gehört meinem Mann." Auch nach zwei Monaten Ehe strömte allein bei dem Wort eine angenehme Wärme durch Megan hindurch.

Catch, mein Mann, dachte sie und blickte suchend über die Menge.

„Sehr schade", lautete der Kommentar der Frau.

„Wie?"

„Ich sagte, dass es sehr schade ist. Ich hätte sie gern selbst erstanden."

„Sie ...", Megan war fassungslos, „Sie wollten sie kaufen?"

„Ich habe bereits ‚Die Liebenden' reserviert. Ein wunderbares Stück. Und ich möchte ‚Das Mädchen mit Sandburg' bei Ihnen in Auftrag geben. Ich werde das über Jessica veranlassen."

„Ja, natürlich." Ein Auftrag? Benommen schüttelte Megan die Hand der anderen. „Danke."

„Miriam Tailor Marcus", flüsterte eine Stimme ihr ins Ohr, nachdem die Frau davongerauscht war. „Eine harte Nuss."

Megan fasste nach Catchs Arm. „Catch, diese Frau, das war ..."

„Miriam Tailor Marcus", wiederholte er und setzte einen Kuss auf ihren vor Erstaunen offen stehenden Mund. „Die ganze Zeit bedanke ich mich schon für die Komplimente, weil ich der Kunstwelt eine solche Entdeckung zugeführt habe. Herzlichen Glückwunsch, Liebling."

„Es gefällt ihnen?", flüsterte sie entgeistert.

„Wenn du nicht so beschäftigt damit wärst, dich unsichtbar zu machen, hättest du längst herausgefunden, dass du die Kunstwelt im Sturm erobert hast. Komm, gehen wir ein wenig herum."

Er nahm sie bei der Hand. „Und dann sieh dir die vielen kleinen blauen Punkte an, die an deinen Werken kleben. Blau heißt nämlich ‚Verkauft'."

„Die Leute kaufen meine Sachen?" Sie lachte verdutzt auf, als sie einen blauen Punkt nach dem anderen erblickte.

„Jessica hat Schwierigkeiten, mitzuhalten. Drei Leute wollten Jessica die Alabasterstatue abkaufen, die sie für sich selbst gekauft hat. Diese Leute haben sich gegenseitig überboten. Und wenn du dich nicht bald mit ein paar von den Kunstkritikern unterhältst, wird Jessica noch wahnsinnig."

„Ich glaub's einfach nicht!"

„Glaube es ruhig, es stimmt." Er zog ihre Hand an seine Lippen. „Ich bin so stolz auf dich, Meg. Du bist ein Riesenerfolg."

Tränen schossen ihr in die Augen, wollten überfließen. „Ich muss hier raus, nur für eine Minute", flüsterte sie. „Bitte."

Wortlos steuerte Catch sie durch die Menge und führte sie in das kleine Hinterzimmer.

„Das ist so schrecklich albern", entfuhr es Megan, kaum dass er die Tür hinter ihnen geschlossen hatte.

Die Tränen rannen jetzt ungehindert über ihre Wangen. „Ich bin eine solche Närrin. Da habe ich alles erreicht, was ich mir je erträumt habe, und dann heule ich in einem Hinterzimmer! Fehlschläge habe ich besser verkraftet als das hier!"

Lachend zog er sie in seine Arme. „Ach Megan, ich liebe dich!"

„Das kann unmöglich wahr sein." Ihre Stimme zitterte. „Nicht nur die Ausstellung, sondern überhaupt alles. Ich blicke auf deinen Ring an meinem Finger und frage mich, wann ich wohl aufwache. Ich kann nicht glauben, dass ..."

Catch brachte sie mit einem Kuss zum Verstummen, und tief aufseufzend schmiegte sie sich an ihn. Die Tränen versiegten, als ihr Blut warm durch ihre Adern zu fließen begann. Sie schob die Finger in sein Haar und zog ihn noch näher zu sich heran.

„Es ist wahr, glaube es", murmelte er an ihren Lippen. „Es ist wahr, dass du jede Nacht in meinen Armen liegst, und es ist wahr, dass du jeden Morgen in meinen Armen aufwachst."

Zärtlich hielt er sie von sich ab und küsste ihre feuchten Wangen. „Heute Nacht", flüsterte er verheißungsvoll, „werde ich den neuen Stern am New Yorker Kunsthimmel lieben. Und wenn sie dann am Morgen die Kritiken in den Zeitungen gelesen hat und die Euphorie in ihr überschäumt, werde ich sie wieder lieben."

„Wie bald können wir uns davonschleichen?"

Lachend küsste er sie herzhaft auf den Mund. „Führ mich nicht in Versuchung. Jessica reißt uns beiden den Kopf ab, wenn wir nicht bis zum Schluss bleiben. Also richte dich wieder her, und dann nehme ein Bad in der Menge deiner Bewunderer. So was tut einer Künstlerseele immer gut."

„Catch." Sie hielt ihn auf, bevor er die Tür öffnen konnte. „Es gibt da noch ein Stück, das heute Abend nicht ausgestellt ist."

Neugierig hob er die Augenbrauen. „So?"

„Ja, nun …" Ein Hauch von Rot zog auf ihre Wangen. „Ich hatte doch solche Angst, dass es ein Reinfall werden würde. Mit der Kritik hätte ich irgendwie umgehen können, aber bei diesem Stück … wenn jemand es verrissen hätte, das hätte ich nicht ertragen."

Leicht verwirrt steckte er die Hände in die Jackentaschen. „Kenne ich es?"

Sie schüttelte den Kopf. „Nein. Ich wollte es dir eigentlich als Hochzeitsgeschenk geben, aber … dann ist alles so schnell gegangen, und eigentlich war es auch noch nicht richtig fertig. Schließlich waren wir nur drei Tage verlobt …"

„Zwei Tage länger als nötig, und das nur, weil du nicht in Vegas heiraten wolltest. Ich finde, ich habe sehr viel Geduld bewiesen."

„Wenn du meinst … Auf jeden Fall hatte ich erst später Zeit, das Stück fertigzustellen. Und dann war ich so nervös wegen der Ausstellung, dass ich es nicht über mich gebracht habe, es dir zu geben."

Sie holte tief Luft. „Aber heute möchte ich es dir schenken. Solange ich mich noch wie eine richtige Künstlerin fühle."

„Ist es denn hier?"

Megan drehte sich um und griff in das Regal, wo die Holzbüste, bedeckt von einem Tuch, stand. Wortlos reichte sie Catch ihr Werk. Er zog das Tuch herunter – und sah in sein eigenes Gesicht.

Megan hatte das Holz nur leicht poliert, der raue Charme und die Aura von Ungezähmtheit des Originals sollten nicht verloren gehen. Die Holzbüste spiegelte Catchs Kühnheit, seine Selbstsicherheit aber auch seine Wärme wider, eine Wärme, die die Künstlerin in ihr vor der Frau erkannt hatte. Inzwischen starrte er schon so lange wortlos auf die Büste, dass es in ihrem Magen nervös zu flattern begann. Und als er aufblickte, waren seine Augen dunkel, sein Blick durchdringend.

„Meg …"

„Ich wollte es nicht ausstellen. Es ist ein ganz persönliches Stück", stieß sie hastig hervor. „Es gab Zeiten, als ich noch an dem Tonmodell gearbeitet habe, da hätte ich es am liebsten wieder zusammengedrückt."

Mit einem unsicheren Lachen nahm sie ihm die Büste aus der Hand und stellte sie auf den Tisch. „Doch ich konnte es nicht tun. Anfangs sagte ich mir, dass ich nur an dich dachte, weil dein Gesicht ein so perfektes Modell war." Als sie zu ihm hinsah, erkannte sie, dass er sie noch immer mit dem gleichen intensiven Blick betrachtete. „Ich habe mich in dich verliebt, während ich in meinem Atelier dein Gesicht in Ton nachformte." Megan trat auf ihn zu und zeichnete mit den Fingerspitzen die Konturen seines Gesichts nach. „Ich dachte, ich könnte dich nicht mehr lieben, als ich es damals schon tat. Ich habe mich geirrt."

„Meg." Er zog ihre Hand an seine Lippen und küsste ihre Handfläche. „Ich weiß nicht, was ich sagen soll. Du machst mich sprachlos."

„Liebe mich einfach."

„Das werde ich immer tun."

„Immer ist vielleicht gerade lang genug." Mit einem zufriedenen Seufzer lehnte sie den Kopf an seine Schulter. „Solange ich das weiß, werde ich wahrscheinlich auch mit dem Erfolg umgehen können."

Catch schlang seinen Arm um ihre Taille und zog die Tür auf. „Lass uns noch ein Glas Champagner trinken. Heute Abend haben wir allen Grund zum Feiern."

– ENDE –

Debbie Macomber

Zauber der ersten Liebe

Roman

Aus dem Amerikanischen von
Susanne Hagen

1. KAPITEL

„Möchten Sie bestellen?", fragte Maureen O'Day den Mann mit der Hornbrille, der am Fenstertisch saß und in einem dicken Buch las. Den kleinen Notizblock in der Hand, wartete sie geduldig auf seine Antwort.

Nur widerwillig riss sich der Mann von seiner Lektüre los. „Geflügelpastete – das klingt nicht schlecht", sagte er nach einem kurzen Blick auf die Speisekarte.

„Die Geflügelpasteten von Rose sind ausgezeichnet", antwortete Maureen mit einem freundlichen Lächeln. Und lächelnd nahm sie auch zur Kenntnis, dass der Mann schon wieder in sein Buch vertieft war, noch ehe sie die Bestellung ganz notiert hatte. Sie war keineswegs gekränkt, weil er ihr nicht mehr Beachtung schenkte. Manche Gäste unterhielten sich gern, andere blieben lieber für sich. Maureen war es gleichgültig. Ihre Aufgabe war es, dafür zu sorgen, dass die Gäste rasch bedient und ihre Wünsche zu ihrer Zufriedenheit erfüllt wurden. Da Maureen selbst viel und gern las, hatte sie durchaus Verständnis dafür, dass dem Mann das Buch wichtiger war als die Bestellung seines Mittagessens.

Um diese Zeit war in Rose's Restaurant nicht viel los. Kaum ein halbes Dutzend Gäste saß an den Tischen. Es dauerte nur ein paar Minuten, bis die Geflügelpastete fertig war. Der Gast am Fenstertisch sah kaum auf, als Maureen ihm das Essen servierte.

„Kann ich noch etwas für Sie tun?", fragte sie, während sie ihm automatisch Kaffee einschenkte.

„Nein, danke."

Als sie die Kaffeekanne abstellte, konnte sie sehen, dass es Geoffrey Chaucers „Canterbury-Erzählungen" waren, die ihn so fesselten.

Maureen wurde ganz aufgeregt, denn sie war selbst eine begeisterte Liebhaberin klassischer englischer Literatur. Unwillkürlich wanderte ihr Blick zum Leser. Sie betrachtete ihn lang und prüfend. Er sah nicht schlecht aus, ja, er war ein geradezu ausgesprochen attraktiver Mann.

Nun blickte er fragend zu ihr auf. Maureen sah sich gezwungen, ihr Verhalten zu erklären. „Ich ... Chaucer ist einer meiner Lieblingsschriftsteller", stammelte sie.

„Meiner auch."

Ein sympathisches Lächeln umspielte seinen Mund. Er schaute ins Buch und las mit klarer, tiefer Stimme:

*„Zu dieser Zeit geschah's an einem Tag,
Als ich im ‚Heroldsrock' zu Southwark lag..."*

*„... Bereit zu zieh'n mit andachtsvollem Sinn
Auf Pilgerfahrt nach Canterbury hin."*

beendete Maureen ehrfürchtig den Vers.

In seinem Gesicht spiegelte sich Überraschung. „Sie kennen Chaucer?", fragte er verblüfft. Hatte er ihr vorher kaum Beachtung geschenkt, so gehörte ihr nun seine uneingeschränkte Aufmerksamkeit.

Maureen war ein wenig verlegen. Sie schüttelte den Kopf. „Nicht persönlich." Der Chaucer-Verehrer lächelte nicht über ihren Versuch zu scherzen. In ihren Augen war der Mann viel zu jung, um das Leben so ernst zu nehmen, doch schließlich war sie ja nur Kellnerin und keine Psychologin.

„Aber offenbar kennen Sie seine Werke." Er runzelte die Stirn und sah sie fragend an, als müsste er sie eigentlich kennen, wusste aber nicht woher.

„Ich habe sie so oft gelesen, dass mir kleinere Abschnitte im Gedächtnis geblieben sind."

„Sie lesen also gern Mittelenglisch?"

„Ich muss zugeben, am Anfang fiel es mir ganz schön schwer", antwortete sie. Sie hatte ein schlechtes Gewissen, weil sie den Fremden beim Essen störte. „Aber ich habe durchgehalten, und ich bin froh darüber. Offen gesagt, als ich die Verse zum ersten Mal laut las, hörte es sich an wie Schwedisch. Es klang ziemlich fürchterlich."

Er lächelte über ihr Geständnis. Dann nahm er den zweiten Band zur Hand, den er auf den Stuhl neben sich gelegt hatte. Ehrfürchtig strich er über den Buchrücken.

„Wenn Sie Chaucer mögen, sind Sie vermutlich auch eine Verehrerin von Edmund Spenser."

Sie sah, dass er ein offenbar viel gelesenes Exemplar der „Feenkönigin" in der Hand hielt. Er sah sie erwartungsvoll an. Maureen schüttelte den Kopf.

„Sie mögen Spenser nicht?"

„Ist das nicht der, der zwölf Bücher schreiben wollte, von denen jedes eine andere ritterliche Tugend verherrlichen sollte?"

Der Mann nickte. „Er hat nur sechs vollendet."

„Ich kann mir eigentlich nicht vorstellen, dass das jemandem etwas ausmacht." Für Maureen war Spenser ein Fall für einen Psychologen, aber das konnte sie ihrem Kunden nicht gut sagen. „Ich wollte Ihnen nicht zu nahetreten", fügte sie rasch hinzu, da sie ihn nicht beleidigen wollte.

Der Mann nahm die Gabel in die Hand, ohne den Blick von Maureen abzuwenden. Noch immer schien er zu überlegen, ob und woher er sie kannte. „Kenne ich Sie?", fragte er schließlich.

Maureen verneinte. „Es sei denn, Sie essen öfter hier. Aber ich kann mich nicht erinnern, Sie schon einmal gesehen zu haben."

„Ich bin zum ersten Mal hier, obwohl ich schon seit Jahren immer wieder höre, dass Rose die besten Pasteten in Wichita macht. Normalerweise komme ich nicht in diese Gegend." Noch immer starrte er Maureen an, ohne auch nur daran zu denken, sich dafür zu entschuldigen.

„Rose wird sich freuen, das zu hören." Maureen kam sich allmählich etwas albern vor, weil sie sich so lange an dem Tisch aufhielt. Sie nahm die Kaffeekanne, machte einen Schritt rückwärts und wünschte ihrem Gast „Guten Appetit", ehe sie sich rasch umdrehte.

„Danke."

Als sie zur Theke ging, spürte Maureen, dass der Blick des Mannes noch immer auf ihr ruhte.

Sherry Caldwell, die stellvertretende Geschäftsführerin, stellte sich neben sie. „Wer ist der tolle Typ, mit dem du dich gerade unterhalten hast?"

„Ich weiß es nicht. Er kam vor etwa zwanzig Minuten, begann Chaucer zu lesen und bestellte Geflügelpastete", antwortete sie wahrheitsgetreu.

„Er sieht großartig aus, findest du nicht?", fragte Sherry und musterte ihn dabei eingehend. Maureens Kollegin und Vorgesetzte war zwar schon Großmutter, aber sie war noch jung genug, um einen gut aussehenden Mann zu würdigen, wenn sie einen sah.

Maureen nickte unwillkürlich. Der Fremde war ganz zweifellos äußerst attraktiv. Alles an ihm zog sie an, vor allem aber sein literarischer Geschmack. Obwohl er saß, konnte Maureen unschwer erkennen, dass er weit über einen Meter achtzig groß sein musste. Er hatte dichtes, dunkles Haar, das er modisch kurz trug. Er war zwar nicht überschwänglich freundlich, aber auch nicht abweisend.

Maureen kam zu dem Schluss, dass er wohl eher ein introvertierter Mensch war; und er schien vornehm und gebildet zu sein. Für gewöhnlich fand sie das nicht unbedingt anziehend, aber bei ihm gefiel es ihr – sehr sogar.

Am nächsten Abend hielt Maureen fortwährend nach dem Mann mit der Vorliebe für klassische Literatur Ausschau. Immer wieder schimpfte sie mit sich selbst. Wie konnte sie nur so töricht sein zu hoffen, dass er wiederkommen würde. Es war ganz und gar nicht ihre Art, sich von einem Fremden so aus der Fassung bringen zu lassen, schon gar nicht von einem, mit dem sie nur einmal kurz gesprochen hatte. Doch den ganzen Tag über hatte sie an den gut aussehenden Mann gedacht, der Chaucer ebenso gut kannte und ihn ebenso sehr verehrte wie sie. Sie würde ihn gern näher kennenlernen, und sie fragte sich, ob es ihm in Bezug auf sie wohl genauso ging.

Als der größte Andrang gerade etwas nachgelassen hatte, trat Sherry zu Maureen, die drei Teller mit gebackener Hühnchenbrust zu einem Tisch trug, und flüsterte ihr verschwörerisch zu: „Er ist wieder da."

Maureen tat, als wisse sie nicht, wovon ihre Kollegin sprach. „Wer ist wieder da?", fragte sie.

Sherry sah sie groß an. „Der gut aussehende Typ von gestern Abend. Erinnerst du dich?"

„Nein." Maureen zog es vor, die Dumme zu spielen. Sie wollte ihre Freundin nicht wissen lassen, wie sehr sie gehofft hatte, „den Leser" wiederzusehen.

„Die Geflügelpastete vom Fenstertisch", half Sherry nach, die ihre Enttäuschung nicht verbergen konnte. „Der Mann, nach dem du schon den ganzen Abend Ausschau gehalten hast. Also versuch nicht, mir etwas vorzumachen."

„Geflügelpastete?", wiederholte Maureen, bemüht, weiterhin so zu tun, als habe sie nicht die geringste Ahnung, worum es ging. „Ach, du meinst den Mann, der Chaucer gelesen hat."

„Richtig", neckte Sherry. „Nun, offensichtlich erinnert er sich an dich. Er wollte einen Tisch, an dem du bedienst." Sherry zuckte ein paar Mal vielsagend mit den fein gezeichneten Augenbrauen.

„Wollte er?" Maureens Herz pochte mittlerweile wild.

„Das sagte ich eben."

Maureen wollte dieser Tatsache keine allzu große Bedeutung beimessen. „Auf die Idee, dass er gestern ganz einfach mit dem Essen und der Bedienung zufrieden war, bist du wohl nicht gekommen?"

„Sicher war er damit zufrieden", erwiderte Sherry, die ein Lächeln nicht unterdrücken konnte. „Aber er scheint doch mehr daran interessiert zu sein, dich wiederzusehen, als nur ein gutes Essen zu bestellen. Das hätte er schließlich auch bei jeder anderen Kellnerin können."

Maureen zuckte mit den Schultern und beeilte sich, die drei Teller mit der gebackenen Hühnerbrust endlich zu servieren. Dann ging sie zu dem Tisch, an dem der attraktive Unbekannte Platz genommen hatte. Wieder war er in ein abgegriffenes Buch vertieft.

„Guten Abend", begrüßte sie ihn. Sie bemühte sich, freundlich, aber nicht zu freundlich zu klingen. Er brauchte nicht zu wissen, wie sehr sie sich freute, ihn wiederzusehen. „Sie sind wiedergekommen."

Er klappte das Buch zu und blickte zu ihr auf. „Ich war gerade in der Gegend und beschloss, hier zu essen."

„Das freut mich. Mir hat unsere Unterhaltung gestern Abend Spaß gemacht."

„Mir auch. Sehr sogar." Er sah sie mit unverhüllter Bewunderung an.

Maureen hatte erkannt, dass der Mann vor ihr ein aufrichtiger, ernsthafter Mensch und nicht der Typ war, der mit jeder Frau flirtete oder freigebig Komplimente verteilte. Tatsächlich schien er sich recht unbehaglich zu fühlen. Er trug Anzug und Krawatte und wirkte äußerst vornehm. Kein anderer Mann im ganzen Restaurant war so elegant gekleidet.

Er legte das Buch beiseite. „Es ist schön, Sie wiederzusehen, Maureen", sagte er nach einem raschen Blick auf das Namensschildchen an ihrer Bluse.

„Danke. Ich freue mich auch, Sie wiederzusehen." Sie zog Notizblock und Kugelschreiber aus dem gesteiften Schürzchen, das zu ihrer Kellnerinnenuniform gehörte, und wartete darauf, seine Wünsche zu notieren.

Doch anstatt zu bestellen, streckte er ihr die Hand entgegen. „Ich bin Grey Carlyle", stellte er sich vor.

Maureen gab ihm die Hand. Sie spürte seinen festen Händedruck und vermochte kaum den Blick von dem Mann abzuwenden. Das Blau seiner Augen, das sie an den Sommerhimmel über Kansas erinnerte, hatte sie in seinen Bann gezogen.

„Es freut mich, Ihre Bekanntschaft zu machen, Maureen…", sagte er halb fragend.

„O'Day", ergänzte sie rasch. „Das ist ein irischer Name." Das war so offensichtlich, dass Maureen sich wegen dieser überflüssigen Erklärung am liebsten auf die Zunge gebissen hätte. Und wäre der Name kein ausreichender Hinweis auf ihre irische Abstammung gewesen, hätten ihr kastanienbraunes Haar und ihre tiefblauen Augen keinen Zweifel an ihrer Herkunft gelassen.

Plötzlich schien alles gesagt zu sein. Grey warf einen Blick auf den Bestellblock in ihrer Hand und sagte: „Ich nehme das Tagesgericht – egal, was es ist."

„Gebratene Hühnchenbrust mit Reis", informierte Maureen ihn eifrig.

„Das klingt gut."

Maureen ließ sich Zeit mit dem Aufschreiben der Bestellung. Sie wollte noch bleiben und diesen Grey Carlyle ein wenig näher kennenlernen. Doch sie fragte nur: „Möchten Sie Suppe oder Salat?"

„Salat."

Sie notierte es. „Welche Salatsoße?"

Er überlegte, als sei dies eine Entscheidung, von der die nationale Sicherheit abhänge. „Blauschimmelkäse, wenn Sie haben."

„Haben wir." Falls nicht, so war Maureen entschlossen, die Soße selbst zuzubereiten.

„Sie haben wohl nicht zufällig Milton gelesen?" Er nahm das Buch zur Hand und zeigte ihr den Umschlag.

„Ich liebe ‚Das verlorene Paradies' und ‚Lycidas', aber beim Lesen seiner Werke hatte ich immer den Eindruck, er wollte Dante überflügeln." Sowie ihr die Worte über die Lippen kamen, hätte sie sie am liebsten wieder zurückgenommen. Sie spürte, wie sie rot wurde, und war drauf und dran, ihm zu sagen, dass sie es nicht so gemeint hatte.

Ein schwaches Lächeln zuckte um seine Mundwinkel. „‚Dante überflügeln' – so habe ich es bisher noch nie betrachtet", erklärte er. „Aber möglicherweise haben Sie sogar recht."

Im Hintergrund ertönte eine Glocke, die Maureen daran erinnerte, dass eine ihrer Bestellungen fertig war und dass es noch andere Gäste gab, die bedient werden wollten. „Ich gehe wohl besser wieder an meine Arbeit", entschuldigte sie sich widerstrebend. „Ihr Salat kommt sofort."

„Bevor Sie gehen – ich hätte gern gewusst, welche Universität Sie besucht haben."

Maureen blickte verlegen zu Boden. „Gar keine", antwortete sie leise.

„Sie waren nicht auf der Universität?" Grey Carlyle konnte seine Überraschung nicht verbergen. „Wollen Sie damit sagen, dass Sie das alles allein gelesen haben?"

Maureen strich sich eine Haarsträhne aus dem Gesicht „Ist das so ungewöhnlich?"

„Offen gesagt, ja."

„Wenn Sie mich jetzt entschuldigen wollen, ich muss wirklich wieder an die Arbeit."

„Natürlich. Es tut mir leid, dass ich Sie so lange aufgehalten habe."

„Nein, entschuldigen Sie sich nicht. Es hat mir Spaß gemacht, mich mit Ihnen zu unterhalten. Es ist nur ..."

„Ich verstehe schon, Maureen. Machen Sie sich keine Gedanken."

Sie verließ den Tisch. Zum ersten Mal hatte sie sich in Grey Carlyles Gegenwart unwohl gefühlt. Die Literatur war die große Liebe ihres Lebens – ihre Leidenschaft. Mit dem Lesen klassischer englischer Literatur hatte sie begonnen, als sie ihre Mutter pflegte, die sich bei einem Sturz schwer verletzt hatte. Der Unterricht an der High-School hatte ihr ein Grundwissen vermittelt, auf dem sie hatte aufbauen können. Sie hatte sich die wichtigsten Werke selbst zusammengesucht und damit begonnen, sie zu analysieren. Innerhalb kurzer Zeit hatte sie begierig ein Buch nach dem anderen verschlungen und einen packenden Streifzug durch sechshundert Jahre englischer Literatur gemacht.

Auf dem Weg zur Küche bemerkte Maureen, dass Grey mit nachdenklicher Miene am Tisch saß. Nun, da er wusste, dass ihre Erkenntnisse nicht durch ein Studium gestützt wurden, würde er sie vermutlich nicht mehr fragen, was sie von den englischen Klassikern hielt. Maureen ärgerte sich sehr über sich selbst. Es wäre besser gewesen, sie hätte ihre Meinung für sich behalten. Was musste sie ihre Ansichten darüber auch laut hinausposaunen, als wisse sie, wovon sie rede. Ihre Angewohnheit, immer das zu sagen, was sie dachte, brachte sie fortwährend in peinliche Situationen. Dieser Grey Carlyle war ein kultivierter, gebildeter Mann, der viel mehr über Literatur wusste, als sie in ihrem ganzen Leben jemals wissen würde.

Grey Carlyle beobachtete, wie Maureen sich von seinem Tisch entfernte. Er konnte den Blick nicht von ihr abwenden. Es tat ihm leid, dass er sie mit seiner Frage nach ihrer Universität in Verlegenheit gebracht hatte, denn das hatte er nicht gewollt.

Als er am Abend zuvor in das Restaurant gekommen war, hatte er der jungen Frau zunächst gar keine Beachtung geschenkt. Erst als sie mit so tiefer und aufrichtiger Verehrung Chaucer zitierte, hatte er sie angesehen. Sowie sie seine Aufmerksamkeit aber einmal erregt hatte, fühlte er sich allerdings vollkommen in ihren Bann gezogen. Schließlich kommt es nicht oft vor, dass ein Mann in ein Restaurant geht und eine so hübsche und intelligente Kellnerin wie Maureen kennenlernt. Ihm gefiel, wie ihre blauen Augen aufleuchteten, wenn sie über Chaucer und Milton sprach. Sie kannte diese Dichter und liebte ihre Werke offenbar nicht weniger als er.

Maureens Bemerkungen hatten ihn neugierig gemacht, denn seit Jahren war Grey es gewöhnt, von anderen immer nur das Echo seiner eigenen Meinung zu hören. Es gab wohl kaum einen Studenten, der es gewagt hätte, in seiner Hörweite zu behaupten, Mittelenglisch klinge wie Schwedisch. Den ganzen Tag über waren ihm die Literatur liebende irische Kellnerin und ihre eigenwilligen Erkenntnisse, die sie so freimütig äußerte, nicht aus dem Kopf gegangen.

Wenn ich schon an eine Frau denke, dann sollte ich mich lieber auf jemanden wie Dr. Pamela Riverside konzentrieren, hatte er sich immer wieder einzureden versucht. Immerhin hatte seine Kollegin ihm des Öfteren deutlich zu verstehen gegeben, dass sie an ihm interessiert war. Nur leider fand er sie nicht im Geringsten anziehend.

Stattdessen kreisten seine Gedanken weiterhin um Maureen O'Day, die ihn ganz unerwartet daran erinnert hatte, dass es im Leben mehr gab als Wissenschaft und langweilige gesellschaftliche Verpflichtungen.

Als er am Abend das Universitätsgelände verließ, beschloss er spontan, zu Rose's Restaurant zu fahren. Er beabsichtigte, in den nächsten Tagen mit seinen Studenten über Milton zu sprechen, und er wollte hören, was Maureen über diesen Dichter aus dem siebzehnten Jahrhundert zu sagen hatte. Zweifellos würde er etwas Neues, Verblüffendes erfahren.

„Was wollte er?", fragte Sherry, als Maureen an ihr vorbei in die Küche ging, um Greys Bestellung weiterzuleiten.

„Wer?", fragte Maureen zurück, als wisse sie nicht, wovon ihre Kollegin sprach. „Ach, du meinst ‚den Leser'?"

„Wen denn sonst?"

„Das Tagesmenü."

„Ich will nicht wissen, was er bestellt hat! Hat er dir gesagt, warum er wiedergekommen ist?"

Maureen biss sich auf die Unterlippe. „Nicht direkt. Er fragte, was ich von Milton halte."

„Milton? Wer zum Teufel ist Milton?"

Maureen lächelte ihrer Freundin zu. „John Milton. Er schrieb ‚Das verlorene Paradies' und ‚Das wiedergewonnene Paradies' und viele andere, weniger bekannte Werke."

„Ach, du meine Güte", entfuhr es Sherry. „Einer von diesen hochtrabenden Griechen, die du immer liest, stimmte? Wann hörst du endlich auf, dieses alte Zeug zu lesen? Wach doch endlich auf! Wir leben in den neunziger Jahren des zwanzigsten Jahrhunderts. Wenn du es heute zu etwas bringen willst, musst du wirkliche Schriftsteller lesen. Stephen King zum Beispiel und Erma Bombeck. Ja, nimm bloß mal Erma Bombeck", fügte sie begeistert hinzu. „Sie ist eine Frau so ganz nach meinem Geschmack. Sie sagt in einer einzigen Zeitungsspalte mehr als deine griechischen Freunde da auf zwanzig oder dreißig Seiten."

„Milton war Engländer", korrigierte Maureen ihre Freundin, während sie innerlich über deren Bekehrungsversuch lächeln musste.

Inzwischen war Greys Salat fertig, und Maureen brachte ihn an seinen Tisch.

„Haben Sie sonst noch einen Wunsch?", fragte sie, als sie die kleine Schüssel vor ihn hingestellt hatte.

„Nein, danke", antwortete er und sah sie an. „Hören Sie, ich möchte mich bei Ihnen entschuldigen, falls ich Sie vorhin mit meiner Frage nach Ihrer Universitätsausbildung verletzt habe."

„Sie haben mich nicht verletzt", entgegnete Maureen, obwohl dies nicht ganz der Wahrheit entsprach. Doch was hätte es für einen Sinn gehabt, ihm zu erzählen, dass es vor ein paar Jahren ihr sehnlichster Wunsch gewesen war, auf die Universität zu gehen. Sie hatte davon geträumt, Literatur zu studieren, doch die Umstände hatten es nicht erlaubt. Sie beklagte sich nicht. Das war nun einmal Teil ihres Lebens, und sie hatte sich damit abgefunden.

„Ich möchte nicht neugierig sein, aber es würde mich doch interessieren, warum jemand, der die klassische Literatur so liebt wie Sie, nicht studiert hat?"

Maureen blickte zu Boden. „In dem Jahr, in dem ich Abitur machte, stürzte meine Mutter eine Treppe hinunter und brach sich die Hüfte. Sie musste operiert werden und konnte mehrere Monate lang nicht laufen, da es Komplikationen gegeben hatte. Ich habe drei jüngere Brüder, und deshalb wurde ich zu Hause gebraucht. Als meine Mutter dann wieder gesund war, mussten erst einmal all die Arzt- und Krankenhausrechnungen bezahlt werden, die sich angesammelt hatten."

„Und dazu tragen Sie mit Ihrer Arbeit hier bei?", fragte Grey leise.

„Mittlerweile ist der größte Teil bezahlt, aber ich bin vierundzwanzig."

„Was hat das damit zu tun?"

Maureen lachte. „Ich wäre viel älter als all die anderen Studienanfänger."

Grey kniff die Augenbrauen zusammen, sodass sich zwischen seinen Augen ein tiefes V bildete. Offenbar dachte er nach.

„Ich frage mich ...", begann er zögernd. „Ich meine, Sie kennen mich kaum, aber morgen Abend findet an der Universität ein Vortrag über Shelley und Keats statt. Ich wollte hingehen. Hätten Sie Lust, mich zu begleiten?"

Maureen starrte ihn an. Sie konnte kaum glauben, was sie eben gehört hatte. Dieser vornehme, gebildete, gut aussehende Mann lud sie ein!

Als sie nicht gleich antwortete, senkte er den Blick. „Ich gebe zu, die Einladung kommt vielleicht ein wenig überraschend. Wir könnten ..."

„Ich begleite Sie gern." Es fiel Maureen schwer, ihre Begeisterung zu verbergen.

„Sollen wir uns hier auf dem Parkplatz treffen? Sagen wir gegen halb acht?"

„Ja, großartig. Ich fühle mich geehrt, dass Sie überhaupt auf die Idee kommen, mich einzuladen."

„Das Vergnügen ist ganz auf meiner Seite", erklärte Grey mit einem bezaubernden, jungenhaften Lächeln.

„Dann also bis morgen."

„Ja, bis morgen."

Eine Stunde später ging Grey zu seinem Wagen. Er war ganz aufgeregt, seine Gedanken überschlugen sich. Er hatte in Maureen O'Day eine verwandte Seele gefunden. Von dem Augenblick an, da er sie so ehrfurchtsvoll Chaucer zitieren gehört hatte, war sein Herz wie verwandelt, und als er den Grund erfuhr, weshalb Maureen nicht studiert hatte, war ihm klar, dass er sie zu dem Vortrag einladen musste. Sie würde so viel Neues und Interessantes hören, dass sie es sich bestimmt noch einmal überlegen und ein Studium beginnen würde. Er wünschte es sich für sie.

Auch wenn sie ein paar Jahre älter war als die übrigen Studienanfänger, würde sie sich problemlos in den Studienbetrieb einfügen und sich mit ihren Kommilitonen glänzend verstehen. Daran hegte er nicht den geringsten Zweifel. Natürlich hätte er ihr das auch einfach sagen können, doch erfolgversprechender war es, wenn Maureen selbst erkannte, welche Möglichkeiten sich ihr an der Universität eröffneten.

Grey war von Natur aus alles andere als ein spontaner Mensch, und verwundert stellte er fest, dass er in Maureens Gegenwart die unglaublichsten Dinge sagte und tat. Diese Einladung war nur ein Beispiel dafür.

In einem plötzlichen Anfall von Übermut warf er die Autoschlüssel in die Luft und fing sie hinter dem Rücken mit der linken Hand wieder auf. Er war derart überrascht über seine Stimmung, dass er laut auflachte.

2. KAPITEL

*E*s hatte leicht zu schneien begonnen, als Maureen am nächsten Abend auf dem hellerleuchteten Parkplatz vor Rose's Restaurant auf Grey Carlyle zuging. Der Winter war dieses Jahr früh gekommen: Schon zweimal war über Wichita ein Schneesturm hinweggefegt, und dabei war noch nicht einmal das Erntedankfest vorüber.

„Ich hoffe, ich habe Sie nicht zu lange warten lassen", begrüßte Maureen Grey, als sie ihn erreichte.

„Keineswegs." Er lächelte sie an, und die Kälte, die sie in sich aufsteigen gefühlt hatte, war mit einem Schlag verschwunden, vertrieben von der Wärme in seinem Blick.

Grey nahm ihren Arm. „Ich glaube, Sie werden den heutigen Abend genießen."

„Bestimmt. Shelley und Keats sind zwei meiner Lieblingsdichter, allerdings mag ich Keats noch lieber als Shelley."

Grey öffnete ihr die Wagentür. „Ich finde, ihr Stil ist zu ähnlich, als dass man einen dem anderen vorziehen könnte."

„Oh, da stimme ich Ihnen zu. Aber ich habe zufällig einmal ein paar von Shelleys Briefen gelesen, und seitdem fällt es mir schwer, ihn unvoreingenommen zu betrachten."

„Ach?" Grey ging um den Wagen herum und setzte sich auf den Fahrersitz. „Wie kommt das?"

Maureen zuckte mit den Schultern. „Seine Briefe an seine Freunde waren voll von verschrobenen Vorstellungen und schrecklich philosophisch. Meiner Meinung nach war Shelley in sich selbst verliebt. Ja, ich halte ihn inzwischen sogar für einen großen Schreihals, der immer und überall im Mittelpunkt stehen wollte."

Grey zog die Augenbrauen hoch und sah Maureen groß an. „Sagten Sie vorhin nicht, Sie mögen Shelley?"

„Oh je", entfuhr es Maureen unwillkürlich. „Jetzt habe ich Sie wieder schockiert. Es tut mir leid."

„Schon gut." Greys Stirn glättete sich allmählich wieder. „Shelley ist zufällig mein absoluter Lieblingsdichter, und ich kann einfach nichts auf ihn kommen lassen. Doch Sie haben völlig recht, er war sehr von sich selbst eingenommen. Aber wer sollte ihm das verdenken?"

„Niemand."

„Wissen Sie, was mir an Ihnen am besten gefällt, Maureen?"

Sie schüttelte den Kopf.

„Sie sind ehrlich, und das ist eine Eigenschaft, die ich sehr bewundere. Sie sagen nicht einfach etwas, nur weil Sie glauben, ich möchte es hören."

Maureen neigte den Kopf etwas zur Seite und seufzte. „Das stimmt – glücklicherweise oder leider, je nachdem, wie der Fall liegt. Ich habe die verwünschte Angewohnheit, immer gleich zu sagen, was ich denke."

„Ich finde es erfrischend." Er ergriff ihre Hand und drückte sie. „Wir werden den heutigen Abend genießen. Und nach dem Vortrag werden wir über Shelley weiterdiskutieren. Ich habe das Gefühl, Sie werden Ihre Meinung noch ändern."

Grey fuhr quer durch die Stadt zur Universität. Maureen war schon oft daran vorbeigekommen, aber noch nie hatte sie das Universitätsgelände betreten. Als sie die efeubewachsenen Gebäude betrachtete, spiegelte sich in ihrem Blick der sehnliche Wunsch, hier zu studieren. Ob er eines Tages vielleicht doch noch in Erfüllung gehen würde?

„Es ist wirklich schön hier, nicht?", sagte sie, während Grey den Wagen parkte. Er stieg aus, ging um die Kühlerhaube herum und öffnete Maureen die Tür. Sein tadelloses, ritterliches Benehmen beeindruckte sie tief.

Er legte ihre Hand in seine Armbeuge. „Ich verstehe Sie nicht, Maureen. Ihre Liebe zur Literatur ist offensichtlich so groß, dass Sie sich sicherlich nicht fehl am Platz fühlen werden, wenn Sie ein paar Seminare besuchen. Zugegeben, Sie wären etwas älter als die Mehrzahl der Studienanfänger, aber doch nicht viel."

„Das Alter ist nicht der einzige Grund."

„Wenn es ums Geld geht, so gibt es doch bestimmt irgendein Stipendium, um das Sie sich bewerben könnten."

„Vermutlich."

„Und warum bewerben Sie sich dann nicht?"

Voller Unbehagen wandte sie den Blick ab. „Ich habe nicht die geringste Lust, in irgendeinem verstaubten Hörsaal zu sitzen und irgendeinem weißhaarigen, verknöcherten Professor zuzuhören", stieß sie schließlich leise hervor.

„Warum nicht?"

Grey gab sich große Mühe zu verbergen, wie sehr ihn ihre Erklärung getroffen hatte, aber Maureen spürte trotzdem, dass er bestürzt war.

„Wenn Sie es wirklich wissen müssen", sagte sie nervös, „Universitäten und Professoren machen mir Angst."

„Maureen, das ist doch lächerlich. Professoren sind Leute wie Sie und ich."

„Ja, vermutlich ist es wirklich lächerlich, aber ich empfinde es nun einmal so. Ich habe Angst, ein Professor könnte gelehrt auf mich herabblicken und mich für dumm halten."

„Hören Sie zu", sagte er, legte ihr dabei die Hand auf die Schulter und drehte sie so zu sich, dass sie ihn ansehen musste. „Es gibt da etwas, das ich Ihnen sagen muss."

In diesem Augenblick hörte Maureen Schritte näher kommen. Grey zog seine Hand zurück. Anscheinend wollte er warten, bis die Gruppe vorbei war.

„Guten Abend, Professor Carlyle."

Grey sah sich um und nickte. „Guten Abend, Paul."

„Professor Carlyle", wiederholte Maureen kaum hörbar. „Sie sind Professor?" Sie spürte, wie eine Woge der Überraschung über ihr zusammenschlug und ihr die Luft zu nehmen schien. Grey Carlyle war Universitätsprofessor, und zwar ohne Zweifel für englische Literatur! Wie hatte sie nur so begriffsstutzig sein können? Sie hätte es gleich merken müssen, als sie ihn in seinem eleganten dreiteiligen Anzug, mit tadellos gebundener Krawatte und auf Hochglanz polierten Schuhen in Chaucer und Milton vertieft bei Rose's gesehen hatte. Aber sie hatte es nicht erkannt. Stattdessen war sie um ihn herumgetanzt und hatte sich bemüht, ihn mit ihren verblüffenden Erkenntnissen und ihrem scharfen Verstand zu beeindrucken. Und dabei hatte sie sich bloß zum Narren gemacht!

Ihre Blicke trafen sich, und Maureen zwang sich zu lächeln. „Ich hätte von selbst darauf kommen sollen", erklärte sie kleinlaut.

„Sind meine Haare schon so weiß? Mache ich tatsächlich einen verknöcherten Eindruck?", spielte er spöttisch auf Maureens Bemerkung über Professoren an.

„Es war nicht unbedingt nötig, mich daran zu erinnern." Sie spürte, wie ihr das Blut ins Gesicht schoss.

„Es tut mir leid, aber ich konnte es mir nicht verkneifen."

„Es tut Ihnen überhaupt nicht leid."

Grey lachte leise und strich sich übers Kinn. „Sie haben recht. Es tut mir nicht leid."

„Ich müsste wütend auf Sie sein, weil Sie mich nicht rechtzeitig aufgeklärt haben!" Maureen senkte den Blick bei dem Gedanken, was sie womöglich noch alles gesagt hätte, wenn die Studenten eben nicht vorbeigekommen wären.

„Aber Sie sind nicht wütend?"

„Nein." Auch wenn sie Grey gern die Schuld zugeschoben hätte, musste sie sich doch eingestehen, dass sie für ihr Verhalten selbst die Verantwortung trug. „Ich weiß, dass meine Zunge oft mit mir durchgeht", räumte sie ein. „Dann sage ich unüberlegte Dinge und wundere mich darüber, dass mich alle so entsetzt und ungläubig anstarren."

„Dann sind wir also Freunde?" Grey streckte ihr die Hand entgegen.

Er sah sie so liebevoll und zärtlich an, dass Maureen nicht hätte Nein sagen können, selbst wenn sie es gewollt hätte. Von dem Augenblick an, als sie entdeckt hatte, dass Grey Carlyle Chaucer las, hatte sie sich zu ihm hingezogen gefühlt. Stark hingezogen. In Rose's Restaurant kamen viele gut aussehende Männer, und eine ganze Reihe von ihnen hatte mehr als oberflächliches Interesse an Maureen gezeigt. Aber das war das erste Mal, dass sie mit jemandem ausging, den sie erst so kurze Zeit kannte.

„Freunde", bekräftigte Maureen und legte ihre Hand in seine. Vielleicht war es doch gut, dass ich seinen Beruf nicht früher erfahren habe, ging es ihr durch den Kopf. Wahrscheinlich wäre ich sonst nicht so unbefangen gewesen.

Sie gingen auf eines der efeubewachsenen Gebäude zu. Der Weg war von niedrigen grünen Sträuchern gesäumt. „Ich wünschte, ich hätte andere Schuhe angezogen", sagte Maureen unvermittelt. Nachdem sie ihren Kleiderschrank durchwühlt und alles anprobiert hatte, was für den Anlass nur einigermaßen geeignet schien, hatte sie sich für einen roten Schottenrock, eine weiße Bluse und einen dunkelblauen Blazer entschieden. Dazu trug sie kniehohe Lederstiefel.

Grey blieb stehen und schaute auf ihre Beine. „Sind die Stiefel zu eng?"

„Nein. Aber meine anderen Schuhe sind eleganter. Wenn ich gewusst hätte, dass ich mit einem richtigen Professor zu diesem Vortrag gehe, hätte ich mich entsprechend angezogen. Aber da ich ja glaubte, Sie seien bloß ein normaler, einfacher Literaturliebhaber, hielt ich die Stiefel für ausreichend."

„Sie sehen großartig aus." Die unverhüllte Bewunderung in seinem Blick ließ keinen Zweifel daran, dass er es aufrichtig meinte.

„Es ist nett von Ihnen, dass Sie das sagen, aber in Zukunft werde ich nur meine schwarzen Lackschuhe tragen, wenn ich mit Ihnen ausgehe."

Er lachte laut. Es klang fast ein bisschen rostig, als sei er es nicht gewohnt, sein Vergnügen so offen zu zeigen.

Wieder nahm er Maureen am Arm. „Das war ein hervorragendes Beispiel für das, was ich vorhin meinte."

„Was?" Maureen wusste nicht genau, worauf er anspielte.

„Ihre Aufrichtigkeit. Sie verstellen sich nicht, und das findet man heutzutage ausgesprochen selten."

Maureen wollte etwas erwidern, als eine Gruppe von Studenten ihre Aufmerksamkeit auf sich zog.

„Guten Abend, Professor Carlyle", sagte ein blondes Mädchen laut und hob die Hand. Als Grey sich ihr zuwandte, lachte der Teenager. „Ich wollte nur sicherstellen, dass Sie mich sehen."

Grey nickte.

Aus der freundlichen Begrüßung, mit der er von allen Seiten empfangen wurde, schloss Maureen, dass Grey ein beliebter Professor war. Sie jedenfalls mochte ihn! Und „mögen" war stark untertrieben. Aber Maureen wusste, es wäre dumm von ihr zu hoffen, ein Mann wie Grey Carlyle könnte sich in sie verlieben – und dumm war Maureen nicht. Begriffsstutzig, ja, aber dumm, nein! Im Augenblick fand er sie ja vielleicht ganz amüsant, aber auf Dauer wohl kaum.

Als sie den großen Hörsaal betraten, war er bereits fast zur Hälfte gefüllt. Sie setzten sich in eine der hinteren Stuhlreihen. Vorne auf dem Podium saßen zwei Männer, von denen Maureen einen von Fotos aus der Presse kannte. Es war der Universitätspräsident Dr. Browning. Der andere war offenbar der Vortragende. Er machte auf Maureen einen überheblichen Eindruck. Er verzog das Gesicht, als missfalle ihm alles, was er sehe, oder als habe er gerade ein ganzes Glas frisch gepressten Zitronensaft in einem Zug getrunken.

„Eine ganze Menge Leute hier", bemerkte sie, beeindruckt von der großen Zahl der Studenten, die offenbar Interesse an Keats und Shelley hatten.

Grey rückte den Knoten seiner Seidenkrawatte gerade und räusperte sich. „Um die Wahrheit zu sagen", flüsterte er Maureen zu, „ich habe meine Studenten bestochen."

„Wie bitte?"

Grey schien nicht sonderlich stolz auf sich zu sein. „Dr. Fulton Essary ist ein Kollege von mir und hat sich selbst einen Namen als Dichter gemacht. Wir hatten im Laufe der Jahre zwar einige Meinungsverschiedenheiten, aber im Wesentlichen schätze ich seine Ansichten. Ich wollte, dass dieser Vortrag heute Abend ein Erfolg wird, und deshalb habe ich in meinen Seminaren und Vorlesungen angekündigt, dass jeder meiner Studenten, der heute Abend hier auftaucht, fünfzig Punkte erhält, die ihm auf sein Pensum angerechnet werden."

„Ach? Deshalb legte das blonde Mädchen vorhin so großen Wert darauf, von Ihnen gesehen zu werden."

„Genau." Grey zog ein Blatt Papier aus der Innentasche seines Jacketts und entfaltete es so leise wie möglich. Sein Blick wanderte über die Anwesenden, und dabei hakte er immer wieder einen Namen auf seiner Liste ab.

Wenig später ging Dr. Browning ans Rednerpult, um einige einleitende Worte zu sprechen. Dann trat Dr. Fulton Essary vor sein Publikum und hielt seinen Vortrag – in unvorstellbar monotonem Tonfall.

Eine Stunde und fünf Minuten lang sprach Dr. Essary über Leben und Werk von Shelley und Keats. Obwohl Maureen sich mit den beiden Dichtern aus dem neunzehnten Jahrhundert schon eingehend beschäftigt und sich mit ihrem Stil und ihren literarischen Qualitäten vertraut gemacht hatte, war sie sehr daran interessiert, etwas Neues zu lernen.

Doch leider schweiften ihre Gedanken immer wieder ab. Dr. Essary war entsetzlich langweilig. Schon nach einer halben Stunde begann sie, unruhig auf ihrem Stuhl hin und her zu rutschen, ihre langen Beine übereinanderzuschlagen und wieder gerade hinzustellen. Nach fünfundvierzig Minuten zupfte sie Fusseln, die gar nicht vorhanden waren, von ihrem Rock.

Das Einzige, was ihre Aufmerksamkeit erregte, war die Tatsache, dass jemand, der sich immerhin bereit erklärt hatte, einen Vortrag zu halten, so wenig Begeisterung für sein Thema zeigte. Er hätte ebenso gut über die Walt-Disney-Figuren Mickey und Minnie Mouse sprechen können. Sollte ihn irgendetwas in Keats' oder Shelleys Leben und Werken persönlich berührt haben, so ließ er sich das wirklich nicht anmerken.

Als er geendet hatte, gab es kurzen, zurückhaltenden Applaus, dem, wie Maureen es schien, ein durch das ganze Publikum gehender Seufzer der Erleichterung folgte. Dann wurden die Zuhörer aufgefordert, Fragen zu stellen. Nach anfänglichem peinlichem Schweigen fand sich ein tapferer Student, der aufstand und etwas fragte, das Maureen nicht richtig hörte oder verstand.

Grey sah sie an und flüsterte: „Was halten Sie davon?"

Im ersten Augenblick war sie versucht, ihm etwas vorzulügen und ihm zu sagen, was er hören wollte. Aber schließlich hatte er behauptet, er bewundere ihre Aufrichtigkeit, und deshalb wollte sie auch jetzt ehrlich sein. „Der Mann ist ein Langweiler."

Grey starrte sie ungläubig an. Offenbar war er über ihre unverblümte Bemerkung bestürzt.

Maureen fühlte sich sofort schuldig, als sie seine Reaktion sah. „Ich hätte das nicht sagen sollen", erklärte sie, „aber es ist mir einfach so herausgerutscht. Ich bin von dem Vortrag enttäuscht."

„Ich kann verstehen, dass Sie an der Vortragsweise einiges auszusetzen haben, aber was ist mit dem Inhalt?"

Offensichtlich war es bei der einzigen Frage aus dem Publikum geblieben, denn gerade als Maureen Grey antworten wollte, standen alle im Hörsaal auf.

Vermutlich war sie nicht die Einzige, der auffiel, wie schnell sich der Hörsaal leerte. Es war fast, als hätte jemand gerufen: „Feuer! Rennt um euer Leben!" Greys Studenten konnten den Saal gar nicht schnell genug verlassen, und Maureen konnte es ihnen nicht verdenken.

Draußen auf dem Flur half Grey ihr in den Mantel. „Sie wollten etwas sagen", erinnerte er sie.

Maureen sah ihn fragend an, während sie sich die Handschuhe überstreifte.

Die Hände tief in den Taschen seines dicken Wintermantels vergraben, ging Grey neben ihr her. „Der Vortrag hat Ihnen also nicht gefallen?"

„Das würde ich nicht unbedingt sagen."

„Sie haben den Redner einen Langweiler genannt." Sein missbilligender Tonfall war nicht zu überhören.

„Ja, nun …"

„Ist das wieder einmal so eine Gelegenheit, wo Ihre Zunge mit Ihnen durchgegangen ist?", neckte er sie, doch seine Augen blieben ernst.

Maureen steckte die Hände in die Manteltaschen. Sie ballte sie zu Fäusten, unsicher, was sie antworten sollte. Mit ziemlich großer Sicherheit würde sie Grey nach diesem Abend nie mehr sehen, also bestand kein Anlass zur Zurückhaltung. Wahrscheinlich wäre sie dazu ohnehin nicht in der Lage gewesen. Nach einer Stunde und fünf Minuten dieses langweiligen Gefasels hatte sie Mühe, ihre Zunge im Zaum zu halten.

„Vielleicht war es ein wenig übertrieben, ihn als Langweiler zu bezeichnen", begann sie in der Hoffnung, ihrer Bemerkung die Spitze zu nehmen.

„Sie haben Ihre Meinung also geändert?"

„Nicht ganz."

Er sah sie vorwurfsvoll an. „Sie können an Dr. Essary nichts auszusetzen haben. Ehrlich, Maureen, der Mann ist ein anerkanntes Genie. Er hat seine Doktorarbeit über Shelley und Keats geschrieben. Sie brauchen nur seinen Namen zu erwähnen, und die literarische Welt verbindet ihn sofort mit den beiden Dichtern. Seine eigenen Werke sind sogar mit ihren verglichen worden. Er ist in ganz Amerika bekannt."

Maureen hatte noch nie von ihm gehört, aber das hatte nicht viel zu bedeuten. Sollte jemand in ihrer Gegenwart den Namen Dr. Fulton Essary erwähnen, würde sie darauf leider nur mit einem langen Gähnen reagieren können.

„Ich will nicht mit Ihnen streiten", sagte sie, ihre Worte sorgfältig abwägend, „aber in dem Mann steckt keinerlei Leidenschaft."

„Keinerlei Leidenschaft? Wollen Sie sagen, der hätte schwülstig daherreden, mit den Armen in der Luft umherfuchteln und mit den Fäusten auf das Rednerpult schlagen sollen? Wäre er damit Ihren Vorstellungen nähergekommen?"

„Nein."

„Was verstehen Sie denn dann unter Leidenschaft?", wollte Grey, offensichtlich entnervt, wissen.

„Essary verglich Keats mit Shakespeare, was den Reichtum und die Überzeugungskraft seiner Sprache angeht, und ich konnte ihm darin nicht mehr zustimmen, aber …"

„Aber was?", fiel er ihr ins Wort.

„Wenn die Ausführungen Ihres Kollegen tatsächlich so tiefschürfend waren – und das mögen sie durchaus gewesen sein –, dann hätte er mehr Engagement, mehr Anteilnahme erkennen lassen müssen. Ich habe in seinen Worten nichts anderes gehört als Geringschätzung. Er sprach, als ließe er sich gnädigerweise herab, seine Erkenntnisse mit ein paar Studenten zu teilen, die von Natur aus ohnehin nicht in der Lage sind, das Genie eines Shelley oder Keats zu begreifen. Nichts von dem, was er sagte, hat mich gefesselt, weil es ihn selbst nicht berührte."

Grey schwieg einen Augenblick. „Glauben Sie nicht, dass Sie zu hart urteilen?"

„Das mag sein, aber ich glaube es eigentlich nicht. Fragen Sie doch Ihre Studenten nach ihrer Meinung. Sicher wird einer von ihnen den Mut haben, Ihnen ehrlich zu antworten."

„Es war ein Fehler, dass ich Sie mitgenommen habe", erklärte Grey, als sie beim Wagen ankamen.

Es war nicht zu übersehen, dass er aufgebracht, ja wütend war, obwohl er sich die größte Mühe gab, sich zu beherrschen. Auch Maureen ärgerte sich jetzt. Er hatte sie nach ihrer Meinung gefragt, und sie hatte ihm aufrichtig geantwortet. Nun hatte es den Anschein, als habe er doch von ihr erwartet, dass sie das sagte, was er hören wollte. Und noch etwas ärgerte sie. Aus seinen Worten schien herauszuklingen, dass sie unmöglich über das nötige Wissen verfügen konnte, um einen so fähigen Mann wie Dr. Essary wirklich würdigen zu können. Wenn ihr angeblicher Freund sie schon für dumm hielt, was sollte dann erst ein Fremder von ihr denken? Der Verlauf des Abends hatte sie in ihrer Haltung bestätigt, dass sie nicht zur Studentin taugte.

Trotz seiner Verärgerung blieb Grey ganz Kavalier. Er half Maureen beim Einsteigen, schloss die Beifahrertür und ging um den Wagen herum zur Fahrerseite.

Die Rückfahrt zu Rose's Restaurant war bedrückend. Keiner sagte ein Wort. Das Schweigen schien Maureen nahezu unerträglich. Sie hatte das Gefühl, etwas sagen zu müssen, um die Spannung zu lösen. Ein Blick auf Grey machte ihr jedoch deutlich, dass er nicht in der Stimmung war, sich zu unterhalten. Und sie war es eigentlich auch nicht. Also schwieg sie. Aber sie fühlte sich elend. Grey hatte sie eingeladen, ihn zu dem Vortrag zu begleiten. Sie hatte sich darauf gefreut, begierig, etwas Neues zu lernen. Und nun saß sie niedergeschlagen und mit schlechtem Gewissen da.

Grey steuerte den Wagen auf den Parkplatz vor dem Restaurant und wollte den Motor abstellen.

„Lassen Sie nur", sagte Maureen hastig und bedrückt. „Sie brauchen nicht auszusteigen. Ich möchte mich dafür entschuldigen, dass ich Ihnen den Abend verdorben habe. Trotz allem bin ich Ihnen dankbar, dass Sie mich zu diesem Vortrag mitgenommen haben – ich habe ein paar wertvolle Lektionen gelernt. Aber es tut mir leid, dass ich Sie enttäuscht habe. Ich wünsche Ihnen alles Gute, Professor Carlyle. Guten Abend." Mit diesen Worten öffnete sie die Wagentür und stieg schnell aus.

Maureen glaubte, ihn rufen zu hören, als sie sich mit raschen Schritten entfernte, aber sie drehte sich nicht um – und er folgte ihr nicht.

Das war gut so.

3. KAPITEL

Grey konnte sich nicht erinnern, dass ihn eine Frau schon einmal so aufgebracht hatte. Die Straßenlaternen schienen am Straßenrand vorbeizufliegen, als er zur Universität zurückfuhr, und ihm wurde bewusst, dass er die Geschwindigkeitsbegrenzung weit überschritten hatte. Mit einem Seufzer nahm er den Fuß vom Gaspedal und fuhr widerstrebend langsamer.

Er hatte Maureen in der Annahme zu Dr. Essarys Vortrag eingeladen, sie würde sich durch die Person und die Ausführungen seines Kollegen angeregt und herausgefordert fühlen. Er mochte Maureen, ihre Herzlichkeit und ihr Verstand hatten ihn angezogen. Aber jetzt war er bitter enttäuscht. Innerhalb weniger Stunden hatte er entdeckt, dass sie zwar offenkundig sehr wissbegierig, aber dennoch nicht bereit war, zuzuhören und von Leuten zu lernen, die ein viel breiteres und fundierteres literarisches Wissen besaßen als sie. Da er selbst Professor war, empfand er das als Schlag ins Gesicht.

Seine Einladung war spontan gewesen, und jedes Mal, wenn er spontan handelte, bereute er es später. Der Abend war ein hervorragendes Beispiel dafür.

Maureen war gerade vierundzwanzig Jahre alt und hatte bloß die High-School besucht. Sie hatte kein Recht, solche gedankenlosen Äußerungen über einen so bedeutenden Mann wie Dr. Essary zu machen – einen Mann, der einen wesentlichen Beitrag auf dem Gebiet der Literatur geleistet hatte. Schon der Gedanke an Maureens Bemerkungen machte Grey wütend. Der Mann war brillant, und sie besaß die Kühnheit, ihn einen Langweiler zu nennen. Und dann hatte sie auch noch behauptet, Dr. Essary zeige wenig Begeisterung für sein Thema. Zugegeben, sein geschätzter Kollege könnte sich um eine etwas mitreißendere Vortragsweise bemühen, aber schließlich waren seine Zuhörer ja keine Schulanfänger, die sich nur kurze Zeit konzentrieren konnten. Sie waren Studenten – Erwachsene.

Am meisten aber hatte Grey Maureens Behauptung geärgert, Dr. Essary habe keine Leidenschaft erkennen lassen. Das war die dümmste von allen ihren Bemerkungen. Was erwartete sie denn? Tränen, dramatische Gesten? Oder sollte er sich vielleicht vor seinem Publikum auf den Boden werfen?

Grey hatte im Laufe seiner Karriere selbst genügend Vorträge gehalten, und sein Stil unterschied sich nicht wesentlich von dem seines Kollegen. Noch nie hatte jemand etwas an ihm auszusetzen gehabt, ihn noch nie als Langweiler bezeichnet. Das würde keiner wagen!

Er stellte den Wagen auf dem Universitätsparkplatz ab, blieb aber noch ein paar Minuten sitzen. Er war noch immer wütend. Selten hatte ihn jemand derart in Rage gebracht. „Verdammt!", entfuhr es ihm, und in einem für ihn absolut untypischen Wutausbruch schlug er mit der Hand auf das Lenkrad.

Als er schließlich ausstieg, erregten die Lichter eines Cafés namens „Zweites Leben" auf der anderen Straßenseite seine Aufmerksamkeit. Es war ein Studentencafé, in dem sich, wie er wusste, auch öfter einige seiner Studenten trafen. Grey ging in die entgegengesetzte Richtung, um an der Feier teilzunehmen, die die Fakultät zu Ehren Dr. Essarys veranstaltete. Nach ein paar Metern blieb er stehen. Nachdenklich machte er kehrt und ging auf das Café zu.

Maureen band den Gürtel ihres leuchtendgelben Hausmantels um ihre schlanke Taille, füllte den Teekessel mit Wasser und stellte ihn auf den Herd. Ihre kleine Wohnung in der Nähe von Marina Lake war gemütlich, aber nach dem katastrophalen Verlauf des Abends spürte sie davon nichts.

Sobald sie nach Hause gekommen war, war sie direkt in ihr Schlafzimmer gegangen und hatte sich ihren gelben Hausmantel übergezogen. Sie hatte sich nicht einmal die Mühe gemacht, vorher Rock und Bluse auszuziehen.

Niedergeschlagen ließ sie sich die Ereignisse der letzten Stunden noch einmal durch den Kopf gehen. Das war also das Ende ihrer kurzen, aber interessanten Beziehung mit Grey Carlyle. Es dauerte bestimmt eine ganze Weile, bis sie darüber hinwegkommen und imstande sein würde, ihr Verhalten zu analysieren, um daraus vielleicht für die Zukunft etwas zu lernen.

Der Wasserkessel begann, laut zu pfeifen. Maureen goss mit dem kochenden Wasser den Tee auf und ließ ihn ein paar Minuten ziehen. Sie wollte sich gerade eine Tasse einschenken, als es an der Tür klingelte.

Überrascht blickte sie zur Wohnungstür. Es konnte sich nur um einen Irrtum handeln. Um diese Zeit besuchte sie niemand – es sei denn, einer ihrer jüngeren Brüder. Aber selbst das war zu dieser späten Stunde unwahrscheinlich.

„Wer ist da?", fragte sie.

„Ich bin es, Grey. Können wir uns eine Minute unterhalten?"

Grey! Maureens Hände zitterten so stark, dass sie kaum imstande war, die Tür aufzuschließen. Ein Gefühl unbändiger Freude überkam sie, und das Lächeln, das auf ihrem Gesicht erschien, kam von Herzen. Sie wusste, dass es sinnlos war, es verbergen zu wollen.

„Hallo, Grey", begrüßte sie ihn, während sie einen Schritt zur Seite machte, um ihn in die Wohnung zu lassen.

Er trat ein, blieb aber an der Tür stehen. Er sah Maureen nicht an, sondern blickte starr vor sich hin. Das Lächeln auf ihren Zügen erstarb.

„Ich sehe, ich komme ungelegen", sagte er, als er sie schließlich anblickte und bemerkte, dass sie einen Hausmantel trug.

„Nein, ganz und gar nicht", widersprach sie rasch.

„Sie wollten wohl gerade zu Bett gehen. Vielleicht wäre es besser, ich käme ein andermal wieder."

„Nein. Bitte bleiben Sie." Sie schlüpfte aus dem Hausmantel. „Den habe ich vor ein paar Jahren gekauft, als ich mit meiner Familie auf Urlaub in Texas war", erklärte sie verlegen. „Er ist so kuschelig, und das Gelb wirkt irgendwie fröhlich und aufmunternd. Wenn ich niedergeschlagen oder unglücklich bin, ziehe ich ihn an. Dann geht es mir meist bald ein wenig besser."

Grey lächelte. „Sind Sie denn niedergeschlagen?"

„Jetzt nicht mehr." Maureen war froh, ihn zu sehen, und sei es nur, um ihm zu sagen, wie sehr sie es bedauerte, dass der Abend so verlaufen war.

„Ich habe gerade Tee aufgegossen. Möchten Sie eine Tasse?"

„Sehr gern."

Maureen ging in die Küche und stellte ihre beiden besten Porzellantassen zusammen mit Milch und Zucker auf ein Tablett. Als sie sich umdrehte, bemerkte sie, dass Grey hinter ihr stand.

„Sind Sie denn nicht wenigstens ein bisschen neugierig, warum ich hier bin?"

Das Herz schlug Maureen bis zum Hals. Sie nickte. Der letzte Mensch, dessen Besuch sie erwartet hätte, war Grey Carlyle – Professor Grey Carlyle. „Und ich bin auch neugierig zu erfahren, wie Sie herausgefunden haben, wo ich wohne."

„In der Hoffnung, Sie würden vielleicht arbeiten, bin ich zu Rose's Restaurant zurückgefahren. Sie waren leider nicht da, aber eine der Kellnerinnen – ich glaube, ihr Name war Sherry – gab mir Ihre Adresse."

Maureen hätte wissen müssen, dass ihre Kollegin bereit war, für Grey gegen die Dienstvorschriften zu verstoßen. Jeder andere hätte diese Information allenfalls auf der Folterbank aus ihr herauspressen können.

Grey fuhr sich mit den Fingern durchs Haar. Er wirkte ein wenig verlegen und sah sie entschuldigend an. „Ich sagte ihr, Sie hätten etwas in meinem Wagen liegen lassen, das Sie vielleicht brauchten. Normalerweise lüge ich nicht, aber es schien mir wichtig, dass wir miteinander reden."

Maureens Finger schlossen sich fester um den Griff des Tabletts. „Ich verstehe."

Grey nahm ihr das Tablett aus der Hand und stellte es auf den runden Tisch, der fast den ganzen freien Raum in der winzigen Küche einnahm. Unwillkürlich blickte Maureen zu Grey auf.

Er stand vor ihr und sah sie zärtlich an. „Ich muss mich bei Ihnen entschuldigen."

„Keineswegs", entgegnete sie mit einem Kopfschütteln. „Ich müsste mich bei Ihnen entschuldigen. Ich weiß nicht, was in mich gefahren ist, oder warum ich es für notwendig hielt, mich so wenig einfühlsam zu zeigen. Ich bin nicht oft so eigensinnig – nun ja, ich bin eigensinnig, aber gewöhnlich beherrsche ich mich mehr. Ich weiß nicht, ob es Ihnen etwas bedeutet, aber Sie sollen wissen, dass ich mich danach schrecklich gefühlt habe."

„Was Sie sagten, stimmt", gab er offen zu. „Dr. Essary ist ein überheblicher Langweiler. Der Grund, weswegen ich an Ihrer Bemerkung über ihn Anstoß nahm, war der, dass Essary und ich uns in einigen Dingen recht ähnlich sind."

„Er ist bestimmt ein großartiger Mensch mit untadeligem Charakter ..." Maureen brach mitten im Satz ab. „Wie bitte?" Sie musste Grey falsch verstanden haben. Er konnte doch nicht ernsthaft behaupten, er habe auch nur die geringste Ähnlichkeit mit seinem Kollegen. Sie kannte ihn zwar noch nicht sehr gut, aber ihr Herz ließ sie nicht daran zweifeln, dass Professor Carlyle absolut nichts mit dem anderen Mann gemein hatte.

„Nachdem ich Sie abgesetzt hatte, bin ich zur Universität zurückgefahren. Ich gebe zu, ich war aufgebrachter, als ich es seit langer Zeit gewesen bin. Ich saß wütend in meinem Wagen und war völlig verwirrt, weil ich nicht wusste, warum ich mich so gekränkt fühlte." Er hielt inne, zog zwei Küchenstühle unter dem Tisch heraus und forderte Maureen mit einer Handbewegung auf, sich zu setzen.

Sie kam seiner Aufforderung nach, und er nahm ihr gegenüber Platz.

„Sie haben Ihren Freund nur verteidigt. Im umgekehrten Fall hätte er bestimmt ebenso gehandelt", wandte Maureen ein, die sich noch immer Vorwürfe wegen ihres unmöglichen Verhaltens machte.

„Nein", widersprach Grey. „Fulton und ich waren nie Freunde. Man könnte sagen, zwischen uns herrscht kollegiale Rivalität."

Maureen schenkte den Tee ein und reichte Grey seine Tasse. Sie war viel ruhiger geworden, ihre Hände zitterten nicht mehr.

„Eine Bemerkung von Ihnen schien mir jedoch sinnvoll", setzte er seine Erklärung fort. „Sie hatten vorgeschlagen, ich solle meine Studenten nach ihrer Meinung fragen. Sie schienen überzeugt, dass mir zumindest einer ehrlich antworten würde."

Maureen konnte sich vage daran erinnern, dass sie so etwas gesagt hatte.

„Ein paar meiner Studenten waren nach dem Vortrag Kaffee trinken gegangen. Ich setzte mich zu ihnen und fragte sie nach ihrer aufrichtigen Meinung." Er zögerte. „Und bei Gott, sie haben mir ganz schön den Kopf gewaschen", fügte er nicht gerade glücklich hinzu.

Als Maureen hörte, dass andere ihre Ansicht teilten, fühlte sie sich zwar ein wenig besser, auch wenn sie ihr wenig einfühlsames Verhalten noch immer nicht ganz billigen konnte.

Während Grey sprach, gab er Milch und Zucker in seinen Tee und rührte in der Tasse um, als handle es sich um schwer lösliche Substanzen. „Ich betrachtete Fulton mit kritischem Blick", fuhr er nach einer kurzen Pause fort, „und was ich sah, war ein Spiegelbild meiner selbst."

„Grey, nein." Unwillkürlich legte sie ihre Hand auf seine.

„Maureen, Sie kennen mich nicht gut genug, um mir in dieser Hinsicht zu widersprechen."

„Doch. Mir ist klar, dass wir nur ein paarmal miteinander gesprochen haben. Trotzdem weiß ich, dass Sie völlig anders sind als Dr. Essary."

Er ergriff ihre Hand und drückte sie leicht „Es ist lieb von Ihnen, das zu sagen, aber leider weiß ich es besser. Mein Leben wurde von der Universität und der Wissenschaft bestimmt. Darüber habe ich das wirkliche Leben und die Bedeutung von Dingen vergessen, die ich für trivial hielt. In den letzten paar Jahren habe ich mich zu einem verdrießlichen, langweiligen Kerl entwickelt."

„Das sehen Sie bestimmt falsch."

Er lächelte traurig. „Ich habe in den wenigen Tagen mit Ihnen mehr gelacht als im ganzen letzten Jahr. Ich schaue Fulton an und sehe mich selbst. Und offen gesagt: es gefällt mir nicht, was ich da sehe. Wenn Sie das Gefühl haben, es stecke keine Leidenschaft in ihm, so haben Sie völlig recht. Aber das gilt auch für mich. Ich bin nicht stolz darauf, das zugeben zu müssen. Spaß und Vergnügen sind oft mit Leichtfertigkeit verbunden. Und deshalb habe ich sie als Wissenschaftler und Pädagoge für Charakterschwäche gehalten."

Er starrte in seine Tasse, als müssten ihm die Teeblätter eingeben, was er als Nächstes sagen sollte. „Ich schulde Ihnen viel mehr als nur eine Entschuldigung, Maureen. Innerhalb weniger Tage haben Sie mich etwas erkennen lassen, was ich bisher einfach nicht gesehen habe. Sie sollen wissen, dass ich Ihnen zutiefst dankbar bin."

Maureen wusste nicht, was sie sagen sollte. „Ich bin sicher, Sie messen all dem zu große Bedeutung bei. Als ich Sie das erste Mal sah, machten Sie auf mich den Eindruck eines ernsten, introvertierten, gebildeten Mannes, der Chaucer und Milton ebenso sehr liebte wie ich. Und Ihre Liebe zu den Klassikern war es auch, die Sie für mich anziehender machte als jeder andere Mann."

„Und ich traf eine intelligente, aufgeschlossene, begeisterungsfähige junge Frau, die ..."

„Die nicht weiß, wann sie den Mund zu halten hat", beendete Maureen den Satz für ihn.

Beide lachten, und das tat gut. Maureen nahm einen Schluck Tee. Sie fühlte sich fast beschwingt. Ihr war bewusst, dass es Grey große Überwindung gekostet haben musste, zu ihr zu kommen und ihr all das zu gestehen. Ihre ohnehin schon hohe Achtung vor ihm nahm noch zu.

Grey warf einen Blick auf die Uhr und schien überrascht, wie spät es geworden war. „Es tut mir leid, dass ich Ihre Zeit so lange in Anspruch genommen habe, aber ich wollte mit Ihnen sprechen, solange ich den Mut dazu hatte. Je länger ich es hinausgeschoben hätte, um so schwerer wäre es mir gefallen." Er stand auf.

Widerstrebend erhob sich Maureen ebenfalls. „Ich weiß, dass es nicht leicht für Sie war, aber ich bin froh, dass Sie gekommen sind." Sie wollte nicht, dass er schon ging, doch ihr fiel kein Vorwand ein, um ihn zurückzuhalten.

„Ich auch." Er ging langsam auf die Wohnungstür zu. „Vielen Dank für den Tee."

„Gern geschehen. Sie sind jederzeit willkommen." Noch immer war ihr nichts eingefallen, womit sie Greys Aufbruch hinausschieben konnte.

Sein Blick fiel auf den gelben Hausmantel, den Maureen in der Eile achtlos über eine Sessellehne geworfen hatte. Grey lächelte. „Gute Nacht, Maureen."

Sie ging an ihm vorbei, um ihm die Tür zu öffnen, doch er legte ihr die Hand auf die Schulter und hielt sie zurück. Maureen drehte sich um. Ihre Blicke trafen sich. Grey sah sie voller Zärtlichkeit, aber zugleich fragend an. Maureen vermochte nicht zu enträtseln, was er wissen wollte. In seinem Inneren schien ein Kampf zu toben, während sein Blick weiter auf ihr ruhte. Sie hätte Grey gern geholfen, aber sie wusste nicht, was ihn bewegte.

„Jedes Mal, wenn ich spontan handle, bereue ich es dann hinterher."

Maureen konnte mit dieser Bemerkung nicht viel anfangen, weil sie nicht wusste, worauf Grey anspielte. „Manchmal ist es das einzig Richtige", sagte sie leise. „Meine Mutter forderte mich immer auf, meinem Herzen zu folgen. Das ist ein guter Rat – Sie sollten ihn auch beherzigen."

Seine nachdenkliche Miene schwand und machte einem fröhlichen Lächeln Platz. „Sie haben recht. Manchmal ist es wirklich bei Weitem das Beste, das zu tun, was einem ganz natürlich vorkommt. Und das werde ich bestimmt nicht bereuen."

Bei diesen Worten beugte er sich zu Maureen hinunter, und sie fühlte den sanften Druck seiner Lippen auf ihren. Er legte ihr den Arm um die Taille und zog sie zärtlich an sich. Langsam zeichnete er mit der Zunge die Kontur ihres Mundes nach.

Dieser unerwartete Angriff auf ihre Sinne nahm Maureen beinahe die Luft. Sie stöhnte leise und lehnte sich an Grey, der sie sacht ein kleines Stück von Boden hochhob. Mit dem Mund liebkoste er ihre Lippen, bis sie sie voller Verlangen öffnete. Sie spürte seinen muskulösen Oberkörper unter ihren Händen. Ihre Finger krallten sich in den Stoff seiner Jacke, während sie von einer Woge der Sinnlichkeit mitgerissen wurde.

Es war ein kurzer Kuss. Widerstrebend löste Grey sich von ihren Lippen und ließ Maureen voller Sehnsucht zurück.

„Ich möchte dich wiedersehen", sagte er mit heiserer, unnatürlich klingender Stimme. „Bald."

„Ja."

„Morgen Abend? Um sechs? Abendessen, Kino, was immer du willst."

Maureen schaffte es irgendwie, ihm zu antworten. Doch sobald Grey fort war, musste sie an der Tür Halt suchen. Der Boden schien unter ihren Füßen nachzugeben. Die unterschiedlichsten Empfindungen stürmten auf sie ein. Sie war zutiefst enttäuscht, weil der Kuss nur so kurz gewesen war, und gleichzeitig überglücklich, weil Grey sie überhaupt geküsst hatte. Dieser kurze Kuss hatte sie in unendliche Erregung versetzt. Sie strich sich mit dem Finger über die Lippen. Ihr schien, Greys Berührung müsse dort bleibende Spuren hinterlassen haben. Ihr Herz schlug zum Zerspringen. Nicht, dass sie noch nie geküsst worden wäre. Aber kein Mann hatte jemals ihren Puls so rasen lassen.

Keiner.

4. KAPITEL

Die Geschirrspülmaschine brummte in der Küche leise vor sich hin, als Maureen am späten Samstag Nachmittag in die Dusche stieg. Sie hatte einen Einkaufsbummel gemacht, um sich für den Abend ein neues Kleid zu kaufen, und war später zurückgekommen, als sie es beabsichtigt hatte. Da die Zeit knapp wurde, hatte sie den Geschirrspüler eingeschaltet, obwohl sie kein Auge darauf haben konnte. Normalerweise hätte sie mit dem Duschen gewartet, bis das Programm durchgelaufen war und sie das Wasser wieder abdrehen konnte.

Seitdem Grey sie am Vorabend geküsst hatte, schwebte Maureen im siebten Himmel. Den ganzen Tag über hatte sie mit offenen Augen vor sich hingeträumt und sich vorgestellt, wie Grey sie zum Essen ausführen und danach in einem Nachtklub eng umschlungen mit ihr tanzen würde. In ihren Tagträumen sah sie sich in seinen Armen liegen, und sie sehnte sich danach, von ihm geküsst zu werden. Es sollte ein wunderschöner, harmonischer Abend werden. Maureen wollte alles in ihrer Macht Stehende tun, um den etwas missglückten Anfang ihrer Beziehung vergessen zu machen.

Plötzlich kam das Wasser eiskalt aus der Dusche. Maureen schrie erschreckt auf, drehte dann rasch den Hahn zu und griff nach einem großen, weichen Handtuch. Im Hintergrund hörte sie ein leises gurgelndes Geräusch. Sie hielt es für besser nachzusehen, was los war, wickelte das Handtuch um ihren Körper und lief in die Küche. Als sie den Fuß auf die Bodenfliesen setzte, zog sie ihn wie elektrisiert zurück. Der ganze Küchenboden stand fast einen Zentimeter unter Wasser. Das nasse Haar fiel ihr ins Gesicht. Ungeduldig strich sie es zurück, während sie sich ein Bild von der Lage machte.

Kein Zweifel, die Spülmaschine war undicht geworden. „Das hat mir gerade noch gefehlt", stöhnte Maureen leise. So schnell sie konnte, lief sie ins Badezimmer zurück, um ein paar Handtücher zu holen. Sie fand nur ein trockenes im Schrank. In Panik durchwühlte sie auf der Suche nach Handtüchern den Wäschekorb und verstreute dabei Jeans, T-Shirts, Höschen und Büstenhalter im großen Umkreis.

Eilig sammelte sie ein, was ihr geeignet schien, der Flut in der Küche Herr zu werden, lief zurück und verteilte Handtücher und Kleidungsstücke rasch über den ganzen Boden. Zunächst einmal musste sie so viel Wasser wie nur möglich aufsaugen, damit der Schaden nicht allzu groß wurde. Immer wieder schaute sie nervös auf die Uhr.

Die Handtücher, Jeans, T-Shirts und Blusen auf dem Küchenboden erinnerten an ein falsch zusammengesetztes Puzzle. Die Kleidungsstücke saugten das Wasser nur langsam auf. Um nachzuhelfen, trampelte und stampfte sie mit den Füßen darauf herum wie ein Indianer beim Kriegstanz.

Plötzlich klingelte es an der Tür. Maureens Herz schien stillzustehen. Sie schaute auf die Uhr. Es war erst fünf vor sechs. Es konnte nicht Grey sein. Er durfte es nicht sein!

„Wer ist da?", rief sie und zog automatisch ihren Hausmantel, in den sie zwischendurch rasch geschlüpft war, enger um sich. Ihr Haar war mittlerweile fast trocken und stand in allen Richtungen ab.

„Grey."

Maureen hatte das Gefühl, der Boden würde ihr unter den Füßen weggezogen. So wie sie und die Wohnung aussahen, konnte sie unmöglich öffnen.

„Maureen?"

„Ich ... Ich bin noch nicht ganz fertig", antwortete sie, bemüht, fröhlich zu klingen. „Würde es dir etwas ausmachen, in ein paar Minuten wiederzukommen?"

Grey erwiderte nichts.

„Natürlich nur, wenn es dir nicht allzu viel ausmacht", unternahm sie einen erneuten Versuch in der Hoffnung, er würde einverstanden sein. Wenn er wiederkam, würde sie ihm alles erklären, aber so konnte sie sich einfach nicht sehen lassen.

Grey ließ sich nicht erweichen. „Wir hatten doch sechs Uhr ausgemacht, oder nicht?"

„Ja, schon."

„Dann ist offensichtlich etwas – oder wahrscheinlich besser: jemand – dazwischengekommen", rief er durch die Tür. „Für wie lange soll ich denn verschwinden? Eine Stunde? Zwei? Wird dir das reichen?"

Maureen glaubte, nicht richtig zu hören. Grey war offenbar der Meinung, sie wolle ihn loswerden, weil ein Mann bei ihr in der Wohnung war. Sie konnte es nicht fassen. Hastig riss sie die Tür auf und trat zur Seite.

„Du kannst ebenso gut hereinkommen und deinen Spaß haben." Mit Entsetzen merkte sie, dass sich ihre Stimme fast überschlug. Sie räusperte sich ein paarmal, brachte aber keinen deutlich verständlichen Laut hervor. Sie wagte nicht, Grey anzusehen, aus Angst, in Tränen auszubrechen, wenn sie seine Bestürzung über ihr Aussehen sah. Und dann würde sie sich nur noch gedemütigter fühlen.

„Um Himmels willen, Maureen! Was ist denn passiert?" Er trat ein und schloss die Tür hinter sich.

„Ich war unter der Dusche, und plötzlich hörte ich ein so komisches Gluckern", begann sie, den Blick immer noch auf den Boden geheftet. „Meine Geschirrspülmaschine ist kaputtgegangen, und überall ist Wasser, und ich sehe aus wie ein Marsmensch." Sie rang um Luft und atmete tief ein.

„Warum hast du das nicht gleich gesagt?"

Er klang so aufgebracht, als hätte sie die Katastrophe eigens inszeniert, um sein Mitleid zu erregen. „Ich wollte, dass es ein besonders schöner Abend wird – und du ... du glaubst, ich hätte einen Mann hier bei mir in der Wohnung." Sie fühlte sich so ungerecht behandelt und verletzt, dass sie vor Kummer und Empörung nicht weitersprechen konnte.

Er hob Hilfe suchend die Hände. „Maureen, ich weiß nicht, was ich sagen soll. Es tut mir sehr leid. Ich dachte ..."

„Ich weiß genau, was du dachtest." Sie hatte die Sprache wiedergefunden, und seine Reaktion trug wesentlich dazu bei, dass sie wieder die Oberhand gewann. „Wie du sehen kannst, ist tatsächlich etwas dazwischengekommen, und ich werde heute Abend nicht ausgehen können."

Als sei damit alles gesagt, ging sie zur Tür und öffnete sie.

„Ich kann dir doch wenigstens helfen", bot er ihr, anscheinend aufrichtig zerknirscht, an.

Maureen konnte sich Professor Grey Carlyle beim besten Willen nicht als Klempner vorstellen. Dieser Mann wusste über George Bernard Shaw Bescheid – aber nicht über Rohrleitungen und kaputte Spülmaschinen.

„Ich bezweifle, dass du von solchen Reparaturen auch nur die geringste Ahnung hast", sagte sie spitz.

„Habe ich auch nicht", räumte er ein. „Und von Frauen offensichtlich noch weniger", fügte er kaum hörbar hinzu.

Maureen hob trotzig das Kinn. Ihre Finger schlossen sich fester um den Türgriff.

„Ich weiß dein Angebot zu würdigen, aber ich verzichte auf deine Hilfe."

„Bist du sicher, dass du allein zurechtkommst?"

„Ganz sicher."

So würdevoll und selbstbewusst wie möglich strich sie sich eine Haarsträhne aus dem Gesicht.

Grey trat auf den Flur hinaus, blieb aber vor der Wohnungstür erneut stehen, atmete tief durch und sagte leise: „Es tut mir leid, Maureen."

„Mir auch", antwortete sie heftiger, als sie beabsichtigt hatte. Sie fühlte sich elend und niedergeschlagen.

Zehn Minuten später war Maureen angezogen und notdürftig frisiert. Sie versuchte, den Hausmeister zu erreichen, doch der war – wie sollte es auch anders sein – ausgegangen. Maureen blieb nichts anderes übrig, als ihren Vater anzurufen.

Vielleicht war ich doch ein wenig zu unfreundlich zu Grey, überlegte sie, nachdem sie den Hörer aufgelegt hatte. Er hatte ihr ja nur helfen wollen. Unglücklicherweise war seinem Angebot die Andeutung vorausgegangen, sie verstecke einen Mann in ihrer Wohnung. Dass er so etwas auch nur in Erwägung zog, machte Maureen wütend. Aber schließlich konnte Grey ja nicht wissen, dass sie an keinen anderen Mann mehr gedacht hatte, seit sie ihn zum ersten Mal bei Rose's gesehen hatte.

Eine knappe halbe Stunde später kamen Maureens Eltern.

„Hi, Mom. Hi, Dad." Maureen umarmte beide, um ihnen zu zeigen, wie dankbar sie für ihre Liebe und ihre Hilfe war.

Ihr Vater hatte seinen Werkzeugkoffer mitgebracht. Mit fünfzig war Patrick O'Day in den besten Jahren – er war gesund, körperlich fit und sah gut aus. Maureen hatte sich immer mit beiden Elternteilen gut verstanden.

„Was ist denn in deiner Küche passiert? Ein Dammbruch?", neckte er sie und machte sich sofort an die Arbeit.

„Danke, dass du gekommen bist. Ich weiß nicht, was ich sonst getan hätte. Der Hausmeister ist nicht zu erreichen, und wahrscheinlich hätte er ohnehin vor Montag früh keinen Handwerker schicken können."

Colleen O'Day zog ihren Mantel aus. Dabei sah sie ihre Tochter fragend an. „Ich dachte, du wolltest heute Abend mit deinem neuen Freund, diesem Professor, ausgehen?"

In ihrer Aufregung hatte Maureen ihre Mutter angerufen und ihr von ihrer Verabredung mit Grey erzählt. „Die Vergangenheitsform ist richtig. Wie du siehst, ist etwas dazwischengekommen."

„Maureen, Liebling, du darfst es dir nicht so zu Herzen nehmen."

Sie nickte. Was sollte sie auch sagen? Der Abend verlief ganz und gar nicht so, wie sie es sich erhofft hatte.

„Du siehst müde aus", stellte ihre Mutter in besorgtem Ton fest.

Maureen war vollkommen erschöpft. Den ganzen Tag war sie herumgehetzt und hatte sich nicht einmal Zeit zum Mittagessen genommen. Das Frühstück hatte auch nur aus einem Glas Orangensaft und einem Stück trockenen Biskuit bestanden.

„Es ist nicht der Geschirrspüler – hier unten ist ein Rohr undicht geworden", rief ihr Vater, der mit Kopf und Oberkörper in dem Schrank unter der Spüle verschwunden war.

„Na, das ist doch auch schon etwas!", versuchte Maureen zu scherzen, während sie mit Hilfe ihrer Mutter die umherliegenden Handtücher und Kleidungsstücke einsammelte und zum Trocknen ins Bad hängte.

Ihr Vater hatte den Schaden nahezu behoben, als es an der Tür klingelte. Fast im selben Augenblick begann der Wasserkessel zu pfeifen. Maureen zögerte, weil sie nicht wusste, wohin sie zuerst gehen sollte.

„Mach du die Tür auf. Ich kümmere mich schon um den Tee", bot ihr ihre Mutter an.

Es war Grey. Er hatte sich umgezogen und trug nun statt des Nadelstreifenanzugs eine Freizeithose und einen Pullover. In der Hand hielt er ein dickes Buch.

„Bevor du wieder wütend wirst, möchte ich dir etwas sagen", begann er, ehe Maureen ein Wort herausbrachte.

„Auch ich sollte dir etwas sagen", erwiderte sie.

„Was?"

„Ich habe tatsächlich einen Mann in der Wohnung – einen gut aussehenden, der offen zugibt, dass er mich liebt. Der Kerl ist ganz verrückt nach mir. Würdest du ihn gern kennenlernen?"

Zorn flackerte in Greys Augen auf, und er presste die Lippen fest zusammen.

„Maureen?", rief ihre Mutter aus der Küche. „Wer ist gekommen?"

Widerstrebend gab Maureen die Tür frei. „Mom und Dad, ich möchte euch gern Professor Grey Carlyle vorstellen. Er lehrt englische Literatur hier an der Universität."

Grey trat ein, ohne seinen Blick von Maureen zu nehmen. „Dein Vater?", flüsterte er.

Sie lächelte ihn verschmitzt an.

„Professor Carlyle. Wie schön, Sie kennenzulernen", begrüßte Colleen O'Day ihn mit aufrichtiger Herzlichkeit.

Maureens Vater kroch mühsam aus dem Schrank hervor, stand auf und reichte Grey die Hand. „Meine Tochter hatte hier eine mittlere

Überschwemmung und musste ihren alten Vater holen, damit er sie aus den Fluten rettet", scherzte Pat.

„Wir wollten gerade Tee trinken, Professor. Er ist schon fertig. Möchten Sie auch eine Tasse?"

Grey sah Maureen an. Ihrer Miene war nicht zu entnehmen, ob sie wollte, dass er blieb oder ging. Sie wunderte sich, dass sie nach außen so unbeteiligt erscheinen konnte. Dabei pochte ihr Herz so wild, dass sie glaubte, man müsse es unter ihrem Sweatshirt schlagen sehen.

„Danke, gern."

„Pat?", fragte Colleen ihren Mann, während sie die Tassen aus dem Schrank nahm.

„Bitte", klang es dumpf aus dem Spülschrank, in den Maureens Vater wieder gekrochen war, um die letzten Handgriffe vorzunehmen.

„Kann ich Ihnen vielleicht helfen?", fragte Grey. Er legte das Buch, das er mitgebracht hatte, auf den Tisch.

Maureen konnte nun den Titel lesen, und sie bereute sofort, dass sie Grey so unwirsch begegnet war. Er war extra losgegangen und hatte ein Heimwerkerbuch besorgt. Eine Welle der Zärtlichkeit für Grey durchströmte sie. Maureen hätte nie gedacht, dass er sich so um sie sorgte.

„Ich bin gleich fertig", beantwortete ihr Vater Greys Frage. „Setzen Sie sich schon mal."

Colleen schenkte den Tee ein, und Maureen trug die Tassen zu dem kleinen runden Tisch.

„Ich hoffe, du hast noch Hunger", sagte Grey, als sie seine Tasse vor ihn hinstellte.

„Ja, schon. Aber weshalb …"

„Ich habe zwei chinesische Abendessen unten im Wagen", beantwortete er ihre Frage, noch ehe sie sie gestellt hatte.

„Ich …" Maureen war so überrascht, dass sie gar nicht wusste, was sie sagen sollte.

„Das ist aber sehr aufmerksam, nicht wahr, Maureen?", ergriff ihre Mutter das Wort. „Pat, meinst du nicht auch, wir sollten gleich nach Hause fahren? Es wird langsam Zeit, Danny vom Kino abzuholen."

„Ich will erst noch meinen Tee trinken", erklärte er. Dann begriff er jedoch die Absicht seiner Frau und lenkte ein. „Du hast recht. Ich habe Danny ganz vergessen. Das Rohr ist wieder in Ordnung, Maureen, es kann nichts mehr passieren." Pat O'Day sammelte sein Werkzeug ein und verstaute es in seinem Werkzeugkoffer.

„Da wir gerade vom Essen reden", wandte sich Colleen an Grey, „warum kommen Sie nicht morgen zu uns zum Mittagessen, Professor? Wir hatten ja kaum Gelegenheit, uns miteinander zu unterhalten, und außerdem könnten Sie dann auch die drei jüngeren Brüder von Maureen kennenlernen."

Maureen blieb beinahe der Tee im Hals stecken, nur mit Mühe gelang es ihr, ihn hinunterzuschlucken. Was dachte sich ihre Mutter bloß? Grey hatte bestimmt kein Interesse, ihre Familie kennenzulernen. Warum sollte er auch? Sie kannten sich ja noch kaum, und jedes Mal, wenn sie sich verabredeten, endete der Abend mit einer Katastrophe.

„Danke, Mrs. O'Day, es wird mir eine Ehre sein."

Maureen war überzeugt, dass Grey die Einladung nur aus Höflichkeit angenommen hatte. Wenn ihre Eltern fort waren, würde sie ihm sagen, dass er sich zu nichts verpflichtet zu fühlen brauchte.

„In Ordnung, Prinzessin, es scheint wieder alles zu funktionieren." Zum Beweis drehte Pat O'Day den Wasserhahn auf, und nachdem das Wasser einen Moment lang unkontrolliert herausgespritzt war, floss es wieder ganz normal.

„Danke, Dad." Sie gab ihm einen Kuss auf die Wange.

„Es war mir ein Vergnügen, Sie kennengelernt zu haben", verabschiedete sich Grey von Maureens Eltern.

„Gleichfalls."

„Wir sehen Sie dann also morgen um eins", wiederholte Colleen ihre Einladung an Grey.

„Ich werde da sein."

„Und nun genießt den Rest des Abends, ihr beiden", sagte sie, als sie in den Mantel schlüpfte.

„Das werden wir", versprach Grey und sah Maureen dabei liebevoll an.

5. KAPITEL

Obwohl Maureen hungrig und das scharf gewürzte Hühnchengericht in der kleinen weißen Pappschüssel in ihrer Hand ausgezeichnet war, gelang es ihr nur in größeren Zeitabständen, einen Bissen in den Mund zu schieben. Grey schien es keine Probleme zu bereiten, mit Stäbchen zu essen, aber ihr fehlte jegliche Übung darin, und er musste eine ganze Weile warten, bis sie ihre Portion endlich aufgegessen hatte.

„Möchtest du jetzt deinen Glückskeks?", fragte er, während er zwei kleine Päckchen aus der Papiertragetasche neben sich nahm.

„Ja, gern." Sie streckte ihre Hand aus. „Ich kann es kaum erwarten, mein Schicksal zu erfahren."

Grey gab ihr einen der beiden Kekse und packte dann seinen schnell aus.

Maureen musste über seine bestürzte Miene lachen. „Na, was sagt er?"

„Sehl in-tel-lesant", erklärte Grey ernsthaft und bemüht, den chinesischen Tonfall nachzuahmen. „Keks sagt, Plofessol muss sein auf Hut vol Kellnelin, die liest Shakespeale."

„Sehr komisch", antwortete Maureen, die nur mit größter Mühe einigermaßen ernst bleiben konnte. Dann öffnete sie feierlich ihren Glückskeks.

„Nun?", drängte Grey.

„Er sagt, ich soll mich vor Männern in Acht nehmen, die darauf bestehen, dass Frauen mit Stäbchen essen."

Grey lachte. „Das habe ich wohl verdient."

„Mehr als verdient. Ich nehme nicht an, dass du meine Meinung über Shakespeare hören willst. Oder vielleicht doch?"

„Um Himmels willen, nein. Wenn es um Literatur geht, scheinen wir immer unterschiedlicher Meinung zu sein", wehrte er lachend ab.

„Nicht nur, wenn es um Literatur geht", widersprach Maureen. Das mochte stimmen, doch wenn er sie so wie jetzt aus seinen blauen Augen ansah, schmolz jedes Argument, das sie jemals gegen ihn ins Feld führen konnte, wie Eis dahin. Sie wandte rasch das Gesicht ab, aus Angst, er könnte in ihren Zügen lesen, wie hilflos sie sich fühlte.

Als sie ihn wieder ansah, war seine Miene ernst geworden. Nachdenklich betrachtete er Maureen. „Ich möchte dich etwas fragen", sagte er nach einer Weile.

„Was denn?" Sie spürte, dass ihn etwas ernsthaft beschäftigte.

Er stand auf, steckte die Hände in die Hosentaschen und ging im Zimmer auf und ab. „Vorhin, als deine Eltern hier waren ..." Er hielt inne, als wisse er nicht, wie er sich ausdrücken sollte.

„Ja?"

„Ich habe deine Miene gesehen, als deine Mutter mich für morgen zum Essen einlud. Es war dir unangenehm. Du willst nicht, dass ich komme. Habe ich recht?"

Im ersten Moment wollte sie bestätigen, dass seine Vermutung zutraf, doch ihr wurde bewusst, dass das eigentlich nicht stimmte. Es lag ihr sogar sehr viel daran, dass er ihre Familie kennenlernte, nur vor dem Ergebnis hatte sie Angst. „Du bist mehr als willkommen", sagte sie betont zuvorkommend, um die Vorbehalte, die er bei ihr gespürt hatte, zu zerstreuen. „Es ist bloß ..."

„Was?"

„Ich möchte nicht, dass du dich verpflichtet fühlst zu kommen. Mom gehört zu jenen warmherzigen, wundervollen Menschen, die das Bedürfnis haben, jeden, den sie kennenlernen, unter ihre Fittiche zu nehmen. Wäre der Klempner hier gewesen, hätte sie ihn wahrscheinlich auch eingeladen", versuchte Maureen die Einladung ihrer Mutter herunterzuspielen. „Das ist nun einmal Moms Art."

„Ich verstehe."

Der zurückhaltende, beinahe gekränkte Ton ließ deutlich erkennen, dass Grey offenbar genau das nicht tat. „Weißt du", fügte Maureen deshalb hastig hinzu, „meine Brüder würden gleich über dich herfallen und betteln, dass du mit ihnen Football spielst. Und wie ich Dad kenne, würde er dir keine Ruhe lassen, bevor du nicht mit ihm am Schachbrett sitzt. Er spielt für sein Leben gern Schach, und jeder Besucher ist ihm ein willkommenes Opfer. Mein Vater ist ein wundervoller Mensch, aber ein ziemlich schlechter Verlierer."

An Greys versteinerter Miene sah Maureen, dass ihre Erklärungsversuche ihn nicht zufriedenstellten.

„Alles, was du sagst, läuft letztendlich darauf hinaus, dass ich nicht in deine Familie passe", erklärte er steif. „Das ist es doch, was du mir klarzumachen versuchst?"

„Das stimmt nicht ganz", widersprach Maureen. Sie zögerte, denn ihr wurde bewusst, dass Grey doch recht hatte. Sie hatte es sich bisher nur selbst nicht eingestanden.

„Natürlich bist du willkommen, wenn dir an dem Besuch wirklich etwas liegt."

„Willst du damit sagen, deine Mutter würde sich aufrichtig über mein Kommen freuen, du dich aber nicht?"

„Ach, Grey, warum musst du dies so kompliziert machen? Ich habe dir die Gründe genannt, weshalb ich meine Zweifel habe, aber ob du die Einladung annimmst oder nicht, ist ganz allein deine Entscheidung."

„Ich verstehe."

Maureen hob mit einer abwehrenden Geste die Hände. „Ich wünschte, du würdest das nicht fortwährend sagen."

„Was?"

„Dieses ‚Ich verstehe', und das in diesem gekränkten Ton, als hätte ich dich absichtlich beleidigt." Sie verstand die Welt nicht mehr. Eben hatten sie sich noch blendend verstanden und unbeschwert miteinander herumgealbert, und jetzt gingen sie aufeinander los wie zwei Kampfhähne. Sie kannten sich erst kurze Zeit. Dennoch hatten sie schon mehr als eine Auseinandersetzung ausgetragen. Und im Augenblick wollte Maureen alles andere als Streit mit Grey.

„Ich verstehe", sagte er in genau dem Ton, über den sie sich gerade beklagt hatte.

Maureen musste laut lachen. Sie konnte sich nicht beherrschen, obwohl ihr klar war, dass Grey diese Reaktion bestimmt nicht erwartet hatte.

„Professor Grey Carlyle, kommen Sie her", forderte sie ihn feierlich auf.

„Warum?" Er musterte sie misstrauisch.

„Schon gut, ich komme zu dir." Die kurze Entfernung zwischen ihnen kam Maureen endlos vor. Als sie vor ihm stand, hatte sie der Mut fast verlassen. Doch sie nahm sich zusammen. Entschlossen legte sie die Arme um Greys Nacken, neigte den Kopf etwas zurück und sah Grey tief in die Augen.

Er blieb steif stehen. „Würdest du so freundlich sein, mir zu erklären, was du da tust?"

„Willst du damit sagen, du weißt es nicht?", fragte sie leise zurück. Sein Mund war nur mehr ein paar Zentimeter von ihrem entfernt. Ihr Atem vermischte sich. Ganz langsam näherte sich Maureen Greys Lippen und streifte sie in einem flüchtigen Kuss.

Grey räusperte sich und bog seinen Kopf etwas zurück, versuchte aber nicht, Maureen von sich zu schieben.

So schnell ließ Maureen sich nicht entmutigen. Sie stellte sich auf die Zehenspitzen und küsste ihn erneut sacht, beinahe unschuldig auf den Mund.

Diesmal bewegte sich keiner von beiden, und keiner atmete. Nach dem ersten Kuss hätte Maureen eigentlich gewarnt sein und wissen müssen, dass sie mit dem Feuer spielte. Diese zweite kurze Berührung weckte neue Begierde in ihr.

In Grey offenbar auch.

Noch immer stand er reglos da. Nur den Kopf neigte er ein wenig vor, bis seine Lippen ihren Mund gerade streiften. Sanft strich er darüber hinweg, als wolle er ihre samtweichen, feucht glänzenden Lippen kosten. Mit der Zunge zeichnete er zuerst ihre Oberlippe, dann ihre Unterlippe nach, bis Maureen vor Verlangen zu zittern begann. Sie stöhnte leise auf, und voller Leidenschaft presste Grey seinen Mund auf ihren.

Seine Hände lagen auf ihren Schultern, als er Maureen behutsam von sich schob. Sein Atem ging schnell, und auch Maureen atmete keineswegs ruhig und gleichmäßig.

Es herrschte vollkommene Stille. Maureen schluckte unbehaglich und senkte den Blick. Sie hätte Grey nicht in die Augen sehen können, selbst wenn das Überleben der Erde davon abhängig gewesen wäre.

„Maureen?"

„Ich … ich hätte das nicht tun sollen."

„Doch, du hättest."

Grey legte Maureen die Hand auf den Rücken und drückte sie zärtlich an sich. Widerstandslos ließ Maureen es geschehen. Was sie begonnen hatte, um ihn von der Einladung zum Sonntagsessen bei ihrer Familie und der unerfreulichen Diskussion darüber abzulenken, war kein Spiel mehr. Sie zitterte vor Erregung und Verlangen am ganzen Körper.

Wieder küsste Grey sie. Mit der Zungenspitze drängte er sie sacht, die Lippen zu öffnen. Es dauerte nicht lange, bis sie seinem Drängen nachgab. Sie spürte, wie seine Zunge zärtlich forschend in ihren Mund eindrang und ihr wohlige Schauer über den Rücken jagte.

Als Grey schließlich ihre Lippen freigab und ihren Hals liebkoste, glaubte Maureen, keine Kraft mehr zu haben, um sich auf den Beinen zu halten.

„In Ordnung", flüsterte er ihr ins Ohr. „Ich werde also die Einladung zum Mittagessen morgen vergessen. Du brauchst keine Angst zu haben, dass ich kommen werde. Ich werde schon eine Ausrede finden, um mich bei deiner Mutter zu entschuldigen." Maureen hatte noch immer die Arme um Greys Hals gelegt. Sie zog ihn näher an sich. „Ich möchte, dass du kommst. Nur vergiss bitte nicht, was ich gesagt habe."

Er lachte leise. „Maureen, es war von Anfang an unübersehbar, dass du mich nicht dabeihaben wolltest."

„Ich habe meine Meinung geändert", erklärte sie bestimmt. „Du weißt jetzt, was dich erwartet. Stell dich also darauf ein."

„Vermutlich soll ich beim Schach verlieren?"

„Das wäre schön, aber es ist nicht unbedingt notwendig. Mein Vater muss allmählich lernen, dass man auch verlieren können muss." Eine ganze Weile standen sie eng aneinandergeschmiegt, und Maureen fühlte, dass sie beide es genossen, den anderen einfach zu spüren.

Als sie das Gefühl hatte, dass ihre Beine sie wieder tragen konnten, löste sie sich von Grey. Ihr Herz schlug noch immer wild. „Bitte komm", sagte sie leise.

„Willst du das wirklich?"

Sie lehnte mit der Stirn gegen seine Brust. „Ja."

„Dann werde ich da sein."

Maureen war bei ihrer Mutter in der Küche und half ihr, einen Riesenberg Kartoffeln zu schälen, als es an der Haustür klingelte. Sie riss sich die Schürze herunter, atmete tief durch und lief ins Wohnzimmer.

Ihr Elternhaus war ein etwas altmodisches Gebäude aus den zwanziger Jahren mit einem ungewöhnlich großen Wohnzimmer. An einer Wand befand sich ein riesiger offener Kamin, an der anderen ein langes Bücherregal. Ein Sofa, ein großer Fernsehsessel und zwei Polstersessel mit dazu passenden Hockern füllten den Raum. Maureens Vater und ihre Brüder hatten es sich bequem gemacht und schauten gebannt auf den Fernseher, wo gerade ein Footballspiel übertragen wurde.

„Das ist sicher Grey", verkündete Maureen dramatisch. Sie hatte sich vor den Bildschirm gestellt, weil dies die einzige Möglichkeit war, die ungeteilte Aufmerksamkeit ihrer männlichen Familienangehörigen zu erhalten. „Vergesst also nicht, was ich euch gesagt habe", forderte sie sie mit flehentlichem Blick auf.

„Oh Maureen", rief der dreizehn Jahre alte Danny. „Das klingt ja gerade so, als wollten wir ihm an den Kragen. Er muss ja ein ziemlicher Schwächling sein, wenn er nicht einmal eine kleine Partie Football spielen kann."

„Darüber haben wir schon ausführlich gesprochen, Daniel O'Day. Ihr werdet nicht darum betteln, dass er mit euch Football spielen soll. Verstanden?"

„Bist wohl in diesen Typen verknallt, Schwesterherz?", fragte Brian mit einem schelmischen Lächeln. Seine blauen Augen funkelten vor Vergnügen.

„Das geht dich überhaupt nichts an." Eigentlich hätte Maureen von ihrem ältesten Bruder mehr Verständnis erwartet. Schließlich war er mit siebzehn kein kleines Kind mehr. Aber offensichtlich konnte sie damit nicht rechnen. Sie hatte den Fehler begangen, vor ihren jüngeren Geschwistern nicht zu verbergen, wie viel ihr an Grey lag.

„Dad… Kein Schach, bitte."

„Prinzessin, machst du nun die Tür auf oder nicht? Der arme Kerl erfriert ja da draußen, während du hier jedem deine Anweisungen gibst, wie er ihn zu behandeln hat."

„Grey bedeutet mir sehr viel."

„Ach?" Der fünfzehnjährige Chad schlug sich mit der Handfläche gegen die Stirn, als hätte er gerade eine Erleuchtung gehabt. „Das hatten wir noch gar nicht bemerkt, Schwesterchen."

Maureen seufzte leise und warf ihren Brüdern einen letzten warnenden Blick zu. Hoffentlich geht alles gut, dachte sie, während sie eilig zur Tür lief und öffnete.

„Hallo, Grey. Ich freue mich, dass du kommen konntest." Ihr Lächeln wirkte etwas angespannt.

Grey trat ein. In der Hand hielt er einen großen Strauß roter Rosen. Er trug Anzug und Krawatte und sah so elegant und korrekt aus wie immer.

Maureen schob Grey die Hand unter den Arm, um mit ihm gemeinsam den Männern der Familie O'Day gegenüberzutreten. „Du erinnerst dich an meinen Vater?"

„Natürlich." Grey ging zu Patrick O'Day und reichte ihm die Hand. Brian stand neben seinem Vater. Maureen stellte ihn vor.

„Es freut mich, dich kennenzulernen, Brian."

„Gleichfalls, Professor."

„Nenn mich doch Grey."

„Darf ich das auch?", fragte Chad. Er trug keine Schuhe, und seine Socken hatten riesige Löcher, durch die die Zehen hervorlugten.

„Das ist Chad", sagte Maureen und hoffte dabei inständig, dass Grey nicht auf die Füße ihres Bruders schaute.

„Ich bin fünfzehn. Wie alt sind Sie?"

„Chad!", rief Maureen vorwurfsvoll.

„Er sieht zu alt für dich aus", flüsterte Chad ihr so laut zu, dass es jeder hören musste. „Jetzt bist du wahrscheinlich wütend auf mich, weil ich das gesagt habe."

Sie lächelte Grey entschuldigend an. Mehr konnte sie nicht tun. „Ich bin vierunddreißig", antwortete Grey, ohne zu zögern. „Und du hast völlig recht: Ich bin tatsächlich zu alt für Maureen."

„Nein, das sind Sie nicht", meldete sich Danny zu Wort, während er Grey die Hand entgegenstreckte. „Ich bin Danny."

Grey schüttelte dem Jungen die Hand.

Maureen hätte ihren jüngsten Bruder in diesem Moment umarmen können. Grey war nicht zu alt für sie. Der Altersunterschied zwischen ihnen war ihr bisher noch gar nicht bewusst geworden. Er hatte absolut keine Rolle gespielt.

Doch schon im nächsten Augenblick verscherzte Danny sich die Gunst seiner Schwester wieder. „So, Sie spielen also nicht Football?", fragte er Grey. „Ich habe immer gehofft, Maureen würde einmal einen Mann heiraten, der Sport mag."

„Danny!", rief Maureen, die fühlte, wie ihr das Blut in die Wangen schoss. „Professor Carlyle und ich haben uns gerade erst kennengelernt. Wir werden nicht heiraten."

„Nein?"

„Natürlich nicht. Wir kennen uns erst seit vier Tagen."

„Ja, schon. Aber so, wie du dich vorhin aufgeführt hast, dachte ich, du seist scharf auf den Professor."

Maureen warf ihm einen empörten Blick zu.

„Schon gut, schon gut. Ich bin ja schon still", sagte Danny schnell.

„Maureen", wandte sich ihr Vater leise an sie, „wenn du Greys Arm loslässt, könnte er seinen Mantel ablegen und sich setzen."

„Tut mir leid." Sie lächelte Grey an und warf ihm einen verschwörerischen Blick zu. „Ich habe dich gewarnt", flüsterte sie.

„Das hast du", bestätigte er leise, während er aus dem Mantel schlüpfte. Die Blumen behielt er in der Hand.

„Möchtest du eine Tasse Tee oder Kaffee oder sonst etwas?", fragte Maureen ihn gerade. In diesem Augenblick kam ihre Mutter ins Zimmer.

„Professor, wie schön, dass Sie gekommen sind", begrüßte Colleen ihren Gast aufrichtig erfreut. Grey überreichte ihr die Rosen. „Vielen Dank für die Einladung, Mrs. O'Day."

„Colleen, bitte", korrigierte sie ihn. „Rosen! Wirklich, Professor, Sie hätten mir keine Blumen mitbringen sollen, aber es freut mich, dass Sie es getan haben. Seit Jahren habe ich keinen so schönen Strauß mehr bekommen!"

„Die Rosen sind für Mom?", fragte Danny ungläubig. „Was haben Sie denn Maureen mitgebracht? Ich dachte, Sie sind in sie verliebt. Sie sollten sich besser in Acht nehmen, meine Schwester kann nämlich ganz schön wütend werden."

Maureen warf ihrem Bruder einen flehentlichen Blick zu. „Danny", flüsterte sie. „Bitte, sag nichts mehr. Kein Wort!"

„Aber ..."

„Sei für den Rest des Nachmittags still."

Danny schien die Aufforderung seiner Schwester als große Ungerechtigkeit zu betrachten. Er strafte sie mit Missachtung, setzte sich wieder vor den Fernseher, verschränkte die Arme vor der Brust und verfolgte aufmerksam das Footballspiel.

„Wie spielen die ‚Giants'?", fragte Grey, der in einem Sessel neben Maureens Vater Platz nahm.

„Fürchterlich", schimpfte Pat O'Day. „Die ‚Seahawks' sind ihnen haushoch überlegen. Sie müssten im hinteren Feld mehr Druck machen."

„Dad ist so etwas wie ein Lehnstuhl-Angriffsspieler", erklärte Maureen lachend.

„Mögen Sie Football, Professor?" Chad sah Grey an, als hänge von seiner Antwort sein künftiges Verhältnis zur Familie O'Day ab.

„Ich sehe mir gelegentlich ganz gern ein Spiel an."

„Super! Wir Männer spielen nämlich gewöhnlich nach dem Essen ein Match oder auch zwei", informierte Chad ihn. Er schien es für eine ausgemachte Sache zu halten, dass Grey mitspielte.

Mit Gesten und unmissverständlichem Mienenspiel versuchte Maureen hinter Greys Rücken, ihre Brüder an ihr Gespräch vom Vormittag zu erinnern. Sie hatten ihr versprochen, Grey mit ihrer Footballbegeisterung nicht zu behelligen. Doch Chad hatte sein Versprechen offenbar vergessen.

„Ich werde die Blumen in eine Vase stellen. Nochmals vielen Dank, Professor." Colleen sog den herrlichen Duft der Rosen ein und lächelte stolz. „Das Essen ist in einer halben Stunde fertig. Dann ist Schluss mit Fernsehen", wandte sie sich an ihren Mann und ihre Söhne, bevor sie in die Küche zurückging.

„Keine Sorge, Mom", sagte Brian. „Die ‚Chiefs' verlieren sowieso."

Maureen hatte wie angewurzelt hinter Greys Sessel gestanden. Ihre Mutter fasste sie am Ellenbogen und zog sie mit sich in die Küche hinaus.

„Mom", protestierte sie. „Es ist zu gefährlich, Grey mit Dad und den Jungs da drin allein zu lassen. Er ist nicht wie andere Männer."

163

„Ach?" Ihre Mutter zog verwundert die Augenbrauen hoch. Ihre Augen leuchteten vor Vergnügen. „Er kommt bestimmt mit ihnen klar", erklärte sie überzeugt.

„Aber …"

„Nun komm schon. Es besteht kein Anlass, sich Sorgen zu machen oder da hineinzustürzen, um ihn vor den teuflischen Verschwörungen deiner jüngeren Brüder zu retten."

Maureen warf einen sehnsüchtigen Blick in Richtung Wohnzimmer. Sie wusste, dass ihre Mutter recht hatte. Trotzdem fiel es ihr schwer, nicht hinüberzulaufen, um ihren Brüdern Einhalt zu gebieten. Grey bedeutete ihr mehr als jeder andere Mann, den sie bisher kennengelernt hatte. Grey und sie waren sehr verschieden, und doch hatten sie gemeinsame Interessen. Nun, da sie Zeit hatte, darüber nachzudenken, wurde Maureen bewusst, dass sie Angst davor hatte, Grey zu verlieren. Sie fürchtete, das Zusammentreffen mit ihrer Familie könnte ihm vor Augen führen, wie verschieden sie wirklich waren, und er könnte ihre noch junge, aber vielversprechende Beziehung beenden.

„Ich decke den Tisch", sagte Maureen, nachdem sie die Tomaten für den Salat geschnitten hatte. Das Esszimmer lag zwischen Küche und Wohnzimmer. Das gab ihr Gelegenheit, unauffällig nach Grey zu sehen. Sie nahm das Spitzentischtuch aus der Kommode und öffnete den Geschirrschrank. Als sie einen Blick ins Wohnzimmer warf, entdeckte sie zu ihrer Bestürzung, dass Grey und ihr Vater in eine Partie Schach vertieft waren. Sie stöhnte leise und lehnte sich mit der Stirn gegen die Wand. Sie liebte ihren Vater von ganzem Herzen, aber wenn es um Schach ging, war er ein Fanatiker und ein miserabler Verlierer.

Sobald Maureen den Tisch gedeckt hatte, brachte ihre Mutter die gefüllten Schüsseln herein und rief die Männer zum Essen.

„Professor, Sie setzen sich bitte neben Maureen." Colleen O'Day wies auf den Stuhl neben ihrer Tochter.

Grey setzte sich.

„Ich habe dich und Dad gesehen", flüsterte sie ihm zu. „Wie war's?"

„Er hat gewonnen."

Maureen seufzte beruhigt. „Danke."

„Es besteht kein Grund, mir zu danken. Ich habe ihn nicht absichtlich gewinnen lassen."

„Dad hat wirklich gewonnen?" Maureen konnte es kaum fassen.

„Ich bin ein ausgesprochen schlechter Schachspieler. Du hast dir nur nie die Mühe gemacht, mich zu fragen."

Die Mahlzeiten waren bei den O'Days immer ein gemütliches, geselliges Zusammensein, und es dauerte nicht lange, bis Danny munter drauflosschwatzte und erklärte, woran es der Kansas City Giants-Footballmannschaft seiner Meinung nach mangelte.

„Professor, Maureen erzählte mir, Sie hätten schon mit vierzehn den High-School-Abschluss geschafft", schaltete sich Colleen ein, um dem Gespräch eine andere Richtung zu geben.

„Stimmt das?" Chad starrte Grey an, als sei er gerade einer fliegenden Untertasse entstiegen.

Grey räusperte sich. „Ja."

„Bei uns in der Familie hat Maureen immer die besten Noten nach Hause gebracht", berichtete Colleen mit stolzem Blick auf ihre Tochter.

„Das hat sie nur geschafft, weil sie ein Mädchen ist", wandte Danny ein. „Mädchen sind in der Schule immer besser – die Lehrer mögen sie lieber. Nur Mädchen und Schwächlinge bekommen gute Noten." Anscheinend war ihm plötzlich bewusst geworden, was er da gesagt hatte, denn er schaute schuldbewusst zu Grey hinüber. „Das heißt natürlich nicht, dass alle Jungs, die gute Noten kriegen, Schwächlinge sind", fügte er hastig hinzu.

Maureen hätte große Lust gehabt, Danny unter dem Tisch gegen das Schienbein zu treten, doch da ergriff Brian das Wort. „Wie war das denn mit den Mädchen?", wollte er von Grey wissen. „Ich meine, wenn Sie so viel jünger waren als die anderen, mit wem konnten Sie denn dann ausgehen?"

„Mit niemandem", gab Grey offen zu. „Ich kannte damals nicht viele Mädchen. In unserer Nachbarschaft gab es kaum ein Mädchen in meinem Alter und an der Schule kein einziges. Bis zu meinem zwanzigsten Lebensjahr hatte ich wenig Kontakt zum anderen Geschlecht."

„Also ich persönlich bin ja der Meinung, dass sie die ganze Mühe gar nicht wert sind", erklärte Danny mit völlig ernster Miene. „Brian war früher auch der Ansicht, aber dann hat er Peggy kennengelernt und ist auf die andere Seite übergeschwenkt. Chad ist auch nicht viel besser. Irgend so ein Mädchen ruft ihn ständig an, und er verzieht sich mit dem Telefon in den Dielenschrank und redet stundenlang mit ihr. Ich glaube, er wird auch bald zum Verräter."

„Das passiert schon gelegentlich", bestätigte Grey mit einem verschwörerischen Blick auf Maureen und bemüht, Danny nicht merken zu lassen, wie sehr er sich über seine Bemerkung amüsierte.

„Sie mögen meine Schwester, stimmt's?", redete Danny weiter, und bevor Grey antworten konnte, fuhr er fort: „Das ist vermutlich in Ordnung, wenn sie Sie auch mag. Und das tut sie. Sie würden es nicht glauben. Von dem Moment an, als sie heute Vormittag zur Tür hereingekommen ist, hat sie uns eingetrichtert, was wir zu Ihnen sagen dürfen und was nicht. Die Hälfte habe ich schon wieder vergessen."

„Das ist nicht zu überhören", bemerkte Maureen spitz.

„Ich glaube, ich verstehe, warum Maureen Sie gern hat", erklärte Chad mit nachdenklichem Blick. „Sie unterrichten Literatur, und Maureen mag das Zeug. Sie liest fortwährend Bücher, die von Leuten geschrieben wurden, die längst tot sind."

Maureen stand abrupt auf und stützte sich mit den Händen auf die Tischkante. „Möchte jemand eine Nachspeise?"

Eine Stunde später half Maureen ihrer Mutter, die letzten Schüsseln abzutrocknen. Brian hatte den Tisch abgeräumt, und die beiden anderen hatten die Reste in den Kühlschrank gestellt und die Geschirrspülmaschine eingeräumt. Colleen und sie hatten nur mehr ein paar Töpfe und Schüsseln von Hand abwaschen müssen. Grey und ihr Vater saßen im Wohnzimmer bei einer zweiten Partie Schach.

„Wie wär's, wenn du dich ein wenig entspannst, Maureen?", schlug Colleen mit einem vielsagenden Blick auf ihre Tochter vor. „Grey kommt mit allen gut zurecht."

„Ich weiß. Wahrscheinlich reagiere ich überreizt, aber ich möchte, dass er sich bei uns zu Hause fühlt. Und ich weiß nicht, ob das mit den Jungs möglich ist."

„Er scheint ihre vorlauten Bemerkungen auf die leichte Schulter zu nehmen."

„Was soll er denn sonst tun? Danny zum Duell herausfordern?"

Ihre Mutter lachte. „Ich habe dir schon gesagt, dass keinerlei Anlass zur Sorge besteht." Sie trocknete sich die Hände ab und cremte sie ein. „Du magst Grey sehr, nicht wahr, Prinzessin? Du hast noch kaum einmal jemanden so gern gehabt."

„Ach, Mom, das hätte ich doch unmöglich noch deutlicher zeigen können."

Colleen lachte leise. „Nein, das hättest du nicht."

„Aber wir sind so verschieden." Maureen strich sich eine kastanienbraune Locke aus dem Gesicht und blickte zu Boden. „Ich bin ganz verrückt nach ihm, Mom, aber ich fürchte, ich verschließe die Augen vor der Wirklichkeit. Ich verstehe nicht, warum Grey sich für mich interessiert. Unsere Beziehung kann nicht lange dauern, und ich habe Angst davor, mich in ihn zu verlieben."

„Tu, was dir dein Herz eingibt, Prinzessin. Du warst immer sehr einfühlsam, wenn es um die Beziehung zu anderen Menschen ging. Du bist nicht der Typ, der sich Hals über Kopf verliebt. Maureen, wenn dir Grey so viel bedeutet, obwohl du ihn erst seit Kurzem kennst, kann ich dir nur einen einzigen Rat geben: Hab Vertrauen zu dir selbst."

Maureens Vater kam in die Küche und nahm einen der Buttermilchkekse, die vom Nachtisch übrig geblieben waren. Er sah seine Tochter an und lachte leise in sich hinein. „Eine kleine Stärkung für deinen Freund. Er wird sie brauchen", sagte er zu ihr.

„Warum, Dad?" Maureen glaubte, ihr Vater rede über die Schachpartie, die er mit Grey spielte.

„Chad und Danny haben ihn zu einem Footballmatch überredet. Sie sind draußen im Hof."

„Aber Grey hat doch einen Anzug an!", rief Maureen entgeistert, als müsse ihn allein diese Tatsache an jeglicher Art körperlicher Betätigung hindern.

„Brian hat ihm ein altes Sweatshirt von sich geliehen."

„Das darf doch nicht wahr sein!", entfuhr es ihr, während sie schon aus der Küche stürzte.

„Grey braucht dich nicht", rief ihr Vater ihr nach. „Er kann ganz gut auf sich selber aufpassen."

Aber nicht, wenn er es mit Chad und Danny zu tun hat, widersprach sie ihm in Gedanken. Hastig nahm sie ihren Mantel aus dem Dielenschrank und schlüpfte im Gehen hinein. Sie hatte vorgehabt, auf den Rasen zu stürmen und die vier aufzufordern, augenblicklich ins Haus zu kommen. Stattdessen blieb sie wie angewurzelt an der geöffneten Tür stehen und schaute gebannt dem Geschehen zu.

Grey stand vorgebeugt da, die Hände auf den Knien abgestützt. Brian rief eine lange Reihe von Zahlen, die Maureen nichts sagten, nahm dann ein paar Schritte Anlauf und spielte Grey den Ball in hohem Bogen zu. Der Ball flog mit hoher Geschwindigkeit durch den ganzen Hof. Mit ungläubiger, ja bestürzter Miene beobachteten Chad und Danny, wie Grey ihn fing.

„Laufen Sie mit dem Ball über die Torlinie", brüllte Brian so laut er konnte.

„Nein!", rief Maureen und schlug die Hände vors Gesicht. Sie konnte nicht länger zusehen. Ein kalter Schauer, der nichts mit dem frostigen Novemberwetter zu tun hatte, lief ihr über den Rücken. Am liebsten wäre sie auf den Rasen gerannt und hätte Grey heruntergezogen, bevor er verletzt wurde, aber sie hatte kein Recht, sich als seine

Aufpasserin aufzuspielen. Immerhin war er ein erwachsener Mann, und als solcher musste er gewusst haben, worauf er sich bei einem Footballspiel einließ. Aber er konnte von Glück reden, wenn er sich nicht alle Knochen brach.

Die Buhrufe und das Jubelgeschrei, die gleich darauf an Maureens Ohren drangen, ließen nur zwei Möglichkeiten offen: Entweder hatte Grey einen Treffer erzielt, oder Danny und Chad hatten ihn unsanft gestoppt. Maureen wusste nicht, was zutraf, und sie wagte es nicht hinzusehen.

„Maureen?"

Sie nahm die Hände von den Augen und blickte auf. Grey stand neben ihr und schaute sie besorgt an. Vor Erleichterung seufzte sie laut auf. „Ist alles in Ordnung mit dir?", fragte sie.

„Im Augenblick mache ich mir mehr Sorgen um dich. Du bist ja kreidebleich."

„Ich dachte, Chad würde versuchen, dir mit allen Mitteln den Ball abzunehmen."

„Dazu hätte er mich erst einmal fangen müssen. Ich verstehe zwar vielleicht nicht gerade viel von Football, aber ich bin kein schlechter Sprinter."

Maureen fühlte sich so erleichtert, dass sie spontan die Arme um seinen Nacken schlang und Grey mit aller Kraft an sich drückte. Sie spürte seinen warmen, muskulösen Körper an ihrem und verbarg ihr Gesicht an seinem Hals. Sie wusste nicht, ob sie lachen oder weinen sollte.

Lächelnd legte Grey ihr die Arme um die Taille. „Ich habe einen Treffer erzielt, und nach dem, was Brian sagt, macht mich das zu einer Art Held."

„Zum Narren, meinst du wohl."

„Sie werden sie jetzt doch nicht küssen, oder?", fragte Danny, und es klang, als habe Grey vor, eine schleimige Schnecke mit bloßen Händen aufzuheben.

Grey sah Maureen tief in die Augen. Sie spürte, dass er sie küssen wollte, es aber nicht tun würde. Nicht jetzt, später, versprach sein Blick. Sie erwiderte ihn mit einem sanften Lächeln, das keinen Zweifel daran ließ, dass sie Grey beim Wort nehmen wollte.

„Wir gehen jetzt wohl besser hinein", schlug Brian vor, als er zu Maureen und Grey getreten war. „Es wird langsam dunkel, und außerdem glaube ich nicht, dass wir Maureen noch mehr zumuten können. Ich dachte schon, sie fällt in Ohnmacht, als Sie vorhin den Ball fingen."

„Ich hatte Angst, Chad und Danny würden ihn umbringen, bloß weil er ihn gefangen hat."

„Das hätten wir nie getan", widersprach Chad entrüstet. „Wir spielen doch nur ‚Touch-Football'. Da darf der Gegner nur berührt, aber nicht zu Fall gebracht werden."

„Na ja, ich hätte ihn schon gern hart angegriffen, aber ich wusste, Maureen würde mir den Hals umdrehen, wenn ich das gewagt hätte." Der Schelm lachte aus Dannys Augen.

Maureen nahm ihren kleinen Bruder in den Schwitz-Kasten. „Darauf kannst du Gift nehmen", erklärte sie nachdrücklich. Es fiel ihr schwer, ernst zu bleiben, Danny fuchtelte mit den Armen in der Luft herum. Schließlich gelang es ihm, sich aus dem Griff seiner Schwester zu befreien. Er warf ihr einen wütenden Blick zu. „Ich mag es nicht, wenn du mich so festhältst!"

Lachend gingen sie alle zusammen ins Haus.

6. KAPITEL

Eine Stunde später verabschiedeten sich Maureen und Grey von Maureens Familie. Grey fuhr in seinem eigenen Wagen hinter Maureen her und parkte ihn vor dem Wohnblock, in dem sich ihr kleines Apartment befand.

„Möchtest du noch auf eine Tasse Kaffee mit hinaufkommen?", fragte sie. Grey wirkte nun wieder ernst und gesetzt, und es fiel ihr schwer, sich vorzustellen, dass er erst vor Kurzem mit ihren Brüdern so ausgelassen Football gespielt hatte.

„Ich würde gern noch mit hinaufkommen, aber leider geht es nicht. Auf meinem Schreibtisch wartet noch so viel Arbeit auf mich, dass ich vermutlich die halbe Nacht zu tun haben werde." Er streckte die Hand aus und zeichnete mit den Fingern zärtlich ihr Gesicht nach. „Ich habe den heutigen Tag mehr genossen, als ich es mit Worten sagen kann, Maureen. Du hast eine wundervolle Familie."

„Ich weiß." Sie stand ihren Eltern und ihren Brüdern sehr nahe – auch wenn sie die Jungs heute am liebsten erwürgt hätte, als sie sah, dass sie Grey doch zum Footballspielen überredet hatten. Am meisten überrascht hatte sie jedoch, dass Grey so bereitwillig auf den Wunsch ihrer Brüder eingegangen war.

Er streichelte noch immer sanft ihre Wange. Maureen spürte, dass er sie küssen wollte, und sie kam ihm auf halbem Weg entgegen. Unwillkürlich legte sie ihm die Arme um den Nacken. Grey küsste sie lang und zärtlich. Sie hatte erwartet, dass er ihr einen Kuss geben und dann gehen würde, doch stattdessen umschlang er ihre Taille und zog sie ganz an sich. Sein Kuss wurde fordernder und weckte in ihr ein Verlangen, das sie alles andere vergessen ließ.

Sie stöhnte leise unter dem wachsenden Ansturm der Empfindungen, die sie ganz schwindlig werden und ihren Puls rasen ließen. Grey spürte ihre Erregung. Aufreizend langsam schob er seine Zunge zwischen ihre Lippen, um dann leidenschaftlich von ihrem Mund Besitz zu ergreifen. Maureen war völlig benommen. Ihr war, als schwebe sie.

„Oh Maureen", flüsterte Grey ihr ins Ohr, „ich kann gar nicht fassen, was du mit mir machst."

„Ich mit dir?" Sie lachte leise und fast ein wenig hysterisch. Er musste doch wissen, dass die körperliche Anziehung zwischen ihnen auf Gegenseitigkeit beruhte.

Grey löste sich von ihr. Er lehnte sich an die Hauswand und atmete ein paarmal tief durch. „Ein Kuss. Ich hatte mir vorgenommen, dich nur einmal zu küssen. Man wird schnell süchtig nach dir, Liebling."

Auch Maureens Atem ging rasch. „Es ist schade, dass du keine Zeit mehr für einen Kaffee hast, aber ich verstehe es schon", sagte sie, als sie sich etwas beruhigt und ihre Stimme wieder unter Kontrolle hatte. „Ich habe den Tag heute ebenfalls genossen. Sehr sogar."

Er ergriff ihre Hand. „Nächsten Samstag findet eine Cocktailparty statt, auf die ich gehen muss. Es wird ein langweiliger Abend werden. Es werden hauptsächlich Leute kommen, die dich an Fulton Essary erinnern werden – und an mich", fügte er nach einer kurzen Pause mit einem gequälten Lächeln hinzu. „Willst du mich begleiten?"

Maureens Herz machte einen Freudensprung. Grey war mutig und ohne Vorbehalte in ihre Welt gekommen, und nun lud er sie ein, seine kennenzulernen. Doch dann überkamen sie Zweifel, die sich nicht abschütteln ließen. „Bist du sicher, dass du das möchtest?"

Grey schien zu erraten, was sie zu dieser Frage veranlasste. „Ich war mir noch nie einer Sache so sicher. Du brauchst keine Angst zu haben", beruhigte er sie. „Es wird alles gut gehen."

Maureen wünschte, sie könnte seine Zuversicht und das Vertrauen, das er in sie setzte, teilen. „Bevor du gehst, möchte ich dir noch etwas sagen." Sie sah ihn lächelnd an. Sie hatte absichtlich gewartet, bis sie mit Grey allein war, um ihm die Neuigkeit mitzuteilen. „Ich habe beschlossen, mich morgen für das nächste Quartal an der Universität einzuschreiben."

Grey sah sie überrascht an. „Du willst dich einschreiben?"

„Du hast gesagt, du hättest mich unter anderem deshalb zu dem Vortrag von Dr. Essary eingeladen, damit ich einen Einblick in die vielfältigen Möglichkeiten bekomme, die mir ein Studium bieten könnte. Ich bin zu dem Schluss gekommen, dass du recht hast. Es sollte nichts ausmachen, dass ich älter bin als die meisten Studienanfänger. Und es ist ein günstiger Moment in meinem Leben, ein Studium aufzunehmen. Ich bin so aufgeregt, Grey. Ich komme mir vor wie ein kleines Mädchen, das voller Wissbegier und Erwartungen steckt, und ich möchte dir dafür danken, dass du mir den Mut gegeben hast, etwas zu tun, was ich schon lange hätte tun sollen."

Grey sah sie so liebevoll an, dass Maureens Herz schneller zu schlagen begann.

„Die Lehrveranstaltungen fangen erst nach Weihnachten an. Ich werde mich zunächst einmal nur für zwei Seminare einschreiben, um zu sehen, wie ich zurechtkomme. Außerdem kann ich dann noch eine

Weile als Kellnerin weiterarbeiten." Sie strahlte vor Begeisterung. „Ich bemühe mich, alles zu bedenken und einen vernünftigen Einstieg zu finden."

„Das halte ich für sehr klug."

„Als ich das Vorlesungsverzeichnis zum ersten Mal durchblätterte, wollte ich mich für jede Literaturvorlesung und jedes Literaturseminar anmelden, die angeboten wurden. Aber dann habe ich eingesehen, dass das keinen Sinn hätte. Ich muss erst wieder lernen zu lernen. Schließlich ist es schon ein paar Jahre her, dass ich die High-School abgeschlossen habe."

„Maureen?", unterbrach Grey sie. Sie blickte zu ihm auf und merkte, dass er sie nachdenklich ansah. „Hast du vor, eine meiner Lehrveranstaltungen zu besuchen?"

Maureen nickte eifrig. „Ja. Das Seminar über den amerikanischen Roman. Allerdings hatte ich einige Zweifel, als ich sah, dass wir ‚Moby Dick' lesen würden."

„Magst du Melville nicht?"

Maureen hätte beinahe laut aufgelacht über das Entsetzen, das einen Moment lang in Greys Augen aufleuchtete. „Ich habe den Roman in der High-School gelesen und fand ihn unerträglich. All diese Allegorien! Und sie schienen so wenig Sinn zu machen."

Greys Miene verfinsterte sich.

„Trotzdem war er ein großer Schriftsteller", sagte sie in der Hoffnung, Grey zu besänftigen, ehe sie sich in etwas hineinredete, aus dem sie keinen Ausweg mehr fand. Immer wieder stellte Maureen fest, dass in Fragen der Literatur ihre Meinung häufig von Greys abwich. Während der vergangenen beiden Tage hatten sie sich so gut verstanden, dass Maureen ganz vergessen hatte, wie vehement Grey die großen Klassiker der Literatur verteidigte.

„Ist dir klar, dass ‚Moby Dick' als der wichtigste amerikanische Roman gilt?"

„Ich könnte mir vorstellen, dass Margaret Mitchell nicht gerade begeistert war, als sie das hörte", erwiderte Maureen scherzhaft. „Mark Twain dagegen dürfte die Nachricht eher gelassen aufgenommen haben."

„Du kannst diese beiden doch nicht mit Melville vergleichen!"

Was als Spaß begonnen hatte, drohte rasch in eine ernsthafte Auseinandersetzung auszuarten. „Ehrlich, Grey, Melville ist äußerst ermüdend und langweilig. Vielleicht hätte er diesen Eindruck vermeiden können, wenn er sich wenigstens ein bisschen bemüht hätte, nicht so abgestumpft zu erscheinen."

Er wandte den Blick von ihr ab und atmete hörbar aus. „Ich kann kaum glauben, dass du das wirklich gesagt hast."

„Ich auch nicht", gestand sie ein. Ihre vorlaute Zunge trug nicht gerade dazu bei, die Situation zu entschärfen. Sie wollte nicht mit Grey streiten. Er sollte sich ebenso darüber freuen wie sie, dass sie studieren wollte. „Ich wollte keine Auseinandersetzung mit dir vom Zaun brechen, Grey. Ich wollte dir nur dafür danken, dass du mich ermutigt hast."

Er nickte. Maureen hatte geglaubt, die kleine Meinungsverschiedenheit wäre gleich wieder vergessen, doch Grey grübelte offenbar darüber nach. Schweigend begleitete er sie die Treppe zu ihrer Wohnungstür hinauf.

„Danke fürs Nachhausebringen."

„Hör zu, Maureen." Grey hielt inne und fuhr sich mit den Fingern durchs Haar. Er schien sich unbehaglich zu fühlen. „Mir wäre es lieber, du würdest keine meiner Lehrveranstaltungen besuchen. Es wäre in jeder Hinsicht das Beste, meinst du nicht auch?"

Maureen war, als hätte ihr jemand ohne Vorwarnung einen Eimer eiskaltes Wasser über den Kopf gegossen. Aber sie konnte Grey eigentlich keinen Vorwurf machen. Zu deutlich hatte sie gezeigt, wie besserwisserisch und halsstarrig sie sein konnte. Er wollte nur Probleme vermeiden, und das konnte sie ihm nun wirklich nicht übel nehmen. Als seine Studentin wäre sie nur eine lästige Nervensäge. Ihr Stolz war zwar ziemlich verletzt, aber es blieb ihr nichts anderes übrig, als sich seinen Wünschen zu beugen. „Natürlich. Wenn du das möchtest", antwortete sie steif.

„Ja, ich möchte es."

Sie senkte den Blick. Sie fühlte sich elend und ärgerte sich, dass sie ihm von ihren Plänen erzählt hatte.

„Gute Nacht." Grey beugte sich vor und hauchte einen flüchtigen Kuss auf ihre Lippen.

„Gute Nacht." Maureen gab sich große Mühe, sich nicht anmerken zu lassen, wie niedergeschlagen sie war.

Er wartete, bis sie die Tür aufgeschlossen und in der Wohnung Licht gemacht hatte. „Ich rufe dich im Laufe der Woche an", versprach er.

Maureen nickte und zwang sich zu einem Lächeln, das allerdings sofort verschwand, sobald sie die Tür hinter sich zugemacht hatte. Sie ließ die Handtasche in den Fernsehsessel fallen, ging in die Küche, stützte sich auf die Arbeitsplatte und starrte auf das Mikrowellengerät, ohne etwas wahrzunehmen. Sie hatte das Gefühl, ein tonnenschweres Gewicht liege auf ihrer Brust und lasse sie nicht atmen. Natürlich hatte Grey das Recht, sie zu bitten, seine Lehrveranstaltungen nicht zu besuchen. Doch sie fühlte sich persönlich angegriffen. Sie war verletzt und gekränkt.

Eine Stunde später ging es Maureen noch nicht viel besser. Sie saß in ihrem gelben Hausmantel aus Texas vor dem Fernseher und versuchte erfolglos, sich mit irgendeinem Kriminalfilm von ihren tristen Gedanken abzulenken. Das Klingeln des Telefons ließ sie zusammenzucken. Mit einem Seufzer nahm sie den Hörer ab.

„Was gibt's, Bruderherz?", fragte sie, überzeugt, einer ihrer Brüder sei am Apparat.

„Bruderherz?"

Unwillkürlich setzte sich Maureen gerade hin, als sie die Stimme am anderen Ende der Leitung hörte. „Grey?"

„Hallo. Ich habe mir eben eine Tasse Kaffee gemacht und dabei nachgedacht. Als ich dich bat, keine meiner Lehrveranstaltungen zu besuchen, hatte dies einen guten Grund."

Darüber war Maureen sich im Klaren, aber sie ließ sich nichts anmerken.

„Die Sache ist die, Maureen, ich möchte weiterhin so viel wie möglich mit dir zusammen sein. Wenn du mein Seminar über den amerikanischen Roman besuchst, könnte ich mit meinem Berufsethos in Konflikt geraten."

„Oh Grey", flüsterte sie und schloss die Augen. Sie war unendlich erleichtert und glücklich. „Ich bin so froh, dass du angerufen hast. Ich habe mich deswegen so elend gefühlt."

„Warum hast du denn nichts gesagt?", tadelte er sie liebevoll.

Sie strich sich den Pony zurück und legte die Handfläche auf die Stirn. „Ich konnte nicht. Ich dachte, du hättest etwas dagegen, weil ich so eigenwillig und starrköpfig sein kann, wenn es um Literatur geht."

„Das habe ich noch gar nicht bemerkt", neckte er sie.

„Jetzt reicht es aber." Es klang nicht vorwurfsvoll. Ein schwerer Stein war ihr vom Herzen gefallen.

„Du stimmst mir also zu, was meine Lehrveranstaltungen angeht, ja?"

„Natürlich. Ich hätte selbst darauf kommen müssen." Sie war aber nicht darauf gekommen, und dies bewies ihr, wie unsicher sie in ihrer Beziehung zu Grey noch war.

„Ja, das hättest du. Ich bin froh, dass ich angerufen habe. Ich möchte nicht, dass wir uns streiten. Für manche Leute ist Politik ein heikles Thema – für uns Literatur."

„Da hast du recht", pflichtete sie ihm lachend bei.

Maureen kam sich vor wie in einem Albtraum, als sie das riesige Büro der Universitätsverwaltung betrat. Es war so voller Menschen, dass es kein Durchkommen zu geben schien. Überall standen Schreibtische, vor denen sich lange Schlangen gebildet hatten. Der Lärm war entsetzlich.

Nachdem sie sich mit Mühe durch die Tür gedrängt hatte, atmete sie tief durch.

„Entschuldigung, kann ich mich hier für Lehrveranstaltungen anmelden?", fragte sie eine Kaugummi kauende Brünette, die am Ende einer langen Schlange stand.

„Nein. Hier werden Anträge auf finanzielle Unterstützung angenommen. Versuch es dort drüben." Das Mädchen wies auf eine Schlange auf der anderen Seite des Raums.

Maureen seufzte und machte sich auf den Weg. Es war wie ein Hindernislauf, bei dem Menschen die Hindernisse bildeten. Endlich hatte sie sich durch das Gewühl hindurchgekämpft. Sie reihte sich in die Schlange ein und hoffte inständig, dass es auch wirklich die richtige war.

„Hi", hörte sie jemand mit einer tiefen Stimme hinter sich sagen. „Du arbeitest doch in Rose's Restaurant, oder nicht?"

Maureen drehte sich um und sah sich einem unglaublich gut aussehenden, großen jungen Mann gegenüber, den sie schon einmal gesehen zu haben glaubte. „Ja. Kenne ich dich?"

„Wohl kaum. Ich esse gelegentlich bei Rose's. Ich weiß nicht, ob du mich schon mal bedient hast, aber ich erinnere mich an dich. Ich heiße Eric Vogel."

„Hallo, Eric. Ich bin Maureen O'Day." Sie gaben sich die Hand. „Das ist ja das reinste Irrenhaus hier."

„Das ist vor jedem neuen Quartal so."

„Tatsächlich? Das ist ja grauenvoll!"

„Bist du im letzten Studienjahr?"

„Schön wär's", antwortete Maureen. „Ich habe die High-School schon vor Jahren beendet und komme mir hier völlig fehl am Platz vor – inmitten all dieser Achtzehn- und Zwanzigjährigen."

„Wie alt bist du?"

„Vierundzwanzig."
„Hey, ich auch."
„Das berechtigt uns vermutlich dazu, Seniorenermäßigung zu beantragen", scherzte Maureen. „Ich hoffe aufrichtig, dass ich in der richtigen Schlange stehe, um mich einzuschreiben."
„Ja, hier bist du richtig."
Eric war offensichtlich schon ein höheres Semester, und Maureen war ihm dankbar, dass er sich mit ihr unterhielt.
„Welche Lehrveranstaltungen willst du belegen?", erkundigte er sich.
Sie schlug das Vorlesungsverzeichnis auf und zeigte ihm die beiden Literaturseminare, für die sie sich nach reiflicher Überlegung entschieden hatte. Eric fragte sie sofort nach den Gründen für ihre Wahl, und bald stellte sich heraus, dass sie die Vorliebe für klassische Literatur teilten.
„Dr. Murphys Vorlesung wird dir gefallen", meinte Eric. „Sie gibt einen guten Überblick über sechshundert Jahre britische Dichtung."
„Dichtung im Eilverfahren, wie?"
„Richtig", antwortete Eric lachend.
Maureen verspürte das nahezu unbändige Bedürfnis, ihren neuen Bekannten zu fragen, ob er jemals ein Seminar oder eine Vorlesung von Grey besucht hatte. Doch sie beherrschte sich.
„Hast du Lust, auf eine Tasse Kaffee mit in die Cafeteria zu kommen, wenn wir hier fertig sind?", lud Eric sie ein. „Ich bin dort mit meiner Verlobten und ein paar Freunden verabredet. Komm doch einfach mit."
„Gern."
Es ging im Schneckentempo voran. Es bestand kaum Aussicht, dass sie vor zwölf an die Reihe kamen. Maureen überlegte, dass sie eigentlich in der Mensa zu Mittag essen könnte.
Eric waren offenbar die gleichen Gedanken durch den Kopf gegangen. „Wenn es hier so langsam weitergeht, können wir uns gleich zum Mittagessen verabreden."
„Es scheint so", pflichtete Maureen ihm bei.
Eric blätterte das Vorlesungsverzeichnis durch. „Ach übrigens, falls du dich einer Lesegruppe anschließen möchtest, gibt es da eine Freitagnachmittag um zwei. Wir treffen uns in der Cafeteria, aber ich muss zugeben, dass wir nicht so viel lesen, wie wir eigentlich möchten. Die meiste Zeit trinken wir Kaffee und suchen nach Lösungen für die Probleme dieser Welt. Wir sind zwar selten einer Meinung, aber wir diskutieren gern."

Das schien genau so etwas zu sein, was Maureen seit Langem suchte. „Ich würde gern kommen", erklärte sie, bemüht, sich ihre Aufregung nicht anmerken zu lassen. Maureen hatte ihren ersten Studienfreund gefunden, und sie fühlte sich großartig.

Sein Büro wirkte wenig einladend auf Grey, als er es am Freitagnachmittag betrat. Er sollte Maureen anrufen und hatte es die ganze Woche vor sich hergeschoben. Er setzte sich in seinen Ledersessel mit der hohen Rückenlehne und fuhr sich mit der Hand über das Gesicht, als wolle er damit das Bild verscheuchen, das sich ihm immer wieder aufdrängte.

Grey hatte herausgefunden, dass Maureen sich für ein Seminar angemeldet hatte, das am Mittwochvormittag stattfand, und er hatte eigentlich damit gerechnet, dass sie danach bei ihm vorbeischauen würde. Er hatte am Dienstag mit ihr gesprochen und sie eingeladen, ihn im Büro zu besuchen. Allerdings blieb nur wenig Zeit, denn er hatte um eins eine Vorlesung, und Maureens Arbeitszeit in Rose's Restaurant begann um drei.

Es war reiner Zufall gewesen, dass Grey am frühen Mittwochnachmittag ins Studentenzentrum gekommen war. Er war mit Dr. Riverside in der Mensa verabredet. Als er sich zu seiner Kollegin an den Tisch setzte, fiel sein Blick auf eine Frau mit kastanienbraunen Haaren, die ihn sofort an Maureen erinnerte.

Es war tatsächlich Maureen gewesen, und diese unerwartete Begegnung ließ Greys Adrenalinspiegel in die Höhe schnellen. Es dauerte ein paar Sekunden, bis er die beiden Männer und die Frau wahrnahm, die mit ihr am Tisch saßen. Die vier redeten und lachten. Ganz offensichtlich machte es ihnen Spaß, sich näher kennenzulernen. Einer der Männer, der sich unübersehbar zu Maureen hingezogen fühlte und alles tat, um ihre Aufmerksamkeit zu erregen, hatte den Arm auf ihre Stuhllehne gelegt. Er machte einen anständigen Eindruck – gepflegter Haarschnitt, ordentliche Kleidung. Grey glaubte einen Studenten in ihm zu erkennen, der vor einiger Zeit eines seiner Seminare besucht hatte, war sich allerdings aufgrund der Entfernung nicht ganz sicher.

Die Art, wie der junge Mann den Arm auf Maureens Stuhllehne ruhen ließ, war keineswegs besitzergreifend, doch Grey stellte überrascht fest, dass er eifersüchtig war. Ihm war klar, dass er kein Recht zur Eifersucht hatte, und die Tatsache, dass Maureen nach so kurzer Bekanntschaft solche Gefühle in ihm zu wecken vermochte, brachte ihn ziemlich aus der Fassung. Sobald er konnte, entschuldigte er sich bei Dr. Riverside und kehrte verwirrt und nachdenklich in sein Büro zurück.

Zwei Tage waren vergangen, doch noch immer sah Grey Maureen in Gedanken vor sich. Sie hatte ihn am Mittwoch nicht mehr aufgesucht, und das war gut so: Sie gehörte zu ihren Freunden. Sie würde in den nächsten Wochen und Monaten noch viele Studenten kennenlernen. Mit ihrem lebhaften, warmherzigen Wesen würde sie bald eine Menge neuer Freunde gewinnen, die in ihrem Alter waren und ihre Interessen teilten. Sie würden ihr eine neue Welt eröffnen – eine Welt, zu der er nicht gehörte. Obwohl ihn diese Vorstellung schmerzte, wusste er, dass nur noch eines für ihn zu tun blieb.

Allerdings würde es nicht leicht sein.

Nach reiflicher Überlegung war Grey bis zum Donnerstag zu der Überzeugung gelangt, dass es ein edler Zug von ihm sei, wenn er für einen Mann Platz machte, der viel besser zu Maureen O'Day passte. Bald würde es eine ganze Reihe von jungen Männern geben, die um ihre Gunst wetteiferten, und Grey konnte es ihnen nicht verdenken. Ihm selbst fiele es ja nur zu leicht, sich in Maureen zu verlieben.

Maureen war Sonnenschein und leuchtende Farben. Greys Welt dagegen war in Schwarz und Weiß gehalten. Er war ernst und gesetzt, sie versprühte überschäumende Lebensfreude. Sie war die Verkörperung von menschlicher Wärme und Weiblichkeit, er war nichts weiter als ein unzugänglicher Professor in seinem Elfenbeinturm, der sich in seiner eigenen Welt sicher fühlte und nicht bereit war, sich in eine andere hinauszuwagen.

Nein. So schwer es ihm jetzt auch erschien, es war besser für sie beide, wenn er aus Maureens Leben verschwand, bevor einer von beiden ernsthaft verletzt wurde.

Die Gefühle, mit denen er nach dieser Entscheidung dem bevorstehenden einsamen Wochenende entgegenblickte, waren alles andere als erhebend. Er mochte zwar großmütig handeln, aber er fühlte sich alles andere als großartig dabei.

Es war unglaublich schwer, auf einen Sonnenstrahl zu verzichten. Ja, es fiel Grey schwerer, als er es je für möglich gehalten hätte. Maureen O'Day war ein liebenswerter, ein ganz besonderer Mensch, der völlig unerwartet in sein Leben getreten war. Viel zu kurz war ihre Bekanntschaft gewesen, trotzdem hatte sie ihn von Grund auf verändert.

Grey bemühte sich, die schmerzlichen Empfindungen zu verdrängen, die ihn zu überwältigen drohten. Zuerst wollte er Maureen anrufen, um ihre Verabredung für Samstag abzusagen. Dann würde er mit Pamela Riverside sprechen. Die zurückhaltende, auf konventionelle Umgangsformen Wert legende Professorin würde viel besser zu ihm passen. Zumindest in Fragen der Literatur würde es zwischen ihnen kaum Meinungsverschiedenheiten geben. Er fühlte sich zwar nicht besonders zu seiner Kollegin hingezogen, aber schließlich gab es im Leben ja auch andere Dinge, die mangelnde Leidenschaft aufwogen.

Nicht ganz frei von Schuldgefühlen, weil er Pamela benutzen wollte, um eine liebenswerte, temperamentvolle irische Kellnerin mit türkisblauen Augen zu vergessen, griff Grey zum Hörer.

Als das Telefon klingelte, war Maureen gerade dabei, einen ganzen Berg Wäsche zusammenzulegen. Leise vor sich hin summend, ging sie um die Ecke und nahm den Hörer ab.

„Ja?", meldete sie sich fröhlich. Sie war in ausgezeichneter Stimmung. Ihr Leben war in der letzten Zeit so angenehm verlaufen. Sie war zwar traurig gewesen, dass sie Grey am Mittwoch nicht gesehen hatte, doch als sie aus der Mensa gekommen war, hatte sie voller Schreck festgestellt, dass sie sich beeilen musste, um nicht zu spät zur Arbeit zu kommen. Für einen Besuch bei Grey war keine Zeit mehr geblieben.

„Maureen."

„Grey! Es tut so gut, dich zu hören", flüsterte sie glücklich. „Es gibt so viel, was ich dir erzählen muss, dass ich gar nicht weiß, womit ich anfangen soll", fuhr sie fort. „Vor allem tut es mir leid wegen Mittwoch. Ich habe jemanden kennengelernt, während ich in der Schlange stand, um mich einzuschreiben. Wir haben dann zusammen mit ein paar anderen Studenten Kaffee getrunken, und die Zeit ist so schnell vergangen, dass ich es gar nicht gemerkt habe. Und…"

„Ich rufe wegen Samstagabend an", unterbrach er sie schroff.

„Oh Grey, ich freue mich ja so, dass du mich eingeladen hast, mit dir auf diese Cocktailparty zu gehen. Ein bisschen nervös bin ich schon, um die Wahrheit zu sagen. Du hast mit keinem Wort erwähnt, wie formell es dort zugehen wird."

„Maureen, es ist etwas dazwischengekommen. Ich fürchte, ich muss unsere Verabredung für Samstag absagen." Greys Stimme klang seltsam fremd.

„Oh." Maureen wusste, dass sie zu viel geredet hatte, und schwieg sofort.

„Es tut mir leid, falls dir das irgendwelche Ungelegenheiten bereiten sollte."

Grey klang so förmlich, dass Maureen nicht wusste, was sie antworten sollte. „Nein, nein. Mach dir keine Sorgen."

„Gut."

Ein kurzes, unbehagliches Schweigen folgte, und Maureen beschloss, dass es wohl das Beste war, Greys schlechte Laune einfach zu ignorieren. „Ach, bevor ich es vergesse: Mom hat mich gebeten, dich für nächsten Sonntag wieder zum Essen einzuladen. Dad ist ganz versessen darauf, mit dir Schach zu spielen, und die Jungs lassen ausrichten, du sollst Jeans anziehen, damit sie nicht auf deinen Anzug Rücksicht nehmen müssen."

„Maureen …"

„Zieh einfach das an, worin du dich am wohlsten fühlst, Grey. Kümmere dich nicht um meine Brüder."

„Ich werde nicht kommen können", erklärte er kurz angebunden, ohne einen Grund zu nennen. „Bitte entschuldige mich bei deiner Familie."

„In Ordnung." Maureen fragte sich, was mit ihm los sein mochte.

„Ich habe gerade gesehen, dass es Zeit für dich wird, zur Arbeit zu gehen." Es war nicht zu überhören, dass Grey das Gespräch beenden wollte.

Maureen blickte rasch auf die Uhr. „Ich habe noch ein paar Minuten Zeit. Was ist los, Grey? Du klingst ganz anders als sonst."

„Es ist alles in bester Ordnung."

„Das glaube ich dir nicht."

„Nun ja", räumte er widerwillig ein, „ich habe während der letzten Tage viel nachgedacht. Ich halte es für absolut unpassend, dass wir uns weiterhin treffen, wenn du hier an der Universität studierst."

Maureen wollte etwas erwidern, schwieg dann aber doch. Greys Tonfall ließ keinen Zweifel daran, dass er die Sache für sich schon entschieden hatte und nicht mehr umzustimmen war, egal, was für Argumente sie auch ins Feld führen mochte. Maureen hätte vor Enttäuschung weinen können. „Ich verstehe." Sie verstand überhaupt nichts, doch das wollte Grey nicht hören. Er gab ihr den Laufpass und bemühte sich, es so taktvoll wie möglich zu tun.

„Wir werden uns ja noch hin und wieder an der Universität sehen", fuhr er in unbeteiligtem Ton fort, als sei es ihm völlig gleichgültig. „Es wird sich auch gar nicht vermeiden lassen, da deine beiden Seminare im gleichen Gebäude stattfinden, in dem auch ich meine Lehrveranstaltungen abhalte."

Maureen fragte sich, woher er das wusste. Sie hatte ihm nicht einmal gesagt, für welche Seminare sie sich angemeldet hatte. Offenbar hatte er ein bisschen Detektiv gespielt und es selbst herausgefunden.

„Ja, vermutlich wird es unvermeidbar sein."

„Du wirst bestimmt gute Fortschritte bei deinem Studium machen, Maureen. Wenn du irgendwelche Probleme hast, kannst du dich jederzeit an mich wenden. Ich werde dann gern alles in meiner Macht Stehende tun, um dir zu helfen."

„Danke."

„Auf Wiedersehen, Maureen."

Aus den Worten sprach etwas Endgültiges. Es klang im Hörer nach wie ein Echo, das von steilen Bergwänden widerhallt.

„Auf Wiedersehen, Grey", flüsterte sie. Als sie den Hörer auflegte, hatte sie das Gefühl, ein schwerer Granitblock läge auf ihrem Magen und drücke sie zu Boden.

7. KAPITEL

Mit einem Stapel Bücher unter dem Arm betrat Maureen das efeubewachsene Fakultätsgebäude. Der Hinweistafel am Eingang entnahm sie, dass sich Greys Büro im dritten Stock befand.

Voller Zweifel und Beklemmung stieg sie in den Lift. Die Fahrt nach oben schien eine Ewigkeit zu dauern. Seit zwei Wochen hatte Maureen nicht mehr mit Grey gesprochen, und in Gedanken ging sie noch einmal durch, was sie ihm sagen wollte.

Es fiel ihr schwer, sich zu konzentrieren. Sie wusste nicht, ob es richtig war, was sie vorhatte, aber das andauernde Schweigen zwischen ihnen war ihr einfach unerträglich. Grey war nicht der einzige Mann, der für kurze Zeit in ihrem Leben eine Rolle gespielt hatte, doch keiner hatte ihr jemals so viel bedeutet. Dass er nichts mehr von ihr wissen wollte, schmerzte sie, und der Versuch, es zu akzeptieren, überstieg ihre Kräfte. Sie wurde immer niedergeschlagener und nervöser.

„Kann ich Ihnen helfen?", fragte eine Frau in mittleren Jahren hinter einer elektrischen Schreibmaschine, als Maureen den Raum betrat, der als Vorzimmer für eine ganze Reihe von Büros diente. Offenbar war die Frau Empfangsdame und Sekretärin für mehrere Professoren.

„Ja, bitte. Ich möchte zu Professor Carlyle."

Stirnrunzelnd blätterte die grauhaarige Sekretärin in einem Terminkalender. „Erwartet er Sie?"

„Nein. Wenn er zu tun hat, komme ich ein anderes Mal wieder, wenn es besser passt", sagte Maureen rasch. Sie hatte so starkes Herzklopfen vor der Begegnung mit Grey, dass sie am liebsten Hals über Kopf die Flucht ergriffen hätte.

Die Frau warf ihr einen abweisenden Blick zu. „Professor Carlyle hat immer zu tun", erklärte sie schroff. „Nennen Sie mir Ihren Namen, und ich werde fragen, ob er Sie empfängt."

Inzwischen war Maureen zu der Überzeugung gelangt, dass sie einen entsetzlichen Fehler beging. Grey einfach so zu überfallen, und das auch noch unter einem so fadenscheinigen Vorwand, würde ihr ohnehin schon schwieriges Verhältnis zueinander nur noch komplizierter machen.

„Mein liebes Kind, ich habe nicht den ganzen Tag Zeit. Ihren Namen."

„Maureen O'Day", antwortete Maureen. „Aber hören Sie, ich glaube es ist besser, wenn ich ein andermal wiederkomme …"

Bevor sie den Satz zu Ende sprechen konnte, hatte die Sekretärin bereits einen Knopf auf der Gegensprechanlage gedrückt und teilte Grey mit, dass Maureen ihn sprechen wolle. Fast unmittelbar darauf ging eine Tür auf, und da stand Grey – kaum drei Meter von ihr entfernt.

„Maureen."

In seiner Miene spiegelten sich widersprüchliche Empfindungen: Überraschung, Freude, Bedauern, Zweifel. Maureen wusste nicht, worauf sie zuerst reagieren sollte. Sie zwang sich zu lächeln und sagte: „Ich hoffe, ich störe dich nicht bei etwas Wichtigem." Sie flehte inständig, dass Grey ihr nicht ansah, wie unsicher sie war und welches Chaos in ihrem Inneren herrschte. Aber nun musste sie ihr Vorhaben ausführen – ihr blieb keine andere Wahl.

„Du störst mich nicht im Geringsten. Komm bitte herein." Er trat einen Schritt zur Seite, um ihr Platz zu machen. Mit einer knappen Handbewegung wies er auf einen Ledersessel, der vor dem großen Mahagonischreibtisch stand.

Maureen setzte sich und sah sich im Raum um. Greys Büro war beinahe genau so, wie sie es sich vorgestellt hatte – alles war sorgfältig angeordnet und tadellos aufgeräumt. An einer Wand hingen in einer langen Reihe Urkunden und Auszeichnungen, die beiden anderen Wände wurden zur Gänze von Bücherregalen verdeckt. Hinter dem Schreibtisch befand sich ein großes Panoramafenster, das freie Sicht auf das Universitätsgelände gewährte.

In den Regalen reihte sich vom Boden bis zur Decke Buch an Buch. Kein Zentimeter blieb ungenutzt. Unter anderen Umständen hätte Maureen Greys persönliche Bibliothek gern genauer in Augenschein genommen.

„Ich hätte wohl lieber anrufen und mir einen Termin geben lassen sollen, aber ich habe auf dem Rückweg von der Bibliothek ganz spontan beschlossen, bei dir vorbeizuschauen." Maureen vermied es, ihn anzusehen.

Inzwischen hatte Grey sich in seinen Drehstuhl hinter dem Schreibtisch gesetzt. „Ich gebe zu, es ist eine Überraschung. Wie lange ist es jetzt her, dass wir das letzte Mal miteinander gesprochen haben? So an die zwei Wochen, nicht?"

Maureen wusste es genau: Es waren zwei Wochen, drei Tage und vier Stunden. Doch sie antwortete nur: „Ja, es müssen so etwa zwei Wochen sein", und hoffte, dass sie nicht halb so nervös wirkte, wie sie war. Ihr Magen war in Aufruhr. Sie umklammerte die Bücher und hielt sie sich vor die Brust, als fürchte sie, Grey könnte irgendetwas nach ihr werfen. Das war natürlich absolut lächerlich, aber sie war überzeugt, mit ihrem Kommen einen schweren Fehler begangen zu haben. Grey sah sie abwartend an.

„Es war in letzter Zeit ziemlich kalt, findest du nicht auch? Wir werden bestimmt einen harten Winter bekommen", begann sie verlegen.
„Schon möglich."
Sein Blick sagte ihr, dass er Wichtigeres zu tun hatte, als über das Wetter zu reden. „Ich war in der Bibliothek, um meine Bücher abzuholen", unternahm sie einen neuen Versuch.
Grey nickte, und Maureen erinnerte sich, dass sie das schon gesagt hatte.
„Wie geht es dir, Maureen?"
„Gut. Wirklich gut." Es klang nicht sehr überzeugend. „Und dir?"
„Ich kann nicht klagen."
Da ihr nichts anderes einfiel, sagte sie: „Ich habe mir gedacht, ich besuche für den Anfang nur zwei Seminare. Schließlich ist es ja schon eine ganze Weile her, dass ich zur Schule gegangen bin ... Aber das habe ich dir wohl schon erzählt, nicht wahr?"
„Ich glaube, du hast es erwähnt." Ein gespanntes Schweigen entstand, bis Grey sich schließlich nach Maureens Familie erkundigte.
„Es geht allen gut. Mom ist schon mit den Vorbereitungen für das Erntedankfest beschäftigt." Sie drückte die Bücher so fest an sich, dass ihre Arme zu schmerzen begannen.
Wieder schwiegen sie. Die unverfänglichen Themen waren damit erschöpft, und Maureen blieb nichts anderes übrig, als den Grund für ihren Besuch zu nennen. Ihr war bewusst, dass es kein sehr triftiger Grund war.
„Ich habe die letzten beiden Freitage an einer Lesegruppe hier an der Uni teilgenommen. Ich dachte, du würdest vielleicht gern mitkommen."
„Nein, danke. Aber es ist nett von dir, dass du an mich gedacht hast", lehnte er rundweg ab.
Maureen hatte zwar nicht ernsthaft damit gerechnet, dass er ihre Einladung annehmen würde. Dass seine Antwort jedoch so brüsk ausfallen könnte, hatte sie nicht erwartet. Er hatte sich nicht einmal die Zeit genommen, ihren Vorschlag zu überdenken. Sie hatte das Gefühl, sich rechtfertigen zu müssen. „Ich bin mir sicher, dass dir die anderen gefallen würden", fügte sie deshalb schnell hinzu. „Sie teilen deine Ansichten in vielen Fragen, und sie sind intelligent, aufmerksam und bei

Weitem nicht so stur und besserwisserisch wie ich." Das stimmte zwar nur halb, aber Maureen war der Verzweiflung nahe.

„Ich habe keine Zeit für so etwas", erwiderte Grey beinahe schroff.

„Ja, natürlich nicht. Ich hätte das wissen müssen." Maureen stand abrupt auf. Ihr Herz schlug so wild, dass sie kaum mehr atmen konnte.

„Maureen?"

„Es war falsch von mir hierherzukommen. Es tut mir leid, Grey."

Sie stürmte aus seinem Büro, so schnell ihre Füße sie trugen. Hätte sich die Szene in einem Film statt im wirklichen Leben abgespielt, hätte der Lift mit geöffneten Türen bereitgestanden, um sie in Sekundenschnelle vom Ort dieses peinlichen Auftritts fortzubringen. Doch natürlich war der Aufzug nicht da, und Maureen hatte weder die Zeit noch die Geduld, auf ihn zu warten.

„Maureen, warte!"

Sie konnte nicht. Sie hätte Grey nicht nachlaufen dürfen. Sie hatte sich lächerlich gemacht. Tränen traten ihr in die Augen. Wenn er sie so sah, würde sie sich nur noch gedemütigter fühlen.

Irgendwie fand sie die Tür zum Treppenhaus. Sie riss sie auf und lief so schnell sie konnte die Stufen hinunter. Erst als sie beinahe gestolpert wäre, drosselte sie das Tempo ein wenig. Grey rief ihr noch ein letztes Mal etwas nach, doch sie war ihm zutiefst dankbar, dass er ihr nicht zu folgen versuchte.

„Der Herr an Tisch 22 wartet auf seine Rechnung", rief Sherry Maureen leise zu, als sie, mit leeren Tellern beladen, an ihr vorbei in die Küche von Rose's Restaurant ging.

„Bin schon unterwegs." Maureen bedankte sich mit einem Lächeln bei ihrer Kollegin. Es fiel ihr heute Abend schwer, sich auf ihre Arbeit zu konzentrieren. Es gelang ihr einfach nicht, Grey aus ihren Gedanken zu verdrängen, obwohl ihr klar war, dass es zu nichts führte und ihr nur wehtat, an ihn zu denken.

Sie sah rasch die Kassenbons in ihrer Schürzentasche durch, suchte die richtigen heraus, machte die Rechnung fertig und brachte sie an Tisch 22.

„Kann ich Sie wirklich nicht zu einem Stück Nusskuchen zum Nachtisch überreden?", fragte sie den älteren Herrn, der dort wartete.

„Nein, danke." Er klopfte sich mit der flachen Hand auf den Bauch. „Da drin ist beim besten Willen kein Platz mehr", erklärte er lächelnd. „Rose kocht einfach zu gut." Er nahm die Rechnung, die Maureen ihm reichte, stand auf und entfernte sich in Richtung Kasse.

Maureen holte die Kaffeekanne von der Warmhalteplatte und schenkte an mehreren Tischen Kaffee nach, als Sherry zum zweiten Mal an ihr vorbeiging. „Dreh dich nicht um, aber eben ist dein Professor hereingekommen."

„Wer?"

„Na, der Professor", flüsterte Sherry ihr zu und sah ihre Freundin an, als hielte sie sie für hoffnungslos überarbeitet.

„Ach?" Maureen stöhnte leise. Sie wollte Grey nicht sehen – nicht nach der katastrophalen Begegnung am Nachmittag.

„Er wollte einen Tisch, an dem du bedienst."

Maureen hielt ihre Kollegin am Unterarm fest. „Sherry", flehte sie, „bedien du ihn, bitte. Ich kann es nicht. Ich kann es einfach nicht."

„Doch, du kannst."

„Ich dachte, du wärst meine Freundin."

„Das bin ich auch. Und deshalb werde ich als stellvertretende Geschäftsführerin darauf bestehen, dass du deine Gäste selbst bedienst. Eines Tages wirst du mir dafür dankbar sein."

„Vorher wird es in der Hölle eine Klimaanlage geben", zischte Maureen aufgebracht.

Sherry lachte. Maureen ging zur Theke, nahm eine Wasserkaraffe und eine Speisekarte und brachte beides zu Greys Tisch. Ihr fiel auf, dass Grey wieder den Fenstertisch gewählt hatte. Erleichtert stellte sie fest, dass ein aufgeschlagenes Buch vor ihm lag, das offenbar seine Aufmerksamkeit beanspruchte. Wenn er las, würde er sie gar nicht beachten.

So unauffällig wie möglich stellte sie die Karaffe ab, legte die Speisekarte daneben und entfernte sich rasch. Aus den Augenwinkeln heraus beobachtete sie, wie Grey einen kurzen Blick auf die in einer Plastikhülle steckende Karte warf. Entweder hatte er schnell etwas gefunden, worauf er Appetit hatte, oder er hatte keinen Hunger, denn ein, zwei Sekunden später legte er sie schon wieder beiseite. Auch sein Buch schien ihn nicht mehr zu interessieren. Er schloss es und schob es von sich. Auf seiner Stirn stand eine steile Falte. Er schien über etwas nachzugrübeln.

Maureen wartete noch ein paar Minuten, bevor sie mit dem Notizblock in der Hand an seinen Tisch trat „Möchtest du bestellen?"

„Warum bist du heute Nachmittag aus meinem Büro fortgelaufen?"

„Das Tagesgericht ist heute sehr zu empfehlen", sagte sie, ohne auf seine Frage einzugehen. „Leber mit Zwiebeln – ich bin sicher, das ist eines deiner Lieblingsgerichte."

„Maureen, bitte." Er nahm seine Hornbrille ab, steckte sie in die Sakkotasche und sah Maureen ernst an.

Unwillkürlich schloss sie die Augen. Sie hätte viel darum gegeben, weit weg zu sein. „Nusskuchen ist die Nachspeise des Monats", stieß sie kaum hörbar hervor.

„Der Kuchen kann mir gestohlen bleiben", erklärte er lauter, als er es gewollt hatte. Einige der anderen Gäste in seiner Nähe drehten sich verwundert nach ihm um. Grey lächelte entschuldigend, und so leise, dass nur Maureen es hören konnte, fügte er hinzu: „Aber an dir liegt mir etwas."

Maureen starrte ihn aus großen Augen an. In seinem Büro war sie sich albern und dumm vorgekommen, aber jetzt war sie wütend. „So, dir liegt etwas an mir?", wiederholte sie spöttisch.

„Ja. Es ist wahr."

„Verschone mich bitte mit solchen Märchen. Du hast vor zwei Wochen unsere Verabredung abgesagt, und seitdem habe ich nichts mehr von dir gehört. Glaub mir, mein lieber Professor, ich habe sehr wohl verstanden, was du mir beibringen wolltest."

„Ich …"

„Du hast mir eine höfliche, taktvolle Abfuhr erteilt, und zwar auf eine Art und Weise, die du zweifellos für die schmerzloseste hieltest. Ich kann dir nicht einmal einen Vorwurf machen. Schließlich bist du ja der gebildete, auf der gesellschaftlichen Stufenleiter ganz oben stehende Universitätsprofessor, während ich nichts weiter bin als eine kleine Kellnerin mit einer Vorliebe für klassische Literatur. Ich bin für euresgleichen ganz einfach nicht gut genug."

Ärger flammte in seinen Augen auf, die nun plötzlich hellblau zu sein schienen. „Du irrst dich, Maureen. Du irrst dich gewaltig."

Maureen bezweifelte das. Sie holte tief Luft, bevor sie in sarkastischem Ton fortfuhr: „Hey, mach dir meinetwegen keine Gedanken. Ich bin ein großes, vernünftiges Mädchen. Ich kann es schon verkraften, dass du mich nicht mehr sehen willst."

„Und warum bist du dann heute Nachmittag zu mir ins Büro gekommen?"

Maureen verzog den Mund, während sie fieberhaft nach einer plausiblen Erklärung suchte. „Nun ja … das … das war ein taktischer Fehler." Dann fiel ihr ein, dass sie ja einen Grund für den Besuch gehabt hatte – einen zugegebenermaßen nicht sehr triftigen, aber immerhin konnte er als Vorwand dienen. „Ich habe wirklich geglaubt, du würdest bei der Lesegruppe mitmachen wollen."

Grey blickte sich im Restaurant um. „Ich sehe, die Sache ist sehr viel komplizierter, als ich angenommen hatte. Wann hast du Feierabend?"

Maureen wollte ihm schon antworten, er könne die ganze Nacht auf sie warten, und auch das könne er sich sparen, da sie nicht die geringste Absicht habe, jemals wieder mit ihm zu reden. Aber das wäre eine Lüge gewesen. So sehr es sie verlangte, ihren Stolz zu wahren, so sehr sehnte sie sich auch danach, sich mit Grey auszusprechen. Sie hatte sich während der vergangenen beiden Wochen zutiefst deprimiert gefühlt und Grey mehr vermisst, als sie es nach ihrer kurzen Bekanntschaft für möglich gehalten hätte. Das Leben schien ihr plötzlich öd und leer. Jegliche Freude und Aufregung schienen daraus verschwunden zu sein.

„In einer halben Stunde. Möchtest du ein Stück Nusskuchen, während du wartest?"

„Gibt es Cremeschnitten?"

Ein Lächeln glitt über ihr Gesicht – das erste ungekünstelte Lächeln seit Wochen. Sie hätte wissen müssen, dass Grey Eiercreme lieber mochte als Nuss. „Ja. Ich bringe dir eine, und dazu Tee", sagte sie. Sie wusste, dass er lieber Tee als Kaffee trank.

„Danke."

Während Maureen die Cremeschnitte auf einen Teller legte, kam Sherry am Kuchenbüfett vorbei. „Meine Liebe, mir scheint, die Temperatur in der Hölle ist schon ein paar Grad gesunken", bemerkte sie mit einem verschmitzten Lächeln.

Die letzte Viertelstunde von Maureens Arbeitszeit schien kein Ende nehmen zu wollen. Sherry erlaubte ihrer Freundin, ein paar Minuten früher Schluss zu machen, und Maureen war in Rekordzeit aus ihrer Uniform geschlüpft und umgezogen.

Grey wartete auf dem Parkplatz auf sie. „Sollen wir uns in deiner Wohnung unterhalten oder zu mir fahren?"

„Zu dir", antwortete Maureen spontan.

Aus irgendeinem Grund hatte sie angenommen, Grey wohne in einem Apartment in Universitätsnähe. Deshalb war sie überrascht, als er vor einem sehr hübschen, zweistöckigen Haus mit steilem Dach und zwei Giebeln anhielt.

Auch das Innere des Hauses gefiel ihr ausgesprochen gut. Die Kombination von Leder und dunklem Holz verlieh Diele und Wohnzimmer Eleganz und Behaglichkeit. Wie in Greys Büro zogen sich auch an den Wänden des Wohnzimmers Bücherregale entlang. Sie waren voll mit Büchern, denen man ansah, dass sie nicht bloß zur Dekoration dienten.

„Setz dich und mach es dir bequem", forderte er sie auf, nachdem er ihr den Mantel abgenommen hatte. „Möchtest du Kaffee?"

„Bitte." Maureen folgte ihm in die Küche, die in Schwarz gehalten war. Spüle und Armaturen waren aus Edelstahl. Es herrschte tadellose Ordnung, und sie musste an das Durcheinander in ihrer Küche denken.

Maureens Appetit meldete sich plötzlich. Schnell legte sie die Hand auf den Magen, um ihn zum Schweigen zu bringen.

„Du hast Hunger? Hast du nicht zu Abend gegessen?"

Sie schüttelte den Kopf. „Mir war heute Abend nicht nach essen zumute." Sie war viel zu unglücklich und niedergeschlagen gewesen, um an etwas so Prosaisches wie Essen zu denken.

„Soll ich dir ein Sandwich machen?"

„Nein, danke", lehnte sie sein Angebot ab, obwohl ihr schon der Gedanke an etwas Essbares das Wasser im Mund zusammenlaufen ließ. Erst jetzt merkte sie, wie hungrig sie wirklich war.

Grey rückte ihr einen schwarzen Korbstuhl mit einem weißen Kissen zurecht, damit sie sich setzen konnte, während er sich um den Kaffee kümmerte. Er schien ganz in Gedanken vertieft, als er die Kaffeemaschine mit Wasser füllte.

„Ich habe dich in der Mensa gesehen", sagte er nach einer Weile, öffnete einen Oberschrank und nahm zwei Tassen heraus. Die schwarze Flüssigkeit tropfte langsam in die Glaskanne.

„Wann?" Maureen war nur ein paarmal dort gewesen.

Grey wandte ihr den Rücken zu. „An dem Tag, an dem du dich für deine Seminare eingeschrieben hast."

„Ja, da habe ich in der Mensa gegessen."

„Und hast neue Freunde kennengelernt?"

„Ja. An dem Tag habe ich Eric Vogel und die anderen von der Lesegruppe kennengelernt."

„Ich verstehe."

„Was verstehst du?", fragte Maureen scharf. Wieder hatte er diese Worte benutzt, und wieder hatte er sie in dem Ton hervorgestoßen, der ihr stets Unbehagen bereitete.

Er drehte sich langsam zu ihr um, und seine Miene war ebenso verkniffen und verkrampft, wie seine Stimme geklungen hatte. „Du und diese anderen Studenten, ihr habt sehr gut zusammengepasst."

Maureen sah ihn fragend an. „Ich weiß nicht, was du meinst."

Er stützte sich mit den Händen auf die Arbeitsplatte. „Das dachte ich mir." Er starrte auf den Fußboden, als gäbe es auf der ganzen Welt nichts Faszinierenderes als das Muster, in dem die schwarzen und weißen Fliesen angeordnet waren. „In allernächster Zukunft wird sich dir eine ganz neue Welt eröffnen, Maureen", sagte er nach einer Weile mit einem gequälten Lächeln. „Seit du die High-School abgeschlossen hast, waren deine Familie und deine Arbeit dein Lebensinhalt. Mit dem Beginn eines Studiums wird sich das ändern. Du wirst viele neue Freunde finden."

„Ja, vermutlich." Sie hatte noch immer keine Ahnung, worauf er hinauswollte.

„Was ich sagen will, aber offenbar nicht deutlich genug auszudrücken vermag, ist, dass du jeden Mann bekommen kannst, den du willst."

Maureen war so bestürzt, dass sie eine Minute lang kein Wort herausbrachte. „Ehrlich, Grey, du scheinst meine Reize zu überschätzen." Sie konnte ihm ja schlecht gestehen, dass er der einzige Mann war, der sie interessierte! „Und selbst, wenn das, was du sagst, wahr wäre – und das ist es nicht –, dann weiß ich immer noch nicht, was das mit dir und mir zu tun hat."

„Alles." Er sah sie überrascht an, als wundere er sich, dass sie diese Frage überhaupt stellte.

Maureen konnte nicht glauben, was sie hörte. „Lass mich sehen, ob ich richtig verstehe, was du sagen willst."

„Da gibt es nichts zu verstehen. Ich will dir nicht im Weg stehen."

„Im Weg stehen?", wiederholte sie fassungslos und sprang auf. Ihr Magen gab keine Ruhe mehr, und das dauernde Knurren machte sie nervös. „Ach, sei doch endlich ruhig", fauchte sie.

Grey starrte sie bestürzt an.

„Ich habe nicht mit dir geredet."

„Ist hier sonst noch jemand, den ich vielleicht nicht sehe?"

„Mein Magen gibt keine Ruhe."

„Verdammt, Maureen, warum hast du mich dir kein Sandwich machen lassen?"

„Weil ich zu wütend auf dich bin!" Aufgeregt ging sie in der Küche hin und her. In ihren Gedanken und Gefühlen herrschte ein wildes Durcheinander.

„Ich werde dir etwas zum Essen machen. Dann fühlst du dich wieder besser."

„Wobei im Weg stehen?", stieß sie hervor, ohne sein Angebot zu beachten.

„Dabei, jemanden wie Eric oder einen anderen von deinen Studienkollegen zu finden, der wirklich zu dir passt. Ich habe bemerkt, wie viel Interesse sie dir alle entgegenbringen. Und ehrlich gesagt, ich kann es ihnen nicht verdenken. Du bist liebenswürdig und geistreich und ..."

„... fühle mich absolut elend."

„Das ist nur der Hunger. Du bekommst sofort ein Sandwich." Er hatte den Kühlschrank geöffnet und nahm die nötigen Zutaten heraus.

„Ich will kein Sandwich." Nervös ballte Maureen die Hände zu Fäusten und öffnete sie wieder.

„Möchtest du lieber eine Suppe?"

„Du hättest mich fragen können, bevor du eine solche Entscheidung triffst. Was gibt dir das Recht zu entscheiden, mit wem ich mich treffen soll und mit wem nicht? Meinst du nicht, es wäre besser gewesen, wenn du zuerst mit mir darüber gesprochen hättest? Ich fühlte mich elend, Grey, und das nur, weil Eric und ich angeblich gut zusammenpassen. Erics Verlobte wird das vermutlich anders sehen."

Grey sah sie fragend an. „Mir scheint, wir reden von zwei völlig verschiedenen Dingen. Ich dachte, wir unterhalten uns über das Sandwich, das ich dir machen soll."

„Sandwich? Wir reden von meinem Leben!"

„Oh." Grey sah verwirrt und verlegen drein.

„Bist du wirklich so gefühllos?"

„Na ja, unsicher wäre wohl das treffendere Wort." Er wich ihrem Blick nicht aus. „Bis du heute zu mir ins Büro kamst, war mir nicht bewusst, dass ich dir damit wehgetan habe. Und offen gesagt, hat es mich ziemlich überrascht. Ich hatte angenommen, du würdest dich in einen der Studenten verlieben und mich rasch vergessen."

„Also gefühllos und unsicher", stellte sie leise fest.

Beide schwiegen. Maureen presste die Zähne zusammen. Sie war wie vor den Kopf gestoßen. Grey hatte also kein Vertrauen in ihre Gefühle zu ihm gehabt. Er hatte sie für einen flatterhaften Teenager gehalten, der sich heute vom Charme und von den Aufmerksamkeiten eines Mannes, morgen von denen eines anderen angezogen fühlte.

Er sah ihr in die Augen. „Wärst du mit einer Entschuldigung zufrieden?", fragte er kleinlaut.

„Eine Entschuldigung und ein Sandwich wären schon mal ein ganz guter Anfang. Alles Weitere muss Gegenstand separater Verhandlungen sein", antwortete sie diplomatisch.

8. KAPITEL

„Es besteht absolut kein Anlass, so nervös zu sein", bemühte sich Grey, Maureen zu beruhigen, als er seinen Wagen vor Dr. Brownings Haus parkte.

Er hatte darauf bestanden, dass sie ihn auf die Cocktailparty begleitete, die der Universitätspräsident in seiner eleganten Villa gab. Maureen hatte gehofft, Grey würde sie nach und nach mit seinen Freunden bekannt machen, aber er hatte behauptet, so wäre es einfacher. Einfacher für ihn vielleicht. Für ihre Nerven war es jedoch die Hölle.

„Ich und nervös? Wie kommst du denn darauf?", versuchte sie scherzhaft über ihre Aufregung hinwegzutäuschen. Grey hatte zwar darauf bestanden, dass sie ihn zu dieser Party begleitete, aber zu einer zweiten würde er sie wohl kaum mitnehmen. Das Herz schlug ihr bis zum Hals, und seit Grey sie vor einer halben Stunde in ihrer Wohnung abgeholt hatte, hatte sie nicht mehr als ein Dutzend Worte gesprochen. Es fiel ihr schwer, auch nur einigermaßen ruhig zu sitzen.

„Du bist ja kreidebleich." Er ergriff ihre Hand und drückte sie aufmunternd. „Jeder wird dich gern haben, also hör auf, dir Gedanken zu machen."

„Ja, ja." Es gelang Maureen nicht, ihrer Stimme einen entschiedenen Klang zu geben. Noch nie hatte sie solche Angst vor einer Party gehabt. Anfangs hatte sie sich über Greys Einladung gefreut. Sie hatte ihr so viel bedeutet. Aber jetzt hätte Maureen alles für eine glaubwürdige Ausrede gegeben, um nicht auf dieser offiziellen Abendgesellschaft erscheinen zu müssen.

Grey stieg aus, ging um den Wagen herum und öffnete die Beifahrertür.

Wie in einem Krampf schlossen sich Maureens Finger um ihre kleine Abendtasche. „Grey, ich weiß, es klingt albern, aber ich spüre, dass ich gleich ganz schreckliche Kopfschmerzen bekommen werde. Vielleicht wäre es am besten, du würdest mich wieder nach Hause bringen."

„Unsinn. Ich werde Joan bitten, dir eine Tablette zu geben."

Eine Tablette würde Maureen nicht helfen, aber eine Auseinandersetzung mit Grey ebenso wenig. „Du willst also noch immer, dass ich mitkomme?", fragte sie. Sie wollte ihm eine letzte Möglichkeit geben, seine Einladung rückgängig zu machen, ehe sie vor all den gebildeten Leuten auf der Party etwas sagte oder tat, das sie beide in Verlegenheit brachte.

„Natürlich", antwortete er, ohne zu zögern.

Maureens Hände waren eiskalt. Die Kälte breitete sich allmählich in ihrem ganzen Körper aus. „Würdest du mir noch einen Gefallen tun, bevor wir hineingehen?"

„Gern. Vorausgesetzt, du bittest mich nicht, dich nach Hause zu fahren."

„Nein, nein."

„Also gut, was kann ich für dich tun, Maureen?"

Sie saß noch halb auf dem Beifahrersitz und fragte sich, ob sie den Verstand verloren hatte.

„Maureen?"

„Ich ... ich weiß nicht, was ich will", flüsterte sie.

„Ist dir kalt?"

Sie nickte so heftig, dass sie fürchtete, ihre Frisur könnte in Unordnung geraten. Dabei hatte es sie Stunden gekostet, jede Haarsträhne sorgfältig zu flechten und zu einem kunstvollen Knoten zusammenzustecken. Es schien ihr genau die richtige Frisur für diesen Anlass zu sein, obwohl sie ihre schulterlangen Locken gewöhnlich immer offen trug.

„Ich glaube, ich weiß, was du brauchst", behauptete Grey und blickte sich rasch um, bevor er sich vorbeugte und seine Hände auf Maureens Schultern legte.

Maureen sah ihn an und fragte sich noch, was er vorhatte, als er sich ganz zu ihr hinunterbeugte und ihr zärtlich einen Kuss auf den Mund hauchte. „Du brauchst keine Angst zu haben", flüsterte er, ehe er seine Lippen erneut auf ihre presste.

Maureen umklammerte seine Handgelenke, als suche sie Halt. War das wirklich Grey, der sie küsste? Derselbe Mann, der sonst vor jedem Kuss in der Öffentlichkeit zurückschreckte, wenn auch nur die geringste Gefahr bestand, dass man sie beobachten könnte?

Er küsste sie ein drittes und ein viertes Mal, als könne er gar nicht genug bekommen. Maureen spürte wie die Kälte aus ihrem Körper wich und stattdessen wohlige Wärme von ihr Besitz ergriff.

Grey hob den Kopf. „Und wie fühlst du dich jetzt?", fragte er.

„Als wäre ich geküsst worden."

„Na ja, das war wohl nicht ganz fair", räumte er ein, „aber das war das Einzige, was mir eingefallen ist, um wieder Farbe in deine Wangen zu bekommen. Du warst so blass, dass ich fürchtete, du könntest jeden Moment ohnmächtig werden. Können wir jetzt hineingehen?"

„Wenn's denn sein muss."

Er half Maureen aus dem Wagen und nahm sie bei der Hand. „Sei nur du selbst, Maureen. Du brauchst dir wirklich keine Gedanken zu machen. Genieß den Abend."

„Das werde ich bestimmt", antwortete sie, obwohl sie wusste, dass das unmöglich sein würde.

Hand in Hand gingen sie die Auffahrt zu der im Kolonialstil erbauten, eindrucksvollen Villa des Universitätspräsidenten hinauf. Maureen spürte sofort, dass ihre Ängste völlig unbegründet gewesen waren. Am säulengeschmückten Portal wurden sie von Präsident Browning und seiner Frau Joan empfangen. Joan Browning war Maureen auf den ersten Blick sympathisch. Sie war eine anmutige Frau, die Wärme und Freundlichkeit ausstrahlte.

„Grey hat schon öfter von Ihnen gesprochen", wandte sie sich an Maureen, während die beiden Männer ein paar Worte miteinander wechselten. „John und ich freuten uns schon darauf, Sie endlich kennenzulernen."

Maureen gelang es, ihre Überraschung zu verbergen. „Vielen Dank für die Einladung zu Ihrer Party."

„Unsinn. Wir danken Ihnen, dass Sie gekommen sind."

Als sie das Haus betraten, legte Grey Maureen den Arm um die Taille. „Das war doch nicht schlimm, oder?", fragte er leise.

„Nein." Sie war selbst erstaunt, wie unbefangen sie sich mit Joan Browning unterhalten hatte. Aber Joan hatte sie auch wirklich zuvorkommend empfangen.

„Bist du jetzt bereit, einige der anderen Gäste kennenzulernen?", fragte Grey.

„Erst, wenn ich einen Schluck Champagner getrunken habe." Maureen trank sonst kaum Alkohol, aber sie wusste, dass ihr jetzt ein Glas dieser prickelnden Flüssigkeit helfen würde, ihre Nervosität zu überwinden.

Grey ließ sie einen Augenblick allein, um für jeden ein Glas Champagner zu holen. Als er zurückkam, lächelte er sie liebevoll und schelmisch an. „Habe ich dir schon gesagt, wie wundervoll du heute Abend aussiehst?"

„Etwa viermal, und ich habe es jedes Mal aufs Neue genossen, es zu hören."

Er lachte. „Ich schätze mich glücklich, dass du heute Abend mit mir hier bist."

„Das müsste eigentlich ich sagen", widersprach sie. Und nach einer kurzen Pause fügte sie hinzu: „Grey, wer ist die Frau, die da drüben sitzt? Seit wir hereingekommen sind, durchbohrt sie mich mit Blicken. Kennst du sie?"

Maureen spürte, wie Grey sich verkrampfte. „Ja, weißt du ..." Er hielt inne und räusperte sich. „Das bildest du dir bestimmt nur ein."

„Das tue ich nicht. Wer ist sie?", beharrte Maureen.

„Das ist Dr. Pamela Riverside." Grey fühlte sich offenbar ziemlich unbehaglich. Er trank den Rest seines Champagners mit einem Schluck aus und stellte das schlanke, langstielige Glas ab.

„Mir scheint, es ist an der Zeit, dass du uns miteinander bekannt machst, meinst du nicht auch?" Maureen wurde bewusst, dass nur der Champagner ihr den Mut zu so einem Vorschlag gab.

„Offen gesagt, nein", erwiderte Grey unerwartet heftig.

„Hallo, ich bin Maureen O'Day." Grey war von einem seiner Kollegen in ein Gespräch verwickelt worden, und Maureen wollte die Gelegenheit nutzen, um mit der Frau zu sprechen, die sie seit einer halben Stunde aus ihren stahlblauen Augen so unverhohlen anstarrte. Wenn Grey sie einander nicht vorstellen wollte, tat sie es selbst.

„Mein Name ist Dr. Pamela Riverside", antwortete die andere Frau steif und hielt ihr Champagnerglas vor sich, als solle es sie vor feindlichen Mächten schützen. „Ich ... ich bin eine Kollegin von Dr. Carlyle."

„Das habe ich angenommen."

„Grey hat nie von mir gesprochen?", fragte Dr. Riverside leise, den Blick auf den Boden gerichtet. Sie sah sehr verwundbar aus und konnte es nur schlecht verbergen.

„Vielleicht hat er es, aber ich kann mich nicht daran erinnern", antwortete Maureen ehrlich. Greys Reaktion vorhin legte allerdings nahe, dass er seine Kollegin ihr gegenüber tatsächlich nie erwähnt hatte. Ja, er schien sogar alles zu tun, um zu verhindern, dass sie sich miteinander unterhielten.

„Ich habe es auch nicht erwartet." Dr. Riversides Stimme zitterte ein wenig.

Die Gedanken, die Maureen durch den Kopf jagten, ließen ihren Puls mit einem mal schneller schlagen. Wenn Dr. Riverside sie so mit Blicken durchbohrte, musste es dafür einen Grund geben. Ob Grey mit ihr eine Beziehung gehabt hatte, die über ein kollegiales Verhältnis hinausgegangen war? Hatte er Schluss mit ihr gemacht und ihr damit das Herz gebrochen?

Je länger Maureen die Professorin betrachtete, um so mehr machte Dr. Riverside auf sie den Eindruck einer verlassenen Frau. Sie war einige Zentimeter größer als Maureen und so dünn, dass man sie schon fast hager nennen konnte. Ihr Haar war zu einem strengen Nackenknoten zusammengefasst, der nicht gerade dazu beitrug, ihre scharf geschnittenen Gesichtszüge zu mildern. Sie hätte ohne größere Anstrengungen durchaus attraktiv aussehen können. Doch ihre Art, sich zu kleiden, war hoffnungslos altmodisch, und sie verzichtete völlig auf jegliches Make-up. Nicht einmal einen Hauch von Lippenstift oder Lidschatten hatte sie aufgetragen.

„Tatsächlich besteht überhaupt kein Anlass, warum Grey mich hätte erwähnen sollen", fuhr Pamela Riverside fort. Mit jedem Wort machte sie einen unglücklicheren Eindruck. „Er hat sich mir gegenüber stets wie ein perfekter Gentleman benommen. Wollte ich etwas anderes behaupten, müsste ich lügen."

„Vermutlich hat er mich auch nicht erwähnt", bemerkte Maureen. Auch ihr gegenüber war Grey stets „der perfekte Gentleman" gewesen. Sie bezweifelte, dass er je etwas anderes sein würde.

„Nein, ich kann nicht sagen, dass er jemals von Ihnen gesprochen hätte", bestätigte Dr. Riverside gehässig. Sie genoss es ganz offensichtlich, Maureen einen Stich zu versetzen.

Das trug nicht gerade dazu bei, dass Maureen sich besser fühlte. Im Gegenteil, sie war ziemlich deprimiert. Sie war nicht so naiv zu glauben, in Greys Leben hätte es bisher keine Frauen gegeben. Vielleicht hatte er auch jetzt ein Verhältnis, doch das bezweifelte sie. Trotzdem musste sie sich eingestehen, dass ihr der Gedanke wehtat.

„Nun, es gibt auch keinen Grund, warum er Ihnen etwas von mir hätte erzählen sollen", gab Maureen widerstrebend zu, bemüht, die Spannung zwischen ihnen nicht zu erhöhen.

Ein flüchtiges Lächeln glitt über Pamelas Gesicht. „Das wäre auch gar nicht nötig gewesen."

Maureen sah sie fragend an.

„Er brauchte mir nichts von Ihnen zu erzählen. Ich wusste es beinahe vom ersten Augenblick an."

Maureen fragte sich, was genau die andere Frau wusste. „Ich verstehe nicht ganz", sagte sie und wünschte insgeheim, sie hätte das zweite Glas Champagner nicht abgelehnt, das Grey ihr hatte holen wollen.

„Nach meinen Berechnungen müssen Sie und Grey sich Ende Oktober kennengelernt haben."

Mit einem unwillkürlichen Kopfnicken bestätigte Maureen die Vermutung der Professorin. Sie wusste nicht, wie Pamela Riverside das herausgefunden hatte, und war sich auch nicht sicher, ob sie es überhaupt wissen wollte. Sie wollte gerade eine andere Frage stellen, als Grey zu ihnen trat.

„Pamela", begrüßte er seine Kollegin mit einem kurzen Kopfnicken. Er wirkte steif, die Hände hatte er tief in den Hosentaschen vergraben. „Ich sehe, du hast Maureen O'Day kennengelernt."

„Wir haben uns selbst bekannt gemacht", erklärte Maureen bestimmt. Greys Blick verriet, dass er darüber nicht gerade glücklich war. Maureen war bestürzt. Warum wollte er sie unbedingt von Dr. Riverside fernhalten? Doch dass er es wollte, trug nur dazu bei, ihre Neugier zu wecken.

„Es sind ein paar Leute hier, mit denen ich dich gern bekannt machen möchte." Demonstrativ legte Grey den Arm um Maureens Taille. „Wenn du uns bitte entschuldigst, Pamela."

„Natürlich", sagte Dr. Riverside förmlich. „Es war nett, Sie kennenzulernen, Maureen."

„Auch mir war es ein Vergnügen", antwortete Maureen. Sie meinte es aufrichtig. „Vielleicht können wir uns bald wieder einmal unterhalten."

„Das würde mich freuen."

Maureen wurde den Eindruck nicht los, dass Grey sie gar nicht schnell genug aus der Nähe der anderen Frau fortbringen konnte.

Um das kalte Büfett, das inzwischen aufgebaut worden war, drängten sich eine ganze Reihe Leute. Maureen erkannte zwei Professoren, die sie an der Universität schon einmal gesehen hatte. Alle anderen waren ihr völlig fremd.

Sie merkte bald, dass Grey sie niemandem Bestimmten vorstellen wollte und dass das nur ein Vorwand gewesen war, um sie von Dr. Riverside fortzuholen. Sie reihten sich in die Schlange am Büfett ein. Grey reichte ihr einen kleinen Teller und ein Besteck.

Nachdem sie ihre Teller gefüllt hatten, geleitete Grey Maureen ins Wohnzimmer der Brownings hinüber, in dem sich außer ihnen nur ein Paar befand. Es saß auf der anderen Seite des Raums und war in ein Gespräch vertieft. Grey führte Maureen zum Sofa und setzte sich neben sie. Allerdings drehte er sich so, dass er sich seitlich anlehnen und Maureen ansehen konnte.

„Ich nehme an, du möchtest mir ein paar Fragen stellen. Ich bin bereit."

„Nein", antwortete Maureen nicht ganz wahrheitsgemäß. Natürlich gingen ihr tausend Fragen durch den Kopf, auf die sie gern eine Antwort gehabt hätte. Doch sie wollte den Zeitpunkt, wann sie sie stellte, selbst bestimmen.

„Zwischen mir und Pamela war nie etwas, was immer sie dir auch erzählt haben mag", begann er von sich aus. Seine Stimme klang hart und beinahe schrill. „Nie."

„So etwas hat sie auch gar nicht angedeutet."

Erleichtert atmete Grey auf. „Pamela gerät allmählich in Torschlusspanik. Sie wird sicherlich keine schlechte Ehefrau sein und einen Mann durchaus glücklich machen können – aber mich bestimmt nicht!"

Er sagte das mit solchem Nachdruck, dass Maureen sich vor Überraschung beinahe verschluckt hätte. „Ich verstehe", sagte sie, ohne ihn anzusehen.

Grey musterte sie argwöhnisch. „Jetzt ist mir klar, warum du es nicht magst, wenn ich das sage", erklärte er. Offensichtlich war er ziemlich beunruhigt. „Was hat sie dir denn nun eigentlich genau gesagt?"

„Nicht viel."

„Pamela und ich sind schon seit einigen Jahren am Fachbereich Literatur tätig. Wir haben immer eng zusammengearbeitet, und vermutlich ist es ganz natürlich, dass sie sich gewisse Hoffnungen macht."

„Sie ist in dich verliebt."

Grey setzte sich so ruckartig auf, dass Maureen glaubte, er müsse sich dabei verletzt haben. „Hat sie dir das gesagt?"

„Das war nicht nötig. Es war mir fast vom ersten Augenblick an klar, als ich sie sah."

„Ich habe nie etwas getan, um sie zu ermutigen, Maureen. Ich schwöre dir, das ist die Wahrheit. Unsere Arbeit und unsere Position an der Universität brachten es mit sich, dass wir gelegentlich zusammen offizielle Veranstaltungen und Partys besuchten. Und vermutlich gab es in Kollegenkreisen auch Gerüchte, dass mehr hinter unserer Beziehung steckt. Aber das war nie der Fall. Ich schwöre es dir."

„Ich nehme es zur Kenntnis", sagte sie und biss in eine kleine, mit Käse gefüllte Tomate. „Hmm, das schmeckt köstlich. Isst du deine?"

Grey starrte sie ungläubig an, als könne er es nicht fassen, dass sie sich Gedanken übers Essen machen konnte, während ihre noch so junge Beziehung in Gefahr war. „Bist du denn nicht wütend auf mich?"

„Sollte ich es sein?"

„Nein", erklärte er nachdrücklich. Er strich ihr zärtlich übers Haar. „Es besteht absolut kein Grund dazu!"

„Dann bin ich es auch nicht."

„Wirklich nicht?"

„Wirklich nicht." Mit einer raschen Bewegung stibitzte sie Grey die gefüllte Tomate vom Teller. Wenn er sie nicht mochte, ihr schmeckte sie. „Soweit ich es sehen kann, besteht kein Grund zur Eifersucht. Also werde ich auch nicht eifersüchtig sein."

Grey sah Maureen aus großen Augen an. Es schien fast, als habe er Vorwürfe erwartet und sei nun enttäuscht, dass er sie nicht entkräften konnte.

9. KAPITEL

„Das wäre doch wirklich nicht nötig, Grey." Noch immer konnte Maureen kaum glauben, dass ihre beiden jüngsten Brüder es gewagt hatten, Grey anzurufen und ihn zu überreden, mit ihnen ins Kino zu gehen. Es war der Mittwoch vor dem Erntedankfest, und sie hatte ausnahmsweise einen freien Abend mitten in der Woche. Sherry hatte ihr freigegeben, weil sie am Feiertag arbeiten musste.

„Um ehrlich zu sein, ich weiß auch nicht, wie sie es geschafft haben", erwiderte Grey lachend. „Aber ich habe Lust, wieder einmal ins Kino zu gehen. Und jetzt, da du mitkommen kannst, macht es mir noch mehr Spaß."

Er hatte Maureen von ihrer Wohnung abgeholt. Als er den Wagen vor ihrem Elternhaus parkte, kamen Chad und Danny schon freudestrahlend angelaufen.

„Trotzdem ...", begann Maureen erneut.

Grey nahm ihre Hand. „Ich habe wirklich Lust dazu, glaub mir. Ich war schon seit Jahren nicht mehr im Kino. Und für die Abendvorstellung brauchen die beiden nun mal noch eine erwachsene Begleitperson."

„Aber dieser Film! Ich habe eine Vorschau gesehen. Er ist ganz bestimmt nicht nach deinem Geschmack."

„Lass mich ihn doch erst einmal sehen. Dann sage ich dir, wie er mir gefallen hat."

„Tag, Professor", begrüßte Danny den Freund seiner Schwester und ließ sich voller Begeisterung auf den Rücksitz fallen. „Es ist wirklich spitze, dass Sie mit Chad und mir ins Kino gehen, nicht wahr, Chad?"

„Klar doch." Chads Begeisterung war nicht mehr ganz so überschwänglich wie die seines kleinen Bruders, nachdem er seine Schwester im Wagen entdeckt hatte. „Aber ich wusste nicht, dass Maureen mitkommt", fügte er mit einem skeptischen Seitenblick auf sie hinzu.

„Ich dachte, das kann nicht schaden, wo ihr beiden Grey schon überrumpelt habt. Wessen Idee war es übrigens, ihn anzurufen?"

„Dannys", rief Chad.

„Chads", widersprach Danny in der gleichen Lautstärke.

„Das ist doch unwichtig", behauptete Grey und erinnerte Maureen noch einmal daran, dass er den Jungs gern den Gefallen tat.

Grey verstand sich ausgezeichnet mit ihren Brüdern. Ganz offensichtlich hatte er sie ins Herz geschlossen. Es war nicht das erste Mal, dass er sich von ihnen zu etwas hatte überreden lassen, was er sonst nie getan hätte. Auch ihre Mutter mochte ihn ausgesprochen gern. Grey war zweimal bei den O'Days zu Besuch gewesen. Beide Male hatte er Colleen Rosen mitgebracht und sich hinterher auch noch schriftlich für die Einladung zum Essen bedankt. Er hatte ihre gesamte Familie im Sturm erobert. Alle waren begeistert von ihm.

Manchmal beunruhigte es Maureen ein wenig, wie sehr er sie alle verwöhnte. Doch ihm bereitete es anscheinend großes Vergnügen. Grey war als Einzelkind aufgewachsen. Dies war vermutlich der Grund, warum er sich so zu ihrer fröhlichen, harmonischen Familie hingezogen fühlte. Er gab sich große Mühe, sich in das Familienleben einzufügen. Er spielte Schach mit ihrem Vater und sogar Football mit den Jungs. Es machte Maureen glücklich, dass sie und ihre Familie ihm offenbar so viel bedeuteten.

Inzwischen hatten sie die Wichita Mall erreicht. Grey fand in der Nähe des Kinos einen Parkplatz. Zu viert schlenderten sie zum Eingang und betraten das Foyer. Grey bezahlte die Eintrittskarten und gab eine Runde Popcorn und Limonade für alle aus.

„Wir müssen doch nicht bei euch sitzen?", fragte Danny, sobald er die Riesentüte Popcorn und die Getränkedose in den Händen hielt.

„Ja, können wir uns irgendwo allein hinsetzen?", unterstützte Chad seinen Bruder.

„Setzt euch irgendwohin, wo wir euch sehen können. Das ist alles, was ich verlange", antwortete Maureen.

„Warum?", fragten Chad und Danny wie aus einem Mund. „Wir sind doch keine kleinen Kinder mehr."

„Es könnte etwas passieren, und dann möchte ich wissen, wo ihr seid, und euch nicht erst suchen müssen."

Die Jungs rollten mit den Augen und warfen sich einen vielsagenden Blick zu. Zweifellos waren sie übereinstimmend der Meinung, Maureen hätte sich zu oft mit ihrer Mutter unterhalten. Sie hielten es aber offenbar für klüger, sich auf keine Diskussion einzulassen, und machten sich rasch aus dem Staub.

Grey und Maureen folgten ihnen langsam in den Kinosaal. Ein paar Schritte hinter der Eingangstür blieb Grey stehen. „Wo möchtest du sitzen?"

„Möglichst weit hinten, damit wir problemlos hinausgehen können, wenn dir der Film gar nicht zusagt."

Grey wählte zwei Plätze in der vorletzten Reihe. Chad und Danny hingegen hatten sich in die dritte Reihe von vorne gesetzt. Leuchtend weiß und riesengroß erhob sich die Leinwand direkt vor ihnen. So würde ihnen bestimmt nichts, aber auch gar nichts entgehen. Sie wandten sich um und hielten Ausschau nach ihrer Schwester. Als sie sie entdeckt hatten, winkten sie ihr kurz zu.

Die Handlung des Films war alles andere als anspruchsvoll. Sie diente nur als Rahmen für die spannende, allerdings auch erbarmungslose Verfolgungsjagd, in deren Verlauf gewaltige Sattelschlepper alles rücksichtslos rammten oder von der Straße drängten, was ihnen vor die riesigen Räder kam. Maureen wusste schon, warum ihre Brüder diesen Film unbedingt hatten sehen wollen, doch sie zuckte jedes Mal zusammen, wenn wieder ein Personenwagen von den mächtigen Stoßstangen gerammt und einen Abhang hinuntergestoßen wurde oder gerade noch um Haaresbreite zwischen zwei nebeneinander fahrenden Trucks durchkam.

Grey legte ihr beruhigend den Arm um die Schultern und drückte sie an sich. „Kein Grund zur Aufregung", sagte er augenzwinkernd.

„Ich weiß", flüsterte sie, während sie ihren Kopf an seine Brust legte. Sie hörte sein Herz schlagen. Den Film nahm sie nur noch als verschwommene bunte Flecken wahr, die vorne über die Leinwand huschten. Zärtlich zeichnete Grey mit dem Finger kleine Kreise auf Maureens Schulterblatt. Ein wohliger Schauer durchlief sie. Sie blickte hoch und stellte fest, dass auch Grey dem Geschehen auf der Leinwand keine Aufmerksamkeit mehr schenkte. Er lächelte, als sich ihre Blicke trafen, und Maureen sehnte sich nach seinem Kuss.

Grey musste das Verlangen in ihren Augen gelesen haben, doch sie glaubte, seine Zurückhaltung spüren zu können. Sie wusste, wie ungern er seine Gefühle in aller Öffentlichkeit zur Schau stellte, und konnte nicht erwarten, dass er sie in einem gut besuchten Kino küsste, in dem jeder sie sehen konnte.

„Maureen", flüsterte er.

„Ich weiß", antwortete sie mit gesenktem Blick. „Später."

„Nein. Jetzt." Grey beugte sich zu ihr herunter. Sie hatte sich ihm zugewandt und spürte seinen Atem auf ihrem Gesicht. Ihre Lippen vereinigten sich in einem langen, zärtlichen Kuss.

Grey atmete hörbar ein. Seine Stirn ruhte an ihrer. „Maureen O'Day, was machst du nur mit mir?"

In diesem Augenblick hätte ein Tornado über sie hinwegfegen können, ohne dass Maureen es gemerkt hätte. Der zerstörerische Wirbelwind, der auf seinem Weg eine Spur der Verwüstung hinterließ, hätte ihr nichts anhaben können. Der Ansturm der Gefühle, die auf sie eindrangen, war mit nichts zu vergleichen. Sie war auf dem besten Weg, sich unsterblich in Professor Grey Carlyle zu verlieben.

Bis jetzt hatte sie sich zwar zu ihm hingezogen gefühlt. Sie hatte ihn bewundert und ihre Verschiedenartigkeit als Herausforderung betrachtet. Doch nun wurde ihr schlagartig klar, dass sie viel mehr für ihn empfand. Irgendwann zwischen der Cocktailparty bei Dr. Browning und diesem Abend hatte er ihr Herz erobert. Der genaue Zeitpunkt und Ort blieben ein Geheimnis.

Grey küsste sie noch einmal. Es war ein langer, leidenschaftlicher Kuss. Nur widerstrebend lösten sie sich schließlich voneinander, als das Licht im Saal anging. Maureen hatte vom Schluss des Films absolut nichts mitbekommen.

„Wir können im Foyer auf die Jungs warten", schlug Grey vor.

Während sie aufstanden und er Maureen in den Mantel half, hörte sie hinter sich zwei Mädchen aufgeregt miteinander tuscheln.

„Das ist Professor Carlyle", flüsterte das eine Mädchen.

„Das kann nicht sein", entgegnete die andere. „Der alte Griesgram? Unmöglich. Professor Carlyle macht nie einen Scherz. Der lächelt ja noch nicht einmal. Er ist einfach nicht der Typ, der Geld ausgibt, um sich so einen Film anzusehen. Er kann es unmöglich sein."

„Du hast ja recht, Carrie, aber du musst doch zugeben, dass er genauso aussieht."

„Außerdem hat er eine Frau dabei. Eine junge."

Ein kurzes Schweigen folgte. Maureen war sich sicher, dass Grey das Gespräch ebenfalls gehört haben musste. Sie suchte seinen Blick und lächelte ihm aufmunternd zu. Falls er es bemerkt hatte, ließ er es nicht erkennen.

„Ich habe einmal gelesen, dass jeder Mensch irgendwo auf der Welt einen Doppelgänger hat", ging das Getuschel weiter. „Ich wette, der Mann da ist Professor Carlyles Doppelgänger."

„Sie ist zu jung für ihn, meinst du nicht auch?"

Grey hatte den Arm um Maureens Taille gelegt und ließ sie nicht los. Als sie an der letzten Reihe vorbeikamen, nickte er den beiden Teenagern zu, die noch sitzen geblieben waren und ihn mit offenem Mund anstarrten.

„Guten Abend, Carrie. Hallo, Carol", sagte er ruhig.

Die beiden jungen Frauen zuckten zusammen wie auf frischer Tat ertappte Einbrecher. „Hallo, Professor Carlyle", stotterte die eine, und die andere fügte hinzu: „Schön, Sie zu sehen, Sir." Maureen wartete, bis sie das Foyer erreicht hatten, bevor sie sich an Grey wandte. „Grey Carlyle, das war eine grausame und ungewöhnliche Strafe."

Er lächelte gequält. „Schon möglich", räumte er ein. Falls er noch etwas über die Sache hatte sagen wollen, so war die Gelegenheit dazu vorüber, denn Chad und Danny kamen auf sie zugestürmt „Der Film war wirklich echt ätzend", platzte Chad begeistert heraus und strahlte Grey an. „Danny und ich möchten uns bedanken, dass Sie uns mitgenommen haben. Wenn Sie nicht gewesen wären, hätten wir ihn wohl nie gesehen."

Die letzte Bemerkung war als Seitenhieb für Maureen gedacht, weil sie so wenig Bereitschaft zeigte, ihre Brüder zu so wichtigen Ereignissen zu begleiten. Sie blieb ungerührt. Wenn es nach ihr gegangen wäre, hätten sie sich einen Musicalfilm angesehen – und das wussten Danny und Chad.

„Der Film war ätzend?", wiederholte Grey mit einem Hilfe suchenden Blick zu Maureen.

„Ätzend bedeutet toll, spitze, super – Sie wissen schon", klärte Chad ihn auf.

Grey nickte ernst. Er schien sich zum Lächeln zwingen zu müssen. „Ja, richtig. Jetzt, da du es sagst, fällt es mir wieder ein. Bananensplits sind auch echt ätzend, stimmt's? Ich frage mich, ob die beiden Herren vielleicht Lust darauf hätten?"

„Und wie! Das ist doch keine Frage!", erklärte Danny mit leuchtenden Augen für seinen Bruder gleich mit.

„Du verwöhnst sie, Grey", protestierte Maureen, allerdings nicht sehr nachdrücklich. Es machte ihr Freude zuzusehen, wie Grey mit den Jungs umging, und es war unübersehbar, dass sie ihn ebenso sehr mochten wie er sie.

„Ach, Maureen, verdirb uns doch nicht alles. Grey verwöhnt uns nicht. Er hat es ganz von selbst vorgeschlagen. Wir haben überhaupt nicht gebettelt", warf Chad ein.

„Ja. Wir haben ihn nicht einmal fragen müssen", bekräftigte Danny. „Grey will uns nur eine Freude machen."

„Richtig", bestätigte Grey und legte den Arm um Maureen, die trotzdem deutlich spürte, dass er sich innerlich abkapselte.

Sie verließen das Kino und machten sich auf den Weg zu einer nahe gelegenen Eisdiele.

„Nach allem, was ich über euren Onkel Harry gehört habe, brauche ich morgen jeden Freund, den ich auftreiben kann", sagte Grey augenzwinkernd zu Maureen, als sie ihr Eis bestellt hatten. „Da kann ich es mir mit Danny und Chad doch nicht verderben."

Maureen hatte fast vergessen, dass ihr berüchtigter Onkel Harry am nächsten Tag zum Erntedankfest erwartet wurde. Er war ein richtiges Schlitzohr, das mit allen seine Streiche trieb, und sagte und tat mit Vorliebe Dinge, die die jüngere Generation provozierten oder in Verlegenheit brachten.

„Ich glaube nicht, dass du viel zu befürchten hast", beruhigte Maureen ihn. „Onkel Harry ist in den letzten paar Jahren ruhiger geworden."

„Spielt er Schach?"

„Nicht mit meinem Vater", antwortete sie lachend. Der Einzige, der verwegen genug war, sich mit Patrick O'Day ans Schachbrett zu setzen, war der Mann, dessen Arm um ihre Schultern lag.

„Und was ist mit Football?"

„Football liebt er, solange er ein Match auf einem Bildschirm verfolgen kann und nicht mehr von ihm verlangt wird, als gelegentlich über den Schiedsrichter oder den Trainer zu schimpfen. Du hast Glück. Er selbst hat seit Jahren keinen Football mehr angerührt."

Grey nickte. „Hört sich an, als ob ich mich bestens mit ihm verstehen müsste."

Als sie ihr Eis gegessen hatten, lieferte Grey Chad und Danny zu Hause ab. Er begleitete die beiden hinein, um Maureens Eltern rasch Hallo zu sagen. Dann fuhr er Maureen zu ihrer Wohnung. Er war die ganze Fahrt über ungewöhnlich schweigsam. Sie hätte gern den Vorfall im Kino angesprochen, wusste aber nicht richtig, wie sie anfangen sollte. Ein paarmal war sie versucht, das Komische an der Situation hervorzuheben, doch schließlich hielt sie es für besser, wenn Grey selbst davon anfing. Sie wusste nicht, warum er sich die Sache zu Herzen nehmen sollte, aber offenbar tat er es. Der Abend war wunderschön gewesen, bis die beiden Studentinnen Grey erkannt und ihre albernen Bemerkungen gemacht hatten.

„Du kommst doch noch auf eine Tasse Kaffee mit hinauf?", lud sie ihn in der Hoffnung ein, er werde nicht Nein sagen. Dann bestand wenigstens die Chance, dass sie über die Sache sprachen.

„Bist du denn nicht müde?", fragte er und verzog gleich darauf das Gesicht in dem erfolglosen Bemühen, ein Gähnen zu unterdrücken.

„Nein. Aber du scheinst ziemlich erschöpft zu sein."

„Es war eine anstrengende Woche." Er gähnte erneut „Vielleicht ist es besser, ich bringe dich nur noch zur Tür und verabschiede mich dort."

Er begleitete sie zu ihrer Wohnungstür und streifte Maureens Lippen mit einem flüchtigen Kuss. Nur mit Mühe gelang es ihr, die maßlose Enttäuschung zu verbergen, die in ihr aufstieg.

„Gute Nacht."

„Gute Nacht, Grey. Wir sehen uns morgen."

Er lächelte matt. Maureen biss sich auf die Unterlippe. Es kostete sie große Beherrschung, ihn nicht zurückzurufen. Als sie die Haustür zufallen hörte, betrat sie ihre Wohnung, schloss die Tür hinter sich und ließ sich kraftlos auf das Sofa fallen. Ihre Enttäuschung drohte sie zu überwältigen.

10. KAPITEL

„Ich bin froh, dass du hier bist", begrüßte Colleen O'Day ihre Tochter, als Maureen am nächsten Vormittag zu ihr in die Küche kam, und gab ihr einen Kuss auf die Wange. „Grey hat eben angerufen. Er sagte, er habe versucht, dich in deiner Wohnung zu erreichen, aber du warst wohl schon fort."

Maureen tauchte einen Finger in die Schüssel, in der ihre Mutter gerade die Creme für die Tortenfüllung zusammengerührt hatte, und schleckte ihn genüsslich ab. „Kommt Grey später?", fragte sie, während sie in die zahlreichen Töpfe und Schüsseln schaute, die auf dem Küchentisch aufgereiht waren. Der intensive Duft von Kräutern und Gewürzen erfüllte die Luft und zog durchs ganze Haus.

„Nein", antwortete Colleen bedauernd. „Er rief an, um sich zu entschuldigen. Er kann den Tag jetzt leider doch nicht mit uns verbringen. Offenbar ist irgendetwas dazwischengekommen."

„Etwas dazwischengekommen?", wiederholte Maureen fassungslos. „Was meinte Grey denn damit?"

„Ich weiß es nicht, Prinzessin, aber er klang ganz anders als sonst." Colleen war dabei, einen ganzen Berg Kartoffeln zu schälen.

Normalerweise hätte sich Maureen ein Schälmesser aus der Schublade geholt und ihrer Mutter geholfen. Doch heute war sie mit ihren Gedanken ganz woanders. Die Hände auf ihre schlanke Taille gestützt, begann sie in der Küche auf und ab zu gehen. Alle möglichen Gedanken stürmten auf sie ein. Sie hätte wissen müssen, dass nach dem Vorfall mit den beiden Studentinnen im Kino so etwas passieren würde.

„Ich hätte es wissen müssen", wiederholte sie laut. Sie war traurig und enttäuscht – enttäuscht von Grey und von sich selbst. Sie hätte ihn gestern Abend nicht gehen lassen dürfen, bevor sie über die Sache gesprochen hatten.

„Hattet ihr eine Auseinandersetzung, Liebes?", fragte Colleen, während sie nach der nächsten Kartoffel griff.

„Nein, nicht direkt" Maureen lehnte sich an die Spüle. „Bist du der Meinung, dass ich zu jung für Grey bin, Mom?", fügte sie nach einer Pause leise hinzu.

„Mein Schatz, was ich denke, ist völlig belanglos", antwortete Colleen sachlich. „Das ist etwas, was du mit Grey klären musst, nicht mit mir."

„Du hast ja recht." Maureen zögerte. Vielleicht half es ihr, wenn sie ihrer Mutter erzählte, was passiert war. „Gestern Abend waren zwei von Greys Studentinnen im Kino. Sie tuschelten miteinander, und wir hörten, was sie sagten. Die Mädchen waren offenbar der Ansicht, Grey sei zu alt für mich. Ehrlich, Mom, mich stört der Altersunterschied überhaupt nicht. Dad ist acht Jahre älter als du, und das war doch nie ein Problem."

„Siebeneinhalb Jahre", korrigierte ihr Vater, der in dem Moment in die Küche kam. Er ging zum Hochschrank und nahm eine große Tüte gesalzene Erdnüsse heraus.

„Verdirb dir nicht den Appetit, Patrick O'Day." Colleen erhob drohend den Zeigefinger.

„Nein, nein. Aber ein Mann braucht etwas Ordentliches zwischen die Zähne." Er schlang die Arme um die Taille seiner Frau und küsste sie auf den Hals. „Du kannst doch nicht von mir verlangen, dass ich mich nur von gefülltem Truthahn ernähre."

„Ach, mach, dass du hinauskommst", schimpfte sie lachend und entzog sich seiner Umarmung. „Das Essen ist um eins fertig."

„Essen wir dieses Jahr früher als sonst?"

„Ich muss um drei arbeiten, Dad", erinnerte Maureen ihren Vater. Sie zögerte und schaute auf die Küchenuhr. Wenn sie sich beeilte, reichte die Zeit bis zum Essen, um zu Grey zu fahren und mit ihm zu reden. Vielleicht konnte sie ihn doch noch dazu bewegen, wenigstens zum Mittagessen zu kommen. Sie durften sich den Feiertag nicht von den gedankenlosen Bemerkungen der beiden Studentinnen verderben lassen. Doch die Tatsache, dass Grey sie sich derart zu Herzen nahm, beunruhigte sie weitaus mehr.

„Mom", wandte sie sich hastig an ihre Mutter. „Brauchst du meine Hilfe hier in der Küche, oder kann ich für ein paar Minuten fort?"

„Du kannst ruhig gehen. Ich habe hier alles im Griff. Außerdem wird deine Tante Theresa jeden Moment kommen. Willst du zu Grey? Das ist eine gute Idee. Überrede ihn, zum Essen zu kommen. Denk daran: Der Weg zum Herzen eines Mannes führt oft durch den Magen. Komm nicht ohne ihn zurück."

Maureen nickte lächelnd. Sie war keineswegs überrascht darüber, dass Colleen ihre Gedanken erraten hatte. „Das werde ich nicht." Sie küsste ihre Mutter auf die Wange zum Dank für ihr Verständnis. „Ich werde in etwa einer Stunde zurück sein. Falls Grey sich als dickköpfig erweist, kann es allerdings auch länger dauern."

„Na, dann werde ich dich nicht vor zwei Stunden zurückerwarten", erklärte Colleen O'Day lachend.

Auf der Fahrt zu Greys Haus legte Maureen sich die Argumente zurecht, die sie anführen wollte. Ihre Mutter hatte recht – mehr als recht sogar! Weder Grey noch sie selbst durften etwas auf das Gerede anderer Leute geben. Es war ihre Beziehung, und sie allein hatten darüber zu entscheiden. Sie beschloss, ihn lang und leidenschaftlich zu küssen, sowie er die Tür öffnete. Dann konnte er ihr sagen, ob sie zu jung für ihn war. Die Strategie hatte einiges für sich, und Maureen lächelte siegessicher. Sie würde Grey überzeugen!

Noch immer lächelnd, parkte sie den Wagen auf der Straße vor Greys Haus und ging durch den kleinen Vorgarten zur Tür. Als sie die Hand hob, um auf den Klingelknopf zu drücken, spürte sie doch mit einem mal ein flaues Gefühl im Magen. Energisch rief sie sich zur Ordnung und klingelte. Ungeduldig trat sie von einem Bein auf das andere, bis die Tür endlich aufging.

„Maureen!" Freudige Überraschung klang aus Greys Stimme.

„Also hör mal, Grey, was soll das heißen, dass du nicht zum Erntedankessen kommst?", schimpfte sie los, ehe er die Möglichkeit hatte, noch irgendetwas zu sagen. Ihre Augen funkelten schelmisch. „Mom hat irgendeine fadenscheinige Begründung genannt, mit der du dich entschuldigt hast. Ich will genau wissen, was eigentlich los ist, und zwar jetzt sofort." Sie verlieh ihrer Forderung Nachdruck, indem sie Grey bei jedem Wort mit einem Finger leicht in den Magen stieß. Bei jedem Stoß machte Grey einen Schritt rückwärts und sah Maureen ungläubig an.

„Maureen ..."

Sie ließ ihn nicht zu Wort kommen, sondern fuhr stattdessen selbst fort: „Ich kann nicht glauben, dass du dich von den Bemerkungen zweier deiner Studentinnen so beeindrucken lässt. Wenn dir der Altersunterschied zwischen uns Sorgen macht, dann fordere ich dich auf, mich in die Arme zu nehmen. Ich will, dass du mich küsst. Jetzt sofort. Danach können wir die Frage diskutieren."

„Grey, wer ist diese Frau?"

Maureen zuckte zusammen, als sie die kalte, harte Stimme hörte, und blickte auf. Hinter Grey stand eine streng wirkende Frau in mittleren Jahren mit silberweißem Haar, das glatt zurückgekämmt war. Sie trug ein dunkelblaues Kostüm und schwarze Schuhe. Maureen blinzelte. Sie war überzeugt, Pamela Riversides Mutter vor sich zu haben.

„Maureen, ich möchte dir meine Mutter vorstellen – Dr. Frances Carlyle."

„Sehr angenehm", brachte Maureen heraus. Ihr verschmitztes Lächeln war unter dem ernsten, tadelnden Blick von Greys Mutter schlagartig erloschen. Maureen trat einen Schritt auf sie zu, und die beiden Frauen reichten sich kurz und förmlich die Hand. Maureen hatte das Gefühl, als laufe sie auf Eiern, und der Kloß in ihrem Hals schien festzusitzen.

„Sind Sie eine Studentin von Grey?", fragte seine Mutter und musterte Maureen dabei scharf. Ihr Ton war nicht direkt unfreundlich, aber er ließ erkennen, dass sie Maureens Antwort nicht sonderlich interessierte.

„Nein – wir sind Freunde."

„Ich verstehe."

Obwohl sie sich ziemlich unbehaglich fühlte, musste Maureen innerlich lachen. Grey hatte diese Floskel also offenbar von seiner Mutter übernommen. Sie hätte ihm gern einen verschwörerischen Blick zugeworfen, wagte es aber nicht.

„Mutter hat hier auf mich gewartet, als ich gestern Abend nach Hause kam", erklärte er. Mit einer Handbewegung zum Sofa hin forderte er Maureen auf, sich zu setzen. Offenbar hatte er gemerkt, dass sie Mühe hatte, sich auf den Beinen zu halten.

„Möchten Sie eine Tasse Tee?", fragte Frances Carlyle.

„Ja, bitte." Maureen nahm die Einladung an, weil sie hoffte, mit Grey ein paar Worte unter vier Augen reden zu können, während seine Mutter in der Küche beschäftigt war. Sie wünschte inständig, sie wäre hier nicht so hereingeplatzt und hätte sich anders verhalten.

Sie wartete, bis Greys Mutter den Raum verlassen hatte. Dann schlug sie die Hände vors Gesicht.

„Warum, um Himmels willen, hast du mich nicht gebremst, Grey?" Am liebsten hätte sie sich in einer tiefen Höhle verkrochen. Zwei Minuten hatten genügt, um auf seine Mutter den denkbar schlechtesten Eindruck zu machen.

„Hör zu, Maureen ..."

Sie nahm die Hände vom Gesicht. „Ich komme mir so dumm vor. Es war ein peinlicher Auftritt. Und du hast nichts getan, um mich daran zu hindern."

„Hätte ich es denn gekonnt?"

„Wahrscheinlich nicht", räumte sie resignierend ein.

„Ich habe versucht, dich heute Morgen anzurufen."

Maureen biss sich auf die Unterlippe. „Ich weiß. Mom hat es mir ausgerichtet." Sie hätte sich eine Menge ersparen können, hätte sie ihre Wohnung ein paar Minuten später verlassen. Aber sie hatte bei ihren Eltern sein wollen, wenn Grey kam.

„Dass ich nicht zum Essen komme, hat nichts mit dem zu tun, was gestern Abend passiert ist." Grey ergriff Maureens Hand. Widerstrebend ließ er sie gleich darauf wieder los, als er aus der Küche Geräusche hörte. Sie sahen sich tief in die Augen. Wenn er sie so liebevoll und zärtlich ansah, vermisste Maureen seine Berührung kaum.

„Ich kann mir genau vorstellen, was deine Mutter denkt." Sie fühlte sich jämmerlich.

Grey wollte gerade etwas erwidern, als Frances Carlyle mit einem Tablett in der Hand zurückkam. Er stand auf, nahm seiner Mutter das Tablett ab und stellte es auf den Couchtisch.

„Sahne oder Zucker, Maureen?"

„Nein, danke", antwortete sie und setzte sich gerade hin. Ihr war zwar aufgefallen, dass auf dem Tablett vier Tassen standen, aber sie hatte dem keine Bedeutung beigemessen, bis plötzlich Pamela Riverside das Wohnzimmer betrat – würdevoll wie jemand, der weiß, dass er seinen großen Auftritt hat. Maureen schluckte. Ein schmerzhafter Stich durchzuckte ihre Brust. Bestürzt sah sie Grey an.

„Als Mutter mich gestern Abend hier nicht erreichte, rief sie Dr. Riverside an." Er wandte den Blick nicht von Maureen und schien sie mit den Augen um Verständnis zu bitten.

„Die liebe Pamela war so nett, mich vom Flughafen abzuholen und hierher zu fahren", fügte Frances Carlyle mit einem vorwurfsvollen Blick auf ihren Sohn hinzu.

Maureen beobachtete, wie Grey einen Moment lang die Lippen zusammenpresste. „Ich hätte dich gern selbst abgeholt, Mutter, wenn ich gewusst hätte, dass du kommst."

„Es sollte eine Überraschung sein, und die wollte ich nicht verderben. Es war wohl falsch, einfach vorauszusetzen, dass du zu Hause sein würdest, aber ich konnte ja nicht ahnen, dass du am Abend vor dem Erntedankfest ausgehen würdest."

„Warst du mit Miss O'Day aus?", fragte Pamela, während sie geziert ihren Tee umrührte.

„Wir waren im Kino."

„Wie nett." Greys Mutter lächelte zum ersten Mal, aber ihr Lächeln wirkte gekünstelt und unpersönlich. Auch aus ihrem Blick sprachen weder Wärme noch Anteilnahme.

Im Unterschied dazu schien Pamela aufrichtiges Interesse zu empfinden. „Das war bestimmt ..." – sie hielt inne, als suche sie nach einem passenden Wort – „... amüsant."

Wenn Pamela Riverside sich auch nur im Geringsten unbehaglich fühlte, so ließ sie es sich nicht anmerken. Aber sie hat ja auch keinen Grund zu irgendwelchen Befürchtungen, ging es Maureen durch den Kopf. Sie ist schließlich die Auserwählte, die Frances Carlyles Segen hat.

„Welchen Film habt ihr euch angesehen?", erkundigte Pamela sich weiter.

Maureen hätte wissen müssen, dass diese Frage kommen würde. Es war ihr peinlich, den beiden Frauen den Titel zu nennen. Sie blickte zu Grey. „Killer Truck", antwortete er unbefangen.

Frances Carlyle zog missbilligend die Augenbrauen hoch. „Aber, Grey, dass du dir so etwas ansiehst! Das ist doch völlig unter deinem Niveau!"

Ein spöttisches Lächeln huschte über sein Gesicht. „Ach, so schlecht war er gar nicht, Mutter."

Sie sah ihren Sohn entsetzt an, und Maureen hatte das Bedürfnis, Grey zu verteidigen. „Es war nicht Greys Idee. Meine kleinen Brüder wollten diesen Film unbedingt sehen, und sie haben Grey eingewickelt."

„Ihre Brüder haben meinen Sohn ‚eingewickelt'?", wiederholte seine Mutter entgeistert.

Maureen hätte sich am liebsten auf die Zunge gebissen. Jedes Mal, wenn sie den Mund aufmachte, sagte sie irgendetwas Verkehrtes. „Ich meine, die Jungs haben durchblicken lassen, wie gern sie den Film sehen wollten, und Grey war so weichherzig und hat sich bereit erklärt, sie zu begleiten."

„Maureens Familie hat mich für heute zum Mittagessen eingeladen", wechselte Grey das Thema. „Ich habe vor einer Weile angerufen und gesagt, dass ich nicht kommen kann."

Frances Carlyle nickte zustimmend. „Pamela und ich werden selbst ein Erntedankessen zubereiten. Es war nett von Ihren Eltern, Grey einzuladen, aber er hat seine eigene Familie."

Der Blick, mit dem Greys Mutter Pamela betrachtete, ließ keinen Zweifel daran, dass sie die künftige Frau ihres Sohnes eigenhändig ausgesucht hatte.

Maureen wurde auf einmal unsäglich schwer ums Herz. Sie war sich zwar von Anfang an bewusst gewesen, dass Grey gesellschaftlich weit über ihr stand, aber bis zu diesem Moment hatte ihr diese Tatsache wenig Kopfzerbrechen bereitet. Wann immer sie zusammen waren, umfing sie ein Zauber, in dem gesellschaftliche Unterschiede absolut keine

Rolle spielten. Doch das Verhalten von Greys Mutter ihr gegenüber hatte sie schnell zu der Einsicht gebracht, dass Frances Carlyle nichts von irgendeinem Zauber hören wollte, sondern vielmehr darauf bedacht war, dass die richtigen Gene weitergegeben und entsprechende Intelligenzquotienten gewährleistet würden.

Maureen beugte sich vor und stellte die Tasse auf das Tablett zurück. Sie hatte kaum einen Schluck von dem Tee getrunken, aber sie hatte das Gefühl, diese Unterhaltung keine Minute länger ertragen zu können.

„Ich muss nach Hause", sagte sie so ruhig wie möglich. „Wir essen in diesem Jahr etwas früher, weil ich vor drei an meinem Arbeitsplatz sein muss."

„Welcher Beschäftigung gehen Sie denn nach, dass Sie an einem Feiertag arbeiten müssen?"

Wieder hatte Maureen sich in die Brennnesseln gesetzt, ohne es zu merken. Sie hätte alles dafür gegeben, hätte sie antworten können, sie sei Gehirnchirurgin und zu einer dringenden Operation gerufen worden. Aber ihr blieb nichts anderes übrig, als die schlichte Wahrheit zu gestehen. „Ich arbeite als Kellnerin in Rose's Restaurant." Sie machte sich gar nicht die Mühe, Frances Carlyle anzusehen. Sie wusste auch so, dass deren Miene Missbilligung ausdrückte.

„Ich verstehe", sagte Greys Mutter wieder in genau dem Tonfall, der Maureen bei Grey so missfiel. Wäre sie nicht so verzweifelt gewesen, hätte sie es sicherlich komisch gefunden.

„Ich bringe dich zu deinem Wagen", bot Grey an.

„Das ist nicht nötig." Es fiel Maureen schwer, einigermaßen ruhig zu klingen.

„Unsinn. Ich begleite dich hinaus", beharrte Grey.

„Warum willst du in die Kälte hinausgehen, mein Sohn", mischte seine Mutter sich ein. „Du kannst dich doch hier von deiner ... Bekannten verabschieden."

Überzeugt, dass alle merkten, wie sehr ihre Finger zitterten, griff Maureen rasch nach ihrer Handtasche, knöpfte den Mantel zu und ging zur Tür, nachdem sie sich von Frances Carlyle und Dr. Riverside mit einem knappen Kopfnicken verabschiedet hatte.

Grey missachtete den Rat seiner Mutter und folgte Maureen ins Freie. Als sie bei ihrem Wagen angekommen waren, legte er ihr die Hände auf die Schultern und drehte sie zu sich um. „Es tut mir leid, Maureen." Er sah sie bedrückt an. „Ich hatte keine Ahnung, dass meine

Mutter ohne Vorwarnung in letzter Minute hier auftauchen würde." Er runzelte die Stirn, und seine Miene verfinsterte sich.

„Du brauchst dich nicht zu entschuldigen. Ich verstehe es schon." Es kam Maureen wie ein Wunder vor, dass sie ein Lächeln zustande brachte.

„Ich wusste nichts davon. Offenbar haben Pamela und meine Mutter das Ganze seit Wochen hinter meinem Rücken geplant."

Maureen wäre jede Wette eingegangen, dass der Plan genau zu der Zeit entstanden war, als Grey und sie die ersten Male miteinander ausgegangen waren. Sie musste Pamela Riverside ein Kompliment machen. Sie hatte den effektivsten Weg gewählt, um Maureen zu zeigen, wie schlecht sie zu Grey passte. Alle Argumente der Welt hätten ihr dies nicht eindringlicher vor Augen führen können als die paar qualvollen Minuten mit seiner Mutter. Sie wusste jetzt, dass sie nie in Greys Welt passen würde, gleichgültig, was er für sie empfand.

„Ich rufe dich morgen an", versprach Grey.

„Ich arbeite." Ihre Arbeitszeit begann zwar erst um drei, aber sie brauchte mehr als vierundzwanzig Stunden Zeit, um sich über ihre Gefühle klar zu werden. Wenn sie etwas Abstand gewann, würde ihr das Gespräch mit Grey leichter fallen. „Wann reist deine Mutter ab?"

„Erst am Sonntagnachmittag."

„Ruf mich an, wenn sie wieder fort ist. Das ist wahrscheinlich besser, meinst du nicht auch?" Für dich ist es auf jeden Fall besser, dachte sie. Sie konnte sich vorstellen, dass er von seiner Mutter ohnehin einiges zu hören bekommen würde. Oder vielleicht auch nicht, überlegte sie. Denn Frances Carlyle war eine intelligente Frau, die ihr Ziel auch ohne viele Worte erreichen konnte. Wahrscheinlich würde sie ähnlich geschickt vorgehen wie Pamela Riverside.

„Was meine Mutter denkt oder sagt, ändert nichts an meinen Gefühlen für dich", sagte Grey bestimmt.

Maureen liebte ihn in diesem Augenblick so sehr, dass sie ihre ganze Beherrschung aufbringen musste, um nicht in Tränen auszubrechen. Sie hob die Hand und strich ihm mit den Fingern zärtlich über Schläfe und Wange. „Danke." Ihre Stimme versagte ihr beinahe den Dienst. Sie senkte den Blick. Sie ertrug es einfach nicht, ihn länger anzusehen. Ihre Augen brannten, die Brust schmerzte.

Sie wollte sich umdrehen, doch Grey hielt sie fest und drückte sie an sich. Überrascht blickte Maureen auf und sah, dass er vorhatte, sie zu küssen. Sie wollte protestieren, aber dazu kam sie nicht mehr. Mit unendlicher Zärtlichkeit presste er seine Lippen auf ihre.

Maureen öffnete ihren Mund und erwiderte Greys Kuss mit all der Sehnsucht, die ihr Herz fast zum Überlaufen gebracht hatte.

Sie krallte sich mit den Fingern in den Stoff seines Hemdes und hielt ihn fest, als wolle sie ihn nie wieder loslassen. Sie stöhnte leise, als er sich von ihren Lippen löste und anfing ihr ganzes Gesicht mit zarten Küssen zu bedecken.

„Ich wünschte, ich könnte den Tag mit dir und deiner Familie verbringen, Maureen", flüsterte er heiser. „Es tut mir leid, dass es so gekommen ist."

„Du brauchst dich nicht zu entschuldigen, Grey. Es lässt sich nicht ändern." Sie schmiegte sich an ihn und hatte die Augen geschlossen. Als sie sie öffnete, sah sie, dass Frances Carlyle am großen Panoramafenster stand und sie beobachtete. Ihre Miene drückte so unverhohlene Missbilligung und eisige Ablehnung aus, dass es Maureen einen Stich versetzte. Mit einiger Beharrlichkeit gelang es ihr, sich aus Greys Umarmung zu befreien.

Er hielt ihr die Wagentür auf. „Ich rufe dich sobald wie möglich an, aber wahrscheinlich geht es nicht vor Sonntagnachmittag." Sie nickte und wandte den Blick ab.

„Ich wünsche dir noch einen schönen Feiertag."

„Ich dir auch." Ohne Grey noch einmal anzusehen, stieg sie rasch ein, machte die Tür zu und steckte den Schlüssel ins Zündschloss.

„Maureen", sagte ihre Mutter sanft und setzte sich neben ihre Tochter an den Küchentisch, sobald sie die letzten Schüsseln und Pfannen weggeräumt hatte. „Wir hatten keinen Moment Zeit, miteinander zu reden, seit du von Grey zurückgekommen bist. Habt ihr euch gestritten?"

„Nein. Er hat Besuch bekommen."

„Du hast dein Essen kaum angerührt."

„Ich hatte keinen Hunger." Eine bessere Ausrede war ihr in der Eile nicht eingefallen. Sie schaute demonstrativ auf die Uhr. „Ich schätze, ich sollte mich allmählich auf den Weg machen."

„Ist es nicht noch etwas früh?"

„Sherry hat sicher alle Hände voll zu tun. Sie wird froh sein, wenn ich etwas früher komme, um ihr zu helfen." Sie hoffte, Colleen würde das einsehen und keine Einwände erheben.

„Hey, Maureen", kam Danny in die Küche gestürmt. „Kannst du Grey anrufen und ihm sagen, wir brauchen ihn unbedingt für ein Footballmatch. Uns fehlt ein Mann."

„Ich habe dir doch schon gesagt, dass er heute nicht kommt", fuhr sie ihren kleinen Bruder heftiger an, als sie es beabsichtigt hatte. Es war ihr einfach herausgerutscht.

Danny sah seine Schwester aus großen Augen an. „Tut mir leid, dass es mich gibt", sagte er gekränkt. „Ich dachte, er hat vielleicht Lust herüberzukommen, das ist alles."

„Er wäre bestimmt gern gekommen, wenn er gekonnt hätte", tröstete Colleen Danny, während sie ihre Tochter mit nachdenklichem Blick musterte.

Maureen stand auf und schob den Stuhl zurück. Ihre Finger schlossen sich so krampfhaft um die Rückenlehne, dass die Knöchel weiß hervortraten. „Es tut mir leid, Danny. Ich wollte dich nicht anfahren."

„Sagst du Grey bitte, wenn du ihn das nächste Mal siehst, dass wir ihn vermisst haben?", bedrängte ihr Bruder sie. Dann musterte er seine Schwester misstrauisch. „Hey, du wirst doch nicht mit ihm Schluss machen? Grey ist in Ordnung. Ich mag ihn."

„Zerbrich dir darüber nicht den Kopf, wenn's recht ist. Was ich tue, ist einzig und allein meine Sache."

„Aber du wirst doch weiter mit ihm ausgehen, oder?", beharrte Danny, der sich mit ihrer ausweichenden Antwort nicht zufriedengab.

„Wer macht hier mit wem Schluss?", fragte Brian, der inzwischen ebenfalls in die Küche gekommen war. Peggy Flynn war bei ihm. Von dem Moment an, als seine Freundin das Haus betreten hatte, hatten die beiden Händchen gehalten. Maureen hatte sie während des Essens beobachtet und sich gefragt, wie sie es schafften, überhaupt einen Bissen in den Mund zu bekommen.

„Maureen und Grey haben sich verkracht", klärte Danny seinen ältesten Bruder auf. „Er ist das Beste, was ihr je passiert ist, und sie lässt ihn sausen."

„Was?", rief Brian entgeistert.

„Hört mal, ihr beiden; das geht euch nichts an", erinnerte ihre Mutter sie. „Was sich zwischen Maureen und Grey abspielt, ist allein deren Sache."

„Das soll wohl heißen, dass wir uns herauszuhalten haben. Stimmt's?", fragte Danny.

„Genau", bestätigte Maureen streng.

„Aber, Maureen", jammerte Danny, „wo würdest du denn jemals wieder einen so netten Kerl wie Grey finden? Keiner von deinen anderen Freunden ist je mit Chad und mir ins Kino gegangen. Ich mag ihn. Denk darüber nach, bevor du den großartigsten Mann auf der Welt laufen lässt."

Was kann ich schon tun? dachte Maureen traurig. Greys Mutter flog am Sonntag zurück. Das hieß, sie hatte vier lange Tage Zeit, um Grey davon zu überzeugen, dass Maureen absolut nicht zu ihm passte, Pamela Riverside hingegen die perfekte Ehefrau für ihn wäre.

Wenn sie am Sonntagnachmittag nichts von Grey hörte, würde sie wissen, wie erfolgreich seine Mutter gewesen war. Eigentlich ist es beinahe komisch, ging es ihr durch den Kopf. Ausgerechnet ich könnte Dr. Frances Carlyle eine ganze Menge Mühe ersparen. Sie war nämlich zu der Überzeugung gelangt, dass eine Beziehung zwischen Grey und ihr keine Zukunft hatte. Sie würde ihn nicht wiedersehen.

Grey lag auf seinem Bett. Er hatte die Arme unter dem Kopf verschränkt, starrte im Dunkeln an die Decke und dachte an Maureen.

Während der vergangenen drei Tage hatte er sich die Lobeshymnen seiner Mutter auf Pamela Riverside anhören müssen. So oft hatte sie ihm die Liste der großartigen Eigenschaften seiner Kollegin aufgezählt, dass er seine Mutter am liebsten laut angeschrien und aufgefordert hätte, doch endlich still zu sein. Als sie merkte, dass sie mit ihrem ursprünglichen Konzept keinen Erfolg haben würde, verlegte sie sich auf eine andere Strategie. Sie fing an, immer wieder zu erwähnen, sie bete zu Gott, er möge sie noch lange genug leben lassen, um sich an ihren Enkelkindern noch erfreuen zu können. Dieser Bemerkung folgte stets ein kurzer Seufzer, der andeuten sollte, dass ihre Zeit auf Erden allmählich abliefe und Grey nicht mehr allzu lange warten dürfe.

Grey lächelte bitter. Frances Carlyle hatte zweifellos ihren Beruf verfehlt. Sie hätte Schauspielerin werden sollen. Außerdem war er sich ziemlich sicher, dass sie sich kaum für seine Kinder interessieren würde, bevor sie nicht alt genug waren, um Verben zu konjugieren.

Er hatte während der letzten drei Tage immer wieder versucht, mit seiner Mutter über Maureen zu sprechen. Aber jedes Mal, wenn er auch nur ihren Namen erwähnte, wechselte sie abrupt das Thema. Sie räumte zwar ein, dass Maureen „ein liebes Mädchen" sei, doch sei sie unglücklicherweise so ... „gewöhnlich".

Grey lachte. Maureen und gewöhnlich! Da kannte seine Mutter sie schlecht. Maureen war die außergewöhnlichste Frau, die er jemals kennengelernt hatte. Sie war Sonnenschein und Lachen, und hatte es in der kurzen Zeit, die sie sich kannten, schon geschafft, aus ihm einen fröhlicheren, umgänglicheren Menschen zu machen. Seine Studenten würden sich noch wundern! Sie würden bald keinen Anlass mehr haben, ihn „alten Griesgram" zu nennen.

Am nächsten Nachmittag brachte er seine Mutter zum Flughafen. Es kostete ihn Mühe zu verbergen, wie froh er diesmal über ihre Abreise war. Frances Carlyle war nun einmal bedauerlicherweise keine Mutter wie Colleen O'Day. Sicher, sie hatte immer das Beste für ihren einzigen Sohn gewollt, und sie liebte ihn, soweit sie überhaupt fähig war, jemanden zu lieben. Und Grey liebte sie auch. Aber er war schon lange nicht mehr bereit, sich von ihr bevormunden zu lassen. Die Berufung an die Universität von Wichita hatte er nicht zuletzt angenommen, um den fortwährenden Versuchen seiner Mutter, sich in sein Leben einzumischen, zu entfliehen.

Als ihr Flug aufgerufen wurde, umarmte sie ihn. „Halte mich auf dem Laufenden, Grey."

„Natürlich, Mutter." Er küsste sie pflichtschuldig auf die Wange.

„Und lass dir durch den Kopf gehen, was ich dir gesagt habe. Es wird langsam Zeit, dass du eine Familie gründest."

Er erwiderte nichts, und sie fuhr fort: „Pamela ist ein sehr, sehr liebes Mädchen. Ich hoffe, du wirst dich bemühen, sie besser kennenzulernen."

Grey lächelte gequält.

„Sie ist verrückt nach dir, Grey, und genau der Typ Frau, der deiner Karriere förderlich sein wird. Man muss bei der Wahl des Ehepartners vieles beachten, und das gilt besonders für einen Mann in deiner Position. Du brauchst eine Frau, die dir mehr geben kann als hübsche Kinder. Du musst eine Frau heiraten, die dir in jeder Hinsicht ebenbürtig ist. Du verstehst doch, was ich meine, nicht wahr?"

„Ja, Mutter." Er hatte die Hände unwillkürlich zu Fäusten geballt, und es fiel ihm nicht leicht, den Ärger zu unterdrücken, den er in sich aufsteigen fühlte. Aber er musste sich nur noch ein paar Minuten beherrschen. Dann war sie fort.

„Gut." Frances Carlyle nickte erfreut und ging zum Ausgang. Bevor sie die Abflughalle verließ, drehte sie sich noch einmal kurz um und winkte ihrem Sohn zu.

Grey fuhr so schnell er konnte nach Hause. Hastig schloss er die Tür auf, eilte ans Telefon und wählte Maureens Nummer. Er ließ es zehnmal klingeln, bevor er den Hörer auflegte. Maureen war nicht in ihrer Wohnung.

11. KAPITEL

„Hallo, Eric. Schön, dich zu sehen", begrüßte Maureen ihren Studienfreund. Sie musste ihre ganze Kraft zusammennehmen, um ein Lächeln zustande zu bringen. Die letzten vier Nächte hatte sie nie mehr als vier Stunden geschlafen. Sie fühlte sich geistig, körperlich und emotional ausgelaugt.

Sie reichte Eric die Speisekarte, schenkte ihm Kaffee ein und wies ihn auf das Tagesgericht an diesem Montag hin: Spaghetti, so viel man essen konnte, und Fleischbällchen.

Er beachtete ihre Bemühungen gar nicht, sondern musterte sie besorgt. „Du siehst ja schrecklich aus. Was ist denn passiert? Hast du gerade deinen besten Freund verloren?"

Auch wenn Eric es anders gemeint hatte, traf es doch in gewisser Hinsicht zu. Trotzdem antwortete sie: „Sei nicht albern!", und hoffte, damit seine Besorgnis zu zerstreuen.

„Meine liebe Maureen, ich merke es sofort, wenn ein Mädchen Probleme mit Männern hat. Solltest du eine Schulter brauchen, um dich auszuweinen, komm zu Onkel Eric. Oder noch besser", fügte er voller Begeisterung hinzu, „lass mich dich mit Don Harrison zusammenbringen."

„Mit wem?"

„Don Harrison. Du hast ihn vor zwei Wochen bei der Lesegruppe kennengelernt. Um ehrlich zu sein, Don interessiert sich nicht so sehr für klassische Literatur als vielmehr für dich. Während der letzten vierzehn Tage hat er mich am laufenden Band über dich ausgefragt. Aber ich habe ihm zu verstehen gegeben, dass er bei dir keine Chancen hat, weil du einen festen Freund hast."

Maureen konnte sich nicht an Don erinnern. Doch das war nichts Außergewöhnliches. Die Lesegruppe bestand aus zehn treuen Mitgliedern, die regelmäßig jede Woche erschienen, und etwa gleich vielen anderen, die nur kamen, wenn sie gerade Lust hatten.

„Hör mal", fuhr Eric, unbeeindruckt von Maureens Desinteresse, fort, „ich werde Don anrufen und ihn wissen lassen, dass du ein wenig Aufmunterung gebrauchen könntest. Er wird begeistert sein."

„Lass das lieber", bat Maureen. Sie war einfach nicht in der Stimmung, einen anderen Mann kennenzulernen. Vielleicht in ein paar Wochen, wenn sie etwas Zeit gehabt hatte, über die Sache mit Grey hinwegzukommen, aber jetzt nicht. Es war zu früh. Und sie fühlte sich noch zu verletzt und zu verwundbar.

„Warum willst du dich nicht mit Don treffen? Er weiß bestimmt eine gute Therapie, um dich diesen Kerl vergessen zu lassen, wegen dem du jetzt so unglücklich bist."

Eric war offensichtlich nicht bereit, sein Vorhaben aufzugeben, aber Maureen war ebenso unerbittlich. Sie schüttelte den Kopf, nahm dann den Bestellblock aus der Schürzentasche und hoffte, Eric würde ihre Entscheidung endlich akzeptieren und sein Essen bestellen.

„Überleg es dir noch einmal und sag mir Bescheid, einverstanden?"

„Einverstanden", willigte Maureen ein, obwohl sie nicht die geringste Absicht hatte, sich mit diesem Don zu verabreden.

„Morgen sieht schon wieder alles freundlicher aus", tröstete er sie. „Du wirst es schon sehen. Und jetzt widersprich deinem Onkel Eric nicht mehr, denn er ist ungemein klug und kennt sich in diesen Dingen aus. Mit gebrochenen Herzen hat er reichlich Erfahrung. Ich nehme übrigens die Spaghetti mit den Fleischbällchen und als Nachspeise ein Stück Kirschkuchen."

Es kostete Maureen große Anstrengung, ihre Arbeit einigermaßen ordentlich zu erledigen. Sie fühlte sich jämmerlich. Niemand hatte sie je darauf vorbereitet, dass es so weh tun konnte, jemanden zu lieben. Sie war in dem Glauben aufgewachsen, wenn sie sich einmal verliebe, würden die Vögel ein fröhliches Lied zwitschern, Apfelbäume in voller Blüte stehen und ihr so leicht ums Herz sein wie noch nie.

Stattdessen schien ihr alles trist und grau, und ihr Herz war schwer wie Blei.

Maureen wusste noch nicht einmal, was sie Grey sagen sollte. Bisher war es ihr gelungen, ihm aus dem Weg zu gehen, doch auf Dauer war das nicht möglich. Irgendwann musste sie ans Telefon gehen. Wenn sie es nicht tat, würde er einfach unangemeldet im Restaurant auftauchen, und dann hätte sie keine Chance, ihm zu entkommen.

Diese Gedanken gingen ihr durch den Kopf, als Sherry sie daran erinnerte, dass sie jetzt Pause machen konnte. Immer noch in Gedanken versunken, betrat sie den kleinen Personalraum. Ihr Blick fiel auf den Telefonapparat an der Wand. Sie zögerte einen Augenblick, dann ging sie hin, nahm entschlossen den Hörer ab und wählte Greys Nummer.

„Maureen! Wo hast du gesteckt?", rief Grey. Gleich darauf nieste er, und dann hörte Maureen ihn laut husten. „Seit gestern Nachmittag versuche ich dich zu erreichen."

„Ich hatte viel zu tun. Wie war der Besuch deiner Mutter?"

Grey lachte kurz auf. „Ungefähr so, wie ihre Besuche immer sind. Sie hat sich dir gegenüber sehr unfair und abweisend benommen, aber ich hoffe, du hast dich von ihrem Verhalten und ihren Bemerkungen nicht einschüchtern lassen."

„Nein, nicht im Geringsten", log sie. Dr. Frances Carlyles Blicke hätten selbst einen abgebrühten Mafiakiller in die Flucht schlagen können. Während ihrer kurzen Begegnung hatte Maureen mit geradem Rücken und im Schoß gefalteten Händen wie ein Schulmädchen dagesessen. Sie hatte Worte gebraucht, die sie sonst so gut wie nie benutzte – Worte und Floskeln wie „in der Tat", „Sie haben vollkommen recht" und „Ja, gewiss."

„Meine Mutter meint es meistens gut", fuhr Grey fort, „aber ich dulde es nicht, dass sie sich in mein Leben einmischt. Und noch etwas: Ich habe Pamela nicht eingeladen, das Erntedankfest mit uns zu verbringen. Sie interessiert mich nicht und wird mich nie interessieren. Das ist dir mittlerweile doch hoffentlich klar geworden?"

„Du brauchst dir keine Gedanken zu machen, Grey. Dass Dr. Riverside den Tag mit euch verbracht hat, hat mir nichts ausgemacht." Maureen hätte die Trinkgelder eines ganzen Monats verwettet, dass es Frances Carlyle innerhalb eines Jahres gelingen würde, ihren Sohn davon zu überzeugen, Pamela Riverside sei seine Traumfrau. Zudem war sie sich sicher, dass Greys Mutter nicht die Einzige war, die alles tat, um diese Ehe zustande zu bringen. Greys werte Kollegin trug ebenfalls das ihre dazu bei – nicht offen natürlich, aber sehr effektiv.

„Gut, ich …" Ein Niesanfall hinderte Grey am Weitersprechen. „Tut mir leid", sagte er, als der Anfall vorüber war, „aber wenn ich einmal zu niesen anfange, kann ich nicht mehr aufhören."

„Du hörst dich gar nicht gut an, Grey." Erst jetzt, wo sie nicht mehr ganz so mit ihrem eigenen Kummer beschäftigt war, merkte sie, dass es Grey ziemlich schlecht zu gehen schien.

„Es ist nur eine scheußliche Erkältung. In ein paar Tagen bin ich sie bestimmt wieder los. Aber wahrscheinlich ist es besser, wenn wir wegen Samstagabend noch warten, bis wir sehen, was der Virus macht."

Maureen umklammerte den Telefonhörer. „Samstagabend?"

„Wir sind zum Abendessen eingeladen. Ich habe es am Mittwoch erwähnt, als wir mit den Jungs in der Eisdiele saßen. Erinnerst du dich?"

Ja, jetzt fiel es ihr wieder ein. Und weil Grey wusste, wie nervös sie bei solchen offiziellen Einladungen war, hatte er sein Angebot versüßt: Sie durfte den Rest seiner heißen Schokoladensoße aufessen, wenn sie ihn dafür zu der Abendgesellschaft bei Dr. Essary begleitete. Über beide Ohren in Grey verliebt und dankbar für seine Großzügigkeit ihren Brüdern gegenüber, hatte sie dem Tauschhandel lachend zugestimmt. Jetzt hätte sie ihn jedoch gern rückgängig gemacht.

„Erinnerst du dich?", fragte er noch einmal.

„Ja, ja."

Grey musste wieder husten. „Bis Samstag geht es mir sicher wieder besser."

Maureen schloss die Augen, um gegen den Schmerz und die Traurigkeit anzukämpfen, die sie zu überwältigen drohten. „Würde es dir sehr viel ausmachen, wenn ich meine Zusage zurückziehe? Es ist ja ohnehin fraglich, ob du bis Samstag wieder gesund bist und wir überhaupt gehen können."

„Maureen, Maureen." Es klang tadelnd. „So leicht kannst du dich nicht drücken. Liebling, je öfter du mich bei solchen offiziellen Anlässen begleitest, desto schneller wirst du deine Angst davor verlieren. Ich möchte dich bei mir haben."

„So, wie du dich anhörst, wird deine Erkältung vermutlich erst noch schlimmer werden, bevor eine Besserung eintritt." Maureen hatte keine Ahnung, ob das stimmte, aber sie klammerte sich an jeden Strohhalm.

„Deshalb meinte ich ja, dass wir noch abwarten sollten. Wenn ich noch immer erkältet bin, sagen wir ab."

„Aber ich möchte wissen, woran ich bin, damit ich etwas anderes planen kann." Fieberhaft suchte sie nach einer Ausrede.

„Ich verstehe nicht. Was meinst du mit ‚etwas anderes planen'?"

„Einer der Studenten aus der Lesegruppe hat mich eingeladen, und zu meiner Schande muss ich gestehen, dass ich das Abendessen bei Dr. Essary völlig vergessen hatte." Maureen war sich bewusst, dass sie etwas großzügig mit der Wahrheit umging. Aber Eric hatte schließlich gesagt, Don Harrison warte nur darauf, mit ihr auszugehen. Sie war es, die nicht wollte. Aber das brauchte Grey ja nicht zu wissen. Ihr kam es einzig und allein darauf an, ihm klarzumachen, dass sie ihn nicht mehr sehen wollte. Je länger sie die Trennung hinausschob, desto schmerzhafter würde sie sein.

„Einer der Studenten aus der Lesegruppe", wiederholte Grey mit gepresster Stimme.

„Da du dich ohnehin nicht wohlfühlst, ist doch nichts dabei, wenn wir unsere Pläne ändern."

„Ist es Eric Vogel?"

„Nein. Ich habe dir doch gesagt, dass er verlobt ist."

„Ich verstehe." Er schwieg, fragte aber gleich darauf: „Und du gehst lieber mit diesem anderen Kerl aus?"

„Ja", flüsterte sie. „Das heißt, wenn es dir nicht allzu viel ausmacht. Schließlich war ich mit dir zuerst verabredet", fügte sie hinzu. Eine Träne rollte ihre Wange hinunter. Es fiel ihr schwer, mit Grey Schluss zu machen – noch viel schwerer, als sie gedacht hatte.

Ein bedrückendes Schweigen folgte. Maureen hatte das Gefühl, als lege es sich zentnerschwer auf ihre Brust.

„Ich wusste nicht, dass dein Terminkalender so voll ist", sagte Grey schließlich schroff.

Der abweisende Unterton in seiner Stimme schnitt ihr ins Herz. „Ich rufe dich im Lauf der Woche an, um zu hören, wie es dir geht." Maureen wusste nicht, woher sie die Kraft zum Sprechen nahm.

„Mach dir keine Gedanken wegen Samstag. Geh ruhig mit deinem Freund aus oder mit irgendwelchen anderen Männern, die du bis dahin noch kennenlernst."

Seine Worte trafen sie wie ein Schlag ins Gesicht. „Ich danke dir für dein Verständnis. Auf Wiedersehen, Grey."

Falls er sich ebenfalls verabschiedet hatte, hatte sie es nicht gehört. Niesend und hustend legte er den Hörer auf.

Maureen stand noch eine ganze Weile mit dem Hörer in der Hand da. Sie bemühte sich, tief durchzuatmen, um den Schmerz in ihrer Brust zu lindern. Aber es half nur wenig. Nur mit Mühe gelang es ihr, die Tränen zurückzuhalten. Am liebsten hätte sie sich hingesetzt und sich den größten Kummer von der Seele geweint. Doch das ging nicht, sie musste ins Restaurant zurück und die Gäste bedienen.

Grey ging es miserabel. Er nieste oder hustete fast ununterbrochen. In seinem Kopf hämmerte es, und er hatte das Gefühl, ein Zwei-Tonnen-LKW hätte auf seiner Brust geparkt und dächte nicht daran, in absehbarer Zeit weiterzufahren. Zum hundertsten Mal griff er nach einem Taschentuch. Er wusste nicht, wie er die drei Seminare durchstehen sollte, die er noch abhalten musste, bevor er nach Hause gehen konnte.

Maureen trug auch nicht gerade dazu bei, dass es ihm besser ging. Zuerst hatte er ihr tatsächlich geglaubt, als sie ihm am Telefon weiszumachen versucht hatte, dass sie am Samstag lieber mit einem anderen Mann ausgehen wollte als mit ihm.

Nachdem er sich später ihr Gespräch noch einmal in Ruhe durch den Kopf hatte gehen lassen, stand für ihn jedoch fest, dass Maureen gelogen hatte, und zwar so schlecht, dass er es hätte gleich merken müssen. Doch in seiner ersten Wut und Enttäuschung hatte er ihr Manöver nicht durchschaut.

Er glaubte nicht daran, dass sie sich für einen anderen Mann interessierte, sondern vermutete einen Zusammenhang zwischen dem Besuch seiner Mutter und dem Unsinn, den Maureen ihm erzählt hatte. Frances Carlyle hatte ja auch wirklich alles getan, um Maureen zu verstehen zu geben, sie sei nicht gut genug für ihren Sohn. Offenbar hatte Maureen sich doch einschüchtern lassen, auch wenn sie das nicht zugab. Er konnte ihr keinen Vorwurf daraus machen. Schließlich kannte sie seine Mutter nicht so gut wie er. Und er würde nicht zulassen, dass sie die Beziehung zu der Frau kaputtmachte, die er wie keine andere Frau liebte: Maureen O'Day.

Grey schaute auf die Uhr. Es war Zeit für sein Seminar, das in einem anderen Gebäude stattfand. Er schlüpfte in den Mantel und steckte eine Extrapackung Taschentücher ein.

Bevor er ins Freie trat, schlug er den Mantelkragen hoch. Es war sehr kalt geworden. In der Nacht hatte es sogar geschneit. Ein paar Studenten hatten begonnen, einen Schneemann zu bauen, und ihr fröhliches Lachen erfüllte die Luft.

Lange bevor er Maureen in der Studentengruppe entdeckte, hatte er ihr wohlklingendes Lachen erkannt. Er lächelte, während er nach ihr Ausschau hielt.

Kastanienbraune Locken zogen seinen Blick auf sich. Er hatte Maureen gefunden. Seine Maureen. Nur hatte sie die Arme um einen anderen Mann gelegt und sah lächelnd zu ihm auf.

Greys Lächeln erstarb. Seine Miene war mit einem Mal wie versteinert, nur in den Augen spiegelte sich Schmerz und Trauer. Er wandte sich abrupt ab und ging, ohne nach rechts oder links zu schauen, weiter. Maureen würde wahrscheinlich nie erfahren, dass er sie gesehen hatte.

„Mom!", rief Maureen aufgeregt, sobald sie die Haustür aufgeschlossen hatte. „Ich brauche dich."

Colleen kam aus der Küche. „Was ist denn, Liebes?"

„Grey. Er ist krank!" Sie konnte vor Aufregung kaum sprechen, ihre Stimme klang besorgt. „Ich war heute Vormittag kurz in der Uni und habe zufällig gehört, wie ein Student erzählte, Grey sei seit drei Tagen nicht mehr da gewesen und alle seine Lehrveranstaltungen seien ausgefallen."

„Meinst du nicht, dass du voreilige Schlüsse ziehst und dir zu früh Sorgen machst? Vielleicht nimmt er irgendwo an einer Tagung teil."

„Nein, bestimmt nicht. Als ich am Montagabend mit ihm telefoniert habe, hatte er eine fürchterliche Erkältung. Offenbar geht es ihm jetzt noch schlechter."

Als Maureen ins Haus gestürmt war, war Colleen O'Day gerade dabei gewesen, einen ganzen Berg Wäsche zusammenzulegen. Sie strich sich ein paar graue Haarsträhnen aus dem Gesicht, ging in die Küche zurück und machte sich wieder an die Arbeit. „Ich dachte, du hättest mir erklärt, dass du den Professor nicht mehr sehen willst", sagte sie nach einer Weile zu ihrer Tochter, die ihr gefolgt war.

„Ja, aber jetzt ist er krank. Ich mache mir Sorgen um ihn. Das verstehst du doch bestimmt."

Colleen strich ein dickes Frotteehandtuch glatt und legte es sorgfältig zusammen. „Du hast doch behauptet, du würdest dir nichts mehr aus ihm machen."

„Mom", sagte Maureen ungeduldig, „ich bin nicht gekommen, um mir eine Predigt anzuhören."

„Und warum bist du gekommen?"

„Ich möchte, dass du für Grey deine Spezialsuppe kochst. Ich weiß, dass sie ihm helfen wird. Mir hat sie immer geholfen. Als ich noch klein war, hast du mir erzählt, die Suppe habe magische Heilkräfte. Erinnerst du dich noch daran?"

„Und wie soll die Suppe zu ihm kommen? Du hast doch gesagt, du willst Grey nie mehr sehen. Meinst du, ein paar kleine Kobolde bringen sie ihm?"

„Mach dich bitte nicht lustig über mich, Mom. Ich meine es ernst. Grey bedeutet mir so viel, dass ich das Beste für ihn will."

Colleen sah ihre Tochter an. „Du liebst ihn noch immer, Kind. Es fiel mir schwer, mich nicht einzumischen, aber ich sagte mir, es ist dein Leben. Du bist vierundzwanzig und alt genug, deine eigenen Entscheidungen zu treffen. Aber für richtig gehalten habe ich es nie, dass du dich vom Professor trennen wolltest, nur weil du dir hast einreden lassen, du seist nicht gut genug für ihn und könntest seiner Karriere schaden. Die Liebe verlangt sehr oft Opfer, aber nicht die Art von Opfer, das du bringen willst. Aber wie gesagt, Maureen, es ist dein Leben. Wenn du dir unbedingt das Herz brechen willst, dann werde ich dich nicht daran hindern und dir meine Erfahrung aufdrängen."

Maureen hatte den Blick gesenkt. „Kochst du die Suppe oder nicht?"

„Und wer bringt sie ihm?"

„Du?" Sie sah ihre Mutter flehend an.

„Ich?" Schon die Vorstellung brachte Colleen zum Lachen. „Ich fahre doch nicht durch die halbe Stadt, um meine Suppe bei deinem Exfreund abzuliefern, Maureen! Wenn dir nichts mehr an einer Beziehung zu ihm liegt, warum sollte es mir dann etwas ausmachen, wenn er krank ist? Schließlich war er dein Freund, nicht meiner."

„Wie kannst du so etwas sagen?" Grey hatte Colleen Blumen mitgebracht, ihre Kochkünste gelobt und immer deutlich gezeigt, wie gern er am Sonntag zu den O'Days zum Essen kam. Maureen verstand ihre Mutter nicht.

„Alles, was ich weiß, ist, dass meine Tochter mit dem Mann nichts mehr zu tun haben will", erwiderte Colleen O'Day achselzuckend.

„Er ist krank."

„Was kümmert das dich? Du hast nicht vor, ihn wiederzusehen."

Maureen war zutiefst von ihrer Mutter enttäuscht. „Kochst du nun die Suppe oder nicht?", fragte sie noch einmal.

„Nein."

Maureen konnte es nicht fassen. Entgeistert starrte sie Colleen an.

„Aber vielleicht wäre ich bereit, mir von meiner Tochter das alte Familienrezept entlocken zu lassen. Es ist Zeit, dass sie die wunderbaren Heilkräfte selbst kennenlernt. Mein einziger Wunsch ist, dass die Suppe auch ein paar ihrer eigenen Hirnzellen aktiviert, damit sie erkennt, was für einen schrecklichen Fehler sie macht."

Mit zwei fest verschlossenen Thermoskannen in der Einkaufstasche betrat Maureen das Fakultätsgebäude. Greys Büro befand sich im dritten Stock, aber dorthin wollte sie nicht.

Während Colleen O'Day das Rezept für ihre Tochter abschrieb, hatte sie die Hoffnung geäußert, Maureen werde Grey die Suppe selbst bringen und dabei ihre Meinungsverschiedenheiten mit ihm aus der Welt räumen. Diesen Wunsch konnte Maureen ihrer Mutter nicht erfüllen. Um sie nicht zu enttäuschen, verschwieg sie ihr jedoch, was sie vorhatte, und hoffte inständig, sie möge es nie herausfinden.

Dr. Pamela Riverside sollte Grey die Suppe bringen.

Nach eingehenden, schmerzlichen Überlegungen hatte Maureen einen Plan entworfen, der ihr Erfolg versprechend schien. Sie wollte Pamela Riverside den Weg zum Herzen dieses Mannes zeigen. Es war unübersehbar, dass die arme Frau Hilfe brauchte. Mochte sie sich jetzt auch sträuben, eines Tages würde sie Maureens Bemühungen zweifellos zu würdigen wissen.

Maureen betrat das Vorzimmer, das auch zu Greys Büro führte. Die gleiche Sekretärin wie bei ihrem verhängnisvollen Besuch bei Grey meldete sie bei Dr. Riverside an. Maureen wartete nicht, bis die Professorin an die Tür kam, sondern betrat unaufgefordert ihr Büro.

Greys Kollegin saß hinter einem Schreibtisch, auf dem – wie im ganzen Raum – peinlichste Ordnung herrschte. Außer den Büchern konnte Maureen keinen einzigen persönlichen Gegenstand entdecken.

„Miss O'Day." Pamela Riverside stand auf. „Was für eine angenehme Überraschung."

Sie sah jedoch nicht gerade sehr erfreut aus. Maureen war es nur recht. Sie schloss die Tür und ging durch das Zimmer. Vor Dr. Riversides Schreibtisch blieb sie stehen.

„Lieben Sie ihn?"

Die andere Frau holte tief Luft. „Wie bitte?"

„Dr. Carlyle! Lieben Sie ihn?"

„Ich glaube kaum, dass meine Gefühle für Grey Carlyle Sie etwas angehen."

„Das habe ich vermutet." Maureen stellte die Tasche mit den Thermosflaschen auf den Schreibtisch und verschränkte die Arme. Sie schwieg einen Augenblick, um die unsägliche Traurigkeit zurückzudrängen, die sie in sich aufsteigen fühlte. „Sie sind genau die richtige Frau für ihn. Seine Mutter weiß es. Sie wissen es. Und ich weiß es auch."

Pamela Riverside blickte zu Boden. „Leider hat Grey es anscheinend noch nicht bemerkt."

„Das wird er auch nicht, solange Sie so aussehen."

Pamela sah Maureen entrüstet an. „Was wollen Sie damit sagen?"

„Ihre Kleidung", fuhr Maureen unbeirrt fort und machte dabei eine Geste, als sei sie eine gute Fee, die mit einem Zaubertrick das unscheinbare Entchen in einen schönen Schwan verwandeln konnte. „Ich habe Sie noch nie in etwas anderem gesehen als in diesem dunklen Kostüm, das vor zwanzig Jahren vielleicht einmal modern war."

„So, meinen Sie. Ich habe es aber erst letzten Monat gekauft."

„Und fünf genau gleiche im Schrank hängen."

Pamelas Blick sagte Maureen, dass sie mit ihrer Vermutung ins Schwarze getroffen hatte. „Und dann diese grauenhaften Schuhe, die Sie immer anhaben!"

Die Hände in die Taille gestützt, schaute die Professorin unwillkürlich auf ihre Füße. „Das sind die bequemsten Schuhe, die ich je getragen habe. Und außerdem verbitte ich mir …"

„Natürlich sind sie bequem", fiel Maureen ihr ins Wort. „Aber es sind die reinsten Großmutterschuhe. Machen Sie einen Einkaufsbummel, Dr. Riverside. Seien Sie ein bisschen wagemutig. Probieren Sie ein neues Geschäft aus."

Pamela Riverside schnappte laut nach Luft. „Wenn Sie vorhaben, mich weiter zu beleidigen, ist es vielleicht besser, Sie gehen jetzt, Miss O'Day."

„Tragen Sie Ihr Haar offen."

„Ich höre wohl nicht recht."

„Ihr Haar", wiederholte Maureen, nicht bereit, irgendwelche Einwände zu dulden. „Nehmen Sie die Haarnadeln heraus. Jetzt sofort."

Pamela Riverside wurde zusehends blasser. Widerstrebend kam sie Maureens Aufforderung nach und zog die Haarnadeln aus dem streng geflochtenen Knoten. Ihr dunkles Haar fiel ihr auf den Rücken und umrahmte ihr Gesicht.

Die Veränderung war bemerkenswert. Maureen nickte zufrieden, als sie Pamela mit kritischem Blick musterte. „Viel besser. Aber Sie müssen unbedingt zum Friseur. Lassen Sie sich die Haare ringsum zwei, drei Zentimeter schneiden, und stecken Sie sie nie mehr hoch."

„Das ist ja unerhört!" Die Frau schien dermaßen außer sich, dass sie kein Wort mehr herausbrachte.

„Grey ist krank, und in seinem geschwächten Zustand ist er – für eine fürsorgliche Geste Ihrerseits sicher empfänglicher. Gehen Sie einkaufen und achten Sie darauf, dass Sie lauter neue Sachen tragen. Lassen Sie sich die Haare so schneiden, wie ich es Ihnen gesagt habe, und dann besuchen Sie ihn, aber nicht, ohne ihm diese Suppe mitzubringen. Sagen Sie, Sie hätten sie selbst gekocht."

„Ich koche selten. Grey weiß das."

„Lügen Sie."

„Miss O'Day, nehmen Sie zur Kenntnis, dass ich ein durch und durch ehrlicher Mensch bin."

„Dann machen Sie einmal eine Ausnahme. Es wird sich lohnen." Maureen schwieg. Als sie weitersprach, zitterte ihre Stimme. „Machen Sie ihn glücklich. Wenn nicht, wird es Ihnen leidtun. Das verspreche ich Ihnen."

Mit diesen Worten eilte Maureen aus dem Büro. Tränen trübten ihren Blick. Nur mühsam fand sie den Weg zum Aufzug.

Grey war auf dem Weg der Besserung. Während der letzten vier Tage hatte er von Orangensaft, Hühnersuppe aus der Dose und Erdnussbutterbroten gelebt. Alles hatte gleich geschmeckt – nämlich nach nichts. Jetzt fühlte er sich wesentlich besser. Er war fieberfrei, und auch der Schnupfen war weg. Nur der quälende Husten hielt sich noch hartnäckig.

Während dieser vier Tage hatte Grey nichts von Maureen gehört. Es kam ihm vor, als wären vier Jahre vergangen, seit er das letzte Mal mit ihr gesprochen hatte. Er war niedergeschlagen und absolut nicht in der Stimmung, sich mit Pamela Riverside zu unterhalten. Doch die hatte eben angerufen, um ihm mitzuteilen, dass sie ihn in einer dringenden Angelegenheit sofort sprechen müsse und in einer Viertelstunde vorbeikommen wolle.

Grey blieb nichts anderes übrig, als sich umzuziehen. Dann setzte er den Teekessel auf und erwartete Pamelas Ankunft mit derselben Begeisterung, mit der die weißen Siedler im neunzehnten Jahrhundert einem Indianerangriff entgegensahen. Er hätte seine Kollegin auf später vertröstet, hätte sie nicht so aufgeregt geklungen, was an sich schon außergewöhnlich war. Pamela ließ sich gewöhnlich nicht so leicht aus der Fassung bringen. Vermutlich war am Fachbereich irgendetwas passiert, und Grey setzte sich lieber jetzt damit auseinander als am Montagmorgen.

Wenig später hörte er draußen eine Autotür zufallen, und gleich darauf klingelte es.

„Hallo, Pamela", begrüßte er die Professorin, als er ihr die Tür öffnete. Er fragte sich, ob sie wohl merkte, dass er über ihren Besuch nicht gerade begeistert war.

Sie ging an ihm vorbei ins Wohnzimmer. Ihre Augen funkelten vor Erregung, ihre Hände hatte sie zu Fäusten geballt. „Diese Frau gehört ins Gefängnis!"

„So beruhige dich doch", sagte er und führte sie zu einem Sessel. Als sie saß, reichte er ihr eine Tasse frisch aufgebrühten Tee.

„Sie ist einfach in mein Büro gekommen. Du kannst dir gar nicht vorstellen, wie unverschämt sie sich aufgeführt hat."

Grey nahm ihr gegenüber Platz. Er hatte die Hände auf die Armlehne gelegt, seine Finger bohrten sich in das Leder. Er hoffte inständig, dass er die Geduld nicht verlor. Ihm fiel auf, dass Pamela sich nicht einmal erkundigt hatte, wie es ihm ging.

„Ist dir das denn völlig gleichgültig?", riss sie ihn aus seinen Gedanken.

Es war ihm gleichgültig. Aber höflichkeitshalber fragte er doch: „Wer ist in dein Büro gekommen und hat sich unverschämt aufgeführt?"

„Dieses Mädchen, mit dem du ein paarmal ausgegangen bist. Maureen O'Irgendwas."

Grey glaubte, seinen Ohren nicht trauen zu können. Sein Interesse war mit einem Schlag erwacht. Er beugte sich vor. „Maureen? Was genau hat sie gesagt?"

Pamela machte eine herablassende Handbewegung. „Es wird dir gefallen! Sie hat mich beleidigt, mir gedroht und von mir verlangt, dass ich dich anlüge." Sie sprach schnell, als könne sie es nicht ertragen, sich an die Szene zu erinnern. Ihre Mundwinkel zuckten, aber nur einen kurzen Moment, dann gewann ihre Entrüstung wieder die Oberhand.

„Sie hat dich beleidigt?" Das klang ganz und gar nicht nach Maureen, und Grey konnte es einfach nicht glauben.

„Ja. Sie hat mehrere unverschämte, abfällige Bemerkungen über meine Kleidung gemacht und verlangt, dass ich mein Haar nie mehr hochgesteckt trage. Und das in meinem eigenen Büro, Grey! Ich muss dir sagen, ich bin in meinem ganzen Leben noch nie so beleidigt worden!"

„Ich verstehe." Grey runzelte die Stirn. Er wusste nicht, was in Maureens liebenswertem, verwirrtem Kopf vorging, aber er war fest entschlossen, es herauszufinden.

„Das bezweifle ich", behauptete Pamela aufgebracht. Sie sah Grey mit bohrendem Blick an. „Mit dieser Frau muss etwas geschehen. Sie gehört in eine psychiatrische Klinik. Ich zittere noch immer am ganzen Körper. Sieh nur!" Zum Beweis hielt sie ihm ihre Hand hin, die tatsächlich zitterte.

„Du sagtest, Maureen habe dir auch gedroht?"

„Ja, das hat sie in der Tat." Sie atmete hörbar durch die Nase aus und schüttelte den Kopf, als könne sie die Unverfrorenheit dieses Geschöpfs noch immer nicht begreifen. Ihre Miene schien auszudrücken, dass sie sich erst etwas beruhigen musste, bevor sie sich imstande fühlte, diesen entsetzlichen Vorfall zu schildern.

Grey verlor allmählich die Geduld. Je länger er mit Pamela zusammen war, umso deutlicher wurde ihm bewusst, dass sie eine ebenso gute Schauspielerin war wie seine Mutter und auf die gleichen Tricks zurückgriff.

„Sie sagte, wenn ich dich nicht glücklich machte, würde sie dafür sorgen, dass es mir leidtäte. Nun weiß ich zwar nicht genau, was sie damit meinte, aber schon gleich zu Anfang des Gesprächs zwang sie mich, Fragen zu beantworten, die ich für sehr persönlich und vertraulich halte." Sie machte eine Pause, um tief Luft zu holen. „Was mich am meisten beunruhigt, ist, dass diese Freundin von dir ganz offenkundig eine psychische Störung hat, die vermutlich genetischer Natur ist. Habe ich dir gesagt, dass sie von mir verlangt hat, ich solle dich anlügen?"

Grey musste sich beherrschen, um Maureen nicht vor Pamela in Schutz zu nehmen, aber er wollte unbedingt die ganze Geschichte erfahren. „Du hast es erwähnt. Wie war das genau?", forderte er sie zum Erzählen auf.

„Sie hat mir irgendeine abscheulich aussehende Brühe gegeben und verlangt, ich solle sie dir bringen. Was mich am meisten verblüfft hat, war die Tatsache, dass sie darauf beharrte, ich solle dir sagen, ich hätte die Suppe selbst gekocht. Nun wissen wir beide sehr gut, dass ich zwar auf vielen Gebieten äußerst begabt und fähig bin, dass sich aber meine Fachkenntnisse nicht auf die Küche erstrecken. Nach dem ganzen Verhalten dieser Verrückten zu urteilen, traue ich ihr durchaus zu, dass sie dich vergiften und mir das Verbrechen in die Schuhe schieben wollte. Natürlich war mir sofort klar, dass ich dich umgehend informieren musste."

„Was hast du mit der Suppe gemacht?"

„Ich habe sie gleich ins Waschbecken gegossen, Grey. Das war das Einzige, was infrage kam."

Grey nickte. Es war zwar schade um die Suppe, aber er war Pamela mehr als dankbar, dass sie zu ihm gekommen war, auch wenn er ihr nicht ganz uneigennützige Absichten unterstellte. „Ich bin dir zutiefst dankbar, Pamela."

Die gekünstelte entsetzte Miene wich einem selbstgefälligen Lächeln. „Und was gedenkst du zu tun?"

Er klopfte sich mit dem Zeigefinger auf die Lippen, während er sich das, was er eben gehört hatte, noch einmal durch den Kopf gehen ließ. Dann stand er auf und sah Dr. Riverside an.

„Ich werde Maureen O'Day heiraten."

12. KAPITEL

Maureen stand mit wackeligen Beinen und einem halb vollen Glas Rotwein auf dem Sofa in ihrem Wohnzimmer. Don Harrison kniete zu ihren Füßen, blickte schmachtend zu ihr auf und schien jedem ihrer Worte mit Inbrunst zu lauschen.

„Willst du schon gehen? Der Tag ist ja noch fern. Es war die Nachtigall und nicht die Lerche, die eben jetzt dein banges Ohr durchdrang; Sie singt des Nachts …"

Ein heftiger Schluckauf beendete abrupt und wenig romantisch Maureens Karriere als Julia. Sie musste so lachen, dass ihr die Tränen über die Wangen liefen. Don war aufgestanden und hob sie vom Sofa, um zu verhindern, dass sie herunterfiel. Ihr war ganz schwindelig geworden. Erst jetzt merkte sie, dass sie einen richtigen Schwips hatte.

Eric und seine Verlobte, Trina Montgomery, saßen auf dem Teppich und klatschten frenetisch Beifall. Sie hielten sich schon die Seite vor lauter Lachen. Mit einiger Mühe gelang es Eric, auf die Beine zu kommen. Er ging zu Maureen und küsste ihr übertrieben galant die Hand. „Eine wirklich einmalige schauspielerische Leistung, mein Fräulein", erklärte er, übers ganze Gesicht grinsend. „Der gute alte Shakespeare hat sich dabei bestimmt im Grab umgedreht."

„Das macht nichts. Ich mag Ben Jonson ohnehin viel lieber. Und außerdem geschieht es ihm ganz recht! Was muss er auch hinter uns herspionieren!", entgegnete Maureen ungerührt.

Wieder brachen alle in schallendes Gelächter aus. Sie waren alle ein wenig beschwipst und konnten sich kaum mehr beruhigen. Maureen tat das Zusammensein mit den dreien gut. Es war genau das, was sie brauchte, um diese ersten schweren Tage ohne Grey durchzustehen.

Plötzlich klingelte es an der Tür. Schlagartig verstummte das Gelächter. Don blickte schuldbewusst zur Tür. Er legte den Finger auf die Lippen. „Pst!", flüsterte er. „Wir waren bestimmt zu laut!"

„Das glaube ich nicht", erwiderte Maureen.

Entsetzt schlug Trina die Hand vors Gesicht und stammelte: „Vielleicht hat jemand die Polizei gerufen."

„Weshalb denn? Das Schlimmste, was wir den ganzen Abend über angestellt haben, war, dass wir Shakespeare nicht mit dem nötigen Respekt begegnet sind."

Es klingelte erneut.

„Es ist wohl besser, du machst auf", flüsterte Trina Maureen zu. „Es könnte ja doch einer deiner Nachbarn sein. Sag, wir werden nicht mehr so viel Lärm machen."

„Ist doch Quatsch", schimpfte Don. „Es ist ja noch nicht einmal acht."

Als sich Maureen schnell umwandte, um zur Tür zu gehen, begann sich um sie herum alles zu drehen. Sie atmete tief durch und ging dann auf unsicheren Beinen zur Tür.

„Wer ist da?", rief sie.

Offenbar hörte man sie draußen nicht, denn gleich darauf wurde laut gegen die Tür geklopft.

Das ungewohnte Geräusch ließ Maureen zusammenzucken. Erschreckt legte sie die Hand auf die Brust und machte einen Schritt rückwärts.

Im nächsten Augenblick stand Don Harrison neben ihr. Er war ziemlich klein und ein wenig untersetzt, aber genau die Art von Freund, den sie jetzt brauchte. Sie bezweifelte, dass sie sich je in ihn verlieben könnte, aber er war ein netter, geduldiger Kerl, und Maureen mochte ihn.

„Lass mich aufmachen." Wie ein Westernheld, der auf einer staubigen Hauptstraße um zwölf Uhr mittags zum Duell schritt, hatte er die Daumen lässig in den Hosenbund eingehakt. Er schien bereit, blitzschnell seinen Revolver zu ziehen und jeden niederzuschießen, der es wagte, Maureen auch nur im Geringsten nahezutreten.

„Nein, nein, nicht nötig." Mit einer raschen Bewegung drehte sie den Schlüssel um und öffnete die Tür.

Maureen schluckte. Fassungslos starrte sie den Mann an, der vor ihr stand und sie aus seinen tiefblauen Augen ansah.

„Was machst du denn hier?", brachte sie mühsam heraus.

„Dr. Carlyle", rief Don bestürzt.

„Er wird uns verhaften lassen, weil wir uns über Shakespeare lustig gemacht haben", jammerte Trina hysterisch. Sie hatte etwas zu viel von dem billigen Wein erwischt. „Ich wusste, dass so etwas passieren würde. Ich wusste es."

„Professor Carlyle! Guten Abend, Sir", stammelte Eric. „Wir haben es nicht böse gemeint. Ehrlich."

„Darf ich eintreten?", fragte Grey. Sein Blick ruhte auf Maureen, die anderen beachtete er zunächst gar nicht.

Maureen brachte kein Wort, heraus.

„Darf ich eintreten?", wiederholte er seine Frage, nachdem er mit einem raschen Blick das Zimmer und die Anwesenden gemustert hatte.

„Aber sicher – natürlich." Maureen versuchte sich gerade zu halten. Trotz ihrer verzweifelten Bemühungen, nüchtern zu erscheinen, gelang es ihr nicht, ihren Schluckauf zu unterdrücken.

„Lass dich nicht einschüchtern", ermutigte Don sie. Er legte ihr den Arm um die Schultern.

„Bestimmt nicht."

Grey warf ihm einen durchdringenden Blick zu, worauf der junge Mann Maureen sofort losließ und ein paar Schritte zurückwich.

„Ihr seid ja betrunken – ihr alle", sagte der Professor vorwurfsvoll.

„Ich nicht", erklärte Maureen feierlich, musste aber gleich wieder lachen. „Noch nicht", fügte sie kichernd hinzu.

„Ihr braucht einen Kaffee." Grey ging an den vieren vorbei in die Küche.

Maureen fühlte, wie ihr die Knie weich wurden. Sie ließ sich auf eine Armlehne sinken.

„Er ist in deine Küche gegangen, als wäre es das Selbstverständlichste auf der Welt", erklärte Eric verdutzt. „Das kann er doch nicht machen, oder?"

„Aber er hat doch gesagt, wir bräuchten Kaffee", erinnerte Don die anderen.

„Aber wie kann er in eine fremde Wohnung kommen und wissen, wo alles ist und…" Eric hielt abrupt inne, als sei ihm plötzlich eine Idee gekommen. Er wechselte einen vielsagenden Blick mit Don.

Don schien das Gleiche zu denken wie Eric. „Du kennst Dr. Carlyle nicht zufällig schon länger?", wandte er sich an Maureen.

„Ich…" Maureen war zu verwirrt, um ihren Freunden eine Erklärung zu geben. „Ja", antwortete sie leise.

„Er ist doch nicht etwa…?" Eric starrte zur Küche hinüber und wurde bleich. Sein Adamsapfel hüpfte nervös auf und ab. Er schüttelte ungläubig den Kopf. „Nein", beantwortete er sich seine Frage selbst. „Das kann nicht sein."

„Was kann nicht sein?", fragte Trina.

„Dass er der Grund ist, weswegen wir heute Abend hier sind", stieß er leise hervor.

„Wir sind doch hergekommen, um Maureen aufzuheitern", sagte Trina, die noch immer nicht gemerkt hatte, worauf Eric hinauswollte.

„Weil …", half er ihr weiter.

„Weil sie Krach hatte mit ihrem …" Trina brach mitten im Satz ab. Dann schüttelte sie langsam den Kopf. „Nein, das kann nicht sein."

„Habt ihr gesehen, wie er mich angeschaut hat?", flüsterte Don. „Wenn Blicke töten könnten, wäre ich jetzt nicht mehr unter den Lebenden."

Eric sah Maureen an. „Kennst du Dr. Carlyle … persönlich?"

Ohne seinen Blick zu erwidern, nickte sie.

„Professor Carlyle ist nicht zufällig der Mann, wegen dem du so am Boden zerstört warst?"

Wieder nickte Maureen.

„Das war's dann wohl", fing Trina erneut an zu jammern. „Er wird dafür sorgen, dass ich von der Uni fliege. Mein Vater wird mich enterben."

„Mach dich doch nicht lächerlich", schimpfte Don, der aber selbst nicht sehr glücklich aussah.

Trina ignorierte ihn. „Meine Mutter wird mir nie verzeihen, dass ich ihr das antue. Mein Leben ist zerstört – und das nur, weil ich der Freundin des Mannes helfen wollte, der in zwei Monaten schwören wird, mich zu lieben und zu ehren und mich für den Rest meines Lebens in guten und in bösen Tagen zu beschützen."

„Das ist doch Quatsch. Ihr habt von Grey nichts zu befürchten", erklärte Maureen, den Tränen nahe. Der Wein, der ihr zuvor zu Kopf gestiegen war, hatte seine aufputschende Wirkung verloren. Sie merkte, dass sie viel zu viel von dem billigen Zeug getrunken hatte. Ihr war übel, und sie fühlte sich sterbenselend. Die Wände drehten sich um sie herum. Sie war froh, dass sie saß.

„Du weißt nicht, wozu Professor Carlyle imstande ist", entgegnete Trina mit einem ängstlichen Blick zur Küche.

„Bist du in einem Seminar von ihm?", fragte Maureen.

Sie nickte aufgeregt. „Und Eric auch."

„Und ich hab letztes Quartal eines besucht", ergänzte Don. „Er findet bestimmt eine Möglichkeit, mir auf meine Hausarbeit keine Punkte zu geben."

„Jetzt reicht's aber. Ihr seid ja alle übergeschnappt", protestierte Maureen. „Soll ich ihn fortschicken?"

„Nein", antworteten alle drei im Chor.

„Auf keinen Fall", bekräftigte Don.

„Das würde alles nur noch schlimmer machen", erklärte Eric.

Er schien noch mehr sagen zu wollen, doch da kam Grey mit einem

Tablett aus der Küche, auf dem vier Tassen mit dampfendem Kaffee standen.

Grey reichte das Tablett herum.

„Ich habe nicht zu viel getrunken", behauptete Eric, als er sich eine Tasse nahm.

Grey blieb vor Eric stehen und, sah ihn misstrauisch an.

„Bestimmt nicht. Ich bin ja mit dem Wagen hier und will noch nach Hause fahren", beharrte Eric. Es klang nicht sehr überzeugend. „Ich bin einfach in blendender Stimmung", versuchte er seinen Zustand zu erklären.

„Das stimmt", bestätigte Maureen leise.

„Ist einer von euch in der Lage, mir zu sagen, was hier vorging, bevor ich kam? Besonders interessiert mich die Sache mit Shakespeare. Was habt ihr denn mit ihm gemacht, dass ihr fürchten müsst, dafür hinter Gitter zu kommen?"

Maureen merkte, dass die drei anderen wie gebannt in ihre Kaffeetassen starrten. Und prompt wandte sich Grey an sie. „Na, Maureen, kannst du mich vielleicht aufklären?"

Sie schluckte. „Wir haben uns nur gut unterhalten."

„Offenbar auf Shakespeares Kosten."

„Ich glaube kaum, dass ihm das etwas ausmachen würde. Er hatte mehr Humor, als ihm einige Literaturprofessoren zubilligen."

„Tatsächlich?"

„Bestimmt, Grey."

„Grey?", wiederholte Don betreten. Er sah die beiden anderen an, zuckte mit den Schultern und seufzte melancholisch. „Sie nennt ihn Grey", stellte er fassungslos fest.

„Vielleicht sollten wir besser gehen", schlug Trina rasch vor. Es war ihr anzuhören, dass sie gar nicht schnell genug fortkommen konnte. „Der Professor möchte sich offensichtlich mit Maureen allein unterhalten."

„Ja", unterstützte Don ihren Vorschlag eifrig, während Eric schon aufstand und zur Garderobe eilte. Er nahm seinen Mantel vom Bügel und brachte gleich auch Trinas und Dons Jacken mit.

Die drei verabschiedeten sich, bevor Maureen auch nur eine Chance hatte, irgendwelche Einwände zu erheben. Nun, da sie wieder etwas klarer denken konnte, bezweifelte sie, dass es eine gute Idee war, mit Grey allein zu sein.

„Ich bringe euch noch zur Tür."

„Lass nur, Maureen, ich mache das schon", erbot sich Grey.

Maureen wollte protestieren. Schließlich waren es ihre Wohnung und ihre Freunde, und eigentlich war es ihre Aufgabe, ihre Gäste hinauszubegleiten. Doch sie hatte noch immer ein recht flaues Gefühl im Magen und brachte nicht die Kraft auf, Grey zu widersprechen.

Grey lässt sich Zeit, dachte Maureen, als er nach ein paar Minuten noch immer nicht zurück war. Sie konnte hören, dass sich die vier an der geöffneten Tür angeregt unterhielten, aber da sie sehr leise sprachen, vermochte sie nur hie und da einen Wortfetzen aufzufangen.

Wenig später schloss Grey die Tür und nahm Maureen gegenüber Platz. Sie senkte den Blick und starrte in die Kaffeetasse.

„Hallo, Maureen."

„Hi." Sie sah Grey noch immer nicht an. „Ich sehe, du hast dich von deiner Erkältung erholt."

„Ja, sie ist fast weg."

„Das freut mich. Bei unserem letzten Telefongespräch hast du fürchterlich geklungen."

„Das stimmt. Aber es lag nicht an der Erkältung."

„Nein?"

„Nein."

Am Klang seiner Stimme erkannte Maureen, dass er näher kam. Am liebsten wäre sie fortgelaufen und hätte sich irgendwo versteckt, doch in ihrem winzigen Apartment war das unmöglich. Außerdem wusste sie, dass Grey ihr ohnehin gefolgt wäre.

„Versteh mich nicht falsch", fuhr er fort. „Eine so schlimme Erkältung hatte ich schon seit Jahren nicht mehr. Aber der eigentliche Grund, warum ich mich so fürchterlich gefühlt habe, warst du."

„Ich?" Es hörte sich an wie das Quietschen einer Tür, die dringend geölt werden musste. Maureen räusperte sich. „Ich bin sicher, du irrst dich."

„Nein, ich irre mich nicht. Du, Maureen O'Day, warst der Grund. Es so anzustellen, dass ich sehen musste, wie du einen anderen Mann umarmtest! Eng umschlungen seid ihr dagestanden und habt den anderen beim Schneemannbauen zugeschaut. Und um ein Haar wäre ich darauf hereingefallen!"

Er war ihr mittlerweile so nah gekommen, dass sie gezwungen war, aufzusehen und seinem Blick zu begegnen. Doch sie hatte Angst, er könnte die Wahrheit in ihren Augen lesen. Sie hatte diese Szene nämlich tatsächlich sorgfältig inszeniert und war bestürzt, dass er sie durchschaut hatte.

Grey machte noch einen Schritt auf sie zu.

Sie schluckte und rutschte unwillkürlich ein kleines Stück auf der Sessellehne zurück, auf der sie noch immer saß. Dabei verlor sie das Gleichgewicht und fiel rücklings in den breiten Sessel. Die Armlehne auf der anderen Seite bremste sie. Wie durch ein Wunder hatte sie keinen Tropfen aus der Kaffeetasse in ihrer Hand verschüttet.

„Hast du dir wehgetan?", erkundigte Grey sich besorgt.

Maureen brauchte ein paar Sekunden, um ihre Fassung wiederzuerlangen. „Nein, es ist alles in Ordnung." Obwohl sie sich große Mühe gab, gelang es ihr nicht, sich aus ihrer unangenehmen Lage zu befreien. Erst als Grey ihr die Tasse abnahm, konnte sie sich mit beiden Händen abstützen. Schwungvoll drehte sie sich um und setzte sich gerade hin.

„Siehst du", sagte sie stolz, als hätte sie eine olympische Bestleistung vollbracht, und rieb sich selbstgefällig die Hände. „Was hast du vorhin gesagt?"

Grey schwieg so lange, dass Maureen einen kurzen Blick in seine Richtung warf. Er ging vor ihrem Sessel auf und ab wie ein in einem Käfig eingesperrter Tiger. Plötzlich blieb er stehen und sah sie an, sagte aber nichts. Leise seufzend fuhr er sich mit den Händen durchs Haar. Er schien unentschlossen, wie er sich verhalten sollte.

„Ich weiß nicht, ob das gerade der geeignetste Zeitpunkt für ein ernsthaftes Gespräch ist", äußerte er seine Zweifel wenig später laut.

„Wahrscheinlich nicht." Maureen lag viel daran, die Auseinandersetzung mit Grey auf später zu verschieben. In ihrem Kopf drehte sich alles, doch sie war sicher, dass diesmal nicht der Wein daran schuld war, sondern Greys Nähe. In seiner Gegenwart schien sie nie einen klaren Gedanken fassen zu können. „Du solltest nicht einmal versuchen, jetzt ernsthaft mit mir zu reden. Wahrscheinlich hast du es nicht bemerkt, aber ich bin doch ein wenig ... beschwipst."

„Ein wenig beschwipst!", fuhr er sie an. „Du bist völlig betrunken."

„Das ist nicht wahr", protestierte sie. „Und wenn ich es bin, ist es nur deine Schuld."

„Meine? Wie kommst du denn auf diese verrückte Idee?"

Maureen hatte nicht vor, diese Frage zu beantworten. Sie reckte das Kinn hoch und presste die Lippen fest aufeinander. Sie tat so, als verschließe sie ihre Lippen und verstecke den Fantasieschlüssel in ihrem Büstenhalter. Im nächsten Moment wurde ihr bewusst, wie albern ihr Verhalten auf Grey gewirkt haben musste. Es ist an der Zeit, dass du dich zusammenreißt, Maureen O'Day, rief sie sich selbst zur Ordnung.

Grey schien ihrem Verhalten hilflos gegenüberzustehen. Er wirkte enttäuscht, und allmählich schien er die Geduld zu verlieren. „Alles, was ich wissen will, ist: Warum? Dann verschwinde ich."

„Warum was?"

„Warum bist du zu Pamela Riverside gegangen?"

Maureen starrte ihn an. „Sie hat es dir gesagt?" Sie konnte es nicht fassen. Diese Frau hatte angeblich den Intelligenzquotienten eines Genies, und dabei verhielt sie sich wie der naivste Einfaltspinsel. „Das war das Letzte auf der Welt, was sie hätte tun sollen."

„Pamela behauptet, du hättest sie beleidigt, ihr gedroht und verlangt, dass sie mich anlügt. Stimmt das?"

Maureen schlug die Beine übereinander und legte die Hände auf die Knie. Sie bemühte sich, überlegen und gelassen zu wirken, wusste aber selbst, dass ihr das nicht gelang. „In gewisser Hinsicht schon", räumte sie ein. Sie hätte sich liebend gern noch einmal ernsthaft mit Greys Kollegin unterhalten. Dieser Frau mangelte es ganz offenbar nicht nur an gutem Geschmack, was Kleidung betraf, sondern auch an gesundem Menschenverstand. Nie und nimmer hätte sie Grey von ihrer Unterredung erzählen dürfen.

„Jemandem zu drohen passt gar nicht zu der liebenswürdigen, warmherzigen jungen Frau, die ich kenne."

„Vielleicht kennst du mich nicht gut genug."

„Nach dem, was ich heute Abend erlebt habe, glaube ich das fast auch."

„Vielleicht solltest du besser gehen. Ich bin nämlich völlig betrunken, wie du so charmant festgestellt hast."

„Vielleicht sollte ich wirklich gehen, aber ich werde es nicht tun. Nicht, bevor ich weiß, warum du Pamela aufgesucht hast – und das, obwohl ich dir unmissverständlich erklärt habe, dass ich absolut nichts für sie empfinde."

„Sie liebt dich."

„Sie weiß nicht einmal, was Liebe ist."

„Das stimmt nicht", verteidigte Maureen die andere Frau, überzeugt, dass Grey Pamela Riverside unrecht tat. Sie erinnerte sich noch gut daran, wie verwundbar die Professorin an dem Abend bei Dr. Browning gewirkt hatte. Pamela hatte darunter gelitten, Grey und Maureen zusammen zu sehen. Sie mochte durchaus ihre Fehler und Schwächen haben, aber sie war trotz allem eine Frau, die sich wie jede andere nach Liebe und Anerkennung sehnte. Eigenartig, dachte Maureen, dass eine so intelligente, in ihrem Beruf so erfolgreiche Frau wie Dr. Riverside derart naiv und unbeholfen sein kann, wenn es um Männer und die Beziehung zwischen Mann und Frau geht.

„Pamela Riverside besitzt den Charme einer Tiefkühltruhe", fuhr Grey ungeduldig fort. „Du kannst mir erzählen, was du willst, aber ich werde deine Wohnung nicht verlassen, bevor ich von dir erfahren habe, warum du es für notwendig erachtet hast, sie in ihrem Büro aufzusuchen."

„Weil." Maureens Stimme war so leise, dass Grey sie bestimmt nicht verstanden hatte. Also wiederholte sie lauter: „Weil", aber unglücklicherweise ergab ihre Antwort dennoch absolut keinen Sinn.

Grey kniete sich vor ihrem Sessel auf den Boden und legte ihr die Hände auf die Arme. „Weil? Das ist nicht sehr aufschlussreich."

„Sie ist die richtige Frau für dich", stieß Maureen schließlich hervor. Sie wagte es nicht, Grey dabei anzusehen. Obwohl sie mehrmals versucht hatte, den schmerzlichen Gedanken zu verdrängen, fragte sie sich doch immer wieder, wie die Kinder von Grey und Pamela wohl aussehen würden. Eine Schar dunkelhaariger Jungs mit Hornbrillen und kleiner Mädchen in blauen Kostümen und schwarzen Schnürschuhen zog an ihrem geistigen Auge vorüber.

„Pamela ist also die richtige Frau für mich", wiederholte Grey kopfschüttelnd. Allein schon die Vorstellung schien ihm unerträglich. „Ehrlich, Maureen, wenn ich dich nicht so sehr liebte, würde ich das als Beleidigung betrachten."

„Als Beleidigung!" Sie hatte das größte Opfer ihres Lebens gebracht, um Greys Glück nicht im Weg zu stehen, und nun erklärte er ihr seelenruhig, er betrachte es als Beleidigung, dass sie sich zurückzog, um einer Frau Platz zu machen, die wesentlich besser zu seinem Lebensstil passte. Wie konnte er nur so ungerecht sein! „Ich kann es nicht glauben. Wie kannst du das sagen? Ich war so selbstlos, so edelmütig und …" Sie hielt abrupt inne und starrte Grey an. „Was hast du da gesagt? Du liebst mich?"

Sein Gesicht war so dicht vor ihrem, dass seine Züge vor ihren Augen verschwammen. Dann merkte Maureen erst, dass es Tränen waren, die ihren Blick trübten und über ihre Wangen rollten. Rasch wischte sie sie fort.

„Ich liebe dich, Maureen O'Day."

„Aber wie kannst du …? Oh Grey!" Sie lehnte sich vor und presste ihre Stirn an seine, während sie sich bemühte, nicht laut zu weinen. „Du kannst mich nicht lieben. Du darfst es nicht."

„Aber ich tue es. Und ich habe nicht die Absicht, jemals eine andere Frau zu lieben."

Maureen wusste nicht, woher sie die Kraft nahm, sich von ihm zu lösen. Sie setzte sich steif und gerade hin. Mit einer verstohlenen Handbewegung wischte sie die letzten Tränen fort. Ihr Herz schlug, als galoppierte eine Herde wilder Pferde in ihrer Brust. „Es tut mir wirklich leid, das zu hören."

„Ich weiß, dass du mich auch liebst", stellte er ruhig fest. „Also versuch erst gar nicht, mir einen Haufen Lügen aufzutischen, um mich vom Gegenteil zu überzeugen. Ich würde dir ohnehin nicht glauben."

Maureen blinzelte ein paarmal. In ihren Wimpern hingen noch ein paar Tränen, die nun ihre Wangen hinunterrollten. Sie streckte den Arm aus und strich Grey zärtlich mit den Fingern über Schläfe und Wange. „Ich glaube, ich könnte dich gar nicht belügen, selbst wenn ich es wollte", flüsterte sie. „Oh Grey, wie konnten wir das nur zulassen?"

Er strich ihr ein paar Haarsträhnen aus dem Gesicht und sah sie lächelnd an. „Das klingt ja, als wäre unsere Liebe eine große Tragödie. Aber mein Leben wurde von dem Augenblick an glücklicher, in dem wir uns begegnet sind. Du bist Lachen und Liebe, Wärme und Aufregung. Ich werde immer dafür dankbar sein, dass ich dich gefunden habe."

„Aber deine Mutter…"

„Du wirst ja nicht den Rest deines Lebens mit ihr verbringen. Ich bin derjenige, den du heiraten sollst."

„Was?" Maureen war überzeugt, falsch gehört zu haben. „Wer redet von heiraten?" Der Gedanke schien ihr so abwegig, dass sie abwehrend die Arme in die Höhe riss. „Du hast den Verstand verloren, Grey."

„Also gut, dann leben wir in wilder Ehe zusammen. Das wird meiner Karriere zwar nicht gerade förderlich sein, denn Dr. Browning hat sehr hohe moralische Grundsätze. Er wird es sicher nicht billigen."

„Ich kann dich nicht heiraten." Maureens Puls raste.

„Und warum nicht, wenn ich fragen darf?"

Sie brachte keinen Ton heraus. Grey beugte sich vor, als wolle er sie küssen. „Bitte nicht", rief sie. „Wenn du mich jetzt küsst, könntest du meinen Widerstand brechen."

„Das war meine Absicht", erklärte er mit verschmitztem Lächeln.

„Aber das darf ich nicht zulassen. Ich glaube, du solltest jetzt wirklich gehen – ich befinde mich dir gegenüber im Nachteil. Ich fühle mich schwindlig und schwach, und alles, was du sagst, macht mich noch verwirrter und schwächer."

„Ich liebe dich."

„Das ist genau, was ich meine." Sie zog die Beine hoch und stützte das Kinn auf die Knie. Auch wenn sie zugeben musste, dass sie im Moment kaum imstande war, einen vernünftigen Gedanken zu fassen, war sie nach wie vor davon überzeugt, eine Ehe mit ihr würde Greys Laufbahn schaden. „Aber ich bin doch nur eine kleine Kellnerin", flüsterte sie. „Hast du das vergessen?"

„Keineswegs, Liebes. Schämst du dich deswegen?"

„Nein!"

Er lächelte sie liebevoll an. „Meine Gefühle für dich würden sich auch nicht ändern, wenn du Fußböden schrubbtest, um deinen Lebensunterhalt zu verdienen. Du bist ehrlich und stolz, und ich bin unsterblich in dich verliebt. Ich wäre der glücklichste Mann auf der Welt, wenn du einwilligen würdest, meine Frau zu werden."

Jeder Widerstand in ihr schien mit derselben Geschwindigkeit zusammenzubrechen, mit der die Luft aus einem Ballon entwich. Auch sie war unsterblich in ihn verliebt. Ihre Blicke trafen sich, und Maureen las in Greys Augen, dass er die Wahrheit sagte. Er liebte und begehrte sie, und sie wäre eine Närrin, würde sie auch nur einen Augenblick in Erwägung ziehen, ihn zurückzuweisen. Ein Lächeln umspielte ihre Lippen, während eine einsame Träne ihre Wange herunterrann.

Grey streckte die Hand aus und wischte die Träne mit der Fingerspitze fort. Eine Woge der Zärtlichkeit erfasste Maureen. Sie schloss die Augen, als wolle sie die wundervollen Gefühle dieses Moments voll auskosten. Grey hatte recht: Sie würde nicht seine Mutter heiraten. Sicher bedurfte es einer Menge Zeit und Geduld, aber irgendwann würde auch Frances Carlyle sie als Schwiegertochter akzeptieren. Maureen durfte nicht zulassen, dass jemand anders über ihr Leben bestimmte. Ihr Verstand machte neue Einwände geltend, doch ihr Herz war nicht mehr bereit, darauf zu hören. Es führte sie an den einzigen Ort, wo sie sein wollte – in Greys Arme.

Sie schlang ihm die Arme um den Nacken. Er seufzte erleichtert auf und drückte sie an sich, als hätte er sie eben den Klauen des Todes entrissen.

„Du hast mich ganz schön zappeln lassen, Liebling", flüsterte er ihr ins Ohr.

Sie wollte ihm so viel sagen, doch eine endlose Reihe zärtlicher Küsse hinderte sie am Sprechen.

„Du wirst mich doch heiraten?", fragte er heiser, während er mit den Lippen ihr Ohr liebkoste.

„Ja. Oh Grey, ich liebe dich so sehr."

Grey stöhnte. Seine Lippen suchten wieder ihren Mund. Diesmal war sein Kuss fordernd und leidenschaftlich. Er weckte in Maureen Empfindungen, die ihr bisher völlig fremd gewesen waren. Ihr Körper wurde von grenzenlosem Verlangen erfasst. Sie durchwühlte mit den Fingern Greys Haar und presste sich eng an ihn.

Er küsste sie so oft, dass Maureen sich ganz schwach fühlte. Als er sein Gesicht an ihren Hals legte, zitterten beide.

„Ich werde nicht zulassen, dass du deine Meinung änderst", flüsterte er mit belegter Stimme.

„Das habe ich auch gar nicht vor", versicherte sie.

Grey löste sich von ihr, griff in die Innentasche seines Sakkos, holte ein kleines Schmucketui heraus und öffnete es. Vor Überraschung sprachlos betrachtete Maureen den großen Diamanten auf dem kleinen schwarzen Samtkissen.

Grey nahm den Ring aus dem Etui. Er schaute Maureen tief in die Augen, während er ihre Hand ergriff und ihr den Ring über den Finger streifte. „Jetzt gehörst du für immer zu mir."

– ENDE –

Maura Seger

Wer bist du, schöner Fremder?
Roman

Aus dem Amerikanischen von
Louisa Christian

1. KAPITEL

Es war nichts Besonderes an dem Mann, der auf dem Behandlungstisch in der Notaufnahme lag. Er war dreimal angeschossen worden: einmal in den Bauch und zweimal in die Brust. Sein Oberkörper war nackt, und er war mit einem halben Dutzend Monitoren, einigen Infusionsschläuchen und einem Beatmungsgerät verbunden.

Das Notärzteteam schwirrte um ihn herum. Alle taten, was sie unzählige Male getan hatten: Sie versuchten, Leben zu retten.

In diesem Fall wurden ihre Anstrengungen durch die Tatsache erschwert, dass der Mann schon klinisch tot war. Nicht zum ersten Mal war jemand in diesem Zustand ins St. Mary's Hospital eingeliefert worden, und nur die Verlierer verließen es auch tot.

Dieser Mann würde dazugehören, wenn sich nicht bald etwas änderte. Felix begann bereits zu schwitzen. Das war immer ein schlechtes Zeichen. Wenn Felix schwitzte, beschäftigte er sich innerlich mit dem Gedanken, dass seine Wiederbelebungsversuche vergeblich sein könnten. Vielleicht – aber nur vielleicht – musste er bei diesem Menschen aufgeben.

„Elf Minuten", sagte Lauren Walters. Ihre Stimme klang ebenso sachlich wie resignierend. Sie besaß eine Menge Erfahrung. Acht Jahre Tätigkeit als Schwester, davon sechs in der Notaufnahme und zwei als stellvertretende Oberschwester der Station, bedeuteten, dass ihr kaum noch etwas fremd war. Zu viel davon tauchte seit Kurzem in ihren Träumen auf. Aber daran dachte sie in diesem Moment nicht.

Elf Minuten waren seit Beginn der Wiederbelebungsmaßnahmen vergangen. Hinzuzählen musste man die Zeit im Notarztwagen, wo der Kreislauf künstlich aufrechterhalten worden war, bis der Mann in den Behandlungsraum Nr. 3 und damit in Felix' kompetente Hände gekommen war. Sie hatten ihm bereits einen Tubus in die Luftröhre geschoben. Schon während des Röntgens waren die Blutuntersuchungen und die sonstigen erforderlichen Tests angestellt worden. Jetzt sah es aus, als wären alle Bemühungen vergeblich gewesen.

Lauren betrachtete den kleinen grünen Monitor. Nichts. Die Kurve des Patienten war absolut flach. Felix blieben nicht mehr viele Möglichkeiten. Er konnte sich rittlings auf den Brustkorb des Mannes setzen, die Rippen brechen und das Herz mit der Hand massieren, während er ihn in den OP bringen ließ. Aber das war kaum mehr als eine große

Schau. Alle wussten, dass es praktisch niemals klappte. Die Zeit lief ihnen davon.

Lauren warf dem Arzt einen kurzen Blick zu. Er nickte, richtete sich auf und griff nach den Polen des Schockgerätes. „Fertig."

Alle traten zurück. Felix legte die Pole an, durch die genügend Strom floss, um einen Toten zu wecken, wie es in einem alten, wenn auch nicht sehr geschmackvollen Scherz hieß. Die Linie auf dem Monitor zuckte, bildete Zacken und wurde wieder flach. Felix schwitzte stärker als zuvor. Erneut sah er Lauren an. Sie hielt seinem Blick stand und ließ sich nicht anmerken, dass die Grenze ihrer Ansicht nach praktisch erreicht war.

„Fertig!"

Dieselbe harte Prozedur. Der Patient bäumte sich unter dem Stromstoß reflexartig auf, die weiße Linie bildete Zacken und ... Instinktiv hielt Lauren die Luft an und merkte nicht, dass sie die Zähne in die Unterlippe biss. Der Mann war nicht viel älter als dreißig, höchstens fünfunddreißig. Weshalb wollte er schon sterben?

Die Linie schoss wieder in die Höhe, zuckte ein wenig und – lief weiter. Von allein.

„He!", sagte Felix und blickte äußerst zufrieden drein. „Merkt ihr was?"

Die Spannung im Raum verringerte sich unmerklich. Doch das Arbeitstempo ließ nicht nach. Es war noch ein langer Weg zum Operationssaal und zu den Chirurgen, die den Patienten vielleicht – wie gesagt, vielleicht – wieder zusammenflicken konnten.

Lauren ließ die Linien auf dem Monitor nicht aus den Augen. Im Laufe der Jahre hatte sie eine Art sechsten Sinn entwickelt und entnahm den kleinen Bildschirmen mehr als allgemein üblich. Deshalb hatte nicht nur Felix sie gern bei seinen Noteinsätzen dabei. Sie gab ihnen zusätzliche Sicherheit.

Lauren ahnte nichts davon. Doch sie war sehr zufrieden mit dem, was sie sah. Das Herz des Patienten pumpte das Blut wieder aus eigener Kraft durch die Adern. Immer weniger davon tropfte auf den Boden der Notaufnahme. Vielleicht gehörte der Mann am Ende doch zu den Gewinnern.

Zwanzig Minuten später wurde er hinausgerollt, um rasch nach oben in den OP gebracht zu werden, und Lauren hatte die leise Hoffnung, dass er es schaffen könnte. Sie hatte ihren Mundschutz schon abgelegt und zog gerade die Gummihandschuhe und den Schwesternkittel aus, da trat Felix zu ihr. Er sah richtig glücklich aus.

„Ich fürchtete schon, wir könnten nichts mehr für ihn tun."
Lauren nickte. „Er ist ein ziemlich zäher Bursche."
„Man ist nie ganz sicher. Manchmal erstaunen einen die Patienten wirklich. Hatte er Papiere bei sich?"

Felix empfand ein natürliches Bedürfnis, den Namen desjenigen zu erfahren, dessen Leben sie – vielleicht – soeben gerettet hatten.

„Keine Ahnung", antwortete Lauren. „Ich sehe einmal nach. Eine Brieftasche oder eine Geldbörse müsste er eigentlich bei sich gehabt haben." Sie wollte ins Behandlungszimmer zurückkehren, wo die Helfer schon wieder Ordnung schufen, da ertönte es aus dem Lautsprecher: „Verkehrsunfall mit vier Fahrzeugen auf der Fifth Avenue. Die Verletzten sind auf dem Weg hierher. Soll ziemlich schlimm aussehen."

Noch während die Ansage lief, heulten draußen schon die Sirenen der Krankenwagen. Felix ergriff frische Gummihandschuhe und eilte zur Tür. Lauren folgte ihm. Sollte sich jemand anders darum kümmern, wer der vorige Patient gewesen war.

Laurens Nacken tat entsetzlich weh. Zum dritten Mal in dieser Woche spürte sie einen pochenden Schmerz, als hätte jemand ein Messer zwischen ihren ersten und zweiten Halswirbel getrieben. Natürlich lag es am Stress. Aber deshalb schmerzte es nicht weniger.

In Gedanken ging sie die Liste der Medikamente durch, die sie einnehmen könnte, und zog ihren Pullover über den Kopf. Der Umkleideraum der Frauen war um diese Zeit leer. Sie war nach Abschluss ihrer Schicht noch eine weitere halbe Stunde geblieben, um bei einem Patienten mit Herzflimmern zu helfen. Es war nach Mitternacht, und ihre nächste Schicht begann um acht. Wie in zahlreichen Krankenhäusern herrschte auch im St. Mary's Schwesternmangel. Die Verantwortlichen weigerten sich, zusätzliche Leute einzustellen, und zogen es vor, das Stammpersonal bis zur Erschöpfung arbeiten zu lassen. Lauren seufzte stumm. Sie hatte kein Ruhekissen erwartet, als sie ihren Arbeitsvertrag unterschrieb. Aber dies wurde entschieden zu viel.

Vielleicht sollte sie ernsthaft über die Stelle als Betriebsschwester nachdenken, die man ihr angeboten hatte. Dort hätte sie nicht viel mehr zu tun, als den Blutdruck der gehetzten Führungskräfte zu messen und über deren Gesundheitszustand zu wachen. Es gäbe mehr Geld und erheblich weniger Ärger. Das Problem war nur, dass sie sich dort spätestens nach einer Woche zu Tode langweilen würde.

Lauren verließ den Umkleideraum. Sie brauchte dringend etwas Schlaf, sonst drehte sie noch durch.

„Bye-bye, Lauren", rief Ginny Germaine, die zuständige Nachtschwester der Notaufnahme, ihr nach. Sie war schwarz, als hätte sie Kaffee in den Adern, spindeldürr, unverwüstlich und immer auf dem Posten. Lauren ging an ihrem Schreibtisch vorüber und winkte ihr müde zu.

„Bye-bye, Ginny. Ich bin für heute Nacht weg."

Ginny lachte leise, und ihr kakaobraunes Gesicht strahlte. „Versuch ein bisschen zu schlafen, Mädchen. Deine Tränensäcke werden immer dicker."

„Wenn du so etwas sagst, fühle ich mich gleich viel besser."

„Trotzdem stimmt es. He, ich habe gehört, dass ihr den Kerl retten konntet, der heute Nachmittag im Central Park angeschossen wurde. Es steht auf der Titelseite der *Tribune*."

Lauren warf einen Blick auf die Zeitung, die Ginny gelesen hatte. Auf der ersten Seite befand sich das Schwarz-Weiß-Foto eines Mannes in korrektem Anzug, der neben einem teuren Sportwagen auf dem Bürgersteig lag. Die Schlagzeile lautete: „Unbekannter das 500ste Opfer eines Schusswechsels in diesem Jahr."

„Man weiß nicht, wer er ist?", fragte Lauren nicht besonders neugierig. Sie war zu müde, um ein größeres Interesse für den Mann aufzubringen.

Ginny zuckte mit den Schultern. „Wahrscheinlich nicht. Irgendjemand wird den Kerl schon erkennen. Er sieht verdammt gut aus."

Lauren betrachtete das Foto erneut. Zum ersten Mal wurde ihr bewusst, dass der Mann, der nackt vor ihr in der Notaufnahme gelegen hatte, nicht nur ein Fall mit schrecklichen Verletzungen und beunruhigenden Kreislaufdaten war. Er sah ausgesprochen gut aus. Selbst das grobkörnige Bild und die Tatsache, dass er bewusstlos gewesen war, als das Foto aufgenommen wurde, änderten nichts daran.

Dichtes schwarzes Haar, ein markantes Gesicht. Seine Augen waren geschlossen. Er hatte eine gerade Nase, einen wohlgeformten Mund und ein ausgeprägtes Kinn. Außerdem wirkte er sehr sportlich.

Felix hatte gesagt, der Mann wäre in Topform, während er ihn wiederzubeleben versuchte. Jemand in dieser Verfassung durfte seiner Meinung nach einfach nicht an einer Kleinigkeit wie drei Kugeln im Körper sterben.

„Ist er schon aus dem Operationssaal heraus?", fragte Lauren und interessierte sich plötzlich mehr für den Mann, als sie sich normalerweise erlaubte. Es belastete zu stark.

Ginny nickte. „Ja, er ist auf der Intensivstation. Sie haben einen Polizisten davor postiert." Die ältere Schwester verzog das Gesicht. Sie hatte selber viele Jahre auf der Intensivstation gearbeitet und ebenso wie die anderen häufig darüber geklagt, dass die Beamten nur im Weg stünden.

„Ich bin froh, dass er es geschafft hat", sagte Lauren. In ihren Ohren begann es seltsam zu rauschen.

Ginny sah sie aufmerksam an. „Mach, dass du nach Hause kommst, Mädchen. Sonst müssen wir dich am Ende auch noch bei uns aufnehmen."

Damit hast du nicht ganz unrecht, dachte Lauren. Anstatt sich der Gnade des Personals vom St. Mary's auszuliefern, ging sie lieber zum Ausgang. Als sie das Haus vor mehr als siebzehn Stunden betreten hatte, war draußen ein schöner Vorfrühlingstag gewesen. Jetzt war es dunkel, kalt und regnerisch.

Lauren zog ihre Jacke enger, senkte den Kopf und eilte die Straße hinab. Das Licht der Laternen spiegelte sich in den Pfützen, die von den vorüberfahrenden Autos aufgespritzt wurden. Wütend starrte sie die Fahrer an, die sie nicht beachteten und ungerührt weiterfuhren.

Sie hatte das Glück oder das Pech – sicher war Lauren sich nicht –, ein Apartment gefunden zu haben, das dem Krankenhaus gehörte und keinen Block weit entfernt lag. Es war zwar nur ein winziges Studio mit papierdünnen Wänden und bedenklich brüchigen Wasserinstallationen. Aber es war nicht zu teuer, und sie brauchte nicht stundenlang mit der U-Bahn zu fahren wie zahlreiche Freundinnen.

Das hatte allerdings auch einige Nachteile. Wen rief die Krankenhausverwaltung an, sobald eine Lücke im Einsatzplan für die Schwestern gefüllt werden musste? Natürlich die gute alte Lauren, die ganz in der Nähe wohnte und zu Überstunden nie Nein sagen konnte. Vielleicht sollte sie es endlich lernen.

Lauren betrat die Eingangshalle mit ihrem viel zu hellen Neonlicht an der Decke und drückte auf den Fahrstuhlknopf. Als sich die Türen öffneten, zuckte sie heftig zusammen und merkte, dass sie buchstäblich im Stehen eingeschlafen war.

Oben stocherte sie mit dem Schlüssel im Schloss, bekam die Tür endlich auf und taumelte ins Innere. Die Versuchung, in Kleidern zu schlafen, war äußerst verlockend. Doch Lauren wusste aus bitterer Erfahrung, wie elend sie sich am nächsten Morgen fühlen würde.

Es fiel ihr nicht leicht, unter der Dusche wach zu bleiben, aber am Ende gelang es ihr. Sie vergaß nicht einmal, ihr kurzes kastanienbraunes Haar zu waschen. Es war beinahe so fein und lockig wie zu ihrer Kinderzeit und trocknete daher schnell.

Heute war das Lauren allerdings egal. Ihretwegen hätte das Haar klatschnass bleiben können. Kaum hatte sie den Kopf auf das Kissen gelegt, schlief sie fest ein.

Sie träumte, wie sie es in letzter Zeit jede Nacht tat. Es schien auch diesmal nichts Besonderes zu sein, absolut kein Albtraum.

Sie war im Krankenhaus und ging ihren Pflichten in der Notaufnahme nach. Es war Tag, und überall herrschte die übliche Betriebsamkeit. Leute kamen und gingen. Büroarbeiten mussten erledigt werden. Nichts Beunruhigendes geschah. Es war ein ganz gewöhnlicher Arbeitstag.

Plötzlich veränderte sich die Szene. Schreie ertönten in der Nähe, vielleicht die eines Kindes. Jemand hatte furchtbare Angst und litt entsetzliche Schmerzen. Ein Arzt schimpfte mit jenem Unterton in der Stimme, der besagte, dass nichts mehr zu machen sei.

Lauren musste zu dem Patienten. Sie musste helfen, aber sie konnte sich nicht rühren. Wie angewurzelt blieb sie stehen, und die Schreie gingen durch sie hindurch. Die Kollegen schienen nichts zu hören. Sie liefen hin und her und lachten über sie, weil sie wie gelähmt dastand und vor Entsetzen keine Luft bekam.

Nein, sie stand gar nicht wie angewurzelt da. Sie lag auf einem Behandlungstisch, der senkrecht an der Wand stand, damit alle sie sehen konnten, und war mit zahlreichen Schläuchen verbunden und mit Gurten gefesselt. Gefangen! Mit beinahe übermenschlicher Kraft riss sie sich los und rannte den Korridor hinab, der die beiden Seiten der Notaufnahme trennte.

Die Schreie waren immer noch zu hören. Lauren schaute in einen Raum nach dem anderen, um herauszufinden, wer dringend Hilfe brauchte.

Alle Zimmer waren belegt. Doch die Patienten waren tot. Trotzdem saßen sie aufrecht da und lachten sie aus. Ihre Brust schmerzte, und sie eilte schluchzend weiter, bis sie sich in Vorhängen verfing, die von der Decke hingen. Sofort packten die Patienten sie und wickelten sie so fest in den Stoff, dass sie keine Luft mehr bekam. Wie wild schlug sie um sich, doch es wurde enger und enger. Sie konnte sich nicht befreien und musste jeden Moment ersticken. Und die Schreie gingen immer weiter.

Die eigene Stimme weckte sie schließlich auf, und Lauren fuhr entsetzt in die Höhe. Ihr Herz schlug heftig gegen ihre Rippen, und ihr Atem ging stoßweise. Hoffentlich musste sie sich nicht übergeben.

Lauren eilte ins Bad, machte Licht und starrte in den kleinen Spiegel über dem Waschbecken. Ein kreideweißes Gesicht mit weit aufgerissenen kornblumenblauen Augen und unzähligen Sommersprossen auf der Nase, die sich unnatürlich von der blassen Haut abhoben, blickte ihr entgegen.

Sie war achtundzwanzig, wurde aber oft für gut zehn Jahre jünger gehalten und musste sich regelmäßig ausweisen, wenn sie mit Freunden ausging. Heute Nacht – nein, es war schon morgen – hätte sich allerdings niemand verschätzt. Sie war nichts als eine übermüdete, überarbeitete Frau, die viel zu viel um die Ohren hatte – so viel, dass selbst der Schlaf zu einer unerträglichen Qual wurde und keine Erholung brachte.

Erschöpft schüttelte Lauren den Kopf und verstand nicht, weshalb sie ausgerechnet jetzt einen Albtraum gehabt hatte. Seit Jahren verlief ihr Leben in normalen Bahnen. Nichts hatte sich geändert.

Sie hatte immer schwer arbeiten müssen. Es war die einzige Möglichkeit gewesen, aus der kleinen Industriestadt im Mittleren Westen herauszukommen, wo eine Fabrik nach der anderen schloss und die Zukunft alles andere als rosig aussah. Viele junge Leute, mit denen sie aufgewachsen war, lebten heute noch dort und wohnten in Reihenhäusern aus Holz, von denen die Farbe abblätterte und die nichts als Hoffnungslosigkeit ausstrahlten. Einige waren sogar im Gefängnis gelandet.

Nicht sie. Sie, Lauren, hatte immer mehr gewollt. Die absehbaren Veränderungen hatten sie sogar angespornt. Sie war herausgekommen, aber sie hatte das Elend nicht vergessen. Die Fähigkeit, sich zu erinnern, hatte sie zu einer guten Krankenschwester gemacht. Zumindest war das bisher so gewesen. In letzter Zeit schien es allerdings, als wäre die Erinnerung ihr schlimmster Feind geworden.

Lauren strich mit der Hand über ihre Wange und verzog das Gesicht. Vielleicht sollte sie mit jemandem reden. Die Klinik stellte dem Personal für solche Fälle Psychologen zur Verfügung. Die Gespräche waren kostenlos und absolut vertraulich, was bewies, wie ernst ein Problem wie ihres werden konnte.

Lauren erschauderte schon bei dem Gedanken, in einem Sprechzimmer zu sitzen und ihre tiefsten, finstersten Gefühle ausbreiten zu müssen. Hoffentlich fand sie einen anderen Ausweg.

Sie kehrte ins Schlafzimmer zurück und warf einen Blick auf den Wecker. Es war kurz nach fünf. Erneut ins Bett zu gehen und einen weiteren Albtraum zu riskieren, kam nicht infrage.

Deshalb ging sie in ihre winzige Küche, bereitete ihr Frühstück zu und konzentrierte sich auf jeden Handgriff. Möglicherweise konnte sie sich dadurch von den anderen Gedanken ablenken.

Anschließend brauchte sie nur noch achtzugeben, dass sie nicht wieder einschlief. Es war so einfach, dass sie unwillkürlich lachen musste. Sie lachte und lachte, bis sie ihre eigene Stimme hörte und sich erschrocken mit der Hand auf den Mund schlug.

2. KAPITEL

Er konnte nicht schreien. Das Bedürfnis war unwiderstehlich, aber etwas in seinem Hals hinderte ihn daran. Nur ein schwaches Gurgeln kam über seine Lippen. Der Laut reichte nicht aus, um ihn davon zu überzeugen, dass er noch lebte.

Er konnte sehen – aber was? Ringsum war alles grau. Das Licht war gerade hell genug, um einige undefinierbare Formen zu erkennen, die ihm keinen Hinweis darauf lieferten, wo er sich befand.

Irgendwo piepte etwas. Es war ein gleichmäßiger hoher Ton. Plötzlich wurde ihm klar, dass er den Laut schon lange hörte, ohne ihn richtig wahrgenommen zu haben. Das Piepen klang hartnäckig, sagte ihm aber nichts.

Auch die scharfen Gerüche konnte er nicht einordnen. Sie waren nicht unangenehm, hatten allerdings auch nichts Anheimelndes.

Vielleicht war dies die Hölle – eine seltsame Hölle, in der sein Körper an allen Ecken und Enden unglaublich wehtat. Seltsamerweise machte es ihm nichts aus. Zwischen dem Schmerz und ihm schien eine dicke gepolsterte Wand zu sein. Sie war nicht stabil genug, um das Wissen um diesem Schmerz ganz auszusperren, sorgte aber dafür, dass er beinahe den Eindruck hatte, es ginge um jemand anders.

Was ganz entschieden nicht zutraf, dessen war er gewiss. Er lag hier in diesem Dämmerlicht inmitten des Piepens und der strengen Gerüche. In seinem Hals steckte dieses merkwürdige Ding, und sein Körper schmerzte unerträglich.

Ein Bild tauchte vor seinem inneren Auge auf: die verschwommene Gestalt eines Mannes mit einem Revolver. Ungläubig zuckte er zusammen und erinnerte sich plötzlich, dass die Waffe auf ihn gerichtet gewesen war. Er hatte gewusst, dass sie losgehen würde.

Er konnte immer noch nicht schreien, doch er versuchte es verzweifelt.

„Es tut mir unendlich leid, dass ich dich darum bitten muss", sagte Martha Morrissey. „Eine Schwester hat eine Lungenentzündung bekommen, eine zweite hat sich den Knöchel gebrochen, und eine dritte leidet unter dem üblichen morgendlichen Unwohlsein einer Schwangeren. Die Intensivstation ist völlig unterbesetzt. Wenn du zumindest eine Schicht übernehmen könntest..." Die Oberschwester sah Lauren flehentlich an.

„Ich habe in letzter Zeit furchtbar viele Überstunden gemacht", antwortete Lauren.

„Ich weiß, und wir sind dir dafür aufrichtig dankbar. Aber wir haben einen schrecklichen Engpass, und ich rechne fest mit dir."

„Wenn das Krankenhaus mehr Schwestern einstellen würde, passierte so etwas nicht."

Martha Morrissey verzog das Gesicht. „Meinst du, ich wüsste das nicht? Keine Woche vergeht, ohne dass ich mich beim Verwaltungsrat über die Personalsituation beklage. Doch man bezahlt lieber Überstunden, als neue Leute ins Haus zu holen. Wir bekommen kein zusätzliches Personal. Trotzdem wollen die Patienten versorgt werden. Ich habe letzte Woche selber drei Sonderschichten auf der Gynäkologie, der Pädiatrie und im OP neben dem üblichen Bürokram eingelegt. Und ich habe drei Kinder, einen verärgerten Ehemann und Eltern, die erwarten, dass ich ihnen beim Umzug nach Florida helfe. Bitte, Lauren, spring für mich ein."

Wäre Martha Morrissey einer jener verbissenen pedantischen Drachen gewesen, die Lauren im Laufe ihres Berufslebens kennengelernt hatte, hätte sie wahrscheinlich geantwortet, die Oberschwester solle sich zum Teufel scheren. Aber Martha war ein fabelhafter Kerl. Sie sprang ein, sobald Not am Mann war, und sie sorgte sich aufrichtig um das Wohlergehen ihrer Schwestern. Ein Magengeschwür war der Beweis dafür.

„Also gut, ich übernehme die Schicht. Intensivstation, hast du gesagt?"

Martha atmete erleichtert auf. „Die Arbeit wird dir bestimmt gefallen. Die Station ist zurzeit beinahe leer. Kaum zu glauben, nicht wahr?"

„Was ist passiert? Sind alle Patienten plötzlich gesund geworden?"

„Genieß es, solange du kannst. Der Zustand wird nicht lange anhalten."

Nein, das wird er bestimmt nicht, dachte Lauren, während sie auf den Fahrstuhl wartete. Wenn man sich auf eines im St. Mary's Hospital verlassen konnte, dann auf die Tatsache, dass der Patientenstrom niemals nachließ.

Auf der Intensivstation war es tatsächlich ruhiger als gewöhnlich. Lauren trat hinaus auf den Korridor und staunte, wie friedlich es hier im Vergleich zur Notaufnahme war. Abgesehen von zwei Schwestern und einem Angestellten, die sich leise an der Empfangstheke unterhielten, schien niemand da zu sein.

Zumindest hatte Lauren diesen Eindruck, bis sie den Polizisten vor einem Krankenzimmer entdeckte. Oh ja, dieser Unbekannte ... Sie unterdrückte ihre freudige Erregung darüber, dass der gut aussehende Mann noch lebte, und trat zu den beiden Schwestern. Es war an der Zeit, mit der Arbeit zu beginnen.

Die Dunkelheit war gewichen, und es war heller geworden. Er konnte die Formen jetzt besser erkennen. Ein leerer Stuhl stand so nahe, dass er ihn hätte berühren können. Doch der Arm wollte ihm nicht gehorchen. Außerdem war da ein Kasten auf Rädern, der ständig piepte – irgendein Apparat, mit dem er verbunden war.

Krankenhaus. Er war angeschossen worden und lag im Krankenhaus. Die Erkenntnis traf ihn wie ein Schlag. Einen Moment bekam er furchtbare Angst, verdrängte das Gefühl aber sofort. Wenn er im Krankenhaus lag, lebte er zumindest noch.

Dies war kein gewöhnliches Zimmer. Es gab keine Fenster, sondern nur Glasscheiben, hinter denen ein größerer Raum lag, von dem weitere Zimmer wie dieses abzugehen schienen. Menschen liefen auf der anderen Seite hin und her.

Eine Schwester kam in seine Richtung. Sie blieb stehen, sprach mit jemandem, den er nicht sehen konnte, und trat ein. Mit konzentrierter Miene nahm sie das Krankenblatt vom Fuß seines Bettes und betrachtete es aufmerksam.

Er wartete. Ein oder zwei Minuten vergingen. Dann sah sie auf und merkte, dass er sie beobachtete.

„He, Sie sind ja bei Bewusstsein", sagte sie.

Er versuchte zu nicken, und es gelang ihm beinahe.

„Das freut mich sehr. Sie sind auf der Intensivstation des St. Mary's Hospital in New York. Ich bin Lauren Walters. Sie wurden gestern Abend hier eingeliefert und mussten sofort operiert werden. Im Moment sind Sie an ein Beatmungsgerät angeschlossen, deshalb können Sie nicht sprechen. Aber Sie wissen, was passiert ist, nicht wahr?"

Er nickte und sah sie eindringlich an. Lauren war sehr jung und ziemlich hübsch. Sie beobachtete ihn ebenfalls aufmerksam. Langsam hob er die Hand, war froh, dass es ihm gelangt und machte eine Schießbewegung.

„Ja, das stimmt, Mr ... Tut mir leid, Sie hatten keine Papiere bei sich. Könnten Sie mir Ihren Namen vielleicht aufschreiben?"

Er nickte erneut und ließ sie nicht aus den Augen. Lauren suchte in ihrer Tasche, zog ein Blatt Papier hervor und breitete es neben seiner Hand aus. Anschließend drückte sie ihm behutsam einen Stift in die Finger und berührte ihn zum ersten Mal.

Er sollte seinen Namen aufschreiben. Ihr sagen, wie er hieß. Nichts einfacher als das. Sein Griff um den Stift verstärkte sich. Weshalb konnte er nicht …?

„Was ist los?", fragte Lauren.

Er schüttelte den Kopf und bekam erneut furchtbare Angst.

Freundlich legte sie ihm die Hand auf die Schulter. „Das macht nichts. Entspannen Sie sich erst einmal. Sie haben eine Menge durchgemacht. Wir wollen nichts erzwingen." Sie nahm ihm das Papier und den Stift wieder ab und steckte beides zurück in die Tasche. „Ich werde der Ärztin sagen, dass Sie bei Bewusstsein sind. Sie wird sicher gleich kommen."

Diesmal war ihr Lächeln rein professionell. Sie drehte sich um und eilte aus dem Raum.

„Irgendwelche Probleme?", fragte der junge Polizist und richtete sich ein wenig auf.

Lauren schüttelte den Kopf. „Nichts Ungewöhnliches", antwortete sie und schlüpfte an ihm vorüber. Vielleicht stimmte es sogar. Zahlreiche Patienten litten nach einer Operation an Nebenwirkungen, auch an unterschiedlichen Stadien der Verwirrung. Doch die Miene dieses Unbekannten, der seinen Namen aufschreiben wollte, war so seltsam gewesen, dass sie fürchtete, es könnte mehr dahinterstecken.

Entschlossen nahm sie den Hörer auf und wählte die Nummer der diensthabenden Ärztin. Pat Merkle hatte die Operation des Unbekannten nicht vorgenommen. Aber sie war eine ausgezeichnete Kraft. Falls es ein Problem bei dem Mann gab, würde sie es bestimmt erkennen.

„Wir werden jetzt den Luftschlauch entfernen, Sir", sagte Pat drei Stunden später. Der Unbekannte war inzwischen von Kopf bis Fuß untersucht worden – Röntgenaufnahmen, Blutsenkung, EEG etc. Für einen Mann, der vorige Nacht auf dem besten Weg ins Jenseits gewesen war, ging es ihm erstaunlich gut.

„Wilson hat ein wahres Meisterwerk vollbracht", fuhr sie, an Lauren gewandt, fort. Wilson war der Kollege, der den Unbekannten gestern Abend wieder zusammengenäht hatte. Er war ebenfalls gerufen worden und der Ansicht gewesen, dass der Patient wieder aus eigener Kraft atmen könnte.

„Es wird ein bisschen unangenehm für Sie sein", fuhr sie fort. „Aber es tut nicht weh und dauert nicht lange."

Lauren stand neben ihr, um zu helfen. Doch Pat hatte geschickte Hände, und der Schlauch war rasch heraus. Anschließend drückte sie das Stethoskop auf die Brust des Patienten.

„Sehr gut", erklärte sie, nachdem sie ihn abgehorcht hatte. „Ihre beiden Lungenflügel funktionieren wieder. Sie werden vermutlich einen anderen Eindruck haben, aber sie arbeiten tatsächlich."

Pat richtete sich auf und wandte sich an Lauren. „In Ordnung. Folgendes werden wir jetzt tun ..." Sie unterhielten sich eine Weile, dann zog sie Lauren beiseite. „Falls ihm sein Name weiterhin nicht einfällt, rufen Sie bitte Dr. Litzer aus der Neurologie. Er soll sich den Mann einmal ansehen."

Lauren nickte. „Wahrscheinlich ist es nichts Ernstes."

„Der Kerl war praktisch klinisch tot, Lauren. Wie lange musste Felix ihn wiederbeleben?"

„Elf Minuten."

Pat zuckte mit den Schultern. „Vielleicht ist tatsächlich alles in Ordnung. Rufen Sie dennoch Dr. Litzer, falls Sie Zweifel bekommen."

Die Möglichkeit eines Hirnschadens war trotz aller Bemühungen von Felix und seinem Team nicht auszuschließen, das wussten sie beide. Schon bei dem Gedanken daran drehte sich Lauren beinahe der Magen.

Pat wandte sich weiteren Pflichten zu und ließ Lauren mit dem Kranken allein. Der Mann hatte die Augen geschlossen, und sie hoffte, dass er eingeschlafen war. Doch als sie sich über ihn beugte, um sich zu überzeugen, öffnete er plötzlich die Lider.

„Was haben Sie ...?" Seine Stimme klang leise und heiser. Das lag an dem Schlauch, der in seiner Luftröhre gesteckt hatte. Er hielt inne und sah sie erstaunt an.

„Keine Sorge, das ist normal", versicherte Lauren ihm sofort. „Ihr Hals wird noch eine ganze Weile wund sein. Ich werde Ihnen etwas dagegen besorgen."

Nachdrücklich schüttelte er den Kopf. „Ich habe schon genügend Medikamente bekommen." Jedes Wort war eine Qual, aber er war entschlossen, sie auszusprechen. „Wie lautete noch Ihr Name?"

„Lauren Walters. Sagen Sie mir auch Ihren?"

Er stieß einen Laut aus, der Lachen bedeuten konnte. „Das würde ich gern, aber es geht leider nicht."

„Erinnern Sie sich nicht daran?"

„Geben Sie zu, dass das an irgendwelchen Drogen liegt, die Sie mir eingeflößt haben."

„Ehrlich gesagt, Sie haben seit gestern Abend diverse Medikamente bekommen. Bei dieser Kombination können sich alle möglichen Nebenwirkungen einstellen. Versuchen Sie einfach, sich eine Weile zu entspannen. Wahrscheinlich kommt die Erinnerungen von ganz allein zurück."

Wie jemand mit einem Hirnschaden klingt er bestimmt nicht, dachte Lauren, während sie das Zimmer verließ. Der Mann wirkte erschöpft, schwer krank, aber nicht hirngeschädigt. Trotzdem würde sie Dr. Litzer anrufen, falls seine Erinnerung nicht bald zurückkehrte.

„Na, ist unser Mr. Unbekannt aufgewacht?", fragte der Polizist, als Lauren herauskam.

„Ja, er ist bei Bewusstsein. Aber …"

„Dann muss ich meine Dienststelle anrufen. Die Kriminalbeamten wollen sobald wie möglich mit ihm reden."

„Ich bin nicht sicher, ob er ihnen schon viel erzählen kann. Außerdem muss die Ärztin ihre Zustimmung geben, bevor er Besuch bekommen darf."

Der Polizist runzelte die Stirn. „War nicht gerade eine Ärztin bei ihm?"

„Ja, aber von Besuchen hat sie nichts gesagt." Zum Glück hatte Pat diesen Punkt nicht erwähnt. Lauren war ziemlich sicher, dass ihr mysteriöser Patient dankbar wäre, wenn man ihn noch ein wenig in Ruhe ließe. Zumindest so lange, bis er seine Gedanken besser geordnet hatte.

„An irgendetwas muss er sich doch erinnern", beharrte der junge Mann. „Immerhin ist es auch in seinem Interesse, wenn wir den Täter so bald wie möglich fassen."

Damit hatte der Polizist natürlich recht. Ihr selber würde es nicht anders gehen, wenn man ihr drei Kugeln in den Körper gejagt hätte. „Ich werde die Ärztin fragen", versprach sie.

„Könnten Sie das sofort tun? Wir haben schon fast einen Tag verloren. Je länger wir warten, desto geringer wird die Chance, den Kerl zu erwischen."

„Wird die Spur so schnell kalt?", fragte Lauren. Sie hatte diesen Ausdruck im Fernsehen gehört.

„Ja, das auch. Außerdem wissen Sie ja, wie das ist. Ein weiterer Tag, weitere Schießereien, und schon ist der Fall nicht mehr aktuell."

Ähnlich wie in der Notaufnahme, überlegte Lauren. Man tat sein Bestes für den Menschen auf dem Behandlungstisch. Doch anschließend kamen der nächste und der übernächste an die Reihe, und niemand dachte mehr an den ersten.

„Er ist ein bisschen verwirrt", sagte sie. „Aber ich werde sehen, was ich tun kann."

„Wie heißt er eigentlich?"

„Äh ... Das habe ich nicht verstanden. Wie gesagt, er ist ein bisschen verwirrt."

Der Polizist sah sie scharf an. „Er erinnert sich nicht an seinen Namen?"

„Er kann kaum reden. Wir haben ihn gerade erst vom Beatmungsgerät gelöst. Können Sie ihm nicht etwas Zeit lassen, sich an den Gedanken zu gewöhnen, dass er noch am Leben ist?"

„Also gut, einverstanden. Aber tun Sie, was Sie können, um ..."

Lauren versicherte ihm, dass sie sich so bald wie möglich mit der Ärztin in Verbindung setzen würde. Pat war in die Chirurgie zurückgekehrt. Sie würde die nächsten Stunden nicht erreichbar sein. Wilson, der den Patienten gestern operiert hatte, wurde nicht vor vier Uhr im Haus erwartet. Vielleicht erinnerte sich dieser Mr. Unbekannt bis dahin wieder daran, wer er war.

Und an den Kerl, der ihn umbringen wollte.

Er erinnerte sich nicht an seinen Namen. Rumpelstilzchen hieß er nicht, dessen war er gewiss. Sonst konnte er beinahe jeden Namen tragen: Tom, Dick, Harry, Juan, Pierre, Woo Lee ... Es war zum Verrücktwerden. Außerdem hatte er nicht die geringste Ahnung, wie er aussah. Unter gewaltigem Kraftaufwand hob er eine Hand in die Höhe, um sie betrachten zu können.

Seine Haut war hell. Nicht weiß, sondern eher olivfarben mit dunklen Härchen auf dem Unterarm. Er konnte ebenso gut lateinamerikanischer wie italienischer Herkunft sein. Allerdings dachte er auf Englisch und war ziemlich sicher, dass dies seine Muttersprache war.

Er war also Amerikaner und männlichen Geschlechts. Das traf auf höchstens fünfzig bis sechzig Millionen weitere Weiße in den Vereinigten Staaten zu. Es musste eine Kleinigkeit sein, herauszufinden, welcher er davon war.

Wie war es möglich, dass er sich nicht an seinen Namen erinnerte? Was war passiert, dass er ihn vergessen konnte?

Allerdings fehlten ihm noch einige weitere Dinge. Zum Beispiel seine Brieftasche, falls er richtig verstanden hatte. Die hübsche junge Schwester hatte erzählt, er hätte keine Papiere bei sich gehabt.

Noch wichtiger war, dass er beinahe sein Leben verloren hätte. Inzwischen war er wieder so weit hergestellt, dass er aus eigener Kraft atmen konnte. Trotzdem war ihm klar, dass er dem Tod erst im letzten Moment von der Schippe gesprungen war.

Jemand hatte versucht, ihn umzubringen. Er hatte der Gestalt gegenübergestanden, sie direkt angesehen und gemerkt ...

Der Revolver ... Er sah die Waffe noch deutlich vor sich. Eine neun Millimeter Smith & Wesson mit Schalldämpfer. Nicht gerade ein Kinderspielzeug. Aber dahinter war – nichts, zumindest fast nichts. Nur ein dunkelblauer Fleck.

Er holte tief Luft und stöhnte leise. Die Ärztin hatte behauptet, dass seine beiden Lungenflügel einwandfrei arbeiteten. Sie hatte gut reden. Trotzdem würde er alles daransetzen, damit man ihn nicht noch einmal an dieses Beatmungsgerät anschloss.

Eine Bewegung an der Glasscheibe erregte seine Aufmerksamkeit. Er drehte den Kopf ein wenig und blickte in das Gesicht eines Polizisten.

Eines stand fest: Er mochte keine Polizisten. Und dieser sah aus, als würde er gern zu einem kleinen Plausch hereinkommen. Damit es nicht geschah, wandte er den Kopf wieder ab und schloss die Augen.

Er wollte ein bisschen ruhen und anschließend weiter nachdenken. Vielleicht konnte er sich sogar aufsetzen. Das müsste ihm eigentlich gelingen. Auf jeden Fall hoffte er es. Der Gedanke, lange im Krankenhaus zu liegen, gefiel ihm ganz und gar nicht.

Jemand hatte ihn umbringen wollen. Jemand, der immer noch frei herumlief und durchaus versuchen könnte, seine Arbeit zu Ende zu führen.

3. KAPITEL

„Ich fasse noch einmal zusammen", sagte der Kriminalbeamte. „Sie haben den Mann nicht gesehen, der auf Sie geschossen hat. Sie haben keine Ahnung, weshalb jemand diese Tat begangen haben könnte, und Sie wissen nicht, wer Sie sind oder weshalb Sie sich zurzeit in New York aufhalten. Auch nicht, ob Sie hier ständig wohnen. Ist das richtig?"

„Ja, das trifft zu", antwortete John. Lauren hatte ihm diesen Namen gegeben. Sie war es leid, immer nur als Mr. Unbekannt von ihm zu denken. Schließlich war er ein menschliches Wesen und ein Patient. Und ihm fiel nicht ein, wie er hieß.

Der Kriminalbeamte klappte sein Notizbuch zu und räusperte sich. „Ich würde gern Ihre Fingerabdrücke abnehmen, Sir."

„Weshalb?"

„Um Sie zu identifizieren. Da Sie nicht wissen, wer Sie sind, könnten wir feststellen, ob Ihre Abdrücke irgendwo registriert sind."

John zögerte einen Moment und lächelte, als gefiele ihm, wie gewissenhaft der Kriminalbeamte seine Aufgabe erledigte. Doch er hatte nicht die Absicht, eng mit dem Mann zusammenzuarbeiten.

„Darüber muss ich erst einmal nachdenken."

„Ich begreife nicht, weshalb, Sir. Schließlich ist es auch in Ihrem Interesse, wenn wir Ihre Identität so schnell wie möglich feststellen."

Johns Lächeln wurde breiter. Es war erstaunlich, dass er schon wieder lächeln konnte, nachdem er vor weniger als achtundvierzig Stunden angeschossen worden war und immer noch auf der Intensivstation lag. Letzteres würde sich allerdings bald ändern. Dr. Wilson wollte ihn in ein oder zwei Tagen auf die normale Station verlegen, falls er sich weiterhin so gut erholte.

Lauren hatte inzwischen noch eine Extraschicht auf der Intensivstation übernommen, diesmal nur zum Teil als Entlastung für Martha. Es ist nichts dabei, dass ich neugierig bin, wie es mit John weitergeht, sagte sie sich. Hin und wieder ein persönliches Interesse an einem Patienten zu zeigen, war schließlich kein Verbrechen. Sie musste nur achtgeben, dass sie es nicht übertrieb.

Außerdem war sie ziemlich sicher, dass der Mann bald der Liebling aller Schwestern sein würde. Sobald er verlegt worden war, würde sie kaum noch Gelegenheit haben, in seine Nähe zu kommen.

Nicht, dass sie besonderen Wert darauf gelegt hätte. Durchaus nicht. Sie war nur verblüfft, wie tapfer dieser Patient war. Er beklagte sich nie und ließ sich nicht anmerken, wie er litt. Dabei musste er entsetzliche Schmerzen haben, nachdem die Ärzte auf seinen ausdrücklichen Wunsch alle Betäubungsmittel abgesetzt hatten.

„Der Neurologe, mit dem ich gesprochen habe, nimmt an, dass mein Gedächtnis bald von allein zurückkehren wird. Er hält es für besser, in Ruhe abzuwarten", erklärte John dem Kriminalbeamten freundlich.

Das hatte Dr. Litzer tatsächlich gesagt. Privat hatte er gegenüber Lauren allerdings hinzugefügt, dass er in seiner zwölfjährigen Praxis als Nervenarzt noch keinen Fall von echtem Gedächtnisverlust erlebt hätte. Dies wäre der erste.

Alles passte bei John zusammen: ein schweres Trauma und starke Medikamente. In den Lehrbüchern stand, dass man solch einen Patienten in Ruhe lassen sollte. Das Gedächtnis würde von allein zurückkehren. Eile könnte nur schaden.

Lauren wollte dies gerade dem Kriminalbeamten sagen, da stand der Mann auf, um zu gehen. Er wirkte wie jemand, der sein Bestes versucht hatte und nun sehen musste, wie er allein zurechtkam.

„Also gut, Sir. Falls Sie es sich noch anders überlegen oder falls Ihnen einfällt, wer Sie umbringen wollte, lassen Sie es mich bitte wissen."

„Ich vermute, dass es sich um eine gewöhnliche Straßenschießerei handelte", antwortete John.

„Mag sein. Andererseits sind Sie im Moment nicht in der Lage, Vermutungen anzustellen. Hier ist meine Karte." Er legte sie auf den Nachttisch neben dem Bett und verließ das Zimmer.

John atmete erleichtert auf, und seine Züge entspannten sich. Lauren merkte erst jetzt, wie nervös er in Gegenwart des Beamten gewesen war. Insgeheim wunderte sie sich, weshalb. Doch sie hatte wichtigere Dinge zu bedenken.

„Ihre Laborwerte sind ausgezeichnet", erzählte sie John. „Die Ärzte möchten Sie schon bald verlegen."

„Das klingt ja sehr gut."

„Auf der Normalstation wird es Ihnen gewiss besser gefallen. Dort bekommen Sie auch richtiges Essen."

„Krankenhauskost?"

„Ich fürchte, ja. Aber die ist längst nicht so schlecht, wie allgemein behauptet wird. Die Kantinenleitung probiert das Essen zunächst an den Schwestern aus. Das ist zwar nicht dasselbe, als wenn man es an richtigen Menschen testen würde, aber …"

Er lachte, zuckte zusammen und verzog das Gesicht. „Ich muss unbedingt achtgeben, dass ich so etwas nicht tue. Aber im Ernst: Wie lange muss ich Ihrer Ansicht nach noch hierbleiben?"

„Auf der Intensivstation? Einen Tag, höchstens zwei."

„Nein, im Krankenhaus, meine ich. Es wird doch nicht mehr lange dauern, oder?"

Lauren ließ sich ihre Überraschung nicht anmerken. Dass ein Patient ungeduldig wurde und nach Hause wollte, war normalerweise das beste Anzeichen für seine Erholung. Darin waren sich alle Ärzte und Schwestern einig. In diesem Fall kam die Frage nach dem Entlassungstermin allerdings entschieden zu früh.

Hatte dieser Mr. Unbekannt noch gar nicht begriffen, wie schwer verletzt er gewesen war? Wie schlimm es immer noch um ihn stand?

„Es ist ein wenig verfrüht, schon über Ihre Entlassung nachzudenken", antwortete sie. „Vor allem angesichts Ihres Gedächtnisverlustes."

„Den werde ich schon überwinden." Sein stahlharter Blick bewies, dass er fest davon überzeugt war.

Nicht zum ersten Mal staunte Lauren über den seltsamen Glanz in seinen Augen. Der ungewöhnliche Grauton bildete einen merkwürdigen Kontrast zu seinem tiefschwarzen Haar, dessen ausgezeichneter Schnitt unübersehbar war.

Die goldbraune Haut seines muskulösen Oberkörpers hob sich deutlich von dem Weiß des Krankenhauslakens ab. Den Schwestern auf der Normalstation würde diese Brust gefallen, daran zweifelte sie nicht.

Spontan ergriff sie Johns Hand und drehte sie um. Schwielen befanden sich an der Innenfläche und an den Knöcheln. Neugierig betrachtete sie die andere Hand. Sie sah ebenso aus.

„Das ist interessant."

„Was?"

„Ihre Handflächen sind voller Schwielen, aber nicht wie bei einem gewöhnlichen Arbeiter. Ich habe diese Verteilung schon einmal gesehen, kann sie im Moment aber nicht einordnen."

Er lächelte erneut, und seine weißen Zähne blitzten. „Könnte das ein Hinweis sein?"

„Vielleicht. Die Lebensweise eines Menschen prägt sich gewöhnlich seinem Körper ein. So ist es zum Beispiel ein verbreiteter Irrtum, dass jemand mit körperlicher Arbeit gut durchtrainiert sein müsste. Normalerweise sind seine Muskeln nur in bestimmten Körperregionen gut entwickelt, während der Rest ziemlich schlaff ist. In Ihrem Fall allerdings …"

Die Muskeln dieses Mr. Unbekannt waren am ganzen Körper gleichmäßig entwickelt. Entweder verbrachte der Mann sehr viel Zeit in einem Fitnesszentrum oder …

„Vielleicht sind Sie Berufssportler. Spüren Sie den unwiderstehlichen Drang, einen Tennisschläger in die Hand zu nehmen?"

John runzelte die Stirn und dachte nach. „Ich habe das Gefühl, ich könnte Tennis spielen. Mehr aber nicht."

„Es war nur so ein Gedanke. Wir werden es schon herausbekommen. Ruhen Sie sich inzwischen ein wenig aus."

Dass er nicht protestierte, bewies Lauren, wie erschöpft er war. Leise schlüpfte sie aus dem Raum. Ihr Dienst dauerte noch zwei Stunden. John schlief die ganze Zeit fest.

Lauren war gegangen. John war mit dem Gedanken aufgewacht, dass er die hübsche junge Schwester wiedersehen würde, doch ihr Dienst war beendet. Ihren Platz hatte eine weitere nette, äußerst tüchtige Schwester eingenommen, und er gab sich Mühe, nicht verärgert zu sein.

Lauren Walters hieß die andere. Zu seiner Erleichterung war sie nicht so jung, wie er geglaubt hatte. Auf den ersten Blick hatte er sie auf etwa zwanzig geschätzt. Doch sie war eher dreißig und damit fast so alt wie er.

Woher weiß ich das? überlegte John plötzlich und forschte in seinem Gedächtnis nach. Wie alt war er? Eine Ziffer kam ihm in den Sinn. Vierunddreißig. Auch ein Datum: 16. Oktober. Vielleicht sein Geburtstag, er war sich nicht sicher. Doch die Möglichkeit, dass er sich an etwas Persönliches erinnerte, gab ihm neue Hoffnung. Wenn er sein Alter wusste, konnte sein Name nicht mehr fern sein, oder? Er drang tiefer in sich und hatte das seltsame Gefühl, an eine Gummiwand zu stoßen, die nicht weichen wollte.

Es führte zu nichts. Deshalb dachte er lieber an die hübsche Miss Lauren Walters. Seine Mundwinkel zuckten unwillkürlich. Leider tat es schrecklich weh, und er riss sich rasch zusammen.

Der Gedanke an Lauren verriet ihm noch etwas über sich. Er mochte zwar keine Polizisten, Frauen gefielen ihm dagegen sehr. Vor allem kastanienbraune mit großen blauen Augen und einem scheuen Lächeln.

Das war zwar gut und schön, half ihm in seiner Situation aber nicht weiter. Er war nicht ganz aufrichtig gegenüber dem Kriminalbeamten gewesen. An die Waffe erinnerte er sich nämlich genau. Doch er nahm an, dass die Polizei mit einem Hinweis auf den Typ nicht viel anfangen konnte. Es gab Tausende von neun Millimeter Smith & Wessons auf den Straßen von New York. Ein Schalldämpfer war zwar nicht die Regel, so ungewöhnlich aber auch wieder nicht.

John stutzte plötzlich. Er hatte den Revolver eindeutig erkannt. Das gelang wahrscheinlich nicht jedem. Darüber hatte er noch gar nicht nachgedacht. Jetzt kam es ihm ziemlich merkwürdig vor. Offensichtlich verstand er eine Menge von Waffen. Zumindest genügend, um den Typ zu erkennen, der auf ihn gerichtet gewesen war.

Das war zwar interessant, aber ebenfalls nicht sonderlich hilfreich.

Weshalb hatte er sich geweigert, seine Fingerabdrücke abnehmen zu lassen? Die Ausrede, lieber die natürliche Entwicklung abwarten zu wollen, war nur vorgeschoben. Der Kriminalbeamte hatte es sofort gemerkt. Es war seinem Blick deutlich anzusehen gewesen. Die Polizei hätte seine Abdrücke untersuchen und seine Familie oder seine Verwandten verständigen können, wenn sie ihn hätten identifizieren können.

Das brachte ihn zu einem weiteren Punkt. Hatte er eine Familie? War er verheiratet?

John dachte eine Weile über diese Möglichkeit nach. Nein, sie sagte ihm nichts. Der Gedanke an eine Heirat war ihm völlig fremd. Außerdem gab es kein Anzeichen für einen Ehering an seiner linken Hand. Er trug überhaupt keine Ringe, die ihm einen Hinweis hätten liefern können.

Ihm blieb nichts übrig, als sich zu gedulden. Er musste einfach daran glauben, dass er sich rasch erholte und das Krankenhaus bald verlassen konnte.

Und wohin sollte er dann gehen?

Ein Bild kam ihm in den Sinn. Eine Hütte in den Bergen, aus deren Schornstein dünner Rauch stieg. Ein ungeheures Gefühl von Frieden und Glück durchströmte ihn – von Heimat.

Wohnte er dort? In einer rustikalen Hütte irgendwo in der Wildnis? Ausgeschlossen war es nicht. Zumindest war ihm diese Vorstellung längst nicht so fremd wie die von einer Ehe. Andererseits war sie ihm auch nicht restlos vertraut.

Trotzdem ging ihm das Bild von der Hütte den ganzen Tag nicht aus dem Kopf. Es war seltsam tröstlich.

Lauren kehrte erst am nächsten Morgen zurück.

„Ich arbeite wieder in der Notaufnahme und wollte mich nur erkundigen, wie es Ihnen geht", erklärte sie.

„Ist das Ihr normaler Arbeitsplatz?", fragte John. Es war schön, sie zu sehen. Zu schön. Er wäre ein Narr, wenn er glaubte, dass er mehr als ein Patient für diese Schwester war.

Lauren nickte. „Ich hatte Dienst, als man Sie zu uns brachte. Mir ist etwas eingefallen. Sie hatten zwar keine Brieftasche dabei, aber Sie waren bekleidet. Eine gute Seele hat Ihre Sachen eingepackt und verstaut."

Sie hatte Johns Kleider im Lagerraum neben der Leichenkammer gefunden, als sollten sie dort auf ihren Besitzer warten. Aber das brauchte John nicht zu wissen.

„Meine Sachen", sagte er. „Das ist eine gute Idee. Werfen wir einen Blick darauf."

Lauren öffnete den Sack und holte die Teile zögernd hervor. „Sie sind in einem ziemlich schlechten Zustand", warnte sie ihn. „Abgesehen davon, dass sie voller Blut waren, mussten wir sie zerschneiden, um sie Ihnen auszuziehen. In den Taschen befanden sich nur etwas Kleingeld, ein Schlüsselbund und ein Taschentuch, leider ohne Monogramm."

„Sonst nichts?", fragte John. „Kein Adressbuch, keine Quittungen oder sonstige Zettel?"

Lauren schüttelte den Kopf. „Nichts. Entweder sind Sie unglaublich ordentlich oder …"

„Oder was?"

Sie zögerte, denn sie war nicht sicher, wie viel sie diesem Mr. Unbekannt von ihren Überlegungen anvertrauen sollte. „Ich frage mich, ob jemand Ihre Taschen geleert haben könnte. Aber ich wüsste nicht, wann das hätte geschehen sollen. In der Zeitung stand, dass der Schütze nach Aussagen der Zeugen sofort geflohen ist. Er war so schnell, dass niemand eine brauchbare Beschreibung von ihm abgeben konnte. Gewiss ist er nicht lange genug geblieben, um Ihre Taschen leer zu machen."

„Trotzdem war praktisch nichts mehr drin."

„Ich bin sicher, dass es eine Erklärung dafür gibt", antwortete Lauren. „Fällt Ihnen beim Anblick Ihrer Sachen etwas ein?"

John betrachtete seine Kleider. Er hatte ein weißes Oberhemd, einen dunkelblauen Anzug und eine gestreifte Seidenkrawatte getragen. Beinahe alles war mit Blut befleckt. Trotzdem waren die Etiketten noch zu erkennen.

„Es sieht so aus, als hätte ich einen teuren Geschmack." Einen ausgesprochen teuren sogar. Der Anzug war aus der Savile Row, das Oberhemd stammte aus Frankreich, und die Krawatte hatte ein italienisches Etikett.

„Vielleicht reisen Sie viel", sagte Lauren. Sie hatte die Etiketten ebenfalls gesehen und war ziemlich erstaunt gewesen. John besaß alle Merkmale für einen äußerst erfolgreichen internationalen Geschäftsmann.

Wie war es möglich, dass solch ein Mann in New York auf der Straße niedergeschossen wurde und niemand auftauchte, um ihn zu identifizieren? Sein Foto war auf der ersten Seite der Zeitung erschienen. Irgendjemand dürfte ihn doch erkannt haben, selbst wenn das Bild nicht allzu gut war.

Falls der Mann nicht aus New York stammte, musste er einen Grund für seinen Aufenthalt in dieser Stadt gehabt haben. Vielleicht war er zu einer geschäftlichen Besprechung angereist. Weshalb vermisste ihn niemand? Weshalb fragte keiner, wo er war, und verständigte die Polizei?

„Merkwürdig, nicht wahr?", sagte John, als hätte er ihre Gedanken gelesen.

„Bin ich so leicht zu durchschauen?"

Er lachte erneut, und diesmal tat es nicht mehr so entsetzlich weh. „Sagen wir einfach, Sie haben ein sehr ausdrucksvolles Gesicht."

Lauren wandte sich ab, denn sie fürchtete plötzlich, dass John zu viel in ihrer Miene entdecken könnte. Es gab eine unsichtbare Grenze zwischen der Sorge um einen Patienten und einem persönlichen Interesse an ihm. Bisher hatte Lauren sie nie überschritten. Sie war nicht einmal in Versuchung geraten. Plötzlich erkannte sie, dass sie der heiklen Linie gefährlich nahe gekommen war.

„Was ist mit den Schlüsseln?", fragte sie und war entschlossen, ihre Aufmerksamkeit strikt auf das Notwendige zu beschränken. Der Patient sollte sich körperlich und seelisch so schnell wie möglich erholen. Eine andere Rechtfertigung für ihre Anwesenheit gab es nicht.

Er lächelte sie so vorwurfsvoll an, dass ein Schauer sie überlief. Nachdenklich drehte er das Bund hin und her und betrachtete es aufmerksam. „Dieser gehört zu einem Wagen, würde ich sagen." Er sah den Schlüssel näher an. „Aha, ein BMW. Sehr gut. Die beiden anderen sehen wie Hausschlüssel aus, und dieser ..." Er zog den kleinsten hervor, der chromfarben war. „Was halten Sie davon?"

Der Schlüssel kam Lauren bekannt vor. Doch sie konnte ihn nirgends unterbringen. „Könnte er zu einem Briefkasten gehören?", schlug sie vor.

„Dafür ist er ein bisschen zu groß. Wie wäre es mit einem Postschließfach?"

„Das wäre möglich. Es steht eine Nummer darauf."

John nickte. „Die 365. Es muss ein ziemlich großes Postamt sein, wenn es so viele Schließfächer hat."

„Und wie wäre es mit einer Bank?", fragte Lauren. Plötzlich wusste sie, weshalb ihr der Schlüssel nicht fremd war. Er sah genauso aus wie der zu ihrem eigenen Banksafe. Sie hatte ihn seit ein oder zwei Jahren nicht mehr benutzt. Deshalb war es ihr nicht gleich eingefallen. Je länger sie darüber nachdachte, desto sicherer wurde sie, dass hier die Antwort verborgen lag.

John hielt den Schlüssel in die Höhe und drehte ihn ins Licht. „Das könnte sein. Aber welche Bank? Auf dem Schlüssel steht nichts drauf."

„Nein, das tut es nie. Wenn Sie sich nicht erinnern, wo Sie einen Safe haben, kommen wir damit nicht weiter."

Er legte das Schlüsselbund zu dem Taschentuch auf den Nachttisch. Blieb nur noch das Kleingeld.

„Amerikanisch", stellte er fest und sah das Geld durch. „Mit Ausnahme dieser Münze." Er hob eine kleines Geldstück hoch, das sich von den anderen unterschied.

„Was ist es?"

„Ein kolumbianisches Zehn-Peso-Stück."

„Dann waren Sie vermutlich vor Kurzem in Kolumbien." Lauren konnte ihre Erregung kaum verbergen. Das war ein echter Hinweis, dem man vielleicht nachgehen konnte. „Wenn Sie über New York zurückgekehrt sind, müssen Sie den Zoll des JFK-Flughafens passiert haben. Dort macht man Videoaufnahmen von den ankommenden Passagieren."

„Es würde Tage dauern, bis alle Aufnahmen durchgesehen sind, falls sich jemand dazu bereit erklärt. Außerdem könnte ich die Münze seit Monaten in der Tasche haben."

John betrachte das Geldstück erneut und legte sich auf das Kissen zurück. „Ich bin Ihnen für Ihre Hilfe wirklich dankbar, aber ich muss mich jetzt ein bisschen ausruhen."

Lauren zögerte einen Moment. Sie hatte das deutliche Gefühl, dass John sie aus einem Grund fortschickte, der nichts mit Erschöpfung zu tun hatte. Bis jetzt hatte er kein bisschen müde gewirkt.

Andererseits hatte er natürlich das Recht, in Ruhe gelassen zu werden, falls er es wünschte.

An der Tür drehte sie sich noch einmal um und blickte zurück. John hatte die Augen geschlossen und sah aus, als schliefe er. Die kolumbianische Münze hielt er noch in der Hand. Seine Finger bewegten sich, als wollte er nachspüren, was ihm die Prägung verraten könnte.

4. KAPITEL

Weshalb war es kein französischer Franc, keine deutsche Mark oder ein chinesischer Yuan? Ausgerechnet ein kolumbianischer Peso – die Währung der Drogendealer.

Lauren hatte geduscht, anschließend einige Stunden geschlafen und gerade ihren Dienst in der Notaufnahme wieder angetreten. Sie hatte unzählige Dinge zu erledigen und musste trotzdem immer wieder an die Münze denken.

Eines hatte sie während ihrer langen Jahre als Krankenschwester gelernt: Nichts war gefährlicher, als in Schablonen zu denken. Das führte garantiert zu falschen Schlüssen. Sie durfte gar nicht erst damit anfangen. Immerhin gab es unzählige Gründe für eine Reise nach Kolumbien. Es konnte sich um einen Verwandtenbesuch handeln, um einen normalen Urlaub oder um eine offizielle geschäftliche Angelegenheit. Leider hatte das Land einen ausgesprochen schlechten Ruf, zumindest in den Augen der Presse. Ob es einem gefiel oder nicht: Kolumbien wurde mehr als jeder andere Staat auf der Welt mit dem Drogenhandel in Verbindung gebracht.

Was nicht hieß, dass John etwas damit zu tun hatte. Aber er musste in Kolumbien gewesen sein. Und er besaß offensichtlich eine Menge Geld. Zumindest ließ seine teure Garderobe darauf schließen. Und er war angeschossen worden.

Außerdem hatte er nicht gewollt, dass die Polizei seine Fingerabdrücke nahm.

Lauren wurde richtig elend, als sie alle Punkte zusammenzählte, die gegen diesen Mann sprachen. Instinktiv presste sie die Hand auf den Magen, während sie an der Anmeldung der Notaufnahme vorüberging.

„Stimmt etwas nicht?", fragte Ginny Germaine und warf ihr einen besorgten Blick zu.

„Nein, es geht mir gut. Hast du schon wieder Dienst?", antwortete Lauren.

Ginny zuckte die Schultern. „Ich vergesse langsam, wie meine Wohnung aussieht. Wenn sich nicht bald etwas ändert …"

„Ich weiß, es ist zum Verrücktwerden. Ich sage es ungern, aber meiner Ansicht nach wird es langsam Zeit, dass die Gewerkschaft unseren Arbeitgeber stärker unter Druck setzt."

„Pass bloß auf, zu wem du so etwas sagst. Du könntest schneller auf der Straße sitzen, als dir lieb ist."

„Ich bin nicht einmal sicher, ob es das Schlimmste wäre, was mir passieren könnte."

Ginny schüttelte den Kopf. „So redest du nur, weil du erschöpft bist. Wir sind alle am Ende unserer Kräfte. Martha soll dem Verwaltungsrat gesagt haben, wenn er nicht bald weiteres Personal einstellt, würden die Sterbefälle im St. Mary's um mindestens ein oder zwei Prozent steigen. Sie deutete an, dass sich solche Meldungen sehr schnell bei der Presse herumsprechen könnten."

„Hat sie das wirklich gesagt?"

„Zumindest erzählt man es sich. Die Krankenhausleitung ist mehr um ihren Ruf in der Öffentlichkeit besorgt als um das Wohlergehen ihrer Schwestern. Das könnte unser Vorteil sein. Außerdem hat Martha die Wahrheit gesagt. Wir wissen doch, dass an allen Ecken am Personal gespart wird."

„Natürlich", stimmte Lauren der Kollegin zu. „In letzter Zeit habe ich mehr als einmal größte Bedenken gehabt."

„Bisher hatten wir Glück, dass nichts passiert ist. Aber das wird nicht ewig so bleiben. Weißt du, dass die Leitung sich sogar weigert, zusätzliches Wachpersonal einzustellen? Außerdem hat sie allen, die bei uns arbeiten, mitgeteilt, dass an eine Gehaltserhöhung derzeit nicht zu denken ist."

Lauren schüttelte angewidert den Kopf. „Ich verstehe das wirklich nicht. Dies ist nicht unbedingt die beste Gegend. In manchen Nächten scheinen wir wie ein Magnet auf zwielichtige Gestalten zu wirken. Die Krankenhausleitung sollte an der Sicherheit ebenso wenig sparen wie an den Schwestern."

„Sag es ihr selbst, Mädchen. Besser noch: Drück die Daumen, dass nicht erst etwas passieren musst, bevor den Leuten ein Licht aufgeht und sie merken, was sie schon längst hätten tun sollen."

Lauren nickte. Sie kam gerade erst und war jetzt schon müde – zumindest ziemlich niedergeschlagen. Zum ersten Mal seit ihrer Tätigkeit als Krankenschwester überlegte sie ernsthaft, weshalb sie diese Strapazen auf sich nahm.

„Übrigens hatte dein Freund einen Anruf", unterbrach Ginny ihre Gedanken.

„Mein Freund?"

„Dieser Mr. Unbekannt oben auf der Intensivstation. Meine Nichte Mandy arbeitet in der Patientenauskunft. Sie erzählte, dass gestern jemand angerufen und sich nach seinem Zustand erkundigt hätte."

„Hat er ihn namentlich verlangt?"

„Nein. Er wollte nur wissen, wie es dem Mann ginge, dessen Foto neulich auf der ersten Seite der ‚Tribune' gewesen wäre."

„Und was hat Mandy geantwortet?"

„Dass er etwas präziser sein solle und ihr zumindest einen Namen nennen müsse. Wir hätten zurzeit vier Patienten im Haus, deren Name unbekannt wäre. Sie hätte nicht die Absicht, herauszufinden, um wen es sich jeweils handelte. Mir gegenüber fügte sie hinzu, dass sie sich mehr Mühe gegeben hätte, wenn der Kerl ein Verwandter oder wenigstens ein guter Freund gewesen wäre. Da er jedoch weder den eigenen Namen genannt hatte noch den des Patienten, hätte sie vorsichtshalber keine Auskunft gegeben."

„Kluges Mädchen. Glaubst du, dass es sich um einen Scherzbold gehandelt hat?"

„Wahrscheinlich. Die Stadt ist voll davon, nicht wahr? Eine halbe Stunde später hat ein weiterer Kerl angerufen. Er gab sich als Reporter der ‚Tribune' aus, nannte seinen Namen und erkundigte sich nach dem augenblicklichen Zustand von Mr. Unbekannt. Er kannte das genaue Einlieferungsdatum, sogar die Uhrzeit, und klang erheblich seriöser. Deshalb hat Mandy ihm erzählt, was sie durfte, vor allem, dass sich der Zustand des Patienten stabilisiert hätte. Später sind ihr jedoch Bedenken gekommen, und ihr ist eingefallen, dass sie den Anrufer lieber an die Pressestelle hätte verweisen sollen."

„Falls er von der ‚Tribune' war, hätte ihn man dort kennen müssen."

Ginny runzelte die Stirn. „Du meinst, er könnte es einfach behauptet haben?"

„Keine Ahnung", antwortete Lauren aufrichtig. Da sie Ginny nicht beunruhigen wollte, fügte sie hinzu: „Wahrscheinlich handelte es sich um eine Routineanfrage. Allerdings verstehe ich nicht, weshalb bis heute niemand den Mann identifiziert hat."

„Ja, das ist wirklich seltsam. Vor allem, nachdem er so ..."

„Ich weiß schon – so gut aussieht", ergänzte Lauren.

„Du musst zugeben, dass er zu jenen Männern gehört, die einem nicht so leicht aus dem Kopf gehen."

Auf mich trifft das gewiss zu, dachte Lauren. Aber das würde sie niemals zugeben. Stattdessen unterhielt sie sich noch eine Weile mit der Kollegin und ging anschließend in den Umkleideraum, um ihre Garderobe zu wechseln.

Bei Beginn ihrer Schicht stand sie längst im Behandlungszimmer und half, den Kreislauf eines jungen Mannes zu stabilisieren, der in einem Streit mit einer Straßenbande durch einige Messerstiche verletzt worden war. Erst viele Stunden später kam sie wieder dazu, an „ihren" Mr. Unbekannt zu denken.

Sie wollte gerade in den Aufenthaltsraum der Schwestern gehen, um eine Tasse Kaffee zu trinken, als Dr. Litzer den Fahrstuhl verließ. Er entdeckte sie und rief ihr zu:

„He, Miss Walters. Haben Sie einen Moment Zeit?"

Für den besten Neurologen des St. Mary's musste Lauren ihre Pause zwangsläufig opfern, und wenn der Gedanke an Kaffee noch so verlockend war. „Was gibt es?", fragte sie.

„Ich möchte mit Ihnen über unseren Freund reden, diesen Mr. Unbekannt. Sie wissen, dass man ihn auf die Normalstation verlegt hat?"

„Nein. Aber ich habe mir gedacht, dass man es bald tun würde. Wie geht es ihm?"

„Körperlich besser, als wir erwarten durften. Er erholt sich erstaunlich schnell. Die seelische Seite ist eine andere Sache."

„Immer noch kein Gedächtnis?"

„Nicht das geringste. Deshalb bin ich hier. Ich hatte den Eindruck, dass Sie beide sich ausgezeichnet verstehen."

„Wie kommen Sie denn auf den Gedanken?"

„Er erkundigte sich nach Ihnen und wollte wissen, ob Sie wieder in der Notaufnahme wären." Dr. Litzer lächelte vielsagend. „Es liegt mir fern, seinen Worten eine besondere Bedeutung beizumessen. Trotzdem wollte ich Sie fragen, ob Sie ihn nicht gelegentlich besuchen und sich ein bisschen mit ihm unterhalten könnten. Vielleicht hilft es ihm, wenn jemand bei ihm ist, in dessen Anwesenheit er sich wohlfühlt."

„Ich weiß nicht recht …"

„Es ist mir ernst. Körperlich verläuft seine Entwicklung wie im Lehrbuch. Aber wenn sein Gedächtnis nicht bald zurückkehrt, gerät er ernsthaft in Schwierigkeiten. Was soll aus ihm werden, wenn wir ihn entlassen müssen und er immer noch nicht weiß, wer er ist? Sollen wir ihn der Fürsorge übergeben?"

Daran hatte Lauren noch gar nicht gedacht. Allein schon die Vorstellung entsetzte sie. „Es muss doch eine andere Lösung geben."

„Nur wenn sein Gedächtnis zurückkehrt. Bevor er nicht weiß, wer er ist, kommt er nicht an sein Geld heran, geschweige denn an Lebensmittel oder eine Wohnung. Ihm bleibt nur das Obdachlosenheim."

„So ein Unsinn. Offensichtlich konnte der Mann vor seinem Unfall sehr gut für sich sorgen. Er wirkt intelligent und gebildet, und seine Kleidung lässt auf ein hohes Einkommen schließen. Es muss eine Alternative geben."

Dr. Litzer zuckte die Schultern. „Ich kann versuchen, ihm ein Bett in einer Nachsorgeklinik zu besorgen. Aber Sie wissen ja, wie begehrt die Plätze dort sind. Es ist schon schwierig genug, einen gut versicherten Patienten dort unterzubringen. Bei einem Bedürftigen ..."

„Der Mann ist bestimmt nicht bedürftig."

„Im Moment doch. Ohne Papiere existiert er praktisch nicht. Es wird nicht besonders angenehm für ihn werden."

Lauren schüttelte angewidert den Kopf. „Ich verstehe das nicht. Soll das heißen, man setzt einen Patienten, der sein Gedächtnis verloren hat, einfach auf die Straße, wo er auf die Fürsorge angewiesen ist, um ein Dach über den Kopf zu bekommen?"

„Mir gefällt die Vorstellung ebenso wenig wie Ihnen. Ich wollte Sie nur darauf hinweisen, wie es enden könnte. Der Mann sollte sich lieber erinnern, wer er ist. Und zwar bald."

„Ich werde sehen, was ich tun kann", versprach Lauren. Sie war entsetzt über Dr. Litzers Worte, aber sie wollte nicht mit ihm streiten. Er war ein guter Neurologe und ein fürsorglicher Mensch. Allerdings machte er sich keine Illusionen darüber, wie es auf der Welt zuging.

John hatte eine Schussverletzung überlebt, an der die meisten Menschen gestorben wären. Doch damit waren seine Schwierigkeiten noch längst nicht beseitigt.

Sechs Stunden später war Laurens Schicht zu Ende. Sie sah, dass Martha den Korridor entlang kam, und floh rasch in einen Treppenaufgang, um nicht mit der Oberschwester zusammenzutreffen. Mit schlechtem Gewissen stieg sie die Stufen zur Chirurgischen Station im ersten Stock hinauf.

John lag in einem großen Raum links vom Schwesternzimmer. Zwei Betten standen darin, von denen eines nicht belegt war.

Lauren näherte sich vorsichtig, denn sie war nicht sicher, ob John wach war oder sie sehen wollte, ganz gleich, was Dr. Litzer gesagt hatte. Er hatte die Augen geöffnet und blickte aus dem Fenster. Als sie sich räusperte, drehte er sich um und sah sie an.

Ein Lächeln glitt über sein Gesicht. „Hallo. Sie haben mich also gefunden."

Lauren ließ sich nicht anmerken, wie erleichtert sie war. Sie setzte sich auf den Stuhl neben dem Bett und sagte: „Ich bin ein wenig erstaunt, Sie allein anzutreffen."

„Ich auch. Man könnte sagen, dass der Service auf dieser Station erheblich aufmerksamer ist, als ich erwartet hatte."

„Das kann ich mir vorstellen", antwortete Lauren trocken. Sie hätte ihren letzten Dollar gewettet, dass jede Schwester, jede Helferin und selbst der größte Teil der Ärztinnen den geringsten Vorwand nutzen würden, um bei diesem Patienten vorbeizuschauen – falls sie es nicht schon getan hatten.

„Und wie geht es Ihnen wirklich?"

John zuckte die Schultern. „Mir tut immer noch alles weh, aber das war zu erwarten. Trotzdem fühle ich mich erheblich kräftiger, und das Essen schmeckt mir tatsächlich. Deshalb erhole ich mich wahrscheinlich ganz gut."

„Und was ist mit Ihrem Gedächtnis?", fragte Lauren freundlich.

„Dr. Litzer schlug vor, ich solle einmal mit dem Psychiater des Krankenhauses reden. Vielleicht gäbe es eine Technik, mit der man meine Erinnerung zurückholen könnte."

„Was für eine Technik?"

„Entspannung, Bildersprache und so etwas."

„Das klingt nicht gerade, als wären Sie vom Erfolg überzeugt."

„Ich bin mir nicht sicher", gab John zu. „Manchmal tauchen Bruchstücke vor meinem inneren Auge auf, sekundenlange Bilder, mit denen ich nichts anfangen kann. Es ist, als hätte meine Erinnerung sich in ein Puzzle verwandelt und alle Teile wären durcheinandergewirbelt worden."

„Und Ihnen fehlt die Schachtel mit der Vorlage, um sie wieder zusammenzusetzen."

„Genau. Dr. Litzer behauptet zwar immer noch, dass sich alles von allein regeln wird. Trotzdem habe ich den Eindruck, dass er sich langsam Sorgen macht."

Lauren zögerte einen Moment und wählte ihre Worte sorgfältig. „Es wäre möglich, dass Sie sich an manche Dinge nicht erinnern möchten."

Er warf ihr einen scharfen Blick zu. „Zum Beispiel?"

„Keine Ahnung. Sie haben ein schlimmes Erlebnis hinter sich. Es ist nicht auszuschließen, dass Sie sich instinktiv gegen alles wehren, was damit zusammenhängt."

„Diese Vorstellung gefällt mir überhaupt nicht", gestand John. „Aber es könnte etwas dran sein. Möchte Dr. Litzer deshalb, dass ich mit einem Seelenklempner rede?"

„Es gibt unzählige Gründe, mit einem Psychiater zu sprechen", antwortete Lauren ausweichend. „Dies könnte einer davon sein."

„Darüber muss ich erst einmal nachdenken. Übrigens weiß ich genau, womit ich mich schlagartig erheblich besser fühlen würde." Sein Lächeln war eine Mischung aus Schmeichelei und Verführung.

„Und das wäre?", fragte Lauren und merkte, dass sich ihr Puls erheblich beschleunigte. Nun, das konnte zahlreiche Gründe haben und hatte nichts zu bedeuten.

„Eine Dusche und eine Rasur", antwortete er. „Meinen Sie, dass Sie so etwas für mich organisieren könnten?"

„Möglicherweise." Nein, der kleine Stich, den sie empfand, war keine Enttäuschung. „Dazu müssten wir Ihren Verband mit Folie abdecken."

„Könnte ich auch etwas Richtiges zum Anziehen bekommen?"

„Manche Leute sind unersättlich. Zunächst müssen wir erst einmal feststellen, ob Sie überhaupt stehen können."

John konnte es, auch wenn er zu Beginn etwas schwankte und sich auf Lauren stützen musste. Doch er fand rasch das Gleichgewicht zurück.

„In der Duschkabine sind Griffe", erklärte Lauren, nachdem die Folie an Ort und Stelle war. „Halten Sie sich gut daran fest. Ein Sturz wäre das Letzte, was Sie jetzt gebrauchen können."

„Ja, Madam."

„Ich werde inzwischen nachsehen, ob ich einen Pyjama für Sie auftreibe", versprach sie, bevor er im Bad verschwand. Kurz darauf rauschte das Wasser, und sie hörte ihn fröhlich pfeifen.

Als sie zehn Minuten später zurückkehrte, lief die Dusche immer noch. Entschlossen klopfte sie an die Tür.

„Ich lege Ihnen den Pyjama hin", rief sie.

„Danke. Und was ist mit dem Rasierapparat?"

„Den habe ich ebenfalls besorgt. Zum Rasieren müssen Sie sich aber setzen, verstanden?"

John brummte etwas, widersprach jedoch nicht. Er stellte die Dusche ab und kam wenige Minuten später heraus.

Zumindest nahm Lauren an, dass er es war. John hatte dieselbe Größe wie vorher, dasselbe rabenschwarze Haar, dieselben silbergrauen Augen und dieselbe Gestalt. Oh ja, ganz entschieden auch dieselbe Gestalt. Aber er war nicht mehr der leidende Patient, der vor ein paar Tagen beinahe gestorben wäre. Trotz seiner kränklichen Blässe und der Verbände um den Oberkörper stand er aufrecht da und strahlte eine erstaunliche Kraft und Zuversicht aus. Der Pyjama, den sie ihm gebracht hatte, passte ausgezeichnet und verbarg weder seine breiten Schultern noch seine langen muskulösen Glieder.

„Dr. Litzer hat recht", murmelte Lauren. „Sie erholen sich erstaunlich schnell."

„Sagen wir lieber, dass ich hoch motiviert bin. Geben Sie mir bitte den Rasierapparat?"

„Erst müssen Sie wieder ins Bett."

John verzog das Gesicht, wehrte sich aber nicht. Lauren schloss daraus, dass er doch nicht so kräftig war, wie er sie glauben lassen wollte. Sobald er sich hingelegt hatte, schob sie einen Rolltisch vor ihn und klappte den Deckel auf. Ein Spiegel, eine Schüssel mit heißem Wasser, eine Tube Rasiercreme und ein Rasierapparat befanden sich darin.

„Ich hätte nie gedacht, dass einem eine Rasur so guttun könnte", sagte John, während er den mehrere Tage alten Bart entfernte.

Oder so reizvoll aussieht, dachte Lauren. Was machte einen Mann beim Rasieren so anziehend? Bisher war ihr nie aufgefallen, wie männlich diese Tätigkeit war. Sie musste sich zusammenreißen, um John nicht unverhohlen anzustarren. Vor allem, nachdem sie merkte, was unter dem Rasierschaum zum Vorschein kam.

Der Mund dieses Mr. Unbekannt war so ausdrucksvoll, sein Kinn so markant, dass ein griechischer Bildhauer ihn darum beneidet hätte. Die Natur hatte einen guten Griff getan, als sie Johns Gene zusammensetzte.

„Endlich", sagte er und strich mit der Hand über seine glatte Haut. „Von einer Ausnahme abgesehen, erinnere ich mich nicht, jemals so lange ohne eine Rasur gewesen zu sein." Erschrocken hielt er inne, und sein Blick verfinsterte sich.

„Von welcher Ausnahme?", forschte Lauren vorsichtig nach.

„Als ich mit einigen Kumpeln beim Angeln war. Wir waren irgendwo in den Bergen und zelteten. Es war großartig. Ich erinnere mich an den Geruch des Holzfeuers und der Forellen, die wir in einem gusseisernen Tiegel brieten."

„Das ist ja großartig."

Er sah sie erleichtert an. „Vielleicht hat Dr. Litzer recht, und meine Erinnerung kehrt tatsächlich von allein zurück."

„Mir scheint, das ist bereits der Fall. Wissen Sie noch, wie die Freunde hießen, mit denen Sie unterwegs waren?"

„Nein, leider nicht. Mir ist, als hätte der eine sich Bull genannt und der andere … Jamie, Jimmy oder so."

Er bemühte sich aufrichtig, aber es fiel ihm nicht ein. Kurz darauf schüttelte er angewidert den Kopf. „Ich sehe die Waldlichtung und den Fluss deutlich vor mir. Doch ich kann kein einziges Gesicht erkennen und erinnere mich nicht an die vollen Namen."

„Lassen Sie sich noch ein bisschen Zeit", riet Lauren ihm. Sie schüttete das Rasierwasser aus, spülte die Schüssel und trocknete sie ab. „Jetzt sollten Sie sich erst einmal ausruhen."

„Das habe ich genug getan. Ich muss endlich wieder Verbindung mit der Außenwelt aufnehmen."

„Soll ich den Fernseher einschalten?"

„Bitte nicht. Das meiste darin ist reinster Schwachsinn."

„Sehen Sie? Sie haben schon wieder etwas über sich erfahren. Wie wäre es mit Büchern oder Zeitschriften?"

„Ja, gern, falls es Ihnen nicht zu viel Mühe bereitet."

„Bestimmt nicht. Haben Sie einen besonderen Wunsch?"

Er dachte einen Moment nach. „Kriminalromane und irgendein Blatt mit den neuesten Nachrichten."

„Da ist noch etwas", sagte Lauren, bevor sie das Zimmer verließ. „Es wird Sie vielleicht interessieren, dass sich zwei Leute nach Ihnen erkundigt haben. Einer war angeblich ein Reporter der ‚Tribune'. Der andere gab seinen Namen nicht an."

„Nannte er meinen Namen?"

„Leider nicht. Der angebliche Reporter erfuhr nur, dass Ihr Gesundheitszustand stabil ist. Sonst nichts."

„Und der andere?"

„Er erhielt überhaupt keine Auskunft."

„Wer könnten der zweite Anrufer Ihrer Meinung nach gewesen sein?"

Lauren sah ihn hilflos an. „Keine Ahnung, da ich nicht selber mit ihm gesprochen habe. Ich vermute, es war nur ein Neugieriger."

„Die Leute dürften etwas Besseres zu tun haben, als ein Krankenhaus anzurufen und sich nach einem Patienten zu erkundigen, den sie nicht einmal kennen."

„Sie würden sich wundern, wer hier alles anruft. Sollte sich der Mann wieder melden – oder jemand anders –, lasse ich es Sie wissen."

Er nickte. „Ich würde es begrüßen, wenn man keine Auskunft über mich herausgeben würde."

Lauren versprach, die Anweisung sofort weiterzuleiten. Wie jeder Patient hatte auch dieser Mr. Unbekannt ein Recht auf vertrauliche Behandlung seines Gesundheitszustands.

„Ich bringe Ihnen den Lesestoff, sobald ich kann", erklärte sie, war aber nicht sicher, ob John sie hörte. Blicklos starrte er in die Ferne. Der harte Glanz in seinen Augen verriet, dass seine Gedanken alles andere als angenehm waren.

5. KAPITEL

*S*obald John hörte, dass Laurens Schritte sich auf dem Korridor entfernten, griff er zum Telefon. Er rief die Auskunft an und erhielt nach zahlreichen Fehlverbindungen endlich die gewünschte Nummer.

„Sicherungsstelle", sagte eine gelangweilte Stimme.

Er fasste den Hörer fester. „Ich rufe wegen meines Wagens an."

„Ja, und?"

„Ein BMW, der Montagabend an der oberen East Side abgeschleppt wurde. Ist er bei Ihnen?"

„Nennen Sie mir das Kennzeichen."

„Das ist eine dumme Sache. Wissen Sie, ich kann mir die Nummer nie merken."

Der Angestellte am anderen Ende der Leitung schnaufte verächtlich. „Farbe?"

John zögerte unmerklich. Er musste raten. Wenn er sich jetzt irrte, vertat er seine einzige Chance, den Wagen zu finden.

„Schwarz", erklärte er. Das klang irgendwie richtig. Eine andere Farbe kam ihm nicht in den Sinn.

„Warten Sie einen Moment."

Eine Minute verging, zwei, drei und vier. John fürchtete schon, der Mann hätte ihn vergessen. Dann wurde der Hörer wieder aufgenommen.

„Ja, er ist hier. Wenn Sie ihn zurückhaben wollen, kommen Sie her, und bringen Sie einhundertzwanzig Dollar mit."

John versicherte dem Angestellten, dass er gewiss kommen würde, und fügte rasch hinzu: „Nur damit Sie sich nicht noch einmal die Mühe machen müssen, wenn ich bei Ihnen bin: Wie lautet das genaue Kennzeichen?"

Der Mann las die Angaben brummig vor, und John schrieb rasch mit. Gern hätte er gefragt, ob es sich um ein New Yorker Kennzeichen handelte. Aber dann wurde der Kerl garantiert misstrauisch, ob alles mit rechten Dingen zuging. Er musste sich selber davon überzeugen, wenn er den Wagen holte. Und er würde ihn holen, das stand fest. Dazu brauchte er nur das Krankenhaus zu verlassen und irgendwo einhundertzwanzig Dollars aufzutreiben. Eine Kleinigkeit.

John schwenkte die Beine über den Bettrand und stand auf. Es schmerzte, aber nicht mehr so stark wie vorher. Außerdem tat es ihm gut. Der Schmerz erinnerte ihn daran, dass er noch am Leben war.

Sein Blick fiel auf den Nachttisch. Die Visitenkarte des Kriminalbeamten lag darauf. Sollte er den Mann anrufen und ihm sagen, was er über seinen Wagen erfahren hatte? Die Polizei hätte wahrscheinlich spätestens bis heute Abend herausgefunden, wer er war, und er käme zumindest an sein Geld heran.

Dass er nicht erneut zum Hörer griff, war ein schlechtes Zeichen. Er konnte nicht länger leugnen, dass seine Erinnerung langsam zurückkehrte. Und was ihm einfiel, war nicht angenehm. Ganz und gar nicht.

Er erinnerte sich an einen Raum mit Männern, die nach einer Mahlzeit noch am Tisch saßen. Rubinroter Wein glänzte in langstieligen Kristallgläsern, und Kerzen flackerten. Ihr Schein fiel auf feines Porzellan und Silber auf einem Damasttuch. Der Raum lag weitgehend im Schatten und war luxuriös eingerichtet. An den Wänden hingen wertvolle Gemälde. Die hohen Fenster öffneten sich zu einer Terrasse. Bewaffnete Sicherheitsleute gingen dort auf und ab und hielten Wache.

Es herrschte allgemeine Zufriedenheit und Wohlbefinden. Die Männer waren in ausgezeichneter Stimmung. Es waren Partner, deren Geschäfte hervorragend liefen.

Er, John, war einer von ihnen. Er saß ebenfalls am Tisch, trank Wein und genoss den Erfolg. Er gehörte zu jener Unterwelt mit ihrem Reichtum und ihrer gewaltigen Macht, die von den verborgenen Kokainplantagen Südamerikas bis in die Gassen der kleinsten amerikanischen Stadt reichte.

Sein Magen zog sich schmerzlich zusammen. Er empfand einen solchen Ekel, dass er am liebsten um sich geschlagen und etwas zerschmettert hätte. Es kostete ihn größte Anstrengung, sich zusammenzureißen.

Tief im Innern flehte John, dass er sich irrte. Doch das Bild mit dem rubinroten Wein, der im Kerzenschein funkelte, kehrte zurück und quälte ihn weiter. Er trat ans Fenster, starrte hinaus auf die Stadt und versuchte verzweifelte, sich einzureden, dass er nicht war, was er befürchtete.

Lauren hatte den Lesestoff, den John sich wünschte, mühelos zusammengestellt. Doch sie bekam keine Gelegenheit, ihn nach oben zu bringen. Ein Busunfall, zwei Verdachte auf Herzinfarkt, eine Vergewaltigung und ein Schusswechsel hielten das Notaufnahmeteam ständig in Trab.

Deshalb drückte sie die Sachen einer Pflegerin in die Hand und vergaß John und alles andere um sich herum. Erst nach Schichtschluss kam sie wieder zu Atem und beschloss, noch eine Tasse Kaffee im Schwesternzimmer zu trinken, bevor sie nach Hause ging. Als sie an der Aufnahme vorüberkam, hielt Ginny sie zurück.

„Hast du eine Minute Zeit? Diese beiden Herren möchten gern mit dir reden."

Zwei Männer in dunklen Anzügen standen an der Theke. Sie waren glatt rasiert, und ihr Haar war ordentlich gekämmt. Beide mussten um die dreißig sein. Der größere lächelte ein wenig.

„Sind Sie Miss Walters?"

„Ja. Was kann ich für Sie tun?"

„Können wir uns irgendwo ungestört unterhalten?"

Lauren zögerte einen Moment. Sie bemerkte Ginnys neugierigen Blick und erwiderte ihn. Die Kollegin sollte wissen, dass sie keine Ahnung hatte, worum es ging. „Vertraulichkeit ist im Krankenhaus oberstes Gebot", antwortete sie. „Würden Sie sich bitte ausweisen?"

„Ja, natürlich. Entschuldigen Sie bitte. Ich bin Agent Becker, und dies ist Agent Hollis. FBI."

Die beiden Männer griffen in die Brusttasche und holten ein kleines Lederetui hervor. Im Innern befanden sich eine Dienstmarke mit dem Siegel des FBI sowie ein gestempelter Ausweis, der aussah, als wäre er von der Bundesbehörde ausgestellt worden.

„Danke", sagte Lauren ruhig. „Sind Sie sicher, dass Sie mit mir reden wollen?"

„Sie waren die diensthabende Schwester, als dieser Mr. Unbekannt am vergangenen Montag nach dem Schusswechsel hier eingeliefert wurde, nicht wahr?"

„Ja. Aber der Notarzt und jemand von der Verwaltung waren ebenfalls anwesend. Gar nicht zu reden von dem sonstigen Personal."

„Mit denen werden wir uns später unterhalten", erklärte Agent Becker. „Miss Germaine deutete an, dass Sie den Patienten am besten kennen."

Ginny warf Lauren einen unsicheren Blick zu. „So hatte ich das nicht gemeint. Ich habe nur gesagt, dass du dich ein bisschen mehr um ihn gekümmert hast."

„Das geht schon in Ordnung", antwortete Lauren. Schließlich hatte Ginny nichts als die Wahrheit gesagt.

„Haben Sie jetzt Dienstschluss?", wollte Agent Hollis wissen. Er war etwas kleiner als der andere Beamte und ein bisschen fülliger. Beide Männer verhielten sich absolut höflich und professionell.

„Ja. Ich wollte gerade …"

„Vielleicht können wir Sie begleiten. Wäre Ihnen das recht, Miss Walters?"

„Ja, meinetwegen."

Lauren hätte nicht sagen können, wie es geschah. Ehe sie sich versah, verließ sie mit einem Agenten auf jeder Seite die Notaufnahme. Der Mann, der sich Becker nannte, legte die Hand locker auf ihren rechten Arm.

„Ist das wirklich nötig?", fragte sie, während sie ins Freie traten.

„Es wird nicht lange dauern. Wir möchten Ihnen nur ein paar Fragen stellen."

Sie schoben sie zu einem dunklen Wagen, der einen halben Block weiter wartete. Zwei Männer saßen auf den Vordersitzen und blicken ihnen entgegen. Mit ihren Lederjacken und ihrem unordentlichen Haar sahen sie entschieden brutaler aus als Becker und Hollis. Waren es verdeckte Ermittler? Weshalb waren sie ebenfalls hier?

Und weshalb brachte man sie zu diesem Wagen?

„Ich habe etwas vergessen und muss noch einmal zurück", erklärte Lauren. „Es dauert nur eine Minute." Sie musste unbedingt wieder in die Notaufnahme und die Leute von der Sicherheit bitten, sich die Männer genauer anzuschauen. Außer auf dem Bildschirm hatte sie noch nie eine Dienstmarke des FBI gesehen. Zu spät fiel ihr ein, dass sie keine Möglichkeit gehabt hatte, sich von deren Echtheit zu überzeugen.

„Das hat Zeit", antwortete Hollis. „Beantworten Sie uns erst die Fragen."

Sie waren keine zehn Meter mehr von dem dunklen Wagen entfernt. Der Mann auf dem Beifahrersitz stieg aus und öffnete die hintere Tür.

Lauren stemmte die Hacken auf den Boden und wollte nicht weiter. Doch Becker und Hollis schoben sie vorwärts. Sie hatten den Wagen beinahe erreicht.

„Halt!", schrie sie. Die Angst war ihrer Stimme deutlich anzuhören. Einige Passanten drehten die Köpfe und blickten zu ihr hinüber.

„Lassen Sie mich!", rief Lauren. Energisch riss sie sich los, nutzte die Überraschung der beiden und rannte, so schnell sie konnte, zurück.

Die Leute blickten ihr nach. Doch niemand kam ihr zur Hilfe. Sie hatte es auch nicht erwartet. Ihr einziger Gedanke war, dass sie das St. Mary's erreichen musste. Dort wäre sie in Sicherheit.

Sie hörte die Männer hinter sich fluchen. Eine Hand legte sich auf ihren Ärmel. Einen Moment fürchtete sie, dass sie man sie gefangen hätte, und schluchzte verzweifelt. Dann riss sie sich erneut los und stürzte durch die Tür zur Notaufnahme.

„Lauren!"

Ginny riss erschrocken die Augen auf. Sie kam um die Theke herum und legte der Kollegin den Arm um die Taille. „Meine Güte, was ist passiert?"

Lauren warf einen Blick über die Schulter und entdeckte Becker und Hollis auf der anderen Seite der Glastür. Ihre Mienen waren zum Fürchten. Doch sie machten keine Anstalten, das Gebäude zu betreten.

Sie wollte sprechen, bekam keinen Ton heraus und versuchte es erneut. „Diese Männer ..."

Ginny führte sie zu einem Stuhl, drückte sie darauf und hockte sich neben sie, sodass ihre Augen in gleicher Höhe waren. Die ältere Krankenschwester war eine gute Freundin, aber auch eine ausgezeichnete Fachkraft. „Es ist alles in Ordnung", versicherte sie ruhig. „Niemand wird dir hier etwas tun. Lass dir Zeit, und erzähl mir in Ruhe, was geschehen ist."

Lauren schüttelte den Kopf. „Keine Zeit. Ruf die Sicherheit an. Ich glaube nicht, dass die beiden Männer vom FBI sind."

Ginny starrte sie einen Moment fassungslos an und richtete sich energisch auf. „Bleib hier sitzen. Ich bin sofort zurück."

Lauren wartete keine Sekunde. Sie sprang auf und eilte zum Fahrstuhl. Die Türen schlossen sich unmittelbar vor ihrer Nase. Stöhnend lief sie zur Treppe. Sie musste unbedingt zu John und ihn warnen.

Zum Glück war er wach und allein.

„Sie müssen sofort aufstehen", rief sie und zog den Bademantel vom Haken, den ihm das Krankenhaus zur Verfügung gestellt hatte. „Schnell. Ginny ruft zwar schon den Sicherheitsdienst an. Aber Sie sollten zumindest für eine Weile aus Ihrem Zimmer verschwinden."

John sah sie prüfend an und bemerkte ihr gerötetes Gesicht, ihr zerzaustes Haar und die Angst in ihren Augen. Ruhig nahm er ihr den Mantel ab, zog ihn an und führte sie gelassen nach draußen, als wäre nichts Ungewöhnliches geschehen.

„Was geht hier vor?", fragte er nüchtern, als sie den Vorraum erreicht hatten.

„Zwei Männer sind hier im Krankenhaus aufgetaucht", berichtete Lauren. „Sie behaupteten, vom FBI zu sein. Aber ich bin sicher, dass es nicht stimmt. Sie versuchten, mich in ihren Wagen zu locken, und wollten mit mir über Sie reden. Ich bekam plötzlich furchtbare Angst und bin davongelaufen."

„Verstehe", sagte er. Seine Hand lag immer noch auf ihrem Arm. Scheinbar unabsichtlich führte er sie zur Treppe. „Wie sahen sie aus?"

Lauren beschrieb Becker und Hollis kurz und erwähnte auch die beiden Männer, die im Wagen gewartet hatten. „Ich schlage vor, wir gehen in den Aufenthaltsraum. Dort werden sie bestimmt nicht nachsehen."

„Sie werden überall nach mir suchen", erklärte John so ruhig, als redeten sie über das Wetter. „Ich brauche etwas zum Anziehen."

„Straßenkleidung? Nein, das ist nicht nötig. Ich hatte nicht gemeint, dass Sie das Krankenhaus verlassen sollten. Das dürfen Sie nicht. Dafür ist es noch zu früh. Ich möchte nur ..."

„Einen Anzug", fuhr er fort. Sie hatten das Treppenhaus inzwischen erreicht und stiegen zum Erdgeschoss hinab. „Hier muss es doch einen Umkleideraum für Männer geben. Wo ist er?"

„Hinter der Notaufnahme. Aber ..."

„Gehen wir."

Lauren lief weiter, denn ihr blieb keine andere Wahl. Es war ihre Idee gewesen, John aus dem Zimmer zu bringen. Sie hatte ihn beschützen wollen, bis die beiden Männer überprüft worden waren. Das Krankenhaus zu verlassen, war absolut unnötig. Das musste John doch einsehen. Er brauchte nur abzuwarten, bis der Sicherheitsdienst die Angelegenheit erledigt hatte.

„Ich kann dort nicht hinein", wehrte sie sich, als er die Tür zum Umkleideraum öffnete und sie hineinschieben wollte.

„Doch, Sie können es. Es dauert höchstens eine Minute."

Zum Glück war der Raum leer. In Windeseile ging John an der Schrankreihe entlang, bis er ein unverschlossenes Spind gefunden hatte. Lauren hatte den Verdacht, es wäre Felix'. Der Arzt hatte mehr als einmal darüber geklagt, dass er immer wieder vergaß, seinen Schrank abzuschließen. Im Innern befanden sich eine khakifarbene Hose, ein Flanellhemd sowie Cowboystiefel.

„Sie können doch nicht einfach ..."

„Ich verspreche Ihnen, dass ich alles zurückgeben werde", antwortete John und zog die Sachen an. „Gehen wir."

„Und wohin? Ganz gleich, wer diese Männer sind: Der Sicherheitsdienst wird bestimmt mit ihnen fertig. Sie dürfen das Krankenhaus ..."

Sie waren wieder auf dem schmalen Gang, der den Umkleideraum und die Notaufnahmestation trennte. Lauren blickte durch das Fenster einer Tür und sah einen Wachmann herbeieilen.

„Kommen Sie mal her."

Sie musste John unbedingt davon überzeugen, dass er keinen Grund hatte, das Krankenhaus zu verlassen. Wenn er den Sicherheitsdienst mit eigenen Augen sah und merkte, dass er beschützt wurde, begriff er gewiss, dass keine unmittelbare Gefahr für ihn bestand.

Der Wachmann hörte sie und öffnete die Tür. Es war ein junger Mann von Mitte Zwanzig, gut gebaut, aber nicht besonders muskulös. Verblüfft sah er John an, wandte sich an Lauren und fragte: „Irgendwelche Probleme, Miss?"

Lauren bekam keine Gelegenheit zu einer Antwort. Bevor sie Luft holen konnte, hatte John die Initiative ergriffen. Er stürzte sich auf den Wachmann und schleuderte ihn an die Wand. Im nächsten Moment hielt er die Waffe des Mannes in der Hand und drückte ihm beinahe die Kehle zu.

„Tun Sie bloß nichts Unvernünftiges", zischte er. Rasch blickte er sich um. „Holen Sie seine Schlüssel heraus", forderte er Lauren auf und fuchtelte mit dem Revolver.

„Meine Güte, was haben Sie vor?"

„Tun Sie, was ich sage. Holen Sie seine Schlüssel."

Benommen gehorchte Lauren. Sie hatte das Gefühl, mitten in einem Albtraum zu stecken.

„Schauen Sie nach, ob der Schlüssel für den Umkleideraum dabei ist."

„Der ist nie verschlossen. Dort muss man ständig ein und ausgehen können."

„Und was ist damit?" Er deutete mit dem Kopf zu einem kleinen Behandlungszimmer, das selten von den Ärzten benutzt wurde.

Einer der Schlüssel am Bund des Wächters passte zu dem Raum. John schob den Mann hinein, nahm den Schlüssel und verschloss die Tür. Drinnen gab es kein Telefon. Solange niemand den Wächter rufen hörte, saß er fest.

„Kommen Sie", sagte John. Er schob den Revolver in die Hosentasche und ließ die Hand darauf liegen. Der Blick, den er Lauren zuwarf, deutete an, dass sie die Waffe besser nicht vergaß.

„Weshalb tun Sie das?", flüsterte sie.

Der Schatten eines Bedauerns glitt über sein Gesicht. „Jetzt ist keine Zeit, darüber zu reden. Kommen Sie."

6. KAPITEL

Lauren war noch nie über das Drehkreuz der U-Bahn gesprungen. Dies war das erste Mal. Sie war innerlich hin und her gerissen. Einerseits wünschte sie, dass sie gefasst würden. Andererseits fürchtete sie sich vor dem, was passieren könnte, falls es geschah. Bei dem Gedanken an den Revolver in Johns Tasche krampfte sich ihr Magen zusammen. Schweigend lief sie weiter und hoffte wider besseres Wissen, dass der Mann sein Unrecht endlich einsehen und aufgeben würde.

Sie stiegen in einen Zug in Richtung Innenstadt und verließen ihn fünf Stationen später. John legte die Hand auf Laurens Rücken, während sie den Bahnsteig entlang gingen und die Treppe nach oben stiegen.

Es war später Nachmittag, und die Passagiere hatten es eilig wie immer. Niemand beachtete sie.

„Wohin gehen wir?", fragte Lauren endlich, als sie in westlicher Richtung zum Hudson River eilten.

„Meinen Wagen abholen."

„Ihren Wagen? Sie erinnern sich, wo Sie ihn gelassen haben?" Was wusste er sonst noch, wenn ihm das eingefallen war? Genügend, um schleunigst die Flucht zu ergreifen?

John schüttelte den Kopf. „Nein, ich erinnere mich nicht. Ich hatte einfach Glück. Mir fiel ein, dass der BMW inzwischen abgeschleppt worden sein könnte, und hatte recht."

Der Parkplatz der Sicherungsverwahrung lag auf dem Gelände der alten Docks und war von einem Zaun mit Stacheldraht umgeben. Das Büro befand sich in einem großen Gebäude.

Sie traten ein, und John blieb stehen. „Es wäre ein schwerer Fehler, wenn Sie jetzt irgendetwas anstellen würden", sagte er sehr leise.

„Für wen halten Sie mich? Glauben Sie, ich werde mir die Seele aus dem Hals schreien und Ihnen Gelegenheit geben, die Waffe zu benutzen?" Die ganze Verbitterung über seinen Vertrauensmissbrauch und ihre eigene Dummheit sprach aus Laurens Worten. Sie war gefährlich nahe daran, laut loszuheulen.

Sein Blick verfinsterte sich. „Ich habe nicht die Absicht, jemanden zu verletzen. Sie schon gar nicht. Ich bitte Sie nur, sich ordentlich zu benehmen."

Ohne sich davon zu überzeugen, dass sie ihm folgte, betrat er das Büro.

Lauren stand nur wenige Meter von der Tür entfernt. Innerhalb weniger Sekunden konnte sie das Gebäude verlassen und fliehen. Die Versuchung, genau dies zu tun, packte sie urplötzlich und legte sich beinahe ebenso schnell.

Sie durfte John nicht verlassen. Er hatte sich noch längst nicht von seinen schweren Verletzungen erholt. Es konnte unzählige Erklärungen für sein merkwürdiges Verhalten geben. Zum Beispiel eine unerkannte Hirnverletzung. Vielleicht war es auch eine Folge der zahlreichen Medikamente, die er bekommen hatte. Es wäre unverantwortlich, ihn jetzt im Stich zu lassen.

Darüber hinaus ließ sich nicht leugnen, dass sie insgeheim mehr für diesen Mann empfand, als sie zugeben mochte. Er war kein normaler Patient mehr für sie.

Langsam folgte Lauren ihm zu der Theke.

„Einhundertzwanzig Dollar", sagte der Angestellte auf der anderen Seite. „Ohne das Geld kann ich nichts für Sie tun. Außerdem brauche ich Ihren Führerschein und Ihre Zulassung."

„Es ist alles im Wagen."

Der Mann sah ihn zweifelnd an. „Sie haben Ihre Papiere und Ihr Geld im Wagen liegen lassen?"

John blickte schuldbewusst drein. „Ich fürchte, ja. Hören Sie, ich weiß, dass Sie eine Menge zu tun haben. Wie wäre es, wenn Sie mit hinauskämen? Ich zahle Ihnen die Summe an Ort und Stelle."

„Ich weiß nicht recht."

„Ich möchte Ihnen ungern noch mehr Mühe bereiten. Es macht Ihnen doch nichts aus, wenn es sich um Hundertdollarscheine handelt, nicht wahr? Etwas anderes habe ich nämlich nicht."

„Na, großartig. Soll ich vielleicht das Wechselgeld gleich mitnehmen?"

„Nein", antwortete John. „Das habe ich nicht gesagt."

Der Mann sah ihn eine ganze Weile stumm an. „Also gut", antwortete er endlich. „Lassen Sie mich mal sehen. Nummer 468. Gehen wir."

Sie traten hinaus auf den Parkplatz, und Lauren bekam vor Aufregung kaum noch Luft. Sie hatte furchtbare Angst vor dem, was geschehen würde, wenn sie den Wagen erreicht hatten. Was sollte werden, wenn John die Sache mit den Papieren und dem Geld nur erfunden hatte? Sie, Lauren, hatte ihre Handtasche nicht dabei und konnte die Abschleppgebühr nicht für ihn zahlen, selbst wenn sie es gewollt hätte.

Die Nummer 468 war ein schnittiger schwarzer BMW. „Nicht übel", murmelte der Mann. „Haben Sie Ihren Schlüssel?"

John nickte und steckte den Schlüssel ins Schloss. Lauren hatten den flüchtigen Eindruck, dass er die Luft anhielt. Dann drehte sich der Schlüssel, und der Wagen war offen.

Unendliche Erleichterung spiegelte sich auf Johns Gesicht. Doch er riss sich sofort zusammen und griff ins Handschuhfach. Diesmal konnte er seine Überraschung nicht verbergen.

Zum Glück bemerkte es der Angestellte nicht. Prüfend betrachtete er die Zulassung, die John ihm hinhielt, und nickte. „Und was ist mit dem Geld?"

John zog zwei Scheine aus einem dicken gerollten Bündel und reichte sie ihm. „Das sollte genügen, nicht wahr?"

„Ja, in Ordnung. Damit ist alles erledigt. Geben Sie dies dem Mann am Tor." Er reichte John ein gestempeltes Formular mit der Bestätigung, dass der Wagen vom Parkplatz fahren durfte, und schob die beiden Hundertdollarscheine in die Tasche.

„Sie hatten sich an das Geld erinnert?", fragte Lauren, sobald sie im Wagen saßen.

John drehte den Zündschlüssel und schüttelte den Kopf. „Nein, nicht direkt. Ich hoffte einfach, dass ein paar Dollar im Handschuhfach wären."

„Ihren Führerschein hat der Mann nicht verlangt." Auf dem Ausweis würde sein Name stehen. Bei der Zulassung war das nicht unbedingt erforderlich.

„Zum Glück nicht, denn ich habe ihn immer noch nicht. Der BMW ist auf eine Organisation namens ‚Pilgrim Consolidated' in Boston zugelassen. Keine Ahnung, was das ist."

„Man sucht bestimmt schon nach Ihnen", fuhr Lauren fort, als sie den Parkplatz verließen. „Der Wachmann dürfte inzwischen gefunden worden sein."

„Sie meinen, die Polizei möchte noch einmal mit mir reden, nachdem ich die Waffe des Mannes an mich genommen habe?"

„Ja."

John lachte freudlos. „Ich wette, Sie haben recht. Deshalb werde ich mich nicht mehr lange in dieser Gegend aufhalten." Er steuerte den Wagen in Richtung Lincoln-Tunnel, der Manhattan mit New Jersey verband. Sobald sie auf der anderen Seite waren, konnte er überallhin fahren.

„Was haben Sie vor?", fragte Lauren. Sie war direkt stolz darauf, wie ruhig sie klang, zumal es eindeutig vorgetäuscht war.

„Als Erstes muss ich herausfinden, wer ich bin. Dabei möchte ich weder von der Polizei noch von den Kerlen gestört werden, die im Krankenhaus auftauchten. Haben sie Ihnen eigentlich Gewalt angetan?", fragte er wie beiläufig. Trotzdem erschrak Lauren über den harten Ton in seiner Stimme. Nachdem John sie gerade mit der Waffe bedroht und praktisch entführt hatte, war seine Besorgnis ziemlich fehl am Platz.

„Nein", antwortete sie kurz angebunden. „Das haben sie nicht."

„Wirklich nicht?"

Ihr Arm schmerzte immer noch an der Stelle, wo dieser Becker sie gepackt hatte. Aber das brauchte John nicht zu wissen. „Sie haben mir nur solche Angst eingejagt, dass ich mich losriss und zurückrannte, um Sie zu warnen. Betrachten Sie das getrost als eine der größten Dummheiten meines Lebens."

„Das war in der Tat ziemlich dumm, zumal Sie keine Ahnung haben, wer ich bin. Haben Sie keine Sekunde überlegt, worauf Sie sich einlassen könnten?"

„Nein", gab Lauren zu. Sie verschränkte die Arme vor der Brust und schaute aus dem Fenster. Eine Mischung aus Angst, Verlegenheit und Staunen durchströmte sie. Bisher war ihr Leben in geordneten Bahnen verlaufen. Sie war immer stolz darauf gewesen, dass sie niemals impulsiv handelte oder den Kopf verlor, obwohl sie einen Beruf ausübte, bei dem das Chaos zum Alltag gehörte. Offensichtlich hatte sie sich das für den großen Coup aufgespart. Es war total verrückt.

„Sie wollen sich also irgendwo verstecken und dort versuchen, Ihr Gedächtnis wiederzufinden", stellte sie fest.

„Ich wüsste nicht, was ich sonst tun sollte. Im Krankenhaus herumzuliegen und darauf zu warten, dass die beiden zwielichtigen Gestalten zurückkehren, scheint mir keine kluge Lösung zu sein."

„Und was ist mit der Tatsache, dass Sie weiterhin ärztliche Betreuung benötigen?"

„Mir geht es ausgezeichnet."

„Das stimmt nicht."

„Doch."

So kam sie nicht weiter. „Sie bluten", erklärte Lauren deshalb.

John sah erschrocken an sich hinab. Sie fuhren gerade in den Tunnel hinein. Das hellgelbe Licht fiel auf einen Blutfleck auf seinem Hemd, der sich langsam ausbreitete. Er fluchte leise, verlangsamte die Geschwindigkeit aber nicht.

„Eine wichtige Sicherheitsregel lautet: ‚Nachdem man zweimal in die Brust und einmal in den Bauch geschossen wurde, ist es nicht ratsam – ich wiederhole: nicht ratsam –, aus dem Bett zu springen, durch das Krankenhaus zu rennen, einen Wachmann zu überwältigen und an einen unbekannten Ort zu fliehen. Ausgiebige medizinische Untersuchungen auf diesem Gebiet haben ergeben, dass Bettruhe die beste Lösung ist, so unsinnig es Ihnen auch erscheinen mag.'"

John brummte unwillig. Es war ein ausgesprochen männlicher Laut.

„Sie sind ein spöttisches kleines Biest."

„Ich bin kein kleines Biest, sondern meine es bitter ernst. Wenn wir Ihre Blutung nicht stillen können, werden Sie ernsthafte Schwierigkeiten bekommen."

„Habe ich die nicht jetzt schon?"

„Also gut, noch mehr Schwierigkeiten. Sobald wir den Tunnel verlassen haben, sollten Sie nach einer Drogerie Ausschau halten."

John murmelte etwas Unverständliches. Doch als sie kurz darauf die andere Seite im Bundesstaat New Jersey erreicht hatten, bog er auf den Parkplatz eines großen Einkaufszentrums. „Hier müsste es eine Drogerie geben", erklärte er.

„Bleiben Sie im Wagen", forderte Lauren ihn auf.

Er warf ihr einen scharfen Blick zu.

„Sobald Sie aussteigen, wird garantiert jemand den Blutfleck auf Ihrem Hemd bemerken. Möchten Sie wirklich einige Fragen nach dessen Herkunft beantworten?"

„Nein", sagte er ruhig.

„Ich brauche ein bisschen Geld. In der Eile habe ich meine Handtasche leider vergessen."

John griff in die Tasche, zog das Geldbündel hervor und reichte ihr einige Scheine.

Lauren öffnete die Tür. „Ich bin gleich zurück."

Er nickte. Doch sie hatte den Eindruck, dass er ihr nicht recht glaubte.

Sobald John allein im Wagen war, legte er den Kopf zurück und schloss die Augen. Er war erschöpft und spürte furchtbare Schmerzen. Aber das war noch das geringste Übel. Hatte er restlos den Verstand verloren? Wie hatte er aus dem Krankenhaus fliehen, einen Revolver an sich bringen und Lauren mitnehmen können?

Mitnehmen? Wie er es auch drehte und wendete, er hatte die hübsche Krankenschwester regelrecht entführt.

Das war die eine Seite der Medaille und schon schlimm genug. Die andere Seite war: Sollte sich bewahrheiten, was er insgeheim fürchtete, dann hatte er soeben einem ziemlich langen Strafregister ein weiteres Verbrechen hinzugefügt.

Die Schießerei, der BMW, die Erinnerung an die Männer um den Esstisch, das Bündel Geldscheine in seinem Handschuhfach, auch die Geschicklichkeit, mit der er den Wachmann überwältigt hatte, seine Vertrautheit mit Waffen und die Unbekümmertheit, mit der er den Angestellten von der Sicherungsverwahrung bestochen hatte, deuteten darauf hin, dass er jemand war, der ihm nicht sonderlich gefiel.

Genauer gesagt, er verabscheute diesen Kerl. Der Gedanke, was er aus seinem Leben gemacht haben könnte, ekelte ihn an. Er war voller Widerwillen gegen sich selber. Einen flüchtigen Augenblick überlegte er sogar, ob es nicht besser gewesen wäre, wenn Lauren und ihre Leute in St. Mary's keine solche ausgezeichnete Arbeit geleistet hätten.

Doch das hatten sie. Er lebte, und es lag an ihm, das Beste daraus zu machen. Aber wie? Was sollte er tun, außer am Leben zu bleiben und dafür zu sorgen, dass Lauren ebenfalls nichts geschah?

Darüber hatte sie noch gar nicht nachgedacht, dessen war er gewiss. Der Gedanke, dass sie sich in ernster Gefahr befand, war ihr noch nicht gekommen. Es gab keine Garantie, dass Becker und Hollis – gleichgültig, wer sie geschickt hatte – sie in Ruhe lassen würden, nachdem er verschwunden war. Im Gegenteil. Wahrscheinlich würden sie sich erst recht an Lauren halten in der Hoffnung, dass sie das Bindeglied zu ihm wäre.

Und er, John, hatte sie gerade aus dem Wagen steigen lassen und ihr Gelegenheit zur Flucht gegeben. Na, großartig. Sie hatte Geld, Mut und bestimmt Verstand genug, um auf dem schnellsten Weg zu verschwinden. Auf dem direkten Weg zurück ins St. Mary's, wo ihr neue Gefahren drohten.

John schimpfte leise vor sich hin. Weshalb hatte er die Frau nicht aufgehalten? Mit der Blutung wäre er allein fertig geworden. Er machte sich Sorgen um Lauren. Wenn ihr etwas zustieße …

Ein schmerzlicher Stich durchzuckte seine Brust. Er legte die Hand auf den feuchten Fleck in seinem Hemd und biss die Zähne zusammen, um nicht laut zu stöhnen.

Lauren fand eine Drogerie im Erdgeschoss des Einkaufszentrums und besorgte alles, was sie brauchte. Sie wollte schnellstens zu John zurück. Als sie den Laden wieder verließ, entdeckte sie plötzlich ein Herrenbekleidungsgeschäft. Ohne lange zu überlegen, trat sie ein und kaufte ein Hemd, das ihm einigermaßen passen musste.

Auf dem Weg nach draußen kam sie an einen Elektronikladen vorüber. Im Schaufenster liefen etliche Fernsehgeräte. Aus dem Augenwinkel bemerkte sie den Eingang des St. Mary's. Ein Reporter stand vor dem Krankenhaus und hielt ein Mikrofon in der Hand. Sie konnte nicht hören, was er sagte. Doch es war leicht zu erraten.

Lauren hielt sich nicht länger auf, sondern eilte zum Parkplatz. Sie war schon in Sichtweite des BWMs, da sah sie, dass John ausstieg. Zumindest versuchte er es. Er schwankte ein wenig und musste sich an den Wagen lehnen.

„Was machen Sie da?", fragte sie und fasste seinen Arm. „Haben Sie den Verstand verloren? Setzen Sie sich sofort wieder hinein."

Er betrachtete sie verblüfft. „Sie sind ja wieder da."

„Natürlich bin ich wieder da. Was haben Sie denn erwartet?" Der Blick in seinen Augen sagte alles. „Rutschen Sie auf den Beifahrersitz. Ich werde fahren."

Dass er nicht protestierte, verriet ihr auch ohne Worte, in welchem Zustand er sich befand. Lauren verdrängte ihre eigenen Ängste, schlüpfte hinter das Steuer und fuhr los.

„Wir müssen unbedingt eine abgelegene Stelle finden, wo ich Ihren Verband wechseln kann."

John drehte den Kopf und sah sie an. „Wir?"

Lauren löste den Blick nicht von der Straße. Nur ihre Hände, mit denen sie das Lenkrad umklammerte, verrieten, was in ihr vorging. Sie hatte die heikle Grenze von einem unschuldigen Opfer zu einer Komplizin überschritten. Das war ihr ebenso klar wie John.

„Ob es Ihnen gefällt oder nicht: Ich bin immer noch eine Krankenschwester, und Sie bluten weiterhin. Meiner Ansicht nach sollten Sie nach New York zurückkehren und sich den Behörden stellen. Doch ich fürchte, dass Sie nicht dazu bereit sind. Mir bleiben also nur zwei Möglichkeiten: Ich laufe davon und lasse Sie möglicherweise verbluten, oder ich tue, was ich gelernt habe, und halte Sie am Leben."

„Ist es eine schwierige Wahl?", fragte er trocken.

„Nein", gab Lauren zu. Mehr sagte sie nicht, sondern schaute sich aufmerksam nach einem Plätzchen um, wo sie eine Weile in Sicherheit wären.

Sie waren auf einer ziemlich unbefahrenen Straße, die parallel zur Autobahn verlief. Vor ihnen tauchte eine Unterführung auf. Alte Reifen und Flaschen lagen im ungemähten Gras. Die Stelle wirkte einsam und verlassen.

„Hier geht es", sagte Lauren und steuerte den Wagen in den tiefsten Schatten. Sie nahm das Verbandszeug, stieg aus und ging zur Beifahrerseite hinüber.

John war leichenblass. Seine Züge waren gespannt, und er atmete schneller als normal.

„Haben Sie große Schmerzen?", fragte sie, während sie sein Hemd aufknöpfte.

„Es geht."

„Nun sagen Sie schon die Wahrheit."

„Also gut, es tut höllisch weh. Aber ich möchte kein Schmerzmittel."

„Bin ich froh, denn ohne Rezept kann ich Ihnen keine starken Tabletten besorgen." Sie hatte sein Hemd geöffnet und streifte es vorsichtig über seine Schultern. Die Blutung war stark, aber nicht so kräftig, wie sie befürchtet hatte.

Behutsam, wie es unter den gegebenen Umständen möglich war, entfernte sie den alten Verband und untersuchte die Wunden. „Angesichts dessen, was Sie hinter sich haben, könnte es erheblich schlimmer sein", stellte sie fest.

„Das freut mich zu hören."

„Die Nähte sind an einigen Stellen aufgerissen. Ich muss sie unbedingt wieder nähen, sonst hört die Blutung nicht auf. Es wird ziemlich weh tun."

Etwas in ihrer Stimme machte John stutzig, und er legte die Hand beruhigend auf ihr Haar. „Keine Sorge, Lauren. Tun Sie, was Sie tun müssen."

Johns Absicht, sie zu trösten, machte die Sache für Lauren noch schlimmer. Hoffentlich gelang es ihr, die Ruhe zu bewahren. Im Laufe der Jahre hatte sie Tausende von Wunden genäht. Diese war nicht einmal besonders schwierig. Außer dass sie sich in einem BMW befand und nicht in einem Krankenhaus, kein Betäubungsmittel hatte und nur das primitivste Desinfektionsmittel besaß. Sonst war alles großartig.

John atmete tief durch und lehnte sich zurück. Erstaunt stellte Lauren fest, dass seine Spannung nachließ. Es war, als könnte er sich durch reine Willenskraft in diesen beinahe hypnotischen Zustand versetzen.

Inständig wünschte sie, sie könnte dasselbe von sich behaupten, und machte sich an die Arbeit.

7. KAPITEL

Es war geschafft. Lauren war es gelungen, die Blutung zu stillen und den neuen Verband anzulegen. John trug ein frisches Hemd, und sie fuhren in Richtung Norden.

In einigen Stunden würde es dunkel sein. John schlief auf dem Beifahrersitz. Doch sie nahm an, dass es sich eher um einen leichten Schlummer handelte. Er musste sich unbedingt hinlegen, möglichst unter ärztlicher Aufsicht, und Antibiotika und eventuell weitere Medikamente bekommen, welche die Heilung beschleunigten. Leider hatte sie ihm nur ein rezeptfreies Schmerzmittel geben können, das seine Qual kaum linderte.

New York lag gut hundert Meilen hinter ihnen. Trotzdem fühlte Lauren sich nicht sicher. Sie bezweifelte nicht, dass die Bundespolizei benachrichtigt worden war und längst nach ihnen suchte. Ob sie von dem schwarzen BMW wusste und sogar das Kennzeichen kannte? Wohl kaum. Selbst wenn der Mann auf dem Parkplatz die Nachrichten im Fernsehen verfolgt und eins und eins zusammengezählt hatte, würde er vermutlich zögern, die Polizei zu verständigen. Er könnte einige Schwierigkeiten bekommen, wenn er erklären musste, weshalb er den Wagen freigegeben hatte.

Vielleicht hielt ihr Glück an, und sie erreichten unerkannt ihr Ziel. Aber was dann? John hoffte, dass seine Erinnerung bald zurückkehrte. Doch die Chancen dafür sanken mit jedem weiteren Tag, der verging. Irgendwie musste sie ihm beibringen, dass er es nicht allein schaffte. Er brauchte dringend professionelle Hilfe.

Allerdings war er kein Mann, der dies ohne Weiteres einsehen würde. Zwar war er ihr aufrichtig dankbar, dass sie seine Wunden genäht hatte – trotz der Schmerzen, die sie ihm dabei hatte zufügen müssen. Doch er war es nicht gewöhnt, von jemandem abhängig zu sein. Zumindest hatte sie diesen Eindruck.

Wenn Lauren es genau bedachte, musste sie zugeben, dass sie in einer Situation war, in der sie sich nur auf ihren Instinkt verlassen konnte. Was sollte werden, wenn sie sich irrte? Wenn sie ein Opfer seiner körperlichen Anziehungskraft und seiner männlichen Ausstrahlung geworden war, die sie eindeutig spürte?

Sie hatte von solchen Fällen gehört. Es gab das sogenannte Stockholm-Syndrom, bei dem das Opfer begann, sich mit seinem Entführer zu identifizieren, Sympathie für ihn zu empfinden und ihn grundsätzlich für einen guten Menschen zu halten. Sie, Lauren, war eine ausgebildete Fachkraft, und sie besaß eine erhebliche Portion gesunden Menschenverstand. Gewiss durfte sie ihrem eigenen Urteil trauen, oder?

Letztlich blieb ihr gar keine andere Wahl.

Nach gut dreißig weiteren Meilen merkte Lauren, dass sie unbedingt eine Pause brauchte. Sie überlegte, ob sie eine einsame Stelle abseits der Straße suchen sollte, entschied sich aber dagegen. Etwas mehr Öffentlichkeit konnte nicht schaden. Außerdem hatte sie Hunger und Durst. John hatte vermutlich keinen Appetit. Doch er musste unbedingt Flüssigkeit zu sich nehmen, wenn sein Zustand sich nicht verschlechtern sollte.

Bei dem nächsten Hinweisschild bog Lauren vom Highway ab und folgte den Pfeilen zu einem kleinen Einkaufszentrum mit einer Tankstelle und einem Lebensmittelladen. John erwachte, als sie an der Zapfsäule hielt.

„Wo sind wir?", fragte er und setzte sich auf.

„An einer Tankstelle. Es ist ein Selbstbedienungsbetrieb. Ich werde die Rechnung bezahlen und nachsehen, wo die Toiletten sind."

Nachdem der Tank gefüllt war, fuhr Lauren den Wagen auf den Parkplatz neben dem Lebensmittelgeschäft. „Wir brauchen etwas zu essen und zu trinken. Haben Sie einen besonderen Wunsch?"

„Irgendetwas Kaltes."

Kurz darauf kehrte sie mit zwei Trägern Mineralwasser und den nahrhaftesten Snacks zurück, die sie hatte finden können. Sie schloss den Kofferraum auf, wollte die Sachen hineinlegen und hielt erschrocken inne.

„John", rief sie. „Ich glaube, Sie sollten sich das einmal ansehen."

Er stieg aus und ging zu ihr. Gemeinsam blickten sie in den Kofferraum, und er fluchte leise.

Es war ein M-16 Sturmgewehr, John erkannte es auf Anhieb. Daneben befand sich eine 9 Millimeter Smith & Wesson, die sich nicht sehr von der Waffe unterschied, mit der er angeschossen worden war. Außer, dass sie keinen Schalldämpfer hatte. Mehrere Schachteln mit Munition waren ordentlich gestapelt. Außerdem lag eine kleine schwarze Tasche im Kofferraum.

„Machen wir, dass wir wegkommen", sagte John ruhig. Er nahm die Tasche heraus und kehrte in den Wagen zurück. Lauren folgte ihm.

Schweigend verließen sie den Parkplatz. In der Nähe war ein Bürogebäude, das abends leer stand. Dahinter hielten sie erneut an.

John zog den Reißverschluss auf. Seine Finger zitterten ein wenig, als er die Tasche öffnete. Sonst war ihm nichts anzumerken. „Meine Brieftasche", erklärte er und holte die Mappe heraus. Sie bestand aus dunkelbraunem Leder und sah ebenso teuer aus wie alles, was er bei dem Schusswechsel getragen hatte. Er schlug sie auf und zog seinen Führerschein hervor.

„John Santos", stellte er fest. „Sieh mal einer an."

Lauren beugte sich zu ihm, damit sie das Foto sehen konnte. „Das sind Sie."

„Ja, es scheint so. Hier steht, dass ich in Vermont wohne, keine Brille benötige und ein potenzieller Organspender bin. Irgendjemand wäre also sicher froh gewesen, wenn ich neulich abends nicht überlebt hatte."

„Über so etwas scherzt man nicht", tadelte Lauren. Sie war auch ohne seine grausigen Späße schon entsetzt genug. „Dies ist ganz entschieden nicht der richtige Weg, wie jemand mit Gedächtnisverlust erfahren sollte, wer es ist. Aber zumindest kennen Sie jetzt Ihren Namen und wissen, wo Sie wohnen. Hilft Ihnen das weiter?"

„Natürlich tut es das. Die Bezeichnung Mr. Unbekannt hatte mir nie besonders gefallen und die Aussicht, obdachlos zu werden, erst recht nicht."

Er bemerkte den Ausdruck in ihrem Gesicht und seufzte kläglich. „Ich würde Ihnen am liebsten vorschlagen, mir einen gewaltigen Tritt in den Hintern zu versetzen. Nur fürchte ich, dass Sie es wirklich tun könnten. Ich bedaure unendlich, dass ich Sie in diese Situation gebracht habe. Aber Sie stecken bereits mittendrin. Die beiden Kerle, die im Krankenhaus aufgetaucht sind, werden vermutlich nicht lockerlassen."

Lauren wollte etwas sagen, doch er kam ihr zuvor. „Die Männer wissen, dass Sie häufig bei mir waren, und müssen sich zwangsläufig fragen, wie viel ich Ihnen erzählt habe. Die Tatsache, dass ich mich an nichts erinnere, wird sie kaum beeindrucken. Wenn sie mich nicht bekommen können, werden sie sich an Sie halten."

„Die Polizei ..."

Er schüttelte den Kopf. „Ich möchte erst alles über mich wissen, bevor ich ein Polizeirevier betrete."

„Ihnen ist hoffentlich klar, dass Ihr Gedächtnis ohne professionelle Hilfe möglicherweise nicht zurückkehrt, auch wenn Sie jetzt Ihren Namen kennen."

„Ich weiß, dass diese Gefahr besteht. Aber ich habe das Gefühl, dass es langsam besser wird. Mir fallen immer mehr Bruchstücke ein. Noch passen sie nicht zusammen, doch das wird gewiss bald kommen."

Er drehte sich zu ihr und sah sie an. Im Dämmerlicht erkannte sie seine markanten Züge. „Ich möchte, dass Sie sich an einem sicheren Ort verbergen. Ihre Familie kommt dafür nur infrage, falls sie außerhalb von New York wohnt. Sonst wären Sie zu leicht aufzuspüren."

„Ich will meine Familie nicht in diese Angelegenheit hineinziehen", antwortete Lauren.

„Und wie steht es mit Freunden?"

„Die leben natürlich in New York. Denen möchte ich es ebenfalls nicht zumuten. Außerdem übersehen Sie einiges, eine ganze Menge sogar."

„Was zum Beispiel?"

Lauren zögerte. Was sie vorhatte, war absoluter Wahnsinn. John bot ihr die Gelegenheit, sich schleunigst aus dem Staub zu machen, und sie schlug die Möglichkeit aus. Wahrscheinlich war sie restlos überarbeitet und hatte eine Art seelischen Zusammenbruch. Von ihrem gesunden Menschenverstand schien nicht viel geblieben zu sein.

„Sie brauchen unbedingt Hilfe", erklärte sie. „Sie geben es zwar ungern zu, aber es ist eine Tatsache. Ich war so vorsichtig wie möglich. Trotzdem könnten Ihre Wunden sich entzünden oder erneut öffnen."

„Das ist mein Problem, nicht Ihres."

„Mag sein. Wie wäre es dann mit folgendem Argument? Sie sagten, die Kerle würden sich vermutlich an mich halten, und ich neige zu derselben Annahme. Wo sollte ich mich verstecken? Ohne meinen Ausweis und meine Kreditkarten kann ich mir weder ein Hotelzimmer noch eine Wohnung nehmen. Meine Familie oder meine Freunde will ich auf keinen Fall in die Sache hineinziehen. Was soll ich Ihrer Ansicht nach tun? Ins Krankenhaus zurückkehren und meine Handtasche holen? Könnte ich nicht ebenso gut gleich in die Höhle des Löwen gehen?"

„Ich verstehe, was Sie meinen. Aber …"

„Es gibt kein Aber. Wenn ich aus diesem Wagen steige, weiß ich nicht, wohin."

„Wie wäre es mit der Polizei? An die können Sie sich gewiss wenden."

„Eine großartige Idee. Sie würde sich bestimmt gern anhören, wie Sie mich mit der Waffe in der Hand zum Mitkommen gezwungen haben. Aber anschließend bin ich freiwillig bei Ihnen geblieben und habe Ihnen geholfen. Ich habe Verbandszeug für Sie gekauft und so weiter. Ich fürchte, die Verkäuferin in der Drogerie würde der Polizei jederzeit bestätigen, dass mich niemand mit der Waffe in der Hand bedroht hat. Gar nicht zu reden von den beiden Kerlen in der Tankstelle und im Lebensmittelladen. Ich könnte im Gefängnis landen. Das ist Ihnen doch bewusst, oder?"

John warf ihr einen kläglichen Blick zu. „Ich hoffte, dieser Gedanke wäre Ihnen noch nicht gekommen."

„Das ist er aber. Nein, danke. Ich bleibe lieber hier."

„Ist Ihnen klar, was Sie da sagen?"

„Nur allzu klar. Wir sind aufeinander angewiesen, bis Sie herausgefunden haben, was geschehen ist und weshalb."

Sie klang erheblich tapferer, als sie war. Aber das spielte keine Rolle. Was sie sagte, entsprach der Wahrheit, und damit mussten sie leben.

„Es tut mir aufrichtig leid", sagte John leise.

Würde ein Schwerverbrecher sich derart entschuldigen? überlegte Lauren. Sie glaubte es nicht. Andererseits konnte sie es kaum beurteilen.

„Ich habe eine Frage", fuhr sie fort.

„Und die wäre?"

„Wie kommen wir nach Vermont?"

John erinnerte sich so gut an die Strecke, als wäre er unzählige Male zwischen Vermont und New York hin und her gefahren. Trotzdem war es eine lange Fahrt. Die Uhr auf dem Armaturenbrett zeigte beinahe Mitternacht, als sie endlich die staubige Straße außerhalb der kleinen Stadt Appleton fanden, die seiner Ansicht nach zu seinem Wohnsitz führte.

„Sind Sie sicher?", fragte Lauren und spähte in die Dunkelheit. Sie hatte das Fernlicht eingeschaltet, erkannte aber kaum etwas. Dicke Wolken standen am Himmel und verdeckten den Mond.

„So sicher wie bei allem anderen. Zumindest sind wir hier in Appleton."

Das war der Ort, der in seinem Führerschein stand. Für einen Stadtmenschen wie Lauren lag er mitten in der Wildnis und war unglaublich dunkel.

„Ich kann nichts sehen", erklärte sie.

„Bisher sind Sie fabelhaft zurechtgekommen. Außerdem ist die Strecke gar nicht so schlecht."

„Zumindest glauben Sie es."

Die Straße war schmutzig, schmal und stark gewunden. Sie führte einen Berg hinauf, der an Vermonter Maßstäben gemessen wahrscheinlich nicht viel mehr als ein Hügel war. An ihrem Ende stand eine solide Blockhütte inmitten eines hohen Kieferngehölzes. Sie hatte eine kleine Vorderveranda und einen Steinkamin auf dem Dach.

John stieg langsam aus dem Wagen und betrachtete die Hütte im Scheinwerferlicht. „Ich erinnere mich an sie."
„Wirklich?"
Er nickte. „Ich sah ein Bild vor meinem inneren Auge. Es war Tag, und aus dem Schornstein stieg Rauch."
„Wohnen Sie hier?"
„Ja, ich nehme es an."
„Und was ist mit New York?"
„Damit verbinde ich nichts. Schauen wir einmal nach, ob wir hineinkommen."
Es dauerte beinahe zwanzig Minuten, bis sie den Schlüssel gefunden hatten, der hinter einem Fensterladen hing.
„Und ich habe mir eingebildet, dass mein Gedächtnis zurückkehrt", schimpfte John. „Dabei erinnere ich mich nicht einmal, wo ich meinen Schlüssel gelassen habe."
„Können Sie sich vorstellen, weshalb Sie ihn nicht bei sich trugen?", fragte Lauren. „Oder weshalb sich Ihre Brieftasche im Kofferraum befand?"
Er steckte den Schlüssel ins Schloss, öffnete und trat beiseite, damit Lauren als Erste eintreten konnte. „Absolut nicht." Er drückte auf einen Schalter, den er auf Anhieb gefunden hatte, und machte Licht.
Von außen war die Hütte – falls man das Haus überhaupt als solche bezeichnen konnte, – eindeutig rustikal. Drinnen war sie völlig anders. Lauren hielt instinktiv die Luft an, während sie sich umschaute. Die Einrichtung sah zwar nicht aus, als stammte sie aus einer Zeitschrift für schönes Wohnen. Dafür war sie zu persönlich. Aber die Wirkung war nicht unähnlich.
Der untere Raum wurde von einem gewaltigen Kamin beherrscht. Gemütliche Sofas auf einem echten Perserteppich waren davor arrangiert. An den Wänden reihten sich gefüllte Bücherregale. Ein Essplatz aus Kiefernholz trennte den Wohnbereich von der kompakten, aber gut eingerichteten Küche.
Einzig der Schreibtisch an der Wand, auf dem sich ein Computer mit Drucker, ein Telefon und ein Faxgerät befanden, passte nicht recht hierher.
„Das ist ja toll", sagte Lauren ehrfürchtig. Von solch einer Hütte träumte man sonst, bekam sie aber nie zu Gesicht. Dass es so etwas nur wenige Stunden von New York und dem Trubel im St. Mary's entfernt geben konnte …

John blickte sich um und betrachtete den Raum, als sähe er ihn zum ersten Mal.

„Erkennen Sie etwas?", fragte Lauren.

„Nicht direkt. Ich habe einfach das Gefühl, hier richtig zu sein. Ich bin froh, dass ich da bin. Sogar ausgesprochen erleichtert." Er runzelte unmerklich die Stirn. „Andererseits passt dies nicht ganz zu meinem BMW und meiner teuren Garderobe, nicht wahr?"

„Vielleicht ziehen Sie sich von Zeit zu Zeit hierher zurück, um in einer völlig anderen Umgebung auszuspannen."

„Mag sein", antwortete er. Doch es klang nicht überzeugt. „Sehen wir nach, was oben ist."

Sie stiegen die Treppe zum Dachboden hinauf, der sich beinahe über die halbe Grundfläche zog. Den größten Teil nahm ein Schlafraum ein, in dem ein französisches Bett mit einer gemusterten Steppdecke in unterschiedlichen Blautönen auf einem weiteren Persertreppich stand. Auf den Nachttischen zu beiden Seiten des Bettes stapelten sich zahlreiche Bücher. Eine Tür führte zu einem ungewöhnlich großen, gut eingerichteten Bad.

John öffnete die Doppeltür des Kleiderschranks und stieß einen leisen Pfiff aus. „Es sieht ganz danach aus, als wäre ich kein reines Arbeitstier."

Lauren spähte über seine Schulter. Die Hälfte des Schranks war mit Anzügen und Sportbekleidung gefüllt, alles ebenfalls von ausgezeichneter Qualität. Auf der anderen Seite befanden sich unzählige Sportgeräte, angefangen von Tennis- und Squashschlägern über Skier, einer Taucherausrüstung, einem Basketball, Kletterseilen bis zu zwei Rudern.

„Mir fällt gerade etwas ein", sagte Lauren und stieg die Treppe wieder hinab.

John folgte ihr. Unten hingen ein paar gerahmte Fotos an der Wand. Auf einigen war eine Gruppe von Männern zu sehen, die sich um ein langes schlankes Ruderboot scharten.

„Das sind Sie, nicht wahr?", fragte Lauren und deutete auf eine Gestalt.

John trat näher und nickte. „Sieht ganz so aus." Er betrachtete das Foto eindringlich. „Da steht etwas auf den Sporthemden, aber ich kann es nicht entziffern. Ganz gleich, wo die Bilder aufgenommen wurden, sie sind schon etliche Jahre alt."

Lauren stimmte ihm zu. Der Mann an ihrer Seite war entschieden älter als der auf dem Foto, mindestens zehn Jahre, wenn nicht mehr.

„Wahrscheinlich handelt es sich um Aufnahmen aus Ihrer Collegezeit", antwortete sie. „Wenn wir ein Vergrößerungsglas hätten und die Schrift auf den Hemden lesen könnten …"

„Wüssten wir, wo ich studiert habe."

Lauren nickte aufgeregt. „Die Vereine der Ehemaligen haben normalerweise ein gutes Archiv. Vielleicht erfahren wir dort auch, wo Sie arbeiten und …" Sie sprach nicht weiter, denn sie fürchtete sich plötzlich vor dem, was sie noch herausfinden könnten.

„Ob ich verheiratet bin?", fragte John ruhig. „Darüber habe ich auch schon nachgedacht und bin zu der Überzeugung gekommen, dass ich Single sein muss. Abgesehen davon, weist hier nichts auf eine Frau hin."

Das stimmte. Die Hütte war eindeutig ein männliches Reich.

„Vielleicht mag Ihre Frau das Landleben nicht", gab Lauren zu bedenken. Sie sprach sehr leise. Verzweifelt versuchte sie sich einzureden, dass es ihr egal wäre. Doch es gelang ihr nicht.

„Ich kann mir nicht vorstellen, dass ich mit jemandem verheiratet bin, dem es hier nicht gefällt", sagte John. „Aber Sie haben recht. Wir sollten herausbekommen, um welches College es sich handelt. Suchen wir ein Vergrößerungsglas."

Er blickte erneut auf die Fotos und betrachtete anschließend prüfend seine Handflächen. „Ich überlege gerade, ob ich immer noch rudere. Das würde die Schwielen erklären."

„Wir sind in der Nähe eines Sees", antwortete Lauren. „Falls Sie tatsächlich rudern, müssten Sie ein Boot haben. Wir werden nachschauen, sobald es hell wird."

Plötzlich begann sie zu frösteln. In der Aufregung über die Hütte und dem, was sich darin befand, hatte sie nicht bemerkt, wie kühl es geworden war. Die Temperatur war erheblich gefallen, und sie trug nur ihre Schwesterntracht.

„Sie sollten lieber warme Sachen anziehen", sagte John, als hätte er ihre Gedanken erraten. Sie gingen wieder nach oben, und er holte ein Flanellhemd, einen Pullover und eine khakifarbene Hose aus dem Kleiderschrank. „Ich werde inzwischen Feuer im Kamin anzünden und nachschauen, ob es hier noch eine andere Heizmöglichkeit gibt."

Lauren drückte die Kleider an sich und sah zu, wie er die Treppe hinabstieg.

8. KAPITEL

Unter dem Haus war ein kleiner Keller. John entdeckte ihn sofort und stellte erleichtert fest, dass sich ein relativ neuer Heizkessel und ein Wasserboiler darin befanden. Beide ließen sich mühelos einschalten, was bedeutete, dass sie vor nicht allzu langer Zeit benutzt worden waren.

Er stieg wieder nach oben, vergewisserte sich, dass die Kaminklappe geöffnet war, und machte mit dem Holz und dem Zunder, der daneben lag, ein Feuer. Es loderte rasch auf. Seine Brust schmerzte ein wenig, aber nicht so stark, wie es bei dieser Arbeit denkbar gewesen wäre.

Nachdem das Feuer brannte, setzte er sich in einen Sessel und blickte sich prüfend um. Der Raum war ihm eindeutig vertraut. Er hatte das Gefühl, dass ihm die Hütte viel bedeutete. Wahrscheinlich kam er so oft wie möglich her, wohnte aber nicht ständig hier. Einen Großteil seines Lebens verbrachte er woanders. Die Hütte war eher eine Zuflucht, ein Ort, an dem er sich verbergen konnte.

Aber wovor? Vor den Männern, die um den Tisch gesessen hatten? Vor dem Mann, der er fürchtete zu sein?

Kläglich strich John sich mit der Hand über die Stirn. Er würde die Antwort auf diese Fragen heute Nacht nicht finden. Außerdem musste er sich um Lauren kümmern und sie beschützen.

Er konnte immer noch nicht recht glauben, dass die junge Frau mitgekommen war – oder dass er es zugelassen hatte. Anderseits hatte sie recht. Wohin sollte sie ohne Papiere gehen? Selbst mit dem Geld, das er ihr geben konnte – er schätzte, dass das Bündel mehrere Tausend Dollar enthielt –, würde sie nicht weit kommen. Solange sie sich weigerte, ihre Familie oder ihre Freunde in die Angelegenheit hineinzuziehen, was er durchaus verstand, konnte sie nirgendwo hin.

Deshalb trug er, John, die Verantwortung für sie. Zwar hatte er sie unabsichtlich in diese Gefahr gebracht, aber das änderte nichts an der Tatsache. Je länger er darüber nachdachte, umso überzeugter wurde er, dass es richtig gewesen war, sie vom St. Mary's und von New York wegzubringen. Becker und Hollis gehörten garantiert nicht dem FBI an, dessen war er gewiss. Echte Bundesbeamten zerrten keine Frauen in ihren Wagen. Für Vernehmungen gab es rechtliche Vorschriften, und anschließend wurde ein Protokoll angefertigt.

Sie hätten Lauren in ein Besprechungszimmer geführt und wären äußerst diskret vorgegangen. Vorher hätten sie sie mindestens zweimal gefragt, ob sie einen Anwalt hinzuziehen wollte. Die gesamte Befragung wäre auf Band aufgenommen worden. Er hätte sich nicht einmal gewundert, wenn man um die Erlaubnis gebeten hätte, das Gespräch mit einem Videorekorder aufzuzeichnen.

Plötzlich stutzte John. Woher wusste er das so genau? Hatte er selber einmal die Aufmerksamkeit des FBI erregt und dabei erfahren, wie solche Gespräche verliefen?

Schritte kamen die Treppe herunter und rissen ihn aus seinen Überlegungen. Er war beinahe froh darüber. Früher oder später würde er sich mit der harten Wirklichkeit auseinandersetzen müssen. Im Augenblick dachte er lieber an andere Dinge. Vor allem an Lauren.

Sie hatte sich umgezogen und trug die Sachen, die er ihr gegeben hatte. Außerdem sah sie aus, als hätte sie ihr Gesicht gewaschen und ihr Haar mit den Fingern gekämmt. Aus der kühlen professionellen Krankenschwester, an deren Anblick er sich gewöhnt hatte, war eine ziemlich verletzliche Frau von beträchtlicher Schönheit und bezaubernder Anmut geworden.

„Ich hoffe, Sie haben nichts dagegen", sagte Lauren leise. „Ich habe mir eine Krawatte aus dem Kleiderschrank genommen und sie als Gürtel verwendet. Die Sachen sind ein bisschen groß." Lächelnd streckte sie die Arme aus.

Sie versank beinahe darin – wie ein Kind, das sich verkleidet hatte. Nur war es kein Kind, das jetzt zu ihm herüberkam und ihn mit besorgter Miene betrachtete.

„Wie geht es Ihnen?"

„Gut", antwortete er. Seine Stimme klang ungewöhnlich rau. Er räusperte sich und versuchte es erneut. „Ich habe die Heizung eingeschaltet und den Kamin angezündet. Was halten Sie von einer kleinen Mahlzeit?"

„Das wäre großartig. Ob hier ein paar Vorräte sind?"

„Ich habe noch nicht nachgeschaut, bin aber ziemlich sicher."

„Überlassen Sie das mir", schlug Lauren vor. „Falls Sie keine weitere Kostprobe meiner Nähkünste erleben möchten, sollten Sie lieber sitzen bleiben."

John wehrte sich nicht. So ungern er es zugab, er war beinahe am Ende seiner Kräfte. Außerdem hatte es höllisch wehgetan, als sie seine Wunde ohne Betäubung genäht hatte. Auf eine weitere Probe konnte er verzichten. Deshalb ließ er Lauren ihren Willen. Allerdings nahm er sich vor, dies nicht zur Gewohnheit werden zu lassen. Auf keinen Fall.

Er würde unterdessen ein wenig ruhen. Das konnte gewiss nicht schaden. Schließlich hatte er einen ereignisreichen Tag hinter sich. Jeder Mann hatte das Recht auf eine kleine Pause.

Das Klappern von Tellern weckte ihn einige Zeit später wieder auf. Lauren deckte den Tisch und lächelte schuldbewusst. „Tut mir leid, ich habe versucht, so leise wie möglich zu sein. Das Abendessen ist fertig, und Sie sollten ein bisschen zu sich nehmen."

John war noch etwas benommen. Er stand auf und ging zu ihr hinüber. Lauren hatte eine Suppe und einige Sandwiches gemacht. Er setzte sich hin und betrachtete das Essen.

„Die Suppe stammt aus der Dose", verkündete sie und nahm ihm gegenüber Platz. „Der Thunfisch ebenfalls. Ihre Speisekammer ist übrigens ausgezeichnet gefüllt. Hinter der Küche ist ein schmaler Gang, der zu einer Veranda auf der Rückseite führt. Dort steht ein großer Gefrierschrank. Daraus stammt das Brot. Ihr Kühlschrank war noch eingeschaltet, aber leer. Entweder sind Sie eine ganze Weile nicht hier gewesen, oder Sie hatten nicht vor, in nächster Zeit in die Hütte zurückzukehren."

Was trifft wohl zu? überlegte John und stellte sich vor, wie er durch die Hütte ging und so gewöhnliche Hausarbeiten verrichtete, wie den Kühlschrank zu leeren. Was hatte er vorgehabt?

„Haben Sie sonst noch etwas festgestellt?", fragte er.

Lauren nickte. „Ich habe nicht viel Ahnung von Wein. Sie scheinen dagegen eine ganze Menge davon zu verstehen. Neben dem Gefrierschrank befindet sich ein großes Regal, das mit Flaschen gefüllt ist."

„Das klingt nicht gerade, als käme ich hierher, um ein einfacheres Leben zu führen."

„An Ihrer Stelle wäre ich nicht so sicher. Schließlich erinnern Sie sich nicht, wie Sie sonst leben." Sie legte ihr Sandwich hin und sah ihn an. „Oder doch?"

„Sie möchten wissen, ob mir inzwischen eingefallen ist, wo ich sonst noch leben könnte? Leider nicht."

„Was ist mit anderen Dingen – Gesichter, Namen, eine Vorstellung davon, womit Sie Ihren Lebensunterhalt verdienen, vorausgesetzt, dass Sie arbeiten. Vielleicht haben Sie ja viel Geld geerbt."

„Das glaube ich nicht. Zumindest ist mir diese Vorstellung völlig fremd." Er verfolgte das Thema nicht weiter, sondern begann, die Suppe zu essen. Obwohl sie aus der Dose stammte, schmeckte sie ausgezeichnet. Oder er hatte einen ungewöhnlichen Appetit. Schließlich hatte er zwei Tage von Krankenhauskost gelebt, und davor war er künstlich ernährt worden. Außerdem war er froh, eine Ausrede zu haben und im Moment keine weiteren Fragen beantworten zu müssen.

Das Bild von den Männern mit den aalglatten Gesichtern und den zufriedenen Mienen machte ihm immer noch schwer zu schaffen. Er wollte gern glauben, dass er jener Mann war, dem die Hütte und die Sportausrüstung gehörten, der guten Wein und ein friedliches Leben liebte. Doch woher stammte das Geld, um sich diesen Luxus leisten zu können? Womit hatte er es verdient?

Und was hatten die Waffen in seinem Kofferraum, die versteckte Brieftasche und all die anderen Dinge zu bedeuten?

„Ich glaube, ich habe genug gegessen", sagte John nach einer Weile. „Ich schüre das Feuer noch einmal auf."

„Ja, das wäre gut. Vielleicht sollten wir bald schlafen gehen. Ich nehme die Couch."

„Oben dürfte es wärmer sein. Die Hitze steigt bekanntlich in die Höhe."

„Ich komme schon zurecht", antwortete sie.

Er ging zum Kamin und warf ein weiteres Scheit ins Feuer. Die Müdigkeit überwältigte ihn beinahe. Das gute Essen, die Wärme und das Gefühl, in relativer Sicherheit zu sein, hatten ihn entspannt, und er merkte, dass er dringend Schlaf brauchte.

„Sie nehmen das Bett", erklärte er und stellte das Geschirr zusammen. „Es wäre mir nicht recht, wenn Sie auf der Couch schliefen."

„Das ist absoluter Unsinn. Dies ist Ihre Hütte. Außerdem sind Sie der Kranke. Die Couch ist völlig in Ordnung für mich." Sie schloss sich ihm an und trug die Teller und Schüsseln zum Becken. „Legen Sie sich schon hin. Ich wasche noch ab."

„Das ist ungerecht."

Lauren blieb stehen und sah ihn verblüfft an. „Was?"

„Sie haben gekocht. Deshalb sollte ich den Abwasch übernehmen."

Erstaunt riss sie die Augen auf. „Woher haben Sie das denn?"

„Was?"

„Dass Frauen kochen und Männer abwaschen. Wer hat Ihnen das beigebracht?"

„Wahrscheinlich meine Mutter", sagte er und lächelte ein wenig. „Sie hatte fünf Söhne. Wenn sie uns nicht ordentlich erzogen hätte, wäre sie vermutlich durchgedreht."

Lauren setzte die Schüsseln ab und ließ ihn nicht aus den Augen. „Ist Ihnen das gerade eingefallen?"

„Ja ... wir waren zu fünft, alles Jungen. In – Brooklyn, glaube ich."

„Sie haben keinen Brooklyner Akzent. Nicht einmal einen New Yorker."

„Die New Yorker haben keinen Akzent. Alle anderen sprechen kein ordentliches Amerikanisch."

Lauren lachte leise, wurde aber schnell wieder ernst. „Mir scheint, Ihre Erinnerung kehrt tatsächlich zurück."

„Das will ich stark hoffen." Er stellte die letzte Schüssel ins Becken und ließ Wasser darüberlaufen. „Erledigen wir den Rest morgen früh. Ich machte die Couch zurecht."

„Danke, das tue ich selber. Gehen Sie ruhig schon nach oben."

Er drehte den Hahn zu, trocknete seine Hände und stützte sie auf seine schmalen Hüften. Mit dem ungerechten Vorteil seiner größeren Körperhöhe sah er auf sie hinab und verkündete: „Ich gehe nicht nach oben, weil ich auf der Couch schlafen werde. Falls Sie mir dabei Gesellschaft leisten wollen, habe ich nichts dagegen. Aber es wird ziemlich eng werden."

Lauren errötete heftig. Verblüfft beobachtete John, wie die Farbe in ihre Wangen stieg. Gedächtnisverlust oder nicht – er erinnerte sich nicht, wann er zuletzt eine Frau erröten sehen hatte. Er hätte schwören können, dass es so etwas heutzutage nicht mehr gab. Was diese Frau betraf, irrte er sich ganz entschieden.

„Sie sind ein furchtbarer Dickkopf", erklärte Lauren.

„Ich? Wer wehrt sich denn hier?"

Plötzlich wurde es sehr still in der Hütte. Draußen wehte der Wind ums Haus, und die Äste der hohen Kiefern rauschten. Im Kamin stoben Funken aus einem Holzscheit.

„Also gut, ich nehme das Bett", sagte Lauren und wandte sich ab. „Gute Nacht."

„Gute Nacht", antwortete er leise hinter ihr.

Lauren lag in Johns Bett und starrte an die Decke. Die Hütte hatte ein schräges Dach. Wenn sie den Arm ausstreckte, konnte sie mit den Fingern an der Holzvertäfelung entlangstreichen.

Es war schön warm hier oben, und die Luft roch nach dem Kaminholz. Sie hatte kurz gebadet und anschließend das Flanellhemd wieder angezogen. Groß, wie es war, ergab es ein ausgezeichnetes Nachthemd.

Sie kuschelte sich unter die Steppdecke mit dem Sternmuster und merkte, dass ihre Lider schwer wurden. Die unterschiedlichsten Szenen des langen, turbulenten Tages zogen an ihrem inneren Auge vorüber.

War wirklich so viel in so kurzer Zeit geschehen? Es war weit nach Mitternacht. Sie sollte jetzt in ihrem eigenen Bett liegen und fest schlafen, um für den neuen Tag gerüstet zu sein. Stattdessen war sie in Vermont, auf der Flucht vor den Behörden und bei einem Mann, den sie kaum kannte und der fast nichts über sich selber wusste.

Fünf Söhne – Brooklyn. Waffen im Kofferraum des Wagens. Eine einsame Hütte, die von Geld und gutem Geschmack zeugte. Auch von einem Bedürfnis nach Abgeschiedenheit. Bücher, unzählige Bücher. Über welche Themen? Das würde sie morgen früh gleich feststellen. Es könnte ein weiterer Hinweis sein. Außerdem mussten sie den Namen des College herausfinden, für das John gerudert war, und …

Lauren fielen die Augen zu, und sie schlief tiefer und traumloser als seit Monaten.

Schreie weckten sie wieder auf.

Mit einem Satz war sie aus dem Bett und reagierte rein automatisch. Benommen lief sie die Stufen nach unten. Als sie das Erdgeschoss erreichte, war sie zumindest wach genug, um zu merken, dass die Schreie von John stammten. Sie schaltete das Licht ein und eilte zur Couch.

John lag zusammengekrümmt zwischen den Laken. Sein Gesicht war schweißüberströmt, und seine Augen blickten wirr. Er holte weit aus und schlang einen Arm fest um ihre Taille.

„Nein, nicht, Robbie. Nein!"

Er fuhr in die Höhe und wollte aufstehen. Die Decke glitt von seinem Körper hinab, und Lauren stellte erschrocken fest, dass er nackt war.

„Robbie!"

Ohne zu überlegen, schlang sie beide Arme um seine Brust. Sie hatte wesentlich mehr Angst, dass er sich verletzte, als dass er ihr etwas tun könnte. Wenn seine Nähte erneut rissen …

Johns Haut war ungewöhnlich heiß. Hatte er Fieber, oder lag es an dem Entsetzen, das ihn gepackt hatte? Da Lauren es nicht wusste, hielt sie ihn so fest wie möglich und sprach besänftigend auf ihn ein.

„Beruhigen Sie sich, John. Sie sind in Ihrer Hütte in Vermont. Es ist alles in Ordnung."

Einen schrecklichen Augenblick lang fürchtete sie, John könnte sie nicht hören. Er fasste ihre Arme fester, und sie unterdrückte einen Schmerzensschrei. Entschlossen nahm sie sein Gesicht zwischen beide Hände, fasste sein Kinn und zwang ihn, sie anzusehen.

„Ich bin es, John. Lauren. Bitte, wachen Sie auf!"

Er blinzelte ein wenig, sah sie an wie jemand, der soeben aus einer

Trance zurückgekehrt war, und erkannte sie endlich. Im nächsten Moment lockerte er den Griff.

„Lauren ... Es tut mir leid ... Was ist passiert?"

Sie holte tief Luft und zwang sich zur Ruhe. „Ich nehme an, Sie hatten einen Albtraum. Sie haben laut geschrien." Während sie das sagte, drückte sie John vorsichtig auf die Couch zurück und zog die Decke über ihn. „Mir scheint, Sie haben Fieber. Schmerzen Ihre Wunden stärker als vorher?"

Er schüttelte langsam den Kopf. „Nein, es geht mir gut. Dieser Traum ..." Benommen blickte er in die Ferne.

„Ich bin gleich wieder da und hole nur eine kalte Kompresse."

Als Lauren kurz darauf zurückkehrte, war John immer noch tief in Gedanken versunken. Behutsam wickelte sie zwei nasse Tücher um seine Handgelenke und legte ein weiteres auf seine Stirn. Er erschauderte ein wenig, als er das kalte Wasser spürte, wehrte sich aber nicht.

Lauren setzte sich neben ihn, drückte zwei Finger auf sein Handgelenk und prüfte misstrauisch seinen Puls. Sein Herzschlag war immer noch zu schnell, aber kräftig und beruhigte sich allmählich.

Erleichtert richtete sie sich auf und wartete schweigend, bis John seinen Albtraum verarbeitet hatte.

„Habe ich irgendetwas gesagt?", fragte er nach einer ganzen Weile.

„Sie erwähnten jemand mit Namen Robbie. Sie schienen sich große Sorgen um ihn zu machen."

Ein Schatten glitt über sein Gesicht. „Robbie war mein Bruder, einer von uns fünf."

„War?"

„Er wurde bei einer Messerstecherei getötet." John schluckte mühsam. „Zumindest nehme ich es an. Vielleicht erfindet mein Gehirn es auch nur."

„Das bezweifle ich", sagte Lauren. Sie erlebte selber häufig wichtige Dinge erneut im Traum. Auch schmerzliche. Behutsam entfernte sie die Kompressen und fühlte Johns Stirn. Seine Haut war erheblich kühler geworden. Falls er tatsächlich Fieber hatte, ließ es bereits nach.

„Nach einem schlimmen Erlebnis kehrt die Erinnerung meistens bruchstückhaft und äußerst gefühlsbeladen zurück", erklärte sie. „Ich fürchte, es entspricht der Wahrheit, wenn Sie geträumt haben, dass Ihr Bruder bei einer Messerstecherei getötet wurde."

„Ich war dabei und habe alles gesehen. Aber ich konnte ihm nicht helfen." Er beugte sich vor und stützte den Kopf in beide Hände. „Es war, als wäre ich gelähmt."

„Könnte es erst kürzlich geschehen und vielleicht einer der Gründe für Ihren Gedächtnisverlust sein?"

„Ich weiß nicht recht – er sah ziemlich jung aus. Ich glaube, es liegt schon einige Jahre zurück."

John hob den Kopf und sah sie an. Seine Augen glänzten wie Silber hinter den Tränen, die er nicht verbarg. „Haben Sie Brüder oder Schwestern?"

„Beides. Glücklicherweise sind alle am Leben."

Das Feuer im Kamin war heruntergebrannt. Lauren stand auf und warf ein weiteres Holzscheit in die Glut. Als sie zur Couch zurückkehrte, streckte John den Arm aus und ergriff ihre Hand.

Schweigend zog er sie an sich. Das Feuer loderte wieder auf. Lauren beobachtete seine gleichmäßigen Atemzüge und versuchte, an nichts mehr zu denken.

Als er die Hand hinter ihren Kopf legte, wehrte sie sich nicht. Es war ein langer Weg bis zu dieser Hütte und diesem Augenblick der Wahrheit gewesen.

John küsste sie zärtlich auf die Lippen. Sein Kuss forderte nicht, sondern war eher eine Frage. Ein sinnlicher Schauer durchrieselte Laurens Körper. Sie spürte sein unrasiertes Kinn an ihrer Haut, roch seinen maskulinen Duft und empfand ein Verlangen, das ihr gleichzeitig fremd und ungeheuer vertraut war.

Alle Vorsicht, die sie jahrelang gehegt hatte, entglitt ihr und flog wie ein Blatt in einer stürmischen Nacht davon.

9. KAPITEL

Sonnenstrahlen, die durch die Fenster zu beiden Seiten des Kamins fielen, weckten John am nächsten Morgen. Langsam setzte er sich auf, strich mit der Hand über sein Kinn und blickte sich um.

Die Hütte war leer. Von Lauren war nichts zu sehen.

Er wickelte seine Decke um die Taille und ging in die Küche. Eine Kaffeekanne stand auf der Anrichte. Davor lag ein Zettel.

„Mache einen Spaziergang und bin bald zurück. L."

John las den Text und runzelte die Stirn. Er wollte Lauren bei sich haben, mit ihr reden, den Duft ihres Haars riechen und sich an ihrem reizenden Lächeln erfreuen.

Nein, das war Unsinn. Natürlich hatte Lauren das Recht, ein paar Schritte zu laufen.

Bin bald zurück ... Wenn er klug war, zog er sich an, bevor sie wieder da war.

John goss sich eine Tasse Kaffee ein, stieg die Treppe hinauf und schaltete den Boiler an. Während das Wasser heiß wurde, holte er seine Kleider aus dem Schrank und legte das Rasierzeug bereit. Anschließend trat er unter die Dusche, bog den Kopf zurück, schloss die Augen und ließ das Wasser über seinen Körper laufen. Sein Verband wurde nass, aber das machte nichts. Er hätte ihn sowieso selber gewechselt, denn er war lange genug von Lauren abhängig gewesen.

Während er seine Brust einseifte, stutzte er plötzlich. Schon bei dem Gedanken an die hübsche Krankenschwester erfasste ihn ein derartiges Verlangen, dass es beinahe schmerzte. Er unterdrückte ein Stöhnen und schüttelte kläglich den Kopf. So bruchstückhaft sein Gedächtnis arbeitete, er hätte schwören können, dass er sich normalerweise besser unter Kontrolle hatte, wenn es um Frauen ging.

Bei dieser war es anders. Ganz entschieden sogar.

John drehte den Wasserhahn wieder zu und trocknete sich ab. Er zog die khakifarbene Hose, die er herausgelegt hatte, an und untersuchte seinen Verband. Nass, wie sie waren, mussten sich die Pflaster eigentlich leicht entfernen lassen. Sie lösten sich jetzt schon an den Ecken. Behutsam zog er daran und hatte das Gefühl, der Schmerz ginge ihm durch Mark und Bein.

Es gab nur eine Möglichkeit, die Angelegenheit zu erledigen. Entschlossen hielt er die Luft an, riss den Verband in einem Zug herunter und betrachtete sich zum ersten Mal.

Das habe ich mir eigentlich viel schlimmer vorgestellt, war sein erster Gedanke. Drei dunkle Nähte liefen über seine Brust – zwei über den linken Lungenflügel, die dritte etwas tiefer in Höhe seines Magens. Die Haut ringsum war gerötet, schien aber nicht entzündet zu sein. Vorsichtig berührte er die Wunden und stellte befriedigt fest, dass der Schmerz erheblich nachgelassen hatte.

Mit den Mullkompressen, die Lauren besorgt hatte, legte er einen frischen Verband an. Der war zwar nicht ganz so perfekt wie ihrer, aber durchaus brauchbar.

Nachdem er sich rasiert und vollständig angezogen hatte, stieg John die Treppe wieder hinunter. Von Lauren war immer noch nichts zu sehen. Der Tag war hell und klar. Sie würde schon allein zurechtkommen.

Außerdem hatte er Wichtigeres zu tun, als sich um die junge Frau zu sorgen. Er musste unbedingt die Waffen aus dem Kofferraum ins Haus bringen. Eindringlich überlegte er, wo er sie verstecken sollte, und öffnete einen Schrank neben der Eingangstür. Eine Regenjacke, ein Paar Stiefel und ein Gewehrständer waren darin.

Der Ständer reichte für sechs große Waffen. Zwei lagen bereits darauf, eine Kalaschnikow und ein älterer Karabiner. Auf dem Boden hinter dem Ständer waren zahlreiche Schachteln mit Munition ordentlich gestapelt. Ein Kasten auf dem Regal enthielt eine Handwaffe von Heckler & Koch. Darüber war genügend Platz für die Pistole, die sich im Wagen befand.

John trat einen Schritt zurück und betrachtete nachdenklich den Inhalt des Schrankes. Dies waren gefährliche Waffen, keine, die ein Freizeitjäger in seiner Hütte aufbewahrte. Weshalb waren sie hier?

Weshalb war John Santos der Ansicht gewesen, dass er sie brauchte?

Einen Moment tauchte erneut das Bild des sterbenden Bruders vor seinem inneren Auge auf. So nüchtern wie möglich versuchte er zusammenzufassen, was er inzwischen wusste. Die Erinnerung sagte ihm, dass sein Bruder Robbie in eine Messerstecherei verwickelt worden war und den Streit nicht überlebt hatte. Aber das war viele Jahre her. Dessen war er jetzt sicherer denn je.

Weshalb hatte er trotzdem das Gefühl, dass es eine Verbindung zwischen diesen Waffen und dem Tod seines Bruders gab?

Johns Kopf begann zu pochen. Ohne sich darum zu kümmern, ging er zum Wagen, öffnete den Kofferraum und holte die Waffen heraus. Er hatte sie gerade im Schrank verstaut, da kehrte Lauren zurück.

Langsam kam sie die schmale Straße herauf und hielt einen Strauß

Wildblumen in der Hand. Sie hatte den Kopf gesenkt und war tief in Gedanken versunken.

Sie war so unglaublich schön, frisch und begehrenswert, dass John erneut dasselbe wilde Verlangen verspürte wie unter der Dusche. Ihre kurzen kastanienbraunen Locken glänzten im Sonnenschein. Sie trug dieselben Sachen wie gestern Abend. Nicht einmal diese Kleidung konnte die graziöse Anmut ihres Körpers verbergen.

Plötzlich sah Lauren auf und bemerkte ihn. Unwillkürlich hielt er den Atem an. Einen Moment hatte er das Gefühl, ihre Lippen bewegten sich ebenso weich und hingebungsvoll an seinem Mund wie vorige Nacht.

Sie blieb stehen, riss sich zusammen und zwang sich zu einem Lächeln, das ihre Augen nicht erreichte.

„Guten Morgen."

John nickte höflich und wandte den Blick nicht von ihr. Man hätte glauben können, sie wären zwei Fremde, die sich zufällig an einer Straßenkreuzung irgendwo auf dem Land begegneten.

„Ein schöner Tag", antwortete er.

Sie nickte ebenfalls. „Ich habe einen Spaziergang gemacht."

„Ich habe Ihre Nachricht gefunden."

„Das freut mich. Ich wollte verhindern, dass Sie sich Sorgen machen." Sie kam näher und lächelte jetzt natürlicher. „Wie fühlen Sie sich?"

„Gut. Ich habe meinen Verband schon gewechselt."

Lauren blieb verblüfft stehen. „Tatsächlich?"

„Ja. Jemand sollte dringend ein Pflaster erfinden, das sich schmerzlos entfernen lässt. Er könnte ein Vermögen damit verdienen."

„Das ist bereits geschehen. Die Ärzteschaft ist jedoch der Ansicht, dass sie es nicht verwenden sollte." Sie warf ihm einen neckenden Blick zu. „Es wäre nicht gut, wenn unsere Patienten wüssten, dass sie ihren Verband jederzeit mühelos entfernen könnten."

„Ich bin kein Patient mehr", erinnerte er sie ebenso freundlich wie nachdrücklich.

Sie wandte sich ab und betrat die Hütte. „Ich habe übrigens ein Boot gefunden."

Er schloss die Schranktür und war froh, dass sie den Inhalt nicht bemerkt hatte. „Wirklich?"

Lauren nickte. „In der Nähe des Sees steht ein Schuppen. Darin ist es."

„Ein großes Boot?"

„Nein, es ist ziemlich klein. So eines wie auf den Fotos, aber längst nicht so lang."

„Aha, ein Einer. Haben Sie sonst noch etwas entdeckt?"

„Leider nicht. Allerdings war ich nicht sicher, wonach ich suchen sollte. Die Gegend ist unglaublich schön. Trotzdem stehen keine anderen Häuser in der Nähe. Es gibt auch keinen Hinweis darauf, dass sich hier kürzlich jemand aufgehalten hätte. Weder Reifenspuren noch Anzeichen von Campern."

„Das Gelände ist eingezäunt." Plötzlich fiel es John wieder ein. Es gab keine weiteren Häuser ringsum, weil das Land ihm gehörte, mehrere Hundert Morgen. Er hatte es einzäunen lassen, damit nicht ständig Jäger oder Wanderer hindurchspazierten. Die Abgeschiedenheit war ihm sehr wichtig.

Lauren stellte fest, dass seine Erinnerung immer stärker zurückkehrte, und wollte in die Küche. Ihre Körper berührten sich, als sie an ihm vorüberging.

Rasch trat sie beiseite, war aber nicht schnell genug. John hielt ihre Hände fest.

„Lauren ..."

„Bitte."

„Das mit der letzten Nacht ..." Er sprach nicht weiter, denn er wusste nicht, was er sagen sollte. Dass es ihm leid tat? Das stimmte, betraf aber nicht den Kuss, den sie geteilt hatten. Es tat ihm leid, dass er nicht viel weitergegangen war; dass sie nicht die ganze Nacht eng umschlungen gelegen hatten und Lauren heute Morgen nicht in seinen Armen aufgewacht war.

Doch er war sicher, dass sie das nicht hören wollte.

„Wir waren beide erschöpft", sagte sie und machte sich behutsam los. „Wie wäre es mit einem Frühstück?"

Bevor er antworten konnte, wandte sie sich ab und begann, die Teller aus dem Schrank zu holen.

John deckte den Tisch. Lauren durchforschte inzwischen den Gefrierschrank und fand Orangensaft, Speck und tiefgefrorene Muffins. Das Schweigen zwischen ihnen wurde beinahe unerträglich.

Endlich sagte John: „Ich möchte die Hütte am liebsten von oben bis unten auf den Kopf stellen, um alles zu finden, was mir bei meiner Erinnerung weiterhelfen könnte."

„Das wäre keine schlechte Idee."

„Würden Sie mir dabei helfen?"

„Sehr gern. Aber ich möchte mich nicht aufdrängen."

Sie sprachen nicht aus, dass sie auch einiges Unangenehmes finden könnten.

„Trotzdem wäre ich Ihnen dankbar", sagte John. Zwischen dem Wegräumen der Waffen und dem Bestreichen der Muffins mit Marmelade war er zu der Überzeugung gekommen, dass es für beide Teile besser wäre, wenn Lauren alles wusste. So schmerzlich die Wahrheit war, es würde wenigstens keine Missverständnisse zwischen ihnen geben.

Lauren nickte. „In Ordnung. Wo wollen Sie anfangen?"

John begann im Schlafzimmer und öffnete als Erstes den Kleiderschrank. Lauren blieb unten. Sie nahm sich das Bücherregal vor und zog jeden Band heraus, um festzustellen, ob sich etwas dahinter verbarg.

John musste ein breit gefächertes Interesse haben. Sie entdeckte sowohl historische Erzählungen und Biografien als auch Kriminalromane und Science-Fiction. Selbst ein ziemlich abgenutztes Exemplar von Daphne du Mauriers „Rebecca", war vorhanden. Nur keine verborgenen Dokumente oder sonst etwas, das darauf hinwies, wer dieser John Santos sein mochte.

„Etwas gefunden?", fragte er, als sie gerade fertig war.

„Nein, leider nicht. Und Sie?"

„Ich kleide mich gut und liebe alle möglichen Sportarten. Außerdem bin ich sehr ordentlich. Sonst habe ich auch nichts entdeckt."

„Keinen einzigen Brief, keine Quittung? Absolut nichts?"

„Bedaure. Ich habe sogar den Arzneischrank nach Rezepten durchsucht in der Hoffnung, den Namen meines Arztes zu erfahren. Ebenfalls nichts."

„Mir ist es nicht viel besser ergangen. Sie lesen gern und befassen sich mit allen möglichen Themen. Ach ja, eines ist mir doch aufgefallen. Ich nehme an, dass Sie stärker an der Sprache und vielleicht auch am Schreiben interessiert sind als die meisten Menschen."

„Wie kommen Sie denn auf den Gedanken?"

Lauren deutete auf ein zweibändiges Werk in einer Bücherkassette. „Sie besitzen eine Kompaktausgabe des ‚Oxford English Dictionary'. Das ist das umfassendste Werk seiner Art."

John beugte sich hinab und betrachtete die Bände. In der Kassette befand sich eine kleine Schublade. Er öffnete sie vorsichtig.

„Ein Vergrößerungsglas", rief Lauren. „Wie konnte ich das vergessen? Der Druck dieser Ausgabe ist so klein, dass man die Buchstaben nur mit einem Vergrößerungsglas lesen kann."

„Schauen wir mal, ob es uns auch bei den Fotos hilft", schlug John vor. Er nahm einige Bilder von der Wand, legte sie auf den Kieferntisch und studierte die Aufnahmen aufmerksam. „Es ist kaum etwas zu erkennen."

Lauren trat näher. „Lassen Sie mich mal sehen." Sie blickte durch das Glas und versuchte die Schrift zu lesen, die das Collegeemblem umgab.

„*Dei sub numine vigit.*" Wie lange war es her, dass sie sich mit Latein herumgeschlagen hatte, um die medizinischen Fachbegriffe zu verstehen? „Unter Gott – wächst sie?"

„Gedeiht sie", verbesserte John. „Das ist das Motto der Princeton University."

„Dort haben Sie studiert?"

„Keine Ahnung."

Lauren deutete zum Telefon auf dem Schreibtisch. „Rufen wir an, und erkundigen wir uns."

Sie versuchten es und wurden freundlich darauf hingewiesen, dass es Sonnabendmorgen sei. Das Sekretariat war geschlossen und öffnete erst am Montag wieder.

„Trotzdem war es eine gute Idee", sagte John. „Ich werde am Montag erneut anrufen. Inzwischen …" Er sah sich in der Hütte um. „Falls wir nicht die Wände einreißen wollen, bleibt nicht mehr viel zu tun."

„Der da fehlt noch", antwortete Lauren und zeigte auf den Computer.

10. KAPITEL

„Verdammt, ich komme einfach nicht weiter!"

Lauren senkte das Buch, in dem sie gelesen hatte. Es war eine Geschichte über die Kreuzzüge und hoch interessant. Trotzdem hatte sie mindestens fünfzigmal zu John hinübergeblickt. Zum Glück hatte er es nicht bemerkt.

Seine Lippen waren zu einer schmalen Linie zusammengepresst. Ihr fiel ein, wie sie sich auf ihrem Mund angefühlt hatten, und erschauerte unwillkürlich. Ihre lebenslange Vorsicht wäre gestern Abend beinahe zusammengebrochen.

Dieses Verhalten passte so wenig zu ihr, dass sie es immer noch nicht glauben konnte. John hatte eine fremde Frau in ihr geweckt, ein sinnliches, wollüstiges Wesen, für das Gewissen ein Fremdwort zu sein schien. Sie mochte nicht einmal daran denken.

John kommt mit dem Computer nicht weiter, stellte sie fest. Er war müde und enttäuscht und hatte keine große Lust mehr.

„Wie wäre es mit Rumpelstilzchen?", schlug sie vor.

„Das habe ich schon versucht."

„Soll das ein Witz sein?"

„Durchaus nicht. Auch Goldilocks, Cinderella, Pinocchio, Peter Pan und Nikolaus. Ich habe jedes Passwort ausprobiert, das mir einfiel. Nichts klappt."

„Wie wäre es mit etwas ganz Naheliegendem wie Ihrem zweiten Vornamen? Wie lautet der eigentlich?"

John fuhr mit der Hand durch sein dichtes schwarzes Haar und blickte beiseite. „Darüber möchte ich lieber nicht sprechen."

Lauren richtete sich interessiert auf. „Weshalb nicht? Könnte er nicht die Lösung sein?"

„Nein, ausgeschlossen."

Ein Lächeln glitt über ihr Gesicht. „Oh je, ist es so schlimm?"

„Noch schlimmer."

„Ich habe nur einen kurzen Blick in Ihren Führerschein geworfen. Was steht darin?"

Er zögerte einen Moment und antwortete schließlich mit hörbarem Abscheu: „Ich mache meinen Eltern deswegen echte Vorwürfe. Wie kann man ein hilfloses Kind John Wilbur nennen?"

„Wilbur? Ihr zweiter Vorname ist Wilbur?"

„Würde ich es sonst sagen?"

„Nein", gab Lauren zu und rang einen Moment mit sich. „Aber es gibt noch schrecklichere Namen."

„Zum Beispiel?"

„August oder Augustina."

John lachte leise. „Kein Mensch würde seine Tochter heutzutage …" Verblüfft hielt er inne. „Lauren Augustina Walters?"

„Nein, eigentlich ist es umgekehrt. Augustina Lauren Walters. Aus verständlichen Gründen benutze ich meinen ersten Vornamen nicht."

Er sah sie einen Moment zärtlich an, und sie blickte in seine intelligenten silbergrauen Augen. Dann wandte sie sich rasch ab.

„Ich vermute, Sie sind als Kind häufig mit ‚dumme Augustine' aufgezogen worden", meinte er.

„Ich kenne sämtliche Witze darüber", versicherte sie ihm. „Haben Sie es wenigstens mit Wilbur versucht?"

„Schon vor zwei Stunden."

Lauren seufzte. Es dauerte alles furchtbar lange. Doch nachdem die anderen Möglichkeiten ausgeschöpft waren, konnten sie ebenso gut noch etwas Zeit damit verbringen, den Computercode zu knacken.

„Wie wäre es mit Appleton?", schlug sie vor.

„Das habe ich längst ausprobiert. Auch Vermont, Berg, Skilaufen, Slalom, Schnee und Ahornsirup, das versichere ich Ihnen."

„Und Ruderboot? Haben Sie es damit schon versucht?"

Er nickte. „Außerdem mit Rudern, Ruderer, Mannschaft und Princeton. Und natürlich Tiger."

„Wieso Tiger?"

„Das ist das Maskottchen von Princeton."

„Daran erinnern Sie sich also", stellte Lauren fest und suchte nach einigen aufmunternden Worten. Sie stand auf und trat zu ihm.

John saß zusammengesunken auf seinem Stuhl und starrte auf den Bildschirm. Er hatte das Windowsprogramm gestartet, kam aber nicht weiter.

„Ein Hacker sind Sie nicht. Das kann man mit ziemlicher Sicherheit behaupten", erklärte sie.

„Darauf gehe ich jede Wette ein. Eigentlich müsste ich das Passwort irgendwo aufgeschrieben haben für den Fall, dass ich es vergessen könnte."

„Es gibt kaum ein Blatt Papier im Haus. Wahrscheinlich sind Ihre gesamten Aufzeichnungen auf der Festplatte."

„Und dort sind sie gut aufgehoben. Nur komme ich leider nicht heran."

Er stand auf, warf einen letzten verächtlichen Blick auf den Bildschirm und schaltete den Apparat aus. „Ich würde gern ein bisschen spazieren gehen. Wie wäre es, wenn Sie mir das Boot zeigten, das Sie gefunden haben?"

Lauren stimmte sofort zu. Sie war froh, dass sie die Hütte verlassen konnte. So schön es hier war, sie kam sich wie eingesperrt vor. John und sie waren sich viel zu nahe. Sie könnte Dinge sagen – oder tun –, die sie später bereuen würde.

„Es wird kälter", stellte sie fest, als sie ins Freie traten. John verschloss die Tür hinter sich und steckte den Schlüssel in die Tasche. Selbst in dieser Einsamkeit traf er automatisch gewisse Vorsichtsmaßnahmen.

Lauren fügte diese Beobachtung stumm zu ihren anderen Eindrücken hinzu und wurde immer besorgter. Soviel passte bei John nicht zusammen: die Bücher und die Waffen, die friedliche Hütte, die er sich eingerichtet hatte, und die Tatsache, dass er auf der Straße in einer Großstadt niedergeschossen worden war. Man konnte glauben, dass er aus zwei verschiedenen Persönlichkeiten bestand, deren Leben nichts miteinander zu tun hatten.

Der Mann, mit dem sie im Moment zusammen war, schlenderte zufrieden neben ihr einen mit Kiefernnadeln bedeckten Pfad zum See hinab. Er hatte die Hände in die Hosentaschen geschoben und betrachtete die herrliche Landschaft.

Im Norden und Westen stieg das Land zu einer eindrucksvollen Bergkette auf, einem Teil der Green Mountains. Der Frühling war hier noch nicht so weit fortgeschritten wie in New York. In den Schluchten lagen noch schmelzende Schneefelder. Die Luft roch danach. Sie war ein wenig feucht, als könnte es erneut schneien.

John und Lauren folgten dem Pfad durch den Wald zum Rand des Sees. Abgesehen vom Zirpen einiger Vögel und dem Rauschen von Wasser, herrschte absolute Stille. Sie schienen die einzigen Menschen auf der Welt zu sein.

Der See lag östlich von der Hütte. Wie ein langer Finger streckte er sich nach Süden, so weit der Blick reichte. Feiner Dunst stieg am anderen Ende auf.

„Was ist das?", fragte Lauren.

John blickte in dieselbe Richtung. „Ein Wasserfall. Wenn Sie die Ohren spitzen, können Sie ihn sogar hören."

Das war also das Rauschen, das sie bemerkt hatte.

„Wie hoch ist er?"

„Mindestens dreißig Meter. Es ist ein fantastischer Anblick. Wir können hingehen, wenn Sie möchten."

Lauren unterdrückte eine spöttische Bemerkung. Wahrscheinlich hatte es keinen Sinn, John darauf hinzuweisen, dass niemand außer ihm auf die Idee kommen würde, wenige Tage nach einer schweren Schussverletzung mit anschließender Operation etliche Meilen durch unebenes Gelände zu wandern, um einen Wasserfall zu bewundern.

„Heute lieber nicht", sagte sie nur. „Der Schuppen ist dort drüben."

Es war ein kleines solides Gebäude und sah aus, als könnte es sämtlichen Unbilden des Wetters trotzen. John blickte durch das einzige Glasfenster hinein.

„Haben Sie eine Ahnung, wo der Schlüssel ist?"

„Nein. Aber wahrscheinlich ist er hier irgendwo versteckt."

So gründlich sie suchten, sie fanden den Schlüssel nicht. Deshalb mussten sie sich mit einem Blick durch das Fenster begnügen. Außerdem dem Ruderboot, den Riemendollen und ein paar alten Zeltplanen war wenig zu erkennen. Der Schuppen war ebenso ordentlich aufgeräumt wie die Hütte und verriet praktisch nichts über seinen Besitzer.

Anschließend standen sie am Rand des Sees und sahen gemeinsam über das Wasser. Lauren schwieg eine ganze Weile. Sie gehörte nicht zu den Menschen, die ständig reden mussten. Vielleicht lag es an ihrer anstrengenden Arbeit, dass sie solche Augenblicke der Stille als ausgesprochene Wohltat empfand.

Mindestens eine Viertelstunde verging, bevor John etwas sagte. Ohne sie anzusehen, begann er: „Ich glaube, es ist an der Zeit, Ihnen reinen Wein einzuschenken."

Lauren hob erschrocken den Kopf. Sie hatte die Gedanken ziellos in die Ferne schweifen lassen, wie es viel zu selten geschah. Jetzt holte die brutale Wirklichkeit sie zurück.

„Was soll das heißen – reinen Wein?"

„Ich erinnere mich an einige Dinge, von denen ich Ihnen noch nicht erzählt habe."

„Zum Beispiel?" Wie viel verheimlichte John ihr tatsächlich? War seine Erinnerung ganz zurückgekehrt? Nein, das war nicht anzunehmen. Vielleicht war sie der größte Dummkopf der Welt. Doch der Instinkt sagte ihr, dass sie John vertrauen durfte.

„Es fällt mir ziemlich schwer", fuhr er fort und setzte sich auf einen Felsen am Wasser. Lauren schloss sich ihm an und schlang die Arme um den Oberkörper – nur zum Teil, weil sie fröstelte.

„Wie wäre es, wenn Sie eines nach dem anderen erzählten?", schlug sie vor.

Er sah sie dankbar an. „Sie sind sehr verständnisvoll."

„Das macht der Beruf."

„Ist das wirklich der Grund?" Er ließ sie nicht aus den Augen. „Nun, das spielt jetzt keine Rolle. Sie wissen ebenso gut wie ich, dass es einige Dinge bei mir gibt, die mich nicht gerade in einem guten Licht erscheinen lassen. Zum Beispiel die Waffen im Kofferraum meines Wagens, oder was ich mit dem Wachmann angestellt habe. Gar nicht zu reden von der Tatsache, dass ich Sie praktisch gezwungen habe, sich mir anzuschließen."

„Außerdem wurden Sie angeschossen."

„Ja, das auch. Im Krankenhaus kam mir plötzlich ein Bild in den Sinn, in dem ich mit einigen anderen Männern in einem sehr eleganten Haus zu Tisch saß. Wir redeten über Geschäfte, die offensichtlich sehr gut liefen."

„Na und? Viele Leute besprechen ihre geschäftlichen Angelegenheiten bei einem Essen."

„Während bewaffnete Wächter vor der Tür auf und ab gehen?"

„Verstehe. Über was für Geschäfte unterhielten Sie sich dort?"

„Drogengeschäfte", erklärte John tonlos. „Ich habe überlegt, ob es auch um etwas anderes gegangen sein könnte, zum Beispiel um Waffen. Aber ich bin ziemlich sicher, dass es sich um Drogen handelte."

„Fürchten Sie etwa, Sie könnten ein Dealer sein?" Lauren riss erschrocken die Augen auf. Nachdem sie die kolumbianische Münze in seiner Tasche entdeckt hatte, war ihr der Gedanke ebenfalls gekommen. Doch es aus Johns Mund zu hören ...

Er nickte widerstrebend. „Mir scheint, die Wahrscheinlichkeit ist ziemlich groß."

„Sie ziehen zu schnelle Schlussfolgerungen. Es gibt eine ganze Reihe von Dingen, die das ziemlich unwahrscheinlich sein lassen."

„Zum Beispiel?"

„Die Hütte. Welcher Drogenhändler, der etwas auf sich hält, würde sich freiwillig in die Berge von Vermont zurückziehen? Glauben Sie wirklich, dass Sie mit Drogen handeln, wenn Sie nicht gerade im ‚Oxford English Dictionary' oder in einem Ihrer zahlreichen Bücher blättern? Außerdem haben Sie in Princeton studiert. Das ist meines Wissens keine Brutstätte für Kriminelle."

„Eine Menge Leute habe die Universität besucht und sind später auf die schiefe Bahn geraten. Die meisten von ihnen wurden zwar Schreibtischtäter. Das schließt jedoch nicht aus, dass ich weiter gegangen sein könnte."

„Sie meinen, Steuerhinterziehungen oder Veruntreuungen hätten Ihnen nicht gereicht? Deshalb wären Sie ins Drogengeschäft eingestiegen? Das passt wirklich nicht zusammen."

John lachte freudlos. „Ich gebe zu, es klingt ziemlich seltsam, wenn man es so betrachtet."

„Es klingt ganz entschieden seltsam. Ebenso gut könnte es sich um ein Essen beim Präsidenten der Vereinigten Staaten gehandelt haben. Dann wären die bewaffneten Wächter Angehörige des Secret Service gewesen."

„Laufen die tatsächlich mit Gewehren herum?", fragte John belustigt.

„Woher soll ich das wissen? Mich lädt man ja nicht ins Weiße Haus ein. Ich finde, Sie sollten nicht gleich das Schlimmste vermuten."

„Einverstanden. Aber wie erklären Sie das Auftauchen von Becker und Hollis? Weshalb interessieren sie sich für mich, falls sie echte FBI-Agenten sein sollten, was ich entschieden bezweifle? Was habe ich mit solchen Leuten zu schaffen?"

„Was werfen Sie den beiden denn vor? Dass sie grobschlächtig, ungeschickt und anmaßend waren?"

„Hören Sie mal. Die Kerle haben versucht, Sie in ihren Wagen zu zerren. Sie waren zu Tode verängstigt."

„Vielleicht ist einfach die Fantasie mit mir durchgegangen, und Ihnen geht es nicht viel anders."

John seufzte und sah sie so zärtlich an, dass sich ihr die Kehle zusammenschnürte. „Sie sind mir vielleicht eine Frau, Lauren Walters. Noch dazu eine bildhübsche."

Lauren bekam kaum noch Luft. „Sagen Sie so etwas nicht."

Er lächelte und streichelte ihre Wange. „Weshalb nicht? Was ist dagegen einzuwenden?"

Er ließ sie nicht aus den Augen und wartete auf ihre Antwort.

Lauren war restlos verwirrt. Diese andere Frau, jene Fremde in ihr, die ihr dennoch vertraut war, machte sich erneut bemerkbar.

„Ich glaube, wir sollten zurückgehen", erklärte sie und merkte, dass ihre Stimme anders klang als sonst.

Als sie die Hütte erreichten, war die Temperatur erheblich gefallen. Die Sonne senkte sich schon im Westen, und lange Schatten fielen über die Lichtung. Die Windschutzscheibe des BMWs war kräftig beschlagen.

Drinnen war es wärmer. John schlug vor, trotzdem ein Feuer im Kamin anzuzünden, und Lauren war ihm dankbar dafür. Sie ging inzwischen nach oben, um zu duschen, denn sie brauchte unbedingt Zeit, ihre Gedanken zu ordnen.

Leider gelang es ihr nicht.

Als sie eine Dreiviertelstunde später wieder herunterkam, war sie frisch gewaschen. Winzige Wassertropfen glänzten in ihrem Haar. Sie trug dieselbe lange Hose wie vorher und hatte ein sauberes Hemd aus dem Schrank geholt. Es reichte ihr beinahe bis zu den Knien.

Musik klang aus der Stereoanlage. Vivaldi, stellte sie fest. John saß erneut an seinem Computer.

„Glück gehabt?", fragte Lauren.

„Nicht das Geringste. Ich habe es gerade mit einigen Buchtiteln aus dem Regal versucht."

„Wäre es möglich, dass es sich um ein fremdsprachliches Passwort handelt?"

„Ausgeschlossen ist überhaupt nichts." John stand langsam auf und reckte sich.

Lauren beobachtete ihn fasziniert. Der Mann besaß einen fabelhaft durchtrainierten Körper. Welchen Beruf er auch ausübte, gewiss saß er nicht viel am Schreibtisch.

„Ich mache uns etwas zu essen", sagte sie rasch und wandte sich ab.

11. KAPITEL

„Gin", sagte Lauren und legte lächelnd die Karten auf den Tisch. „Lassen Sie Ihre mal sehen."

John schüttelte angewidert den Kopf und deckte sein eigenes Blatt auf. Sie zählte die Punkte zusammen.

„Eine Falschspielerin! Ich hätte es wissen müssen", sagte er.

„Es ist reines Können."

„Reiner Schwindel trifft wohl eher zu. Spielen wir noch einmal."

„Sie haben schon fünfmal verloren."

„Das Glück muss sich doch irgendwann wenden."

Obwohl sie eine halbe Stunde weitermachten, blieb Lauren die Siegerin. Endlich gab John es auf. „Spielen wir etwas, das ich besser kann."

„Poker", schlug sie vor. „Ich wette, das beherrschen Sie ausgezeichnet."

Er lehnte sich zurück und beobachtete sie aufmerksam. „Wie viel?"

„Wie viel – was?"

„Wie viel wetten Sie? Was ist Ihr Einsatz?"

„So hatte ich das nicht gemeint. Es war nur so dahingeredet."

Er sah sie herausfordernd an. „He, was ist los? Haben Sie das Vertrauen in Ihr Können verloren?"

„Nein ..."

„Wissen Sie was? Lassen wir das Pokern, und bleiben wir bei Gin Rummy. Gewinnen Sie, bestimmen Sie den Preis. Gewinne ich, gilt dasselbe für mich."

„Oh nein. Ich bin doch nicht wahnsinnig und lasse mich darauf ein, ohne die geringste Ahnung zu haben, was Sie von mir wollen."

In Wirklichkeit konnte sie sich eine ganze Menge vorstellen. Aber das brauchte John nicht zu wissen.

Seine Miene wurde ernst. Er sah Lauren fest in die Augen und antwortete: „Falls ich etwas von Ihnen möchte, das Sie nicht zu geben bereit sind, können Sie es ohne Weiteres ablehnen."

„Wäre das nicht feige?"

„Nicht bei diesem Spiel."

Das war eine interessante Regel. Lauren war sicher, dass sie noch nie davon gehört hatte. Aber schließlich gab es für alles ein erstes Mal.

„Einverstanden", sagte sie zögernd. „Sie geben aus."

John tat es diesmal lebhafter als sonst. Der Blick, den er ihr zuwarf, nachdem er seine Karten aufgehoben hatte, war alles andere als ermutigend.

Gin Rummy barg viele Erinnerungen für Lauren. Als Kind hatte sie es mit ihren Brüdern und Schwestern gespielt, in der Schule mit ihren Freundinnen. Selbst in den langen Nächten einer Sonderschicht in der Notaufnahme half einem eine Runde Karten manchmal, die Zeit zu vertreiben. Einmal hatten sie es sogar hinten im Krankenwagen gespielt, während sie darauf warteten, dass die Verletzten von einem Flugzeugabsturz hergebracht wurden. Noch heute hatte sie ein schlechtes Gewissen, wenn sie daran dachte. Dabei war es die einzige Möglichkeit gewesen, der Angst und dem Schrecken zu entfliehen, der selbst geschultes Personal in solchen Augenblicken erfasste.

Mal hatte sie gewonnen, mal verloren. Im Grunde war es ziemlich egal gewesen. Es hatte nie viel auf dem Spiel gestanden. Höchstens ein paar Dollar, mehr nicht.

Bis heute.

Sie könnte jederzeit Nein sagen, hatte John ihr versichert. Mit diesem Gedanken warf sie ihr Pik 5 ab und hob den Kreuz-Buben auf, der offen auf dem Stapel lag. Ihr Blatt verbesserte sich dadurch, war aber noch längst nicht gut.

„Gin."

Erschrocken hob Lauren den Kopf. „Jetzt schon?"

„Ich fürchte, ja." Lächelnd breitete John seine Karten aus. Lauter Karos, vom König abwärts.

„Mir scheint, das Glück hat sich tatsächlich gewendet", sagte Lauren und blickte auf die Karten. Schlug das Schicksal plötzlich zu? Tat es das schon die ganze Zeit?

„Möchten Sie es noch einmal versuchen?", fragte John.

Lauren war nicht abgeneigt. Doch eine kleine Stimme hinten in ihrem Kopf hielt sie davon ab. „Eine Wette ist eine Wette", antwortete sie leise.

John stand auf, schob die Karten zusammen und tat sie in die Schachtel zurück. „Kommen Sie mal her", sagte er leise und streckte seine Hand aus.

Lauren war keines klaren Gedankens mehr fähig. Sie stellte keine Fragen und hatte keine Zweifel. Wortlos stand sie auf und ging zu ihm. Als sich seine Finger um ihre schlossen, erschauerte sie unwillkürlich. Vorsicht kämpfte in ihr mit Verlangen. Und hinter beiden lauerten verblüfftes Staunen und die Neugier darüber, wie so etwas geschehen konnte und wohin es sie führen würde.

Lauren hatte das Gefühl, nicht mehr sie selber zu sein. Sie stand außerhalb ihres Körpers und beobachtete jene Frau, die sich ganz anders verhielt als sie. Die Fremde hatte zwar ihre Gestalt, aber damit endete die Ähnlichkeit auch. Sie, Lauren, konnte es unmöglich sein, die sich derart zu dem großen schlanken Mann mit den silbergrauen Augen und der undurchdringlichen Miene hingezogen fühlte.

Sein Duft und seine Wärme, seine unbezwingbare Kraft und seine männliche Ausstrahlung erfüllten alle ihre Sinne, und sie schloss einen Moment die Augen. Als sie die Lider wieder öffnete, sah John sie eindringlich an.

„Mein Gedächtnis funktioniert zwar nicht gut", sagte er ruhig. „Ich bin jedoch sicher, dass mir noch nie eine Frau wie Sie begegnet ist."

Lauren lächelte mühsam. „Eine Krankenschwester wie ich?", fragte sie nervös.

„Eine Frau wie Sie", verbesserte er sie. „Eine so starke, tapfere, wunderschöne Frau." Sein Atem strich über ihre Wange. „Ich habe einen großen Wunsch."

Lauren war sicher, dass sie John nichts abschlagen konnte. Es gab nur ein winziges Problem. Hatte sie denselben Wunsch wie er?

„Eine Rückenmassage", fuhr er fort. „Eine richtig kräftige Rückenmassage. Ich habe das Gefühl, restlos verspannt zu sein."

„Eine Rückenmassage?" Nein, ich bin nicht enttäuscht, sagte Lauren sich. Nicht im Geringsten.

„Ja. Es sei denn, Sie möchten mich nicht massieren."

„Doch, natürlich. Das habe ich schon oft bei einem Patienten getan."

Er zog unmerklich die Brauen in die Höhe. „Ich wette, Sie machen das sehr gut."

„Sehr gut? Ich bin großartig. Bitte hierher, Sir." Sie deutete auf die Couch.

John knöpfte sein Hemd auf und ging hinüber. „Ich bin Ihnen wirklich aufrichtig dankbar."

Lauren nickte geistesabwesend. Sein gebräunter, muskulöser Oberkörper hob sich kräftig von dem weißen Verband ab. Es war erheblich mehr von seiner Haut zu sehen als vorher. John hatte einen viel kleineren Verband angelegt als sie. Wahrscheinlich wollte er den Schmerz so gering wie möglich halten, wenn er das Pflaster wieder entfernte.

„Sie müssen sich hinlegen", sagte sie. Ihre Stimme klang seltsam, viel leiser und unsicherer als sonst.

John legte sich auf den Bauch, und Lauren atmete tief ein. Es ging nur um eine Rückenmassage, einen netten, aber unpersönlichen Dienst, den sie für jedes menschliche Wesen übernehmen würde.

Ein Schauer durchrieselte sie, sobald sie seinen Körper berührte. Rasch holte sie Luft und kämpfte gegen ihre zahlreichen Empfindungen, die weder „nett", noch unpersönlich waren. Was war bloß mit ihr los? Hatte sie den Verstand verloren?

Eine Rückenmassage, die einfachste Sache der Welt. Man brauchte nur genügend Druck auszuüben, um die Muskeln zu lockern, ohne dem Patienten zu schaden. Der Gedanke, dass sie John verletzen könnte, war beinahe lächerlich. Er schien fast nur aus harten Muskeln und festen Sehnen zu bestehen und war das genaue Gegenteil von ihr.

Nie war Lauren der Unterschied zwischen Mann und Frau so bewusst geworden. Der Couchrand, auf dem sie hockte, kam ihr wie ein Abgrund vor. Sie hatte den Eindruck, in echter Gefahr zu schweben und jeden Moment abstürzen zu können. Nur wusste sie nicht, wohin.

Langsam begann sie, ihre Hände zu bewegen. Johns Haut war warm und weich und vibrierte vor Leben. Sie presste die Lippen zusammen und versuchte, sich ganz auf ihre Arbeit zu konzentrieren.

„Tut das gut", murmelte John. Lauren sah sein Profil und die langen Wimpern. Er hatte die Augen geschlossen und wirkte völlig gelassen.

Dieser verdammte Kerl. Während sie kaum Luft bekam, schlief er beinahe ein. Das war wirklich ungerecht.

Doch der äußere Anschein trog. Sie spürte, wie verkrampft Johns Muskeln waren. Kein Wunder, dass er sich dringend eine Massage gewünscht hatte.

„Besser?", fragte Lauren.

„Viel besser. Ich glaube, ich war noch nie so verspannt."

„Mich würde interessieren, weshalb. Könnte es an dem liegen, was Sie durchgemacht haben?"

„Meinen Sie den Schusswechsel und die Tatsache, dass ich nicht weiß, wer ich bin, und das Schlimmste befürchte?"

„Ja, genau das."

„Oh je. Halten Sie mich für derart sensibel?"

„Kein Ahnung. Finden wir es heraus." Federleicht strich sie mit den Händen von seinen Achseln die Seiten hinab.

John zuckte heftig zusammen.

„Sie sind ja kitzelig", stellte sie befriedigt fest.

„Hören Sie sofort auf!"

„Entschuldigung. Ich weiß gar nicht, was in mich gefahren ist."

Kurz darauf passierte es erneut. Lauren hätte schwören können, dass sie nichts getan hatte. Es führte kein Weg daran vorbei: John war ausgesprochen kitzelig.

Außerdem blitzschnell. Ohne Vorwarnung rollte er sich auf den Rücken und hielt ihre Handgelenke fest. Seine Augen glühten. Unwillkürlich starrte sie auf seinen harten Mund. „Ich warne dich. Du könntest in erhebliche Schwierigkeiten geraten", flüsterte er.

Wieder hatte Lauren den Eindruck, nicht sie selber zu sein. Das Gefühl wurde stärker und überwältigte sie beinahe. Wie von fern hörte sie sich sagen: „Mir scheint, das bin ich schon eine ganze Weile."

John hielt ihre Hände fester und lockerte plötzlich den Griff, ohne sie ganz loszulassen. „Es ist spät. Ich werde heute Nacht wieder auf der Couch schlafen."

Das war ihr Stichwort. Sie musste sich jetzt aufrichten, Gute Nacht sagen und zu Bett gehen. Morgen war ein neuer Tag. Übermorgen ein weiterer ... Einer nach dem anderen – sicher, vorhersehbar und entsetzlich reizlos.

Lauren sammelte alle Zweifel, Sorgen und Ängste, alle Vorsicht, die sie ein Leben lang mit sich herumgetragen hatte, schnürte sie zu einem festen Bündel und schleuderte sie weit von sich.

„Das wäre ein wahrer Jammer", erklärte sie, während der Wind draußen um die Hütte strich und die Nacht sie einhüllte. „Oben ist solch ein großes Bett."

12. KAPITEL

John hatte irgendwo gelesen, dass Männer und Frauen eine genau entgegengesetzte Einstellung zu Sex hätten. Ein Mann, der keine feste Beziehung mit einer anderen Frau hatte – und manchmal sogar dann –, würde jede Gelegenheit zu Sex nutzen, die sich ihm bot.

Frauen wären erheblich wählerischer und vorsichtiger.

In diesem Fall war es allerdings anders. Obwohl John sich nicht an frühere sexuelle Beziehungen erinnerte, war er sicher, dass er noch nie so empfunden hatte. Lauren war die erste und einzige Frau, die ein Verlangen in ihm weckte, dass er weder leugnen noch verdrängen konnte.

Trotzdem zögerte er noch. Die Zweifel und der Ekel vor sich selber quälten ihn entsetzlich. War er wirklich jener ehrlose Mann, der weder Moral noch Rücksicht kannte? Wenn ja, durfte er dann zulassen, dass Lauren sich solch einem Menschen hingab?

Andererseits: Würde er sich derartige Gedanken machen, falls es zutraf? Würde er nicht einfach seinen Vorteil nutzen?

Die Antwort fiel ihm nicht leicht. Oder er fand sie nicht angesichts seines brennenden Verlangens, das alle anderen Gefühle verdrängte. Lauren lag so willig in seinen Armen, und sie war so ungeheuer weiblich. Entschlossen setzte er sich auf und zog sie näher zu sich. Sinnlich schmiegte sich ihre schlanke an seine viel größere, muskulösere Gestalt. Mit beiden Händen strich er durch ihre seidenweichen Locken und bog ihren Kopf zurück.

Ihr Mund war süß und nachgiebig. Er zögerte und empfand erneut das schmerzliche Bedürfnis, diese Frau zu halten und zu beschützen. Gleichzeitig wollte er sie voll und ganz in Besitz nehmen. Sie stieß einen leisen kehligen Laut aus und legte die Arme um seinen Hals.

Die schlichte und doch so vielsagende Geste zerstörte die letzte Selbstkontrolle, die John noch aufbringen konnte. Ohne auf seine bandagierte Brust zu achten, hob er Lauren auf die Arme und stieg die Treppe zum Dachgeschoss hinauf.

Er legte sie auf das Bett, beugte sich über sie und drückte ihr beide Arme über den Kopf. Verzehrend presste er die Lippen auf ihren Mund und drang tief mit der Zunge ein. Er konnte nicht genug von dieser Frau und ihrem Duft bekommen. Wie ein Ausgehungerter fiel er über sie her und strich mit den Lippen über ihr Kinn zu ihrem zarten Hals und dem Ausschnitt ihres viel zu großen Hemdes.

Mit einer Hand öffnete er die Knöpfe und schob die beiden Stoffseiten auseinander. Laurens Haut war ein bisschen gerötet, aber immer noch so blass, dass er die feinen Adern darunter erkennen konnte, durch die das Blut pochte.

Der winzige BH, den sie trug, verbarg kaum etwas. Dennoch wurde er bald zu einem störenden Hindernis. John schob die Hand auf ihren Rücken und öffnete den Verschluss. Vorsichtig hob er ihren Oberkörper an, streifte das Hemd gemeinsam mit dem BH ab und betrachtete sie hingerissen.

Laurens Brüste waren klein und absolut vollkommen. Die dunkelroten Spitzen hoben sich deutlich von der hellen Haut ab und wurden unter seinem Blick sofort fest. Er stöhnte leise, beugte sich hinab und nahm eine der Knospen zwischen die Lippen. Immer wieder strich er mit der Zunge darüber.

Lauren straffte sich unwillkürlich. Sie krallte die Finger in sein Haar und flüsterte seinen Namen. Eng umschlungen blieben sie auf dem breiten Bett liegen. Dann ließ John ihre Hände los und löste die Krawatte, die ihr als Gürtel gedient hatte. Er fühlte sich wie jener Jüngling, der er einmal gewesen war und an den er sich nicht erinnerte. Selten bekam ein Mann Gelegenheit zu einer zweiten Chance. Schweigend nahm er sich vor, das Beste daraus zu machen.

Die Krawatte fiel beiseite, und John streifte die Hose ihre langen schlanken Beine hinab. Nur mit einen winzigen Bikinislip bekleidet, lag Lauren vor ihm. Er schob die Finger unter das elastische Gummi an den Seiten und entfernte auch die letzte Barriere.

Die Schönheit dieser Frau und der brennende Hunger seines Verlangens raubten ihm beinahe den Atem. Mit beiden Händen strich er von den Fußknöcheln ihre Waden hinauf, über die glatten Schenkel zu ihren Hüften und weiter über ihre schmale Taille zu ihren Brüsten, die er mit seinen rauen Handflächen umschloss. Es war eine ausgesprochen besitzergreifende Geste. Er wollte Lauren ganz und gar kennenlernen und nichts auslassen.

Fasziniert beobachtete er, wie sie mit ihren kleinen weißen Zähnen in die Unterlippe biss, und wehrte sich innerlich dagegen. Nicht einmal diesen geringen Schmerz, den sie sich selbst zufügte, konnte er dulden.

Entschlossen senkte er den Kopf, glitt besänftigend mit der Zunge über die winzige Wunde und strich über ihren Mund. Gleichzeitig richtete er sich ein wenig auf und streifte die eigenen Kleider ab. Er war längst voll erregt. Als Lauren ihn behutsam mit den Fingern berührte, musste er sich zusammenreißen, um nicht laut aufzuschreien. Rasch hielt er ihre Hand fest und führte sie an die Lippen.

„Langsam", murmelte er und lächelte auf sie hinab. Laurens Wangen waren gerötet. In ihren Augen glühte dieselbe Leidenschaft, die er empfand. Mit beiden Daumen rieb er die rosigen Spitzen, spreizte mit dem Schenkel ihre Beine und begann, sie weiter zu öffnen.

Lauren war, wie er feststellte, bereit für ihn, und er keuchte unwillkürlich. Er kannte sich mit Sex aus und verstand ebenso viel davon wie jeder andere Mann. Trotzdem war dies absolut neu für ihn. Es glich einem unerforschten Land, wo alles möglich zu sein schien – einem Land, in dem er nicht mehr allein war.

Siedende Hitze durchströmte Johns Körper und verzehrte ihn beinahe. Wie von fern hörte er sich ihren Namen rufen. Der Laut klang rau und war ihm fremd. Es war die Stimme eines Mannes, dessen Selbstkontrolle rasch versiegte.

Lauren strich mit den Händen über seinen Rücken und umschloss seinen Hintern. Sie drückte die Pobacken leicht und hob ihm kreisend die Hüften entgegen.

Bebend spreizte er ihre Schenkel weiter und drang tief in sie ein. Roter Nebel legte sich vor seine Augen, während Lauren ihn warm in sich aufnahm. Dann verschwand auch seine letzte Selbstkontrolle.

Lauren keuchte unwillkürlich. Ihr ganzer Körper war gespannt, als schlüge jede Zelle einen Rhythmus an, den sie noch nie gespürt hatte und sich nicht einmal hätte vorstellen können. Jene andere Frau, die sich vom ersten Moment ihrer Begegnung mit John gemeldet hatte, war ihr längst nicht mehr fremd. Sie war zu einem leidenschaftlichen, zügellosen Teil von ihr geworden – zu ihrem wahren Ich, das keine Zurückhaltung kannte.

Das Gefühl, John in sich zu spüren, war ebenso erschreckend wie überwältigend. Behutsam bewegte Lauren sich und zog ihn immer kühner an sich.

Johns Züge waren wie gemeißelt, und seine Augen blitzten. Eine winzige Stimme ermahnte Lauren, dass sie eigentlich Angst haben müsste. Doch sie hörte nicht darauf. Selbst als seine Bewegungen immer ekstatischer und fordernder wurden, spürte sie nur ein unendliches Glücksgefühl.

John schob die Hände unter ihre Hüften, hob sie an und drang immer tiefer in sie ein. Sein Rhythmus beschleunigte sich und wurde wilder, bis Lauren keines klaren Gedankens mehr fähig war. Die Welt und alles, was sich darin befand, trat zurück. Es gab nur dieses einmalige herrliche Gefühl, das sich in ihrem ganzen Körper ausbreitete und sie mit seiner Hitze schier verzehrte.

Sie keuchte heftig, wurde immer erregter und schrie auf dem Höhepunkt laut auf. John folgte ihr unmittelbar darauf und versengte sie beinahe mit seiner Glut. Leidenschaftlich rief er ihren Namen.

Tief in der Nacht wachte John wieder auf. Er hatte geträumt, erinnerte sich aber nicht, woran. Nachdem sein Bewusstsein zurückgekehrt war, setzte er sich auf und blickte sich auf dem dunklen Dachboden um.

Sein Herz pochte heftig gegen seine Rippen. Eine unerklärliche Angst erfasste ihn, und er verstand nicht, weshalb. Er hatte das Gefühl, unbedingt vor etwas zu fliehen zu müssen, wusste aber nicht, wovor.

Entschlossen atmete er tief durch und versuchte, sich zu beruhigen. Langsam verschwand der Schleier vor seinen Augen, und die Umgebung zeichnete sich klarer ab. Im ersten grauen Tageslicht erkannte er die Umrisse des Dachgeschosses und unterhalb des Geländers den Hauptraum der Hütte.

Endlich kehrte die Erinnerung zurück. Im selben Moment roch er Laurens erotischen Duft. Er drehte sich zu ihr, strich mit der Hand über ihren nackten Arm und musste sich unbedingt davon überzeugen, dass sie keine Traumgestalt war.

Lauren lag auf der Seite und hatte die Lippen im Schlaf leicht geöffnet. Eine Hand war unter ihr Kinn geschoben, die andere streckte sie in seine Richtung. Ihr Haar war reizvoll zerzaust, und ihre Wangen glühten. Als er das Laken ein wenig hinabschob, entdeckte er eine winzig rote Stelle auf der sanften Rundung ihrer Brüste.

Das kleine unscheinbare Mal verdrängte sein letztes Unbehagen. Was immer er geträumt hatte, die Wirklichkeit war ihm wichtiger.

Die Erinnerung an das, was Lauren und er gestern erlebt hatten, erfüllte alle seine Sinne. Gleichzeitig staunte er nicht wenig. Hatte es diese glühende Leidenschaft tatsächlich gegeben? Die ungeheure Befriedigung seines Körpers und die klaren Bilder vor seinem inneren Auge überzeugten ihn davon. Unwillkürlich verzog er die Lippen. In diesem Punkt hatte er keine Probleme mit dem Gedächtnis.

Aber alles hatte seinen Preis. Kaum erinnerte er sich an den Taumel der Gefühle, der ihn gestern Abend erschüttert hatte, schon regte sich neues Verlangen. Sein Körper reagierte heftig und verlangte nach sofortiger Entspannung.

John versuchte, seine Erregung zu unterdrücken. Lauren schlief so fest. Außerdem bereute sie gewiss, was zwischen ihnen geschehen war. Dieser Gedanke tat weh. Deshalb zögerte er, nach ihr zu greifen.

Plötzlich bewegte Lauren sich leicht. Sie schlug die Lider auf und sah ihm in die Augen.

Und sie lächelte. Es war ein sinnliches, absolut weibliches Lächeln, bei dem sie sich träge reckte.

„Guten Morgen", murmelte sie.

John lächelte ebenfalls – aus Freude über ihren Anblick und vor Erleichterung. „Es ist noch ziemlich früh."

Sie blickte zum Geländer hinüber. Ihre Augen waren schläfrig, doch ihr Blick war äußerst wachsam. „Vielleicht sollten wir noch ein bisschen schlafen."

„Vielleicht."

„Wir könnten auch frühstücken."

„Das wäre eine gute Idee. Anschließend könnten wir einen Spaziergang machen."

„Und einen Sprung in den See wagen."

„Splitternackt?"

Sie erschauderte sichtbar. „Igitt, mir ist jetzt schon kalt."

„Nein, das geht wohl nicht", erklärte John überzeugt und zog sie an sich.

„Immer noch kalt?", fragte er eine ganze Weile später.

„Was soll hier kalt sein?" Lauren klang ungeheuer zufrieden. Sie kuschelte sich mit ihrer seidenweichen Haut an ihn und schlief prompt wieder ein.

John blieb wach und starrte an die Decke. Eindringlich überlegte er, was er tun müsste, damit diese Frau bei ihm blieb, die ihm wie ein unerwartetes Geschenk des Schicksals in den Schoß gefallen war. Gleichzeitig fragte er sich, ob er überhaupt das Recht dazu hatte.

13. KAPITEL

„Ich glaube, ich sollte jemanden anrufen und ihm mitteilen, dass es mir gut geht", sagte Lauren. Sie saßen am Tisch und beendeten ihren späten Brunch. Draußen strahlte die Sonne, doch die Luft war ziemlich kühl. Das Kaminfeuer, das John angezündet hatte, flackerte gemütlich.

„Das ist eine gute Idee. An wen denkst du dabei?"

„An die leitende Oberschwester des St. Mary's. Ich möchte nicht, dass man sich meinetwegen Sorgen macht."

John deutete auf seinen Schreibtisch. „Das Telefon funktioniert. Ich habe es nachgeprüft."

„Ich werde mich kurzfassen, falls jemand den Anruf zurückverfolgen möchte."

„Das ist erheblich schwieriger, als es im Fernsehen aussieht. Es muss von vornherein geplant sein und dauert mindestens drei Minuten, meistens sogar länger. In dieser Beziehung haben wir nichts zu befürchten."

Lauren legte ihre Gabel hin und betrachtete John aufmerksam. Gern hätte sie gefragt, woher er wusste, wie lange es dauerte, bis man einen Anruf zurückverfolgt hatte. Doch sie schwieg. Sie durfte keine weiteren Ängste in diesem Mann wecken, wer und was er war. Ein Drogendealer, der seine Entlarvung unbedingt verhindern musste, wusste gewiss darüber Bescheid. Sie mochte nicht einmal daran denken.

Alles, was gestern Abend zwischen John und ihr geschehen war, hallte noch in ihr nach. Sie fühlte sich in einer Weise verwandelt, die sie selber kaum begriff.

Doch mit dem Glück hatte sich unvermeidlich auch ein Schuldgefühl eingestellt. Soweit Lauren feststellen konnte, rührte es hauptsächlich von der Vorstellung, dass viele Menschen, denen sie nicht gleichgültig war, sich gewiss Sorgen um sie machten.

Während John den Tisch abräumte, wählte Lauren die Nummer des Krankenhauses und ging in Gedanken noch einmal durch, was sie sagen wollte.

„Morrissey."

„Martha! Schön, dass ich dich erreiche. Hier ist Lauren."

„Meine Güte, Lauren, wo bist du? Wir sind beinahe krank vor Sorge. Die Polizei …"

„Ich kann nicht lange reden. Ich wollte dich nur wissen lassen, dass es mir gut geht. Es tut mir leid, dass ich plötzlich verschwunden bin, aber mir blieb keine andere Wahl."

„Was soll das heißen? Hör zu, Lauren. Ganz gleich, was passiert ist, du musst unbedingt zurückkommen. Das FBI ist im Haus und spricht mit jedem, der dich kennt, um eine Spur von dir zu finden. Von dir und diesem Mr. Unbekannt. Der Kerl hat dich gezwungen, mit ihm zu gehen, nicht wahr?"

„Ja. Aber das FBI ..."

„Man weiß immer noch nicht, wer der Mann ist oder weshalb er es getan hat. Falls du reden kannst, sag mir bitte, wo du bist, Liebes."

„Das geht nicht, Martha. Tut mir leid. Ich muss Schluss machen."

„Nein, tu das nicht! Wo bist du?"

Mit zitternden Fingern legte Lauren den Hörer auf. Ihr war richtig elend. Das FBI war im St. Mary's. Das war zu erwarten gewesen. Schließlich musste die Polizei ihr Verschwinden als Entführung deuten. Ob Becker und Hollis doch der Bundespolizei angehörten?

Hatte sie einen gewaltigen Fehler begangen?

John stand am Spülbecken und kehrte ihr den Rücken zu. Sie betrachtete seine hohe kräftige Gestalt und erinnerte sich an das Gefühl seines Körpers, an seine zärtlichen Liebkosungen und seine Liebesworte und was sie dabei empfunden hatte. Irgendwie musste sie ihre Leidenschaft und ihren Verstand in Einklang bringen. Beides ließ sich nicht trennen, und sie war klug genug, es gar nicht erst zu versuchen. Sie durfte sich weder von ihren Gefühlen überwältigen lassen noch die Stimme der Vernunft kurzerhand verdrängen.

„Alles in Ordnung?", fragte John und stellte die letzte Schüssel fort. Er trug wieder seine khakifarbene Hose und ein Flanellhemd und hielt ein Geschirrtuch in der Hand. Sein Haar glänzte vom Duschen. Mit freundlicher Miene sah er sie an und wirkte völlig gelassen.

Lauren nickte zögernd. „Natürlich macht man sich meinetwegen Sorgen. Die Oberschwester erzählte, das FBI wäre im Haus."

John schien nicht überrascht zu sein. „Wenn der Verkehr nicht zu dicht ist, kann man innerhalb von fünfzehn Minuten aus New York heraus sein. Die Polizei wird annehmen, dass du den Staat verlassen hast."

„Deshalb hat sie die Bundespolizei eingeschaltet?"

„Ja. Allerdings wird das FBI bei fast allen Entführungsfällen hinzugezogen, selbst wenn es keine konkreten Hinweise darauf gibt, dass das Opfer aus dem Staat gebracht wurde. Das FBI verfügt über große Erfahrung auf diesem Gebiet."

„Interessant", murmelte Lauren. Entweder hatte John ebenfalls einige praktische Erfahrung, was Entführungen betraf, oder er besaß ein ungewöhnliches Wissen über die Arbeitsweise des FBI.

Er hängte das Geschirrtuch zum Trocknen auf den Ständer und blickte aus dem Fenster. „Es ist ein wunderschöner Tag. Wie wäre es mit einer Fahrt in die Stadt?"

„Hältst du das für eine gute Idee?"

Er zuckte mit den Schultern. „Ich nehme an, dass ich eine Weile hier gewohnt habe. Deshalb müsste man mich kennen. Vielleicht bekomme ich einige nützliche Informationen."

„Mir soll es recht sein. Es wäre gut, wenn wir gleichzeitig frische Lebensmittel einkaufen könnten."

Appleton lag inmitten der Berge, eine kurze, aber entscheidende Strecke von der Autobahn entfernt. Wegen dieser wenigen Meilen war es der Stadt gelungen, ihren Neuengland-Charakter zu behalten, ohne auf die äußerst wichtigen Dollars der Touristen verzichten zu müssen.

An der Hauptstraße reihten sich Läden und Schindelhäuser. Alle waren zwei Stockwerke hoch frisch gestrichen. Bemalte Holzschilder schwangen an schmiedeeisernen Haken über jedem Laden. Von Laternenpfählen und in Türrahmen hingen Blumenschalen mit Efeu. Offensichtlich gab man sich große Mühe, das malerische Bild der Stadt zu bewahren.

„Ist das hübsch hier", sagte Lauren, während sie aus dem Wagen stieg. Bei ihrer Ankunft war es Nacht gewesen, und sie hatte wenig gesehen. Erst jetzt konnte sie den Charme des Ortes richtig genießen. Obwohl sie ein Stadtmensch war, würde sie sich hier bestimmt wohlfühlen.

John trat zu ihr und steckte den Wagenschlüssel in die Tasche. „Kaum zu glauben, dass man nicht Hunderte von Meilen von New York entfernt ist, nicht wahr?"

„Ich komme mir wie auf einem anderen Planeten vor. Bist du deshalb hierher gezogen?"

„Schon möglich." Er nahm ihren Arm und deutete auf einen kleinen Supermarkt. „Wollen wir dort beginnen?"

Lauren war einverstanden. Sie kam sich unwahrscheinlich häuslich vor, als sie John folgte, der den Einkaufswagen schob. Gewöhnlich erledigte sie ihre Einkäufe in großer Eile. Einen halben Liter Milch und ein Päckchen Cornflakes aus einem Geschäft, das die ganze Nacht geöffnet war, viel mehr brauchte sie nicht. Sie aß fast immer im Krankenhaus, weil sie die meiste Zeit dort verbrachte. Wenn sie in ihre Wohnung zurückkehrte, war sie oft viel zu müde, um noch etwas zu kochen.

John ließ sich viel Zeit, das merkte sie sofort. Eingehend prüfte er eine Honigmelone auf ihren Reifegrad und hielt sie ihr hin, damit sie daran roch. Lauren tat es zögernd. Wie in aller Welt musste eine gute Melone riechen?

„Die könnten wir morgen essen, meinst du nicht?", fragte er.

„Ja, natürlich." Meinetwegen auch nächste Woche oder nächsten Monat, fügte sie schweigend hinzu.

„Welche Tomaten magst du am liebsten?"

Schöne rote, wollte sie gerade sagen. Dann stellte sie fest, dass der Laden auch gelbe Tomaten führte, die sie zwar gelegentlich gesehen, aber nie ganz ernst genommen hatte. Außerdem gab es Cocktailtomaten, Kirschtomaten, Strauchtomaten und einige weitere Sorten, von denen sie noch nie gehört hatte.

„Diese sehen gut aus", antwortete sie und deutete auf die nächstbesten.

John runzelte die Stirn. „Bist du sicher? Wie wäre es damit?" Sachkundig zeigte er auf schöne reife Strauchtomaten, die noch an ihren Stielen hingen.

„Meinetwegen", sagte Lauren.

„Magst du Endivien?"

Endivien ... Ach ja, das war dieser wellige grüne Salat, der ein bisschen bitter schmeckte, sonst aber nicht übel war.

„Sehr sogar."

„Ich auch. Wie wäre es mit ein bisschen Radicchio, um ihn bunter zu machen?"

„Wunderbar."

Sie verließen die Obst- und Gemüseabteilung und gingen weiter zu Fleisch und Geflügel.

„Die Enten sehen gut aus", stellte John fest und blickte in die Truhe.

„Es sind die besten, die ich je gesehen habe."

„Im Gefrierschrank in der Hütte ist Johannisbeersoße. Die müsste gut dazu schmecken", fuhr er fort und wählte zwei Enten aus.

„Viele Leute ziehen Orangensoße vor", antwortete Lauren. „Das ist beinahe Tradition."

„Aber ein bisschen langweilig, findest du nicht?"

„Stimmt. Da fällt mir gerade ein ... Wo ist der Orangensaft?" Sie wollte einige Dosen mit Fruchtkonzentrat aus der Gefriertruhe nehmen, zu denen man nur noch Wasser zu fügen brauchte. Doch John ging schon in die entgegengesetzte Richtung, wo der Saft frisch gepresst wurde.

Sie hätte es wissen müssen. Wer dieser Mann auch sein mochte: von Fertiggerichten aus der Mikrowelle und Fast Food hatte er bestimmt nicht gelebt.

Vielleicht hatte seine Mutter ihm das Kochen beigebracht. Immerhin hatte sie eine äußerst fortschrittliche Einstellung zur Erziehung ihrer fünf Söhne gehabt. Falls das zutraf, hatte man im Haus der Santos recht gut gespeist.

Während Lauren über Johns mögliche Herkunft nachdachte, legte er einige weitere Sachen in den Einkaufswagen. Der Supermarkt war um diese Uhrzeit beinahe leer. Eine einzige Kasse war geöffnet. Die junge Frau, die dort saß, blickte auf, als sie näher kamen. Ihr breites Gesicht verzog sich zu einem strahlenden Lächeln.

„Hallo, Mr. Putnam. Wir haben uns ja eine Ewigkeit nicht gesehen."

14. KAPITEL

John erstarrte. Er sah die Frau aufmerksam an und lächelte gequält. „Ja, ich war lange nicht hier", antwortete er.

Sie nickte und ließ die einzelnen Waren über den Scanner gleiten. „Es ist ziemlich kalt draußen, finden Sie nicht?"

„Das stimmt. Mir scheint, Sie haben dieses Jahr einen sehr schönen Frühling."

„Aber er kommt nur langsam voran." Sie lachte leise. „Nach dem letzten Winter ist das ja kein Wunder."

„Nein, sicher nicht. Er war ganz schön rau."

„Das kann man wohl sagen. Allerdings habe ich nie gehört, dass Skiläufer wie Sie sich darüber beklagt hätten."

Die Kassiererin wusste also, das John Ski lief. Wahrscheinlich hatte er im letzten Winter einige Zeit in Appleton verbracht.

„Zu viel Schnee ist selbst für unsereinen nicht gut", antwortete er.

„Oh ja, ich vergaß. Sie waren damals hier, als die armen Touristen mit ihrem Geländewagen von der Straße abkamen. Sie sind hinuntergestiegen und haben sie heraufgeholt, nicht wahr?"

John zuckte achtlos die Schultern. Er erinnerte sich nicht im Geringsten an den Vorfall und hoffte, dass man es ihm nicht anmerkte.

„Was ist aus den Leuten geworden?", fragte er.

„Sie haben sich gut erholt, soweit ich weiß. Sie hatten gewaltiges Glück, dass jemand wie Sie in der Nähe war. Sind Sie in letzter Zeit viel geklettert?", wollte die Kassiererin wissen.

„Nein, leider nicht."

Nachdem alle Lebensmittel in der Tragetasche verstaut waren, bezahlte John und steckte das Wechselgeld ein.

„Schönen Tag noch", sagte die Frau. Sie warf einen neugierigen Blick auf Lauren und wandte sich dem nächsten Kunden zu.

Schweigend überquerten sie die Straße und gingen zum Wagen zurück. John schloss den Kofferraum auf und legte die Einkäufe hinein. Während er den Deckel zuschlug, sagte Lauren: „Dir ist hoffentlich klar, dass dich die Frau mit jemand anders verwechselt haben könnte."

„Sie schien keinen Zweifel darüber zu hegen, mit wem sie sprach. Außerdem ist eine Skiausrüstung in der Hütte."

„Ich wette, die gibt es in jedem Haus dieser Gegend. Das beweist überhaupt nichts."

John steckte die Hände in die Taschen und sah sie eindringlich an. „Wir müssen uns an die Tatsachen halten, Lauren. Es sieht ganz danach aus, als hätte ich unter einem anderen Namen in Appleton gelebt. Zumindest nicht unter dem, der auf meinem Führerschein steht."

„Erinnerst du dich an den Unfall, den die Kassiererin erwähnt hat?"

„Nein, aber ich weiß vieles nicht mehr. Genaugenommen, gar nichts über mein bisheriges Leben. Wären da nicht die wenigen unzusammenhängenden Bilder, könnte ich ebenso gut erst bei dem Schusswechsel auf jenem Bürgersteig in New York zur Welt gekommen sein."

Das war eine interessante Vorstellung. Ein maskierter Mann gab aus dem Schatten einen Schuss ab. John sank getroffen zu Boden, barst auseinander und wurde neu geboren. Aber als was? Als John Santos? Mr. Putnam? Wer waren diese Männer?

Wer war er?

„Immerhin erinnerst du dich an deine Mutter und deine Brüder", antwortete sie. „Du kochst gern und bist eine ziemliche Sportskanone."

„Außerdem verstehe ich etwas von Waffen, vergiss das nicht. Und ich weiß, wie man sich der Festnahme durch die Polizei entzieht. Sieh es endlich ein, Lauren. Es wird immer schlimmer statt besser."

Lauren war anderer Ansicht. „Wieso? Weil du hier unter einem anderen Namen gelebt hast? Zugegeben, das ist etwas merkwürdig. Aber viele berühmte Leute tun so was."

„Auch Kriminelle."

Sie schüttelte den Kopf. „Du ziehst schon wieder voreilige Schlüsse."

John betrachtete nachdenklich ihr Gesicht. Lauren war eine starke, intelligente Frau, die mit beiden Beinen fest auf dem Boden stand. Trotzdem glaubte sie an ihn. Eine Welle der Gefühle durchrieselte ihn – Verwunderung, Dankbarkeit und noch etwas, das neu und äußerst kraftvoll war und ihn tief anrührte.

Zärtlich streichelte er ihre Wange. „Du bist sehr schön, Lauren Walters. Innerlich und äußerlich."

Lange sahen sie sich tief in die Augen. Lauren wandte sich als Erste ab. „Lass uns feststellen, wer sich sonst noch an dich erinnert", schlug sie vor und nahm seine Hand.

Ein kleines Stück die Straße abwärts entdeckten sie ein Café und traten ein. Köstlicher Duft von frisch gemahlenen Kaffeebohnen und Gebäck schlug ihnen entgegen. Zahlreiche Gäste saßen an kleinen Tischen am Fenster und lasen oder unterhielten sich.

Lauren und John gingen zur Theke, um ihre Bestellung aufzugeben. Ein etwa zwanzigjähriger junger Mann stand dahinter. Er schäumte gerade Milch auf und lächelte freundlich.

„Was wünschen Sie?", fragte er und verzog keine Miene. Offensichtlich kannte er weder John Santos noch diesen Mr. Putnam.

Sie wählten jeder einen Cappuccino und trugen die Tassen zu einem freien Tisch nahe der Tür. Nachdem sie sich gesetzt hatten, schauten sie aus dem Fenster und beobachteten die Spaziergänger. Viele Leute kamen nicht vorüber. Nachdem die Skisaison zu Ende war und der Sommer noch nicht begonnen hatte, war es ziemlich ruhig in Appleton.

„Erinnerst du dich an etwas in diesem Ort?", fragte Lauren. „Abgesehen von der Hütte, meine ich?"

„Ich bin mir nicht sicher. Mir scheint, westlich von hier gibt es eine Schule mit einem großen Sportplatz davor. Aber ich könnte mich auch irren."

„Sonst noch was?"

„Nein, eigentlich nicht."

„Nun erzähl schon", forderte sie ihn auf. „Irgendetwas geht dir doch durch den Kopf."

John zuckte mit den Schultern und trank einen Schluck Kaffee. Der Cappuccino schmeckte gut und war ihm vertraut. Er hatte den Eindruck, dass er schon oft in einem Café gesessen und eine Tasse getrunken hatte. Aber nicht mit einer Frau wie Lauren. In diesem Punkt war er sich ziemlich sicher.

„Mir ist, als wäre ich mit hoher Geschwindigkeit eine Skipiste hinuntergefahren und hätte dabei ein wahres Hochgefühl empfunden. Aber das könnte überall gewesen sein. Vielleicht war es nicht einmal in den Vereinigten Staaten." Kaum hatte er den Gedanken ausgesprochen, war er sicher, dass seine Bemerkung zutraf. Er lief gern Ski und hatte es an vielen Wintersportorten getan, auch im Ausland.

Er hatte zahlreiche Reisen aus geschäftlichen Gründen unternommen, aber auch zum eigenen Vergnügen.

„Mir fällt gerade ein, dass wir keinen Pass in der Hütte gefunden haben."

„Auch sonst keine persönlichen Papiere", antwortete Lauren.

„Möglicherweise haben wir doch nicht gründlich genug gesucht." Sein Pass, seine Kontoauszüge, seine Kreditkarten und all die anderen Ausweise, die man in der modernen Zivilisation brauchte, mussten irgendwo sein. Nur konnte er sie nicht finden.

Oder wollte er es nicht?

Plötzlich kam John ein Gedanke. Wenn er tatsächlich jener Mann war, der er zu sein befürchtete, wäre es vielleicht besser, den Kerl für immer zu begraben und jener Mr. Putnam werden, der eine Blockhütte besaß, ruderte, Tennis spielte, Ski lief und als guter Samariter galt.

„Woran denkst du gerade?", fragte Lauren leise.

„Dass dieser Putnam möglicherweise ein ganz netter Mensch ist."

„Wir wissen nicht einmal, ob er existiert."

„Dann sollten wir es herausfinden", erklärte er.

Sie schlenderten die Straße hinab und kamen an mehreren Boutiquen, einem Haushaltswarengeschäft und einer Trockenreinigung vorbei. Privathäuser lösten die Läden ab. Kinder in dicken Winteranoraks fuhren mit ihren Rädern vorüber. Eine Frau schob ihren Einkaufswagen. Nichts wies darauf hin, dass sie John kannte.

An der Ecke zu einer schmalen Seitenstraße blieb er plötzlich stehen. „Gehen wir dort hinunter", schlug er vor.

Die Straße führte einen flachen Hang hinab. Unten stand ein entzückendes kleines Haus. Es war beinahe hinter wilden Rhododendrenbüschen verborgen. Das spitze Dach war mit Schindeln bedeckt und als Kontrast zu dem frischen Frühlingsgrün des übrigen Gebäudes leuchtend gelb gestrichen. Die Läden der vier Fenster auf der Vorderseite waren ebenfalls gelb. Zwei befanden sich im Erdgeschoss, zwei weitere im ersten Stock. Die Tür war weiß und von oben bis unten mit einer Sonnenblume bemalt. In dem kleinen Vorgarten regte sich erstes Leben.

Ein Steinpfad führte um das Haus herum. John lief ihn entlang.

„Wer wohnt hier?", fragte Lauren und folgte ihm.

„Keine Ahnung. Aber ich war schon einmal hier, das weiß ich bestimmt." John war richtig aufgeregt, weil er endlich etwas wiedererkannt hatte. Das winzige fröhliche Haus besaß eine besondere Bedeutung für ihn.

Lautes Hämmern war zu hören. Hinter dem Gebäude befand sich eine kleine Werkstatt, die von der Straße nicht zu sehen war. Die Doppeltür stand offen. Ein Mann arbeitete davor. Er trug eine braune Lederschürze, legte ein Metallstück auf den Amboss und schlug mit einem großen Hammer darauf.

„Liam ..."

Der Name war heraus, bevor John merkte, was er sagte. Der Mann drehte sich um und erkannte ihn sofort. „Hallo. Ich komme gleich", rief er und schlug erneut auf das Metall. Kurz darauf hielt er einen flachen, leicht gekrümmten Streifen in die Höhe, der ungefähr sechzig Zentimeter lang und fünf Zentimeter breit war. „Das dürfte reichen."

Fertig", erklärte er und wischte seine Hände an der Lederschürze ab. „Was kann ich für Sie tun?"

„Ehrlich gesagt, ich bin nur vorbeigekommen, um meiner Freundin die Werkstatt zu zeigen", antwortete John. „Ich hoffe, Sie haben nichts dagegen."

Liam schüttelte den Kopf. Er war ein gut aussehender Mann von Ende Zwanzig mit dunkelblondem Haar und blauen Augen. Anerkennend betrachtete er Lauren.

„Sie wissen doch, dass ich meinen Betrieb gern vorzeige. Verstehen Sie viel von Rudern, Miss …"

„Laurie", sagte sie rasch. „Und Sie sind – Liam?"

„Genau. Ein Zugeständnis an meine irischen Vorfahren. Sie bauten Boote aus überzogenem Weidengeflecht, ich baue Ruderboote, was mehr oder weniger auf dasselbe hinauslaufen dürfte."

„Ruderboote? Ja, natürlich. Haben Sie auch das gebaut…" Ihre Stimme erstarb. Dann riss sie sich zusammen und wagte den Sprung ins kalte Wasser. „Haben Sie auch das gebaut, das John unten am See liegen hat?"

„Allerdings. Sind Sie schon damit draußen gewesen?"

„Nein, noch nicht. Aber ich freue mich sehr darauf."

„Es fliegt nur so über das Wasser", fuhr Liam fort und erzählte, dass die Geschwindigkeit etwas mit der Qualität des Harzes zu tun hätte, das er verwendete.

John hörte kaum noch zu. Ihn interessierte allein, dass der Mann wusste, wer er war. Er kannte ihn als einen Kunden mit dem Vornamen John, für den er ein Ruderboot gebaut hatte. Aber welchen John meinte er?

„Gibt es eigentlich viele Putnams in dieser Gegend?", fragte Lauren plötzlich.

Liam runzelte die Stirn und dachte nach. „Es ist zwar ein alter neuenglischer Name. Soweit mir bekannt, ist John aber der einzige ringsum."

Damit stand es fest: Hier in Appleton war er John Putnam. Zu den Waffen, seinen beunruhigenden Erinnerungen und den wachsenden Ängsten über sein bisheriges Leben kam die unumstößliche Tatsache hinzu, dass er zwei Namen besaß. Das war mehr als genug, um einem Menschen Komplexe einzuflößen.

Sie blieben noch eine ganze Weile. Lauren war äußerst besorgt, dass einer von ihnen etwas Falsches sagen könnte, und John teilte ihre Befürchtung voll und ganz. Doch Liam schien keinen Verdacht zu schöpfen. Fröhlich verabschiedete er das Paar und kehrte an seinen Amboss zurück.

„John Putnam", sagte Lauren nachdenklich, während sie den Hang zur Hauptstraße wieder hinaufstiegen. „Das klingt beinahe puritanisch."

„Mir scheint, das würde auf eine falsche Spur führen."

„Fühlst du dich wie John Putnam?"

„Nicht mehr als wie John Santos."

„Kein Name ist dir vertrauter als der andere?"

„Leider nicht. Was die Schlussfolgerung zulässt, dass beide falsch sein könnten."

„Oder beide echt."

John blieb stehen und sah sie an. Der Wind strich leicht durch Laurens Haar und rötete ihre Haut. Doch er widerstand dem Bedürfnis, sie erneut zu berühren. „Hör zu, ich würde der Sache selber gerne eine positive Seite abgewinnen. Aber wie in aller Welt sollte ich zwei legale Namen führen?"

„Vielleicht gehören sie zu ein und demselben Namen. Du könntest zum Beispiel John Putnam Santos heißen. Oder John Santos Putnam."

„Putnam Santos. Santos Putnam. Eines wäre so ungewöhnlich wie das andere, das steht fest."

„Auszuschließen ist es trotzdem nicht."

Nein, das war es nicht. Seltsamerweise kam John der Gedanke nicht einmal fremd vor. Er ließ sich die beiden Versionen noch einmal durch den Kopf gehen und stellte fest, dass ihm John Putnam Santos besser gefiel.

Langsam gingen sie weiter.

„Wenn das mein richtiger Name ist, muss es eine Geschichte dazu geben", erklärte er.

„Wie wäre es damit? Deine Mutter war eine Putnam. Sie stammte aus einer alten Familie Neuenglands und war eine mutige, abenteuerlustige Frau. Sie lernte deinen Vater auf einer Reise kennen, und er verdrehte ihr sofort den Kopf. Die beiden verliebten sich bis über beide Ohren, heirateten und gründeten eine Familie."

John lachte vergnügt. Er konnte einfach nicht anders. Lauren klang so ernst. „Und was hielt ihre Familie davon?"

„Sie gratulierte ihr zu der ausgezeichneten Wahl. Bei seiner Familie war es nicht anders. Die beiden führten ein glückliches Leben."

„Bis einer ihrer Söhne erstochen wurde."

Lauren wurde blass. „Entschuldigung, das war dumm von mir."

Sie hatten den Wagen erreicht. Lauren sah so erschrocken aus, dass John ein schlechtes Gewissen bekam. Er hatte kein Recht, sie mit seinen trüben Gedanken zu belasten.

„Nein", sagte er. „Ich muss mich bei dir entschuldigen. Ich kann dir gar nicht genug für alles danken, was du für mich getan hast. Stattdessen mache ich es noch schlimmer. Verzeihst du mir?"

„Ja", antwortete sie schlicht.

John wurde ernst und sah sie nachdenklich an. Nicht die geringste Falschheit spiegelte sich in Laurens Gesicht. Sie war der offenste und aufrichtigste Mensch, der ihm je begegnet war. Eine Frau, der man vertrauen – und die man lieben konnte.

Schweigend zog er sie an sich. Auf der Straße der kleinen Stadt in Vermont hielt er sie umschlungen und flehte stumm, dass er Lauren niemals wieder gehen lassen musste.

15. KAPITEL

John steuerte den Wagen aus der Stadt und musste einen Moment warten, denn eine dunkelblaue Limousine wollte nach links abbiegen. Etwas an dem Mann am Steuer verblüffte ihn. Doch es war nur ein flüchtiger Eindruck, und er dachte nicht länger darüber nach.

Sie kehrten in die Hütte zurück, und Lauren bestand darauf, seine Wunden zu untersuchen. Eines führte zum anderen, und es dauerte einige Stunden, bis die Enten im Backofen waren.

„Weshalb gleich zwei?", fragte Lauren träge. Sie lag auf der Couch vor dem Kamin und hielt ein Glas Wein in der Hand. Außer einem langen Flanellhemd trug sie nichts und sah aus wie ein entzückender kleiner Bengel. Ihr kurzes fedrig geschnittenes Haar war leicht zerzaust, und ihre Augen waren nach der leidenschaftlichen Liebe mit John verschleiert. Der Schein der Flammen spiegelte sich auf ihren langen nackten Beinen.

John betrachtete sie hingerissen. Er erinnerte sich, wie er zwischen ihren seidenweichen Schenkeln gelegen hatte und tief in sie eingedrungen war, und lächelte versonnen. Zwar hatte er sein Gedächtnis verloren. Doch er war sicher, dass ihm noch nie solch eine verlockende Frau begegnet war. Auch keine, die ihn so leicht alles andere vergessen ließ.

„Zwei? Ach so, du meinst die Enten. Die eine ist für unser heutiges Abendessen. Die andere brauche ich morgen für den Salat."

Lauren zog die Brauen unmerklich in die Höhe. „Salat?"

„Ja, aus kaltem Entenfleisch und Wildreis mit Cassissoße."

„Aha, Entensalat. Das hätte ich mir denken können." Lauren setzte das Weinglas ab, stand von der Couch auf und schlenderte zu ihm. Lächelnd betrachtete sie seine nackte Brust über der khakifarbenen Hose, die er übergestreift hatte.

„Falls du auch Fenster putzen kannst, könnte ich beinahe glauben, dass ich nicht träume", erklärte sie lächelnd.

„Damit kann man einen Reinigungsdienst beauftragen." John schob die Enten in den Backofen und legte ihr den Arm um die Taille. Lauren war so warm und weiblich, und sie fühlte sich so gut an. Sein Verlangen nach ihr ließ nie nach. Er war schon wieder voll erregt und sehnte sich nach mehr.

Entschlossen schob er beide Hände unter ihr Flanellhemd und umschloss ihre Pobacken. Sie bewegte sich sinnlich gegen ihn. „Wie lange dauert es noch, bis das Abendessen fertig ist?", flüsterte sie an seinem Hals.

„Lange genug." Er hob sie auf, schlang ihre langen Beine um seinen Körper und trug sie ins Wohnzimmer zurück. Die Couch war zu schmal für das, was er vorhatte. Deshalb kniete er nieder, legte Lauren auf den Teppich vor dem Kamin und beugte sich über sie.

Erneut staunte er, wie schnell die Leidenschaft zwischen ihnen entflammte. Diesmal hätten sie sich eher träge und zärtlich lieben sollen. Doch er schaffte es einfach nicht. Ungeduldig knöpfte er Laurens Flanellhemd auf und streifte den Stoff von ihren Schultern. Sie zitterte, aber nicht vor Kälte. Ihre Knospen waren längst fest, und ihr Atem ging rau.

Verzehrend presste John die Lippen auf ihren Mund und drängte die Zunge zwischen ihre Zähne. Mit einer Hand öffnete er den Bund seiner Hose und zog den Reißverschluss hinunter. Das Blut rauschte in seinen Adern, und wildes Verlangen packte ihn, das seine letzte Selbstbeherrschung vertrieb.

Erleichtert stellte er fest, dass Lauren ebenso bereit war wie er. Sie stöhnte leise, als er in sie eindrang, legte die Arme um seinen Hals und klammerte sich fest an ihn.

John schloss die Augen gegen die Welle der Leidenschaft, die ihn fortzureißen drohte, und holte bebend Luft. Langsam und ungeheuer zärtlich bewegte er sich in ihr, erregte sie stärker und führte sie höher auf den Gipfel der Lust.

Ohne sich ganz von Lauren zu lösen, strich er mit der Zunge über ihre rosigen Knospen und drang noch tiefer in sie ein, bis sie rhythmisch zu zucken begann. Kurz darauf schrie sie auf und schluchzte erleichtert seinen Namen.

John warf den Kopf zurück, fasste mit beiden Händen ihre Hüften und erreichte ebenso wie sie den Höhepunkt der Ekstase. Seine Lust schien kein Ende zu nehmen.

Viel später hob er den Kopf. Lauren lag unter ihm. Sie hielt die Augen geschlossen und atmete ruhig, wenn auch ein bisschen unregelmäßig. Er fühlte den raschen Schlag ihres Herzens an seiner Brust. Zärtlich streichelte er ihre Wange.

Ihre Wimpern zitterten unmerklich. Träge öffnete sie die Augen, sah ihn an und verzog die Mundwinkel zu einem sinnlichen Lächeln. „Vergiss das Fensterputzen", flüsterte sie. „Ich möchte nicht, dass du deine Kraft mit Hausarbeit vergeudest."

John lachte leise. „Weißt du eine bessere Verwendung dafür?"

„Man könnte es so sagen." Sie seufzte befriedigt und kuschelte sich eng an ihn. „Ich glaube, ich sollte jetzt ein bisschen schlafen", verkündete sie und schloss die Augen.

John stand vorsichtig auf und zog sich wieder an. Lauren bewegte sich leicht, als er sie aufhob und zur Couch trug. Er legte eine Steppdecke über sie und betrachtete sie nachdenklich. Unendliche Zärtlichkeit durchströmte ihn. Das Gefühl war ebenso stark wie die Leidenschaft, die ihn gerade beinahe verzehrt hatte, und rührte ihn tief an.

Verlockender Bratenduft weckte Lauren auf. Sie fühlte sich so wohl und geborgen, dass sie glaubte, noch zu träumen. Erst als sie den groben Couchbezug an ihrer nackten Haut spürte, wurde ihr klar, dass sie durchaus wach war.

Sie setzte sich auf, zog die Steppdecke über ihre Brüste und blickte um sich. Das Feuer im Kamin flackerte fröhlich. Kerzen leuchteten auf dem Tisch und spiegelten sich in langstieligen Gläsern mit rubinrotem Wein.

Ihr Magen knurrte vernehmlich. Sie verzog das Gesicht und staunte, dass sie ständig irgendeinen Appetit hatte. Entschlossen stand sie auf.

„Alles in Ordnung?", fragte John. Er trat aus der dunklen Küche und erschreckte sie ein wenig.

Lauren zuckte zusammen und wagte nicht, ihm in die Augen zu sehen. Sie hatten so zügellos miteinander geschlafen, dass sie ungewöhnlich verlegen war. Außerdem fühlte sie sich merkwürdig benommen und konnte noch nicht recht glauben, dass ihr dies alles geschehen war. Selbst die eigene Stimme kam ihr fremd vor. Sie klang sanfter als sonst und zögernder. „Ja, mir geht es gut. Ich will mich nur schnell frisch machen."

Sie nahm das Flanellhemd, das sie nachmittags getragen hatte, und eilte nach oben. Im Badezimmer duschte sie und trocknete ihr Haar mit einem Handtuch. Die Versuchung, weitere Sachen anzuziehen, war gewaltig. Am liebsten wäre ihr eine ganze Ritterrüstung gewesen. Doch sie widerstand dem Bedürfnis, denn John sollte nicht merken, wie groß ihr Unbehagen war.

Nein, das war zu krass ausgedrückt. Wenn Lauren es genau bedachte, fühlte sie sich wunderbar träge, verführerisch und äußerst zufrieden. Am liebsten hätte sie wie ein Kätzchen geschnurrt.

Genau das war ihr Problem. Sie gehörte nicht zu jenen Menschen, die mit allem zufrieden waren. Sie hatte stets eine gewisse Spannung gebraucht, um gut durchs Leben zu kommen. Die schien jetzt verflogen zu sein.

Vielleicht wurde es besser, nachdem sie etwas gegessen hatte.

Lauren verzog das Gesicht und streckte sich im Spiegel die Zunge aus. Wem wollte sie etwas vormachen? Ein Abendessen zu zweit bei Kerzenschein mit dem perfektesten Mann der Welt – außer, dass niemand wusste, wer er war, und dass sich vielleicht ein Drogendealer in ihm verbarg – würde ihr inneres Gleichgewicht bestimmt nicht wiederherstellen. Im Gegenteil!

Trotzdem brauchte der Mensch etwas zu essen. Deshalb holte sie tief Luft und stählte sich für das, was jetzt kommen würde.

Johns nackter Oberkörper lenkt mich nur ganz bisschen ab, dachte Lauren kurze Zeit später, als sie sich gegenübersaßen. Die Ente war perfekt tranchiert, und im Hintergrund spielte leise Musik. Andererseits war es ein sehr schöner Oberkörper, sah man von dem Verband ab. Die Muskeln und die Sehnen traten deutlich hervor. Die Haut war golden gebräunt und gerade so weit mit dunklem lockigem Haar bedeckt, um äußerst reizvoll zu sein.

So etwas ist mir vorher noch nie passiert, überlegte Lauren. Sie war nahe daran, den Kopf zu verlieren. Seltsamerweise gefiel ihr dieser Zustand. Ganz erheblich sogar.

„Appetit?", fragte John.

„Und wie!" Sie hob ihr Glas und versuchte, die Wärme nicht zu beachten, die ihr in die Wangen stieg. Sie hatte in jeder Beziehung einen gesunden Appetit und war geradezu unersättlich. „Auf den Küchenchef!", sagte sie.

Er nahm ebenfalls sein Glas und stieß mit ihr an. Ihre Finger berührten sich leicht, und sie zog ihre Hand rasch zurück. Der Wein war schwer und vollmundig. Er erinnerte an sonnige Felder mit reifem Getreide unter einem kobaltblauen Himmel.

Die Musik hüllte Lauren ein. Sie aß einen Bissen Entenfleisch und schloss hingerissen die Augen. Als sie die Lider wieder öffnete, merkte sie, dass John sie gespannt beobachtete.

„Du verwöhnst mich schrecklich", sagte sie leise.

„Ich würde es lieber als umsorgen bezeichnen."

„Ich bin noch nie umsorgt worden", antwortete Lauren zögernd.

„Keine Angst, es tut nicht weh."

Oh doch, das würde es, wenn dies alles zu Ende war und sie in die Wirklichkeit zurückkehren musste. Und der Augenblick würde kommen, das durfte sie nie vergessen. Aber jetzt wollte sie nicht daran er-

innert werden. Nicht solange die Musik spielte, das Feuer im Kamin flackerte und alles möglich zu sein schien, wenn auch nur für kurze Zeit.
Später würde sie über alles nachdenken.
Im Moment …
„Was möchtest du nach dem Abendessen tun?", fragte John.
Ihr Lächeln verriet es ihm.

16. KAPITEL

Mitten in der Nacht wachte John auf. Der Übergang vom Schlaf zum Bewusstsein erfolgte schlagartig. Gerade hatte er noch geträumt, im nächsten Moment war er so hellwach, dass es beinahe schmerzte.

Billy Panos.

Billy, der Killer.

Billy, der mit Vorliebe Huren umlegte und von dem es hieß, dass er eine Spur zu viel von seinem eigenen Produkt verwendete. John sah ihn so deutlich vor sich, als stünde der Mann am Fuß seines Bettes und brüstete sich damit, gerade jemanden umgebracht zu haben. Er hielt sich für einen tollen Burschen.

Trotzdem war er sich nicht zu schade, Aufträge von einem noch größeren anzunehmen und andere wissen zu lassen, wie nützlich er für sie sein könnte.

Billy Panos. Zusammen mit drei weiteren Männern hatte er in jener dunkelblauen Limousine gesessen und war durch das malerische Appleton gefahren.

John setzte sich auf, stieg aus dem Bett und trat an das Bodenfenster. Sein Magen zog sich zusammen, und kalter Schweiß lief ihm über den Rücken. Er kannte Billy Panos wie seine eigene Westentasche. Er konnte ihn bis zu der Narbe beschreiben, die seitlich an seinem Hals entlanglief, und zu dem fehlenden Glied seines linken Zeigefingers, das ihm vor fünf Jahren abgebissen worden war, wie man erzählte.

Im Augenblick kannte er Billy Panos sogar besser als sich selber. Das Auftauchen des Killers in Appleton bedeutete nichts Gutes, das war ihm klar.

Wie in aller Welt hatte der Mann ihn gefunden? Wo hatte er, John, einen Fehler begangen? Woran hatte er nicht gedacht?

John lachte bitter auf. Er hatte beinahe alles vergessen. Wie hätte er unter diesen Umständen nicht unaufmerksam sein sollen? Jetzt war er erneut jenen Feinden ausgeliefert, die schon einmal versucht hatten, ihn zu töten.

Und sie hatten es versucht, dessen war er gewiss. Er war nicht zufällig in New York auf der Straße niedergeschossen worden. Alles war sorgfältig geplant gewesen. Er hatte es sogar erwartet. Deshalb hatte er keine Papiere bei sich getragen, und deshalb hatten die Waffen in seinem Kofferraum gelegen.

Warum war er nach New York gereist? Um etwas zu holen? Mit jemandem zu sprechen? Er musste gewusst haben, dass er ein Risiko einging, aber das war es ihm wert gewesen. Er war forscher vorgegangen, als gut für ihn war, und hätte sich beinahe umbringen lassen.

Doch jetzt durfte er nicht mehr nur an sich denken. Er trug auch die Verantwortung für Lauren.

Zärtlich betrachtete er ihre schlafende Gestalt. Ihr Haar war zerzaust, und die Decke war so weit heruntergerutscht, dass er ihren schlanken Rücken sehen konnte. Sie wirkte so verletzlich, dass es beinahe weh tat. Allein konnte er sich jeder Gefahr stellen. Aber er war nicht mehr allein. Er musste Lauren beschützen.

Um jedem Preis.

Ohne sie zu wecken, ging John nach unten, setzte Kaffeewasser auf und kleidete sich an. Draußen war der Boden gefroren. Er zog zwei Paar Socken übereinander, schlüpfte in seine Stiefel und packte einige weitere Kleidungsstücke in einen Rucksack.

Lauren bewegte sich, als er gerade fertig war. Er ging zum Bett, setzte sich neben sie und wartete, bis sie die Augen öffnete. Sie lächelte träge.

„Du bist ja schon früh auf", sagte sie.

Er streichelte ihr Haar und verabscheute sich für das, was er jetzt sagen musste. Die ganze Situation war mehr als unangenehm. „Wir haben ein gewaltiges Problem."

Lauren kleidete sich rasch an. Auf Johns Anweisung zog sie dicke Unterwäsche an, die viel zu groß für sie war, eine Cordhose, ein Flanellhemd, einen Pullover und so viele Socken, bis ihre Füße beim Gehen nicht mehr aus seinen Stiefeln rutschten. Es war etwas schwierig, alles fast im Dunkeln zu erledigen. Doch John wollte nicht, dass sie Licht machte. Als sie fertig war, kam sie sich wie die Kreuzung aus einer Mumie und einem Astronauten vor, beklagte sich aber nicht. Der Ausdruck in seinen Augen sagte genug.

Sie stieg die Treppe hinab und stellte fest, dass John gerade einige Nahrungsmittel und ein Erste-Hilfe-Päckchen beim Schein einer Taschenlampe in seinen Rucksack stopfte. „Kannst du das tragen?", fragte er und hielt ihr den Sack hin.

Sie hob ihn auf und nickte. „Ja, es geht. Aber wozu brauchen wir das alles?"

„Hoffentlich überhaupt nicht."

Ohne eine weitere Erklärung ging er zu dem Schrank neben der Haustür und holte die Waffen heraus. Lauren keuchte unwillkürlich, als sie sah, wie viele es waren. John wählte ein Gewehr und steckte einen Revolver in den Hosenbund.

„Kannst du mit einer davon umgehen?", fragte er.

Sie schüttelte den Kopf. Nachdem sie aus erster Quelle wusste, welche Verletzungen eine Waffe anrichten konnte, hatte sie nie das Bedürfnis verspürt, den Umgang damit zu lernen. Jetzt konnte sie nur hoffen, dass sie ihren Entschluss nicht bald bedauern würde.

„Ich dachte, wir wollten nur aus der Stadt fahren, um irgendwo in Ruhe zu überlegen, was wir jetzt tun sollten", antwortete sie.

John begann, die erste Waffe zu laden. Ohne den Kopf zu heben, antwortete er: „Das wäre eine gute Idee."

„Weshalb dann dies alles?"

„Als Vorsichtsmaßnahme für den Fall, dass Billy andere Vorstellungen hat."

„Du weißt, dass du dich irren kannst. Vielleicht ist er es gar nicht gewesen. Und selbst wenn, könnte er Appleton längst wieder verlassen haben."

John zuckte die Schultern. „Möglicherweise."

„Du glaubst es nicht?"

Er beendete seine Arbeit, lehnte das Gewehr an die Wand und griff zur nächsten Waffe. „Billy Panos trägt Anzüge für dreitausend Dollar und kann seine Zähne mit Champagner putzen, weil er jeden Auftrag zu Ende führt. Er gibt niemals auf. Er hat in dem Wagen gesessen und ist nach Appleton gekommen, um mich zu suchen. Bevor er herausfindet, dass John Santos und John Putnam ein und dieselbe Person sind, müssen wir verschwunden sein."

„Du erinnerst dich noch an mehr."

„Ja, aber es ist nichts Gutes." Er nahm einen Parka vom Haken und zog ihn an. „Warte hier auf mich. In spätestens einer halben Stunde bin ich wieder da. Falls nicht oder falls du einen Schusswechsel hörst, ruf die Polizei an und verschwinde auf dem schnellsten Weg. Verbirg dich in den Wäldern, bis die Beamten hier sind."

Lauren wurde blass, und sie riss entsetzt die Augen auf. „Was soll das heißen – einen Schusswechsel? Was hast du vor?"

„Ich will die Straße überprüfen." Er nahm eine Waffe auf. „Billy arbeitet am liebsten nachts. Ich möchte mich vergewissern, dass er nicht schon da ist."

„Wir wollten gemeinsam mit dem Wagen wegfahren", erinnerte sie ihn.

„Ja, sobald ich sicher bin, dass die Straße frei ist." Zärtlich legte er die Hand auf ihren Arm. „Keine Sorge, alles wird gut werden. Ich bin bald zurück."

Lauren presste die Lippen zusammen und nickte. John lächelte ihr aufmunternd zu und eilte aus der Tür.

Es war sehr kalt geworden. Dicke Wolken hingen am Himmel. Er schnüffelte und runzelte die Stirn. So spät im Jahr schneit es hier selten. Aber es kam gelegentlich vor.

Lautlos schlüpfte er zwischen die Bäume neben der schmalen Straße und hielt das Gewehr locker in beiden Händen. In raschem Lauf legte er die erste Viertelmeile zurück, blieb stehen und lauschte aufmerksam. Nichts. Abgesehen von den üblichen nächtlichen Geräuschen des Waldes schien die Welt absolut still zu sein.

John lief weiter und hatte bereits mehr als die Hälfte der Strecke zwischen der Hütte und der Hauptstraße hinter sich, da blieb er wie angewurzelt stehen. Einen Moment hatte er den Eindruck, er hätte etwas gehört. Er wartete mit angehaltenem Atem, bis das Geräusch erneut erklang.

Stimmen. Fernes Gemurmel von Männern, die sich unterhielten. Er konnte nicht verstehen, was sie sagten – nicht einmal feststellen, wie weit entfernt sie waren. Aber er täuschte sich gewiss nicht.

Tief geduckt, schlich er weiter, blieb alle paar Meter stehen und horchte. Die Stimmen wurden deutlicher. Er hörte auch Gelächter.

Wo der Weg zu der Blockhütte auf die Hauptstraße stieß, gab es eine kleine Anhöhe. John kroch auf dem Bauch hinauf und war froh, dass er dunkle Kleidung trug und der Mond nicht schien. Er spähte über die Kuppe und entdeckte, was er am meisten gefürchtet hatte.

Die blaue Limousine stand unten auf der Straße. Zwei Männer waren draußen und rauchten. Sie unterhielten sich und gingen auf und ab, um sich warm zu halten. Die beiden anderen saßen noch im Wagen. Während John die Gruppe beobachtete, hielt ein anderes Fahrzeug neben der Limousine an. Ein Mann stieg aus und sprach mit den Leuten im blauen Wagen. Er nickte, als hätte er Anweisungen erhalten und alles verstanden.

Drei weitere Männer verließen das zweite Fahrzeug. Sie sprachen kurz mit dem ersten, verteilten sich und verschwanden zwischen den Bäumen zu beiden Seiten der Straße. Zweifellos wollten sie einen Sperrriegel bilden, um ihm den Rückzug abzuschneiden.

Ein Mann aus der ersten Gruppe holte etwas vom Rücksitz des Wagens und begann unter den scherzhaften Zurufen seiner Kumpel, einen Telefonmast hinaufzuklettern, um die Leitung zu kappen.

Sehr gründlich und sehr professionell, dachte John. Und unverkennbar.

Billy Panos hatte ihn gefunden. Wenn er seine übliche Methode beibehielt, würde er noch einen Moment warten, bis seine Männer an Ort und Stelle waren, und anschließend zur Tat schreiten. Natürlich ging er davon aus, dass sein Opfer fest schlief.

John fluchte lautlos und kroch die Anhöhe wieder hinab. Unten richtete er sich vorsichtig auf und eilte so rasch zur Hütte zurück, wie es geräuschlos ging.

Lauren blickte auf ihre Armbanduhr. Das Zifferblatt leuchtete in der Dunkelheit. John war seit fünfundzwanzig Minuten fort. Bisher hatte sie nichts gehört, aber das beruhigte sie nicht. Die Angst lastete wie ein Mühlstein auf ihrer Brust.

Wenn ihm etwas passiert war ... Obwohl sie in Notaufnahmen gearbeitet hatte, die einem Schlachtfeld ähnelten, ertrug sie den Gedanken nicht, dass der geliebte Mann erneut verletzt sein könnte. Schon die Möglichkeit brachte sie den Tränen nahe.

Hoffentlich ist alles in Ordnung, flehte sie stumm. Hoffentlich hat Johns Ausbleiben nichts zu bedeuten. Hoffentlich verschwindet dieser Billy Panos ebenso schnell von der Bildfläche, wie er gekommen ist.

Sie atmete tief durch und sah wieder auf die Uhr. Siebenundzwanzig Minuten. John hatte gesagt, es würde höchstens eine halbe Stunde dauern. Er hatte es praktisch versprochen. Besaß Billy Panos vielleicht eine Waffe mit Schalldämpfer? Hatte er John bereits ...

Lauren schluchzte leise. Sie hielt das Warten nicht mehr aus. Alles war besser als diese Untätigkeit. John hatte alle Waffen aus dem Schrank herausgenommen, und das war gut so. Am Ende hätte sie sich vor Verzweiflung noch selber erschossen.

Sie konnte keine Sekunde länger im Haus bleiben und beide Daumen drücken, dass alles gut wurde. Entschlossen öffnete sie die Tür und trat ins Freie. Wenn es bloß nicht so dunkel wäre ... Nein, das würde noch gefährlicher für John sein. Falls es noch eine Rolle spielte ... Falls ihm bis jetzt tatsächlich nichts passiert war. Falls ...

Sie schluchzte erneut und begann, den Weg hinunterzulaufen. Sie hatte keine klare Vorstellung davon, was sie tun konnte, sondern wurde nur von dem überwältigenden Wunsch getrieben, John zu finden und sich zu vergewissern, dass er unverletzt war – oder, falls es dafür zu spät war, das Schicksal mit ihm zu teilen.

Eine Gestalt trat lautlos aus dem Schatten zwischen den Bäumen. Lauren bemerkte sie zu spät und wollte schreien. Doch eine feste Hand legte sich auf ihren Mund, und ein stahlharter Arm hielt sie gefangen.

„Pst", sagte John und zog sie in die Dunkelheit. „Billy Panos ist unten an der Hauptstraße. Er ist nicht allein."

Lauren schluchzte vor Erleichterung. Am liebsten hätte sie die Arme um Johns Hals geworfen, die Lippen auf seinen Mund gepresst und ihn nicht mehr losgelassen. Gleichzeitig spürte sie das dringende Bedürfnis, ihn windelweich zu schlagen, weil er sie so erschreckt hatte. Aber er hatte recht. Wenn Billy Panos in der Nähe war und sie laut geschrien hätte …

„Tut mir leid", flüsterte sie, als er die Hand löste. „Ich hatte mir solche Sorgen um dich gemacht."

Er zog sie einen Moment fest an sich, führte sie wieder zur Hütte und drückte sie an die Außenwand. „Bleib hier stehen. Ich muss noch ein paar Sachen holen."

Es dauerte nur wenige Sekunden, dann war er zurück und brachte den Rucksack mit, den er vorher gepackt hatte, sowie einen weiteren Parka.

„Hier, zieh ihn an", forderte er Lauren auf.

Nachdem sie es getan hatte, versicherte er sich noch einmal, dass sie den Rucksack tragen konnte. Dann deutete er mit dem Kopf in Richtung See.

„Die Kerle haben die Telefonleitung durchgeschnitten und die Straße blockiert. Wir müssen uns einen anderen Fluchtweg suchen."

„Sollen wir quer durch den Wald laufen?"

„Es sind ziemlich viele Männer, und sie sind nach allen Seiten ausgeschwärmt. Wir könnten direkt in eine Kugelsalve geraten."

Lauren schluckte trocken, ließ sich aber nichts anmerken. John war ihr unendlich dankbar, dass sie den Mut nicht verlor.

„Wie wäre es mit dem See?"

„Das geht aus zwei Gründen nicht. Wir haben keinen Schlüssel für den Schuppen. Und selbst wenn, wäre ich körperlich nicht in der Lage, das Boot zu rudern, vorausgesetzt, dass wir beide überhaupt gemeinsam hineinpassen."

„Ich kann auch rudern."

„Aber nicht dieses Sportboot. Du könntest niemals das Gleichgewicht halten. Falls wir kentern …" Er schüttelte den Kopf. „Der See ist voll Schmelzwasser. Er muss eiskalt sein."

„Was bleibt uns dann, wenn wir weder durch den Wald schleichen noch über den See fahren können?"

John zögerte einen Moment und wünschte, es gäbe einen anderen Ausweg. Doch sosehr er sich den Kopf zerbrach, ihm fiel nichts ein.

„Das Bergland dahinten. Es ist ein raueres Gelände als die Wälder. Aber wir könnten es überqueren und auf die andere Seite gelangen. Sobald ..." Erschrocken hielt er inne, denn sie hörten, dass sich jemand näherte. Genauer gesagt, handelte es sich um mehrere Personen. In der Stille der Nacht waren die Schritte deutlich auszumachen.

John fasste Laurens Hand und eilte mit ihr um die Hütte. Sie durften keine Zeit verlieren. Billy und seine Kumpane würden auf alles schießen, was sich bewegte.

Sie erreichten den Fuß der Hügel und begannen den Aufstieg genau in dem Moment, als in der Hütte das Licht anging. Mit einem Blick über die Schulter stellten sie fest, dass einige Männer schon draußen mit der Suche begannen.

„Sie haben gemerkt, dass wir geflohen sind", sagte John. „Ich vermute, dass sie zunächst den Wald durchforschen werden."

„Dann sollten wir uns lieber beeilen."

Gemeinsam setzten sie den Aufstieg fort. Bei Tageslicht wäre es ein angenehmer Ausflug gewesen. In der Dunkelheit bei sinkenden Temperaturen und mit den Killern hinter sich, war es alles andere als ein Freizeitvergnügen.

Nachdem sie eine halbe Stunde gleichmäßig gelaufen waren, sagte Lauren: „Ich muss unbedingt einen Moment verschnaufen." Sie keuchte heftig und rang nach Luft. „Mir scheint, ich bin längst nicht so gut in Form, wie ich sein sollte", fügte sie lächelnd hinzu.

„Nein, es ist meine Schuld. Ich bin zu schnell gegangen", antwortete John und sah zu der Hütte zurück. Das Licht brannte immer noch. Leider waren sie zu weit entfernt, um festzustellen, in welche Richtung Panos und seine Männer gezogen waren.

Lauren atmete mehrmals tief durch und schob ihren Rucksack zurecht. „Es geht wieder."

„Wir werden es etwas langsamer angehen."

Sie stiegen weiter. Die nächste Anhöhe war erheblich höher als die erste. Viel höher, als sie von der Hütte ausgesehen hatte. Es würde erhebliche Anstrengungen kosten, sie zu überqueren.

Plötzlich blieb Lauren mit dem Fuß im dichten Gestrüpp hängen und stolperte. John fing sie auf, bevor sie stürzte. „Gleich haben wir den Hügelkamm erreicht. Dann wird es leichter", versicherte er ihr.

Etwas flog an seinen Augen vorüber. Er bemerkte es kaum und ging einfach weiter. Da passierte es erneut. Verblüfft blieb er stehen und sah zum Himmel.

Es begann zu schneien.

17. KAPITEL

„Schnee", sagte Lauren. Sie streckte die Hand aus und fing einige Flocken auf. „Guck mal, es schneit."

„Ich habe es schon bemerkt", antwortete John. Seine grimmige Miene verriet, dass er das unerwartete Geschenk der Natur nicht sehr schätzte.

„Es ist ein bisschen spät für die Jahreszeit, findest du nicht?"

„Sehr spät sogar. Alles in Ordnung?"

„Ja. Du hattest recht. Langsam wird es leichter."

Sie hatten die Kuppe des Hügels beinahe erreicht. Lauren lächelte kläglich. Nachdem sie hier hinaufgestiegen war, würde sie die Anhöhe eher als richtigen Berg bezeichnen.

Sobald sie dies alles hinter sich hatte, musste sie unbedingt ein Fitnessprogramm zusammenstellen und etwas für sich tun. Ihre Annahme, dass die tägliche Hetzerei in der Notaufnahme genügte, um sie in Form zu halten, erwies sich als fataler Irrtum. Ihre Beine begannen zu schmerzen, und ihr Herz pochte heftig.

Das konnte allerdings auch an den Männern liegen, die bei der Hütte nach ihnen suchten.

Falls sie dort noch waren. Mit einiger Überlegung mussten sie eigentlich längst herausgefunden haben, welche Richtung John und sie eingeschlagen hatten.

„Meinst du, dass Panos und seine Männer uns hierher folgen können?", fragte Lauren.

„Er kennt sich hier nicht aus. Das dürfte unser größter Vorteil sein."

Sie stiegen weiter. Einige Minuten vergingen, bis Lauren wieder sprach. „Du scheinst den Mann ziemlich gut zu kennen."

„Ich glaube, wir waren – Partner."

„Soll das heißen, du hast die gleiche Arbeit getan wie er?" Lauren machte keinen Hehl aus ihrem Entsetzen über diese Möglichkeit, auch wenn sie ihr ziemlich unwahrscheinlich vorkam.

„Nein, das nicht gerade." Er schüttelte den Kopf. „Ich weiß es nicht. Es sind lauter Bruchstücke. Eine Menge davon macht keinen Sinn. Vielleicht will ich mich einfach nicht erinnern."

„Weil du Angst vor dem hast, was du entdecken könntest?"

John ergriff ihre Hand, um ihr über einen Felsblock zu helfen. Es schneite inzwischen gleichmäßig.

„Würdest du dich erinnern wollen, wenn du ein Dealer sein könntest? Wenn du dafür verantwortlich wärst, dass Tausende von Menschen, auch Kinder und Jugendliche, mit Drogen versorgt wurden?"

„Wenn ich zu solch einer Tat fähig wäre, würde ich mir bestimmt keine Gedanken darüber machen. Ich wäre absolut gewissenlos. Auf dich trifft das nicht zu."

„Vielleicht bin ich ein besserer Mensch geworden, nachdem ich angeschossen wurde."

„Das gibt es höchstens im Fernsehen und nicht im wirklichen Leben. Ich kenne Menschen, die dem Tod nahe waren und geschworen hatten, ein neues Blatt in ihrem Leben aufzuschlagen. Tatsache ist, dass sie allesamt mehr oder weniger dieselben blieben. Man verwandelt sich nicht so leicht vom Abschaum der Menschheit in einen Moralapostel."

John lachte leise. „Hältst du mich für einen?"

„Ich halte dich für einen sehr netten, anständigen Mann. Und ich kann mir nicht vorstellen, dass du dich erst nach dem Mordanschlag in diesen Menschen verwandelt hast."

„Weshalb lebe ich dann unter zwei verschiedenen Namen, besitze einen BMW und trage Anzüge aus der Savile Row? Weshalb bewahre ich Waffen im Schrank auf und kenne Leute wie diesen Billy Panos?"

„Vielleicht bist du ein Bankier."

John drehte sich um und sah sie über die Schulter an. „Ein – was?"

„Es ist mir ernst. Ich habe lange über dich nachgedacht und könnte mir vorstellen, dass du Bankier bist. Es würde zu deinen Anzügen, deinen zahlreichen Reisen ins Ausland und auch zu deinem Wagen passen. Vielleicht hast du festgestellt, dass das Geld einiger deiner Kunden, die wie anständige Leute auftraten, aus dem Drogenhandel stammte. Und sie wollten dich beseitigen, bevor du sie anzeigen konntest."

„Meine Güte, hast du eine blühende Fantasie."

„Wieso? Wäre das nicht möglich? Du warst auf einer Eliteuniversität und gehörtest ihrer Rudermannschaft an, vermutlich die exklusivste Sportart an solch einem Institut. Du besitzt einen sehr erlesenen Geschmack, was die Wohnungseinrichtung, das Essen, deine Bücher und alles Übrige betrifft. Tatsache ist, dass du praktisch nach Bankier, Anlageberater, Börsenmakler oder etwas Ähnlichem riechst."

„Und wie passen die Waffen dazu?"

„Die haben viele Leute."

„Aber keine Sammlung wie ich. Zumindest hoffe ich es nicht."

„Einverstanden, dafür fehlt mir die Erklärung. Aber du musst zugeben, dass alles Übrige stimmen könnte."

John seufzte leise. Er hob ihre Hand und drückte sie leicht an die Lippen. Schneeflocken lagen auf seinen Wimpern und der Haarsträhne, die ihm über die Stirn gefallen war. Er strich sie fort, doch sie versammelten sich sofort erneut.

„Ich kann dir gar nicht sagen, wie leid es mir tut, dass ich dich in diese Sache hineingezogen habe."

„Wir werden schon wieder herauskommen. Wie viele solche Hügel gibt es hier noch?"

„Eine ganze Menge. Aber die sind im Moment nicht unser Problem." Er deutete zum Himmel. „Wir müssen unbedingt einen Unterschlupf finden."

„Es schneit doch nur ein bisschen und hört sicher bald wieder auf." Trotzdem fröstelte Lauren plötzlich. Die Flocken waren nicht groß, sondern eher fedrig und sahen sehr hübsch aus. Und es wurden immer mehr.

Als sie die Anhöhe erklommen hatten, fiel der Schnee so dicht, dass Lauren kaum noch etwas sehen konnte. Sie musste sich hinten an Johns Gürtel festhalten, um in der Spur zu bleiben, die er für sie beide bahnte. Trotz der zahlreichen Socken und der dicken Stiefel waren ihre Füße so kalt, dass sie die Zehen fast nicht mehr spürte.

Automatisch erinnerte sie sich an die ersten Warnzeichen für Erfrierungen. Wenn sie nicht bald einen Unterschlupf fanden …

„Da ist sie", sagte John plötzlich und klang unendlich erleichtert. „Zum Glück habe ich mich richtig erinnert."

Lauren spähte durch die wirbelnden Flocken in die angegebene Richtung. Erst konnte sie nichts erkennen. Doch als sie näher kamen, entdeckte sie einen dunklen Streifen, der sich von dem Hang abhob. „Was ist das?"

„Der Eingang zu einer Höhle. Er liegt genau dort, wo ich vermutet hatte. Offensichtlich bin ich schon früher durch dieses Gelände gewandert."

Anders war es gar nicht möglich. Sonst hätte John sie niemals auf direktem Weg zu dem vermutlich einzigen Unterschlupf im Umkreis von vielen Meilen führen können. Der Spalt im Felsen war ziemlich schmal und leicht zu verfehlen, vor allem inmitten eines Schneesturms. Sie mussten die Köpfe einziehen, um nicht an den Überhang zu stoßen.

Sobald sie hindurch waren, hörte der Wind auf, und die eisigen Schneeflocken schlugen ihnen nicht mehr ins Gesicht.

John holte seine Taschenlampe aus dem Rucksack und leuchtete herum. Lauren betrachtete die felsigen Wände, die mit phosphoreszierenden Flechten bewachsen waren, und den Boden, der nahe dem Eingang ziemlich glatt war und nach hinten immer unebener wurde. Am meisten erstaunten sie die Farben. Überall leuchtete es. Sie entdeckte lebhafte Grün-, Gelb- und Rottöne, die von den unterschiedlichen Mineralien stammten, aus denen der Felsen bestand, sowie von den zahlreichen Formen primitiven Lebens, das darauf wuchs.

„Ist das hübsch!", sagte sie leise, um die beinahe ehrfürchtige Stille nicht zu stören.

„Weiter hinten öffnet sich die Höhle zu einem Raum von der Größe einer Sporthalle. Außerdem gibt es hier einen unterirdischen Fluss."

„Woher weißt du das?"

„Ich bin hier umhergestreift. Vor ziemlich kurzer Zeit noch, nehme ich an. Vielleicht war es im letzten Herbst. Ich erinnere mich an die Bäume. Sie sahen beinahe aus, als stünden sie in Flammen."

Lauren rieb ihre Hände, um die Blutzirkulation anzuregen. Trotz der Handschuhe, die sie in dem Parka gefunden hatte, waren ihre Finger beinahe steifgefroren.

„Ich habe mir schon oft vorgenommen, im Herbst einmal aufs Land zu fahren und mir das bunte Laub anzusehen", antwortete sie. „Aber irgendwie hat es nie geklappt."

„Ich weiß, wie schwierig es ist, sich loszureißen. Manchmal muss man einfach …" Er hielt inne und blickte wie geistesabwesend ins Dunkel der Höhle.

„Was?"

John sah sie einen Moment verblüfft an und schüttelte den Kopf. „Nichts. Richten wir uns erst einmal ein. Ich werde versuchen, trockenes Holz zu finden, damit wir Feuer machen können. Bin gleich zurück."

Lauren nickte, obwohl ihr Magen sich verkrampfte. Der Gedanke, allein in der Höhle zu bleiben, während John draußen im Schneesturm herumirrte, ängstigte sie beinahe zu Tode. Doch sie schwieg und beschäftigte sich stattdessen näher mit dem Inhalt ihres Rucksacks.

Als John kurz darauf mit einem Armvoll Holz zurückkehrte, staunte sie fassungslos über die Dinge, die sie entdeckt hatte.

„Du bist doch kein Bankier, sondern musst eine Art Überlebenskünstler sein", verkündete sie. „Woher hast du das alles?" Sie deutete auf den Schlafsack, die kleinen Kochtöpfe, die Päckchen mit gefriergetrockneten Lebensmitteln, ein Jagdmesser, Seile und zahlreiche weitere Sachen, die sie inzwischen ausgepackt hatte.

„Das braucht man unbedingt, wenn man in die Wildnis zieht", antwortete er und schüttelte den Schnee ab.

„Wie ist es draußen?"

„Das Wetter wird immer schlechter. Es entwickelt sich zu einem ausgewachsenen Blizzard."

„Der wird Panos und seinen Männern nicht gefallen."

„Nein. Dadurch gewinnen wir etwas Zeit", stimmte John ihr zu. Er hob eine kleine Grube im Boden aus und schichtete das Holz hinein. Es war ein bisschen feucht. Deshalb dauerte es eine Weile, bis es brannte. Endlich loderten die Flammen auf. Lauren hielt die Hände darüber und war dankbar für die Wärme.

Sie war restlos erschöpft. Der Adrenalinstoß, der sie bisher angetrieben hatte, versiegte rasch. Ihre Knie wurden weich, und sie zitterte am ganzen Körper.

Plötzlich war John bei ihr und legte seinen kräftigen Arm um ihre Taille. „Setz dich", forderte er sie mit harter Miene auf und drückte sie auf den Schlafsack, der vor dem Feuer lag. „Zieh deine feuchten Sachen lieber aus."

Lauren war zu müde, um zu widersprechen. Erst jetzt wurde ihr klar, wie nahe sie einer Katastrophe gewesen waren.

„Denk nicht darüber nach", sagte John, als hätte er ihre Gedanken gelesen. Rasch zog er ihr den nassen Parka aus. Das Feuer war inzwischen größer geworden und strahlte eine wohlige Wärme aus. Er streifte ihre Stiefel und die Socken ab und rieb ihre Füße, damit das Blut besser zirkulierte. Zum Abschluss wickelte er sie in eine Wolldecke.

„Wir müssen unbedingt etwas Heißes essen", erklärte er.

Lauren war entsetzlich müde. In der relativen Sicherheit der Höhle schwanden ihre letzten Kräfte. Trotzdem war es ungerecht, John die Arbeit allein zu überlassen. „Ich helfe dir." Ihre Stimme klang wie von fern.

„Nein, das wirst du nicht", antwortete er barsch und klang beinahe ärgerlich. Wortlos sank sie auf den Schlafsack zurück. Sie war viel zu erschöpft, um sich mit ihm zu streiten.

Die Müdigkeit ging sicher bald vorüber. Sie brauchte nur ein bisschen Ruhe, dann war sie wieder topfit. Schließlich kannte sie so etwas aus dem St. Mary's, wenn ein Notfall nach dem anderen eingeliefert wurde. Eine kleine Pause, etwas Heißes zu trinken, und alles war wieder in Ordnung.

Eine ganze Weile später weckte ein verlockender Duft Lauren wieder auf. Langsam hob sie den Kopf und sah sich verblüfft um.

Die Höhle war echt. Sie hatte nicht geträumt. Sie waren vor dem Schneesturm hierher geflüchtet, und John hatte ...

Mit nacktem Oberkörper hockte er auf den Fersen vor dem Feuer. Seine Rückenmuskeln strafften sich leicht, während er sich vorbeugte und ein weiteres Holzscheit in die Glut legte.

Vielleicht träumte sie doch. Das Bild vor ihren Augen war von einer primitiven Schönheit, die nur unwesentlich von einem Aluminiumtopf gestört wurde.

Sie musste ein Geräusch gemacht haben, denn John fuhr herum und richtete sich halb in die Höhe. Als er Lauren auf dem Schlafsack sitzen sah, verzog er den Mund zu einem Lächeln.

„Na, geht es dir besser?"

Sie nickte. „Wie lange habe ich geschlafen?"

„Ungefähr eine Stunde. Du hattest es dringend nötig. Trotzdem bin ich froh, dass du aufgewacht bist. Du musst unbedingt etwas essen."

Sie schnüffelte neugierig. „Was ist das?"

„Rinderbraten. Natürlich gefriergetrocknet, aber genießbar. Dazu gibt es einen ganz passablen Reis."

„Du erstaunst mich immer mehr."

Er sah sie überrascht an. „Das ist doch nichts Besonderes. Hast du Durst?"

„Ja. Aber wenn du jetzt eine Flasche edlen Burgunder aus dem Rucksack zauberst, laufe ich schreiend in den Schnee hinaus."

„Damit kann ich leider nicht dienen. Du musst dich schon mit Kaffee oder Tee begnügen."

Sie aßen mit untergeschlagenen Beinen auf dem Schlafsack. Es war der beste Braten, den Lauren je probiert hatte.

John lachte leise, als sie es ihm sagte. „Dies ist eine typische Marschverpflegung. Sie ist leicht zu tragen, einfach zuzubereiten und bringt einen nicht um."

„Was man von der Verpflegung im St. Mary's nicht immer behaupten kann. Wie lange müssen wir deiner Meinung nach hierbleiben?"

Der plötzliche Themenwechsel schien John nichts auszumachen. „Schwer zu sagen. Ich vermute, dass der Schneefall in den nächsten Stunden nachlassen wird. Zwar gibt es in dieser Gegend auch längere Schneestürme, aber nicht um diese Jahreszeit."

„Dann können wir morgen weiterziehen?"

Er zögerte einen Moment. „Das hoffe ich. Es hängt davon ab, wie kalt es ist und wie hoch der Schnee liegt. Vielleicht wäre es besser, wenn du hierbliebst, während ich Hilfe hole."

„Nein."

Er sah sie an und runzelte die Stirn. „Einfach nein?"

„Genau. Ich habe bereits erfahren, wie es ist, auf dich zu warten. Das möchte ich nicht noch einmal erleben."

„Das war etwas anderes. Du bist längst nicht so kräftig wie ich und nicht gewöhnt, durch unebenes Gelände zu wandern. In der Höhle bist du in Sicherheit. Ich lasse dir genug zum Essen da und …"

„Nein, ich bleibe nicht hier, und du kannst mich zu nichts zwingen. Was ist, wenn du stürzt? Du könntest irgendwo liegen und erfrieren, weil dir niemand zu Hilfe kommt. Ich bin vielleicht nicht so stark wie du, aber ich bin ziemlich zäh."

„Und sehr mutig", fügte er ruhig hinzu.

Sie wandte sich verlegen ab. „Das weiß ich nicht."

„Aber ich. Also gut, wir bleiben zusammen."

„Wieso bist du plötzlich anderen Sinnes geworden?"

Er lächelte unmerklich. „Hast du nicht gesagt, ich könnte dich zu nichts zwingen?" Aufreizend ließ er den Blick über ihren schlanken Körper gleiten, und sie errötete heftig. John konnte sie zu allem bringen, was er wollte. Das wusste er ebenso gut wie sie. Doch sie war sicher, dass er seine Überlegenheit niemals ausnutzen würde.

„Nun sag schon. Weshalb hast du nachgegeben?"

Er trank einen Schluck Kaffee. „Weil mir eingefallen ist, dass eine wenn auch noch so geringe Möglichkeit besteht, dass Panos uns bis hierher folgen könnte."

Entsetzt stellte Lauren sich vor, wie sie allein in der Höhle war und einem Killer gegenüberstand. „Verstehe."

„Denk nicht mehr daran. Heute Nacht geht er mit Sicherheit nicht mehr hinaus."

Sie nickte und war dankbar für den Schneesturm, der ihr Ende hätte bedeuten können, sich jetzt aber als der beste Schutz für sie beide erwies, den sie sich vorstellen konnte.

Sie sah John in die Augen und antwortete leise: „Wir auch nicht."

Er setzte die Kaffeetasse ab, streichelte ihre Wange und legte die Hand hinter ihren Kopf. Langsam zog er sie näher.

18. KAPITEL

John wollte langsam und zärtlich vorgehen und dieser tapferen schönen Frau all die Fürsorge und Geduld schenken, die sie verdiente. Doch sein brennendes Verlangen stand seiner guten Absicht im Weg.

Kaum hatte er ihre Haut berührt, war er aufs Heftigste erregt. Wieder staunte er, wie leidenschaftlich er auf Lauren reagierte. Er war nahe daran, die Beherrschung zu verlieren. Bebend holte er Luft, um den roten Nebel zu vertreiben, der seinen Verstand trübte.

Im Schein des Feuers wirkte Lauren wie eine Gestalt aus einem anderen Jahrhundert. Regungslos saß sie da, sah den Mann an ihrer Seite an und schien auf etwas zu warten.

Wir haben schon miteinander geschlafen, dachte John. Wir sind längst ein Liebespaar. Er kannte Laurens Körper – zumindest begann er, ihn kennenzulernen –, und sie kannte seinen.

Aber das war in der Hütte gewesen, in einem Bett, in der Welt, in der sie beide lebten und zu der sie gehörten.

Hier war es anders. Sie waren in einer Höhle, die sie vor dem Schneesturm schützte, und die Außenwelt schien nicht mehr zu existieren. Es war, als wären sie in ein früheres, primitiveres Zeitalter zurückversetzt, wo andere Gesetze galten.

In eine Welt, wo ein Mann eine Frau einfach nahm, weil ihm danach war.

Energisch verdrängte John das Bild und wunderte sich, dass er so etwas hatte denken können. Schließlich war er kein halber Wilder, der eine Frau in Besitz nahm, ohne auf ihre Gefühle oder Wünsche einzugehen. Schon der Gedanke an solch ein Verhalten widerte ihn an.

Trotzdem konnte er nicht leugnen, dass Lauren den primitiven Instinkt in ihm weckte, sie besitzen zu wollen. Das hatte er schon in der Hütte gespürt, auch wenn der Drang dort durch Erziehung und Bindung an die Zivilisation gemildert worden war. Beides konnte hier leicht in Vergessenheit geraten.

Er begehrte Lauren. Er wollte sie ganz und gar besitzen, auf jede Weise und für alle Zeiten. Er wollte ihr seinen Stempel aufdrücken, damit niemand – weder sie noch er oder sonst jemand – es je vergaß.

Es hätte nicht viel gefehlt, und der Tod hätte sie beide für immer getrennt. Deshalb wurde er von dem Bedürfnis getrieben, sie mit Leben zu erfüllen. Es war eine typisch männliche Herausforderung an die Dunkelheit, die unmittelbar hinter dem Licht lauerte.

Ein Schauer durchrieselte John. Er legte die Hand hinter Laurens Kopf, hielt sie fest und beugte sich zu ihr. Sein Kuss hatte nichts Zärtliches, sondern war drängend und fordernd. Verzehrend presste er die Lippen auf ihren Mund, schob die Zunge zwischen ihre Zähne und machte sich erst wieder los, als sie unmissverständlich reagierte. Sie schob die Hände in sein Haar und bewegte die Hüften verführerisch gegen ihn.

John stöhnte tief in der Kehle und drückte Lauren auf den Schlafsack. „Du hast entschieden zu viel an", erklärte er und zog ihr den Pullover über den Kopf. Darunter trug sie eines seiner Flanellhemden. Er zerrte es aus dem Bund und schob die Finger unter den Stoff. Ihr BH hatte einen Vorderverschluss. Als er ihn öffnete, glitten ihre Brüste in seine Hände.

Leidenschaftlich rieb er mit den Daumen über die aufgerichteten Knospen. Lauren flüsterte seinen Namen an seinem Hals und zog sein Hemd heraus.

Es war sehr warm in der Höhle. Vielleicht war die Hitze auch in ihnen. Rasch streiften sie einander die restlichen Kleider ab. Der Schein der Flammen tanzte auf ihren nackten Körpern.

Lauren war blasser als John und ausgesprochen zierlich. Er konnte sich kaum vorstellen, dass so viel Kraft in solch einem zarten Wesen steckte. Im Gegensatz zu ihrem Körper war seiner goldbraun, muskulös und sehnig.

„Lass mich das tun", flüsterte Lauren. Mit beiden Händen strich sie über seinen Rücken und schob seinen Slip hinunter. Als das letzte Hindernis beseitigt war, seufzte sie leise und feuchtete ihre Lippen mit der Zungenspitze an.

„Du bist der schönste Mann der Welt."

John lachte leise über diese Bezeichnung. Doch als sie sich nackt auf dem Schlafsack vor ihn kniete, stockte ihm beinahe der Atem.

Er schob die Finger in ihr kurzes weiches Haar und rührte sich nicht. Sie lächelte sinnlich, strich auf einer brennenden Spur mit der Zunge über seine Brust, umrundete seinen Nabel und glitt tiefer.

John schrie laut auf. Seine Lust war so stark, dass er den Kopf zurückwarf und die Augen gegen die Gefühlsflut schließen musste, die seinen Körper durchströmte. Dann hielt er es nicht mehr aus und war sicher, dass er keine Sekunde länger warten konnte.

Entschlossen schob er Lauren zurück, drückte sie unter sich und spreizte ihre Beine mit seinem sehnigen Schenkel. „Meine Güte", murmelte er an ihren Lippen. „Von so einer Frau wie dir habe ich bisher noch nicht einmal geträumt. Ich kann nicht genug von dir bekommen."

„Versuch es trotzdem", flüsterte sie. „Bitte, versuch es."

Ihr heiseres Flehen vertrieb seine restliche Zurückhaltung. Forschend strich er durch ihr lockiges Dreieck und begann die Geheimnisse ihrer Weiblichkeit zu erkunden. Rasch merkte er, dass Lauren ebenso bereit war wie er. Er seufzte erleichtert, öffnete sie weiter und drang behutsam in sie ein.

Es reichte ihnen beiden nicht, doch das Gefühl war überwältigend. Lauren klammerte sich an Johns Rücken, krallte die Finger in seine Haut und hob ihm die Hüften entgegen.

Entschlossen drang er tiefer und stieß plötzlich kraftvoll zu, und sie nahm ihn in ihre seidige Wärme auf. Einen Moment rührte er sich nicht, dann zog er sich langsam wieder zurück.

Lauren protestierte leise und schlang ihre schlanken Beine um seine Hüften. „Mach weiter ... Ich will dich ganz und gar."

John richtete sich auf, stützte sich auf die Unterarme und betrachtete ihr erhitztes Gesicht. Lauren war wunderschön. Welcher Mann würde dieser Frau nicht den Gefallen tun?

Er tat es nicht nur einmal, und er machte es außerordentlich gut, bis sie den Kopf hin und her warf und laut aufschrie. Einen Moment fürchtete John, er hätte ihr wehgetan. Doch sie lächelte sinnlich und legte die Hand auf seinen Mund.

„Was du mir antust ...", begann sie und redete nicht weiter, denn sie hatte den Höhepunkt erreicht. Heftige Zuckungen erschütterten ihren Körper und rissen John wie in einem wilden Strudel mit.

Lange lagen sie eng umschlungen da, bis ihr Atem wieder ruhiger ging. Endlich bewegte John sich. Das Feuer war heruntergebrannt, und die kühle Luft strich über ihre Haut.

Er zog eine Decke über Lauren und stand auf, um Holz nachzulegen. Sie sah ihm dabei zu und stützte den Kopf in eine Hand. Es war ein wunderbares Bild. Der Schein der Flammen spielte auf Johns nacktem, durchtrainiertem Körper. Dieser Mann besaß so viel Kraft und konnte dennoch ungeheuer zärtlich sein.

Sein Rücken war wie gemeißelt und wurde zur Taille und zu den Hüften schmaler. Seine Pobacken waren fest und muskulös, ebenso seine Schenkel und seine Waden.

Er richtete sich auf, drehte sich ein wenig und bemerkte ihren Blick. „Na, gefällt dir, was du siehst?", zog er Lauren auf.

„Sehr", antwortete sie unverblümt. „Noch besser gefällt mir der Anblick von Nahem."

Er tat, als wäre er erschrocken. „Weshalb schläfst du eigentlich nicht?"

„Deshalb nicht." Sie setzte sich auf und ließ die Decke absichtlich von ihren Brüsten gleiten.

Er seufzte leise. „Ich fürchte, ich bekomme Schwierigkeiten."

„Meinst du?" Sie ließ die Decke so weit fallen, dass der Stoff gerade noch ihre Hüften bedeckte.

„Worauf du dich verlassen kannst."

„Nun, wenn du zu müde bist …"

„Müde? Nur weil ich mitten in der Nacht aufgestanden bin, einen Haufen Killer aufgespürt habe, durch einen Blizzard gewandert bin und dich leidenschaftlich geliebt habe, sollte ich zu müde sein?"

„Vergiss nicht, dass du auch das Abendessen gekocht hast."

„Danke, dass du mich erinnerst. Das kommt noch hinzu."

Lauren verzog schmollend die Lippen und staunte selber über ihr Verhalten. „Ich bin ganz schön egoistisch. Vergibst du mir?"

„Ich weiß nicht recht."

„Es tut mir wirklich leid."

„Du klingst kein bisschen zerknirscht."

„Vielleicht kann ich es dir beweisen."

Zumindest ein Körperteil von ihm fand diesen Vorschlag nicht übel. Lauren lachte fröhlich. Sie fühlte sich frei und unbeschwert, als wäre alles erlaubt.

„Die Natur ist sehr ungerecht zu uns Männern", erklärte John so unbekümmert, als machte ihm diese Tatsache nichts aus.

„Im Gegenteil. Ich finde, mit dir hat sie es besonders gut gemeint."

Bei ihren kühnen Worten riss er erstaunt die Augen auf. Dann lächelte er breit. „Vielen Dank, Miss Walters."

„Bitte, nenn mich Lauren."

„Wäre das nicht etwas zu vertraulich?"

Sie lachte erneut, denn das Spiel gefiel ihr sehr. „Hier brauchen wir uns doch keinen Zwang anzutun."

John betrachtete ihren nackten Oberkörper und ließ den Blick über ihre runden Brüste und ihre schmale Taille gleiten. „Das finde ich auch."

„Wir halten beide nichts von Förmlichkeiten."

„Du schon gar nicht."

„Weshalb setzt du dich dann nicht wieder zu mir?"

„Das wäre keine schlechte Idee." Mit geschmeidigen Schritten ging John auf sie zu. Lauren holte tief Luft und roch den Duft des Holzfeuers, der Wolldecke und der verschneiten Nacht.

Sobald John nahe genug war, nahm sie seine Hand und zog ihn heran. Er kniete sich dicht vor sie auf den Schlafsack, berührte sie aber nicht.

„Ich muss mich bei dir entschuldigen", sagte er.

Lauren runzelte unmerklich die Stirn. Sie wollte nicht schon wieder hören, wie leid es ihm tat, dass er sie in diese Situation gebracht hatte. Sie selber bedauerte es kein bisschen. John gab ihr das Gefühl, lebendiger zu sein als je zuvor. Es war einfach herrlich.

Er hob ihre Hand und strich leicht über ein winziges rotes Mal an ihrem Brustansatz. „Mir scheint, ich war ziemlich grob zu dir. Es tut mir leid", erklärte er ruhig.

John war es ernst. Das schlechte Gewissen war seiner Miene deutlich anzusehen. „Das macht doch nichts", antwortete sie mit belegter Stimme.

„Oh doch, das tut es. Bitte, gib mir Gelegenheit, es wiedergutzumachen."

Lauren schluckte mühsam und fragte sich stumm, wie sie einen neuen Anschlag auf ihre Sinne überleben sollte. „Das ist nicht nötig."

„Ich bestehe darauf." Er fasste auch ihre andere Hand und drückte ihren Körper behutsam auf den Schlafsack. Lächelnd streckte er ihr die Arme über den Kopf und legte sich auf sie, ohne sie loszulassen.

Benommen erkannte Lauren, dass John sie nicht sein ganzes Gewicht spüren lassen wollte. Schon seine gewaltige männliche Ausstrahlung sorgte dafür, dass sie am ganzen Körper zu zittern begann. Sie fühlte sich völlig hilflos. Was als Spiel begonnen hatte, war plötzlich bitter ernst geworden.

„Lieg ganz still", forderte John sie auf. Er nahm ihre beiden Handgelenke in eine Hand und strich mit der anderen federleicht ihren Körper hinab. Es war eine neckende Liebkosung, aber unmissverständlich. Mit den Fingerkuppen streichelte er ihren Hals, die Rundungen ihrer Brüste und deren Unterseite. Die rosigen Knospen berührte er nicht, sondern kreiste nur einige Male herum.

Lauren stöhnte leidenschaftlich und versuchte, sich von ihm loszumachen.

„Du musst unbedingt still liegen bleiben", erklärte er so sachlich, als ginge es darum, was sie zum Lunch essen wollten. Entschlossen schob er ein Bein über sie, damit sie sich nicht rühren konnte.

Zärtlich strich er mit den Hand über ihre schmale Taille und ihre Hüften, ließ die Finger einen Augenblick auf ihrem flachen Bauch liegen und rutschte tiefer. Er reizte das Zentrum ihrer Weiblichkeit, streichelte sie sinnlich und schob einen Finger forschend hinein.

„Du bist wunderschön", murmelte er mit belegter Stimme. Er drückte ihre Beine weiter auseinander und ließ sich zwischen ihren Schenkeln nieder. Immer wieder küsste er Lauren federleicht auf den Mund.

Lauren bog den Rücken durch und rieb ihre Brüste an den feinen Locken an seinem kräftigen Oberkörper.

John ließ ihre Handgelenke los und legte ihre Arme um seinen Hals. „Halt mich fest", flüsterte er. Behutsam nahm er eine ihrer Knospen zwischen die Lippen, strich mit der Zunge darüber und sog verlangend daran.

Gleichzeitig drang er Zentimeter für Zentimeter in sie ein, bis er sie ganz ausfüllte, richtete sich langsam wieder auf und stieß erneut vor. Er hob den Kopf so weit, dass er ihr ins Gesicht sehen konnte, und beobachtete hingerissen ihre Reaktion. Lauren war so sinnlich und hingebungsvoll. Er konnte sich unendlich glücklich schätzen, dass er diese bezaubernde Frau gefunden hatte.

Sie seufzte lustvoll und riss ihn mit. Er zog sie enger an sich, um sie vor der ganzen Welt zu beschützen, und erreichte gemeinsam mit ihr den Höhepunkt der Leidenschaft.

19. KAPITEL

Lauren erwachte als Erste. Sie setzte sich auf und sah sich in der Höhle um. Langsam kehrte die Erinnerung zurück, und mit ihr kam ungläubiges Staunen. War das wirklich kein Traum gewesen? Hatten sie tatsächlich hier Schutz vor dem Sturm gefunden?

Vorsichtig berührte sie ihren Mund und merkte, dass ihre Lippen noch von den leidenschaftlichen Küssen geschwollen waren. Sie stieß einen kleinen Laut aus, und John bewegte sich neben ihr. Er lag auf der Seite und drehte ihr das Gesicht zu. Die dunklen Wimpern ruhten fächerförmig auf seinen Wangen, und seine Lippen waren leicht geöffnet. Seine harten Züge waren restlos entspannt. Im Schlaf sah er jünger aus und nicht ganz so unbezähmbar wie am Tag, aber trotzdem noch verheerend männlich.

Langsam ließ Lauren den Blick über seinen Körper gleiten. Die Wolldecke war hinuntergerutscht. Im dämmrigen Licht der Höhle wirkte jeder Muskel wie gemeißelt. Ihr war, als betrachtete sie eine Statue, die das Urbild der Männlichkeit darstellte. Nur dass sich die Brust einer Statue nicht rhythmisch beim Atmen hob und senkte.

Verblüfft stellte sie fest, dass ihr eigener Körper schon wieder reagierte. Sie schloss einen Moment die Augen und kämpfte gegen die heißen Wellen des Verlangens, die sie durchströmten. Sie konnte einfach nicht genug von diesem Mann bekommen. Ganz gleich, wie groß die Erfüllung war, die er ihr schenkte, ihre Leidenschaft und ihre Lust nahmen höchstens noch zu.

John sorgte dafür, dass sie unersättlich, verletzlich und absolut schamlos wurde. Er rührte das Innere ihres Wesens auf und erschütterte ihre Grundfesten.

Sie hatte sich immer vor Intimitäten jeder Art in Acht genommen, was zweifellos eine Folge ihrer konservativen Erziehung war. Bisher war sie der Ansicht gewesen, dass Sex gewaltig überbewertet wurde – außer von jenen glücklichen Wesen, die an die Liebe glaubten und sie wirklich gefunden hatten.

Was bedeutete das für sie? Sex mit John war, als würden die Urkräfte des Lebens im Universum entfesselt. War das Liebe?

Eigensinnig schüttelte Lauren den Kopf. Liebe war der tiefste, beängstigendste Abgrund, vor dem man im Leben stehen konnte. Sie hatte nicht die Absicht, dort hineinzustolpern. Das Problem war nur, dass sie bereits auf dem besten Weg dazu war.

Sie betrachtete John wie ein Raubtier, von dem sie bisher angenommen hatte, dass es nur in der Fabelwelt existierte, und biss sich auf die Unterlippe. Der leichte Schmerz riss sie aus ihren Gedanken und brachte sie in die Gegenwart zurück. Gleichgültig, was sie für John empfand – oder nicht –, es gab eine andere Wirklichkeit, mit der sie fertig werden mussten.

Der Sturm hatte sich über Nacht gelegt.

Lauren stand auf, zog sich an und ging zum Eingang der Höhle. Nach den langen Stunden im Halbdunkel blendete das Tageslicht beinahe. Schützend legte sie die Hand über die Augen und betrachtete die verwandelte Welt.

Die ersten Anzeichen des Frühlings waren verschwunden. Stattdessen war der Winter mit aller Kraft zurückgekehrt. Sie atmete die eisige Luft tief ein und hielt ihr Gesicht in die Sonne. Keine Wolke stand am Himmel. Der Wind, der den Schnee letzte Nacht zu zahlreichen meterhohen Wehen aufgetürmt hatte, säuselte nur noch.

Lauren trat einige Schritte aus der Höhle und versank beinahe bis zu den Knien. Ein Stück weiter wurde die Schicht dünner, sodass sie mühelos laufen konnte. Es war nicht schwierig, die Schneewehen rechtzeitig zu erkennen. Wenn sie die Ansammlungen mieden, würden sie wahrscheinlich ohne größere Mühe vorankommen.

Gerade wollte sie in die Höhle zurückkehren, um John zu wecken. Da drang plötzlich ein Klagelaut aus dem Innern, und sie begann zu rennen. Entsetzt zuckte sie zusammen, als sie den geliebten Mann sah. John kniete am Feuer und hatte den Kopf in beide Hände gestützt. Er stöhnte heftig.

Rasch hockte sie sich neben ihn und berührte seine Schulter. „Was hast du?"

Er antwortete nicht sofort, und sie überlegte, ob er sie hören konnte. Sein Körper schwankte hin und her – ein stummer Beweis für die unglaublichen Schmerzen, unter denen er litt.

„Mein Kopf", keuchte John. „So etwas habe ich noch nie erlebt." Er stöhnte erneut.

Lauren verdrängte die Panik, die in ihr aufstieg, und zwang sich zur Ruhe. Johns Haut war schweißbedeckt. Trotz der kühlen Luft in der Höhle schwitzte er entsetzlich, und seine Züge waren vor Schmerz verzerrt.

„Du musst dich unbedingt hinlegen", sagte sie. Behutsam fasste sie seinen Arm und drängte ihn sanft zum Schlafsack zurück.

Es kostete John ungeheure Anstrengung, doch er folgte ihr. Er schlug sogar die Augen auf und sah sie an. „Was ist mit mir los?"

„Keine Ahnung", antwortete Lauren und wünschte sehnlich, es wäre anders. Als Krankenschwester fielen ihr eine Menge mögliche Ursachen ein, und alle waren ziemlich schlimm. Für die Frau in ihr war der Gedanke, was mit ihm geschehen sein könnte, beinahe unerträglich.

Hatte John einen Schlaganfall erlitten? So jung und durchtrainiert er war, nach seinen schweren Verletzungen war es nicht auszuschließen. Die Wahrscheinlichkeit war zwar gering, machte ihr aber trotzdem Angst.

Auch eine Kopfverletzung, die aus einem unerfindlichen Grund unentdeckt geblieben war, konnte der Grund sein. Sie würde auch den Gedächtnisverlust erklären. Zwar hatte sie, Lauren, beinahe unbegrenztes Vertrauen in das Können der Ärzte von St. Mary's. Aber selbst die übersahen gelegentlich etwas.

Oder hatte eine äußerst seltene Reaktion auf die zahlreichen Medikamente, die John bekommen hatte, zu einer Gehirnblutung geführt? Falls das zutraf, konnte sie nicht feststellen, wie ernst sein Zustand war. Das wäre schon schwierig genug, wenn ihr die gesamte moderne Ausrüstung eines medizinischen Zentrums zur Verfügung stünde. Hier in der Wildnis mit nichts als dem üblichen Erste-Hilfe-Päckchen war sie buchstäblich hilflos.

Sie konnte nur bei ihm bleiben, seine beiden Hände halten und inständig hoffen, dass der Schmerz bald nachließ.

Lange Minuten vergingen. Ohne ihn loszulassen, zog Lauren den Topf mit dem Wasser heran und tauchte ein Taschentuch hinein. Vorsichtig wusch sie John das Gesicht. Er seufzte leise und schloss die Augen, entspannte sich aber nicht. Er hatte immer noch furchtbare Schmerzen.

Verzweifelt hockte Lauren neben ihm, sprach beruhigend auf ihn ein und flüsterte ihm aufmunternde Worte zu, die nichts halfen.

Es dauerte eine wahre Ewigkeit, bis der Druck seiner Finger endlich nachließ und John einschlief. Oder war er bewusstlos? Wenn sie es bloß wüsste! Er atmete gleichmäßig, und sein Puls war kräftig. Nur zum Teil beruhigt, hielt sie seine Hand weiter fest.

Die steigende Sonne schien inzwischen direkt in den Höhleneingang. Im helleren Licht konnte sie John deutlicher erkennen. Seine Züge hatten sich ein wenig geglättet. Sie zog seine Decke höher und wartete.

Eine Stunde verging, vielleicht auch etwas mehr. John stöhnte einige Male und wirkte mehrmals äußerst erregt. Laurens Beine wurden erst steif und dann taub, doch sie merkte es kaum. Es war unwichtig im Vergleich zu dem, was John durchmachte.

Gerade überlegte sie, ob sie aufstehen und feststellen sollte, ob sich niemand der Höhle näherte, da wachte John plötzlich auf. Er öffnete die Augen und sah sie fest an.

„Lauren."

Es war keine Frage, sondern vielmehr die Feststellung, dass sie da war.

Sie schluckte trocken und versuchte, sich ihre Erleichterung nicht anmerken zu lassen. „Wie geht es dir?"

Er antwortete nicht sofort, sondern setzte sich auf und blickte herum, als wollte er sich von seiner Umgebung überzeugen. Langsam drehte er sich zu ihr und verzog den Mund zu einem leichten Lächeln. „Normalerweise bin ich amüsanter als jetzt."

„Du brauchst dich nicht zu entschuldigen. Nach allem, was du durchgemacht hast, ist es ganz natürlich, dass …" Sie hielt inne und sah ihn verblüfft an. Die Wahrheit war ihm ins Gesicht geschrieben. Er wartete darauf, dass sie es selber erkannte.

„Du erinnerst dich an alles."

John nickte. „Mir war, als würde mein Kopf zerspringen. Aber das war es wert."

Ohne Vorwarnung stand er auf, und seine Decke glitt hinab. Er reckte seinen nackten Körper, und seine Kraft kehrte zurück.

Lauren beobachtete ihn mit angehaltenem Atem und fürchtete sich vor dem, was er gleich sagen würde. Gleichzeitig hoffte sie.

John hob seine Kleider auf, zog sich an und glättete mit den Fingern sein zerzaustes Haar. Anschließend nahm er die Waffen, die er mitgebracht hatte, und untersuchte sie gründlich.

Dann kehrte er zu Lauren zurück und streckte ihr die Hand hin. Automatisch legte sie die Finger hinein und stand auf.

John zog sie an sich und hielt sie behutsam, als wäre sie aus zerbrechlichem Porzellan. Mit dem Kinn strich er über ihren Kopf und sagte leise: „Ich bin ein verdeckter Ermittler."

Lauren war kein bisschen überrascht. Das passte absolut. Und es bewies, dass ihr Vertrauen in John gerechtfertigt war. Erleichtert schloss sie einen Moment die Augen, obwohl ihr die Gefahr, in der sie schwebten, voll bewusst war.

„Deshalb versucht Panos, dich zu töten."

Er schob sie so weit zurück, dass er ihr ins Gesicht sehen konnte. „Du hast die ganze Zeit an mich geglaubt."

Sie zuckte mit den Schultern. „Ich vertraute meinem Instinkt."
„Und wenn du dich geirrt hättest?"
„Das habe ich aber nicht. Was machen wir jetzt wegen Panos?"
„Wir müssen unbedingt weiter. Ich habe genügend Informationen beisammen, um ihn und eine Menge andere Leute so lange hinter Gittern zu bringen, bis das Feuer in der Hölle gefriert. Aber dazu müssen sie erst einmal in die richtigen Hände kommen."
„Draußen ist es klar geworden. Es liegt eine Menge Schnee. Aber ich glaube, dass wir es schaffen können."
„Dir ist klar, dass wir unsere Spuren nicht vertuschen können?"
Lauren nickte. John brauchte ihr nicht zu sagen, wie gefährlich ihre Lage war. Sie mussten ins Freie und konnten sich in der weißen Landschaft nirgends verbergen. Außerdem würde der Schnee ihr Fortkommen verzögern. Falls Panos und seine Kumpane sie entdeckten, war nicht auszuschließen, dass sie getötet wurden.

Mussten sie sterben, obwohl sie sich noch so viel zu sagen hatten und so wenig voneinander wussten?

Ein schmerzlicher Stich durchfuhr Lauren bei diesem Gedanken. Schweigend schob sie die Riemen ihres Rucksacks über ihre Arme, atmete tief durch und lächelte.

„Gehen wir."

20. KAPITEL

Er war wieder er selber. Nachdem John für kurze Zeit als Fremder im eigenen Körper gelebt hatte, war er sicher, dass er das Wissen um seine Person nie wieder als selbstverständlich betrachten würde.

Zu einem anderen Zeitpunkt hätte diese Tatsache ihn vermutlich zu einigen interessanten philosophischen Überlegungen geführt. Doch im Moment musste er sich auf eine einzige Sache konzentrieren: Lauren und sich lebend aus dem bergigen Gelände herauszuführen.

Und das war nicht einfach. Trotz ihres Mutes und ihrer zur Schau gestellten Fröhlichkeit beobachtete John seine Begleiterin besorgt. Für ihn war es schon anstrengend genug, durch den fast meterhohen Schnee zu stampfen. Hoffentlich versiegten ihre Kräfte nicht zu schnell.

Der Wind hatte nachgelassen, und die Kleidung hielt sie warm. Trotzdem würden ihre Hosenbeine vom Schnee nass werden. Sobald das geschah, waren Erfrierungen nicht mehr auszuschließen.

John blieb stehen und blickte über die herrliche Landschaft, die bei aller erhabenen Schönheit äußerst gefährlich war. Hätten sie Skier oder wenigstens Schneeschuhe gehabt, wäre es einfacher. Leider hatte er in der Eile der vergangenen Nacht nicht daran gedacht, dass längere Schneefälle einsetzen könnten. Auf einige Zentimeter war er gefasst gewesen, aber nicht auf diese Mengen.

Lauren schloss zu ihm auf. Seit über einer Stunde hatte er den Weg für sie beide gespurt. Zärtlich berührte sie seine Schulter. „Geht es dir gut?"

Er blickte ihr ins Gesicht, in ihre großen strahlenden Augen, ja in die Seele dieser Frau, die ihm mehr als alles andere auf der Welt bedeutete.

„Es ist mir nie besser gegangen als jetzt", antwortete er lächelnd. „Wie kommst du zurecht?"

„Großartig", versicherte sie ihm, als wäre es unübersehbar. „Es ist ein wunderschöner Tag."

Er sah sie verblüfft an, und sie lachte leise. „Nun, das musst du doch zugeben. Ich bin zwar nur ein unwissendes Stadtmädchen. Aber die Gegend ist absolut überwältigend. Außerdem geht es dir besser, und das zählt doppelt."

John blickte beiseite, denn Laurens Worte rührten ihn stärker an, als er zugeben mochte. Gefühlsäußerungen waren nie seine Stärke gewesen. Zu viele Jahre hatte er sich zusammengerissen und konsequent verborgen, was in ihm vorging. Jetzt schien es ihm nicht mehr zu gelingen.

„Eines Tages würde ich gern mit dir hierher zurückkehren", sagte er. „Sozusagen unter besseren äußeren Umständen."

Etwas flackerte in ihren Augen, vielleicht war es Wehmut. Doch es war so schnell vorüber, dass er sich nicht sicher war.

„Warst du schon häufig hier?", fragte Lauren.

Er nickte. „Ich habe die Hütte vor zwei Jahren gekauft. Seitdem wohne ich hier, so oft ich kann."

Sie gingen weiter.

„Mir war klar, dass meine Arbeit als verdeckter Ermittler viele Jahre in Anspruch nehmen könnte", fuhr John fort. „Deshalb brauchte ich diese Zuflucht."

„Vor zwei Jahren, hast du gesagt?"

„Ja, ungefähr. So lange hatte es gedauert, den Lebenslauf des John Santos zusammenzustellen, die Aufmerksamkeit des Drogenrings zu erregen und schließlich darin aufgenommen zu werden."

„Was erhofften sich die Kerle von dir?"

„Informationen. Ich habe ihnen zahlreiche Nachrichten geliefert, die verhinderten, dass ihre Kuriere gefasst wurden."

„Sodass das Rauschgift eingeschmuggelt werden konnte?" Diese Vorstellung beunruhigte Lauren erheblich.

„Das war der Preis, um das Vertrauen der Anführer zu gewinnen und in die höchsten Kreise aufgenommen zu werden. Erst dort konnte ich verwertbare Beweise gegen sie sammeln. Glaub mir, es gefiel mir ebenfalls nicht. Aber es ging nicht anders. Die Latte lag zu hoch."

„Das muss furchtbar gefährlich gewesen sein."

John zuckte achtlos mit den Schultern. „Sagen wir einfach, dass ich hoch motiviert war."

„Wegen deines Bruders?"

Er blieb erstaunt stehen und sah sie über die Schulter an. „Woher weißt du das?"

„Ich habe es mir gedacht. Im St. Mary's werden immer wieder Leute eingeliefert, die wegen eines Streits um Drogen schwer verletzt oder erstochen wurden."

„Robbie hatte nichts mit Drogen zu tun. Er war absolut unschuldig."

„Was ist passiert?"

John seufzte leise, denn die Erinnerung daran tat immer noch weh. Andererseits war er froh, dass er sie wiederhatte.

„Wir lebten in einem Stadthaus in Brooklyn, in einer hübschen Umgebung. Mein Vater besaß ein Import-Export-Geschäft. Meine Mutter blieb zu Hause und versorgte uns."

„Hatte dein Vater Beziehungen zu Südamerika?"

John nickte. „Ja, seine Familie stammte aus Venezuela. Er war dort aufgewachsen und später in die Vereinigten Staaten gegangen." Seine Mundwinkel zuckten. „Meine Mutter stammte aus Boston. Das war eine interessante Verbindung."

Lauren sah ihn mit großen Augen an und staunte, wie nahe sie mit ihren halb spielerischen Spekulationen der Wahrheit gekommen war. „Daher also die beiden Namen Santos und Putnam."

„Ja. Mein korrekter Name ist übrigens John Putnam Santos. Ich habe erst in Princeton studiert und anschließend in Yale. Nach dem Examen als Rechtsanwalt bin ich zu meinem Vater zurückgekehrt und habe ihm geholfen, sein Unternehmen zu vergrößern. Es ging recht gut."

Das war eine gewaltige Untertreibung. Die Firma war äußerst erfolgreich gewesen. Deshalb hatte er sich Anzüge aus der Savile Row, einen BMW und die malerische luxuriöse Hütte in Vermont leisten können. Er hatte ein privilegiertes Leben geführt, das von den Grausamkeiten der Welt unberührt blieb – bis die Sache mit Robbie geschah.

„Robbie war mein jüngster Bruder. Ich übertreibe nicht, wenn ich behaupte, dass er der Beste von uns war. Nie habe ich jemand kennengelernt, der sich mehr um andere Menschen sorgte als er. Als an unserer High School Drogendealer auftauchten, zögerte er keine Sekunde und meldete es der Polizei."

„Deshalb haben sie ihn getötet?"

Auch nach all den Jahren tat es noch schrecklich weh. „Die Kerle stellten eine Kaution und waren in wenigen Stunden wieder frei. Meine Eltern und Robbie wurden nicht einmal davon unterrichtet. Mein Vater machte sich große Sorgen. Natürlich unterstützte er Robbies Schritt, aber er verlangte Personenschutz für ihn. Die Polizei und der Staatsanwalt schworen hoch und heilig, dass Robbies Anzeige absolut anonym bliebe. Trotzdem würde man ihn und unser Haus im Auge behalten. Es war alles gelogen."

„Die Behörden unternahmen nichts?"

„Absolut nichts. Später behaupteten sie, es wäre ein gewaltiges Missverständnis gewesen. Die Anweisungen wären nicht an die richtige Stelle weitergeleitet worden. Das war natürlich Unsinn. Drogengeld fließt überall und verhindert sämtliche Maßnahmen."

„Was hat deine Familie getan?"

„Wir verkauften das Haus in Brooklyn, zogen in einen Vorort und versuchten, unser normales Leben wieder aufzunehmen. Es gelang uns sogar bis zu einem gewissen Grad."

John schwieg einen Moment, bevor er fortfuhr: „Seit Robbies Tod hat der Rauschgifthandel ständig zugenommen und inzwischen auch die amerikanischen Kleinstädte erreicht. Der Einfluss der Drogenkartelle ist so groß, dass sie zu einer feindlichen Macht innerhalb unseres Staates geworden sind. Leider ist das den meisten Leuten kaum bewusst, und sie reagieren immer noch nicht, wie es erforderlich wäre."

„Du meinst, man sollte sich an die führenden Köpfe halten und nicht an die kleinen Dealer?"

John nickte. „Es nützt nichts, wenn man die kleinen Fische ins Visier nimmt. Sie werden so schnell ersetzt, dass sich ihr Verlust nicht einmal bemerkbar macht. Wir müssen die großen Tiere hinter Gittern bringen. Anstatt die hohen Herren zu spielen, sollten sie in Steinbrüchen arbeiten und keine Gelegenheit zur Begnadigung erhalten. Wenn so etwas oft genug geschieht, wird es sich auch der geldgierigste Drogenboss zweimal überlegen, ob er unserem Land noch mehr Schaden zufügen soll."

Deshalb hatte John zwei Jahre seines Lebens mit einer Lüge gelebt. Er hatte seine eigene Identität so tief vergraben, dass er sich beinahe selber nicht mehr daran erinnerte. Und er wäre fast dabei getötet worden.

„Du hast alles beisammen, was du brauchst?", fragte Lauren.

„Ja, zum Glück. Ich kenne alle Namen, Kontonummern, Kurierwege und was sonst mit dem Drogenhandel zusammenhängt." Er deutete mit dem Finger an seinen Kopf. „Es ist alles hier oben gespeichert."

„Aber sie haben herausgefunden, wer du wirklich bist."

Einen flüchtigen Moment sah John sich wieder in dem eleganten Büro sitzen, das einem äußerst erfolgreichen Rechtsanwalt oder Bankier hätte gehören können. Er blickte auf einen Computer, ließ unzählige Ziffern an seinen Augen vorübergleiten und suchte nach den Hauptdaten, die er noch brauchte, um das Puzzle endgültig zusammenzusetzen. Plötzlich schreckte ein Geräusch auf dem Korridor ihn auf. Ein Fahrstuhl kam nach oben …

„Ja, ich wurde ertappt", antwortet er schlicht. „Es gelang mir zu entkommen, aber nicht für lange." Er war gerade zu seinem Wagen zurückgeeilt, als Panos ihn stellte. Eines musste man dem Kerl lassen, er verstand sein Handwerk.

Lauren stolperte. John drehte sich rasch um und konnte sie im letzten Moment vor einem Sturz bewahren. „Ich glaube, wir sollten eine Rast einlegen", erklärte er und zog sie an sich.

„Nein, dafür haben wir keine Zeit. Wir müssen weiter." Tränen glitzerten in ihren Augen.

„Du hast dich verletzt." Plötzlich bekam er furchtbare Angst und hielt sie noch fester.

Lauren schüttelte den Kopf und wischte die verräterischen Tropfen fort, die ihre Wangen hinabliefen. „Ich bin eine dumme Heulsuse."

Nein, sie war keine Heulsuse, sondern unendlich traurig. Obwohl sie schon viele Tragödien mit angesehen hatte, konnte diese Frau seinetwegen noch weinen.

„Bitte, mach dir keine Sorgen", flüsterte John und berührte mit den Lippen ihre salzige Haut. „Es wird bestimmt alles gut."

Das war ein Versprechen für sich und für die Frau, die sein ganzes Herz und seine ganze Seele erfüllte. Gleichzeitig war es eine Herausforderung an das launische Schicksal. Er hatte schon zu viel verloren und zu viele Risiken auf sich genommen, um an die Möglichkeit des Scheiterns auch nur zu denken.

Er würde Lauren und sich aus dem Gebirge herausführen. Sie hatten den Schneesturm überlebt und würden auch mit Panos fertig werden. Und anschließend …

Der Gedanke, der sich langsam formte, löste sich wieder auf. John blickte zum kristallklaren Himmel. Ein winziger schwarzer Fleck, der sich rasch näherte, störte das makellose Blau.

Während das typische Geräusch rotierender Hubschrauberblätter in sein Bewusstsein drang, schob er Lauren hinter einen Felsblock und entsicherte seine Waffe.

21. KAPITEL

Todesangst erfasste Lauren. Sie drängte sich an den schneebedeckten Felsen und musste sich zusammenreißen, um nicht aufzuspringen. Verzweifelt schloss sie die Augen und sagte sich, dass in dem Hubschrauber auch Männer sitzen könnten, die ihnen helfen wollten. Vielleicht war es die Forstaufsicht, die nach vom Schneesturm eingeschlossenen Wanderern Ausschau hielt. Oder die Polizei. Möglicherweise sogar das FBI. Eigentlich gab es keinen Grund zu der Befürchtung, dass man hinter ihnen her war.

Zumindest so lange nicht, bis die erste Kugel in der Nähe ihres Gesichtes vom Felsen zurückprallte und alle Hoffnung auf Rettung zerschmetterte.

„Panos", flüsterte John. Der Name klang wie ein Fluch.

Lauren kämpfte gegen die Übelkeit, die in ihr aufstieg. „Mit dem Hubschrauber ... Das ist ja geradezu genial. Kein Wunder, dass der Kerl so gefragt ist."

„Er ist ein echter Draufgänger." John zog sie tiefer und schützte sie mit dem eigenen Körper. Ringsum schlugen die Kugeln ein. Es war nur noch eine Frage der Zeit, bis Panos sich für einen guten Schuss in Stellung gebracht hatte.

John hob kurz den Kopf und betrachtete das Gelände. Der Wind hatte den Schnee aus einem Hohlweg zwischen zwei Felswänden geweht. Wenn sie die Öffnung erreichten, hätten sie vielleicht eine Chance.

Er fasste Laurens Arm und deutete auf den Pfad. „Sobald ich ‚lauf!' rufe, renn dort hinüber. Duck dich tief und lauf, wie du noch nie im Leben gelaufen bist."

„Was hast du vor?"

„Ich werde dafür sorgen, dass Panos etwas für sein Geld tun muss."

„Gut. Aber ich glaube kaum, dass ..."

John richtete sich so weit auf, dass er zielen konnte. Die Automatik war eine tödliche Waffe. Zwei volle Munitionsgurte hingen im rechten Winkel daran. Die Schüsse kamen in kürzesten Abständen.

„Lauf!"

Er musste darauf vertrauen, dass Lauren gehorchte. Seine ganze Aufmerksamkeit war auf den Hubschrauber gerichtet. Die Männer konnten ihn sehen. Sie wussten, was er vorhatte, und drehten hart ab, um seinem Feuer zu entkommen. Die Chance, sie zu treffen, war praktisch gleich Null. Trotzdem musste er es versuchen. Wenn er die Kerle lange genug ablenkte, konnte Lauren den Felsspalt vielleicht erreichen.

Der Helikopter nahm einen neuen Anlauf und flog direkt auf ihn zu. Wer immer ihn steuerte, der Kerl hatte eiserne Nerven.

John kroch um den Felsblock herum, richtete sich ein wenig auf und begann zu rennen. Lauren war schon fast auf der anderen Seite. Sie würde es schaffen, und er …

Steinsplitter flogen ihm um die Ohren. Sie zerbarsten ganz in der Nähe. Er konnte sich nirgends vor ihnen schützen, und die Spalte war noch ungefähr zehn Meter entfernt.

„Rutschen!" Das hatte Robbie ihm an einem Sommertag in Brooklyn bei einem Spiel der Jugendliga zugerufen, damit er den Punkt heimbringen konnte. Doch diesmal war es nicht der jüngere Bruder, sondern Lauren, um die es ging.

„Rutschen!"

John warf sich zu Boden, glitt auf dem glatten Schnee weiter, drehte sich auf den Rücken und feuerte erneut. Wenn es sein musste, würde er nicht allein gehen.

Die Kugeln durchschlugen die Rotorblätter, und der Helikopter begann zu zittern. Der Hubschrauber war so nahe, dass er den Piloten und einen weiteren Mann in der Kanzel sehen konnte – Panos. Panos rief etwas, und der Pilot schrie zurück. Er sah ängstlich und verärgert aus, als wäre dies nicht ausgemacht gewesen. Zwar flog er gern. Aber er hatte keine Lust zu sterben.

Der Hubschrauber drehte gerade so lange ab, dass John und Lauren den Hohlweg erreichten. Er schob sie zwischen die engen Wände und folgte ihr dicht auf den Fersen. Glatte Felsen ragten zu beiden Seiten in die Höhe. Der Platz reichte kaum für zwei Menschen nebeneinander. Nur auf den ersten Metern fiel Sonnenlicht hinein. Dahinter war alles schwarz.

Das Brummen des Hubschraubers wurde wieder lauter, und Panos kehrte zu einem neuen Angriff zurück. John packte Lauren, presste sie an die Felswand und schützte sie erneut mit dem Körper. Kugeln peitschten am Eingang des Hohlwegs vorüber. Zum Glück war die Öffnung so schmal, dass sie ihr Ziel kaum erreichen würden.

„Hier sind wir so sicher, wie es irgend geht", sagte John.

Lauren zitterte unmerklich. Sie hob den Kopf und sah ihn an. „Irgendwann wird ihnen der Treibstoff ausgehen oder die Munition", antwortete sie ruhig.

Lange bevor es so weit war, würden Panos und der Pilot nach einem Landeplatz Ausschau halten, dessen war John gewiss. Wahrscheinlich suchten sie jetzt schon danach. Schweigend betrachtete er das Gelände.

Der Schnee verbarg die Unebenheiten der Landschaft und machte jeden Landeversuch äußerst gefährlich. Doch für jemanden, der gewillt war, das Risiko auf sich zu nehmen, der dafür bezahlt wurde oder dem man einen Revolver an den Kopf hielt, um ihm Mut zu machen, war nichts unmöglich.

Außerdem war gar nicht sicher, dass der Hubschrauber landen musste, da Panos in der Kanzel saß. Wenn der Pilot weit genug hinunter kam, konnte der Killer ohne Weiteres abspringen.

Die Felswände kamen sie auf keinen Fall hinauf. Selbst mit einer Kletterausrüstung war der Aufstieg praktisch unmöglich. Ins Freie konnten sie ebenfalls nicht zurück. Sie würden sofort erschossen werden.

„Wir müssen tiefer hinein und können nur hoffen, dass der Spalt irgendwo wieder hinausführt", sagte John.

„Du hast den Weg nicht zufällig schon einmal erforscht?"

„Leider nicht." Er holte die Taschenlampe aus dem Rucksack und leuchtete nach vorn. Einige Meter weiter wurde der Hohlweg noch schmaler. Sie mussten hintereinander gehen, und John übernahm die Führung. Das Rotorengeräusch war immer noch zu hören, klang aber ziemlich gedämpft.

„Ob sie wieder wegfliegen?", fragte Lauren.

„Schön wäre es. Allerdings wüsste ich nicht, weshalb." Eher war anzunehmen, dass der Hubschrauber über dem Hügel kreiste, wo der Spalt sich zum Himmel öffnete. Falls Panos dort Aufstellung nahm, saßen sie in einer Falle, wie er es noch nie erlebt hatte.

Lauren eilte schweigend weiter. John nahm an, dass sie zu einer ähnlichen Schlussfolgerungen gekommen war wie er, und war ihr dankbar, dass sie nicht darüber redete. Sie liefen, so schnell sie konnten. Doch der Spalt wurde immer enger. Am Ende mussten sie sich beinahe durchquetschen. John drehte sich zur Seite und verzog das Gesicht. „Noch einige Bissen mehr von der Ente, und ich käme jetzt nicht mehr durch."

Gerade als er befürchtete, der Hohlweg könnte in einer Sackgasse enden, da öffnete sich der Spalt ein wenig. Das Brummen der Rotoren wurde lauter und war jetzt beinahe über ihnen. Gewehrschüsse knallten. John konnte nicht feststellen, ob sie aus dem Hubschrauber kamen oder ob Panos ausgestiegen war.

Vor ihnen drang Tageslicht herein. Zögernd näherte John sich der Öffnung und merkte kurz darauf, wie berechtigt seine Vorsicht war. Während der Eingang zum Hohlweg über einen Pfad zu erreichen war, endete der Ausgang an einem Steilhang. Er schätzte, dass er in einem Winkel von sechzig bis siebzig Grad abfiel.

Lauren spähte ihm über die Schulter. Er hörte, wie sie die Luft einzog. „Ach, du liebe Zeit."

Während sie dies sagte, flog der Hubschrauber um den Hügel herum und kam direkt auf sie zu. Panos war noch an Bord. Sie konnten sein Gesicht deutlich sehen. Es war wutverzerrt.

Rasch wich John in den Hohlweg zurück. Er setzte seinen Rucksack ab, holte eine wasserdichte Plane hervor und breitete sie auf dem Boden aus.

Lauren beobachtete ihn verwirrt. „Wir sitzen in der Falle. Ganz gleich, in welche Richtung wir gehen, Panos wird schon auf uns warten."

„Und wenn wir hierbleiben, wird er einige Männer oben absetzen und uns auf diese Weise erledigen."

Sie sah ihn fest an, und er bemerkte zum ersten Mal echte Angst in ihren Augen. „John ..."

Zärtlich streichelte er ihre Wange. „Keine Sorge. Es wird schon alles gut werden."

„Wie ..."

„Du bist doch schon einmal Schlitten gefahren, nicht wahr? Zumindest als Kind im Winter."

„Ja, aber ..."

„Dann stell es dir genauso vor, höchstens ein bisschen holpriger. Wir werden beide auf der Plane den Hang hinunterrutschen." John drückte Lauren nach unten und setzte sich mit dem Gesicht zur Öffnung vor sie. „Leg die Arme fest um meine Taille."

Langsam wurde ihr klar, was er vorhatte, und sie erstarrte unwillkürlich. „Das ist doch wohl ein Scherz."

„Hast du eine bessere Idee?"

„Nein, aber ... Ja, doch. Das habe ich. Wenn wir es so machen, wie du vorschlägst, rutschen wir aus dem Stand auf den Hang. Es wäre besser, wenn wir ein bisschen Anlauf hätten."

John zog die Brauen in die Höhe. „Hast du meinen Plan nicht gerade für einen Scherz gehalten?"

„Wirklich, wir könnten es schaffen. Steh einmal auf."

Zögernd gehorchte er und betrachtete sie misstrauisch.

„Wenn du mit der Plane vor dem Körper und mit mir unmittelbar hinter dir losrennst, dich flach auf den Boden wirfst, sobald wir die Öffnung erreicht haben, und ich dir folge, können wir den Hang viel schneller hinunterrutschen. Stimmt's?"

„Du bist schon viel zu lange in der Kälte. Woher willst du wissen, dass du dich hinter mir halten kannst, bis ich die Öffnung erreicht habe?" Der Gedanke, dass er Lauren verlieren könnte und sie allein Panos und seinen Kumpanen ausgeliefert wäre, versetzte ihm einen schmerzlichen Stich.

„Ich werde da sein", versicherte sie ihm. „Darauf kannst du dich verlassen."

Er zögerte, doch der Blick in ihren Augen sagte alles. Im Grunde blieb ihnen keine andere Wahl.

„Wie schnell kannst du laufen?", fragte er.

Sie drückte die Lippen federleicht auf seinen Mund. „Wie ein Wiesel aus der Hölle."

John fand den Vergleich zwar unpassend, war aber trotzdem ein wenig beruhigt. Sie wichen noch ein Stück in den Hohlweg zurück, und er stellte den Rucksack beiseite. Das Gepäck würde ihre Flucht nur behindern. Eine Waffe hing gesichert über seiner Schulter. Die zweite reichte er Lauren.

Dann waren sie bereit.

John hob die Plane hoch und hielt sie so, dass er gerade über die Oberkante schauen konnte. Das Material reichte bis zum Boden.

„Bei drei", sagte er.

Sie nickte und hielt sich an seinem Gürtel fest.

„Eins – zwei – drei ..."

Wie ein Wiesel aus der Hölle ... Wie an jenem Sommertag auf dem Baseball-Feld. Wie bei dem Hundertmeterlauf in jenem Jahr auf der High School, als er auf die Aschenbahn gegangen war und festgestellt hatte, dass ihm die Kurzstrecken gefielen.

John rannte auf die schmale Öffnung zu und warf sich hinaus in die Weite. Die Zeit schien stehen zu bleiben. Für den Bruchteil einer Sekunde schwebten sie. Dann kam der weiße Boden mit erschreckender Geschwindigkeit auf sie zu.

Sie landeten hart und wurden nur von dem weichen Schnee vor einer Katastrophe bewahrt. Beiden stockte der Atem. Im nächsten Moment setzte die Schwerkraft ein, und sie rasten auf ihrem provisorischen Schlitten den Felshang hinab.

22. KAPITEL

*S*ie würden sterben.

Lauren war sich plötzlich ganz sicher. Dies waren die letzten Sekunden ihres Lebens. Das war es gewesen. Ihre Neugier über den Zeitpunkt und die Art ihres Todes würde in wenigen Augenblicken befriedigt werden.

Unendliche Trauer erfüllte sie. Es hätte noch so viel zu sagen und zu tun gegeben. Wie schade, dass sie keine Gelegenheit dazu bekommen würde. Doch es war vorbei, zerstoben in einem blinden Flug durch Raum und Zeit. Sie konnte nicht atmen, nichts sehen und nichts tun, als sich mit aller Kraft an John klammern.

Lauren holte tief Luft, füllte ihre Lungen und kniff die Augen zu. Dutzende von Bildern kamen ihr in den Sinn – sonnige Sommertage, lachende Menschen, vor allem jedoch Gesichter. Familienmitglieder, Freunde, Patienten, um die sie sich gesorgt hatte, Leute, die sie zum Teil jahrelang nicht gesehen hatte, fielen ihr in diesen wenigen Sekunden ein.

Es stimmte also, was man sich erzählte. In der Stunde des Todes zog das ganze Leben noch einmal an einem vorüber. Würde sie gleich auch die Wahrheit über den Rest erfahren? Dass man seinen Körper verließ und ein lockendes Licht erkannte? All die Dinge, von denen jene Menschen sprachen, die schon klinisch tot gewesen waren?

Sie wollte es gar nicht wissen. Jetzt noch nicht. Noch lange nicht. Nein, sie wollte leben. Sie wollte lachen und lieben, klüger und älter werden und ihr eigenes Kind in den Armen halten. Dass ihr das alles verwehrt bleiben sollte, war unerträglich.

Unbändige Wut erfüllte Lauren bei dem Gedanken, in dieser Kälte in Eis und Schnee sterben zu müssen, gejagt von skrupellosen Ganoven. Der Zorn überwältige sie derart, dass sie eine Weile brauchte, bis sie merkte, dass sie längst nicht mehr so schnell rutschten wie vorher.

Der Hang unter ihnen war flacher geworden. Zögernd öffnete sie die Lider, erkannte einzelne Bäume und sah plötzlich einen ganzen Wald auf sich zukommen.

„Halt dich fest!", schrie John.

Er warf sein Gewicht nach links und steuerte so auf eine Schneewehe zu, um die Fahrt des provisorischen Schlittens zu verringern. Obwohl Lauren sich mit aller Kraft an ihn klammerte, konnte sie sich nicht halten. Sie schleuderte beiseite und rollte und rollte, bis sie an etwas Kaltes stieß, das sich um sie schloss und sie verschlang.

Weiß. Die ganze Welt war weiß. Sie konnte absolut nichts sehen. Verzweifelt drehte sie den Kopf. Das Weiß war so grell, dass sie die Augen zusammenkneifen musste. War es das? War sie tot?

Sie holte tief Luft und keuchte heftig. Tote konnten so etwas nicht, oder? Zögernd streckte sie den Arm in die weiße Masse und griff mit der Hand ins Leere.

Im nächsten Moment wurde sie gepackt. Eine gewaltige Macht riss sie in die Höhe. Das Weiß fiel von ihr ab, und sie erkannte Bäume, den Himmel und die Sonne. Und Johns Gesicht. Es war ganz nahe. Er drückte sie fest an sich.

„Bin ich froh, Lauren. Als ich dich nirgends finden konnte …" Er sprach nicht weiter. Sie spürte den Schauder, der ihn durchrieselte, und kämpfte mühsam mit den Tränen. Sie waren dem Tod so nahe gewesen, dass ihnen das Leben plötzlich wunderbar erschien.

Allerdings war es noch längst nicht gesichert.

„Nichts gebrochen?", fragte John und strich mit beiden Händen über ihren Körper, als müsste er sich selber davon überzeugen.

Lauren lächelte kläglich. „Nein. Und was ist mit dir?"

„Ich glaube kaum, dass wir soeben eine neue Sportart entdeckt haben. Komm, wir müssen hier heraus", war seine Antwort.

Sie stiegen aus der Schneewehe, die ihren Sturz gebremst hatte, und blieben einen Moment stehen, um sich wieder zu fassen. Der Wald ringsum war sehr dicht. Lauren staunte, dass sie nicht gegen einen Stamm geschleudert worden waren. Voller Entsetzen betrachtete sie den Steilhang, den sie soeben hinabgeschliddert waren. Ein Wunder, dass sie mit ein paar blauen Flecken davongekommen waren.

„Hier entlang", sagte John und wandte sich nach links. „Die Spur, die wir hinterlassen haben, ist bestimmt vom Helikopter aus zu erkennen. Panos nimmt wahrscheinlich an, dass wir geradeaus laufen. Wenn wir im Zickzack gehen, haben wir zumindest eine Chance, ihm zu entkommen."

Lauren nickte. Schon während John sprach, hatte sie das Motorengeräusch erneut gehört. Es war nie ganz verstummt. Sie war nur zu abgelenkt gewesen, um es bewusst wahrzunehmen. Es gab keinen Zweifel, dass sie immer noch gejagt wurden.

„Was meinst du, wie lange können wir ihm ausweichen?", fragte sie.

„Bis zum Einbruch der Dunkelheit, hoffe ich. Allerdings wäre es möglich, dass sie vorher tanken müssen."

John hatte recht. Mit ein bisschen Glück könnten sie es schaffen. Die Frage war nur, was dann? Sie waren in einer bergigen Landschaft und hatten keine andere Ausrüstung dabei als die Kleider an ihrem Körper und die Gewehre. Der Schneefall hatte aufgehört. Aber es war immer noch bitterkalt. Sie spürte es bis ins Mark.

John legte den Arm um ihre Schultern. Er war nicht wärmer als sie. Aber sein großer kräftiger Körper gab ihr Trost.

„Es ist nicht so schlimm, wie es aussieht", versicherte er ihr. „Ich weiß, wo wir sind. Wenigstens habe ich eine ziemlich genaue Vorstellung davon. Etwa eine Meile nördlich von hier verläuft die Hauptstraße. Panos kann sie aus der Luft sehen. Sicher nimmt er an, dass wir diese Richtung einschlagen. Deshalb werden wir es nicht tun, sondern warten."

„Bis er tanken muss oder es dunkel wird?"

John nickte. „Am besten beides."

Hand in Hand gingen sie weiter. Das Laufen fiel ihnen schwer. Nach ihrer wilden Fahrt und der überstandenen Angst war Lauren restlos erschöpft. Nur das ständige Brummen des Hubschraubers, das mal näher war und mal weiter entfernt, hielt sie in Bewegung.

„Panos konzentriert sich tatsächlich auf die Straße", stellte John fest. Sie hatten eine kleine Pause eingelegt, um ein bisschen Schnee zu essen. Die eisige Flüssigkeit, die ihre Kehle hinablief, munterte Lauren etwas auf. Trotzdem fühlten sich ihre Arme und Beine an, als wären sie aus Blei.

„Wie lange ist er wohl schon in der Luft?", fragte sie.

„Das ist schwer zu sagen. Der nächste Flughafen liegt ungefähr eine Stunde mit dem Wagen von hier entfernt. Der Hubschrauber braucht nur wenige Minuten für die Strecke. Wahrscheinlich fliegt er schon eine ganze Weile."

Lauren legte die Hand über die Augen und betrachtete die schwarze Maschine, die am Himmel her und her flog. Sie sah aus wie ein hässlicher, äußerst gefährlicher Raubvogel.

Zitternd schlang sie die Arme um sich. „Es wird immer kälter."

„Wir sollten lieber weitergehen."

Sie blieben unter den dichten Bäumen. Einmal kam der Hubschrauber in ihre Richtung. John riss Lauren in den Schnee und rollte mit ihr in ein Gebüsch. Zitternd vor Kälte, blieben sie liegen, während Panos unmittelbar über ihnen im Zickzack nach ihnen suchte.

„Es sieht ganz danach aus, als ob er die Geduld verliert", murmelte John.

Sein warmer Atem strich über ihre Wange. Doch ihr restlicher Körper blieb kalt. Schon eine ganze Weile spürte sie ihre Füße nicht mehr.

Sie hatte genug über Erfrierungen gelernt, um zu wissen, was das bedeutete.

„Es wäre besser, wenn wir einen Unterschlupf fänden", sagte sie.

„Ich weiß." Sein Blick glitt an ihr hinab. „Aber das ist ziemlich unwahrscheinlich. Komm, stütz dich auf mich."

Lauren verzog das Gesicht. „Nein, das wäre unfair. Außerdem sind deine Wunden …" Plötzlich wurde sie kreidebleich. „Meine Güte, diese Sturzfahrt den Berg hinunter … Ich habe gar nicht daran gedacht …"

„Mir geht es ausgezeichnet."

Sie sah ihn zweifelnd an, und er lachte leise. „Wirklich, ich habe nichts abgekommen. Du solltest mehr Vertrauen in das Können deiner Kollegen im St. Mary's haben – von dir selber ganz abgesehen."

„Ich gebe zu, dass sie dich fantastisch genäht haben müssen, wenn du das alles heil überstanden hast."

„Stimmt das Gerücht, dass man Angelschnur dafür verwendet?"

Wider Willen musste Lauren lachen. Sie stellte sich plötzlich vor, wie Felix oder ein anderer Chirurg in Fischerweste und schenkelhohen Stiefeln im OP stand, den Angelkasten neben sich, und einen Patienten versorgte.

„Für unsere Kranken ist uns nichts zu gut." Sie sah hinauf zum Himmel. Der Hubschrauber flog wieder in Richtung Straße. „Wir sollten weitergehen."

Mühsam setzten sie einen Fuß vor den anderen. Sosehr Lauren es verabscheute, sie musste sich auf John stützen. Sie hatte fast keine Kraft mehr. Einmal gaben ihre Knie nach, und sie begann zu fallen. Nur sein starker Arm um ihre Taille hinderte sie daran.

„Ruhen wir uns einen Moment aus", schlug John vor und zog sie in den dichten Schatten zwischen den Bäumen.

Seufzend sank Lauren auf den Boden und spürte die Kälte kaum noch. John hockte sich neben sie und drückte sie fest an sich. Seine Umarmung hatte nichts Sinnliches, sondern war ausgesprochen tröstlich.

Lauren legte den Kopf an sein Brust. Sie war so müde, dass sie am liebsten losgeheult hätte. Aber das durfte sie auf keinen Fall. Sie musste sich unbedingt zusammenreißen.

„Weißt du, wie ich mir das Paradies vorstelle?", fragte sie und hörte die eigene Stimme nur wie von fern.

Er hielt sie noch fester. „Wie denn?"

„Ohne Hubschrauberflügel."

Er lachte tief in der Kehle. „Das müsste herrlich sein. Es wäre …" Plötzlich hielt er inne. Sie sahen sich an und merkten trotz ihrer Erschöpfung, dass etwas fehlte.

„Er ist weg", sagte Lauren und folgte Johns Blick. Der Himmel war leer.

Tränen traten ihr in die Augen, während sie mühsam aufstanden.

„Wir sind keine fünfhundert Meter von der Straße entfernt", erzählte John und sah sie besorgt an. „Meinst du, dass du es bis dahin schaffst?"

„Natürlich", antwortete sie. Ihre Stimme klang erheblich zuversichtlicher, als sie war. Aber ihr blieb keine andere Wahl. Falls Panos den Hubschrauber nur auftanken wollte, würde er zurückkehren. Sie durften keine Sekunde verlieren.

Das Glück war auf ihrer Seite. Je näher sie der Straße kamen, desto dünner wurde die Schneedecke, und das Laufen fiel ihnen leichter. Sobald Lauren das hellgraue Band entdeckte, das sich von der weißen Landschaft abhob, spürte sie neue Kraft.

„Wie weit ist es von hier bis zur Stadt?", fragte sie.

„Ungefähr zwei Meilen. Einen großen Teil davon können wir uns unter den Bäumen halten. Wir müssen nur das erste Stück rasch hinter uns bringen."

John brauchte ihr nichts zu erklären. Wenn der Hubschrauber zurückkehrte, solange sie auf der ungeschützten Straße waren, hatten sie keine Chance.

„Vielleicht kommt ja ein Wagen vorüber", sagte Lauren und flehte innerlich, dass es so wäre. Es war ungewöhnlich still geworden. Ohne das Brummen der Rotoren hörten ihre an den Stadtlärm gewöhnten Ohren, wie der Wind durch die Kiefernzweige strich. Sie schienen die einzigen Menschen auf der Welt zu sein.

Jeder Schritt kostete sie größte Anstrengung, und sie sprach kein Wort. Ihre Lunge brannte. Eigentlich mussten sie schneller laufen. Wahrscheinlich hatte John noch die Kraft dazu. Sie, Lauren, war nicht mehr dazu imstande. Deshalb ging er langsamer und passte sich ihren Schritten an. So dankbar sie ihm dafür war, sie machte sich furchtbare Sorgen.

„Ich glaube, wir sollten uns lieber trennen."

Erschrocken fuhr John zu ihr herum. „Wie bitte?"

„Du könntest vorausgehen und Hilfe holen. Ich komme nach." Als er sie immer noch ansah, als hätte sie den Verstand verloren, fuhr sie fort: „Allein kannst du schneller laufen. Das weißt du ebenso gut wie ich."

„Kommt nicht infrage. Wir bleiben zusammen."

„Das ist doch Unsinn. Wahrscheinlich hofft Panos genau darauf. Das erspart ihm die Mühe, zwei Opfer zu jagen statt eines."

John schnaufte unwillig. „Er weiß nicht einmal, ob wir noch am Leben sind. Wenn wir Glück haben, glaubt er, dass wir bei der Schussfahrt ins Tal getötet wurden."

„Typisch Stadtmensch", sagte Lauren und musste plötzlich lachen. Es gelang ihr nicht besonders gut, aber es klang zumindest echt. „Oh je, ich glaube, ich verliere den Verstand."

„Wenn du tatsächlich glaubst, ich würde dich allein lassen, hast du ihn bereits verloren."

Sie legte die Hand auf seinen Arm. „Im Ernst, John. Glaubst du nicht, dass Panos zurückkehren wird, und sei es nur, um unsere Leichen zu bergen? Oder würden die Leute, für die er arbeitet, ihn auch ohne einen Beweis für unseren Tod bezahlen?"

„Er wird ihnen berichten, was passiert ist. Sie werden ihm schon glauben."

„Du meinst, er erzählt seinen Auftraggebern ein Ammenmärchen, und sie sagen: ‚Besten Dank, hier ist das Geld. Viel Spaß damit?'"

„Das ist ziemlich unwahrscheinlich."

„Eben. Er kommt bestimmt zurück."

„Also gut, du hast recht. Trotzdem lasse ich dich nicht allein. Schau mal nach vorn. Siehst du die Bäume dort?"

Lauren folgte seinem Blick, obwohl es immer schwieriger wurde, überhaupt etwas zu erkennen. Es wurde langsam dunkel. Außerdem war sie schrecklich müde. Aber die Bäume waren da. Sie sahen aus wie ein dichter Schatten, in den die Straße verschwand.

„Viel weiter ist es nicht mehr", sagte John.

Das entsprach zwar nicht der Wahrheit, aber Lauren wollte ihm diesmal gern glauben. Taumelnd liefen sie weiter, und der Wald kam quälend langsam näher.

Sie hoffte schon, dass sie die Bäume tatsächlich erreichen würden, da hörte sie in der Ferne jenes leise, aber unverkennbare Brummen, das sie wahrscheinlich für den Rest des Lebens im Traum verfolgen würde. Falls sie noch einmal Gelegenheit zum Träumen bekam.

Der Hubschrauber war zurück.

„Lauf!" John packte ihre Hand und rannte auf die Bäume zu. Lauren blickte über die Schulter zurück. Zwei Männer beugten sich aus der Kanzel und schossen. Die Kugeln peitschten rechts und links durch die Luft. Ein Schrei bildete sich in ihrer Kehle, doch sie hatte keinen Atem dafür.

Steinsplitter stoben von der Straßendecke auf. Ein scharfer Brocken traf ihre Stirn. Lauren merkte es kaum. Nachdem sie so viel überstanden hatten, war es furchtbar ungerecht, dass sie jetzt sterben könnten.

Könnten? Du liebe Güte, weshalb machte sie sich etwas vor? Sie waren immer noch in freiem Gelände, gut hundert Meter von den Bäumen entfernt. Selbst wenn sie den Wald erreichten, was würde es ihnen nützen? Panos und seine Männer brauchten nur das ganze Gebiet mit ihren automatischen Waffen zu beschießen. Eine Kugel würde sie bestimmt verletzen, wenn nicht sogar töten.

Und wenn sie nur verwundet wurden, würden sie im Dunkeln in der Kälte daliegen und darauf warten, dass ihre Verfolger kamen und ihr Werk vollendeten.

Dabei behaupteten die Leute, das Leben in den Städten wäre gefährlich.

Total verrückt. Mehr konnte Lauren nicht denken, während ihr die Kugeln um die Ohren flogen, der Hubschrauber dröhnte und der Tod immer näher kam. Wenn sie je nach New York zurückkehrte, würde sie dort den Boden küssen. Ganz bestimmt. Einen dicken Kuss auf dem Fußweg unmittelbar vor dem St. Mary's. Na gut, vielleicht würde sie vorher ein bisschen Desinfektionsmittel darauf gießen. Aber sie wäre wenigstens zurück.

Eine Kugel streifte ihre Stirn. Sie spürte, wie das warme Blut ihren Schädel hinablief.

Im nächsten Moment stürzte sie mit John zu Boden. Ihr war nicht ganz klar, weshalb. Wahrscheinlich lag es an der Erschöpfung, dem Hitzestau unter der Kleidung und dem Schuss. John warf sich über sie. Sie wollte das nicht. Der Gedanke, dass er getötet werden könnte, weil er sie beschützen wollte, war ihr unerträglich.

Zum Teufel mit Panos und seinen elenden Kumpanen, denen nichts und niemand heilig war. Wie konnten sie es wagen, anständigen Menschen ein sicheres Plätzchen in dieser Welt zu verwehren? Wenn sie ...

Weiter kam Lauren mit ihren wirren Gedanken nicht. Mit aller Kraft klammerte sie sich an John und war nicht sicher, ob sie erneut angeschossen worden war oder ob der Verstand ihr einen bösen Streich spielte.

Während die Sonne im Westen hinter den Bergen unterging und die Nacht auf die idyllische Landschaft von Vermont niedersank, hätte sie schwören können, dass sie einen zweiten Hubschrauber hörte.

Aus Richtung Osten näherte sich mit hohem Tempo ein gewaltiger schwarzer Fleck am Himmel. Er war viel größer als der Hubschrauber, in dem Panos und seine Männer saßen, und klang erheblich stärker. Der Hubschrauber hielt direkt auf die kleinere Maschine zu. Lauren blickte über Johns Schulter und bemerkte die roten Blitze, die von ihm ausgingen. Plötzlich zischte etwas, und sie sah verblüfft, dass etwas Längliches mit unglaublicher Geschwindigkeit unter dem angreifenden Fahrzeug hervorschoss.

„Du liebe Güte", flüsterte John und sprach nicht weiter. Panos und seine Männer waren schwer bewaffnet und hatten die üblichen Maschinengewehre an Bord. Aber keine Raketen! Der zweite Hubschrauber war damit ausgerüstet und hatte soeben eine auf ihre Verfolger abgeschossen.

„Oh nein ...", keuchte Lauren. Sie hatte so etwas im Fernsehen und im Kino gesehen. Doch sie hätte nicht im Traum daran gedacht, dass sie eines Tages persönlich Zeugin eines solchen Beschusses werden könnte. Der Weg der Rakete war im Scheinwerferlicht des Angreifers deutlich zu erkennen. Blitzschnell näherte sie sich ihrem Ziel.

Panos' Pilot sah das Geschoss ebenfalls. Verzweifelt versuchte er, der tödlichen Waffe auszuweichen. Aber dazu blieb keine Zeit. Lauren schloss entsetzt die Augen. Sie hörte den Treffer, sah ihn aber nicht.

Ein ohrenbetäubender Knall entstand und noch einer. Metall knirschte. Dann zischten plötzlich Flammen. Der Lärm war entsetzlich, und die Hitze wurde unerträglich. Unzählige Splitter regneten vom Himmel auf sie hinab.

Lauren erinnerte sich später nicht, wie sie die Bäume erreicht hatten. Als sie wieder klar denken konnte, hockte sie neben John im Wald und beobachtete die Szene.

Der zweite Hubschrauber war gelandet. Große, kräftige Männer in Overalls stiegen heraus. Sie trugen automatische Waffen. Einige eilten zu den Trümmern von Panos' Maschine und kreisten sie ein. Ein weiterer blickte in Richtung Wald, entdeckte sie und lief auf sie zu. John und Lauren waren auf den Füßen, bevor er sie erreicht hatte.

Der Mann sah Lauren kurz an und wandte sich an John. „Na, das war vielleicht ein Spaß. Trotzdem sollten Sie uns das nächste Mal lieber vorher anrufen, damit wir nicht das ganze Land nach Ihnen abzusuchen brauchen."

„Das muss ich mir erst noch überlegen", antwortete John vergnügt. „Es tut euch Bürohengsten ganz gut, wenn ihr von Zeit zu Zeit an die frische Luft kommt."

Der andere lachte. Dann fielen sich die Männer in die Arme und schlugen sich gegenseitig auf die Schulter.

„Es freut mich sehr, dass ihr so fröhlich seid", murmelte Lauren und setzte sich in den Schnee. Wenn es nach ihr ging, konnten sich die beiden Kerle die ganze Nacht gegenseitig aufziehen. Sie musste sich jetzt unbedingt ein bisschen ausruhen. Anschließend würde sie sich um ihre Stirn und ihre Füße kümmern, die sie nicht mehr spürte, und in die Zivilisation zurückkehren.

Aber erst brauchte sie eine kleine Rast. Ihr Kopf sank nach vorn. Sie hörte nicht, dass John ihren Namen rief, und sah auch nicht, dass die anderen Männer herbeigeeilt kamen.

23. KAPITEL

Es war braun und mit einer Soße überzogen. Daneben lagen etwas Merkwürdiges in Orange und ein Klacks, der vermutlich aus Kartoffelbrei bestand. Lauren stocherte mit der Gabel in dem Fleisch – sie wollte nicht unfreundlich sein –, aß aber nichts. Sie hatte keinen Appetit.

„Nun mach schon", forderte Ginny Germaine sie auf. Sie hatte Mittagspause und war heraufgekommen, um nach Lauren zu sehen. „So schlecht ist es doch nicht." Der Blick, mit dem sie das Essen auf dem Teller betrachtete, sagte allerdings etwas anderes. „Oder soll ich schnell nach draußen laufen und dir einen Hamburger besorgen?"

Lauren schob den Esstisch beiseite. Sie hatte ein Einzelzimmer mit dem schönsten Blick, den das St. Mary's zu bieten hatte, gute Freunde, die sie ständig besuchten, um sie aufzuheitern, und die besten Aussichten, wieder ganz gesund zu werden.

„Nur eine leichte Gehirnerschütterung", hatte Felix festgestellt. Er hatte die Wunde an ihrem Kopf sorgfältig untersucht, um sicher zu sein, dass die Sanitäter der Drogenfahndungsbehörde ordentliche Arbeit geleistet hatten. „Es ist mehr als eine Kugel nötig, um diesen Dickkopf zu verbeulen", war seine professionelle Meinung gewesen.

Sie würde sich bald erholen.

Lauren rutschte hin und her und suchte nach einer bequemeren Lage. „Ich sollte überhaupt nicht hier sein."

„Das behaupten alle Patienten. Dein Krankenblatt sagt etwas anderes."

„Ich kann Krankenblätter über mich nicht leiden. Eine Schwester hat nichts in einem Hospitalbett zu suchen."

„Das hat sie durchaus. Zum Beispiel, wenn sie bei Frosttemperaturen stundenlang durch die Gegend geirrt ist, im Schneesturm übernachtet hat und am Ende sogar angeschossen wurde. Ach ja, was war das eigentlich mit dieser wilden Schlittenfahrt den Berg hinab, von der ich gehört habe?"

„Erinnere mich bloß nicht daran! Ernsthaft, wann kann ich wieder raus?"

„Darüber entscheide nicht ich", erklärte Ginny nüchtern und tätschelte Laurens Hand. Sie warf einen Blick auf das beiseitegeschobene Tablett. „Versuch etwas zu essen."

„Lieber sterbe ich."

„Dazu hattest du vorher Gelegenheit. Jetzt musst du essen."

„Essen? Wer will hier nicht essen?" Martha Morrissey steckte den Kopf durch die Tür, entdeckte Lauren und lächelte fröhlich. „Keine Sorge, ich bin nicht gekommen, um dich um eine Extraschicht zu bitten."

„Ich würde sie sofort übernehmen, wenn ich auf diese Weise aus dem Bett käme."

„Das brächte sie glatt fertig", stellte Ginny fest. „Passen Sie bloß auf sie auf."

Martha kam herein, umarmte Lauren behutsam und gab acht, dass sie ihr nicht wehtat. „Wie geht es dir?"

„Gut. Ich will endlich aufstehen."

Ginny und die Oberschwester wechselten einen stummen Blick.

„Hör zu, Liebes. Du hast eine Menge durchgemacht. Es könnte nicht schaden, wenn du dich einige Tage ausruhen würdest", sagte Martha freundlich.

„Das geht auch zu Hause."

„Aber dort könnten wir dich nicht so verwöhnen wie hier", erklärte Ginny. „Ganz abgesehen von unserer ausgezeichneten Küche. Weshalb willst du auf all das verzichten?"

„Ich komme – bestimmt allein zurecht …" Laurens Unterlippe begann zu zittern. Oh nein, sie fing gleich an zu heulen. Sie konnte sich nicht gegen das weinerliche Gefühl wehren, das in ihr aufstieg.

„Lauren …" Ginny setzte sich auf den Bettrand und legte der Freundin den Arm um die Schultern.

Martha schloss sich ihr an. „Lass nur, Mädchen. Manchmal muss man seinen Gefühlen freien Lauf lassen."

„Dabei habe ich gar keinen Grund", schluchzte Lauren und wischte die Tränen fort, die ihre Wange hinunterliefen. „Ich hätte getötet werden können und heule wegen zwei dummen Enten."

Die beiden Frauen sahen einander an. „Enten?", wiederholte Ginny.

„John hatte sie zubereitet – mit Cassissoße."

Aus dem Augenwinkel sah Lauren, dass Marthas Lippen stumm ein Wort formten: Litzer?

„Ich brauche weder einen Neurologen noch einen Psychiater. Ich bin nicht verrückt und habe auch nicht vor, es zu werden. Die Ärzte können mir bestimmt nicht helfen." Sie schluchzte laut.

„John ist ein fabelhafter Koch", erzählte sie weiter. „Auf den ersten Blick sieht man es ihm nicht an. Aber es stimmt wirklich."

„Das ist ja sehr schön, Liebes", beruhigte Ginny sie und fuhr mit einem Seitenblick zu Martha fort: „Der Mann wird eine Menge Fragen beantworten müssen. Er entführte die beste Krankenschwester, die ich kenne, und verwandelt sie in eine Heulsuse, die sich über tote Enten aufregt."

„Ich fürchte, es steckt ein bisschen mehr dahinter", antwortete Martha.

Ginny schnaufte verächtlich. „Glauben Sie wirklich? Sehr viel schlimmer hätte es sie kaum erwischen können. Die Frage ist nur, was er dagegen zu unternehmen gedenkt."

„John ist der mutigste Mann der Welt", versicherte Lauren den Frauen. „Er hat versucht, mich zu beschützen. Ich wollte es nicht, aber ..."

„Er kann kochen, ist ein zweiter James Bond und sieht aus wie ein griechischer Gott", stellte Martha fest. „Sie haben recht. Lauren steckt in dicken Schwierigkeiten."

„Deshalb müssen wir ihr helfen. Wozu sind Freunde schließlich da?"

„Gute Freunde", ergänzte Lauren und sah die beiden unter Tränen an. „Ich habe es euch nie gesagt, nicht wahr? Wie viel mir an eurer Freundschaft liegt, meine ich. Aber jetzt ist plötzlich alles anders geworden. Habt ihr euch jemals einen Regentropfen auf einer Blüte angesehen? Es ist ein unglaublicher Anblick – beinahe ein ganzes Universum ..."

„Sie ist doch nicht etwa high?", fragte Martha über ihren Kopf hinweg.

„Das glaube ich kaum. Trotzdem sollten wir überprüfen, welche Medikamente sie bekommen hat. Auf jeden Fall ist dies nicht unsere alte Lauren."

„Ich habe keine Ahnung, was mit mir los ist", warf Lauren ein. „Irgendwie erkenne ich mich selber nicht wieder. Ich habe mich in eine Fremde verwandelt, die am liebsten ständig heulen möchte und nicht aufhören kann, an ..."

„An Enten zu denken?", ergänzte Ginny. „Du hast ein schlimmes Erlebnis hinter dir, Mädchen. Dir brauche ich ja nicht zu erklären, was solch ein Trauma bei einem Menschen anrichten kann. Du musst damit rechnen, dass du noch eine ganze Weile ziemlich empfindlich bist. Aber das legt sich wieder."

„Ich bin mir nicht sicher."

„Natürlich tut es das", versicherte Martha ihr. „Soll ich schnell zu deiner Wohnung hinüberlaufen und dir ein paar eigene Sachen holen? Dann geht es dir bestimmt gleich besser."

Vielleicht hatte Martha recht. Schlimmer als jetzt konnte es sowieso nicht werden. Seit sie ein Teenager war, hatten ihre Gefühle nicht mehr solche Purzelbäume geschlagen.

„Das wäre sehr nett. Danke."

Martha und Ginny gingen hinaus und unterhielten sich kurz vor der Tür. Dann eilte Martha zu Laurens Wohnung, und Ginny erledigte etwas anderes. Ginny war als Erste zurück.

„Ente habe ich nicht bekommen", verkündete sie und packte die Sachen aus, die sie in dem Feinkostladen auf der anderen Straßenseite besorgt hatte. „Aber ich weiß, dass du dies ebenfalls magst. Und es ist erheblich besser als ein Hamburger mit Pommes frites oder das Zeug, was unsere hochgeschätzte Krankenhausküche den Patienten vorsetzt."

Sie stellte mehrere Kunststoffbehälter auf den Tisch. Einer enthielt Nudelsalat mit Brokkoli, der anderer Hühnersuppe und der dritte eine Portion Reispudding.

„Es ist vielleicht nicht ganz, was der Arzt dir als Diät verordnen würde, aber trotzdem eine ordentliche Mahlzeit. Los, iss alles auf."

„Danke", sagte Lauren und schniefte erneut. Ginny hatte tatsächlich ihre Lieblingsspeisen gekauft. Genau das holte sie sich an ganz besonders schlimmen Tagen, wenn sie sich einige Minuten freimachen konnte, um auf die andere Straßenseite zu laufen. Einmal hatte sie ein ganzes Pfund Reispudding im Umkleideraum verspeist und versucht, nicht mehr an einen siebzehnjährigen Jungen zu denken, der eine Stunde zuvor nach einer Messerstecherei gestorben war.

„Hm, das riecht toll", stellte sie fest und öffnete den Behälter mit der Hühnersuppe.

„Du isst alles auf", verlangte Ginny. „Vielleicht hast du anschließend Lust, ein paar Zeitschriften zu lesen. Ich habe dir welche mitgebracht." Sie legte einige Magazine auf die Bettdecke, die für ihre ausgezeichneten Rezepte, Dekorationsvorschläge und Erziehungstipps bekannt waren.

„Oh ja, danke", sagte Lauren und betrachtete verstohlen die Titelseiten. Bisher hatte sie nie Zeit gehabt, so etwas zu lesen, und auch keine besondere Neigung dazu verspürt. Ihr Blick fiel auf die Schlagzeile „Hübsche Einrichtung für das Leben zu zweit". Vielleicht war die Lektüre gar nicht so übel. Außerdem wollte sie Ginnys Gefühle nicht verletzen.

Entschlossen aß sie die restliche Hühnersuppe auf. Dann musste die Kollegin an ihre Arbeit zurück. Lauren hatte gerade mit dem Nudelsalat begonnen, da kam Felix zu Besuch.

„Hallo, Mädchen. Wie geht es Ihnen?", fragte er freundlich.

„Sagen wir, jeder Krankenhausangehörige sollte gezwungen werden, die Welt ein oder zwei Tage aus dieser Perspektive zu erleben."

Felix lachte leise und betrachtete sie aufmerksam. „Immer noch ein bisschen zittrig, nicht wahr?"

„Nein, das nicht. Ich bin einfach müde. Haben Sie eine Ahnung, wie schwer es ist, in einem Krankenhaus richtig zu schlafen? Ständig kommt jemand herein. Ich kriege kaum die Augen zu."

„Die Nachtschwester sagte, Sie hätten gut geschlafen."

„Ich habe nur so getan, als ob." Das stimmte zwar nicht, aber Lauren hatte plötzlich Lust, Felix ein bisschen aufzuziehen. Das gute Essen hatte ihre Stimmung gehoben, und sie fühlte sich längst nicht mehr so schlapp wie vorher.

„Aha. Nun, ich bin nur rasch vorbeigekommen, um Ihnen zu erzählen, dass es eine ganze Menge Verhaftungen gegeben hat."

„Oh …" Hätte ihre Stimme nicht etwas uninteressierter klingen können? Seit ihrer Ankunft im St. Mary's gestern Abend hatte sie nichts von John gesehen oder gehört. Er hatte sie zum Abschied fest umarmt und derart verzehrend geküsst, dass sie die nächsten fünf Minuten keine Luft mehr bekam. Anschließend hatte er ihr versichert, dass er zurückkehren würde, und war von den anderen weggezerrt worden.

„Es heißt, es hätte sich um den bedeutendsten Schlag aller Zeiten gegen die Drogenbosse gehandelt. Allein in den Vereinigten Staaten sind mindestens ein Dutzend Leute festgenommen worden, lauter sehr hohe Tiere, und weitere in zahlreichen anderen Ländern. Hunderte von Millionen Dollar sollen auf Konten im Ausland beschlagnahmt worden sein, außerdem eine Menge Grundbesitz. Nach allgemeiner Auffassung könnte dies der Wendepunkt sein."

„Und alles mit Hilfe eines einzigen Mannes."

„Unser Mr. Unbekannt? Die Presse scheint bisher nichts über ihn erfahren zu haben. Man weiß nur, dass es sich um einen verdeckten Ermittler handelt, der sich in den Drogenring einschleichen konnte und Jahre brauchte, bis er das Vertrauen der Bosse gewann. Es klingt, als wäre er eine Mischung aus Superman und Dick Tracy."

„Vielleicht mit einer Spur von der kleinen Julia."

„Wie bitte?"

„Es war nur so ein Gedanke. Ich bin heilfroh, dass alles gut gegangen ist." Das war die reine Wahrheit. Endlich hatte John den großen Erfolg, für den er so viel geopfert hatte. Nachdem seine Identität nicht aufgedeckt worden war, konnte er sogar im Untergrund weitermachen.

Wo würde er sich als Nächstes einschleichen? Bei den Waffenhändlern? Den Terroristen? Der Spionage von Nukleartechnologie? Für einen Mann mit seinen Gaben gab es kaum eine Grenze.

„Lauren …" Felix beugte sich über sie und sah sie besorgt an.

„Es geht mir wirklich gut. Ich wünschte nur, die Welt wäre anders."

„Wünschen wir das nicht alle? Hören Sie, wenn ich irgendetwas für Sie tun kann…"

„Sie können Ihren süßen kleinen Hintern aus diesem Zimmer schieben und unserer gemeinsamen Freundin ein bisschen Ruhe gönnen", sagte Martha. Sie kam mit einer Reisetasche herein und warf Felix einen vielsagenden Blick zu. „Ich habe alles gefunden, was du brauchst. Wenn der Halbgott in Weiß jetzt bitte …"

Felix hob ergeben beide Hände. „Ich bin schon draußen."

Nachdem die Tür sich hinter dem Arzt geschlossen hatte, stellte Martha die Tasche lächelnd auf das Bett. „Fang bitte nicht gleich an zu schimpfen. Ich habe nicht genau mitgebracht, worum du mich gebeten hast. Weshalb willst du hier in einem blauen Flanellnachthemd liegen, wenn du so hübsche Wäsche zu Hause hast? Ich finde, dies ist viel passender."

Sie holte ein cremefarbenes Seidennachthemd hervor, das mit zarter Spitze besetzt war, und hatte auch das passende Negligé mitgebracht. „Ich muss sagen, du besitzt einen ausgezeichneten Geschmack. Die Sachen gefallen mir sehr."

„Mir auch. Aber ich glaube kaum, dass dies der richtige Ort für sie ist."

Martha ließ sich nicht beirren. Sie legte die hübsche Wäsche auf das Bett und packte die Tasche weiter aus. „Das ist die beste Medizin für deine augenblickliche seelische Verfassung. Du weißt doch, wie wichtig sie für die Gesundung der Patienten ist. Zieh die Sachen an, kämm dein Haar, und leg ein bisschen Make-up auf. Ich garantiere dir, etwas Besseres kannst du nicht für dich tun."

Als Lauren weiter zögerte, stemmte sie die Hände auf die Hüften und sah sie streng an. „Lauren Walters. Ich habe miterlebt, wie du dich für Patienten eingesetzt hast, die alle anderen längst aufgegeben hätten. Willst du wirklich kein bisschen dazu beitragen, dass es dir selber ebenfalls bald wieder besser geht?"

„Ich fürchte, dass ich mir in den Sachen ziemlich lächerlich vorkommen werde. Das ist alles."

„Wieso? Weshalb solltest du nicht hübsch und weiblich aussehen dürfen? Bist du etwa nichts als ein Arbeitstier? Du bist eine Frau, meine

Liebe. Eine gescheite, witzige Frau, die noch dazu gar nicht übel aussieht. Es wird langsam Zeit, dass du das begreifst."

Lauren betrachtete das Nachthemd und das Negligé. Sie hatte die beiden Sachen an einem Tag gekauft, an dem sie unbedingt etwas zu ihrer Aufmunterung hatte tun müssen. Die hübsche Wäsche gab ihr das Gefühl, einen Teil aus jener Welt zu besitzen, die schöner und verheißungsvoller war als die, in der sie im Moment lebte.

Oder gelebt hatte, bis ein gewisser Mr. Unbekannt darin aufgetaucht war.

„Meinetwegen", erklärte sie plötzlich. Bevor sie es sich anders überlegen konnte, schob sie die Beine über den Bettrand. „Es wird zwar niemand glauben, dass ich es wirklich bin. Aber vielleicht ist das ganz gut."

Als Martha eine halbe Stunde später das Zimmer verließ, wusste Lauren immer noch nicht recht, wie sie sich fühlte. Das seidige Nachthemd streichelte ihre Haut, und der Duft ihres Lieblingsparfüm verdrängte den scharfen Krankenhausgeruch. Sehnsüchtig schloss sie die Augen und stellte sich vor, sie wäre an einem anderen Ort.

Zum Beispiel in der Berghütte. Die Flammen des Kaminfeuers tanzten in der Dunkelheit, und sie lag wieder in Johns Armen. Er presste seinen festen Körper an sie und schützte sie vor allen Übeln dieser Welt.

Erschrocken riss sie die Augen auf, denn sie ertrug das Verlangen nicht, das die Erinnerung in ihr weckte. Es war, als hätte sich ein Abgrund geöffnet und drohte sie zu verschlingen.

Trotz der Wärme im Krankenzimmer fröstelte sie plötzlich. Hatte sie den Verstand verloren? Sie gehörte nicht in die Berghütte, sondern ins St. Mary's. In ein oder zwei Tagen würde sie an ihren Arbeitsplatz zurückkehren und bei dem ständigen Stress in der Notaufnahme keine Zeit mehr haben, sich zu bemitleiden.

Oder darüber nachzudenken, wo John jetzt war und was er gerade tat. Ob es ihm gut ging.

Neben ihrem Bett lag eine Fernbedienung für den TV-Apparat oben an der Wand. Bisher hatte Lauren sich noch nicht darum gekümmert. Jetzt schaltete sie den erstbesten Kanal ein.

Zwei äußerst attraktive nackte Menschen – ein Mann und eine Frau – lagen eng umschlungen auf einem Bett und unterhielten sich ernsthaft über einen gemeinsamen Freund, der unter einer schweren Zerrüttung seiner Persönlichkeit zu leiden schien.

Klick.

Eine junge Frau sprang aufgeregt in die Höhe, fuchtelte mit den Armen und schrie immer wieder: „Zwölf Dollar und neunzig Cents."

Klick.
„Bereits in unserer letzten Sendung haben wir über die Zerschlagung eines gewaltigen Drogenrings berichtet. Inzwischen wurde von öffentlicher Seite bestätigt, dass es sich um den größten und wichtigsten Sieg über die Drogenbosse handelt." Der braun gebrannte weißhaarige Nachrichtenmoderator blickte bedeutungsvoll in die Kamera. „Einundzwanzig Personen wurden in den Vereinigten Staaten festgenommen. Etwa zwei Dutzend weitere Verdächtige konnten im Ausland inhaftiert werden. Aus gut unterrichteten Kreisen verlautet, dass die Gesamtsumme der beschlagnahmten Bankkonten und anderer Einlagen eine Milliarde Dollar übersteigen könnte."

Die elegante blonde Frau, die ständig lächelte und als Co-Moderatorin an dieser in ganz Amerika äußerst beliebten Nachrichtensendung teilnahm, zuckte zusammen, als hätte sie einen Schlag bekommen.

„Sagten Sie eine Milliarde Dollar, Dave?" Ihre Miene drückte aus, dass der gute alte Dave vielleicht ein bisschen unkonzentriert war.

Der Moderator lächelte nachsichtig. „Ja, Jenny. So unglaublich es klingen mag: Ich sagte eine Milliarde Dollar." Er wurde wieder ernst. „Illegale Drogen sind zu einem gewaltigen Geschäft geworden."

Der gute Dave ist immer noch sein Geld wert, dachte Lauren. Ebenso wie John. Ganz gleich, was die Bundesbehörden ihm für seinen Einsatz zahlten, er gab es ihnen vielfach zurück.

„Es gibt weiterhin keine Informationen über die Identität des Undercover-Agenten, der die Sache ans Licht gebracht hat, nicht wahr?", fragte die blonde Co-Moderatorin.

„Nein, Jenny, leider nicht. Unsere Freunde in Washington halten sich in dieser Beziehung äußerst bedeckt. Offensichtlich liegt ihnen sehr viel daran, dass unser Held unbekannt bleibt."

„Das ist äußerst interessant, finden Sie nicht, Dave? Immerhin leben wir im Zeitalter der Medien. Jeder, der irgendeine Berühmtheit erlangt hat, taucht normalerweise sofort in Talk-Shows auf oder spielt selber den Gastgeber."

„Aber nicht für uns, Jenny. Wir sind jeden Abend auf Sendung und setzen alles daran, die Bürger dieses großen Landes mit Nachrichten zu versorgen. Trotzdem stimme ich Ihnen zu. Der Gedanke, dass ein unbekannter Held unter uns lebt, der wie ein Ritter in glänzender Rüstung auf einem weißen Pferd zur Rettung der Menschheit ausgezogen ist, hat etwas rührend Altmodisches."

„Zorro ritt auf einem schwarzen Ross, Dave."

„Ich dachte an Lancelot, Jenny. Der besaß ein weißes Pferd."

Seufzend schaltete Lauren den Apparat aus und legte die Fernbedienung auf den Nachttisch zurück. Kein Wunder, dass John und seine Kollegen das öffentliche Interesse scheuten. Man tat einem Mann, der zwei Jahre seines Lebens geopfert hatte und beinahe tötet worden wäre, keinen Gefallen, wenn man ihn den Medien auslieferte.

Womit könnte man John belohnen? Was würde er als Nächstes tun? Was wünschte er sich, nachdem alle Gefahren und Aufregungen vorüber waren?

Und was bedauerte er inzwischen?

John und sie waren unter äußerst extremen Bedingungen zusammengetroffen, ohne Zeit zum Nachdenken zu haben oder sich Zurückhaltung aufzuerlegen. Zwei Menschen, für die die normalen Regeln des Lebens nicht zu gelten schienen. Aber das war vor ein paar Tagen gewesen. Jetzt hatte die Wirklichkeit sie eingeholt. Sie musste darauf gefasst sein, dass John alles, was zwischen ihnen geschehen war, als Vergangenheit betrachten wollte.

Laurens Kehle schnürte sich zusammen. Es fehlte nicht viel, und sie hätte laut losgeheult.

Nachdem der stärkste Drang vorüber war, holte sie tief Luft und forderte sich auf: „Rede dir nichts ein, Lauren Walters. Du hast keine Ahnung, was dieser Mann denkt oder fühlt."

Sie hatte Johns Leidenschaft und seinen Mut kennengelernt, aber sie kannte nicht sein Herz. Sie wäre schön dumm, wenn sie etwas anderes glaubte. Außerdem hatte sie zu viel mit den eigenen Gefühlen zu tun, um sich auch noch über seine Gedanken zu machen.

Konnte sie sich eine Zukunft mit einem Mann vorstellen, der ständig in höchster Gefahr schwebte? Sie war mehr als einmal dabei gewesen, wenn angeschossene Polizisten ins St. Mary's Hospital eingeliefert wurden. Sie hatte den Schmerz ihrer Frauen und Kinder erlebt. Entsetzt über die eigene Hilflosigkeit, hatte sie mit angesehen, wie die tapferen Männer starben.

Wie viel schlimmer musste es erst sein, wenn man so einen Menschen innig liebte.

Lauren legte den Kopf auf das Kissen zurück und schloss die Lider. Es gab zahlreiche Möglichkeiten, wie ein Mann getötet werden konnte, der sein Leben für seine Überzeugung einsetzte. Leider hatte sie im Laufe der Jahre derart viele kennengelernt, dass die Fantasie mit ihr durchzugehen drohte.

„Verdammt ...", flüsterte sie und ballte die Hände zu Fäusten.

„Vielleicht sollte ich später wiederkommen."

Erschrocken riss Lauren die Augen auf. Eine gut aussehende ältere Frau stand auf der Türschwelle. Sie war elegant gekleidet und trug ein Kostüm, das bestimmt von einem bekannten Designer stammte. Ihr Gesicht war von jener klassischen Schönheit, die mit zunehmendem Alter noch größer wurde.

Sie lächelte unsicher. „Sie sind Lauren Walters, nicht wahr?"

„Ja, das bin ich. Und Sie sind …" Lauren konnte es kaum glauben. Die Augen der Frau erinnerten sie an …

„Ich bin Anne Santos, Johns Mutter. Es tut meinem Sohn unendlich leid, dass er so viel Arbeit hat und nicht selber kommen kann. Deshalb hat er mich gebeten, Sie zu besuchen und Sie zu fragen, ob ich irgendetwas für Sie tun kann." Sie trat näher und sah Lauren mit einer Mischung aus Besorgnis und Neugier an. „John sagte mir, dass Sie Krankenschwester sind."

Lauren nickte. John schickte ihr seine Mutter. Wie nett. Genau jenen Menschen, den sie heute unbedingt kennenlernen wollte.

„Ja, das stimmt. Ich arbeite hier im St. Mary's. Möchten Sie sich nicht setzen?"

„Vielen Dank. Wenn Sie nichts gegen ein bisschen Gesellschaft einzuwenden haben, bleibe ich gern eine Weile. John hatte es furchtbar eilig und konnte mir nicht viel erzählen. Mir scheint, Sie beide haben ein unglaubliches Abenteuer hinter sich."

Lauren dachte an die Flucht vor Panos, die wilde Fahrt mit der Plane den Hang hinab und die Schüsse aus dem Hubschrauber. Sie war sicher gewesen, dass sie sterben müsste. Gar nicht zu reden von dem, was vorher geschehen war. Mrs. Santos schien eine sehr nette Frau zu sein. Es war besser, wenn sie nicht alle Einzelheiten erfuhr.

„Das kann man wohl sagen", antwortete sie. „Ich war vorher noch nie in Vermont. Es ist eine sehr malerische Landschaft."

Mrs. Santos sah sie seltsam an, und ihre Mundwinkel zuckten unmerklich. „Ja, Sie haben recht. Sind Sie New Yorkerin?"

„Ich stamme aus dem mittleren Westen, lebe aber schon eine ganze Weile in dieser Stadt."

Meine Güte, wir reden wie bei einem Kaffeekränzchen, dachte Lauren. Gleich kommt bestimmt jemand mit einer riesigen Sahnetorte herein.

„Ihre Arbeit muss sehr anstrengend sein. Wenn ich richtig verstanden habe, hatten Sie in jener Nacht Dienst, als mein Sohn angeschossen wurde."

Für jemanden, der nicht viel Zeit zum Reden gehabt hatte, musste John eine ganze Menge erzählt haben.

„Ich bin Schwester in der Notaufnahme. Ihr Sohn war sehr schwer verletzt, erholte sich aber erstaunlich schnell." Wie schnell, wusste sie aus sehr persönlicher Erfahrung.

Ein Schatten glitt über Anne Santos' Gesicht. „Ich war in Europa und konnte die Nachrichten nicht verfolgen. Johns Brüder leben in verschiedenen Bundesstaaten und haben ebenfalls nichts davon gesehen. Offensichtlich waren seine Kollegen es gewöhnt, dass der Kontakt zu ihm gelegentlich abriss. Natürlich erkannten sie ihn in den Nachrichten. Ich nehme an, es hat einige Diskussionen darüber gegeben, was tatsächlich passiert war und ob seine Deckung – aufgeflogen war, sagt man wohl. Sie wollten gerade zu ihm, als er …"

„… das Krankenhaus verlassen hatte", ergänzte Lauren.

Anne Santos sah sie dankbar an. „Ja, das ist richtig. Stimmt es, dass er nicht mehr wusste, wer er war?"

Lauren nickte. „Es war ein typischer Gedächtnisverlust nach einem traumatischen Erlebnis. In Johns Fall nehme ich allerdings an, dass noch einige zusätzliche Schwierigkeiten hinzukamen. Er hatte seine Identität so weit wie möglich verdrängt, um ungefährdet als verdeckter Ermittler arbeiten zu können."

„Genau das glaubt mein Mann auch. Carlos freut sich übrigens schon sehr darauf, Sie kennenzulernen."

Lauren wusste nicht, was sie sagen sollte. Deshalb lächelte sie nur. Anne Santos war wirklich sehr nett. Sie wollte der guten Frau auf keinen Fall wehtun. Allerdings schien sie etwas zu hohe Erwartungen zu hegen.

„Das ist sehr freundlich, und ich danke Ihnen aufrichtig für Ihren Besuch. Aber ich möchte Ihnen nicht noch mehr Mühe machen."

Die ältere Frau sah sie belustigt an. „Ich versichere Ihnen, dass es absolut keine Mühe für mich sein wird. Sie ahnen nicht, wie lange Carlos und ich schon …" Sie hielt plötzlich inne und räusperte sich verlegen. „Verzeihen Sie bitte. Wir waren so besorgt um John, dass ich kein Auge zubekommen habe. In diesem Zustand werde ich schrecklich geschwätzig."

„Mir geht es genauso", gab Lauren zu. „Nichts löst meine Zunge besser als eine Woche mit Doppelschichten."

„Kommt so etwas häufig bei Ihnen vor?"

„Das Krankenhaus hat viel zu wenig Personal. Alle müssen Überstunden machen."

„Das dürfte sehr anstrengend sein."

„Ja. Deshalb habe ich schon überlegt, ob ich meinen Beruf nicht aufgeben sollte", gestand Lauren und traute den eigenen Ohren kaum. Wie konnte sie so etwas zu einer Frau sagen, die ihr völlig fremd war, auch wenn es ihr nicht so vorkam? „Dieser Gedanke beschäftigt mich schon eine ganze Weile. Ich kann mir nur keine andere Arbeit für mich vorstellen."

„Meinem Mann ging es jahrelang ebenso. Er baute ein sehr erfolgreiches Unternehmen auf. Doch seitdem er sein Ziel erreicht hatte, macht ihm der tägliche Stress immer mehr zu schaffen. Zum Glück kann er die Tagesgeschäfte zweien unserer Söhne überlassen. Die letzten Jahre sind wir ziemlich viel gereist."

„Waren Sie deshalb in Europa?"

Anne Santos nickte. „In Südfrankreich. Es war wunderbar. Wir wohnten in einem kleinen Dorf abseits der Touristenstraßen und …"

Fröhliches Gelächter scholl John entgegen. In größter Eile bog er um die Ecke der Krankenstation und blieb wie angewurzelt stehen. Sein Mantel stand offen, sein Haar war zerzaust, und er hielt einen Rosenstrauß in beiden Händen. Ein Pfleger kam ihm entgegen und lächelte belustigt.

John bemerkte es kaum. Er war unrasiert, hatte seit zwei Tagen nicht geschlafen und als letzte Mahlzeit vor acht Stunden ein Sandwich aus einem Automaten verspeist. Deshalb hatte er das seltsame Gefühl, nicht ganz auf dieser Welt zu sein.

Bis er das Gelächter hörte. Reichlich spät fiel ihm ein, dass es wohl keine so gute Idee gewesen war, seine Mutter zu Lauren zu schicken, damit sie ihr Gesellschaft leistete. Er hatte ein furchtbar schlechtes Gewissen gehabt, dass er nicht selber hatte kommen können.

Die beiden schienen sich ausgezeichnet zu verstehen. Als er sich der Tür näherte, sagte Lauren gerade: „Er hat es nicht getan? Und was passierte dann?"

„Nun, uns blieb nichts übrig, als die Feuerwehr zu rufen", antwortete Mrs. Santos. „Sie kam sofort und half ihm aus der Klemme. Trotzdem hat es Jahre gedauert, bis John wieder eine Ziege ansehen konnte."

Oh nein, nicht diese Geschichte. Offensichtlich hatte seine Mutter Lauren soeben erzählt, wie er auf der Farm seiner Großeltern in Massachusetts mit dem Kopf in einem Loch im Zaun stecken geblieben war und die Ziege des Nachbarn an seinem Haar geknabbert hatte. Wenn sie schon bei diesem Thema war, konnte als Nächstes alles Mögliche kommen.

„Das war allerdings noch nichts im Vergleich zu jenem Sommer, als John sich absolut nicht anziehen lassen wollte. Er war gerade drei Jahre alt und sah nicht ein, weshalb er etwas überziehen musste."

„Mit sechzehn wäre es erheblich peinlicher gewesen", antwortete Lauren lachend.

„Als er dieses Alter erreichte, habe mich bewusst nicht mehr in seine Angelegenheiten eingemischt", erklärte Mrs. Santos. „Aber im Ernst: John war immer unser umsichtigster Sohn. Man erfährt eine ganze Menge über einen Mann, wenn man das Verhältnis zu seinen Eltern kennt und …"

„Hallo Mom!", unterbrach John seine Mutter und stürzte beinahe ins Zimmer. „Schön, dass du gekommen bist. Wie geht es dir?" Bevor Mrs. Santos weitersprechen konnte, umarmte er sie so heftig, dass sie einen Moment keine Luft bekam. Das war bestimmt Absicht, dachte Lauren, als er sich zu ihr drehte.

„Lauren … Ich – du …"

„Ich gehe jetzt", verkündete Anne Santos. Sie stand auf, lächelte den beiden zu und verschwand sofort.

Zumindest nahm Lauren an, dass sie das Zimmer verlassen hatte. Sie sah nur John, der todmüde und zerzaust vor ihr stand und absolut wunderbar aussah.

„Die sind für dich", sagte er und drückte ihr den Rosenstrauß in die Hand.

Lauren nieste kräftig. „Oh, wie nett. Ich …" Sie nieste erneut.

„Oh nein, du bist allergisch gegen Rosen!"

„Nur ein bisschen."

John nahm ihr die Blumen wieder ab und legte sie draußen vor die Tür. „Ich hätte es wissen müssen."

„Wir haben nie darüber gesprochen." Wie konnte der Mann so gut aussehen nach allem, was er durchgemacht hatte? Der dunkle Bartschatten auf seinem unrasierten Kinn verstärkte seine männliche Ausstrahlung noch. Sie musste die Hände unter die Decke stecken, um ihn nicht zu berühren.

„Wie fühlst du dich?"

„Absolut fehl am Platz. Ich weiß überhaupt nicht, was ich hier soll."

„Ich auch nicht. Schließlich wurdest du nur in den Kopf geschossen. Weshalb solltest du wegen dieser Kleinigkeit im Krankenhaus liegen?"

„Es war nur ein Streifschuss. Ein Verband hätte völlig gereicht."

„Dein Freund Felix war anderer Ansicht. Er sagte, es hätte ebenso gut eine schwere Gehirnerschütterung oder eine Schädelverletzung sein können. Außerdem hättest du unwahrscheinliches Glück gehabt, dass keine Erfrierungen hinzugekommen sind. Du wärst total erschöpft und brauchtest unbedingt Ruhe. Er hat auch noch einige Dinge über mich gesagt, die durchaus berechtigt waren."

„Wann hast du mit Felix gesprochen?"

„Gestern Abend. Ich rief an, aber du schliefst fest. Deshalb haben wir uns einige Minuten unterhalten. Er sagte, du wärst die beste Notarztschwester, mit der er je zusammengearbeitet hätte."

„Ich bin ausgesprochen gerührt. Weshalb hat Felix mir nichts davon erzählt, als er vorhin hier war?"

„Wahrscheinlich wollte er sich nicht einmischen. Es tut mir furchtbar leid, Lauren. Wirklich."

Es war höchst interessant, was bei diesen Worten in ihr vorging. Offensichtlich konnte man weiterleben, auch wenn das eigene Herz stehen blieb. Ihres schlug gewiss nicht mehr, und sie lebte immer noch. Und sie hatte Gefühle.

„Was tut dir leid?", fragte sie tonlos. Johns Antwort würde entsetzlich wehtun, und sie konnte nichts dagegen unternehmen.

„Dass ich dich in die Sache hineingezogen habe und du beinahe getötet worden wärst. Als ich dich am Boden liegen sah …" Er wandte sich rasch ab und trat ans Fenster. „Ich habe nicht zum ersten Mal Angst gehabt. Aber so entsetzt wie in diesem Augenblick war ich noch nie."

„Es ist zwar sehr nett von dir, dass du dir Sorgen gemacht hast. Doch so schlecht ging es mir gar nicht."

John drehte sich um und sah sie mit seinen silbergrauen Augen ernst an. „Nett? Ich bin nicht nett, Lauren."

Verteufelt nett sogar, dachte sie. „Tut mir leid. Würde ‚aufmerksam' dir besser gefallen?"

„Nicht viel." Mit zwei Schritten war er wieder bei ihr, blieb vor ihrem Bett stehen und blickte wie ein verärgerter und ein bisschen erschöpfter griechischer Gott auf sie hinab. „Vielleicht habe ich mich nicht richtig ausgedrückt. Ich bin es gewöhnt, Verantwortung für andere Menschen zu tragen. Aber diesmal war es anders. Ich war sicher, dass ich verrückt werden würde, wenn ich mein restliches Leben ohne dich verbringen müsste."

Gut, dass ich nicht an einen Monitor angeschlossen bin, dachte Lauren. Ihr Herz stolperte derart, dass wahrscheinlich das ganze Notärzteteam herbeigeeilt wäre.

John meinte es ernst, das war ihr klar. Gleich würde er etwas tun oder sagen, auf das sie nicht vorbereitet war. Sie war noch nicht zu einer Antwort auf ihre brennenden Fragen gekommen, als seine Mutter plötzlich auftauchte.

„John …"

„Ja, Lauren?"

„Ich möchte dir etwas sagen …" Sie raste erneut den Berg hinab. Der Boden versank unter ihren Füßen, und ihr blieb nichts übrig, als den Sprung ins Ungewisse zu wagen.

„Ich kann mir ebenfalls nicht vorstellen, mein restliches Leben ohne dich zu verbringen. Ich dachte, falls du auf dieses Thema zu sprechen kämest – wie gesagt, falls –, würde es mir sehr schwerfallen, ja zu einem Mann zu sagen, der ein so gefährliches Leben führt wie du. Inzwischen ist mir klar geworden, dass ich längst Ja gesagt habe."

Er sah sie an, als gefiele ihm dieser Gedanke. „Als du mit mir geschlafen hast?"

„Ja. Aber noch mehr, als ich dir den Hang hinunter gefolgt bin."

„He, das war deine Idee. Vergiss das nicht."

„Nein, der Vorschlag stammte von dir. Ich habe ihn nur etwas abgeändert."

„Im Grunde ließ Panos uns keine andere Wahl. Aber das spielt jetzt keine Rolle mehr. Soll das heißen, du könntest dir eine Zukunft für uns vorstellen, obwohl ich diese äußerst gefährliche Arbeit tue, die du so verabscheust?"

Er setzte sich auf das Bett und war ganz nahe. Mit beiden Händen streichelte er ihre Schultern und spielte mit den Spaghettiträgern ihres Nachthemds. Außerdem sah er längst nicht mehr so müde aus wie vorher.

„Eine Zukunft gibt es bestimmt für uns", antwortete Lauren ein wenig atemlos. „Die Frage ist nur, ob wir sie gemeinsam verbringen werden."

„Und die Antwort?"

Ja, die Antwort. Dieser John Putnam Santos war mit Sicherheit nicht bereit, sich wie ein normaler Bürger irgendwo häuslich niederzulassen.

Sie wollte etwas sagen. Doch John brachte sie mit einem Kuss zum Schweigen, der äußerst vielversprechend war.

„Vielleicht hilft es dir, wenn ich dir versichere, dass ich dich leidenschaftlich liebe."

Lauren riss erstaunt die Augen auf. Besonders fair war dieser Mann nicht. „Das ist – äh …"

„Sehr nett?" Er drückte sie auf das Kissen zurück und stemmte die Hände zu beiden Seiten ihres Kopfes. Sie roch den Wind in seinem Haar und den herben, maskulinen Duft, den er verströmte, und ihr Körper reagierte sofort.

Inmitten eines Schneesturms, dem Tode nahe, war dieser Mann ihre einzige Hoffnung gewesen. Er hatte ihr beigebracht, dass nichts unmöglich war.

„Ich liebe dich auch", sagte sie.

„Bist du ganz sicher?"

„Ja, natürlich. Sonst würde ich es niemals sagen."

„Dir ist hoffentlich klar, dass du dich in einen tollen Mann voller Geheimnisse verliebt hast."

„Darauf kannst du dich verlassen."

„Würdest du auch einen Bürohengst heiraten?"

Lauren verstand nicht recht. Einen – was sollte sie heiraten?

„Wieso – äh … Du – äh …"

„Habe ich dir schon gesagt, wie sehr mir deine präzise Ausdrucksweise gefällt?"

„Nein, das hast du nicht."

Er küsste sie erneut, diesmal nicht zärtlich, sondern leidenschaftlich und verzehrend wie ein Mann, der mit der Frau eins werden wollte, die längst ein Teil von ihm war.

Lauren klammerte sich an ihn und war keines Gedankens mehr fähig. Das Krankenhauszimmer verschwamm vor ihren Augen. Nur dieser Mann zählte noch. Seine Stimme, sein Duft und das Gefühl seiner Nähe nahmen sie restlos gefangen.

Als John sich endlich losmachte, waren sie beide außer Atem.

„Worüber hatten wir gerade gesprochen?", fragte er.

„Von Büros."

„Ach ja. Ich bin der neue Leiter der Drogenbekämpfungsbehörde für den Nordosten der Vereinigten Staaten. Zumindest werde ich es sein, nachdem der Präsident meine Urkunde unterzeichnet hat."

„Der Präsident?"

„Er sagte, er würde es während eines Abendessens erledigen. Willst du mitkommen?"

„Keine Ahnung. Wer kocht denn?"

„Irgendein Küchenchef. Ich verspreche, dass ich sehr höflich zu ihm sein werde. Was hältst du davon?"

„Von dem Essen mit dem Präsidenten?"

„Nein, von einer Verlobung, einer Ehe, einem Spaziergang bei Sonnenuntergang und was sonst noch dazugehört." Er zögerte einen Moment. "Einen Haken hat die Sache allerdings. Der Sitz der Behörde ist in Boston. Natürlich könnte ich pendeln, wenn du es unbedingt möchtest. Aber das würde eine Wochenendehe für uns bedeuten, und ich …"

"Eine Wochenendehe? Das fehlte noch. Ich will dich jede Nacht bei mir haben, John Putnam Santos. Falls du einmal nicht kommst, solltest du dir eine sehr plausible Entschuldigung einfallen lassen."

Er küsste sie erneut auf ihren Mund, ihre Augen und ihren schlanken Hals. Lauren schob die Hände unter seinen Mantel und strich über seine feste Brust und seinen muskulösen Rücken. John war so kraftvoll und gleichzeitig ungeheuer zärtlich.

Inständig wünschte sie, sie wären nicht in diesem Krankenzimmer, wo alle Augenblicke jemand hereinkommen konnte. Zum Beispiel in einer Höhle. Das wäre großartig.

"Ich möchte, dass du mir etwas versprichst", sagte sie.

"Alles, was du willst."

Sie sah ihm in die Augen und erkannte, dass John es ernst meinte. Es dauerte einen Moment, bis sie wieder sprechen konnte.

"Eines Tages kehren wir zu dieser Höhle zurück. Wir nehmen unsere Kinder mit und übernachten dort."

"Einverstanden. Aber dann machen wir es richtig. Wenn wir das nächste Mal den Berg hinunterfahren, tun wir es auf Skiern."

"Warte mal. Von dem Berg habe ich nichts gesagt. Außerdem kann ich nicht Ski laufen."

"Ich werde es dir beibringen", antwortete er und zog sie an sich. "Gemeinsam schaffen wir es bestimmt."

Lauren lächelte durch die Tränen, die ihr in die Augen traten. "John Putnam Santos, falls je ein Mann auf der Welt mich dazu bringt, diesen verteufelten Berg noch einmal hinunterzufahren, dann du."

In der Ferne heulte eine Sirene. Doch sie hörten es beide nicht.

– ENDE –

Virginia Kantra

Niemand darf es je erfahren
Roman

Aus dem Amerikanischen von
Emma Luxx

1. KAPITEL

„Da fragt ein Mann nach dir", verkündete Billie, als Nell am Schwesternzimmer vorbeieilte.

Aber Eleanor Dolan brauchte keinen Mann. Sie brauchte einen Dreißig-Stunden-Tag und eine vierzigprozentige Budgeterhöhung. Oder wenigstens drei extrastarke Aspirintabletten und ein neues Paar Gesundheitsschuhe.

Nicht dass Aussicht bestanden hätte, irgendetwas davon, außer den Tabletten, in nächster Zeit zu bekommen. Aber sie war daran gewöhnt, nicht zu bekommen, was sie sich wünschte, und hatte gelernt, sich mit dem zu begnügen, was sie hatte. Obwohl begnügen vielleicht nicht das richtige Wort war. Sie ... überlebte einfach nur.

Nell seufzte und notierte sich noch etwas in der Patientenkartei. „Einer unserer Stammkunden?"

Die andere Krankenschwester schüttelte den kurz geschorenen Kopf. Diese Woche leuchtete Billies Haar in einem sagenhaften Rot, das in einem starken Kontrast zu ihrer dunklen Haut stand. „Nein. Aber den musst du gesehen haben, Nell. Im Ernst."

Ein Montagmorgen war in der freien Poliklinik ungefähr so wie eine Samstagnacht in der Notaufnahme – bei Vollmond und wenn die *Chicago Bulls* verloren hatten. *Den musst du gesehen haben* konnte alles heißen. AIDS. Schweres Asthma. Eine klaffende Schnittwunde, die genäht werden musste.

„Komme sofort", gab Nell munter zurück. „Gib ihm die Formulare zum Ausfüllen und setz ihn in einen Untersuchungsraum. Ich bin gleich da."

Wenig später betrat sie den Untersuchungsraum 8, seelisch darauf vorbereitet, einen blutüberströmten Patienten vorzufinden oder einen, der schon ganz blau im Gesicht war. Nicht vorbereitet war sie auf ...

Ach herrje.

Nell merkte, dass ihr für eine Sekunde vor Überraschung der Mund offen stehen blieb. Billie hatte recht. Den Mann musste man gesehen haben. Im Ernst.

Er war weder hübsch noch schön. Nicht wie Dr. James Fletcher, einer der ehrenamtlichen Kinderärzte der Klinik, mit seinen ebenmäßigen Gesichtszügen, den warmen Augen und den strahlend weißen Zähnen.

Der Mann in Untersuchungsraum 8 hatte scharfe Augen mit schweren Lidern und ein zynisches Lächeln. Sein Gesicht wirkte gezeichnet, verlebt, auf Kinn und Wangen spross ein Dreitagebart, der zu einem Filmstar gepasst hätte. Oder zu einem Gammler. Der hochwertigen Qualität seiner Safarijacke nach tippte Nell allerdings eher auf einen Filmstar. Obwohl das Alter der Jacke vielleicht doch mehr auf einen Herumtreiber hindeutete. Er wirkte zäh. Abgebrüht. Gefährlich.

Nell misstraute ihm auf den ersten Blick.

Sie umklammerte seine Karteikarte und zwang sich zu einem Lächeln. „Guten Tag. Eleanor Dolan. Ich bin hier die leitende Krankenschwester", sagte sie in forschem Ton. „Tut mir leid, dass Sie warten mussten, Mr ..." Sie warf einen Blick auf das Anmeldeformular. Es war leer, verdammt. Irgendwer hätte ihm helfen sollen, das Formular auszufüllen.

„Joe", half der Mann nach. Er lächelte immer noch, aber seine Augen waren wachsam.

Gut, die englische Sprache beherrschte er also wenigstens. Vielleicht hatte er ja Ärger mit der Polizei oder der Einwanderungsbehörde und wollte deshalb seinen Nachnamen nicht nennen. Oder es war ihm peinlich, dass er sich hier kostenlos behandeln lassen musste. Vielleicht war er ja auch ein Analphabet.

Sie zog die Kappe von ihrem Stift ab, entschlossen, ihm zu helfen. Es war schließlich ihr Beruf, anderen Menschen zu helfen.

„Nachname?", fragte sie.

„Reilly."

Sie schrieb es hin. „Sind Sie irgendwie versichert, Mr. Reilly?"

Er lehnte lässig am Tisch, die Hände in den Hosentaschen. „Solange ich meinen Job habe, schon."

Sie ermahnte sich zur Geduld und hob ihren Stift. „Ich weiß nicht, ob Sie mit unseren Richtlinien vertraut sind, Mr. Reilly, aber die *Ark Street Clinic* bietet eigentlich Nichtversicherten medizinische Hilfe an. Nun ist es natürlich nicht so, dass wir Sie wegschicken würden, nur weil Sie einen Job haben. Viele unserer Patienten haben zwei und mehr Teilzeitjobs. Aber wenn Sie über Ihren Arbeitgeber versichert sind ..."

„Ich arbeite für den *Examiner*", unterbrach er sie.

Der *Chicago Examiner* war die größte und zweitälteste Zeitung der Stadt. Nell versuchte dort schon seit Monaten einen Artikel über die Poliklinik unterzubringen, weil sie hoffte, so wieder einmal ein paar Spenden zu bekommen. Oh, Gott.

„Sie sind Joe Reilly", stellte sie fest.

„Richtig."

„Der Journalist."
„Schuldig."
„Sie sind hier, um über die Poliklinik zu schreiben."
Joe ließ seine Hände in seinen Taschen. „Das war die Idee."
Genauer gesagt die Idee seines Chefredakteurs. Nicht seine eigene. Ganz genau gesagt wollte sein Chefredakteur, dass Joe Eleanor Dolan, treibende Kraft und Lichtgestalt der *Ark Street Free Clinic* an der North Side, porträtierte. Den sogenannten Engel der Ark Street.

Joe fand die Idee blödsinnig und den Ehrennamen wahrscheinlich unverdient. Frauen erschöpften ihn seit einem Jahr, und Angehörige des medizinischen Berufsstandes waren ein rotes Tuch für ihn.

Rein äußerlich allerdings hatte Eleanor Dolan wirklich Ähnlichkeit mit einem Engel, mit der Art Engel, wie man sie von den osteuropäischen Heiligenbildern kannte – blass, blond und von herber Schönheit. Sie war sogar weiß gekleidet – sie hatte im Gegensatz zu den anderen Krankenschwestern, die geblümte Kittelschürzen trugen, einen weißen Arztkittel an.

Ein eitler Engel? überlegte Joe. Nicht dass das von öffentlichem Interesse gewesen wäre. Selbst wenn die Dolan weiße Handschuhe und einen blauen Hut wie die Queen trüge, würde das die Leser wohl kaum interessieren.

Obwohl durchaus interessant sein könnte, wie es da unter diesem weißen Kittel aussah.

Auch wenn Eleanor Dolan tatsächlich der Engel sein sollte, den sein Vorgesetzter aus ihr machen wollte, war Joe noch lange kein Heiliger. Und er hatte es mächtig satt, sich dauernd verleugnen zu müssen.

„Ich habe Sie erst morgen erwartet."

Er zuckte die Schultern und freute sich über das verärgerte Aufblitzen in ihren Augen. „Ich hatte heute gerade ein bisschen Zeit."

„Ich aber nicht. Montags ist bei uns immer der Teufel los."

„Das ist mir schon aufgefallen."

„Manche Patienten stehen bereits zwei Stunden vor Öffnung Schlange." Offenbar war ihr klar geworden, dass sie die erhoffte Publicity nicht umsonst bekommen würde, weil ihr Tonfall etwas verbindlicher geworden war. „Vielleicht könnten Sie ja morgen noch mal wiederkommen. Dann hätte ich Zeit, Sie herumzuführen und Ihnen ein bisschen was zu zeigen."

Mit offiziellen Führungen hatte Joe seine Erfahrungen. Er war in Haiti, im Kosovo und in Bagdad von Experten herumgeführt worden. In seinem Nacken begann es zu kribbeln.

Was natürlich lächerlich war. Eleanor Dolan hatte nichts zu verbergen. Sie wollte einfach nur ein bisschen Eindruck schinden, sonst gar nichts.

„Das wäre toll", sagte Joe. „Haben Sie etwas dagegen, wenn ich mich in der Zwischenzeit ein bisschen auf eigene Faust hier umsehe? Nur um ein bisschen Atmosphäre zu schnuppern und hin und wieder mal eine Frage zu stellen?"

Eleanor Dolan machte den Mund auf und wieder zu und nahm erneut Anlauf. „Gar nicht. Allerdings muss ich Sie bitten, sich im Eingangsbereich aufzuhalten. Die Privatsphäre unserer Patienten muss gewährleistet sein."

Okay, vielleicht wollte sie ja damit auch Eindruck schinden.

„Klar, kein Problem", sagte Joe.

Und das ist es auch wirklich nicht, dachte er, als sie mit ihm in den Wartebereich ging. Er war schließlich kein Reporter, der darauf aus war, irgendwelche Enthüllungen in die Schlagzeilen zu bringen. Himmel, er war ja nicht einmal mehr der namhafte Kriegsberichterstatter, der er früher war. Er war einfach nur Joe Reilly, ein ganz normaler Journalist, und solange die gute Schwester Dolan nicht im Wartezimmer der Poliklinik mit Drogen dealte, hatte sie von ihm nichts zu befürchten.

Nell schaute den Klinikapotheker an. „Was soll das heißen, Sie glauben, dass im Giftschrank etwas fehlt?"

Sie hörte, dass ihre Stimme leicht schrill geworden war, und bemühte sich, ruhig zu bleiben. Sie wollte nicht, dass die Patienten draußen etwas mitbekamen.

Aber Ed Johnson war zusammengezuckt. Er sah richtig krank aus, seine Wangen wirkten eingefallen, er war bleich und auf seiner Stirn standen winzige Schweißperlen.

Nell fühlte sich selbst ganz krank. „Was fehlt?"

Ed fuhr sich mit einer Hand über sein Gesicht. „Ich weiß noch nicht genau."

Das war eine schlimme Sache. Jeder Diebstahl oder Schwund von Medikamenten, die unter das Betäubungsmittelgesetz fielen, musste der Drogenbehörde ebenso gemeldet werden, wie der Polizei. Und sie wusste nicht einmal, was fehlte ...

„Wann haben Sie zum letzten Mal Bestandsaufnahme gemacht?"

Ed wich ihrem Blick aus. „Na ja, ich führe eine Strichliste", murmelte er vage.

„Ed!"

Bei ihrem Tonfall horchte Lucy Morales, eine der Schwestern, auf und schaute zu ihnen herüber.

Nell atmete tief durch und versuchte es noch einmal. „Sie sind gehalten, zweimal am Tag Bestandsaufnahme zu machen."

„Ja, ich weiß", nuschelte Ed unglücklich. „Aber in letzter Zeit war so viel los."

Nells Geduldsfaden drohte zu zerreißen. Sie liebte ihre Arbeit. Sie liebte sie wirklich. Aber sie hatte es einfach satt, die Fehler anderer zu vertuschen, sie hatte es satt, sich für alles und jeden verantwortlich zu fühlen.

Nur dass sie es natürlich wieder einmal nicht übers Herz brachte, dem armen Ed gehörig die Leviten zu lesen. Er war eigentlich schon im Rentenalter, aber er musste weiterarbeiten, weil er das Geld brauchte. Er brauchte diesen Job, auch wenn sie ihm nur ein armseliges Gehalt bezahlen konnte.

„Also schön", sagte Nell. „Dann machen Sie eben jetzt Bestandsaufnahme und heute Abend, bevor Sie nach Hause gehen, wieder. Und morgen geht es genauso weiter."

Nach diesen Worten stürmte sie den Flur hinunter, gehetzt von den Gespenstern ihrer Vergangenheit, die ihr dicht auf den Fersen waren. Das Letzte, was sie jetzt brauchte, war es, dass die Drogenbehörde Wind von den Unregelmäßigkeiten bekam. Und erst recht nicht, solange sich dieser scharfsichtige Reporter hier herumtrieb.

Nell lehnte sich über den Tresen, der die Grenze zwischen der Büro- und der Behandlungszone markierte. „Melody, war Mr. Vacek heute schon da?" Stanley Vacek war einer ihrer Stammkunden, ein älterer Mann mit einem starken osteuropäischen Akzent und stets finsterer Miene, der viel zu hohen Blutdruck hatte.

Melody King schaute von ihrem Bildschirm auf. Ihr dunkellila Lidschatten wirkte auffällig in ihrem weißen Gesicht. Melody, die für die Organisation zuständig war, hatte lange mausbraune Haare und einen beleidigten Gesichtsausdruck. „Ja, vor einer Weile. Aber er ist wieder gegangen."

„Das kann er doch nicht machen", protestierte Nell. „Er hat Hypertonie."

„Das hindert ihn nicht daran wieder wegzugehen, wenn es ihm in den Kopf kommt", bemerkte Billie im Vorbeigehen.

Nell runzelte die Stirn. „Aber er braucht neue Medikamente."

Melody schob die Unterlippe vor. „Ich habe ihn nicht weggeschickt."

„Nein, natürlich nicht", stimmte Nell automatisch zu.

„Ich glaube, er hat sich geärgert, weil ihm dieser Typ da ständig irgendwelche Fragen gestellt hat", berichtete Melody.

„Was denn für ein Typ?"

Aber Nell wusste ganz genau, von wem die Rede war.

„Na, dieser Mr. Reilly", bestätigte Melody prompt Nells Befürchtung. „Vielleicht hat Mr. Vacek ja gedacht, dass er von der Einwanderungsbehörde ist oder so."

„Ist er aber nicht", sagte Nell.

„Ich habe ja auch nicht gesagt, dass ich das glaube." Melody senkte die Stimme. „Ich glaube, er ist ein Cop."

Lucy Morales schnappte sich eine Karteikarte von einem Stapel auf dem Tresen. „Der Typ in der Safarijacke? Also, ich finde ihn ehrlich gesagt affenscharf."

Nell war verärgert. Aber warum? Weil sie mit Lucy einer Meinung war? Sie schob den Gedanken rigoros beiseite.

„Egal ob affenscharf oder nicht, er hat kein Recht, unsere Patienten zu beunruhigen." Nach diesen Worten marschierte Nell entschlossen in Richtung Wartebereich, froh darüber, dass da endlich einmal jemand war, den sie zusammenstauchen konnte, ohne prompt ein schlechtes Gewissen zu bekommen.

Der Wartebereich war bis auf den letzten Platz besetzt. Ein schreiendes Kleinkind stürzte sich rücklings vom Schoß seiner Mutter. Eine alte Frau mit zerknittertem Gesicht saß gottergeben da und umklammerte den dürren Arm ihres Mannes.

Reilly hatte sich auf einem der harten Stühle zusammengefaltet, ein langes Bein vor sich ausgestreckt. Er lächelte und redete über den Kopf eines kleinen Mädchens mit dessen Mutter, die ebenfalls lächelnd etwas erwiderte.

Okay, zusammenstauchen ging also nicht.

Trotzdem, er hatte Stanley Vacek offenbar einen Schreck eingejagt. Und sie selbst machte er ebenfalls reichlich nervös. Bevor nicht das Problem – das mögliche Problem – mit den fehlenden Betäubungsmitteln aufgeklärt war, wollte sie ihn hier nicht haben. Er musste das Feld räumen, zum Wohl ihrer Patienten und auch für ihren eigenen Seelenfrieden.

Nell räusperte sich. Reilly schaute auf.

„Es tut mir leid. Ich muss Sie bitten, morgen wiederzukommen."

Reilly stand langsam auf. Obwohl er nur ein paar Zentimeter größer war als Nell, war er eine beeindruckende Erscheinung. In seinen dunkelblauen Augen glitzerte ein müder Humor. Polizistenaugen, dachte

Nell. Priesteraugen. Augen, die ihr Gegenüber einluden, sich zu öffnen, und die Absolution versprachen.

Nur dass sie nicht bereit war, sich zu öffnen, und sich auch keine Vergebung mehr ersehnte. Von niemandem mehr.

„Wo liegt das Problem?", fragte Reilly.

Nell bedeutete ihm, ihr zu folgen. Als sie vor ihm den Wartebereich verließ, spürte sie seinen Blick in ihrem Rücken.

Auf dem Flur drehte sie sich zu ihm um, hin- und hergerissen zwischen ihrer Verärgerung und dem Drang, sich zu entschuldigen. „Sie müssen gehen. Sie machen meine Patienten nervös."

Reilly schaute durch die offene Tür auf die Mutter des kleinen Mädchens. „Aber warum denn? Ich habe mich doch nur ein bisschen unterhalten."

Behandelte sie ihn unfair? „Sie stellen den Leuten Fragen."

„Na und?"

„Da können sie auf den Gedanken kommen, Sie seien von der Polizei."

„Bin ich aber nicht", sagte er. „Nur mein Bruder."

Nell hätte fast laut aufgestöhnt.

Normalerweise mochte sie Polizisten. Die meisten jedenfalls. Krankenschwestern und Polizisten waren meistens auf derselben Seite, während sich die Öffentlichkeit auf sie verließ und ihnen gleichzeitig misstraute. Sie kannten dieselbe Art Erschöpfung, dieselbe Art Frustration und hatten dieselbe Art von schwarzem Humor. Aber im Augenblick, wo Ed Johnson hinten in der Apotheke panisch eine Bestandsaufnahme der Medikamente im Giftschrank machte, betrachtete Nell die Polizei mit demselben tiefen Argwohn wie ... nun ja ... die Presse.

Sie befeuchtete sich die Lippen. „Ihr Bruder ist Polizist?"

Reilly nickte.

„Hier in Chicago?"

Er legte den Kopf schräg. „Ja. Aber wir sehen uns nicht besonders oft, falls Sie das beruhigt."

Sie versteifte sich. „Ich bin nicht beunruhigt."

„Irgendetwas macht Ihnen doch Angst."

„Überhaupt nicht."

„Beweisen Sie es."

Reilly schob seine Hände in seine Jackentaschen. „Beweisen Sie es mir", wiederholte er, wobei er sie unverwandt anblickte. „Indem Sie heute Abend mit mir essen gehen."

Nanu! Das kam ja völlig aus heiterem Himmel. Dabei hatte er mit der Mutter des Kindes weit mehr geflirtet als mit ihr.

„Warum sollte ich mit Ihnen essen gehen?", fragte Nell argwöhnisch.

Er zog die Augenbrauen hoch. „Brauchen Sie einen Grund, um zu Abend zu essen?"

„Ich brauche einen Grund, um mit Ihnen zu Abend zu essen. Ich kenne Sie nicht."

„Sie könnten mich beim Essen kennenlernen."

Sie schüttelte den Kopf, teils geschmeichelt, teils in Verlegenheit gebracht von seiner Einladung. „Danke, aber ..."

„Meine Artikel werden viel besser, wenn ich mit meinem Thema vertraut bin."

„Ich bin aber nicht Ihr Thema."

Seine Augen lachten sie aus. „Dann unterhalten wir uns eben über die Poliklinik. Ich bringe sogar mein Notizbuch mit."

Und da stand er, lächelnd und selbstsicher und verdammt lästig. Sie musste ihn möglichst elegant loswerden.

„Also gut", stimmte sie schließlich überraschend zu. „Ich mache heute um sieben Schluss."

„Ein langer Arbeitstag", bemerkte er.

„Ja." Und weil sie unbedingt das letzte Wort haben wollte, fügte sie dann noch vorwurfsvoll hinzu: „Und jetzt steht mir auch noch eine lange Nacht bevor."

Sie spürte, wie ihr die Röte in die Wangen stieg, während sich auf seinem Gesicht langsam ein Lächeln ausbreitete.

„Hoffen wir's", sagte Reilly.

Sie war zu spät dran.

Nells Tasche schlug gegen ihre Hüfte, als sie sich umdrehte, um die Kliniktür ins Schloss zu ziehen und zuzuschließen. Die Tasche war vollgestopft mit Listen, auf denen sämtliche unter das Betäubungsmittelgesetz fallende Medikamente aufgeführt waren, die in den vergangenen drei Monaten als Spenden von Arzneimittelfirmen eingegangen waren, sowie alle derartigen Medikamente, die in der Klinikapotheke an Patienten ausgegeben worden waren. Sie würde noch heute Abend Wareneingang und Warenausgang mit dem Bestand abgleichen, um sich selbst davon zu überzeugen, dass keine Unregelmäßigkeiten vorgekommen waren.

Einen Fehler konnte sie sich nicht leisten.

Nicht noch einen.

Reilly lehnte draußen mit einer Schulter an der schmuddeligen Hauswand und wartete auf sie. Als sein Blick auf sie fiel, straffte er die Schultern.

„Was ist los?", fragte er mit zusammengekniffenen Augen.

Nell setzte ein Lächeln auf, das so strahlend war, dass es selbst einen Toten aufgeweckt hätte. „Was soll denn los sein?"

„Das ist ein alter Reportertrick", bemerkte er.

Sie überprüfte noch einmal, ob die Tür auch wirklich abgeschlossen war. „Was?"

„Auf eine Frage mit einer Frage zu antworten." Reilly lächelte gewinnend. „Cops machen das auch."

„Gar nichts ist los", antwortete Nell. Ihre Tasche, die sie ebenso drückte wie ihr Gewissen, zog ihre Schulter nach unten.

„Sie sind spät dran."

„Gegen Abend wurde es noch mal richtig turbulent." Sie hatte die letzte halbe Stunde mit Ed verbracht und seine Bestandsaufnahme haarklein überprüft.

Reilly kam auf sie zugeschlendert. „Was gab's denn?"

Sie zuckte die Schultern. „Unser Ultraschallgerät hat den Geist aufgegeben." Wenigstens das stimmte. „Außerdem war da eine Patientin mit einer möglichen Fasergeschwulst, und ich musste sie davon überzeugen, dass es besser ist, wenn sie in die Notaufnahme geht."

„Ist das schlimm?"

„Wenn sie sich dagegen entscheidet, schon. Die meisten unserer Patienten sind nicht arm genug, um die medizinische Behandlung ganz umsonst zu bekommen, aber das heißt noch lange nicht, dass sie sich einen Besuch in der Notaufnahme leisten könnten." Sie schaute ihn scharf an. „Wir brauchen dringend eine neue diagnostische Ausstattung."

Reilly steckte die Hände in seine Taschen. „Ist das eine ganz normale Verabredung zum Essen oder ein Spendensammlungsessen?"

„Sie haben mich eingeladen, um mehr über die Poliklinik zu erfahren."

„So ist es. Soll ich Sie mitnehmen oder wollen Sie lieber hinter mir herfahren?"

„Ich habe kein Auto", informierte Nell ihn.

Reilly lief los. Schlenderte lässig los, genauer gesagt. „Schön, dann nehmen wir meins."

Er ist zu verbindlich. Zu aalglatt, überlegte Nell argwöhnisch. Und viel zu selbstsicher, einer dieser Männer, die mit größter Selbstverständlichkeit erwarten, dass man mit ihnen ins Bett geht, wenn man sich breitschlagen lässt, sie nach dem Essen noch auf eine Tasse Kaffee zu sich nach Hause einzuladen.

Sie blieb unter einer Straßenlaterne stehen. „Ich steige nicht zu fremden Männern ins Auto."

Reilly blieb ebenfalls stehen. „Das macht es schwierig, in das Restaurant zu kommen, in das ich Sie einladen will."

Nell lächelte schief. Sie wollte ihn nicht verärgern, immerhin hatte sie ein Interesse daran, dass er diesen Artikel schrieb. Sie wollte einfach nur die Kontrolle behalten.

„Wir können zu Fuß gehen", schlug sie vor.

Er ließ seinen Blick die Straße hinunterwandern, über die zwei- oder dreistöckigen Apartmenthäuser mit Geschäften im Erdgeschoss, deren Türen und Fenster mit Stahlgittern gesichert waren: Ein Buchantiquariat, eine Reparaturwerkstatt für Elektrogeräte, ein Trödelladen mit einer Babywippe im Schaufenster. Der griechische Gemüsemarkt an der Ecke hatte schon geschlossen, das Obst und das Gemüse waren ins Innere gekarrt und die hölzernen Rollläden vor dem Tresen heruntergelassen worden.

„Kennen Sie hier in der Nähe irgendetwas, wo man etwas essen kann?"

„Ich kenne hier eine ganze Menge", sagte sie. „Sind Sie gut zu Fuß?"

Er schaute sie an, die Augen ausdruckslos, die Lippen zu einem schmalen Strich zusammengepresst. Doch gleich darauf warf er ihr noch so ein lässig entspanntes Lächeln zu.

„Wenn es nicht zu weit ist und Sie nicht zu schnell laufen. Ich bin nämlich im Grunde meines Herzens ein fauler Hund."

Nell schnaubte verächtlich. Sie war schon den ganzen Tag auf den Beinen. „Ich werde versuchen, nicht zu rennen."

„Dann gehen Sie vor."

Sie hörte überdeutlich das Knirschen seiner Schritte auf dem Asphalt, das leise Schmatzen ihrer Gummisohlen. Im Rinnstein hatte sich der Müll von einer ganzen Woche angestaut und das Laub vom vergangenen Herbst. Kahle Bäume reckten ihre schwarzen Äste in den Abendhimmel. Ein Auto fuhr im Schritttempo vorbei, mit voll aufgedrehter Stereoanlage. Nachdem sie eine Weile gelaufen waren, nahm Nell in dem Schatten vor einem Müllcontainer zwischen zwei Häusern eine Bewegung wahr. Irgendetwas, Mensch oder Tier, stöberte da in der Dunkelheit herum.

Nell erschauerte und verkroch sich tiefer in ihren Umhang.

„Was hat es eigentlich mit Ihrem Rotkäppchen-Outfit auf sich?", erkundigte sich Reilly.

„Was? Ach so." Sie schaute erst auf ihren langen roten Wollumhang und dann auf seine Safarijacke. „Bekomme ich jetzt einen Modetipp von einem Krokodiljäger?"

„He, die Jacke ist praktisch. Sie hat viele Taschen."

„Mein Cape ist auch praktisch."

„Es hat aber keine Taschen", wandte er ein.

„Dafür ist es warm."

„Ein Parka auch."

„Warm und leicht wieder zu erkennen", ergänzte sie.

„Ist das wichtig für Sie? Dass man Sie wieder erkennt?"

Sie wollte nicht, dass er es für Eitelkeit hielt. Nichts lag ihr ferner.

„Manchmal schon", antwortete sie vorsichtig. „Vor allem abends, wenn es spät wird, hat das Cape dieselbe Signalwirkung wie eine Uniform."

„Weil Ihnen auf dem Heimweg jemand über den Weg laufen könnte, der Ihre Hilfe braucht?"

Nell zögerte. „Ja."

„Oder weil Sie so sicher sein können, dass man nicht auf Sie schießt?", fragte er, und sie stolperte über eine Unebenheit im Bürgersteig.

„Hoppla", sagte Reilly und griff geistesgegenwärtig nach ihrem Arm.

„Danke", sagte Nell.

Als sie den Kopf wandte, sah sie, dass er lächelte.

Nell umklammerte den Schulterriemen ihrer Tasche fester. Bei diesem Kerl musste man auf alles gefasst sein. Das träge Lächeln trog. Seine Liebenswürdigkeit war ebenso wie seine vermeintliche Unvoreingenommenheit nur Fassade.

Was immer man von Joe Reilly sonst auch halten mochte, in seinem Job war er offensichtlich gut.

Und das machte ihn gefährlich.

2. KAPITEL

Der Barkeeper im *Flynn's* kannte Nell mit Namen. Er deutete auf einen freien Tisch im hinteren Teil des Raums, dann zapfte er ihr ungefragt ein Bier.

Beim Setzen beobachtete Nell, wie Reilly ihr gegenüber irgendwie unbeholfen in die Bank rutschte. Als er mit dem Bein gegen das Tischbein stieß, verzerrte sich kurz sein Gesicht.

Ihre Sorge erwachte. Eine rein berufliche Sorge natürlich. „Ist alles in Ordnung mit Ihnen?"

„Ja, bestens." Er schaute sich um. „Ist nett hier."

Dann wollte er also nicht über sich reden. Dadurch unterschied er sich von den meisten anderen Männern, mit denen sie es zu tun hatte.

Sein scharfer Reporterblick registrierte alles. Das *Flynn's* war eine typische Eckkneipe, mit einem langen blank polierten Tresen vor einer mit Flaschen bestückten verspiegelten Regalwand und einem alten Holzfußboden. Ein Fernseher war mit bunten Luftschlangen und Kleeblättern aus Plastik geschmückt – Überbleibsel des schon einige Wochen zurückliegenden St. Patrick's Day. Durch die Lautsprecher hörte man Geigen und Trompeten. In der Luft hing Zigarettenrauch, vermischt mit Bierdunst und angereichert mit dem Duft von Bratkartoffeln und gebratenen Zwiebeln.

Nell lief das Wasser im Mund zusammen. Sie hatte das Mittagessen wieder einmal ausfallen lassen. Sie atmete tief ein und schloss genießerisch die Augen.

Und hörte, wie ihr Glas auf den Tisch geknallt wurde.

„Was darf's bei Ihnen sein?", fragte die Kellnerin Reilly.

„Ein Mineralwasser, bitte."

Nell öffnete die Augen. Er trank keinen Alkohol.

Was natürlich bedeutete, dass er im Moment im Dienst war.

Was bedeutete, dass sie gut daran tat, höllisch aufzupassen, sonst würde er sie auf einen Satz verschlucken wie eine hausgemachte Bratkartoffel.

„Sie haben ja sicher Fragen", begann sie.

„Ein paar."

„Die Zahlen für die Statistik habe ich aber leider im Büro." Bis auf die in ihrer Tasche. Die bis obenhin vollgestopft mit Papier an ihrem Oberschenkel brannte. „Aber ich kann Ihnen allgemeine Informationen über die soziale Zusammensetzung unserer Patienten geben."

Reillys rechter Mundwinkel zuckte. „Im Moment wollte ich Sie eigentlich fragen, ob Sie schon etwas essen oder erst später bestellen wollen."

„Oh." Peinlich berührt warf sie einen flüchtigen Blick in die Speisekarte. „Ich nehme den Bratfisch mit Pommes frites, bitte."

Reilly gab der Kellnerin die Speisekarten zurück. „Für mich das Steak. Medium."

Rotes Fleisch, dachte Nell, während die Kellnerin in der Dunkelheit hinter der Bar verschwand. Aber er verschlang es wenigstens nicht roh.

„So, und jetzt erzählen Sie mal, was Sie da in der *Ark Street Clinic* so alles machen", forderte Reilly sie auf.

Ich tue Buße, dachte Nell.

„Ich behandle Patienten, soweit nicht eine ärztliche Behandlung angezeigt ist", antwortete sie. „Versuche ehrenamtliche Ärzte für unsere Arbeit zu gewinnen, stelle Mitarbeiter ein, mache Dienstpläne, formuliere Anträge für staatliche Zuschüsse und ..."

„Das ist hier kein Bewerbungsgespräch, Dolan. Ich habe Sie nicht nach Ihrer Qualifikation gefragt. Was mich viel mehr interessiert, sind Ihre Motive."

Nell stellte ihr Bierglas ab. Um nichts in der Welt würde sie diesem scharfsichtigen Reporter etwas von den Gespenstern erzählen, von denen sie gejagt wurde. Aber darüber, wie wichtig ihr ihre Arbeit war, konnte sie reden.

„Nennen Sie mich Nell", forderte sie ihn auf. So. Das hatte freundlich und zuvorkommend geklungen. „Die *Ark Street Clinic* bietet dem Teil der Bevölkerung unserer Stadt, der sonst unversorgt bliebe, kostenlose medizinische Behandlung an. Wir haben hier in der Gegend einen stetig anwachsenden Anteil von Einwanderern. Außerdem gibt es immer mehr Beschäftigte im Niedriglohnsektor, und auch die meisten Leute mit Teilzeitjobs sind nicht mehr über ihre Arbeitgeber versichert. Deshalb ist es wichtig, dass nach den in letzter Zeit erfolgten Kürzungen im Sozialbereich ..."

„Ja", fiel Reilly ihr ins Wort. „Ich habe Ihr Flugblatt gelesen. Sehr nett. Was haben Sie vorher gemacht?"

„Ich war Krankenschwester in der Unfallmedizin."

„Wo?"

„Ist das wichtig?"

„Ich weiß nicht. Warum haben Sie dort aufgehört? Am Verdienst kann es ja wohl kaum gelegen haben."

Nell war verärgert. Sie fand seine Art anmaßend. „Woher wollen Sie das wissen?"

Sein Blick wanderte über sie hinweg. „Kein Auto. Billige Armbanduhr. Alte Schuhe."

Obwohl er ihre Schuhe unter dem Tisch nicht sehen konnte, krümmte Nell vor Verlegenheit die Zehen. Er sah einfach viel zu viel.

Und eigentlich verdiente sie in ihrem Job ganz gut. Aber sie hatte Schulden. Einige davon waren Geldschulden. Und der Rest ... Sie langte nach ihrem Bierglas und genehmigte sich einen langen Schluck.

„Fällt es Ihnen wirklich so schwer zu verstehen, dass es Menschen gibt, die ganz einfach nur das Bedürfnis haben, anderen Menschen zu helfen?", fragte sie.

Er dachte sorgfältig über die Frage nach. Seine Hände lagen vor ihm auf dem Tisch. Er hatte Chirurgenhände mit langen Fingern und sorgfältig manikürten Fingernägeln. „Ja", sagte er.

Vergiss die Hände. Nell runzelte die Stirn. „Das ist eine sehr zynische Einstellung."

„Realistisch", korrigierte Reilly. Er stellte sein Glas beiseite, damit die Kellnerin seinen Teller abstellen konnte. „Die meisten Menschen helfen aus egoistischen Gründen", fuhr er fort, nachdem sie wieder allein waren. „Und diejenigen, die andere Gründe vorschieben, verursachen meistens einen Haufen Probleme auf der Welt."

Nell, die dabei war, ihre Gabel zum Mund zu führen, hielt auf halber Strecke inne, verblüfft über die Diskrepanz zwischen seinem schnoddrigen Ton und der Bitterkeit in seinen Augen.

„So spricht ein frustrierter Idealist", sagte sie.

„Kein Idealist. Bloß frustriert." Er warf ihr ein mit Anzüglichkeiten gespicktes Grinsen zu.

Nell verspürte plötzlich ein Summen in ihrem Kopf. Aber es kam nicht vom Bier, sondern weil sich die Atmosphäre sexuell aufgeladen hatte. Zwischen ihnen knisterte es. Eine billige Anmache war das, mehr nicht. Sein Verhalten war absolut unmöglich. Viel zu offensichtlich. Obwohl seine Hartnäckigkeit schmeichelhaft war.

Sie lehnte sich zurück und straffte die Schultern. Für sie stand zu viel auf dem Spiel, um sich von dem Versprechen oder der Drohung auf Sex ablenken zu lassen. Auch wenn es inzwischen zweiundzwanzig Monate, fünf Tage und ... aber wer zählte das?

Sie versuchte, das Gespräch wieder in unverfängliche Bahnen zu lenken.

„Aber Sie müssen zugeben, dass es auf der Welt mitfühlende und verantwortungsbewusste Menschen gibt, die etwas bewirken", sagte sie. „Unsere ehrenamtlichen …"

„Glauben Sie bloß das nicht", fiel Reilly ihr wieder heftig ins Wort. „Diese Eiferer, diese Gutmenschen mit ihren ach so ehrenwerten Absichten richten oft mehr Schaden auf der Welt an, als alle Schurken zusammen."

Sie lehnte sich zurück. „Na so was! Sprechen Sie aus eigener Erfahrung?"

Reilly begegnete ihrem Blick ohne Abbitte zu leisten. „Ja."

Nell tauchte eine Pommes in den Ketchup auf ihrem Teller ein, wobei sie sich selbst versicherte, dass es sie nicht interessierte, wie er zu so einer Meinung kam. Sie wollte ihn nicht näher kennenlernen. Aber irgendetwas in ihr erkannte den Nachhall seines Schmerzes und reagierte darauf.

„Wer hat Sie verletzt?", fragte sie leise.

Reilly hob die Augenbrauen. „Versuchen Sie jetzt den Spieß umzudrehen oder was?"

Ihr Herz begann schneller zu klopfen. „Ich dachte, wir sind essen gegangen, damit wir uns besser kennenlernen."

Er schaute ihr tief in die Augen. „Wenn es unbedingt sein muss."

Da war es wieder, dieses Summen, dieser Stromschlag, dieser Kitzel. Dieses Wasser war tief. Und sie war dabei hineinzuwaten, obwohl abzusehen war, dass es über ihrem Kopf zusammenschlagen würde.

Es sei denn – oh, Gott, wie peinlich – es sei denn, sie hätte ihn vollkommen missverstanden.

„Damit Sie Ihre Geschichte bekommen", präzisierte sie.

„Damit ich Sie ins Bett bekomme", widersprach er.

Nell stockte der Atem. Okay, sie hatte ihn also nicht missverstanden.

„Oje", erwiderte sie trocken. „Ich bin überwältigt von so viel subtilem Charme."

„Nun, das wohl kaum", sagte er und richtete diese wissenden verschleierten Augen auf sie. „Sie sind verärgert. Aber vielleicht sind Sie auch interessiert. Sind Sie?"

Interessiert, in Versuchung, bedroht … Sie legte ihre Hände um ihr kaltes Bierglas, damit sie nicht zitterten. „Sind Sie immer so unverblümt?"

Er zeigte ebenmäßige weiße Zähne. „Worte möglichst sparsam einzusetzen ist für jeden guten Journalisten ein wichtiges Prinzip."

Sie wehrte sich gegen die sexuelle Anziehungskraft, die von ihm ausging, dagegen, dass sich ihr Blut in glühende Lava verwandelte.

„Gibt es bei Ihrer Zeitung keine Sanktionen gegen Journalisten, die mit ihren Quellen Sex haben?", fragte sie.

„Schon möglich. Wenn Sie minderjährig wären oder wenn ich Sie damit erpressen würde, dass ich Ihre Klinik in meinem Artikel in die Pfanne haue, wenn Sie nicht mit mir ins Bett gehen, würde das mit Sicherheit Konsequenzen nach sich ziehen, wenn es herauskäme."

Meinte er das alles ernst?

„Wollen Sie mir wirklich vorschlagen, mit Ihnen ins Bett zu gehen, nur um eine gute Presse zu bekommen?"

„Nein." Seine Augen glitzerten und waren sehr blau. „Würden Sie?"

Würde sie? In ihrem Kopf wirbelte alles durcheinander. Sie war schon aus niedrigeren Motiven mit Männern ins Bett gegangen. Zwar nicht in letzter Zeit, aber …

„Natürlich nicht", erwiderte sie scharf.

Reilly lächelte. Stellte ihn die Antwort zufrieden? Machte es ihm Spaß zu sehen, dass es ihm doch noch gelungen war, sie zu verunsichern?

„Schön, dann ist das Thema hiermit abgehakt", sagte er. „Aber wenn der Artikel gedruckt ist, gibt es von meiner Seite aus nichts mehr, was dagegen spräche, mit Ihnen ins Bett zu gehen."

Nell zog scharf den Atem ein und verschluckte sich an ihrem Bierschaum. Sie sollte wirklich zu Wasser übergehen.

„Für mich schon", sagte sie, als sie wieder sprechen konnte.

Sein Blick fiel auf ihre Hände auf dem Tisch. „Sie sind nicht verheiratet", stellte er fest.

„Nein."

„Aber Sie waren es", vermutete Reilly. „Mit einem Arzt?"

Nell musterte ihn finster. „Und wenn?"

Der Reporter lehnte sich nachdenklich zurück. „Dann haben Sie den Dreckskerl also während des Studiums durchgefüttert. Richtig? Und wie hat er sich dafür revanchiert? Indem er Ihnen Ihre Jugend versaut hat? Ihre Kreditkarten geklaut? Oder hat er Ihnen das Herz gebrochen?"

Schlimmer. Viel schlimmer. Ihr Exmann Richard hatte ihre Karriere zerstört, ihr Vertrauen schändlich missbraucht und ihre Integrität beschmutzt. Aber sie hatte nicht die Absicht, irgendetwas davon einem Reporter zu erzählen, der sich nur für seine Story interessierte.

„So ungefähr", gab Nell kühl zurück.

„Das passt", bemerkte Reilly trocken.

Sie hob das Kinn. „Warum? Finden Sie, dass ich Ähnlichkeit mit einem Fußabstreifer habe?"

„Nein. Aber Ihr Exmann war Arzt. Ich mag keine Ärzte."

Nell lächelte zerknirscht. „Ich mag sie manchmal auch nicht besonders."

„Sie haben ein Problem mit den Ärzten, die in der Poliklinik arbeiten?" Reilly sprach ganz entspannt. Aber er ließ sie nicht aus den Augen.

Oh nein. Nell wurde plötzlich ganz flau im Magen. Das passierte, wenn man sich von einer Welle sexueller Anziehungskraft mitreißen ließ. Dann kam ein gewiefter Reporter angeschwommen und biss einem den Kopf ab.

Sie war nicht bereit, mit ihm über die Probleme in der Klinik zu reden. Nicht mit ihrer Tasche neben sich, in der möglicherweise der Beweis dafür war, dass dort Medikamente verschwunden waren, die unter das Betäubungsmittelgesetz fielen. Sie widerstand der Versuchung, sich davon zu überzeugen, dass die Listen und Computerausdrucke immer noch fest in der Tasche steckten und nicht zu sehen waren.

„Aber nein. Unsere ehrenamtlichen Ärzte kümmern sich hingebungsvoll um unsere Patienten", sagte sie.

Reilly grinste unverfroren. Damit zog er ihre Unterhaltung wieder auf die persönliche Ebene herunter und beschädigte ihre mühsam aufrechterhaltene professionelle Fassade. „Ist das der Leitspruch Ihres Hauses?"

„Es ist die Wahrheit", erwiderte sie hölzern.

„Vielleicht. Oder vielleicht haltet Ihr Ärzte ja auch alle zusammen."

Das taten sie. Oh, das taten sie wirklich. Nell erinnerte sich, wie sie zum Klinikdirektor gerufen worden war, nachdem ans Licht gekommen war, dass sich Richard Morphium spritzte. Der Klinikleiter hatte verzweifelt nach einem Weg Ausschau gehalten, um seinen dienstältesten Anästhesisten vor den schlimmen Folgen seines Tuns zu bewahren.

Und Nell, in ihren Grundfesten erschüttert und von Schuldgefühlen zerfressen, hatte seinen Vorschlägen widerstandslos zugestimmt.

Als sie von ihrem Teller aufschaute, sah sie, dass Reilly sie immer noch beobachtete. „Ich bin keine Ärztin", stellte sie klar.

„Sie kleiden sich aber wie eine."

Hier war ihre Chance, das Ruder herumzuwerfen und das Gespräch wieder in sichere Bahnen zu lenken.

„Den weißen Kittel trage ich nur unseren Patienten zuliebe", erklärte Nell. „Der Anblick beruhigt sie, weil sie dabei an einen Arzt denken, obwohl examinierte Krankenschwestern für diese Art medizinischer Grundversorgung, wie wir sie bereitstellen, genauso ausgebildet sind. Viele Tätigkeiten, die früher von Ärzten ausgeführt wurden, werden heute von Krankenschwestern übernommen. Aber der Anblick eines weißen Kittels beruhigt die Patienten wahrscheinlich mehr, als wenn ich ihnen meine Qualifikationen erklären würde."

„Und warum studieren Sie dann nicht selbst Medizin? Um die für einen weißen Kittel erforderlichen Qualifikationen zu bekommen?"

„Ich habe Qualifikationen", sagte Nell schärfer als beabsichtigt. „Ich bin gern Krankenschwester. Und ein Medizinstudium kostet Geld."

„Das wissen Sie, weil Sie Ihrem Mann das Studium finanziert haben, richtig?"

Nell sagte nichts. Sie konnte es nicht.

„Haben Sie Kinder?"

Jetzt reichte es ihr.

Nell schob ihren Teller zurück und stützte ihre Ellbogen auf den Tisch. „Sagten Sie nicht, das sei kein Bewerbungsgespräch?"

„Ist es auch nicht."

„Wirklich nicht? Und warum sind dann alle Ihre Fragen so persönlich, als ob Sie mich als Ihre Gespielin einstellen wollten? Aber ich habe nicht die Absicht, mich um diese Stellung zu bewerben."

Reilly lehnte sich zurück und bat bei der Kellnerin mit einer Handbewegung um die Rechnung. „Macht es Ihnen etwas aus, mir zu sagen, warum?"

„Können Sie es nicht akzeptieren, dass ich mich schlicht nicht zu Ihnen hingezogen fühle?"

Ganz unerwartet langte er über den Tisch und nahm ihre Hand. Seine Finger legten sich um ihr Handgelenk. Dabei schaute er ihr tief in die Augen. Nell zwang sich, keine Reaktion zu zeigen und ihre Hand nicht wegzuziehen. Aber sie spürte, wie sie rot wurde, und wusste, dass es auch ihm nicht verborgen blieb. Außerdem musste er fühlen, wie sich unter seiner Hand ihr Puls beschleunigte. Sein Daumen streichelte die zarte Haut an der Innenseite ihres Handgelenks.

Gleich darauf ließ er sie abrupt wieder los und lächelte. „Nein. Kann ich nicht. Und Sie wissen auch, warum."

Mistkerl.

„Na schön. Dann gibt es da immer noch diese moralischen Gründe, über die wir gesprochen haben", konterte Nell. „Sie schreiben über die Poliklinik, in der ich an verantwortlicher Stelle arbeite. Es wäre zumindest peinlich, wenn herauskäme, dass wir eine Affäre haben. Der entscheidende Grund jedoch ist, dass meine Arbeit meine gesamte Energie beansprucht. Ich habe schlicht und ergreifend keine Zeit für so etwas."

Vor allem nicht jetzt, wo ihre Tasche vollgestopft war mit Listen, die für sie und die Poliklinik in jeder Hinsicht das Aus bedeuten konnten. Und nicht mit ihm. Der letzte Mensch, den sie für ihr so unendlich mühsam unter Kontrolle gebrachtes Leben jetzt brauchte, war ein zynischer Reporter, der viel zu viel sah und viel zu viele Fragen stellte.

„Das ist verständlich", sagte Reilly.

Ein Teil der Anspannung fiel von Nells Schultern ab. Sie lächelte sogar. „Freut mich, dass Sie mir zustimmen."

„Dass ich zustimme, würde ich nicht behaupten", widersprach er, während er ein Bündel Dollarnoten auf das Tablett mit der Rechnung legte. „Ich sagte, es ist verständlich."

Das raubtierhafte Glitzern in seinen Augen machte sie nervös.

Der Märzmond, dessen fahles Licht sich im orangefarbenen Schein der Straßenlaternen verlor, stand wie eine milchig weiße runde Scheibe am Himmel. Reif glitzerte auf dem Asphalt und verzierte die Scheiben der am Straßenrand stehenden Autos. Nell stieß beim Laufen mit jedem Atemzug eine kleine weiße Wolke aus.

Joe biss die Zähne zusammen. Sein Knöchel hatte ihn schon auf dem Hinweg fast umgebracht. Eisbeutel drauftun und hochlegen, hatten die Ärzte gesagt. Alles klar, kein Problem. Als ob Nell nicht gemerkt hätte, wenn er ihr während des Essens den Fuß in den Schoß gelegt hätte.

Um sich wenigstens ein bisschen abzustützen, legte er ihr beiläufig einen Arm um die Schultern. Sie war schlank, aber kräftig und roch ganz schwach nach Desinfektionsmitteln. Ihr Haar kitzelte an seiner Wange.

„Ist Ihnen so warm genug?", murmelte er ihr ins Ohr.

„Mir ist nicht kalt", sagte sie resolut, ohne ihn anzusehen. „Stecken Sie die Hände in Ihre Taschen, wenn Sie frieren."

Trotz seiner Schmerzen musste Joe grinsen. „Zu Befehl, Schwester Dolan."

Sie warf ihm einen scharfen Blick zu und ging weiter.

Himmel. Ihm brach der Schweiß aus. Er musste kurz verschnaufen.

Joe durchwühlte angelegentlich seine Taschen. „Was dagegen, wenn ich rauche?"

Nell verlangsamte ihre Schritte, um sie seinen anzupassen. „Nicht, wenn Sie sich unterdessen ein paar statistische Daten über die Verbindung von Rauchen und Krebs, Herzinfarkt und Durchblutungsstörungen anhören."

„Fangen Sie an." Er blieb stehen. Gott sei's gelobt. Er verlagerte sein Gewicht auf das linke Bein, während er sich eine Zigarette aus der Packung herausschüttelte. Seine dritte heute. Er steckte sie sich an und zog den Rauch tief in die Lungen. Aaaah!

Nell musterte ihn aus zusammengekniffenen Augen. „Sie sollten wirklich aufhören."

Joe atmete langsam aus und kostete den Kick des Nikotinstoßes bis zur Neige aus. „Ich versuche immer nur ein Laster auf einmal aufzugeben, vielen Dank."

„Wirklich?" Sie hob eine Augenbraue. „Was haben Sie denn schon alles aufgegeben?"

Sie neckte ihn. Vielleicht flirtete sie sogar. Er konnte es nicht genau sagen. Aber ihre Frage heulte durch seine Seele wie Wind durch eine Ruine.

Joe erschauerte bei der Erinnerung an die vergangenen zwölf Monate. Die besorgten Augen seiner Mutter. Die Verblüffung seines Bruders. Die Frustration seines Vorgesetzten.

Was hatte er schon alles aufgegeben?

Viel zu viel.

Er schüttelte das Streichholz aus und stürmte weiter, wobei er einen Moment lang vergaß, sein Humpeln zu kaschieren. „Ich hatte vor, den Tag heute ohne Sex zu beschließen", sagte er. „Aber wenn Sie mich dazu bringen, es mir anders zu überlegen, Sweetheart, hätte ich nichts …"

Sein Instinkt veranlasste ihn, sich zu unterbrechen. Instinkt und eine Beobachtungsgabe, die er in den Krisengebieten Osteuropas und des Mittleren Ostens kultiviert hatte.

Ein Stück weiter vorn lungerten drei Jugendliche auf dem Gehsteig herum. Joe war zu weit weg, um die Farben ihrer Gang erkennen zu können, aber dass sie zu einer Straßenbande gehörten, erkannte er an der aggressiven Selbstsicherheit ihrer Bewegungen und der beiläufig drohenden Haltung. Schereleien kündigten sich immer auf dieselbe Art und Weise an, egal ob in Chicago oder in Gaza.

Er sah, dass sie ihre Baseballkappen schräg aufgesetzt hatten, eine Hosentasche nach außen gestülpt und an der Seite ein altes Koppelschloss trugen. Das bedeutete, dass ihre Gang, welche es auch immer sein mochte, eine Unterorganisation der *Folks* war. Joe versuchte sich zu erinnern, was ihm sein Bruder Mike damals, als sie noch über alles gesprochen hatten, über die *Folks* erzählt hatte. Auf jeden Fall hatten sie enormen Zulauf und waren äußerst gewaltbereit.

Automatisch schaute sich Joe nach einem geöffneten Geschäft, einer Bar oder sonst irgendetwas, wo Licht brannte, um. Nach Zeugen.
Nichts.
Mist.
Er legte Nell eine Hand auf den Arm, während er abzuschätzen versuchte, wie weit es zurück zum *Flynn's* war. Er selbst würde es keinesfalls schaffen. Und was war mit ihr? Er bekam den genauen Moment mit, in dem die Jugendlichen sie erspähten, sah die Rippenstöße, die sie sich versetzten, spürte, wie ihre Aufmerksamkeit erwachte wie etwas Hässliches, das man mit einem Stock anpikste.
Er und Nell sollten auf die andere Straßenseite wechseln. Sofort.
Zu spät.
Die drei Schläger kamen auf sie zugeschlendert. Zwei gingen nebeneinander her, um bei Bedarf den Gehsteig nach vorn und hinten abzuriegeln. Der dritte schnitt ihnen den Fluchtweg zur anderen Seite ab, indem er zwischen die parkenden Autos glitt.
Joe spürte, wie Wut in ihm hoch kochte. Wut und Angst. Er hatte plötzlich einen sauren Geschmack im Mund. Viel Geld hatte er nicht bei sich. An seinem Leben lag ihm nicht besonders viel. Aber die Frau neben ihm ...
Er zertrat seine Zigarette, verfluchte den Umstand, dass er so unsicher auf den Beinen war, und schob Nell mit einer entschlossenen Handbewegung hinter sich.
Die Jugendlichen kamen näher. Sie gaben sich nicht die geringste Mühe, ihre finsteren Absichten zu tarnen. Licht glitzerte auf ihren Ketten, ihren Gürtelschnallen, und in ihren Augen. Joe verlagerte sein Gewicht und wappnete sich für ihren Angriff.
Und dann hörte er Nells klare Stimme hinter sich. „Oh, hallo Benny! Wie geht es Ihrer Mutter? Hat sie immer noch Probleme mit ihren entzündeten Fußballen?"
Die beiden Jugendlichen vor Joe blieben verwirrt stehen. Nell trat lächelnd einen Schritt vor und griff nach Joes Arm.
„Bennys Mutter arbeitet in einem Supermarkt und ist den ganzen Tag auf den Beinen", erklärte sie. „Sie hatte große Schmerzen, als sie das erste Mal zu mir kam."
Wieder lächelte sie den größeren der beiden Jugendlichen, die den Gehsteig blockierten, an und drückte Joes Arm so fest gegen ihre Brust, dass er keine Bewegung machen konnte, ohne ihr wehzutun. Er konnte spüren, wie ihr Herz an seinem Arm hämmerte.

„Wie geht es ihr?", fragte sie wieder in freundlich besorgtem Ton. „Helfen diese Gesundheitsschuhe?"

Der junge Mann schaute auf den Bürgersteig und dann zu seinen Freunden. „Ja", sagte er schließlich. „Es geht ihr gut."

„Das freut mich", sagte Nell. „Richten Sie ihr aus, dass sie wiederkommen soll, wenn sie noch mehr Probleme bekommt. Montags und donnerstags haben wir immer bis sieben auf."

Der Jugendliche scharrte verlegen mit den Füßen. „Ja. Okay."

„Und Sie richten es ihr wirklich aus?", hakte Nell noch einmal nach.

Der Radaubruder, der am nächsten bei ihm stand, kicherte.

Benny brachte ihn mit einem bösen Blick zum Verstummen. „Ja, ich richte es ihr aus."

Nell nickte. „Fein. Gute Nacht dann."

Sie begann loszulaufen, wobei sie Joes Arm immer noch so fest umklammert hielt, dass er gar keine andere Wahl hatte, als sich ihr anzuschließen. Bei jedem Schritt verspürte er einen stechenden Schmerz im Fußgelenk. Er konnte neben sich das leise Beben ihres Körpers spüren.

Aber sie verlangsamte ihre Schritte nicht. Ihr roter Umhang leuchtete im gelben Schein der Straßenlaternen wie ein Militärmantel. Oder wie das Gewand eines Erzengels.

Niemand folgte ihnen.

Joe schüttelte den Kopf. Das konnte einen ja fast dazu bringen, an Wunder zu glauben.

3. KAPITEL

Melody King wurde heute vierundzwanzig, und ihre Kolleginnen gaben in der Mittagspause ihr zu Ehren eine kleine Party. Melody hatte in ihrem jungen Leben bisher wenig Gelegenheit zum Feiern gehabt und kaum Leute, die mitfeierten. Sie war mit siebzehn von zu Hause weggelaufen, weil ihr Vater sie sexuell missbraucht hatte, mit achtzehn drogenabhängig und mit zwanzig schwanger geworden. Sie hatte einen Entzug hinter sich und war direkt vom städtischen College zu Nell gekommen.

Nell hatte gewusst, dass sie damit, dass sie die beruflich unerfahrene, alleinerziehende Mutter einstellte, ein Risiko einging. Doch da ihre eigenen Wunden der Demütigung damals noch sehr frisch gewesen waren, war sie entschlossen gewesen, der jüngeren Frau eine zweite Chance zu geben. Und als sie jetzt Melodys schmales Gesicht im Schein der brennenden Kerze betrachtete, betete sie zu Gott, dass sie keinen Fehler gemacht hatte.

Während Melody ihren Geburtstagskuchen anschnitt, behielt Nell das Fenster im Auge, weil sie auf die Polizei wartete. Nachdem sie gestern bis spät in die Nacht hinein die verschiedenen Listen mehrmals verglichen hatte, hatte sie heute Morgen beschlossen, die Polizei zu informieren. Aber was würde ihre Entdeckung für ihre Kolleginnen bedeuten, die sich um Melodys Schreibtisch versammelt hatten? Und was für sie selbst?

„Kuchen?", bot Billie an.

Nells Magen rebellierte. „Nein danke."

„Oh, wie süß", sagte Lucy Morales, während sie mit dem Kopf auf den Strauß Gänseblümchen deutete, der in einer Vase neben Melodys Computer stand. „Von wem hast du die denn?"

Melody wurde rot. „Von Dr. Jim."

Das war James Fletcher, ehrenamtlicher Kinderarzt und süße kleine Semmel, wie er allseits genannt wurde, ein durch und durch guter Junge. Die Information wurde von den Krankenschwestern mit einem vielsagenden Hochziehen der Augenbrauen und einem wissenden Grinsen aufgenommen.

„Es ist nicht so wie ihr denkt", sagte Melody verlegen. „Er ist einfach nur nett."

„Trotzdem wette ich, dass es dein Lieblingsgeschenk ist", zog Lucy sie auf.

Nell kam ihr zu Hilfe. „Falsch. Ihr Lieblingsgeschenk kommt von einer anderen Verehrerin. Zeig es ihnen, Melody."

Melody zeigte stolz die Geburtstagskarte herum, die ihre vierjährige Tochter in der Kindertagesstätte gemalt hatte.

„Oh, wie süß", sagte Billie. „Trevor ist inzwischen neun, aber ich schwöre, dass man diesem Jungen immer noch keine Schere anvertrauen kann."

Billies Neffe Trevor litt an der Sichelzellkrankheit. Da sich seine Mutter keine Krankenversicherung leisten konnte, hatte Billie den Jungen zur Behandlung in die Klinik mitgebracht.

Während die Krankenschwestern die Geburtstagskarte bewunderten, erkundigte sich Nell leise bei Billie: „Wie geht es Trevor?"

Billies Lächeln wirkte verkrampft. „Er kommt einigermaßen zurecht. Mehr kann man nicht verlangen. Wir kommen alle einigermaßen zurecht."

Als ein schwarz-weißer Streifenwagen vor der Klinik hielt, beschleunigte sich Nells Pulsschlag.

Eine der Krankenschwestern schaute durchs Fenster auf das kreisende Rotlicht. „Scheint ja eine heiße Party zu werden."

„Ich muss raus, nachsehen", sagte Nell.

„Wenn sie süß sind, kannst du sie ja einladen", rief Lucy ihr nach.

Nell beeilte sich, an die Eingangstür zu kommen, während zwei Polizisten – beide von kräftiger Statur, uniformiert, mit demselben Gang und demselben Haarschnitt – aus dem Streifenwagen ausstiegen und herankamen.

„Hallo, Nell." Der erste Cop wischte sich mit seinem Unterarm über die Stirn, bevor er sich seinen Hut wieder aufsetzte. „Habe gehört, Sie haben hier ein kleines Problem."

„Hallo, Tom." Sie lächelte. Tom Dietz kannte sie aus einem Kurs über häusliche Gewalt. Sie mochte ihn.

„Nell Dolan", sagte sie und hielt dem jüngeren Mann, der neben ihm aufragte, die Hand hin. Obwohl sie ihn nicht kannte, kamen ihr seine irgendwie verwegen wirkenden Gesichtszüge vage bekannt vor. Definitiv ein Kuchenkandidat. „Und Sie sind …?"

Der Händedruck des zweiten Polizisten war warm und fest, sein Lächeln gewinnend. „Mike Reilly. Freut mich, Sie kennenzulernen."

Ihr Mund wurde schlagartig trocken. Das konnte nicht sein.

Aber hatte nicht Joe Reilly gesagt, sein Bruder wäre bei der Polizei?

Nells Herz hämmerte gegen ihre Rippen. Du kommst damit zurecht, redete sie sich gut zu. Sie kam mit allem zurecht.

„Gleichfalls", sagte sie matt, während sie mit den beiden in ihr winziges, vollgestopftes Büro ging. „Ich glaube, ich kenne Ihren Bruder."

„Ach ja?" Der Polizist wirkte erfreut. „Welchen denn? Will oder Joe?"

Damit war ihre letzte Hoffnung auch noch dahin.

„Joe", sagte Nell. „Den Reporter."

Mike Reilly strahlte. „Richtig, das ist mein Bruder. Er war dabei, als die Marines in Bagdad einmarschiert sind. Haben Sie seinen ..."

Tom Dietz verdrehte die Augen. „Könnten wir vielleicht eine erste vorläufige Aussage aufnehmen, wenn du mit deiner Kriegsberichterstattung fertig bist, Reilly?"

Der junge Mann wurde rot. Nell lächelte ihn an.

Joe Reillys Bruder, dachte sie. Oje, oje.

Tom lehnte sich gegen einen überquellenden Aktenschrank und zog sein Notizbuch heraus. „Am besten erzählen Sie uns jetzt erst mal, was fehlt."

Nell holte tief Atem. „Medikamente. Ich habe eine Liste." Sie zog nach einigem Suchen ein Blatt Papier aus ihrer Tasche. Ihre Hand zitterte. „Die meisten fallen unter die Kategorie drei und vier. Schmerzmittel. Betäubungsmittel. Darvon, Vicodin, viel Tylenol mit Kodein ... ich habe alles aufgeschrieben."

Mike Reilly nahm das Blatt und studierte es, wobei sein Gesicht plötzlich hart wirkte und gar nicht mehr so jung. „Irgendwas aus Kategorie zwei?", fragte Tom.

Methadon, meinte er. Morphinpräparate. Oxycodon, das meistmissbrauchte Medikament der Welt. Eine Tablette mit achtzig Milligramm brachte beim Verkauf auf der Straße achtzig Dollar ein.

„Methadon haben wir nicht vorrätig." Endlich mal eine gute Nachricht. Nell musste sich daran erinnern, dass sie sich absolut nichts vorzuwerfen hatte. Sie hatte nichts Falsches getan. „Und Oxycodon haben wir nur in so kleinen Mengen da, dass jeder Diebstahl sofort auffallen würde."

Das schrieb sich Tom auf. „Wann haben Sie gemerkt, dass das andere Zeug fehlt?"

„Ed Johnson – das ist unser Apotheker – ist gestern Abend der Verdacht gekommen, dass mit dem Bestand etwas nicht stimmen kann. Daraufhin habe ich die Eingangslisten mit dem Bestand verglichen und Sie heute Morgen sofort angerufen."

„Okay. Wir müssen mit ihm reden. Wer hat Zugang zu den Medikamenten?"

Nell wischte sich verstohlen ihre Hände an ihrem Kittel ab. Jetzt wurde es heikel. „Ed und ich sind die Einzigen, die einen Schlüssel haben. Manchmal, wenn Ed schon nach Hause gegangen ist und ich gerade keine Zeit habe, holt auch schon mal eine Schwester ein Medikament für einen Patienten."

„Mit Ihrem Schlüssel", präzisierte Mike Reilly mit ausdrucksloser Stimme. Er klang wie sein Bruder.

Nell zuckte zusammen. Es war nicht leicht zu erklären, wie sich zwischen den Mitgliedern eines medizinischen Teams im Lauf der Zeit Vertrauen herausbildete. Noch schwerer fiel es ihr zuzugeben – auch sich selbst gegenüber –, dass dieses Vertrauen missbraucht worden sein könnte. „Ja, aber sie haben keinen Zugang zu dem Schrank mit den Betäubungsmitteln."

Tom rieb sich die Stirn. „Aber wenn sie doch die Schlüssel haben."

„Der Schrank hat ein Zahlenschloss", erklärte Nell. „Es kann nur mit einem dreistelligen Code geöffnet werden."

„Und wer kennt diesen Code?", fragte Tom.

Gallebittere Angst stieg in Nells Hals auf. Sie schluckte schwer. „Ed", sagte sie ruhig. „Und ich."

Mike Reilly, der auf der Kante ihres Schreibtischs saß, drehte sich um. „Vielleicht hat es ja jemand beobachtet", sagte er zu Tom.

„Haben Sie eine Überwachungskamera da drin?", fragte Mike.

„Nein", gab Nell zu, während sie drüben in der Intensivpflege eine ältere Frau stöhnen hörte. Und dann Billies Versuche, sie zu beruhigen, damit sie sie untersuchen konnte.

„Eine größere Apotheke mit einem begehbaren Betäubungsmittelschrank hätte auch innen eine Überwachungskamera, aber wir haben nur eine draußen am Eingang."

„Okay." Tom klappte sein Notizbuch zu. „Wir halten die Augen offen. Und Sie sollten vielleicht inzwischen mal diesen Zahlencode ändern."

Im Zimmer nebenan fiel irgendetwas krachend zu Boden. Gleich darauf schrie Billie, dass ihr mal jemand helfen sollte, die alte Frau festzuhalten. Mike Reilly schaute unbehaglich drein.

„Schön. Wir wollen Sie nicht aufhalten", sagte Tom. „Ich melde mich in zwei Tagen noch mal."

Nell blinzelte überrascht. „Das ist alles?"

„Wir werden natürlich einen Bericht schreiben", versicherte ihr Tom. „Und sagen Sie dem zuständigen Streifenbeamten Bescheid, nur für den Fall, dass der Diebstahl in ein Muster hier in der Gegend passt.

Vielleicht schickt er Ihnen ja auch einen Detective. Aber die kleinen Mengen, die fehlen ... wir werden der Sache nachgehen, obwohl es keine besondere Priorität hat. Für mich sieht es eher so aus, als ob hier ein Diebstahl für den persönlichen Gebrauch vorliegt."

Nell wurde es schlagartig eiskalt.

„Nicht Sie persönlich", mischte sich Mike Reilly ein. „Einfach nur jemand, der Zugang hat, wissen Sie. Sie haben nicht zufällig bemerkt, ob Türen oder Schlösser manipuliert wurden?"

„Nein", erwiderte Nell matt. Ihr Herz hämmerte. Ihre Gedanken wirbelten wild durcheinander. *Jemand, der Zugang hat?* Ed, dem sie hatte helfen wollen, indem sie ihm einen Job gegeben hatte? Melody, der sie eine zweite Chance verschafft hatte? Ein ehrenamtlicher Arzt? Eine Krankenschwester? „Nein, gar nichts."

„Nun, wir werden es überprüfen", sagte Tom. „Würden Sie jetzt vielleicht so freundlich sein, mir die Überwachungskamera zu zeigen? Vielleicht ist ja trotz des ungünstigen Blickwinkels etwas Interessantes auf dem Band zu sehen."

Er klang nicht überzeugt, aber freundlich, wie ein Chirurg, der einem Patienten vor einer gefährlichen Operation seine Überlebenschancen erläutert.

Nell, die zur Apotheke vorging, fühlte sich wie betäubt. Irgendwer, mit dem sie zusammenarbeitete, irgendwer, dem sie vertraute, irgendwer, dem sie geholfen hatte, stahl aus der Klinikapotheke Medikamente. Um den persönlichen Bedarf zu decken, hatte Tom gesagt.

Als sie um die Ecke bog, sah sie Joe Reilly im Gang stehen. Er lehnte sich über den Tresen und unterhielt sich mit Melody King.

Und gleich darauf wurde alles noch schlimmer.

„Na so was, Joe!", rief Mike Reilly erstaunt aus. „Was machst du denn hier?"

Joe fuhr herum.

Nell holte tief Atem. Bloß keine Panik. Noch nicht.

Sie zwang sich, die beiden Männer zu vergleichen, fast so, als ob sich das Maß der Bedrohung für ihre Klinik aus dem Grad ihrer Familienähnlichkeit ableiten ließe. Sie sahen sich nicht besonders ähnlich. Mike Reilly war größer, blonder und breiter gebaut als sein Bruder. Neben ihm wirkte Joe sehnig und zäh und verwilderter denn je. Aber irgendetwas in ihren Gesichtszügen verriet dennoch, dass sie Brüder waren. Und aus etwas anderem – einer gewissen Müdigkeit, einer Wachsamkeit – konnte man schließen, dass Joe der Ältere war.

„Hallo, Mike", sagte er ruhig.

„Er sagt, dass er einen Termin hat", warf Melody ein.

Beide Männer ignorierten sie.

„Na, hast du wieder mal den Polizeifunk abgehört?", fragte der Polizist.

Es war ein Scherz, der ungehört verhallte.

Joe schüttelte den Kopf. „Ich wusste nicht, dass du hier bist. Was ist los?"

Tom Dietz tippte mit dem Daumen an die Hutkrempe und schob seinen Hut hoch. „Nichts, worüber Sie sich den Kopf zerbrechen müssten. Reine Routineangelegenheit."

„Ja, du solltest dich lieber an die großen Geschichten halten", sagte Mike. „Bist du mit Nell verabredet?"

Nell zuckte zusammen. Sie hatte Mike Reilly erzählt, dass sie seinen Bruder kannte. Aber mehr auch nicht. Hatte der junge Polizist gespürt, wie es zwischen ihnen knisterte? Oder ging er ganz selbstverständlich davon aus, dass sein großer Bruder jede Frau anmachte, die ihm über den Weg lief?

Joes Gesicht war undurchdringlich. „Ich sitze an einem Artikel."

Mike schaute von Joe zu Nell. „Worum geht's denn?"

Nell trat einen Schritt vor. Je weniger Informationen die beiden Brüder austauschten, umso besser. Und doch machte ihr Joes undurchdringlicher Gesichtsausdruck mächtig zu schaffen. „Ich habe beim *Examiner* angefragt, ob sie nicht mal einen Artikel über die Poliklinik bringen wollen. Nach den Mittelkürzungen in letzter Zeit können wir dringend ein bisschen Publicity brauchen."

Mike machte ein erstauntes Gesicht. „Dann machst du also ein …"

„Feature, ganz recht", ergänzte Joe grimmig. „Für die Seite *Leben*. Ja."

„Aha." Mike, der sich ganz offensichtlich unbehaglich fühlte, verlagerte sein Gewicht.

Aber warum fühlt er sich unbehaglich? überlegte Nell. Weil er annahm, dass zwischen ihnen beiden etwas lief? Oder aus einem anderen Grund?

„Na, ist ja toll", meinte Mike schließlich, und es klang aufrichtig. „Sie haben Glück", fuhr er an Nell gewandt fort. „Joe ist ein guter Journalist. Er hat für seine Serie über die Plünderungen in Bagdad einen Preis gewonnen."

Das hatte sie nicht gewusst.

„Nell interessiert sich nicht für meinen Lebenslauf", warf Joe ein.

Aber Mike achtete gar nicht auf ihn, sondern fuhr schon fort: „Und nachdem er verletzt wurde, hat er sich einfach die Schnürsenkel neu gebunden und weitergemacht."

Nell verspürte einen Anflug von Besorgnis. „Sie waren verletzt?"

„Keine Kriegsverletzung", sagte Joe. „Bin nur hingefallen."

„Ein paar Plünderer haben ihn in einem Krankenhaus die Treppe runtergeworfen", erklärte Mike. Nell schnappte erschrocken nach Luft. „Aber von so einer Kleinigkeit hat sich Joe natürlich nicht aufhalten lassen."

Joe schob die Hände in die Hosentaschen. „Oh, doch, es hat mich aufgehalten. Es hat nur eine Weile gedauert, bis ich es gemerkt habe."

„Nach seiner Rückkehr war er ein paar Wochen im Krankenhaus", berichtete Mike. „Da haben sie ihm sein Fußgelenk wieder zusammengeflickt."

Ein paar Wochen? Wegen eines gebrochenen Knöchels?

Nell schaute Joe an. Er war ganz offensichtlich wenig erfreut über die Wendung, die das Gespräch genommen hatte.

„Klingt ja, als sei das eine ziemlich ernste Sache gewesen", meinte sie.

„Nur langwierig", korrigierte Joe. „Aber jetzt geht es mir wieder gut."

„Erst wenn du dich noch mal operieren lässt", wandte sein Bruder ein.

„Mir geht es gut", widersprach Joe entschieden.

Die beiden Männer maßen sich lange mit Blicken. „Richtig. Prächtig sogar. Deshalb bist du ja auch hier in Chicago und schreibst einen PR-Artikel über eine windige Poliklinik, statt über die Entwicklung im Irak zu berichten."

Nell versteifte sich angesichts der Polemik.

Joes Gesicht war immer noch undurchdringlich.

„Okay, Leute", mischte sich jetzt Tom entschlossen ein. „Wir sind hier fertig. Ich will nur noch ein paar Worte mit Ed in der Apotheke reden und dann verschwinden wir."

Deshalb bist du ja auch hier und schreibst einen Artikel über eine windige Poliklinik.

„Mike?", fragte Tom.

„Bin schon da." Mike verabschiedete sich von seinem Bruder, winkte Nell zu und trabte dann hinter seinem Partner her.

„Ist alles in Ordnung mit Ihnen?", fragte Nell.

Joe grinste bemüht. „Haben Sie nicht zugehört? Mir geht es prächtig."

Sein Bruder hatte zwar das Gegenteil gemeint, aber Nell bezweifelte, dass es ein günstiger Zeitpunkt war, ihn darauf hinzuweisen.

„Was ist passiert?", fragte sie.

„Mein kleiner Bruder konnte nur einfach mal wieder seinen Mund nicht halten."

„Ich meine nicht gerade eben. Ich meine da drüben."

Joe trat einen Schritt zurück und musterte sie finster. „Ich dachte, ich bin hier, damit Sie mir Informationen geben."

Nells Herz klopfte schneller. „Die bekommen Sie auch. Aber erst sind Sie dran."

„Ich habe bereits alles geschrieben, was ich zu sagen habe."

Sie stemmte in gespielter Empörung die Hände in die Hüften. „Na, hören Sie mal! Wollen Sie mich wirklich zwingen, erst umständlich zu recherchieren?"

Doch statt zu grinsen, schüttelte Joe den Kopf. „Ich wüsste nicht, warum Sie das interessieren sollte."

Sie war so überrascht, dass sie die Wahrheit sagte: „Weil Sie verletzt wurden, nehme ich an. Und weil ich es nicht einmal bemerkt habe, obwohl es mein Beruf ist, die Augen offen zu halten und anderen Menschen zu helfen."

Das reizte ihn zum Lachen, und als sie die ebenmäßigen, strahlend weißen Zähne inmitten all dieser Bartstoppeln aufblitzen sah, bekam sie ganz weiche Knie. „Ich wusste doch, dass es einen Grund gibt, Sie zu mögen", sagte er.

Sie blinzelte. „Was?"

„Ich habe es einfach satt, den verwundeten Krieger zu spielen." Er schaute ihr tief in die Augen. „Ich will nicht, dass Sie in mir einen Ihrer Patienten sehen, Nell."

Ihr stockte der Atem. Der Augenblick dehnte sich.

Bis er alles ruinierte, indem er sagte: „Es sei denn, Sie gehen aus Fürsorge mit mir ins Bett. Das wäre okay für mich."

„Gibt es eigentlich irgendeine Situation, in der Sex für Sie *nicht* okay wäre?", fragte sie verärgert.

Er dachte darüber nach, dann zuckte er die Schultern. „Nein. Kann ich mir nicht vorstellen."

Nell versuchte sich ihre Enttäuschung nicht anmerken zu lassen. Dieses Gerede konnte auch nur ein Versuch sein, die Distanz zwischen ihnen aufrecht zu erhalten.

Oder er war einfach nur ein Mistkerl. Und sie war ein Idiot, weil sie sich einbildete, er könnte etwas anderes sein, zwischen ihnen könnte es etwas Verbindendes geben.

„Ich werde Ihnen jetzt die Klinik zeigen."

Das war deutlich, dachte Joe, während er hinter Nells wehenden weißen Kittelschößen zum Intensivpflegeraum trabte.

Sex war das eine. Sex war eine gute Sache. Sex dämpfte den Schmerz für eine Weile.

Aber der kurze Wortwechsel im Flur hatte ihn zu der Erkenntnis gezwungen, dass Nell Dolan keine Frau war, mit der er ganz einfach nur Sex haben konnte. Sie war empfindsam und ein bisschen seltsam und verdammt fürsorglich.

Sie würde sich auf keine Beziehung einlassen, bei der es ausschließlich um Sex ging. Ebenso wenig aber würde sie sich auf eine Beziehung einlassen, bei der es nur um sie ging. Sie würde – Gott steh ihm bei – etwas über ihn wissen wollen. Und nachdem sie ihm alle Würmer aus der Nase gezogen hatte, würde sie wissen, dass er immer noch einem Job nachtrauerte, den er aus tiefstem Herzen verabscheute. Und dann würde sie wissen wollen, warum.

Bei dem Gedanken erschauerte er.

Es war besser, sicherer für sie beide, wenn er sich einfach nur einen Artikel aus den Fingern saugte und dann wieder verschwand.

„Wozu brauchen Sie denn diese ganzen Apparate hier?", erkundigte er sich. „Wären Patienten, bei denen diese Art von Untersuchungen durchgeführt werden müssen, in einem richtigen Krankenhaus nicht besser aufgehoben?"

Statt sich angegriffen zu fühlen, dachte Nell gründlich über seine Frage nach. „Manche schon. Aber unser Ziel ist es, Krankheiten möglichst früh zu erkennen und zu behandeln, bevor ein Patient stationär behandelt werden muss. Manche Patienten haben Angst davor, ins Krankenhaus zu gehen. Aber die meisten können es sich nicht leisten. Unsere Poliklinik arbeitet wirklich sehr kostensparend. Für jeden gespendeten Dollar können wir für sieben Dollar Gesundheitsleistungen zurückgeben. Ich habe Statistiken, die zeigen ..."

Sie sprach engagiert, ihre Augen leuchteten. Und mit jedem Wort, das aus ihrem Mund kam, schwand seine Hoffnung ein bisschen mehr dahin, dass er es vielleicht doch noch schaffen könnte, sie ins Bett zu bekommen.

Nell war ein guter Mensch, sie hatte keine Scheu, sich einzumischen, wenn sie dadurch helfen konnte, und sie half, wo sie nur konnte. Was hatte sie vorhin gesagt? *Weil es mein Beruf ist, die Augen offen zu halten und anderen Menschen zu helfen.* Und wenn er mit ihr etwas anfinge, würde sie ihm helfen wollen. Vor allem würde sie wissen wollen, warum er sich nicht selbst half.

Und dazu war er nicht bereit. Er würde sich nicht helfen lassen. Nicht von seinen Ärzten. Nicht von seiner Familie. Und nicht von einer Frau, mit der er bloß ins Bett wollte.

Gibt es eigentlich irgendeine Situation, in der Sex für Sie nicht okay wäre?

Ja. Wenn Gefahr bestand, dass sich mehr daraus entwickeln könnte als nur Sex, wenn Gefahr bestand, dass die Schutzmauer zum Einsturz kommen könnte, die er um sein Herz herum errichtet hatte.

Nell erläuterte ihm immer noch die Klinikkosten, wobei sie eine so liebenswerte Ernsthaftigkeit an den Tag legte wie Mutter Teresa, gepaart mit der Geschäftstüchtigkeit eines Gebrauchtwagenhändlers. „Der größte Batzen ist bei uns die Vorsorge. Eine Routineuntersuchung kann in einer privaten Arztpraxis bis zu hundertfünfzig Dollar kosten. Doch da unsere Ärzte ehrenamtlich …"

„He, Nell." Die große schwarze Schwester steckte ihren Kopf durch die Tür. Ihr kurz geschorenes, knallrot gefärbtes Haar schimmerte wie der Flaum eines Tennisballs. „Kann ich mal kurz die Schlüssel haben?"

Ohne nachzudenken schob Nell die Hand in ihre Tasche. Doch dann hielt sie inne. „Wo ist Ed?"

„Beim Essen. Du hast so viel zu tun, dass du die Zeit ganz vergessen hast." Die Schwester warf einen Blick in Joes Richtung. „Billie Parker", stellte sie sich vor.

Joe überlegte, ob sie wirklich die Schlüssel brauchte oder nur auf sich aufmerksam machen wollte, um in seinem Artikel Erwähnung zu finden. „Joe Reilly", sagte er.

Sie musterte ihn mit unverhohlenem Interesse. „Ja, ich weiß." Damit wandte sie sich Nell wieder zu. „Ich brauche eine Kortisonsalbe für den Jungen in Untersuchungsraum Sechs. Er hat an den unmöglichsten Stellen einen Ausschlag."

Nell ging zur Tür. „Ich hole sie dir."

„Aber ich will doch nur …"

„Ich bringe sie dir", sagte Nell.

Joe bemerkte, dass in ihrem Ton eine gewisse Schärfe gelegen hatte, obwohl sie nicht laut gesprochen hatte.

Billie Parker zuckte die Schultern. „Alles klar. In Raum sechs." Damit ging sie zur Tür.

„Warte, ich komme mit", sagte Nell. Sie drehte sich mit fragendem Blick zu Joe um. Zwischen ihren Augen stand eine steile Falte. Er musste sich davon abhalten, sie mit dem Finger glatt zu streichen. „Ich muss mich wieder um meine Patienten kümmern. Haben Sie alles von mir bekommen, was Sie brauchen?"

Längst nicht, Sweetheart, dachte er.

Aber um das, was er wirklich brauchte, konnte er sie nicht bitten. Weder sie noch sonst jemanden.

Er zwang sich zu einem Grinsen. „Schlagen Sie mir vor, wir könnten Doktor spielen, Dolan?"

Sie zuckte zurück, als ob er sie geschlagen hätte. Dann warf sie ihm einen eisigen Blick zu und ging steif hinaus.

4. KAPITEL

*E*s war schon erstaunlich, was für einen Müll man produzieren konnte, wenn man zwar einen Abgabetermin, aber absolut kein Gefühl für sein Thema hatte.

Joe starrte finster auf die halbe Seite Text, die vor ihm auf dem Computerbildschirm stand. Der Cursor blinkte ungeduldig. *Schreib. Jetzt. Sofort. Los. Schreib.*

Er fluchte und streckte die Hand nach einer Zigarette aus. Jeden Morgen zählte er sich seine aus drei Zigaretten bestehende Ration für den Tag ab und deponierte sie in einer Schachtel in seiner Brusttasche.

Die Schachtel war leer. Die Zigaretten waren weg.

Um ganz sicherzugehen, warf Joe einen Blick in den Aschenbecher auf seinem Schreibtisch. Jawohl, es führte kein Weg daran vorbei, irgendwann zwischen der Unterüberschrift und diesem letzten, bemerkenswert schwachen Absatz, der gespickt war mit statistischen Angaben, hatte er seine letzte Zigarette geraucht. Seinen Vorrat aufgebraucht. Das Ende der Fahnenstange erreicht.

Vielleicht sollte er einfach aufgeben und den Artikel schreiben, den sein Chefredakteur von ihm erwartete. Eine rührselige Geschichte mit Nell Dolan als Engel des Erbarmens in der Hauptrolle. Schwester Barbie mit den langen blonden Haaren und dem weißen Kittel, den man ihr ausziehen konnte.

Sie würde ihn dafür hassen. Joe lächelte fast.

Doch an Nell zu denken, sich auszumalen, wie er sie auszog, war nicht weniger frustrierend.

Er langte wieder nach seinen Zigaretten. Teufel auch. Er zerknüllte die leere Packung in der Hand und feuerte sie quer durchs Wohnzimmer in den Papierkorb.

Er verfehlte sein Ziel. *Versager.*

In diesem Moment schrillte so durchdringend die Türglocke, dass ihm fast das Trommelfell platzte.

Joe humpelte über den nackten Holzfußboden zur Tür und spähte durch die Panzerglasscheibe an der Seite. Auf seiner kleinen Veranda standen zwei Männer, einer davon in Uniform.

Joe riss die Tür auf. „Was zum Teufel wollt ihr hier?"

Sein mittlerer Bruder Will wartete nicht erst auf eine Einladung hereinzukommen. „Ma macht sich Sorgen, weil du nicht zum Essen gekommen bist."

Mike folgte und drückte Joe einen runden Plastikbehälter in die Hand. „Sie hat uns die Reste mitgegeben. Hast du ein Bier?"

Seine Familie. Er liebte sie alle, bewunderte sie, ließ sie hängen ... und im Augenblick wollte er, dass sie sich zum Teufel scherten.

„Nein."

Kein Alkohol. Noch etwas, das er gelernt hatte aufzugeben.

Mike schnaubte. „Jetzt fange ich aber auch langsam an, mir Sorgen um dich zu machen. Was ist mit Kaffee?"

„Nur Pulverkaffee. Und du wirst ihn dir selbst machen müssen."

„Okay. In der Küche, richtig?" Ohne eine Antwort abzuwarten, schnappte sich Mike den Behälter wieder und ging damit in die Küche. Eine Schranktür wurde zugeknallt. Dann eine Schublade.

Fluchend humpelte Joe hinter ihm her.

„Das sieht aber gar nicht gut aus", bemerkte Will hinter ihm. „Macht dir dein Knöchel wieder zu schaffen?"

Joe knirschte mit den Zähnen. „Nein. Hab ihn in den letzten beiden Tagen wohl nur ein bisschen überanstrengt."

„Hast du deswegen das Essen ausfallen lassen?"

„Nein. Ich habe es Ma erklärt. Ich habe einen Abgabetermin."

„Essen musst du trotzdem", bemerkte Will.

„Du klingst genau wie Ma, weißt du das eigentlich?"

Die Mikrowelle in der Küche bimmelte.

„Essen ist fertig", rief Mike.

Der Duft von Mary Reillys Lammeintopf mit Zwiebeln und Bohnen hing im Flur in der Luft. Joe humpelte in die Küche und holte sich einen Löffel aus der Besteckschublade. Will setzte Kaffeewasser auf. Mike nahm den Plastikbehälter mit dem Eintopf aus der Mikrowelle und stellte ihn auf den Tisch.

Joe ließ sich vorsichtig auf einem Stuhl nieder. Der Duft, der ihm entgegenwehte, erinnerte ihn an unzählige Sonntagsessen am hübsch gedeckten Esstisch in seinem Elternhaus.

„Danke", sagte er schroff.

Will tat es mit einem Schulterzucken ab.

„Mom hat gesagt, dass wir bei dir mal nach dem Rechten sehen sollen", erklärte Mike. „Sie und Pop machen sich Sorgen, dass du zu wenig rausgehst."

„Das musst gerade du sagen", meinte Joe. „Wo du immer noch bei ihnen im Souterrain haust."

„Ich will eben Geld sparen."

„Du willst, dass Mom dir weiterhin die Wäsche wäscht."

„Ja, klar, und vor einem Jahr hat sie noch deine Bettflasche ausgeleert und dir deine Mahlzeiten auf einem Tablett gebracht", konterte Mike ungehalten. „Ich kann diesen Quatsch nicht hören."

Ein betretenes Schweigen senkte sich herab.

Mike meint es nur gut, erinnerte sich Joe verzweifelt. Er meinte es immer gut.

Aber keiner seiner Brüder verstand, wie ihm nach seiner Rückkehr aus dem Irak zu Mute gewesen war. Sie wussten nicht, wie man sich fühlte, wenn man den Ärzten hilflos ausgeliefert war, wie es war, nachts aus dem Schlaf hochzuschrecken, weil man vor Schmerzen schrie, wie es war, von Tabletten abhängig zu sein, damit man wenigstens noch halbwegs funktionierte, und für die primitivsten menschlichen Bedürfnisse auf die Hilfe der Familie angewiesen zu sein. Er hatte diesen Zustand als zutiefst demütigend empfunden.

Wills Stuhl schrammte über den Boden, als er aufstand. Er schnappte sich den pfeifenden Wasserkessel und goss kochendes Wasser über seinen Pulverkaffee.

„Du auch?", fragte er Joe.

Nein, verdammt! Joe wollte einen Drink. Er wollte sein Leben zurück.

Er räusperte sich. „Klar. Danke."

Will holte noch einen Becher aus dem Schrank.

„Mach dir wegen Mom keine Sorgen", sagte er, während er den Kaffee umrührte. „Ich habe ihr gesagt, dass du nicht so oft rausgehst, weil du langsam ruhiger wirst."

Joe schob seinen halb aufgegessenen Eintopf von sich weg. „Und das hat sie geglaubt?"

„Nein", sagte Mike, während er sich selbst einen Kaffeebecher nahm. „Aber dann habe ich sie damit beruhigt, dass du mit jemandem ausgehst."

Joe ging nicht mit Frauen aus. Er hatte Sex mit ihnen, um seine Zeit totzuschlagen und seine Schmerzen zu betäuben.

„Ach ja?", fragte er fast belustigt. „Und wer soll das deiner Meinung nach …"

Oh nein. So fies konnte Mike doch nicht sein.

Aber er war.

„Nell Dolan", beantwortete Joe gepresst seine eigene Frage.

„Eine andere ist mir so schnell nicht eingefallen", sagte Mike.

„Eine blonde Krankenschwester mit einem irischen Familiennamen", warf Will mit glänzenden Augen ein. „Sie ist perfekt. Mom war sofort wie elektrisiert."

Nell war perfekt, da konnte Joe nur zustimmen. Das war ihr Problem. Oder besser gesagt seins.

Joe zwang sich, einen Schluck Kaffee zu trinken, dann fragte er Mike: „Was hast du heute eigentlich dort gemacht? In der Klinik?"

„Deine Freundin hat uns angerufen", gab Mike zurück. „Da deckt offenbar jemand seinen privaten Bedarf an Betäubungsmitteln aus der Klinikapotheke."

Joe verspürte ein Kribbeln im Nacken, sein Interesse erwachte. „Etwas Schwerwiegendes?"

„Bis jetzt noch nicht." Mike wackelte scherzhaft mit den Augenbrauen. „Aber es kann nicht schaden, wenn du die Dinge dort im Auge behältst."

Das kann es wohl, dachte Joe. Er wollte sich in nichts verwickeln lassen, was mit Nell oder ihrer Klinik zu tun hatte. Er würde sich seine fünfzehnhundert Worte aus den Fingern saugen, und damit war dann dieses Kapitel ein für alle Mal beendet.

Aber während er dasaß und ungeduldig darauf wartete, dass seine Brüder ihren Kaffee austranken und gingen, musste er immer wieder daran denken, dass dieser Medikamentendiebstahl der Aufhänger sein könnte, den er für seine Geschichte so dringend brauchte.

Zum Teufel damit.

Das laute Klopfen weckte sie.

Nell schrak hoch. Sie blinzelte desorientiert und schaute auf die über ihrem Schreibtisch verstreuten und von der Schreibtischlampe angestrahlten Unterlagen. Sie musste für heute Schluss machen. Sie musste …

Wumm. Wumm. Wumm. Wie ein Müllcontainer, der eine Feuertreppe runterpoltert.

… die Tür aufmachen.

Nell hievte sich mühsam hoch. Ihre Augen waren schlafverklebt. Ihr Mund war pelzig. Ihr Gehirn arbeitete nicht. Wenn sie nur ein kleines bisschen Verstand im Kopf hätte, wäre sie um diese Uhrzeit längst zu Hause. Wenn sie nur ein kleines bisschen Privatleben hätte …

Da war jemand an der Eingangstür und hämmerte wie ein Bekloppter gegen die Glasscheibe. Ihr Herz kam ins Stolpern. Versuchte da jemand, auf sich aufmerksam zu machen? Oder waren es Einbrecher?

Der Alarmknopf war vorn an der Rezeption. Er war nicht mehr benutzt worden seit … Nell konnte sich nicht erinnern, wann er zum letzten Mal benutzt worden war.

Sie rannte den Flur hinunter und machte unterwegs überall das Licht an. Die *Ark Street Free Clinic* war keine Notaufnahme. Sie hatten sich hier auf vorbeugende Maßnahmen und Familienpflege spezialisiert. Es war keine Anlaufstelle für aggressive Betrunkene oder zugeknallte Junkies oder jugendliche Bandenmitglieder, die man auf ihren Tragen festschnallen musste, um zu verhindern, dass sie das, was sie auf der Straße angefangen hatten, im Krankenhaus zu Ende brachten.

Wumm. Wumm.

Ihr Puls raste, als Nell im Eingangsbereich das Licht anmachte. Aus der Dunkelheit jenseits der Scheibe sprang ihr ein bleiches Gesicht entgegen. Das Herz hüpfte ihr in die Kehle.

Joe Reilly?

Nell stand benommen und wie angewurzelt da, die Hand immer noch am Lichtschalter. Was wollte er hier?

Er rüttelte so heftig an der Türklinke, dass die Tür schepperte.

Nell erwachte aus ihrer Erstarrung und war mit einem einzigen langen Satz bei der Tür.

„Was ist?", fragte sie. „Was wollen Sie?"

Und in ihrem Ton schwang mit, dass er sich besser eine gute Ausrede einfallen lassen sollte. Sie war müde. Außerdem hatte sie ihm seinen Ausrutscher mit dem Doktorspielen immer noch nicht verziehen.

„Ich will nichts", sagte er ohne Umschweife. „Aber sie."

Er drehte sich um, und Nell sah, dass er sich zu einer vermummten Gestalt hinunterbeugte, die auf dem Boden kauerte. Die Gestalt keuchte und schlug seinen Arm weg.

Eine Frau, nein, eigentlich eher ein Mädchen. Die dunklen Augen standen riesig in dem schmalen Gesicht. Sie war in mehrere Umhänge eingehüllt, die sie übereinander trug.

Nell machte einen Schritt auf sie zu und forderte Joe auf: „Helfen Sie mir, sie reinzubringen."

„Geht nicht", gab er kurz angebunden zurück.

Sie warf ihm einen abschätzenden Blick zu. „Ihr Knöchel?"

„Nein. Sie ist Muslimin. Ich darf sie nicht berühren, außer sie befindet sich in Lebensgefahr."

Seine Sensibilität überraschte Nell. Aber sie bückte sich bereits und streckte der jungen Frau die Hand hin. „Wie haben Sie sie hergebracht?", fragte sie über die Schulter.

Joe schaute grimmig. „Ich habe sie davon überzeugt, dass sie in Lebensgefahr schwebt." Das Mädchen schrie laut auf. Und dann sah Nell, was die Dunkelheit und die Tücher bis jetzt verhüllt hatten.

„Sie ist schwanger", sagte sie benommen, während sie auf den dicken Bauch des Mädchens starrte.

Tolle Diagnose, Dolan.

„Nicht mehr lange", gab Joe zurück. „Sie hat Wehen."

Heilige Mutter Gottes.

Adrenalin rauschte durch Nells Adern. Plötzlich war sie hellwach. Für Geburtshilfe war sie nicht ausgerüstet. Und sie hatte seit ihrer Ausbildung keinem Baby mehr ans Licht der Welt verholfen.

„Richtig. Alles klar." Nell half der jungen Frau beim Aufstehen, dann stützte sie sie, indem sie ihr einen starken Arm um die Schultern legte. „Kommen Sie, Liebes, lassen Sie uns reingehen. Wir rufen einen Krankenwagen. Er wird in spätestens zehn Minuten hier sein."

„Das reicht nicht", sagte Joe. „Das Baby ist wahrscheinlich schon in fünf da."

Hatte sie wirklich je geglaubt, dieser Holzkopf wäre sensibel?

„Versuchen wir lieber, ein bisschen zuversichtlicher zu sein, okay? Sie kann Sie hören." Nell wandte sich wieder dem Mädchen zu, dessen Gesichtszüge von einer süßen exotischen Schönheit waren. „Wie heißen Sie, Honey?"

Joe streckte den Arm aus und öffnete die Tür vor ihnen. Er roch nach warmem Mann und Kaffee. Nell hätte in diesem Moment alles für eine Tasse gegeben.

„Ihr Name ist Laila Massoud. Und sie spricht kein Englisch."

Oje.

Nell hielt Laila fest, die sich wieder unter dem Ansturm einer Wehe krümmte. Wie viel Zeit mochte seit der letzten vergangen sein? „Und woher wissen Sie dann ihren Namen?"

„Ich habe in Afghanistan ein paar Brocken Farsi aufgeschnappt."

Nell hatte keine Zeit, beeindruckt zu sein. Sie führte das Mädchen den Flur hinunter in den Intensivpflegeraum. Die arme Kleine zitterte so sehr, dass sie sich kaum auf den Beinen halten konnte. Wie war sie bloß zu Fuß hierhergekommen?

„Fragen Sie sie, wie weit sie ist."

Joe warf ihr einen ungläubigen Blick zu. „Ich würde sagen, ziemlich weit."

„Nicht mit den Wehen", fuhr Nell ihn an. „Ich meine, in welchem Monat."

Joe sagte etwas zu dem Mädchen, das eine Weile nachdachte, bevor es antwortete.

„Sie glaubt, in der achtunddreißigsten Woche", übersetzte Joe. „Aber sie ist sich nicht sicher."

Achtunddreißigste Woche. Das hieß, dass das Baby voll entwickelt war. Vorausgesetzt, das Mädchen konnte rechnen.

Nell half Laila, sich auf den Rand der Untersuchungsliege zu setzen.

„Stellen Sie das Kopfteil höher", wies Nell Joe an. „Hat sie einen Arzt?"

Er beeilte sich, ihrer Aufforderung Folge zu leisten. Nell sah, dass er stärker denn je hinkte. Aber er tat, worum sie ihn gebeten hatte.

„Sie hat keinen Arzt", antwortete er. „Ihr Mann studiert an der *Illinois Circle* Betriebswirtschaft. Sie sind nicht krankenversichert."

Nell half der jungen Frau gerade, sich aufs Bett zu legen, als sich die nächste Wehe ankündigte. Ihre Nägel krallten sich in Nells stützenden Unterarm.

Zwei Minuten, registrierte Nell mit einem Blick auf ihre Armbanduhr. Sie atmete besorgt aus. „Wo ist ihr Mann?"

„Er füllt nachts im *Jewel* um die Ecke die Regale auf. Laila war gerade auf dem Weg zu ihm, als …"

„Rufen Sie ihn an", befahl Nell. Sobald die Wehe überstanden war, stürzte sie zum Waschbecken, um sich die Hände zu waschen. „An der Rezeption ist ein Telefonbuch. Und rufen Sie einen Krankenwagen. Ich muss eine Untersuchung vornehmen."

Joe ging weg, während sie sich Latexhandschuhe überstreifte.

Nell redete mit leisen Worten beruhigend auf die Frau ein, wobei sie ihr half, sich mit gebeugten Knien, die Beine gespreizt, auf den Rücken zu legen. Die langen Gewänder waren mit Blut und Fruchtwasser durchtränkt. Nell schob den nassen Stoff beiseite, während Laila sich stöhnend wand.

Als Nell genauer hinschaute, stockte ihr der Atem. Okay, das Baby war unterwegs. Mit dem Kopf voraus, was gut war. Und es hatte es eilig. Was weniger gut war.

Sie deckte die junge Frau wieder zu, als Joe in den Raum gehumpelt kam.

„Ich habe den Notarzt verständigt", verkündete er. „Sie schicken einen Krankenwagen. Und der Kindsvater weiß Bescheid."

Laila stieß ein lautes Wehklagen aus, einen unverständlichen Strom aus Worten.

„Es wird alles gut, Liebes." Nell streichelte ihre Beine und versuchte die Entfernung zu dem Materialwagen zu schätzen. Sie brauchte Decken, Handtücher. Heißes Wasser. Bindfaden. Eine Schere.

Joe war kreidebleich im Gesicht. „Ich muss rausgehen."

Nell schaute ihn finster an. „Vergessen Sie es. Ich brauche Sie da oben am Kopfende, Sie müssen beruhigend auf sie einreden."

„Sie verstehen nicht. Ich kann nicht bleiben. Ich bin ein Mann. Sie ist eine Muslimin. Ich darf sie so nicht sehen."

„Dann schauen Sie nicht hin", gab Nell schroff zurück. „Ich habe da unten etwas zu tun. Also los, gehen Sie ans Kopfende und reden Sie mit ihr."

Er leistete keinen Widerstand mehr, sondern beugte sich am Kopfende über sie und stellte ihr mit leiser Stimme eine Frage. Die Gebärende schüttelte weinend den Kopf. Joe versuchte es erneut, geduldig, leise und unendlich sanft.

Nell blinzelte überrascht. Wer hätte sich vorstellen können, dass der zynische Reporter Reilly so klingen konnte?

Joe schaute auf. „Können Sie sie vielleicht irgendwie zudecken?"

Nell wurde von Erleichterung überschwemmt. „Auf jeden Fall. Dort sind Papierlaken." Sie deutete auf die Vorratskarre. „Geben Sie am besten gleich alle her. Wir werden sie brauchen, um …" Sie nahm einen Arm voll entgegen. „Gut. Danke."

Sie legte eine Decke über Laila und bedeckte sie dann von der Taille an mit einem Papierlaken, das sie über den gebeugten Knien der jungen Frau wie ein Zelt aufstellte.

Laila krümmte sich wieder vor Schmerzen. Das flaumige Köpfchen des Babys zeigte sich kurz. Laila ächzte und stöhnte.

Nell versuchte mit sanftem Druck an den entscheidenden Stellen zu verhindern, dass das Baby zu schnell kam.

„Sagen Sie ihr bei der nächsten Wehe, dass sie ganz tief durchatmen und den Atem anhalten soll."

Joe gab die Anweisung weiter und machte es der jungen Frau zur Sicherheit noch einmal vor.

Laila nickte, wobei sie ihn unausgesetzt ansah. Dann sagte sie etwas in drängendem Ton auf Farsi.

„Sie will pressen", sagte Joe zu Nell. In seinen Augen flackerte Panik, aber seine Stimme war absolut ruhig und kontrolliert.

„Sie kann während der Wehen pressen", sagte Nell. „Ausatmen und pressen und dabei bis zehn zählen. Dann wieder einatmen, ausatmen, bis zehn zählen und dabei pressen. So lange wie die Wehe anhält. Haben Sie das verstanden?"

„Einatmen, ausatmen, pressen und dabei zählen", wiederholte Joe. „Verstanden."

Aber er kam nicht dazu, die Anweisung weiterzugeben, weil schon die nächste Wehe wie ein Schnellzug über Laila hinwegraste und sie alle keuchend und zitternd zurückließ.

Und es gab keine Zeit sich zu erholen, weil gleich darauf schon wieder eine einsetzte. Diesmal jedoch fuhr Joe mit seinen Erklärungen fort, und die rehäugige Laila atmete ein und aus und presste dabei wie ein Weltmeister.

„Wir haben es fast geschafft", sagte Nell beruhigend. „Fast. Sie macht ihre Sache großartig. Sagen Sie ihr, dass sie nur noch ein paar ... Oh."

Laila stöhnte.

Der Kopf des Babys kam zum Vorschein. Erst eine zerknitterte rote Stirn. Dann ein Ohr, ganz flach an den Babyschädel gepresst.

„Atmen", befahl Nell.

Nell, die damit beschäftigt war, den Kopf des Babys abzustützen, zu drehen, behutsam Mund und Nase von Geburtsschleim zu reinigen, hörte kaum Joes ununterbrochenes beruhigendes Murmeln. Sie tastete mit dem Finger, um sich davon zu überzeugen, dass sich nicht die Nabelschnur um den Hals des Säuglings geschlungen hatte. Behutsam führte sie den Kopf.

Laila keuchte eine Frage. Joe murmelte etwas, das wie eine Ermunterung klang. Nell schaute auf. Das Mädchen hatte den Kopf so weit gebeugt, dass er fast auf der Brust lag. An ihrem Hals traten vor Anstrengung die Muskelstränge und Adern hervor. Mit einer schlanken Hand umklammerte sie die Seitenschiene und mit der anderen ... nein, nicht Joes Hand, wie Nell belustigt registrierte. Sie berührten sich nicht, diese Muslimin und der irischstämmige Reporter. Aber irgendwann musste Joe Laila ein Taschentuch gegeben haben. Sie umklammerte das eine Ende wie ein Rettungsseil, während er das andere Ende festhielt.

Als Nell das sah, machte ihr Herz einen Freudensprung. Was für eine zarte und gleichzeitig starke, symbolträchtige Geste!

Das Baby drehte sich. Mit der nächsten Wehe kamen die Schultern heraus. Nell packte den glitschigen Oberkörper des Säuglings in ein Handtuch ein, während der Rest des Körpers zum Vorschein kam.

„Ist er da? Ist er okay?", erkundigte sich Joe.

„Sie ist da", korrigierte Nell. „Laila hat ein wunderschönes Mädchen zur Welt gebracht."

Wunderschön. Lebendig und gesund. Der dünne Schrei benötigte keine Übersetzung.

Über Lailas zartes Gesicht strömten Freudentränen, als sie die Arme nach ihrem Baby ausstreckte. Nell verschwamm alles vor den Augen.

Joes Augen glitzerten verdächtig. Er murmelte der jungen Mutter etwas zu, woraufhin sie das tränenüberströmte Gesicht zu einem Lächeln verzog und nickte.

Nell schmolz regelrecht dahin.

Als ob sie Zeit für so etwas hätte. Sie musste sich auf ihren Job konzentrieren, und nicht auf die warmen Gefühle für Joe Reilly, von denen sie ganz unerwartet überschwemmt wurde.

„Ich möchte ihr die Kleine jetzt auf die Brust legen", sagte Nell zu Joe. „Sie gehen am besten schon mal raus und sehen nach, wo dieser Krankenwagen bleibt."

5. KAPITEL

er Notarztwagen fuhr mit einem gesunden Baby, einer überglücklichen Mommy und einem stolzen, aber besorgten Vater ab.

Nell schaute dem blinkenden Rotlicht nach, während der Adrenalinpegel in ihrem Blut stetig sank und sie müde und ausgelaugt zurückließ. Allein.

Okay, nicht ganz allein.

Sie warf einen Blick auf den Mann, der bei ihr war. Joe Reilly stand, die Hände in den Hosentaschen und sein ganzes Gewicht auf sein gesundes Bein verlagert, neben ihr. Obwohl er noch genauso unrasiert und verwildert aussah, würde er für sie wohl nie mehr derselbe sein wie vorher.

Nell wusste aus Erfahrung, dass eine Krisensituation die Mitglieder eines medizinischen Teams zusammenschweißte. Früher hatte sie an vorderster Front auf einer Unfallstation gearbeitet. Sie hatte über die Witze gelacht, die die Sanitäter über bizarre Unfälle rissen, und hatte Schulter an Schulter mit ihnen gekämpft, um Herzinfarkt- oder Rauschgiftopfer zu retten.

Aber eine Geburt war ein Wunder. Und dieses Wunder mit jemandem zu teilen, war eine bewegende Erfahrung. Es mit Joe zu teilen, drohte die Barriere niederzureißen, die sie so sorgfältig zwischen ihnen errichtet hatte. Sie fühlte sich von seiner Sensibilität und seiner Kompetenz überrumpelt. Seine absolute Zuverlässigkeit war eine Versuchung, ihm zu vertrauen. Seine Zärtlichkeit berührte sie.

Die plötzliche Intimität, die durch die Situation zwischen ihnen entstanden war, war unerwartet und irgendwie peinlich. Als ob sie gleich bei ihrer ersten Verabredung zusammen ins Bett gefallen wären und jetzt zusehen müssten, wie sie mit dem Morgen danach zurechtkamen.

Bei diesem Gedanken wurde Nells Gesicht ganz heiß. Diesen Fehler hatte sie in den ersten verzweifelten Monaten nach ihrer Scheidung gemacht, wobei sie ihrem Partner nicht einmal annähernd so warme Gefühle entgegengebracht hatte wie jetzt Joe.

Sie warf ihm noch einen Blick zu und räusperte sich, dann sagte sie mit gespielter Munterkeit: „Na, das war ja vielleicht aufregend."

Die Fältchen in seinen Augenwinkeln vertieften sich, als er das Gesicht zu einem Lächeln verzog. „Sie waren wirklich toll."

Sie war plötzlich atemlos.

„Ich habe einfach nur meinen Job gemacht."

„Sie haben ihn sehr gut gemacht."

Diesmal klang es gar nicht so, als wollte er sich über sie lustig machen. Nell zuckte verlegen die Schultern. „Ohne Sie wäre Laila gar nicht hier gewesen. Sie hatte Glück, dass Sie sie gefunden haben."

Diesmal war es Joe, der die Schultern zuckte. „Ich war gerade zufällig in der Gegend."

„Warum?"

Nells Herz begann schneller zu schlagen. Hoffte ein winziger Teil in ihr womöglich, dass er antwortete: Weil ich Sie sehen wollte?

„Ich hatte hier zu tun." Mehr sagte er nicht dazu.

Sie schob ihre Enttäuschung entschlossen beiseite. „Wo denn? Sie wohnen doch gar nicht hier in der Nähe."

„In der *Our Lady of Hope*."

Das war die katholische Kirche zwei Häuserblocks weiter. Nell zog fragend eine Augenbraue hoch. „Sie sind aber gar nicht so ein Kolumbusritter-Typ."

Joe grinste. „Dann können Sie sich also nicht vorstellen, wie ich an Weihnachten in einem Blazer mit eingesticktem Emblem auf der Tasche am Weihnachtsstand helfe?"

„Nein, Sie sehen eher aus wie ein Frontberichterstatter in Tarnkleidung mit dem Aufnahmegerät in der Tasche."

Sein Lächeln verblasste an den Rändern. „Das war einmal."

„Vermissen Sie es?"

Er schaute auf die verrammelten Fenster des Pfandleihhauses auf der gegenüberliegenden Straßenseite, aber Nell hatte den Eindruck, dass er sie nicht wirklich sah.

„Ja", sagte er schließlich leise. „Irgendwie schon."

„Und warum gehen Sie dann nicht zurück?"

Daraufhin schaute er sie an, aus Augen, die bei dieser Beleuchtung fast schwarz wirkten. „Mit einem versauten Knöchel dürfte es ein bisschen schwierig sein, auf Maultieren zu reiten und Kugeln auszuweichen."

Die Krankenschwester in Nell beharrte darauf, dass es für sein Problem eine medizinische Lösung geben musste. Hatte sein Bruder nicht eine Operation erwähnt? Und durch regelmäßige Krankengymnastik müsste der Knöchel eigentlich gekräftigt und die Beweglichkeit weitgehend wiederhergestellt werden können.

Aber die Frau in ihr reagierte auf die sorgfältig unter Kontrolle gehaltene Frustration in seiner Stimme, auf den Schmerz, den sie unter seinen betont beiläufig hingeworfenen Worten witterte.

Ich will nicht, dass Sie in mir einen Ihrer Patienten sehen, Nell.
Deshalb sagte sie jetzt nur: „Also wissen Sie, jetzt haben Sie gerade Ihr Image ruiniert. Ich habe Sie mir in einem Humvee vorgestellt", spielte sie auf das militärische Mehrzweckfahrzeug an. „Oder zumindest in einem Jeep. Sie sind auf Maultieren geritten?"

„Jeeps sind heutzutage out, Sweetheart. Man hat sie durch Bradley-Kampffahrzeuge ersetzt. Im Irak war ich in einem Panzer. In Afghanistan auf einem Maultier." Er schaute auf die dunkle Straße hinunter. „Kann ich Sie mitnehmen?"

„Das kommt ganz darauf an." Sie erkannte diese kecke flirtende Stimme kaum als ihre eigene wieder. „Was für eine Art Transportmittel haben Sie denn anzubieten?"

„Mein Auto steht immer noch bei der Kirche."

„Es ist nett von Ihnen, mich mitzunehmen."

Er trat einen Schritt näher an sie heran, so nah, dass sie die einzelnen Stoppeln an seinem Kinn und die tiefe Mulde über seiner Oberlippe erkennen konnte, die so unmöglich weich wirkte in seinem harten Gesicht. Ihr Herz hämmerte.

„Ich bin nicht nett", sagte er.

Sie glaubte ihm nicht. Nicht mehr, nachdem sie beobachtet hatte, wie behutsam er mit Laila umgegangen war.

„Wollen Sie mich warnen, Reilly?"

„Ich bin nur ehrlich."

„Dann will ich auch ehrlich sein. Es ist schon spät. Ich bin müde und habe keine Lust, auf den Bus zu warten, und ich würde mich freuen, wenn …"

Wenn du mit mir nach Hause kämest und mich vergessen ließest, dass meine Füße wehtun und dass ich dreißig Jahre alt und allein bin.
Nell atmete tief ein. So ehrlich auch wieder nicht.

„… Sie mich mitnehmen."

Er nickte. Hatte sie es sich nur eingebildet oder hatte er wirklich ganz kurz auf ihren Mund geschaut?

„Kein Problem."

Er wartete, während sie schnell noch ein bisschen aufräumte, dann das Licht löschte und die Alarmanlage einschaltete. Als sie die Eingangstür abschloss, war es fast Mitternacht.

„Bereit?", fragte Joe, was unter den gegebenen Umständen eine ganz normale Frage war, aber ihr erschöpfter Geist lud das Wort mit sexueller Bedeutung auf. Oder vielleicht lag es auch an seiner Stimme. Er hatte eine tolle Stimme, tief und selbstbewusst und ein ganz kleines bisschen rau. Die Art Stimme, die teuren Whiskey verkaufen konnte. Lebensversicherungen. Oder Eskimos Eis.

War sie bereit?

Gestern Abend war sie noch nicht bereit gewesen. *Ich steige nicht zu fremden Männern ins Auto*, hatte sie zu ihm gesagt, und jetzt war sie dabei, mit ihm nach Hause zu gehen. Sich von ihm nach Hause fahren zu lassen, korrigierte sie sich in Gedanken. Was etwas völlig anderes war. Oder zumindest sein sollte. Sie kannte ihn wirklich noch nicht so gut.

Sie gingen zusammen den Bürgersteig hinunter, und es war genauso wie gestern Abend, nur dass der Mond heute hinter den Häusern stand und die Häuser dunkel waren. Nacht in der Stadt. Nell erschauerte in ihrem roten Wollumhang und ging einen Schritt näher an Joe heran.

Er versuchte sein Hinken so gut es ging zu kaschieren, aber nun, da sie davon wusste, fiel es ihr auf.

„Was haben Sie in Afghanistan gemacht?", erkundigte sie sich.

„Was?" Er klang, als wäre er in Gedanken ganz woanders gewesen.

Sie war in Gedanken auch ganz woanders gewesen. Sie hatte an Sex gedacht. Oder versucht, nicht an Sex zu denken. Noch genauer gesagt hatte sie versucht, nicht daran zu denken, wie lange sie schon keinen Sex mehr gehabt hatte. *Zweiundzwanzig Monate und sechs Tage.* Deshalb konnte er wirklich diese verdammte Frage beantworten.

„Sie haben erzählt, dass Sie in Afghanistan Farsi gelernt haben. Was haben Sie dort gemacht?"

Sein Atem kam in einer weißen Wolke heraus. „Ich wollte über Afghanistan berichten. Wussten Sie, dass es in der Provinz Badakshan in einem Umkreis von hundert Meilen nur ein einziges Krankenhaus gibt, in dem Frauen behandelt werden? Und viele Männer wollen nicht, dass ihre Frauen von Fremden behandelt werden. Vierundsechzig Prozent der Frauen in gebärfähigem Alter sterben dort während der Schwangerschaft oder bei der Geburt. Das ist mehr als irgendwo sonst auf der Welt."

„Das ist ja schrecklich!", entfuhr es Nell entsetzt.

„Das sind Nachrichten", korrigierte Joe. Sie waren bei der Kirche angelangt. Der spitze Kirchturm ragte vor ihnen auf. „Ich habe für den *Examiner* darüber geschrieben. Und wissen Sie was? Nichts von dem, was ich geschrieben habe, hat im Leben dieser Leute auch nur die geringste Kleinigkeit verändert."

„Aber Sie lenken die öffentliche Aufmerksamkeit darauf", wandte Nell ein.

Joe schloss den schwarzen Range Rover auf und hielt ihr die Beifahrertür auf. Nell fand es idiotisch – immerhin hätte er eher Hilfe nötig –, aber irgendwie genoss sie es auch, dass da endlich einmal jemand war, der sich um sie kümmerte.

Er setzte sich hinters Steuer und zog dann vorsichtig sein lädiertes Bein ins Auto. „Machen Sie sich nichts vor, Sweetheart. Und mir auch nicht. Sie sind die Öffentlichkeit. Erinnern Sie sich an die Geschichte?"

„Ich komme nur selten dazu, die Zeitung zu lesen."

Schwache Ausrede. Und sie wussten es beide.

„Dann ist es mir also nicht gelungen, Ihre Aufmerksamkeit zu erregen, oder? Ich habe heute Nacht für dieses eine Mädchen mehr getan als für jene anderen Frauen in den ganzen drei Wochen, in denen ich durchs Gebirge gekrochen bin." Er drehte den Zündschlüssel um. Der Motor sprang an. „Wo wohnen Sie?"

Sie nannte ihm ihre Adresse, dann entspannte sie sich in den Ledersitzen und kostete das ungewohnte Gefühl aus, sich keine Gedanken darüber machen zu müssen, wo sie hinwollte und wie sie dorthin kam. Aber sie war darauf trainiert, die Leiden anderer Menschen zu mildern, und Joe Reilly litt. Und das lag nicht nur an seinem gebrochenen Knöchel. Er hatte noch viel mehr Verletzungen davongetragen, und Nell konnte sie nur erahnen.

Sie wartete, bis er vor dem Mietshaus, in dem sie wohnte, anhielt, dann sagte sie: „Wenn Sie nicht aus Afghanistan berichtet hätten, könnten Sie nicht Farsi sprechen. Und dann hätten Sie Laila nicht helfen können. Vor allem hätten Sie nicht so sensibel auf ihre Bedürfnisse reagieren können."

Joe machte den Motor aus und lehnte sich gegen das Fenster. „Ich bin nicht sensibel."

Sie verspürte wieder dieses Summen in ihrem Körper. Aber sie weigerte sich, es zur Kenntnis zu nehmen. „Schön. Sie sind nicht nett, und Sie sind nicht sensibel. Was sind Sie dann, Joe?"

„Versuchen Sie es mit *frustriert*", schlug er vor. „Oder mit *scharf*. Deshalb sollten Sie jetzt lieber schleunigst aussteigen, sonst beweise ich es Ihnen womöglich noch."

Nell blieb wo sie war, ihr Herz hämmerte. „Um mich loszuwerden, müssen Sie mir schon ein bisschen energischer drohen, Reilly."

Das war eine Provokation.

Und er reagierte wie erhofft, indem er seinen Posten am Fenster verließ und sich zu ihr vorbeugte. Sein Arm lag hart an ihrem Arm. Sein heißer Atem streifte ihre Wange. Nell schloss die Augen und wappnete sich gegen den Angriff seiner Zunge auf ihre Sinne und spürte ... seine Lippen, die ganz sacht ihre streiften, bevor sie sich wieder zurückzogen. Sie erschauerte heftig. Und dann machte er es noch einmal – eine flüchtige Berührung und gleich anschließend der Rückzug – verführerisch sanft, unendlich süß.

Ihre Hände in ihrem Schoß krümmten sich. Er hätte nicht so küssen sollen. Sie hatte noch nie einen Mann gekannt, der so küsste ... sondierende Küsse, die ebenso viel versprachen wie sie vorenthielten. Vielleicht damals in der Schule ...

Aber kein Junge auf der ganzen Welt verfügte über so viel Selbstkontrolle. Oder so viel Erfahrung.

Joe verführte sie. Als sie ihm entgegenkommend die Lippen öffnete, vertiefte er den Kuss und verwickelte sie immer weiter, bis ihr ganz schwindlig war und sie sich atemlos an ihn klammerte. Ihre Finger krallten sich in seinen rauen Jackenärmel. Er legte seine Hand auf ihre.

„Lad mich ein, mit raufzukommen", flüsterte er an ihrem Mund.

Sie wollte es.

Sie kannte den Mann noch nicht einmal seit zwei Tagen und war schon zu jeder Torheit bereit, nur weil er freundlich und sie einsam war.

Nun, und weil er wie der Teufel küsste.

Nell schluckte. „Ich könnte Kaffee machen", bot sie an.

„Willst du Kaffee?", fragte er amüsiert mit tiefer, leicht heiserer Stimme.

„Nein", gab sie zu.

„Na, siehst du. Ich auch nicht. Und bevor du mich fragst, ein Glas Wein vor dem Schlafengehen will ich auch nicht. Ich trinke nicht."

In ihrem Kopf schrillte eine Alarmglocke, aber nur leise, wie das warnende Piepsen eines Herzmonitors. Doch es war schwer, sich darauf zu konzentrieren, wenn jeder Nerv in ihrem Körper klingelte, fiepte oder kribbelte.

Kein Kaffee.

Kein Glas Wein vor dem Schlafengehen.

Keine Vorspiegelung falscher Tatsachen.

Nell erschauerte. Sie war noch nicht bereit, sich den Konsequenzen ihrer Überlegungen zu stellen. Sie hatte ihre Wünsche noch nie besonders gut artikulieren können. Sie brauchte irgendeine Ausrede, um ihn zu sich einzuladen.

Sie befeuchtete ihre Lippen, bevor sie atemlos fragte: „Dann gehört das also zu dem Interview?"

Interview? Was für ein Interview?

Joe zog sich zurück, um in dem schräg einfallenden Licht der Straßenlaternen Nells Gesicht zu studieren. Ihr glattes blondes Haar lag wie ein Fächer über der Rückenlehne. Ihre Augen waren dunkel, die Lider schwer und halb gesenkt, ihre Lippen geschwollen und nass. Sein Blut rauschte schneller als sonst durch seine Adern. Seine Hose spannte im Schritt. Jetzt sah sie nicht mehr wie ein Engel aus. Jetzt sah sie aus wie eine Sirene, die die Männer mit ihrem Gesang zwischen die Felsen lockte.

Er musste lange geschwiegen haben. Zu lange. Weil die Leidenschaft in ihren Augen erloschen war und einer anderen Art von Bewusstheit Platz gemacht hatte. Als sie sich aufzusetzen versuchte, ließ er sie nur widerwillig los.

„Ich habe nicht nachgedacht", sagte sie. „Ist das ein Problem für dich? Ich meine, du hast deinen Artikel ja noch nicht geschrieben und …"

Sie ließ das Ende ihres Satzes in der Luft hängen und schaute ihn aus diesen großen, klaren, erwartungsvollen Augen an.

Sie redete von diesem verdammten Zeitungsartikel. Sie machte sich Sorgen um seine Geschichte. Sie machte sich wirklich Sorgen um sein Berufsethos.

Er hätte am liebsten laut aufgelacht. Oder frustriert mit der Hand aufs Lenkrad gehauen.

„Ich habe den Artikel noch nicht geschrieben. Das heißt, ich habe zwar angefangen, aber er ist …"

„Noch nicht fertig?"

„Er ist Schrott. Ich brauche einen Aufhänger."

Nell runzelte die Stirn. „Was meinst du damit?"

Joe seufzte und erklärte es ihr. „Man muss irgendwie versuchen, die Aufmerksamkeit der Leser zu bekommen, und das gelingt meistens nur mit einem aktuellen Aufhänger."

Nell fuhr sich nachdenklich mit den Fingern durchs Haar. „Die Tatsache, dass in diesem Land so viele Menschen keine Krankenversicherung haben, ist …"

„… ein Problem", unterbrach Joe sie müde. „Es ist kein Aufhänger. Kein Mensch will etwas über Probleme lesen. Es interessiert einfach keinen, verstehst du?"

„Mich schon", beharrte sie.

„Ja, gut, das unterscheidet dich dann eben von neunundneunzig Prozent der Leserschaft, die der *Examiner* erreichen will."

Nell biss sich auf die Unterlippe. „Ich verstehe nichts davon, aber mir scheint, du wählst den falschen Weg."

„Findest du?"

Sie überhörte seinen Sarkasmus. „Vielleicht solltest du dir lieber Gedanken darüber machen, was dich an einer Geschichte interessiert, statt dir den Kopf über eine anonyme Leserschaft zu zerbrechen. Was ist für dich daran wichtig?"

„Du meinst, außer der Tatsache, dass mein Redakteur stocksauer ist, wenn ich den Artikel nicht rechtzeitig abgebe?"

Nells ernster Blick ließ ihn nicht los. „Ja, davon abgesehen."

Joe schüttelte den Kopf. Er konnte das nicht, worum sie ihn bat. Er war nicht der Mann, den sie sich wünschte, oder der Reporter, den diese Geschichte verdiente.

„Da bist du bei mir an der falschen Adresse, Sweetheart. Mir ist das alles egal. Ich schreibe nur, um Geld zu verdienen."

„Das kann ich nicht akzeptieren. Was aus Laila wird, war dir doch auch nicht egal."

„Das war etwas anderes."

„Wieso? Was war daran anders?"

„Etwas völlig anderes", brach es aus ihm heraus. „Da war ein ungeborenes Kind, das Hilfe brauchte. Um Himmels willen, kein Mensch würde eine Frau ignorieren, die gerade dabei ist, auf der Straße ihr Kind zur Welt zu bringen."

Und das war es, wie Joe in diesem Augenblick erkannte. Das war der Aufhänger. Das, was ihn an dieser Situation berührt hatte, würde seine Leser ebenso berühren. Die Geschichte hatte alles, was eine gute Story ausmachte: Persönliche Dramatik, politische Relevanz, Dringlichkeit, Action und sogar ein Happy End.

Ob Laila einverstanden sein würde, dass sie in der Zeitung ein Foto von ihr brachten?

Nell saß da und beobachtete ihn, wobei um ihre Mundwinkel ein verdächtig süffisantes Lächeln spielte. „Nein, du jedenfalls nicht, oder?"

Sie ließ ihren Sicherheitsgurt aufschnappen. Dann beugte sie sich vor und küsste ihn kurz und warm auf den Mund.

„Viel Glück mit deiner Story", sagte sie, bevor sie die Tür öffnete und ausstieg.

Joe beobachtete, wie seine Chance, sich sexuelle Erleichterung zu verschaffen, mit schnellen, entschlossenen Schritten über den Gehsteig zu ihrem Haus ging.

Viel Glück mit deiner Story?
Verdammt, er wollte aber nicht an seinem Artikel arbeiten. Er wollte Nell.

Er beobachtete, wie sie die Haustür aufschloss und gleich darauf im Haus verschwand.

Okay. Dann konnte er genauso gut an seinem Artikel arbeiten. Etwas Besseres hatte er heute Nacht sowieso nicht vor. Jetzt nicht mehr.

Nell war verärgert.

Aber nicht, weil sie erwartet hätte, dass Joe Reilly sie anrief, wie sie sich versicherte, während sie für Stanley Vacek in Untersuchungsraum 5 ein Rezept ausstellte. Sie hatten schließlich keine Beziehung. Nur weil sie sich nach einem aufwühlenden Erlebnis auf dem Vordersitz seines Range Rovers relativ unschuldig geküsst hatten, hieß das noch lange nicht, dass er ihr gegenüber eine Verpflichtung eingegangen wäre. Nicht einmal die Verpflichtung, sich je wieder bei ihr blicken zu lassen.

Er schuldete ihr nichts. Sie erwartete nichts von ihm. Solange man von Menschen nichts erwartete, konnte man auch nicht enttäuscht werden. Nell hatte früh in ihrem Leben gelernt, dass sie, wenn sie an ihrem Geburtstag mit ihren Klassenkameradinnen Napfkuchen essen wollte, sich diesen besser selber backte. Dass sie, wenn sie Blumen wollte, sich diese besser selbst kaufte. Und wenn sie zärtliche sengende Küsse von einem Mann wollte, der ihren Puls zum Rasen brachte, dann ...

Mit finsterer Miene schrieb sie Mr. Vacek zu dem harntreibenden Mittel noch einen Betablocker auf, dann befestigte sie das Rezept mit einer Büroklammer an der Karteikarte.

Sie hatte keine andere Wahl, als den Tatsachen ins Auge zu blicken. Joe hatte in vier Tagen nicht angerufen. Offensichtlich hatten die Küsse auf ihn nicht dieselbe Wirkung gehabt wie auf sie. Aus der beiläufigen Art, wie er sich an diesem Abend selbst zu ihr eingeladen hatte, ließ sich schließen, dass so ein Verhalten für ihn ganz normal war. Und nicht normal waren Frauen, die den gemeinsamen Abend damit beendeten, dass sie ihm viel Glück bei seiner Arbeit wünschten und allein zu Bett gingen.

Als Nell ihr Zimmer verließ, um Mr. Vacek sein Rezept zu bringen, blieb sie im Flur vor dem Schwarzen Brett stehen, an dem eine Seite aus der Zeitung von gestern hing. *Neue Hoffnung auf der North Side*, lautete die Überschrift. Der Verfasser des Artikels war Joe Reilly.

Nell hatte die Story schon gestern gelesen, aber sie blieb trotzdem stehen, um sich das Foto noch einmal anzusehen. Es zeigte eine lächelnde Laila Massoud, die ihr Baby an die Brust drückte.

„Kommt echt gut", bemerkte Billie, die mit Blutproben aus Untersuchungsraum 4 kam.

Nell war sich nicht sicher, ob sich Billies Worte auf Laila oder die Klinik bezogen, aber sie nickte zustimmend. „Jetzt müsste es eigentlich einen warmen Spendenregen geben."

Der Artikel schilderte einfühlsam die Hoffnungen und täglichen Kämpfe des Studenten Arif und seiner nicht Englisch sprechenden Ehefrau seit dem 11.9. Die beiden hatten gegen den Willen ihrer Eltern geheiratet und waren vor einem Jahr nach Chicago gekommen. Joe hatte die Geburt ihrer Tochter als ein anrührendes Symbol für das neue Leben genommen, nach dem sich das junge Paar sehnte. Es war nicht der PR-Artikel geworden, den Nell sich erhofft hatte, aber immerhin bot er die Gelegenheit, in einem nebenstehenden Einspalter anschaulich die Arbeit der *Ark Street Free Clinic* zu schildern. Joe hatte seine Sache gut gemacht.

Und das würde sie ihm auch sagen, falls sie je wieder etwas von ihm hören sollte.

Billie stand immer noch neben ihr. Sie wirkte bedrückt.

Nell verdrängte entschlossen jeden Gedanken an Joe Reillys Küsse, seinen Artikel und sein Schweigen und fragte: „Stimmt irgendwas nicht?"

„Es ist wegen Trevor", sagte Billie. „Er hat wieder einen Schub."

Die Sichelzellkrankheit verlief in äußerst schmerzhaften Schüben, die tage- und manchmal sogar wochenlang anhielten.

„Armer Junge. Das tut mir leid", gab Nell zurück. „Was sagt Dr. Jim?"

„Was soll er schon sagen? Dass er viel trinken und sich warm halten und schonen soll." Billie schnaubte verächtlich. „Möcht ich echt mal wissen, wie der Junge müde werden soll, wenn er die ganze Zeit im Bett liegen muss. Aber am schlimmsten sind die Schmerzen, doch Dr. Jim weigert sich, die Dosis zu erhöhen."

In Nell keimte ein böser Verdacht auf, den sie sofort beiseite zu schieben versuchte. Und dennoch. Ihr wurde die Brust eng. Konnte es sein, dass Billie hinter den Apothekendiebstählen steckte? Was war, wenn Billie die Medikamente für ihren Neffen stahl?

Nell konnte es nicht glauben, dass Billie, die nicht nur ihre Kollegin, sondern ihre Freundin war, so etwas tun würde. Sie wollte es nicht glauben. Seit ihre Mutter gestorben war und ihr Mann sie sitzen gelassen hatte, waren ihre Kollegen die einzige Familie, die sie hatte.

Aber vor zwei Jahren hatte Nell auch nicht glauben wollen, dass Richard sie belog, und am Ende hätte sie fast sie beide zerstört, weil sie den Kopf zu lange in den Sand gesteckt hatte.

Sie zwang sich durchzuatmen. „Wie kommt er zurecht?"

Billie zuckte die Schultern. „Er versucht es mit autogenem Training, aber das ist schwer. Er ist doch erst neun."

„Seine Mutter könnte ihm helfen", schlug Nell vor, erstaunt wie normal sie klang.

„Crystal muss arbeiten. Der Einzige, der Trevor tagsüber beaufsichtigen kann, ist diese Schlaftablette von Freund, den sie hat."

Das war nicht gut. Bei der Sichelzellkrankheit konnten sich blitzartig Komplikationen ergeben. Die Familien der Patienten mussten wissen, auf welche Symptome sie achten mussten und wie man bei ihrem Auftreten reagierte.

Vielleicht lag es ja in Trevors Interesse, wenn Nell einen Blick in seine Patientenkartei warf.

Und vielleicht war Nell ja ein misstrauisches, hinterhältiges Biest, die den Therapieplan des Jungen überprüfen wollte, um zu sehen, ob seine Tante Billie ein Motiv hatte, Medikamente aus der Krankenhausapotheke zu stehlen.

„Ich könnte einen Blick in seine Krankenakte werfen", sagte Nell. „Vielleicht fällt mir ja auch noch was dazu ein."

„Klar", sagte Billie zögernd. „Das wäre … toll."

Ja, toll, dachte Nell, während Billie wieder in Untersuchungsraum 4 verschwand. Sie starrte blind auf das Foto von Mutter und Kind an der Wand, während ihr tausend Gedanken durch den Kopf wirbelten.

„Weißt du eigentlich schon, dass sie ihr deinen Namen gegeben haben?", hörte sie plötzlich Joes Stimme hinter sich. „Die Kleine. Sie haben sie Elena genannt."

Nells Herz hämmerte. Sie drehte sich um.

Und da stand er, im Gang vor dem Schwesternzimmer, die Daumen in den Gürtel eingehakt, mit glitzernden Augen, schlank und kantig und scharf. Ihre Freude, ihn zu sehen, war so groß, dass sie ihn anfuhr: „Was machst du hier?"

„Ich wollte dich sehen", sagte er genau so wie sie es sich seit vier Tagen ersehnt hatte.

Seit vier Tagen.

Vier endlos lange Tage.

Ohne einen Anruf.

Sie hob das Kinn. „Warum? Du hast deinen Artikel geschrieben."

Joe nickte, immer noch mit diesem beunruhigenden Glitzern in den Augen. „Eben darum."

„Ich verstehe nicht", sagte Nell.

„Du willst damit sagen, du erinnerst dich nicht." Er kam einen Schritt näher, wobei er mehr Raum und mehr Sauerstoff verbrauchte als es einem Mann seiner Größe eigentlich erlaubt sein sollte. „Ich habe es dir schon am ersten Abend im Flynn's gesagt. Sobald ich meinen Artikel abgeliefert habe, gibt es von meiner Seite aus absolut nichts mehr, was dagegen spräche, mit dir ins Bett zu gehen."

6. KAPITEL

Nell war extrem angespannt und hatte das Gefühl, von ihren Sorgen fast erdrückt zu werden. Joe Reillys verwilderter Charme war im Moment einfach zu viel für sie.

Sie beäugte ihn wachsam. „Erzähl mir jetzt nicht, dass dieser Spruch jemals bei irgendeiner Frau funktioniert hätte."

Joe grinste sie an, so unwiderstehlich männlich und atemberaubend sexy, dass sie ihn am liebsten geohrfeigt hätte. „Es gibt immer ein erstes Mal."

Na toll. Ihre Welt ging aus den Fugen, und er versuchte mit ihr zu schäkern. Schäkern war gut und schön, wenn man die Zeit und die Energie dafür hatte, aber in diesem Moment wünschte sich Nell einen Mann, der irgendetwas Tröstliches brummte oder ihr Blumen mitbrachte. Rosen wären schön. Rote Rosen. Irgendetwas Vorhersehbares, woran sie sich festhalten konnte.

Sie riss sich zusammen. „Es wäre für keinen von uns beiden das erste Mal. Außerdem habe ich nicht die Absicht, als Belohnung für einen lächerlichen Einspalter mit dir ins Bett zu gehen."

Joe schaute verwundet drein. „Ich dachte, die Größe ist nicht entscheidend für dich."

Lucy Morales ließ ihren Stift fallen und bückte sich, um ihn aufzuheben, wobei ihre Schultern vor Lachen bebten.

Nell fühlte sich zu müde für solche Spielchen. Doch da sie eine Kämpfernatur war, erholte sie sich wieder. „Es hat nichts mit der Größe zu tun, Reilly. Es geht darum, was du daraus gemacht hast."

Er schaute sie scharf an. Sein Gesicht wurde besorgt. „Hat er dir nicht gefallen? Der Artikel über Laila und das Baby, meine ich."

„Ich fand ihn toll", sagte sie aufrichtig. „Richtig rührend. Mir sind fast die Tränen gekommen."

Er sagte nichts und sah sie nur an, die Hände immer noch in den Taschen. „Wie fand ihn dein Chefredakteur?"

„Okay."

Nell seufzte. Die Klinik war proppenvoll. Sie hatte alle Hände voll zu tun und wusste nicht, wo sie zuerst anfangen sollte, und jemand, der ihr nah stand, stahl Betäubungsmittel aus der Klinikapotheke, und sie hatte gerade Sorge um ein krankes Kind vorgetäuscht, um ihrer besten Freundin ein Motiv für den Diebstahl nachweisen zu können.

Sie fühlte sich völlig ausgelaugt. Sie brauchte jetzt wirklich nicht noch Verantwortung für Joe oder seinen Artikel oder seine Zukunft zu übernehmen.

Aber sie konnte es einfach nicht lassen.

„Einfach nur okay?"

„Mehr als okay", gestand Joe. „Das Gesundheitswesen ist im Moment ein heißes Thema. Er will, dass ich eine Art Serie über verschiedene medizinische Einrichtungen mache."

„Oh, wie spannend", sagte Nell, obwohl Joes Gesicht das Gegenteil ausdrückte. „Oder nicht?"

„Ja. Sehr spannend. Du gibst mir das statistische Material, und ich schreibe dir einen Artikel, so läuft das."

Das hatte sie sich doch auch gewünscht, richtig? Einen gut aufbereiteten Artikel, der die Leute dazu brachte, für ihre Klinik zu spenden. „Und? Was ist daran auszusetzen?", fragte sie.

„Nichts, außer dass es so ein Artikel nie auf die Titelseite schafft."

„Aha. Und warum nicht?"

„Weil kein Blut fließt."

„Und das ist wichtig für dich? Dass sie deinen Artikel auf der Titelseite bringen?", fragte sie verärgert.

Seine blauen Augen sprühten Funken. Doch dann senkten sich die schweren Lider herab, und er zuckte die Schultern. „Ja. Zumindest früher."

„Nun, dann wirst du diese Serie eben so interessant machen müssen, dass sich dein Chefredakteur genötigt fühlt, sie auf der Titelseite zu bringen. Und vielleicht finde ich ja noch jemanden, der ein bisschen für dich blutet."

„Verdammt, Dolan." Joe klang eher erschöpft als verärgert. „Gibst du eigentlich nie auf?"

„Manchmal würde ich es gern", rutschte es ihr heraus, weil seine Frage schlagartig eine Menge unerfreulicher Erinnerungen in ihr geweckt hatte. Sie konnte ihm ansehen, dass ihn ihre Antwort überrascht hatte. Nun, sie selbst hatte es auch überrascht. Sie hob das Kinn. „Aber das ist normalerweise keine Option."

Joe schaute ihr in das schöne blasse Gesicht und verspürte den fast unwiderstehlichen Drang, sie zu trösten. Deshalb schob er schnell seine Hände ganz tief in seine Taschen, um zu verhindern, dass er irgendetwas Törichtes mit ihnen anstellte, wie zum Beispiel ihr auf den Rücken zu klopfen oder sie an sich zu ziehen. Er wollte sie nicht trösten.

Tatsache war, dass er versuchte, sich in eine völlig unangemessene Empörung hineinzusteigern, nur weil Nell Dolan die beunruhigendste Frau war, die ihm je begegnet war. Man wusste nie genau, woran man mit ihr war, und fast jede Unterhaltung mit ihr nahm eine überraschende Wendung.

Die Frau war eine Prüfung.

Nichtsdestotrotz musste Joe ehrlicherweise zugeben, dass er erleichtert war festzustellen, dass er überhaupt noch Gefühle hatte.

„Du willst eine richtig gute Story?", fragte er. „Also schön, ich werde eine schreiben, bei der es dir die Schuhe auszieht. Allerdings musst du kooperieren."

Sie hob das Kinn noch ein bisschen höher. „Indem ich die Hosen ausziehe?"

Joe grinste. „Das wäre das Sahnehäubchen obendrauf", sagte er. „Eigentlich hatte ich eher daran gedacht, dass du mir Zugang zu Informationen verschaffst. Vielleicht kann ich mich ja mit einigen ehrenamtlichen Mitarbeitern der Klinik unterhalten."

„Ich kann dir ein paar Namen geben, aber ich kann dir nicht garantieren, dass sie bereit sind, mit dir zu reden."

Er zuckte die Schultern. „Es wäre immerhin ein Anfang."

Und er wollte einen neuen Anfang, wie ihm in diesem Augenblick klar wurde. Auch wenn seine Karriere an einem toten Punkt angelangt war und sein Knöchel ihn in eine Sackgasse geführt hatte, wollte er jetzt mit ihr einen neuen Anfang.

„Aber ich will informiert werden, mit wem du redest", fügte Nell hinzu.

Joe zog seine Augenbrauen hoch. „Versuchst du jemanden zu schützen, Dolan?"

Sie wurde erst weiß, dann rot im Gesicht. „Vor dir? Ganz bestimmt nicht. Warum sollte ich das wohl tun?"

„Das wüsste ich auch gern", gab Joe unverblümt zurück.

Aber wenn er geglaubt hatte, er könnte sie dazu bringen, sich ihm anzuvertrauen, hatte er sie unterschätzt.

Nell durchforstete die Karteikarten auf dem Tresen mit der Geschwindigkeit eines Profi-Kartenspielers, bevor sie eine Karteikarte herauszog und dann versuchte, um ihn herumzugehen. „Vielleicht machst du mich ja einfach nur nervös."

Er wich nicht vom Fleck. „Ich weiß, wie man das ändern könnte."

„Indem du gehst?"

Er grinste sie an und genoss den leicht heiseren Unterton in ihrer

Stimme ebenso wie den Geruch, den ihr Haar ausströmte. „Indem du heute Abend mit mir essen gehst."

Sie umklammerte die Karteikarte fester. „Das hat doch schon beim ersten Mal nicht funktioniert."

„Diesmal wird es anders", versprach er rau.

Würde es das wirklich? Und warum wollte er überhaupt, dass es anders wurde?

Weil sie anders ist, dachte er. Oder weil jetzt alles anders war.

„So? Wie denn anders?"

„Vertrau mir."

Sie musterte ihn eingehend. „Ich kann nicht", sagte sie schließlich. „Ich habe heute Abend schon etwas anderes vor."

Er hatte natürlich kein Recht, ihr Vorhaltungen zu machen, wenn sie mit anderen Männern ausging. Was allerdings nicht bedeutete, dass es ihm gefallen musste. „Ich schlage dir einen Deal vor. Ich verspreche, dir vor jedem Interview Bescheid zu sagen, wenn du mit mir essen gehst."

„Wann? Ich habe dir doch gerade gesagt, dass ich …"

„Am Sonntag", sagte Joe verzweifelt. Was für eine hirnrissige Idee. Nur seine Mutter würde vor Begeisterung einen Luftsprung machen. Aber vielleicht half ja dieser Besuch, dass sie ihm nicht mehr ganz so auf die Finger schaute. Und wenn es ihm gleichzeitig gelang, Nell so weit zu beruhigen, dass sie bereit war, mit ihm ins Bett zu gehen, schaffte er es vielleicht, zwei Fliegen mit einer Klappe zu schlagen.

Nells Stirn wurde wieder glatt. „Ja, Sonntag geht klar. Wann?"

„Um fünf", gab er zurück. „Ich hole dich ab."

Er fühlte sich eigentlich ziemlich gut, als er sich umdrehte und wegging. Deshalb war er überrascht, als Nell ihm auf halbem Weg zur Tür nachrief: „Ist alles in Ordnung mit dir?"

Himmel.

Joe wirbelte herum, wobei er gut aufpasste, sein krankes Bein nicht zu belasten. „Ja, warum?"

„Weil du so stark humpelst."

„Ich habe das Bein vor ein paar Tagen zu stark belastet."

Weshalb er fast zwei Tage lang an Krücken hatte gehen müssen. Trotz der Schiene, die er sich heute Morgen umgeschnallt hatte, rieben seine Knochen aneinander. Er glaubte fast zu spüren, wie sich die Nägel durch die Knochen bohrten, während sein Gelenk mehr und mehr deformiert wurde.

„Halb so schlimm. Ich tue nachher einen Eisbeutel drauf", fuhr er lässig fort.

„Hast du etwas im Haus?"

Joe spürte, wie sich sein Magen zusammenkrampfte. *Oh, mein Gott, bitte nicht.* „Meinst du Schmerzmittel?"

Nell runzelte die Stirn. „Eigentlich dachte ich an eine entzündungshemmende Salbe."

Joe fiel ein Stein vom Herzen. Er atmete auf. „Ja. Ja, habe ich. Danke."

Damit verabschiedete er sich. Obwohl er langsam ging, schwitzte er, als ob er einen Dauerlauf hinter sich hätte.

Nell löffelte ihren Joghurt an ihrem Schreibtisch, während sie in dem Handbuch blätterte. Fußgelenksverletzungen waren in der Klinik keine Seltenheit. Meistens hatten sich die Leute beim Sport verletzt, Basketballspieler oder Skateboardfahrer. Oder Leute, die auf ihren Feuerleitern ausgerutscht und ältere Leute, die in ihrer Küche ausgerutscht waren. Bei neunzig Prozent der Verletzungen handelte es sich um Verstauchungen und Bänderzerrungen, während Brüche die Ausnahme waren.

Aber selbst ein Bruch heilte normalerweise in vier bis sechs Wochen. Wenn das nicht der Fall war, musste die Überweisung an einen Orthopäden erfolgen.

Sie durchstieß mit ihrem Plastiklöffel den Karton. Joe war nicht ihr Patient. Er wollte es nicht sein.

Was Nell nur recht sein konnte. Wo sie doch nicht mal in der Lage gewesen war, ihrer eigenen Mutter zu helfen. Und ihrem Ehemann auch nicht. Sie war ganz bestimmt nicht scharf darauf, schon wieder für jemanden die Verantwortung zu übernehmen. Sie wusste zwar, was bei einem ganz normalen glatten Bruch getan werden musste, doch um eine komplizierte Fußgelenksverletzung zu behandeln, fehlte ihr eindeutig die Qualifikation.

„Nell?" Melody kam harmlos blinzelnd mit einer Karteikarte in der Hand um die Aktenschränke herum. Heute war ihr Lidschatten leuchtend grün. „Telefon für dich, auf Leitung zwei. Judith Lawrence. Da ist irgendwas mit einem Rezept."

Nell schob das Problem mit Joes Fußknöchel beiseite und warf einen Blick in die Karteikarte, die Melody ihr auf den Schreibtisch gelegt hatte. Sie sah, dass Judith Lawrence wiederholt Nierensteine gehabt hatte. Sie war zum letzten Mal am vergangenen Mittwoch wegen einer Kolik in der Poliklinik gewesen. Nell hatte ihr etwas gegen die Schmerzen gegeben und sie mit der Anweisung nach Hause geschickt, täglich drei Liter Wasser zu trinken, damit der Stein herausgespült wurde.

Nell nahm das Gespräch entgegen. „Hallo, Judith. Hier ist Eleanor Dolan. Wie geht es Ihnen?"

Sie hörte sich an, was Judith über ihren Zustand zu berichten hatte. Kein Fieber und kein Frösteln, was auf eine Infektion hindeuten könnte, kein Blut im Urin. Nur die Schmerzen.

„Ich hatte gehofft, dass ich es aushalte", meinte Judith fast entschuldigend. „Aber gestern Abend waren die Schmerzen wieder so schlimm, dass ich meinen Mann in die Apotheke geschickt habe. Er wollte mir die Tylenol holen, aber der Apotheker hat sich geweigert, das Rezept einzulösen."

Nell machte sich eine Notiz. „Und hat er auch gesagt, warum?"

„Er sagt, die Versicherung weigert sich zu bezahlen."

Eine leise Vorahnung streifte sie, so sacht wie der Flügel eines Nachtfalters in der Dunkelheit. Nell ignorierte sie.

„Haben Sie eine Medikamentenversicherung?"

„Bei meinem Tarif sind die Medikamente inklusive", sagte Judith ungehalten. „Aber wenn das solche Probleme gibt, werden wir die Versicherung kündigen."

„Hm, das verstehe ich nicht." Nell erkundigte sich, in welcher Apotheke Judiths Mann gewesen war und versprach, dort anzurufen. „Und Sie ruhen sich unterdessen aus und trinken viel. Ich melde mich wieder."

Während Nell darauf wartete, mit dem Apotheker verbunden zu werden, versuchte sie sich die Sache zu erklären. Judith Lawrence war eine Stammpatientin mit handfesten Beschwerden. Keine Patientin, die von Arzt zu Arzt rannte. Und auch nicht tablettensüchtig.

Doch als sich der Apotheker schließlich meldete, beharrte er darauf, dass für Judith vor zwei Wochen schon einmal ein Rezept eingelöst worden wäre und dass sich die Versicherung weigerte zu bezahlen.

Nells Herz hämmerte.

„Können Sie sich erinnern, wer das Rezept eingelöst hat?", fragte sie.

Der Apotheker seufzte. „Nein, das kann ich nicht. Aber Sie haben es selbst ausgestellt."

Nell wurde es eiskalt. Sie wusste ganz genau, dass sie das Rezept nicht ausgestellt hatte. Weil sie grundsätzlich nie Rezepte ausstellte, ohne den Patient gesehen zu haben. Das würde sie niemals tun.

Nachdem sie sich bei dem Apotheker bedankt und aufgelegt hatte, zitterten ihre Hände. Ihr war, als ob sie durch einen langen dunklen Tunnel in einen immer wiederkehrenden Albtraum glitte. Einen schrecklichen Albtraum.

Nur um ganz sicherzugehen, durchforstete sie Judiths Patientenkartei sowie ihre eigenen Unterlagen, um sich davon zu überzeugen, dass es da nicht doch irgendeinen Termin gegeben hatte, an den sie sich nicht mehr erinnern konnte.

Nichts.

Was bedeutete, dass irgendjemand ein altes Rezept gefälscht haben musste. Judith selbst? Oder hatte jemand, der Zugang zu Nells Rezeptblock und der Patientenkartei hatte, ihre Unterschrift gefälscht?

Nell hörte ihr Blut in den Ohren rauschen. Sie widerstand dem Drang, den Kopf zwischen die Knie zu legen. Oh nein, sie würde jetzt nicht ohnmächtig werden. Beim letzten Mal hatte sie teuer dafür bezahlt. Sie würde einen kühlen Kopf bewahren und sich ihren nächsten Schritt ganz genau überlegen.

7. KAPITEL

Sie schaffte es einfach nicht. Nell starrte entmutigt in den Badezimmerspiegel. Ihr Spiegelbild starrte zurück, die Augen dunkel vor Sorge, die Lippen angestrengt zusammengepresst.

Sie sah nicht aus wie eine Frau, die sich für ein Date zurechtmachte. Sie sah aus wie eine Frau, die einen Termin bei der Finanzbehörde hatte, um sich wegen Steuerhinterziehung zu verantworten. Nell widerstand dem Drang, sich mit den Händen durchs Haar zu fahren, um sich nicht die sorgfältig über die Bürste geföhnten Locken zu ruinieren. Kein Wunder, dass sie nie ausging. Bei diesem Stress.

Zumindest wegen Billie brauchte sie sich jetzt keine Sorgen mehr machen. Nell hatte sich gestern noch einmal die Krankenakte des neunjährigen Trevor Parker vorgenommen. Billies Neffe erhielt alle Schmerzmittel, die er brauchte. Auch wenn James Fletcher mit seinem Therapieplan vielleicht nicht alle Symptome des Jungen lindern konnte, gab es doch keinen Anhaltspunkt dafür, warum Trevors Tante Medikamente stehlen sollte.

Gott sei Dank. Damit schied Billie aus. Blieben noch Ed Johnson, Melody King, Lucy Morales und mehrere Dutzend ehrenamtliche Krankenschwestern und Ärzte als Verdächtige. Alle ihre Freunde, ihre Ersatzfamilie.

Und Nell selbst.

Sie machte ein finsteres Gesicht, während sie sich mit dem Pinsel einen Hauch Rouge auf die Wangen tupfte. Die Schminke wirkte wie Fieberblumen auf ihrer blassen Haut. Was dachte sie sich eigentlich dabei, mit Joe Reilly auszugehen? Sie hatte keine Zeit für eine Affäre.

Außerdem würde sich eine Affäre mit Joe Reilly sowieso als Katastrophe erweisen.

Sie brauchte Sicherheit, stabile Verhältnisse, Menschen, auf die sie sich verlassen konnte. All das, woran es ihr in ihrer einsamen Kindheit gemangelt hatte. All das, worauf sie in ihrer zerrütteten Ehe umsonst gehofft hatte. Sie musste den Verstand verloren haben, wenn sie glaubte, das alles bei einem ausgebrannten, zynischen Reporter finden zu können.

Sie hätte diese Einladung nie annehmen dürfen. Sie hätte absagen müssen. Sie könnte sogar jetzt noch absagen, aber dummerweise hatte sie Joes Privatnummer nicht, und die Zeitungszentrale war am Wochenende wahrscheinlich nicht besetzt.

Nell schaute der Frau im Spiegel in die Augen. *Lügnerin.* Natürlich könnte sie Joe erreichen, wenn sie es wollte. Offensichtlich wollte sie es nicht.

Nein, alles was sie wollte, war, endlich einmal all die Gründe zu vergessen, die sie daran hinderten, sich wie eine ganz normale dreißigjährige Frau mit einem ganz normalen Sexualtrieb zu verhalten. Sie wollte endlich einmal keine Verantwortung haben, wollte endlich einmal nicht der Engel der Ark Street sein. Nur ein einziges Mal wollte sie egoistisch sein und einfach nur ihren Spaß haben.

Plötzlich sah sie Joe vor sich, mit seinen müden Augen und dem zynischen Grinsen, seinen Chirurgenhänden und dem sehnigen harten Körper. Und wenn schon sonst nichts, aber ihren Spaß würde sie ganz bestimmt mit ihm haben.

Obwohl sie sich immer bemüht hatte gut zu sein, hatte Nell es weder geschafft, die Aufmerksamkeit ihrer Mutter noch die dauerhafte Liebe ihres Ehemanns zu erringen. Vielleicht wurde es ja Zeit, es einmal anders zu versuchen.

Der Summer ertönte. Mit einem heftigen Kribbeln im Bauch drückte sie auf den Türöffner. Dann stand sie nervös mit gefalteten Händen in der Diele und wartete.

Als es gleich darauf dreimal hintereinander klopfte, atmete Nell tief durch und öffnete die Tür.

Sie trug eine Khakihose und ein rosafarbenes Seidentwinset, das noch ein Überbleibsel aus ihrer Arztgattinnen-Ära war.

Joe hatte Jeans und Arbeitsstiefel an und ein dunkelblaues Hemd, das zur Farbe seiner Augen passte. Er sah so toll aus, dass ihr für eine Sekunde vor Verlangen ganz schwindlig wurde. Auf dieses Gefühl folgte Überraschung. Freude. Sehnsucht.

Er hatte ihr Blumen mitgebracht.

Keine roten Rosen, sondern Osterglocken in einem purpurroten Plastiktopf. Mit winzig kleinen, leuchtend gelben Trompeten, wie man sie im Blumenladen an der Ecke kaufen konnte.

„Hier." Er drückte ihr den Topf in die Hand.

„Danke." Das war nicht genug. Sie versuchte es noch einmal. „Sie sind wunderschön." Die Geste war so unerwartet, so untypisch für ihn, dass es ihr für einen Moment die Sprache verschlug. Sie steckte die Nase in die Blumen. Die kleinen Blüten dufteten nur schwach, aber sie fühlten sich an ihrer Wange herrlich weich und kühl an. „Das wäre doch nicht nötig gewesen."

„Doch, das ist es." Er klang grimmig. „Du weißt nämlich noch nicht, wohin ich dich jetzt gleich schleppe."

„Ach, dann ist es also ein Bestechungsversuch, ja?"

„Ich hatte eigentlich eher an eine Art Wiedergutmachung gedacht." Er nahm ihr den Blumentopf ab und stellte ihn auf den Tisch in der Diele, auf dem sich bereits Rechnungen und Postwurfsendungen stapelten. „Und das ..."

Er umfasste ihre Schultern. Seine Hände waren hart und warm.

„... ist für mich."

Er zog sie an sich, fuhr ihr mit einer Hand durchs Haar und küsste sie hart auf den Mund.

Sie war wie gelähmt vor Überraschung.

Diesmal war er nicht in der Stimmung für sanfte Überredungskünste. Er war fordernd. Fast grob.

Ihr Herz hämmerte. Tausend Empfindungen stürmten auf einmal auf sie ein. Er schmeckte nach Pfefferminz und roch nach Tabak und küsste, als ob er etwas beweisen müsste. Ihr? Oder sich selbst? Aber die Frage löste sich auf, als seine Zunge sie zu einer Reaktion zwang und sie keinen klaren Gedanken mehr fassen konnte. Ihr Körper wurde von Lust und Begierde überschwemmt, die ihr Blut in Wallung brachten. Es war herrlich.

Es war Wahnsinn.

Ihre Arme waren zwischen ihrer und seiner Brust eingeklemmt. Sie wollte ihn berühren, spüren und versuchte ihre Hände freizubekommen. Er bewegte sich gerade genug, dass sie es schaffte, ihre Hände um seine Taille herum auf seinen muskulösen Rücken zu schieben. Faszinierend. Wie gut sie zueinanderpassten, Brust an Brust, Bauch an Bauch, Herz an Herz. Sie spürte seine harte Männlichkeit zwischen ihren Schenkeln. Als sie sich daran rieb wie eine Katze, stöhnte er und drängte sie gegen die Wand.

Ihr Kopf krachte gegen Gips. Ihre Zähne gruben sich in seine Unterlippe.

Er hob den Kopf. „Au! Hast du dir ..."

Ungeduldig zog sie seinen Kopf wieder zu sich herunter. „Mehr."

Er grinste, aber sie registrierte mit Genugtuung, dass er genauso keuchte wie sie selbst. Und dann küsste er sie wieder voller Leidenschaft, Küsse, nach denen sie so gehungert hatte und die sie doch nur noch hungriger zurückließen. Er schlang seine Arme ganz fest um sie, und sein heißer, drängender Mund bewirkte, dass ihr Kopf herrlich leer wurde.

Was wundervoll war, weil Nell, solange ihr Begehren ihren Verstand lahmlegte, solange sie sich an seiner Hitze wärmen und seinen Atem einatmen konnte, solange sein Herz an ihrem pochte, nicht darüber nachzudenken brauchte ... nicht darüber nachzudenken brauchte ...

Als sich seine Hand fest und besitzergreifend auf ihre Brust legte, versank das, worüber sie nicht nachdenken wollte, noch tiefer in ihrem Unterbewusstsein. Sie holte dankbar Luft und atmete stöhnend wieder aus.

Doch als sich seine Hand unter den Saum ihres Pullovers schob und seine warmen Finger ihre nackte Haut streiften, zwängte sich ein winziger Strahl der Vernunft durch ihre gänzliche Inanspruchnahme.

Ein Teil von ihr akzeptierte, wohin dies führte. Die Unvermeidlichkeit hämmerte in ihrer Brust. Der Beweis seines Verlangens presste sich gegen den Scheitelpunkt ihrer Schenkel. Sie waren beide erwachsen. Sie kannten sich ... zugegeben, eine Woche war nicht allzu lange. Aber er wollte sie, und sie sehnte sich danach, für eine Weile alles zu vergessen. Vielleicht war es nicht weise und auch nicht besonders romantisch, aber das würde sie trotzdem nicht davon abhalten, gleich mit Joe Reilly zu schlafen.

Allerdings nicht im Stehen in ihrem Flur. Ein bisschen mehr Romantik brauchte sie schon.

Sie beendete behutsam den Kuss und tupfte ihm winzige Küsse auf die Lippen, während sie sagte: „Joe."

„Ja." Seine Stimme war heiser, seine Stirn mit winzigen Schweißperlen bedeckt. „Was immer es ist, ja."

Sie errötete vor Freude. „Willst du ..."

Sie biss sich auf die Unterlippe. Dieses Gefühl von Unvermeidlichkeit verblasste ein bisschen. Es war wesentlich einfacher, sich mitreißen zu lassen, als selbst zu entscheiden. Ein Verlangen zu artikulieren.

„Willst du erst essen?", fragte sie, obwohl es nicht ihre ursprüngliche Frage war.

Joe lächelte sie aus diesen grüblerischen blauen Augen an, wodurch sich ihr Pulsschlag wieder beschleunigte.

„Nein, im Moment will ich nur ..." Und dann wurde sein Gesicht ausdruckslos. „Oh, Gott, Essen."

„Was ist denn?", fragte Nell alarmiert.

Er zog die Hand unter ihrem Pullover hervor. „Wie spät ist es?"

Nell versuchte sich nicht verletzt zu fühlen und warf einen Blick auf ihre Uhr. „Zwanzig nach fünf. Warum? Hast du irgendwo einen Tisch reservieren lassen?"

„Schön wär's. Eine Reservierung könnten wir absagen."

Aber wenn sie nicht in ein Restaurant gingen ...

„Wohin gehst du mit mir?", fragte Nell.
Ins Bett offensichtlich nicht. Ihre Brust brannte vor Enttäuschung.
„Nach Hause", sagte Joe.
„Sag bloß, du hast gekocht."
„Nein. Aber meine Mutter." Dieses eine Mal wirkte Joes Lächeln eher peinlich berührt. „Wir gehen zu meinen Eltern zum Sonntagsessen."

Ich muss den Verstand verloren haben, dachte Joe, während er durch die Küchentür schaute und sah, dass Nell mit seiner Mutter in der Küche war und ... was war das, was sie da putzte? Ach, ja, Karotten.

Sie hätten einfach bei ihr bleiben können. Er könnte jetzt mit ihr im Bett sein, ihre weichen Kurven und ihre heiße Haut spüren, ihr tief in die vor Verlangen verschleierten Augen schauen. Der Gedanke an sie, daran, was hätte sein können, summte in seinem Blut und machte ihn gereizt.

„Er ist sauer", bemerkte Will, der sich auf der Couch lümmelte, nicht ohne Mitgefühl. „Weil Mom ihm sein Date weggeschnappt hat. Das hättest du dir vorher denken können, Zeitungsjunge."

Mike, der gerade dabei war, den Tisch zu decken, wandte den Kopf. Joe registrierte, dass sein Bruder – garantiert auf Anweisung seiner Mutter – das gute Geschirr und die weiße Spitzentischdecke herausgeholt hatte. Er war wirklich in Schwierigkeiten.

„Warum hast du sie eigentlich eingeladen?", erkundigte sich Mike beiläufig.

Will zog die Augenbrauen hoch. „Bist du blind? Sie ist scharf."

Joe bedauerte es, dass sie alle nicht mehr fünfzehn, dreizehn und zehn waren. Dann würde er ihnen schon zeigen, wo der Hammer hing.

Gleich darauf sagte sein Vater von seinem Platz am Fenster aus: „Sie scheint ein nettes Mädchen zu sein. Und eure Mutter mag es, wenn ihr jemand in der Küche Gesellschaft leistet."

„Ich bin doch da", warf Mike ein.

„Du bist fünfundzwanzig Jahre alt und wohnst immer noch bei uns im Souterrain", sagte Ted Reilly. „Deine Mutter hat genug von deiner Gesellschaft."

Will lachte.

Mike zielte mit dem Brotkorb auf seinen Kopf und warf. Will fing den Korb geistesgegenwärtig auf, wobei die Brötchen herauskullerten und zwischen den Polstern der Couch landeten.

„Muss ich da einschreiten?", rief Mary aus der Küche.

„Nein, Ma'am", erwiderten ihre Söhne im Chor.

Will sammelte die Brötchen wieder ein und warf sie Mike zu, der flüchtig den Staub wegblies und sie auf den Tisch fallen ließ.

Joe fand, dass sie immer noch wie Kinder waren. Nur er nicht. Er spielte nicht mehr, und sie erwarteten es auch nicht von ihm. Er bückte sich, um den Brotkorb aufzuheben.

„Dann ist sie also Krankenschwester, ja?", begann Ted.

Joe straffte sich wachsam. „Richtig."

„Hast du sie im Krankenhaus kennengelernt?"

„Nein, in einer Poliklinik. Ich schreibe gerade einen Artikel über die Klinik, in der sie arbeitet. Ich bin nicht ihr Patient."

„Aha." Ted nickte und trank einen Schluck von seinem Bier.

Joe war Reporter. Er kannte die Tricks. Deshalb fiel er auf das Schweigen, das darauf wartete, gefüllt zu werden, nicht herein.

Er schaute durch die offene Küchentür auf die beiden Frauen, die über den Töpfen ihre Köpfe zusammensteckten. Keiner ihrer Söhne – weder ihr ältester, der Reporter, noch ihr jüngster, der Polizist – konnte Mary Reilly in Sachen Informationsbeschaffung das Wasser reichen. Was die Gefahr, dass er Probleme bekommen könnte, noch vergrößerte.

Gleich darauf hob Nell den Kopf und suchte seinen Blick. In ihren Augen stand eine dringende Bitte.

Probleme? Oh ja, da waren sie schon.

Er stellte den Brotkorb auf dem Tisch ab und humpelte eilig in die Küche, um Nell aus den Fängen seiner Mutter zu retten.

8. KAPITEL

Selbst schuld, sagte sich Joe grimmig, während er hinter Nell die Treppe zu ihrer Wohnung hinaufging. Weil er sich nicht an seine eigenen Regeln gehalten hatte.

Und Nell war ebenfalls schuld, weil sie so verflucht mitfühlend und fürsorglich war, dass seine Eltern sich von ihr sofort verstanden gefühlt hatten. Weshalb sie nichts Eiligeres zu tun gehabt hatten, als ihr von den Sorgen zu erzählen, die ihnen der Allgemeinzustand ihres Sohnes machte. Und ihr war nichts Besseres eingefallen, als sich mit Feuereifer in die Debatte zu stürzen.

Er schäumte vor Wut über ihr Eindringen in seine Privatsphäre.

Er musste sich schützen.

Joe stützte sich schwer aufs Geländer und gab sich alle Mühe, das Knirschen in seinem Knöchel zu ignorieren. Ebenso wie Nells Hinterteil, das ein paar Stufen über ihm verführerisch schaukelte.

Bevor er sie ins Bett zerrte, würde er erst noch ein paar Dinge klarstellen müssen. Und zwar sofort, auf der Stelle.

Nachdem Nell den Treppenabsatz erreicht hatte, blieb sie mit den Wohnungsschlüsseln in der Hand stehen. Um auf ihn zu warten. Dass sie auf ihn warten musste, machte ihn noch wütender.

Joe zog sich die letzten beiden Stufen am Treppengeländer hoch. Oben angelangt stützte er sich mit einer Hand an der Wand über ihrem Kopf ab, brachte sein Gesicht ganz dicht vor ihres und sagte mit leise drohendem Unterton: „Wenn ich deine Hilfe brauche, werde ich dich darum bitten. Und in der Zwischenzeit erwarte ich von dir, dass du dich nicht in meine Angelegenheiten einmischst."

Nell wäre nicht Nell gewesen, wenn sie sich davon hätte beeindrucken lassen. „Dieser Ton funktioniert bei mir nicht, Reilly."

„Und soll ich dir mal sagen, was bei mir nicht funktioniert? Zum Beispiel, wenn du mit meinen Eltern über mich redest. Was geht dich mein Knöchel an? Und wenn du schon so neugierig bist, hättest du mich fragen sollen."

„Du erzählst mir ja nichts!"

Er hatte keine Lust darauf einzugehen. „Darum geht es nicht."

„Darum geht es wohl. Zwei Menschen können sich nicht kennenlernen, ohne dass sie sich wenigstens ein paar Einzelheiten aus ihrem Privatleben erzählen."

„Ein paar Einzelheiten", wiederholte er mit triefendem Sarkasmus. „Wie viel bist du denn bereit, mir zu erzählen, Mrs. Burdett?"

Ihren Ehenamen hatte sie ihm bisher verschwiegen, aber seiner Mutter war es während des Essens ganz beiläufig gelungen, ihr auch dieses kleine Detail zu entlocken.

Sie wurde blass, aber ihre Augen sprühten wütende Funken. Joe kam sich vor wie ein Schuft. Andererseits fand er es beruhigend, dass nicht nur er wunde Punkte hatte.

„Ich habe dir erzählt, dass ich verheiratet war", sagte sie.

„Und ich habe dir erzählt, dass ich einen kaputten Knöchel habe. Das berechtigt dich aber noch lange nicht, alle blutigen Details auszugraben." Er wäre am liebsten aufgesprungen und gegangen, als sie sich mit seinen Eltern über seinen Kopf hinweg unterhalten hatte.

„Ich habe nur versucht zu helfen."

„Das kannst du dir in Zukunft sparen."

Er wollte ihre Hilfe nicht.

Er wollte ihr Mitleid nicht.

Er wollte ihre Bewunderung. Besonders nackt. Und zwar ein bisschen plötzlich.

„Alles klar." Nell duckte sich unter seinem Arm durch und schloss mit wütenden Bewegungen ihre Wohnungstür auf. „Damit wäre diese Diskussion ja wohl beendet."

Gott sei Dank. Und da sie seine Grenzen jetzt kannte, konnten sie vielleicht endlich zur Sache kommen.

Er hatte den ganzen Abend über nur daran denken können, wie herrlich weich und warm sie sich angefühlt hatte, als er sie vor dem Weggehen gegen die Wand gedrückt hatte. Er hatte gebrannt vor Verlangen, während sie sich angeregt mit seiner Familie unterhalten hatte. Er mochte sie, verdammt. Aber das bedeutete noch lange nicht, dass er auch seinen ganzen Seelenmüll vor ihr ausbreiten musste.

Er versuchte hinter ihr die Wohnung zu betreten.

Als Nell den Kopf drehte, streifte ihr Haar seine Wange. „Was soll das?"

Joe kniff überrascht die Augen zusammen. „Ich komme mit."

„Nein, das wirst du nicht. Ich will nämlich keinen Sex mit einem Mann, der unserer Beziehung von Anfang an Beschränkungen auferlegt."

„Ach, aber vor dem Essen haben dich diese Beschränkungen nicht weiter gestört."

Sie öffnete den Mund, um etwas zu sagen, doch dann machte sie ihn wieder zu. Ihre Wangen hatten sich gerötet. Gott, war sie schön.

Jetzt hab ich dich, dachte Joe süffisant.

Aber er hatte sich geirrt.

„Du hast mich doch selbst zu deiner Familie mitgenommen."

Wie wunderbar kühl sie ist, dachte er bewundernd. Und ärgerte sich. Wie konnte sie bloß so kühl bleiben?

Er schob seine Daumen in seine Gürtelschlaufen. „Und?"

„Und hinterher regst du dich auf." Sie schlüpfte in die Wohnung. Sie entglitt ihm.

„Warum schlafen wir nicht erst mal drüber?", versuchte er die Wogen zu glätten. „Dann kannst du mich morgen früh immer noch rauswerfen."

„Danke für das verlockende Angebot. Aber das möchte ich nicht."

Sie lehnte sich von innen gegen die Tür und versuchte sie zuzumachen. Er widerstand dem Drang, seinen Fuß dazwischen zu stellen wie ein gottverdammter Vertreter.

„So ganz ohne Gutenachtkuss?", fragte er höhnisch.

Die Tür wurde wieder aufgerissen.

Nell stand mit zornigen Augen auf der Schwelle. „Okay."

Und dann pflanzte sie ihm auch schon einen Gutenachtkuss mitten auf den Mund. Heiß. Nass. Innig. So innig, dass sich seine Zehen krümmten. Er konnte keinen klaren Gedanken mehr fassen. Doch als sich seine Finger auf ihrem Rücken streckten, während sich sein Gehirn langsam von dem Schock erholte und versuchte, mit seinem überraschten und erfreuten Körper Schritt zu halten, ließ sie abrupt von ihm ab und zog sich in ihre Wohnung zurück.

„Schlaf drüber", sagte sie und schlug ihm die Tür vor der Nase zu.

Kein Sex, kein Schlaf, kein Bier, keine Zigaretten.

Dann konnte er genauso gut arbeiten.

Joe, der dabei war, statistisches Material über nicht versicherte und unterversicherte Personen in Chicago zusammenzutragen, gab noch ein Suchwort in seinen Computer ein.

Es geht nicht um Zahlen, hörte er Nell in Gedanken sagen. *Meine Patienten sind keine Zahlen, sondern Menschen.*

Aber bei den aktuellen Nachrichten ging es stets weniger um Menschen und mehr um Zahlen.

Und er war ein guter Nachrichtenmann. Zumindest gewesen.

Er massierte sich den Nacken. Ließ die Knöchel knacken. Er saß mittlerweile schon geschlagene zwei Stunden vor dem Bildschirm. Und Nell spukte ihm immer noch im Kopf herum. Er wollte sie immer noch. Sie hatte sich in seinen Körper und seinen Geist eingeschrieben.

Dieser Kuss ... Sein Blut begann zu sieden, als er sich daran erinnerte, wie sich ihr heißer Mund auf seinen gepresst hatte und wie voll und weich sich ihre Brüste an seinem Brustkorb angefühlt hatten. Er rief sich in Erinnerung, wie er sich an ihrem Schenkel gerieben hatte.

So, und jetzt ging es ihm richtig dreckig.

Um sich abzulenken, gab er *Burdett* in die Suchmaschine ein. Er hatte nicht wirklich die Absicht, ihr nachzuspionieren. Er war einfach nur neugierig. Außerdem, was soll's, dachte er mit einem Anflug von Groll. Sie hatte schließlich auch keine Skrupel gehabt, ihre Nase in seine Privatangelegenheiten zu stecken.

Auf seinem Bildschirm erschien eine ganze Liste von Links, in der der gesuchte Name farbig hervorgehoben und in den entsprechenden Kontext gestellt war.

Er überflog die erste Seite. Die meisten Einträge hatte ein Sir Francis Burdett, der im neunzehnten Jahrhundert Angehöriger des britischen Unterhauses gewesen war. Joe klickte weiter. Mit dem englischen Adel brachte er Nell nicht unbedingt in Verbindung.

Nachdem er eine ganze Weile müßig herumgesurft war, erwachte schlagartig sein Interesse.

He, stopp, was war denn das? Sein Puls beschleunigte sich. Noch mal zurück.

Er klickte auf den Link.

Und da war er, ein Artikel, veröffentlicht in der zweiten großen Chicagoer Tageszeitung, dem Konkurrenzblatt des *Examiner*.

Joe schnappte nach Luft und begann zu lesen.

Der Artikel beklagte die teilweise schlimmen Zustände, die in vielen Krankenhäusern herrschten. Die immer wieder unter den Teppich gekehrt wurden und kaum jemals ans Licht der Öffentlichkeit kamen. Es wurde von Fällen berichtet, in denen man Krankenschwestern Vernachlässigung der Patienten oder Inkompetenz vorgeworfen hatte. Und die vielen Fälle von Medikamentenmissbrauch unter dem Krankenhauspersonal, die ebenso stillschweigend unter den Teppich gekehrt wurden.

Joe dröhnte der Kopf. Sein Verstand, sein Herz und sein Magen revoltierten. Alle diese Geschichten hatten nichts mit Nell zu tun. Konnten nichts mit ihr zu tun haben. Jedenfalls nicht mit der Nell, die er kannte.

Aber drei Absätze weiter unten ging es um den Fall einer Krankenschwester namens Eleanor Burdett.

Himmel.
Mein Ehename war Burdett, hatte Nell auf Nachfrage seiner Mutter erzählt.

In dem Artikel stand, dass Eleanor Burdett ihre Stelle im *Chicago Memorial Hospital* freiwillig aufgegeben hatte, nachdem man ihr vorgeworfen hatte, an ihrem Arbeitsplatz morphinhaltige Präparate entwendet zu haben.

Joe blieb vor Schreck fast das Herz stehen.

Konnte es wirklich sein …?

Konnte sie wirklich …?

Joe presste die Kiefer aufeinander und las den Absatz ein zweites Mal. Eleanor Burdett hatte sich mit der Krankenhausleitung unter der Hand geeinigt. Sie hatte ihren Fehltritt zugegeben, woraufhin aus ihrer Personalakte alle belastenden Einzelheiten gelöscht worden waren. Ihre Zulassung als Krankenschwester hatte man ihr nicht entzogen, aber sie hatte drei Jahre Bewährung bekommen.

Jetzt fügten sich viele Details aus seinem ersten Gespräch mit ihr fester zusammen.

Er schaute auf das Datum. Der Artikel war zwei Jahre alt. Damals war er in Afghanistan gewesen. Gesprächsfetzen schossen ihm durch den Kopf.

Was haben Sie vorher gemacht? hatte er sie an diesem Abend im *Flynn's* gefragt.

Ich war Schwester in der Unfallmedizin.

Wo?

Sie hatte ihre Hände fester um ihr Bierglas gelegt. *Ist das wichtig?*

Ich weiß nicht. Warum sind Sie denn dort weggegangen? Das Geld kann es ja wohl kaum gewesen sein.

Sein Magen hatte aufgehört zu rebellieren, dafür hatte sich seiner eine eisige Gewissheit bemächtigt. Vor zwei Jahren war Nell Dolan im *Chicago Memorial Hospital* beschäftigt gewesen, in demselben Krankenhaus, in dem auch ihr damaliger Ehemann tätig gewesen war.

Nell Dolan war die Eleanor Burdett, um die es in dem Artikel unter anderem ging. Sie musste es sein.

Dort war sie in Ungnade gefallen und verkroch sich jetzt in einer windigen Poliklinik an der North Side, weil kein angesehenes Krankenhaus mehr bereit war sie einzustellen.

Können Sie nicht verstehen, dass es Leute gibt, die einfach nur anderen helfen wollen?

Nein.

Dann hatte er also doch recht gehabt. Dieser Gedanke hätte ihn eigentlich froh stimmen müssen. Einem Joe Reilly machte keiner so schnell etwas vor. Großer zynischer Reporter sieht immer nur das Schlimmste, und wie sich herausstellt, hat er auch diesmal wieder recht.

Nur dass er es diesmal nicht wollte.

Joe las den Absatz noch einmal. Eleanor Burdett hatte gekündigt, nachdem man sie beschuldigt hatte, Medikamente gestohlen zu haben.

Zum eigenen Gebrauch? Oder um sie zu verhökern?

Joe zog ein finsteres Gesicht. Wie eine Drogenabhängige kam ihm Nell nicht vor. Zumindest hatte er bisher keinerlei Symptome feststellen können.

Andererseits wusste er besser als jeder andere, dass ein Junkie auf der beruflichen Ebene selbst dann noch funktionieren konnte, wenn sein Privatleben längst den Bach runtergegangen war.

Außerdem war es natürlich möglich, dass Nell in den letzten zwei Jahren ein neues Leben angefangen hatte. Das war doch möglich, oder? *Dass eine Macht, die größer ist als wir selbst, uns zur Vernunft bringen kann?*

Dann war sie also nicht drogenabhängig.

Aber vielleicht kriminell.

Aus der Apotheke der Poliklinik waren Betäubungsmittel gestohlen worden. Sein Bruder Mike hatte ihm erzählt, dass der Umschlag an verschreibungspflichtigen Medikamenten auf der Straße sprunghaft angestiegen war. Und dass mindestens ein faules Rezept mit Nells Unterschrift aufgetaucht war.

Joe starrte mit brennenden Augen auf die vernichtenden Worte auf dem Bildschirm. Was sollte er tun? War es seine verdammte Pflicht und Schuldigkeit die Polizei auf das, was er entdeckt hatte, aufmerksam zu machen? Oder sollte er sich einfach unwissend stellen?

Sein Magen krampfte sich zusammen.

Was hatte sie gesagt? *Schlaf drüber.*

Okay, er würde es zumindest versuchen.

Nell schaute auf den Regen, der an den Fensterscheiben der Poliklinik hinunterlief. Sie hatte alle Hände voll zu tun heute Morgen, auch ohne dass sie sich um Joe Reilly Gedanken machte.

Im Wartezimmer waren so viele nasse Schuhe und Regenschirme versammelt, dass die Luft vor Feuchtigkeit dampfte, es roch nach Nässe, Schweiß, Traurigkeit, Desinfektionsmittel und Luftreiniger mit Fichtennadelduft. Der Fußabstreifer war verdreckt, das Linoleum schlüpfrig, und Melody King hatte Verspätung.

Joe war nicht ihr Problem ...

Er wollte nicht ihr Problem sein.

Er hatte ihr kategorisch erklärt, dass er ihre Hilfe nicht wollte.

Und genau das war ihr Problem, wie Nell sich schuldbewusst eingestehen musste, während sie nach einer neuen Karteikarte griff. Obwohl sie in Joe nicht wirklich einen Patienten sah, schaffte sie es doch nicht, in sich selbst etwas anderes als eine Krankenschwester zu sehen. Sie hätte nicht gewusst, wie eine Beziehung aussehen könnte, in der sie nicht half, gab, stützte. Wo es doch das Einzige war, was sie wirklich gut konnte. Das Einzige, wovon sie wirklich etwas verstand.

Indem er ihre Hilfe zurückwies, wies er sie als Mensch zurück. Was konnte sie ihm sonst noch bieten?

Außer Sex?

Als sie an Joes vor Leidenschaft brennende Augen und seinen harten, schlanken Körper dachte, wurde ihr schlagartig heiß. Und dennoch, sie war fest entschlossen, nicht mit einem Mann ins Bett zu gehen, der ihrer Beziehung von Anfang an Beschränkungen auferlegte. Was allerdings nicht bedeutete, dass sie es sich nicht ausmalen konnte.

Das Wartezimmer bekam langsam Ähnlichkeit mit einer Abflughalle. Babys schrien, Kinder rannten zwischen den Stuhlreihen hin und her. Wo zum Teufel blieb bloß Melody?

„Ich kann aber nicht warten." Der Mann, der Lucy Morales ungehalten anschaute, hatte einen krausen Stummelpferdeschwanz und Hände, die so groß waren wie Koffer.

Die dunkelhaarige Lucy ließ sich nicht beeindrucken. „Wir müssen erst die Patienten drannehmen, die einen Termin haben, Mr. Jones. Wir schieben Sie irgendwo dazwischen, aber ein bisschen müssen Sie sich schon noch gedulden. Nehmen Sie bitte solange noch Platz."

„Ich kann nicht sitzen", hörte Nell ihn jammern, als sie über den Flur kam. „Ich habe irrsinnige Rückenschmerzen."

Nell verschwand eilig in einem Untersuchungsraum, wo ihr eine ältere Frau schamhaft flüsternd alle klassischen Symptome einer Harnwegsinfektion aufzählte. Nell tätschelte ihr tröstlich die Schulter und erklärte ihr, dass sie eine Urinprobe brauchten.

Als Nell den Untersuchungsraum wieder verließ, sah sie Melody mit klatschnassen Haaren an ihrem Platz sitzen. Ihre Augen unter den blassblauen Lidern waren rot und verquollen.

Nell runzelte besorgt die Stirn. „Bist du okay?"

Melody schniefte. „Ich hab mir einen Schnupfen geholt. Und Rose …" Rose war ihre dreijährige Tochter. „… wollte ihre Schuhe nicht anziehen, und es hat geschüttet, und dann hatte auch noch der Bus Verspätung …"

Nell, die nur mit einem Ohr zuhörte, nickte mitfühlend und verkniff es sich, Melody darauf hinzuweisen, dass Krankheit, störrische Kinder, Regen und die Unzuverlässigkeit der öffentlichen Verkehrsmittel die meisten ihrer Patienten nicht daran gehindert hatten, pünktlich um acht vor der Tür zu stehen.

Melody, die Ärmste, sah wirklich erbarmungswürdig aus. Obwohl es hier drin warm war, zitterte sie. Ihre Augen waren glasig, die Nase lief. Sie sah aus, als ob sie wirklich schlimm erkältet wäre.

Oder Entzugserscheinungen hätte.

Der Gedanke traf Nell wie ein Keulenschlag. Plötzlich. Hart. Unausweichlich. Sie rang nach Atem.

Sie wollte Melody nicht verdächtigen. Sie wollte überhaupt niemanden verdächtigen. Und von allen Angestellten der Poliklinik hatte Melody am wenigsten Veranlassung, die Apotheke zu betreten, und den stärksten Grund, sich von dort fernzuhalten.

„Das Problem mit ihren Schuhen ist, dass Rose sie sich noch nicht selbst anziehen kann", erklärte Melody, ohne den großen Mann zu beachten, der auf der anderen Seite des Tresens ihre Aufmerksamkeit zu erhaschen versuchte. Mr. Rückenschmerzen, erinnerte sich Nell. Offensichtlich hatte es Lucy nicht geschafft, ihn davon zu überzeugen, dass er warten musste. „Deshalb habe ich ihr gesagt …"

Nein, Nell konnte sich nicht vorstellen, dass Roses Mommy Drogen nahm oder damit handelte. Es waren nur ihre eigenen Gespenster, die sie überall Gespenster sehen ließen.

Doch nachdem der Zweifel einmal sein hässliches Haupt erhoben hatte, nagte er weiterhin an ihr.

„Sie müssen mir helfen", mischte sich der Mann lautstark ein und lehnte sich über den Tresen. „Ich habe irrsinnige Schmerzen. Ich brauche bloß schnell ein Rezept."

Melodys blaue Augenlider flatterten erschreckt. „Haben Sie sich schon angemeldet, Mr …"

„Jones. Roy Jones."

„Haben Sie einen Termin, Mr. Jones?"

Sein Gesicht verfinsterte sich. „Ich habe es doch schon gesagt, ich brauche nur etwas gegen diese unerträglichen Schmerzen."

Seine Penetranz bewirkte, dass sich Nell die Nackenhaare sträubten.

Hör sofort auf, rief sie sich zur Ordnung. Sie hatte keinen Grund – noch nicht – ihm zu misstrauen. Wer bei so einem deprimierenden Wetter auch noch starke Schmerzen hatte, wurde eben leicht ungeduldig, das war nur normal.

Doch statt Melody das Problem zu überlassen, ertappte sie sich dabei, dass sie auf ihn zuging. „Bei wem sind Sie in Behandlung, Mr. Jones?"

„Ich war bei Dr. Graham."

Das zumindest klang glaubwürdig. Der Orthopäde Chuck Graham arbeitete einen Mittwoch im Monat ehrenamtlich in der Poliklinik, vorausgesetzt, ihm kam keine Verabredung zum Golfspielen dazwischen.

Nell bemühte sich um ein Lächeln. „Tut mir leid, aber Dr. Graham ist heute nicht da. Aber wir haben ja sicher eine Karteikarte von Ihnen. Wenn Sie bitte solange im Wartezimmer Platz …"

„Ich warte schon eine halbe Ewigkeit." Er sprach so laut, dass er Aufmerksamkeit erregte. Verschiedene Leute schauten zu ihnen herüber. „Ich kann nicht mehr sitzen. Mein Rücken bringt mich um."

„In Ordnung", sagte Nell freundlich. „Wir werden Ihre Karteikarte heraussuchen, und dann nehmen wir Sie so schnell wie möglich dran."

Lucy Morales gab ihr ein Zeichen, und Nell ging zu ihr.

„Was ist?"

„Er hat keine Karteikarte. Er ist kein Patient hier."

Oh, Gott, war sie müde. Sie wollte mit diesen Geschichten nichts zu tun haben. „Kann es sein, dass er in Grahams Praxis in Winnetka war?"

Sie schauten beide auf Roy Jones, die Stiefel mit den Stahlkappen, das nasse Sweatshirt.

„Ich wette, der kann sich nicht mal die Busfahrt nach Winnetka leisten", sagte Lucy.

Nell seufzte. „Schön, wir rufen trotzdem an."

Aber sie war nicht überrascht, als sie von Dr. Grahams Sprechstundenhilfe erfuhren, dass von Roy Jones keine Unterlagen existierten.

„Was soll ich ihm denn jetzt sagen?", fragte Melody mit besorgtem Gesicht.

Nell drückte ihr beruhigend die Schulter. „Lass gut sein. Ich rede mit ihm."

Weil sie vielleicht helfen konnte. Nicht nur Melody, die offensichtlich keine große Neigung hatte, mit dem aggressiven Jones in eine weitere Runde zu gehen. Nein, Nell war wie immer töricht genug zu glauben, sie könnte ihm helfen.

Weil er Hilfe brauchte.

Als sie auf ihn zuging, sah sie, dass er auffallend nervös war. Auf seiner Stirn standen Schweißperlen, er schaute wild um sich und ballte ständig die Hände zu Fäusten und öffnete sie wieder.

„Mr. Jones?" Sie lächelte ihn an. „Würden Sie bitte mitkommen?"

Er schob den Kopf vor. „Warum?"

„Ich möchte mir Ihren Rücken mal ansehen."

„Ich muss nicht untersucht werden." Er fluchte obszön. „Und schon gar nicht von einer Frau. Ich brauche bloß meine Medikamente."

Nell erhaschte aus dem Augenwinkel eine Bewegung, aber sie ließ Mr. Jones nicht aus den Augen.

„Ich muss mir Ihren Rücken erst ansehen, bevor ich Ihnen etwas verschreiben kann", entgegnete sie ruhig.

„Das kann ich Ihnen auch so sagen. Dr. Graham verschreibt mir immer Oxycontin. Oder Percocet."

Dem Betäubungsmittelgesetz unterliegende Medikamente. Nun, damit war klar, was Jones hier wollte.

„Diese Medikamente darf ich Ihnen nicht verschreiben", sagte Nell. Seine Augen wurden wild. „Aber es gibt andere Schmerzmittel, die nicht dem Betäubungsmittelgesetz unterliegen und die Ihnen vielleicht auch helfen." Sie machte einen Schritt auf ihn zu. „Am besten kommen Sie jetzt erst mal mit, damit ich Sie untersuchen kann, bevor …"

„Untersuch das, Schlampe!" Jones legte ihr seine riesige Hand aufs Gesicht und drückte ihren Kopf nach hinten.

Nell ruderte wie wild mit den Armen. Und stolperte. Dann rutschte sie auf dem nassen Linoleum aus.

Sie ging zu Boden und schlug so hart mit dem Hinterkopf auf, dass ihre Zähne klapperten und vor ihren Augen Sterne explodierten.

Oh, Gott, tat das weh.

„Nell!"

„*Senorita?*"

Sie hörte aufgeregte Stimmen, dann schlug eine Welle aus Besorgnis und Aktivität über ihr zusammen. Nachdem sie sich mühsam zurück an die Oberfläche gekämpft hatte, zwang sie sich, ihre bleischweren Augenlider zu öffnen und ihre starren Lippen zu bewegen.

„Jones?", krächzte sie.

„Abgehauen." Diese Stimme war männlich, grimmig und tröstlich vertraut. „Aber keine Sorge. Ich habe bereits die Polizei gerufen."

„Keine Polizei", versuchte sie mühsam zu sagen. „Es war … meine Schuld."

Aber sie war sich nicht sicher, ob man sie wirklich hörte. Das Klingeln in ihren Ohren war schrecklich laut.

Irgendjemand rief wieder ihren Namen, heiser, drängend. Sie lag auf dem Boden. Sie wollte sagen, dass sie vorhabe, gleich aufzustehen, in einer Minute, wenn sie nicht mehr so müde war.

Eine warme Hand berührte ihr Gesicht, umfasste ihr Kinn. Sie wandte den Kopf und schmiegte instinktiv Trost suchend die Wange in die Handfläche.

„Nicht bewegen", befahl die Stimme. Joes Stimme. Sein Hemdsärmel streifte ihre Nase. Er roch nach Pfefferminz und Tabak. „Kann irgendwer einen Arzt holen?"

Nell versuchte sich zu erinnern, wer heute Dienst hatte, aber ihr Gehirn weigerte sich zu kooperieren. Jim Fletcher? Susan Nguyen? Nein, Sue kam erst nach dem Mittagessen.

„Du musst mich nach meinem Namen fragen", sagte sie mühsam. „Und nach dem Namen des Präsidenten."

Joe fluchte. „Ich weiß deinen Namen. Was ich nicht weiß, ist, warum zum Teufel du glaubst, es mit einem Süchtigen aufnehmen zu müssen, der zweimal so groß ist wie du."

Sie lächelte, aber ohne die Augen zu öffnen. Es war so angenehm hier auf dem Boden. Wenn nur ihr Kopf nicht so wehtäte. „Weil ich helfen wollte", erklärte sie.

„Ja, das ist dein Problem", sagte Joe trocken.

„Nell, mein Gott, Mädchen!" Das war Billies Stimme, die vor Besorgnis leicht schrill klang.

Nell spürte hinter sich einen Luftzug. Gleich darauf hörte sie rennende Schritte, der Boden bebte. Irgendwer zog Nells Oberlid hoch und leuchtete ihr mit einer Taschenlampe in die Augen. Sie versuchte sich vor dem grellen Licht in Sicherheit zu bringen und stöhnte, als ihr Kopf wieder auf dem Boden aufschlug.

„Vorsicht", mahnte Joe, aber niemand beachtete ihn.

Nells Freunde und Kollegen drückten an ihr herum.

Lass mich nicht allein, wollte Nell bitten.

Aber natürlich würde er sie allein lassen.

9. KAPITEL

„Du brauchst wirklich nicht mit reinzukommen." Nell fummelte mit ihrem Schlüsselbund herum, auf der Suche nach dem richtigen Schlüssel. „Ich komme allein klar."

„George Clooney hat aber was anderes gesagt." Joe nahm ihr den Schlüsselbund aus der Hand, um die Wohnungstür aufzuschließen.

Sie sah katastrophal aus, auch wenn sie noch so sehr das Gegenteil beteuerte. Sie war leichenblass und unter ihren Augen lagen dunkle Ringe.

Sie runzelte die Stirn. „Wer?"

Vielleicht war sie ja immer noch nicht richtig da.

Joe hielt ihr die Tür auf. „George Clooney. Dr. Kildare. Der Typ in dem Arztkittel, der sich deinen Kopf und verschiedene andere Körperteile angesehen hat."

Okay, dann war er also eifersüchtig. Mächtig eifersüchtig sogar, und das wurmte ihn und jagte ihm gleichzeitig Angst ein. Aber das war nichts, absolut nichts verglichen mit der Panik, die er verspürt hatte, als er Nell ohnmächtig auf dem Boden hatte liegen sehen.

Ihre Stirn glättete sich wieder. „Jim Fletcher. Er ist einer unserer ehrenamtlichen Kinderärzte." Sie begann langsam den Flur hinunterzugehen, wobei sie sich mit einer Hand an der Wand entlang tastete wie ein Betrunkener. „Dr. Jim denkt immer, dass irgendwer seinen Patienten das Händchen halten muss. Was durchaus verständlich ist, weil die meisten unter zehn Jahre alt sind. Aber ich bin schon groß. Ich bin es gewöhnt, selbst auf mich aufzupassen."

„Ja, ja, ich hab's kapiert", brummte Joe, während er ihr folgte.

Mitten in ihrem Wohnzimmer blieb Nell schwankend stehen. „Wirklich, ich komme zurecht", sagte sie mit schwacher Stimme.

„Hör jetzt sofort auf", fuhr Joe sie unwirsch an.

Nein, das war falsch. Er hatte keine Erfahrung mit Kranken, aber er war sich sehr sicher, dass man einen Patienten mit einer Gehirnerschütterung nicht anschreien durfte. Was würde seine Mutter an seiner Stelle jetzt tun?

„Willst du eine Suppe?", fragte er.

Nell musterte ihn nachdenklich mit sanftem Blick, so lange, bis ihm ganz schwindlig wurde.

„Hast du vor, eine zu kochen?", fragte sie schließlich.

„Himmel, nein", sagte er, nur halb so entsetzt, wie er klang. „Aber ich kann eine aus der Dose warm machen."

Ihr Lächeln verschlug ihm den Atem.

„Ich weiß dieses Angebot zu schätzen. Aber ..."

„Hör zu, das bin ich dir schuldig, okay?", brummte er. „Lass es mich machen, und dann sind wir quitt."

Sie runzelte die Stirn. „Schuldig wofür?"

Dafür, dass ich glaube, du könntest etwas mit den Diebstählen in eurer Krankenhausapotheke zu tun haben.

Nein, das konnte er nicht sagen.

„Dafür, dass ich gestern so unfair war." Er kam näher, so nah, dass er das Geflecht aus winzigen Fältchen in ihren Augenwinkeln sehen und ihren Duft riechen konnte. „Lass es mich wiedergutmachen."

Sie schaute weg, und er sah, dass ihr die Röte in die Wangen stieg. „Wirklich, mir geht es gut. Ich muss mich nur ein bisschen ausruhen, das ist alles."

Er wollte sich mit ihr hinlegen. Wollte ihr helfen, die Kleider auszuziehen, diesen zerknautschten weißen Kittel und den lindgrünen Pullover, und dann wollte er sie streicheln und trösten, bis ...

Joe untersagte es sich, diesen Gedanken weiterzuverfolgen, und zwang sich, an etwas anderes zu denken. Zum Beispiel daran, dass ihm der Arzt eingeschärft hatte, gut auf sie aufzupassen, wenn sie einschlief. Schlafen war gut, aber sie durfte nicht wieder das Bewusstsein verlieren. Der Arzt hatte ihn angewiesen, einmal pro Stunde ihre Reflexe zu überprüfen.

„Ausruhen ist okay." Und dann ritt ihn offensichtlich der Teufel, weil er hinzufügte: „Willst du, dass ich mich zu dir lege?"

Sie lächelte wieder, diesmal jedoch bedauernd. „Ich will, dass du nach Hause gehst."

Sie kapierte es einfach nicht.

Himmel, er kapierte es ja selber nicht. Aber er konnte sie nicht allein lassen.

„Das kannst du vergessen, Babe", widersprach er heiser. „Find dich damit ab."

Nell hob die Augenbrauen. „Ist das deine Art, mit Kranken umzugehen?"

„Du willst wissen, wie ich mit Kranken umgehe? Schön, dann pass gut auf. Also, wenn du jetzt ein Nickerchen machen willst, dann pflanz deinen süßen kleinen Hintern ins Bett."

„Ich bin beeindruckt", sagte Nell.

Er schaute sie finster an.

„Und dankbar."

Sie stellte sich auf Zehenspitzen und presste ihre warmen Lippen auf seine Wange. Er war wie vom Donner gerührt und wurde postwendend steinhart.

„Im Kühlschrank gibt's Bier und Wasser", sagte sie. „Fühl dich ganz zu Hause."

Er beobachtete, wie sie mit leicht unsicherem Gang das Zimmer verließ, und musste beide Hände in seine Taschen schieben, um sich davon abzuhalten, sie in die Arme zu reißen.

Verdammt, er brauchte dieses Bier.

Verdammt, er brauchte ein Treffen.

Sie brauchte ihn nüchtern und hier.

Joe atmete tief durch, dann drehte er sich um, um sich etwas zu trinken aus ihrem nahezu leeren Kühlschrank zu holen.

Nachdem er eine Dose Mineralwasser aufgemacht hatte, humpelte er damit ins Wohnzimmer.

Mike Reilly war in ihrem Wohnzimmer. Er trug seine Uniform und sah fern.

Nell, die von den männlichen Stimmen aufgewacht war, blieb auf der Schwelle stehen und verkroch sich tiefer in ihren Bademantel.

Mike schaute auf und hob grüßend die Bierflasche, die er in der Hand hielt. „Hallo, Nell. Was macht der Kopf?"

Er tat weh.

Außerdem ging es darin drunter und drüber. Was machte Mike hier? War er gekommen, um Joe Gesellschaft zu leisten? Oder war er beruflich hier, um … in welcher Angelegenheit zu ermitteln?

Nell zog den Gürtel ihres Bademantels enger. „Er ist … mir geht es gut, danke."

„Das sieht man dir aber nicht an." Joe erschien in dem Durchgang zur Küche und musterte sie besorgt aus scharfen blauen Augen. „Was ist los mit dir? Ist dir schwindlig? Schlecht?"

Nell fühlte sich unter den forschenden Blicken der beiden Männer so unbehaglich, dass sie ihre nackten Zehen in den Teppich bohrte. Sie wollte nicht, dass die beiden sie so bleich, mit zerzausten Haaren, in ihrem verschlissenen grünen Bademantel sahen.

Sie zwang sich zu einem Lächeln und hoffte, dass es nicht ganz so steif wirkte wie es sich anfühlte. „Nein, eigentlich habe ich Hunger."

„Gut." Joe durchquerte das Zimmer und ergriff sie an den Oberarmen. Sie schaffte es gerade noch, nicht überrascht zusammenzuzucken. Er zog sie so nah an sich heran, dass sich ihre Brüste gegen seinen

Brustkorb drückten, und küsste sie auf die Stirn. Ihr wurde für eine Sekunde schwindlig vor Verlangen.

Joes Mund streifte ihren Haaransatz. „Mike hat dir etwas zu essen mitgebracht."

Als Nell die Augen wieder öffnete, sah sie, dass Joes Bruder sie beide von der Couch aus mit unverhohlener Neugier beobachtete.

Sie räusperte sich. „Ich habe mich schon gefragt, was Sie hier machen."

„Ma hat Ihnen eine Bohnensuppe gekocht." Mikes Lächeln erreichte seine Augen nicht ganz. „Und ich dachte mir, dass ich bei dieser Gelegenheit dann ja gleich Ihre Aussage aufnehmen kann."

„Später", sagte Joe.

„Nein, es ist in Ordnung." Nell löste sich von Joe und versuchte, ihre wild durcheinander wirbelnden Gedanken zu ordnen. Und sich nicht darüber zu ärgern, wie selbstverständlich ihre Wohnung mit Beschlag belegt worden war. „Was denn für eine Aussage?"

„Wir suchen den Kerl, der Sie niedergeschlagen hat", erklärte Mike. „Joe hat uns zwar eine Personenbeschreibung gegeben, aber eine Aussage von Ihnen könnte sicher hilfreich sein."

Nell befeuchtete sich die trockenen Lippen. „Mich hat niemand niedergeschlagen. Ich bin ausgerutscht."

„Na hör mal, dieser Dreckskerl hat dich doch niedergeschlagen", widersprach Joe vehement.

„Nur weggeschoben", stellte Nell richtig. „Und dabei bin ich ausgerutscht. Ich hätte besser aufpassen sollen. Ich habe gesehen, dass er aufgebracht war."

„Warum zum Teufel verteidigst du ihn?", fragte Joe.

„Hatte er Grund zu der Annahme, dass er von Ihnen die gewünschten Medikamente bekommen würde?", fragte Mike.

Achtung, Fangfrage!

Aber er hatte doch etwas zu essen mitgebracht!

Sie fuhr zusammen. „Was, bitte?"

„Kannten Sie ihn?", präzisierte Mike seine Frage.

Wann hatte er sein Notizbuch herausgenommen?

„Nein, ich …"

„Sie ist eben erst aufgewacht", mischte sich Joe ein. „Sie ist auf den Hinterkopf gefallen und immer noch durcheinander. Hat das nicht Zeit?"

„Du wolltest doch, dass wir diesen Kerl schnappen", sagte Mike.

„Ich bin nicht durcheinander", widersprach Nell. Aber sie war kurz davor zu explodieren. „Nein, ich habe den Mann noch nie gesehen. Deshalb hatte ich Melody gebeten, Dr. Graham anzurufen. Und ich bin froh, dass ich Ihnen eine Personenbeschreibung geben kann. Sie müssen sie an die Arztpraxen und Krankenhäuser in der Gegend weiterleiten. Mr. Jones braucht ganz offensichtlich Hilfe. Aber …"

„Ich hab's dir ja gleich gesagt", warf Joe mit Blick auf seinen Bruder ein.

„Aber …" Nell hatte die Stimme gehoben. „… ich werde keine Anzeige gegen ihn erstatten."

Die beiden Brüder betrachteten sie mit finsterer Miene. Wenn sie nicht solche Kopfschmerzen gehabt hätte, hätte Nell die Situation vielleicht sogar lustig gefunden.

„Warum nicht?", wollte Joe wissen. „Er hat dich angegriffen."

„Nur weil er sich in die Enge getrieben fühlte", verteidigte Nell ihn.

„Das ist doch Quatsch", widersprach Joe. „Er hat dich tätlich bedroht."

Nell verschränkte ihre Arme über ihrem schäbigen grünen Bademantel. Hinter ihrer Stirn hämmerte und in ihren Ohren klingelte es, aber sie war entschlossen, nicht nachzugeben. „Was glaubt ihr eigentlich, was passiert, wenn ich jedem Patienten, der mal ein bisschen ausrastet, gleich die Polizei auf den Hals hetze? Ich brauche das Vertrauen meiner Patienten. Und ich werde es mir nicht verscherzen, nur weil irgend so ein Kerl mal die Nerven verliert."

Mike kratzte sich nachdenklich mit seinem Stift den Kopf. „Aber Ihnen ist doch klar, was das für einer ist, oder? Ein Süchtiger, der alle Ärzte abklappert, um zu sehen, bei wem etwas zu holen ist."

„Nein, das weiß ich nicht", widersprach Nell. „Es könnte so sein. Es könnte aber auch anders sein. Um Genaueres sagen zu können, hätte ich ihn erst untersuchen müssen."

„Wollen Sie damit sagen, dass Sie diesem Kerl ein Rezept gegeben hätten?"

„Hör auf, Mike", sagte Joe leise. „Du siehst doch, dass sie es nicht gemacht hat. Das beweist schon allein die Beule an ihrem Kopf."

Belass es dabei, versuchte Nell sich verzweifelt gut zuzureden. Man hatte sie ohnehin schon in Verdacht, Medikamente aus der Klinikapotheke gestohlen und Rezepte gefälscht zu haben. Jetzt standen ihr guter Ruf, ihre Zulassung und vielleicht sogar ihre Freiheit auf dem Spiel.

Aber sie konnte nicht aufgeben.

Und Joe war bereit, sie zu verteidigen. Dann war ja Mike vielleicht auch bereit, ihr zu glauben.

„Wenn die Untersuchung ergeben hätte, dass er ein Schmerzmittel brauchte, hätte ich ihm ein Rezept über ein geeignetes ausgestellt", sagte sie vorsichtig.

Joe betrachtete sie nachdenklich.

Mike schnaubte. „Natürlich brauchte er es. Weil er süchtig ist, das zeigt doch schon sein Verhalten."

Nell schüttelte den Kopf. „Das ist nicht unbedingt gesagt. Schmerz und die Angst vor Schmerz können eine Pseudoabhängigkeit hervorrufen – ein Verhalten, das einer echten Abhängigkeit täuschend ähnelt."

„Sie kennen sich auf diesem Gebiet ja erstaunlich gut aus", stellte Mike fest.

Die Grenze zwischen Beruf und Privatleben verschwamm. Nell schaute von Mike zu Joe und versuchte einzuschätzen, ob sie noch genug Halt hatte oder ob sie schon in die Tiefe zu stürzen drohte.

Oder ob sie einfach Vertrauen haben und springen sollte.

Sie umklammerte mit beiden Händen den Gürtel ihres Bademantels. „Das ist auch kein Wunder", sagte sie. „Ich war schließlich mit einem Süchtigen verheiratet."

Joe war daran gewöhnt, seine Quellen zu schützen. Bisher allerdings noch nie vor seinem Bruder.

„Du hattest es ja ganz schön eilig, ihn loszuwerden", stellte Nell fest, nachdem Joe Mike hinauskompliziert hatte. Sie saß am Küchentisch und schlug ihre Beine übereinander, wobei sich der Bademantel über dem Knie teilte.

Wow! Joe hatte ihre Beine noch nie gesehen, weil sie immer Hosen trug. Ihre zarte weiße Haut bildete einen starken Kontrast zu dem dunkelgrünen Frottee des Bademantels. Sie hatte hübsche runde Knie. Nackt.

Er verschüttete Suppe und fluchte.

Nell schaute auf. „Hast du dich verbrannt?", erkundigte sie sich besorgt.

Sie kümmerte sich immer viel zu schnell und bereitwillig um andere. Es wurde höchste Zeit, dass sich endlich einmal jemand um sie kümmerte.

„Nein, Mist. Schon okay."

Gnade ihnen Gott.

Er füllte zwei Suppenschalen auf und versuchte, ihre nackten Knie zu übersehen.

Knie! Er schüttelte den Kopf. Mann, war das armselig.

„Mm." Nell atmete den Duft ein und schloss genießerisch die Augen. „Riecht lecker. Aber deine Mutter hätte sich wirklich nicht so viel Arbeit machen sollen."

Joe setzte sich ihr gegenüber, wobei er gut aufpasste, dass er nicht versehentlich ihre Knie berührte. „Machst du Witze? Sie wollte sogar höchstpersönlich vorbeikommen. Ich konnte es ihr gerade noch ausreden. Ich dachte mir, eine irische Mutter ist in dieser Situation bestimmt noch zu viel für dich."

Nell zog die Augenbrauen hoch. „Aber ein irischer Cop nicht?"

„Das war ein Fehler", räumte er zerknirscht ein. „Ich habe nicht mitgedacht. Offen gestanden wollte ich einfach nur alles tun, damit dieser Kerl geschnappt wird."

Nell lächelte und aß ihre Suppe. Mit vollem Mund konnte sie nicht sprechen. Joe fragte sich, ob das Absicht war.

Er wartete, bis sie fast aufgegessen hatte, bevor er sie aufforderte: „Erzähl mir was von deinem Exmann."

Nell schluckte. „Ich habe meine Aussage bereits zu Protokoll gegeben."

Eins zu null für die Krankenschwester. Von so einer Kleinigkeit wie einer Gehirnerschütterung ließ sich Nell offenbar nicht aufhalten.

„Und ich habe sie gehört", sagte Joe. „Ich habe aber auch gehört, was du ausgelassen hast."

„Und deshalb hast du wie jeder gute Reporter beschlossen, die ganze Geschichte aus mir rauszuholen."

Nur dass es für Joe jetzt nicht mehr um eine Story ging. Dies hier war persönlich.

Er hielt ihren Blick fest. „Ich finde, es ist eine gute Gelegenheit, dass wir uns ein paar dieser Einzelheiten aus unserem Leben erzählen, auf die du so scharf bist."

Das Echo ihrer letzten Auseinandersetzung hallte zwischen ihnen nach.

Nell schaute in ihren Teller.

„Wusstest du schon bei eurer Heirat, dass dein Mann süchtig ist?", erkundigte sich Joe.

Nell schwieg eine Weile, dann seufzte sie. „Also schön. Nein, ich wusste es nicht. Wahrscheinlich denkst du, ich habe die fixe Idee, ich müsste die ganze Welt retten, aber das stimmt nicht. Ich habe nicht entschieden, mich mit einem Mann einzulassen, der ein Drogenproblem hatte, falls du das glaubst."

Joe zuckte zusammen. Nun, wieder mal selbst schuld. Er hatte gefragt. „Dann hast du ihn also nicht geheiratet, um ihn zu retten?"

Sie kratzte ihre Suppenschale aus. „Ich habe Richard geheiratet, weil er intelligent und charmant war und weil er behauptete, mich zu brauchen."

Sie wirkte, als ob sie ganz weit weg wäre. Aber Joe wollte sie hier haben. Bei sich.

„Das hatte ich vermisst", fügte Nell leise hinzu. „Gebraucht zu werden, meine ich. Meine Mutter hatte mir früher ständig vermittelt, wie sehr sie mich brauchte, und an dieses Gefühl hatte ich mich im Lauf der Zeit offensichtlich gewöhnt."

Joe sah Nell vor sich, wie sie seiner Mutter bereitwillig in der Küche half, und glaubte zu verstehen. „Wie fand sie deinen Mann?"

„Sie starb, bevor ich dazu kam, ihn ihr vorzustellen." Nell schob ihren Teller weg. „Richard war ... er war eben da. Verstehst du, was ich meine? Vermutlich bin ich einfach irgendwann dazu übergegangen, statt für meine Mutter für ihn das Essen zu kochen und die Wäsche zu waschen."

„Und was ist dann passiert?"

„Richard war damals Assistenzarzt. Er stand unter enormem Stress. Er lebte praktisch im Krankenhaus. Damals hat er angefangen, Aufputschmittel zu nehmen. Das Problem war nur, dass er dann nicht mehr zur Ruhe kam, deshalb brauchte er noch etwas, das ihn wieder runterholte. Ich versuchte mit ihm darüber zu reden, aber er behauptete, er würde es schon in den Griff bekommen. Er sagte, ich müsste nur noch ein bisschen Geduld mit ihm haben, dann hätte er sein letztes Jahr hinter sich."

Ihre Stimme klang gepresst. Joe überlegte, ob das nicht womöglich alles zu viel für sie war, aber er musste es einfach wissen.

Er nahm ihre Hand, die auf dem Tisch lag. „Und weiter?"

„Als Richard endlich eine Festanstellung als Anästhesist bekam, hoffte ich, dass es besser werden würde. Aber dann warnte mich eine befreundete Krankenschwester, dass er morphiumsüchtig sein könnte."

Joe runzelte die Stirn. „Wie kam sie darauf?"

„Morphium ist in 10-ccm-Ampullen abgefüllt. Wenn ein Patient eine kleinere Dosis bekommt, entsorgt man den Rest, bevor man die Spritze wegwirft. Es ist Vorschrift, dass man dabei immer einen Zeugen hat. Nur dass Richard immer bloß so tat, als würde er es entsorgen, und dabei die Spritze unauffällig einsteckte."

„Schlau", sagte Joe.

„Nicht außergewöhnlich", kommentierte Nell.

Und sie musste es schließlich wissen.

„Ich habe ihm gesagt, dass er Hilfe braucht", fuhr Nell fort. „Ich drohte ihm, es der Klinikleitung zu melden. Er schwor hoch und heilig aufzuhören."

Und natürlich hatte Nell ihm geglaubt. Nell war viel zu gutgläubig.

„Aber er tat es nicht", vermutete Joe.

„Wir arbeiteten in demselben Krankenhaus. Wir hatten Freunde, die Bescheid wussten … er nannte sie meine Spione. Ich dachte, es würde helfen." Sie schluckte schwer und umklammerte seine Hand fester. „Und dann rief mich eines Tages der Klinikleiter zu sich und warf mir vor, Rezepte für fiktive Leute ausgestellt zu haben."

„Starker Tobak", brummte Joe.

Nell lächelte leicht schief. „Allerdings. Aber ich wusste sofort, wie er darauf kam. Richard hatte meinen Rezeptblock benutzt und meine Unterschrift gefälscht."

„Hast du dem Klinikleiter von deinem Verdacht erzählt?"

„Ja, sicher." Ihre Hand fühlte sich kalt an in seiner. „Aber er sagte, wenn ich bei meiner Behauptung bliebe und sie würde sich als zutreffend herausstellen, hätte er keine andere Möglichkeit, als Richard zu entlassen. Deshalb schlug er mir vor, dass ich die Schuld auf mich nehmen und von mir aus kündigen sollte, dann würde er dafür sorgen, dass Richard seine Stelle behielte und wegen seines Drogenproblems therapeutische Hilfe bekäme."

Sie zog ihre Hand zurück und faltete ihre Serviette exakt an den Kanten. „Da alles andere Richards berufliche Zukunft zerstört hätte, erschien es mir damals als die beste Lösung."

Joe hatte Mühe, ruhig zu sprechen. „Die beste Lösung für Richard. Und was wurde aus dir?"

Nell zuckte die Schultern. „Ich bin auf den Vorschlag eingegangen und habe gekündigt. Ich hätte sowieso nicht mehr im selben Krankenhaus arbeiten wollen wie Richard. Und es wäre auch alles gut gegangen, wenn nicht irgendwer den Berufsverband informiert und mich dort angeschwärzt hätte."

„Aber warum denn das, um Himmels willen?"

Nell legte ihren Löffel präzise hin. „Ich bin mir nicht sicher."

Joe konnte ihr ansehen, dass sie es wusste, aber er wollte sie nicht drängen.

„Woraufhin sie dir drei Jahre Bewährung gegeben haben."

Nells klare blaue Augen weiteten sich überrascht. „Woher weißt du das?"

Himmel, jetzt hatte er sich verplappert. Joe trug die Suppenschalen zur Spüle. Was sollte er ihr sagen?

Ehrlich währt am längsten, hatte Mary Reilly ihren Söhnen früher immer eingeschärft.

Die Wahrheit macht frei, stand schon in der Bibel.

Aber der Journalist Joe glaubte nicht mehr an die Wahrheit. Nicht wenn die Tatsachen in diesem Fall gegen Nell sprachen. Nicht wenn sie seine Chancen, mit ihr ins Bett zu gehen, zu schmälern drohte. Er hätte Mike gegenüber niemals etwas von seinem Verdacht sagen dürfen, so viel war klar. Aber er hatte nicht die Absicht, diesen Fehler jetzt noch einmal zu wiederholen, indem er Nell davon erzählte.

Außerdem wäre es ihr gegenüber wirklich nicht fair, oder? Es würde sie nur unnötig beunruhigen, wenn sie wüsste, was er da im Internet über sie herausgefunden hatte. Unnötig, weil er beschlossen hatte, diese Information sowieso nicht zu verwenden.

Und weil er Mike sagen würde, dass er das, was er ihm erzählt hatte, schleunigst wieder vergessen sollte.

Joe spülte die Suppenschalen unter laufendem Wasser ab. „Es ist ja offensichtlich, dass das Krankenhaus die Sache vertuschen wollte." Glatt, Reilly. Aalglatt. „Aber nachdem der Berufsverband von deinem angeblichen Fehlverhalten Wind bekam, war er natürlich gezwungen, es irgendwie zu sanktionieren. Ich hoffe, der Schuft hat sich dankbar gezeigt."

„Richard? Nicht besonders."

Joe drehte sich mit nassen Händen zu ihr um. „Sag mir nur, dass er wenigstens zu deiner Anhörung kam."

„Er wollte die Vergangenheit so schnell wie möglich weit hinter sich lassen", erklärte Nell mit undurchdringlichem Gesicht. „Und seine Frau – habe ich erwähnt, dass er die Kollegin geheiratet hat, die mich beim Berufsverband angezeigt hat? – war der Meinung, dass so viel Stress den Genesungsprozess gefährden könnte, deshalb ist er ferngeblieben. Dafür hat sich der Klinikleiter für mich eingesetzt."

„Das war ja wohl das Mindeste", gab Joe wütend zurück. „Die haben dich doch eiskalt fallen lassen."

Sie wollte widersprechen, doch dann überlegte sie es sich anders und zuckte die Schultern. „Kann sein."

„Hast du vor, dich mit deinem Ex jetzt in Verbindung zu setzen?"

Sie warf ihm einen überraschten Blick zu. „Warum sollte ich?"

„Um zu verlangen, dass er die Angelegenheit im Nachhinein klarstellt."

„Ich nehme an … nein. Was sollte das bringen?"

„Es könnte dich davor bewahren, dass du aufgrund der jetzt aufgetretenen Unregelmäßigkeiten deine Zulassung verlierst. Oder dass du womöglich ins Gefängnis kommst."

Sie verschränkte die Arme vor der Brust. Als er sah, wie sich dabei ihre Brüste zusammenschoben, schloss er daraus, dass sie keinen BH trug.

„Ich gehe aber nicht ins Gefängnis", sagte sie. „Ich gehe jetzt nur noch ins Bett."

Oh ja. Ins Bett zu gehen war eine tolle Idee. Im Bett konnten sie alle Probleme lösen.

Falsch.

Joe schob die Hände in die Taschen. Er war wütend auf Nells Exmann, auf das eifersüchtige Miststück, das sie angeschwärzt hatte und auf den gewissenlosen Klinikleiter, der sie ohne mit der Wimper zu zucken geopfert hatte.

Wütend auf Nell, weil sie bei diesem bösen Spiel mitgespielt hatte.

Und wütend auf sich selbst. Weil er bis heute Abend genauso bereit gewesen war sie zu benutzen wie alle anderen.

Er schaute sie finster an, wie sie da mit nackten Knien und ohne BH am Küchentisch saß.

Je eher sie im Bett war – allein – umso besser für sie beide.

„Geh ins Bett", brummte er. „Ich schlafe auf der Couch."

„Warum?"

Sein Herz begann schneller zu klopfen. Meinte sie … wollte sie womöglich …?

„Du brauchst nicht zu bleiben", fuhr sie fort. „Ich komme sehr gut allein zurecht."

Okay, sie wollte ihn also nicht. Aber sie brauchte ihn, verdammt.

„Das sagtest du bereits. Aber der Arzt hat verlangt, dass für mindestens die nächsten vierundzwanzig Stunden jemand bei dir sein muss. Fletcher sagte zwar, jemand, der die Verantwortung übernehmen kann, aber manchmal muss man eben nehmen, was kommt. Und da dein Selbstschutzinstinkt ungefähr so ausgeprägt ist, wie der eines Eichhörnchens, das mitten auf der Straße Nüsse knabbert, werde ich wohl hier bleiben."

10. KAPITEL

„Willst du bei mir schlafen?"

Joe bekam kein Wort heraus.

Alles Blut, das eigentlich sein Gehirn mit Sauerstoff versorgen sollte, schoss ihm in die Lenden, und ließ ihn mit leerem Kopf zurück.

Dabei hatte er sie nur zudecken und sich dann auf der Couch im Wohnzimmer ein Nachtlager bereiten wollen.

„Du brauchst nicht auf der Couch zu schlafen, hier ist doch so viel Platz. Bestimmt schläfst du hier bei mir im Bett besser. Es ist einfach bequemer."

Seine Gedanken wirbelten immer noch wild durcheinander.

Bequemer, neben ihr?

Bequemer, auf ihr?

Bequemer, so tief in ihr drin wie nur irgend möglich, mit ihren Beinen um seine Taille geschlungen?

Er versuchte in seinem plötzlich trocken gewordenen Mund Speichel zu sammeln. Er hätte nichts lieber getan, als Nells momentane Schwäche auszunutzen. Aber er war fest entschlossen, es nicht zu tun.

„Was ist mit dir?", fragte er behutsam. „Was wäre denn für dich bequemer?"

Sie wich seinem Blick aus und zupfte an der Satineinfassung des Bezugs. „Ich möchte, dass du bei mir schläfst. Wahrscheinlich hat mich die Sache doch mehr mitgenommen als ich dachte."

„Du hast eine Gehirnerschütterung", sagte er und versuchte sie sich nicht nackt vorzustellen. „Der Arzt sagt, dass dir dein Kopf wahrscheinlich noch eine Weile Probleme machen wird."

Was vielleicht ihre Bereitschaft erklärte, mit ihm in einem Bett zu schlafen.

„Mir geht es gut. Es ist … es war nur … ich hatte über die Situation keine Kontrolle mehr und habe …" Das Ende ihres Satzes blieb in der Luft hängen.

Einen Schreck bekommen, ergänzte Joe in Gedanken. Die unerschrockene Schwester Dolan hatte sich erschreckt.

Er nahm sie in die Arme und drückte sie fest an sich. „Damit wären wir schon zu zweit, Babe, weil ich nämlich auch einen Schreck bekommen habe, als ich dich zu Boden gehen sah."

Sie schaute ihn an und lächelte. Ein vorsichtiges Lächeln, bei dem ihm ganz warm ums Herz wurde. Bei dem er das Gefühl hatte, dass er vielleicht doch nicht so ein Holzklotz war.

Er stand auf und öffnete seinen Gürtel. „Linke oder rechte Seite?"

Sie riss ihren Blick von seinem Hosenschlitz los. „Was?"

Oh, Mann. „Das Bett. Auf welcher Seite schläfst du? Rechts oder links?"

„Oh." Sie schüttelte über sich selbst den Kopf. „Äh ... rechts, vermutlich."

Er ließ seinen Blick über ihre Kurven wandern, die sich unter der Bettdecke abzeichneten.

„Vermutlich?", fragte er.

„Da ich normalerweise allein schlafe, habe ich keine Seite. Meistens schlafe ich in der Mitte."

Er setzte sich auf die Bettkante, um seine Schuhe auszuziehen.

Nell kuschelte sich unter die Decke. „Bist du vielleicht so lieb und holst mir meine Tabletten aus dem Bad?"

Er hielt mitten in der Bewegung inne, schluckte jedoch seinen Protest. „Was denn für Tabletten?"

„Die Beule an meinem Hinterkopf tut weh."

„Für so etwas gibt es Eisbeutel, Süße. Man sollte nicht immer gleich..."

„Mit Kanonen auf Spatzen schießen", fiel Nell ihm ins Wort. „Ich weiß. Deshalb wollte ich ja auch nur zwei Aspirin nehmen. Könntest du sie mir bitte aus dem Schränkchen im Bad holen?"

Er atmete erleichtert auf. „Kein Problem."

Und es war wirklich keines.

Er holte die Tabletten und ein Glas Wasser, und widerstand dem Drang, das Schränkchen genauer zu inspizieren. Dann wartete er neben ihrem Bett, bis sie die Tabletten genommen hatte.

„Danke", sagte sie mit matter Stimme, als er ihr das Glas abnahm.

„Keine Ursache", gab er zurück und meinte es auch so. Sie verdiente so viel mehr als das. Sie verdiente weiß Gott Besseres als ihn.

Er knöpfte sich die Hemdsärmel und den obersten Hemdknopf auf, dann legte er sich in Kleidung neben sie auf die Decke und versuchte zu übersehen, dass sie zu ihm herüberrollte, als sich die Matratze unter seinem Gewicht durchbog. Ihre runden Knie drückten sich an seinen Schenkel.

Joe starrte an die Decke. *Nur die Ruhe bewahren.*

Nell bewegte sich. Die Decke raschelte. Joe hielt den Atem an, als sich ihre Hand mit den fein säuberlich kurz geschnittenen Krankenschwesterfingernägeln auf seine Brust legte. Mit äußerster Behutsamkeit schmiegte sie ihre Wange an seine Schulter. Er schluckte schwer. Er konnte ihr Haar riechen, den angenehm würzigen Duft ihres Shampoos und den schärferen Geruch des Desinfektionsmittels, mit dem man die Beule an ihrem Hinterkopf gereinigt hatte.

Schließlich schlief sie ein und er hörte sie im Schlaf leise aufseufzen. Nach einer langen Weile schlief er ebenfalls ein.

Beim Aufwachen fühlte Nell sich glücklich. Dieser ungewöhnliche Umstand sagte ihr sofort, dass irgendetwas geschehen sein musste, noch ehe sie das Pochen in ihrem Kopf und Joes warmen Körper neben sich fühlte.

Er hielt ihre Hand.

Sie öffnete die Augen. Er tat es wirklich. Ihre rechte Hand lag auf seiner Brust, und irgendwann im Lauf der Nacht hatte er sie genommen und ihre Finger mit seinen verschränkt.

Sie wurde von einer Welle der Zärtlichkeit überschwemmt. Sie stützte sich auf ihren Ellbogen auf und betrachtete ihn in dem grauen Licht, das sich aus den Schatten schälte.

Sein Gesicht wirkte im Schlaf hart und dunkel, Kinn und Wangen mit Bartstoppeln bedeckt, der Mund zusammengepresst. Er sah aus wie ein Mann, der mit Schmerzen lebte. Oder mit Geheimnissen. Sogar sein Körper wirkte im Zaum gehalten, kontrolliert, die Arme waren angewinkelt, die Beine lagen akkurat nebeneinander auf dem Laken.

Bestimmt war ihm kalt, nachdem er die ganze Nacht ohne Decke geschlafen hatte. Der Ärmste. Aber seine Haut fühlte sich warm an. Nell entzog ihm ihre Hand, um die Decke vom Fußende hoch und über ihn zu ziehen. Dabei entdeckte sie noch etwas. Sie sah, dass er unter dem rauen Stoff seiner Jeans sehr erregt war.

Sie blinzelte überrascht. Na so was. Toll. Das war hübsch anzusehen. Obwohl es nicht außergewöhnlich war, dass Männer morgens beim Aufwachen erregt waren. Das konnte sie nicht persönlich nehmen.

Aber sie schaute trotzdem wieder hin. Sehr hübsch, wirklich.

Sie spürte ein heftiges Kribbeln im Bauch. Ihr Puls beschleunigte sich. Nicht dass sie vorhatte, irgendetwas zu unternehmen. Nicht dass er wollte, dass sie es täte. Sie schaute wieder auf den Stoff, der sich in seinem Schritt spannte. Würde er es wollen?

Er war letzte Nacht so fürsorglich gewesen. So lieb.

Sie schluckte. Sie lehnte sich weiter zu ihm herüber, begierig, seine körperliche Anwesenheit in ihrem Bett zu spüren. Sie brachte ihr Gesicht so dicht vor seins, bis sie ihn fast berührte, bis sie seinen Atem auf ihren Lippen spürte.

Wenn er wach wäre, würde sie das nicht wagen. Aber er war nicht wach. Und da war niemand, der Einspruch erhoben hätte, dass sie sich diesen Augenblick stahl. Dass sie sich einen Kuss stahl. Dass sie nur dieses eine Mal ein bisschen egoistisch war, nachdem sie zweiundzwanzig Monate lang wie eine Nonne gelebt hatte. Sanft, versuchsweise, legte sie ihren Mund auf seinen.

Seine Lippen waren warm und fest, glatt und leicht trocken. Sie küsste ihn wieder, erforschte mit der Zungenspitze einen Mundwinkel, rieb ihre Lippen an seinen, verlor sich in der Beschaffenheit seiner Haut, seinem Geschmack.

Sein Mund öffnete sich weiter, sein Arm schlang sich um sie. Er neigte ein wenig den Kopf, sodass der Kuss inniger, leidenschaftlicher und wilder wurde. Er war aufgewacht und machte aktiv mit. Sie hatte keine Kontrolle mehr über ihre Küsse.

Nell hob den Kopf.

Joe beobachtete sie aus blauen Augen, die unter schweren Lidern glitzerten, sein kantiges Gesicht hatte sich gerötet, seine Lippen waren nass von ihren Küssen. Sein Atem ging keuchend. Sein Herz hämmerte.

Sie bekam vor Verlegenheit keinen Ton heraus. Und was sollte man in einer solchen Situation auch sagen?

Sie räusperte sich. „Guten Morgen."

Er lächelte. „Einen schönen guten Morgen."

Ihr wurde ganz heiß. „Ich dachte, du schläfst noch."

„War das der Grund?" Seine Augen glitzerten. „Ich habe mich schon gewundert."

„Na ja." Sie versuchte sich in den Griff zu bekommen. Ihr Körper war schwer und träge vor Begehren. „Ich sollte jetzt aufstehen. Ich muss in …" Sie reckte den Hals, um auf die Uhr sehen zu können. „… weniger als einer Stunde in der Klinik sein."

„Nein, das musst du nicht." Joe spielte mit ihren Haarspitzen. „Der atemberaubende George hat gesagt, du sollst heute noch zu Hause bleiben."

„Bedauerlicherweise übernimmt aber George, der leider Jim heißt, nicht meine Arbeit."

„Er nicht, aber deine Kolleginnen."

Sie verengte die Augen. „Davon weiß ich nichts."

„Kein Wunder, du bist ja auch auf den Kopf gefallen. Ich bin überrascht, dass du überhaupt noch irgendetwas weißt."

Damit hatte er nicht ganz unrecht.

Sie lag da und versuchte zu übersehen, dass er immer noch sehr erregt war und dass sich ihre Brüste gegen seinen Brustkorb pressten.

„Aber du musst doch bestimmt gehen, oder?"

„Ich muss gar nichts", sagte er heiser.

Aber sie wusste es besser.

Obwohl sie in vielerlei Hinsicht eine Optimistin war, gab sie sich keinen Illusionen darüber hin, wie diese Geschichte ausgehen würde. Die Menschen, die sie liebte, gingen immer irgendwann.

Aber Joe machte sich immerhin so viel aus ihr, dass er sie nach Hause gebracht hatte. Er hatte dafür gesorgt, dass sie etwas zu essen bekam und war über Nacht bei ihr geblieben. Das war schon eine ganze Menge.

Und wenn er noch eine Stunde bliebe … ihr Herz fing an zu hämmern, als sie anfing, sich auszumalen, was das bedeuten könnte.

Sie befeuchtete sich die Lippen, wobei ihr überdeutlich bewusst war, dass sein Blick die Bewegung ihrer Zungenspitze genau verfolgte.

Sie streckte sich ganz leicht und streifte sein Kinn mit den Lippen. Dann zog sie eine Spur winziger Küsse zu seinem Mundwinkel, über seine Wange bis zu seinem Wangenknochen und noch ein bisschen höher hinauf, bis zu seinem Augenwinkel.

Er schob seine Finger in ihr Haar und hielt ihren Kopf fest. „Nell … weißt du eigentlich, was du da tust?"

Sie zuckte zusammen. Schlechte Frage. Wenn sie darüber nachgedacht hätte, hätte sie wahrscheinlich nie den Mut dafür aufgebracht.

In ihrer Nachttischschublade waren Kondome. Aber waren sie nach zweieinhalb Jahren überhaupt noch brauchbar?

Sie knabberte an seinem Kinn, dann provozierte sie ihn so lange mit Küssen, bis er seine Zunge in ihren Mund schob und ihr sein Becken entgegenhob.

Atemlos zog sie sich zurück und fragte: „Was glaubst du?"

„Ich glaube, dass du mich umbringst", sagte er und streckte wieder die Hände nach ihr aus.

Sie setzte sich auf ihn, was etwas ungünstig war, weil die Decken im Weg waren, aber er half ihr und zog das Bettzeug weg, bis sie im Reitersitz auf ihm saß und nur noch das, was sie am Leib trugen, zwischen ihnen war. Seine Jeans fühlte sich an der empfindsamen Innenseite ihrer Schenkel aufregend rau an. Sie rieb sich an ihm, und er küsste sie weiter, sein Mund war warm und fordernd, während seine Hände an ihren Seiten auf und ab fuhren und schließlich durch das dünne Baumwoll-T-Shirt, das sie trug, ihre Brüste fanden. Er wog sie in Händen, umfasste sie, und Nell erschauerte, weil es sich so gut anfühlte, weil er sich so gut anfühlte.

Der Beweis seiner Männlichkeit presste sich in ihren Bauch. Sie wand sich auf ihm, weil sie seinen Körper noch mehr spüren wollte, und kämpfte mit seinem Reißverschluss und ihrem Slip.

Endlich war sie am Ziel. Sie berührte ihn. Er war heiß und hart, samtig und glatt, und er gehörte ihr, ihr ganz allein. Sie brauchte ihn sich nur zu nehmen.

Ihr war schwindlig, und ihr Mund war trocken, während sie ihm ein Kondom überstreifte. Gleich darauf richtete sie sich über ihm auf und ließ ihn ganz langsam in sich hineingleiten. Sie hielt den Atem an.

Joe atmete tief und langsam. Sie bewegte sich mit köstlich träger Langsamkeit auf ihm, seine Lust war ihre, sein starker Körper gehorchte ihr, bis sich seine Hände auf ihre Hüften legten, und er sie packte, um sie mit seinem eigenen Rhythmus fortzureißen.

Plötzlich hatte sie sich nicht mehr in der Gewalt. Dabei hatte sie geglaubt, sich heraushalten zu können, wenn sie sich nur genug Mühe gab. Dass sie ein bisschen abseits stehen bleiben könnte, um nicht ganz die Kontrolle zu verlieren.

Ihr Blut hämmerte in ihrem Kopf. Er hatte nicht mal sein Hemd ausgezogen. Keiner von ihnen hatte sich richtig ausgezogen.

Er bewegte sich mit so leidenschaftlicher Vehemenz unter ihr, in ihr, dass es ihr den Atem verschlug. Sie stöhnte. Sie packte ihn an den Schultern, während er immer noch schneller und tiefer in sie eindrang.

Sie hatte es so satt, immer nur brav und kontrolliert und allein zu sein, so satt, dass sie es sich erlaubte, sich von seiner Leidenschaft mitreißen zu lassen. Dass sie es sich erlaubte, sich gehen zu lassen.

Eine Woge der Lust schlug über ihr zusammen. Wieder. Und wieder. Ihr Körper pulsierte und erschauerte. Sie schrie laut auf, als er noch einmal ganz tief in sie eindrang und sich dann unter ihr aufbäumte.

Nell umklammerte seine Schultern und barg ihr Gesicht an seinem Hals, peinlich berührt, weil sie sich so hatte gehen lassen und weil sie ihre Beine schon seit einer Ewigkeit nicht mehr rasiert hatte, und dankbar, weil sie nicht allein war.

Das war so gut gewesen, dass er fast keine Zigarette brauchte.

Joe fuhr Nell sanft übers Haar und schaute an die Decke, während er darauf wartete, dass das Bett aufhörte sich zu bewegen und sein Herz wieder langsamer schlug. Und sich fragte, wann er wohl aufstehen und in seinen Jackentaschen nachschauen konnte. Er war sich ziemlich sicher, dass er gestern alle drei Zigaretten geraucht hatte. Und da er nicht zu Hause gewesen war, um seinen Vorrat aufzustocken, würde er jetzt keine Zigarette haben.

Aber an irgendetwas musste sich ein Mann festhalten, wenn seine Welt aus den Angeln gekippt war.

Nell atmete an seinem Hals leise aus. Ganz kurz erwog er, sie noch einmal zu nehmen, aber es war noch zu früh. Er war immer noch völlig ausgelaugt vom ersten Mal. Er fuhr ihr mit der Hand über den Rücken, über das T-Shirt. Nächstes Mal würde er sie nackt nehmen. Nächstes Mal ...

Er ließ seiner Fantasie freien Lauf, während er ihren warmen, festen Po streichelte. Ihre glatten Schenkel lagen immer noch an seinen Hüften. Sein eigener Körper regte sich schon wieder. War es womöglich doch nicht zu früh?

Es konnte nicht allzu schwierig sein, sie herumzurollen und wieder in ihren atemberaubenden Körper einzudringen, zu spüren, wie ihr Fleisch pulsierte, während er sich so wild auf ihr bewegte, dass sie immer wieder mit dem Kopf gegen die Kopfstütze stieß ...

Stopp. So wilder Sex war mit einer Frau, die eine Gehirnerschütterung hatte, wahrscheinlich eine schlechte Idee. Genau gesagt war in einem solchen Zustand Sex wahrscheinlich überhaupt verboten.

Joe fixierte finster einen Riss in der Decke, während er alle Mühe hatte, der Versuchung zu widerstehen, die Nells weiche Brüste für ihn darstellten. Zum Glück war das alles nicht seine Idee gewesen.

Was mit Sicherheit die lahmste Ausrede seit Menschengedenken war.

Vielleicht hatte er seine erste Reaktion auf sie nicht kontrollieren können, aber jetzt war er für seine Handlungen voll verantwortlich.

Er musste aufstehen. So schnell wie möglich von hier verschwinden. Bevor bei ihm alle Sicherungen durchbrannten und er es noch mal ausnutzte, dass er im Vorteil war. Und bevor er sie diesmal nahm, würde er sie ...

Ah, verdammt.

„Gibt es hier in der Nähe irgendwo einen Laden?", fragte er.

Nell hob den Kopf von seiner Schulter. „Was suchst du?"

„Einen Laden. Ich wollte mir nur schnell eine Zeitung und Zigaretten holen", sagte er in möglichst normalem Ton, bemüht, nicht wie irgend so ein Dreckskerl zu klingen, der, sobald er sich von einer Frau heruntergerollt hatte, schon nach dem nächsten Fluchtweg Ausschau hielt.

„Dann kann ich ja auch gleich ein paar Bagel zum Frühstück mitbringen", fügte er hinzu. So. Damit hatte er klargestellt, dass er nicht vorhatte zu türmen.

Sie setzte sich auf ihre langen glatten Beine und verschränkte die Arme vor der Brust. Vor ihren wirklich hübschen Brüsten. „Ich möchte dich bitten, in meiner Wohnung nicht zu rauchen."

Er rollte sich von ihr weg, um zu verhindern, dass er es sich wieder anders überlegte und sie unter sich zog. „Klar", sagte er, während er die Hände nach seinen Stiefeln ausstreckte. Da in ihrer Schublade lag eine Kondompackung, noch fast voll. „Ich höre sowieso auf."

„Und warum brauchst du dann Zigaretten?"

Joe starrte auf die geöffnete Kondompackung mit dem Verfallsdatum an der Seite und spürte, wie sein Magen implodierte. „Ich brauche keine."

Es war okay. Er atmete auf. Das Verfallsdatum lief erst in sieben Monaten ab. Sie waren sicher.

Aber der Schreck hatte ihn zu Verstand gebracht. Was machte er da eigentlich? Angenommen, er hätte sie geschwängert? Er führte ein ungeregeltes Leben, ohne einen Gedanken an das Morgen zu verschwenden. Nell war eine Frau, die es verdiente, sich Hoffnungen zu machen, von einem Haus und Kindern, von einer Zukunft zu träumen. Sie brauchte keinen Mann wie ihn in ihrem Leben.

Und er hätte nicht gewusst, was er mit einer Frau wie ihr machen sollte.

„Ich verstehe", sagte Nell, obwohl sie nicht aussah, als ob sie irgendetwas verstehen würde.

Joe stand auf. „Hör zu, ich kann nicht gut erklären."

Nell zog ihren Bademantel an und verknotete mit kurzen ruckartigen Bewegungen den Gürtel. „Habe ich dich um eine Erklärung gebeten?"

Das lief nicht gut.

Er folgte Nell durchs Zimmer. „Nein, aber du verdienst eine."

„Warum?" Sie schien immer noch entschlossen, sich nicht an sein Drehbuch zu halten. In ihren Augen glitzerten Tränen oder Wut. Gott, hoffentlich war es Wut.

„Na ja, weil du ..." Er merkte überrascht, dass ihm die richtigen Worte fehlten. Dabei war er noch nie um Ausreden verlegen gewesen – in jeder Situation. Er war ein Reporter mit einem Gespür für die richtigen Worte, ein Mann, der in jeder Lebenslage den richtigen Spruch parat hatte und es verstand, die Frauen um den kleinen Finger zu wickeln.

Er versuchte es noch einmal. „Weil wir ..."

„Intim waren?"

Blödes Wort. *Intim* beschrieb nicht annähernd, wie toll es mit ihr gewesen war. Und zwar alles. Bei ihr zu bleiben, mit ihr einzuschlafen und aufzuwachen und sie süß und weich und scharf neben sich zu spüren.

Aber er nickte, froh darüber, dass sie überhaupt weiterkamen. „Ja."

„Mach dir keine Gedanken deswegen." Sie reckte das Kinn. „So intim waren wir auch wieder nicht." Damit stolzierte sie hinüber zu ihrem Kleiderschrank und nahm aus einer Schublade Unterwäsche heraus. „Du hast ja nicht mal deine Hose ausgezogen."

Dann war es also definitiv Wut. Und Verletztheit, was keiner von ihnen verdiente. Sie war in ihrem Leben schon oft genug verletzt worden, und er selbst hatte sich bei einer Frau noch nie so viel Mühe gegeben.

Er machte eine resignierte Handbewegung und ließ die Arme fallen. „Was willst du von mir?"

Sie schluckte. „Zuallererst einmal Ehrlichkeit. Wenn du gehen willst, dann geh. Du brauchst dir dafür keine blödsinnigen Ausreden einfallen zu lassen."

Joe schüttelte den Kopf. „Ich gehe aber nicht. Du brauchst jemanden, der vierundzwanzig Stunden bei dir bleibt."

Das klang nicht so, wie er es gemeint hatte. Es klang, als ob er nur auf Anweisung eines Arztes bei ihr bliebe, und nicht, weil er es wollte.

Aber er erreichte damit, was er erreichen wollte. Sie warf ihm einen dieser langen, kühlen Blicke zu und sagte: „Ja, natürlich. Danke. Ich gehe jetzt duschen. Mach, was du willst."

Gewonnen, dachte Joe, während er ihr nachsah.

Und warum fühlte er sich dann wie ein Verlierer?

11. KAPITEL

Wenn man bekam, was man sich gewünscht hatte, musste man zufrieden sein, und genau das war der Haken daran. Nell drehte das heiße Wasser ab und streckte die Hand nach einem Handtuch aus. Aber sie war nicht zufrieden. Kein bisschen.

Als sie sich das Wasser aus den Haaren drückte, zuckte sie zusammen, weil ihr der Kopf wehtat. Sie hatte Joe gebeten, ehrlich zu ihr zu sein. Dann war es das Mindeste, dass sie jetzt auch ehrlich zu sich selbst war.

Körperlich, nun … Um Bestandsaufnahme zu machen, schaute sie im Spiegel auf ihren Körper, den Körper, den sie pflegte und meistens nicht weiter beachtete, der jedoch heute schon den ganzen Morgen auf sich aufmerksam gemacht hatte. Ihr Kopf tat immer noch weh. Das kam von der Gehirnerschütterung. Ihre Brustspitzen waren hart und aufgerichtet. Das konnte an der Kälte liegen. Ihre Lippen waren geschwollen, sie hatte rote Druckstellen auf jeder Hüfte, die sich wahrscheinlich blau verfärben würden, und jeder Muskel in ihrem Körper fühlte sich angenehm trainiert an. Das war Joe, Joe, ganz zweifellos Joe.

Aber emotional …

Nell trocknete sich seufzend ab, behutsam, weil ihre Haut immer noch überempfindlich war. Sie konnte Joe nicht für ihre Unzufriedenheit verantwortlich machen. Er hatte sein Bestes getan, um ihre Wünsche zu erfüllen.

Es war nicht seine Schuld, dass sie, nachdem sie sich ein Leben lang mit weniger begnügt hatte, als sie eigentlich wollte, sich jetzt plötzlich nicht mehr begnügen wollte.

Die Erinnerung an sein dunkles frustriertes Gesicht schob sich zwischen ihr eigenes Gesicht und den Spiegel. *Was willst du von mir?*

Ihr tat das Herz weh. Sie wollte zu viel.

Sie ging ins Schlafzimmer, um sich fertig anzuziehen. Joe war nicht da. Sogar seine Stiefel waren verschwunden.

Sie sollte sich wie ein erwachsener Mensch verhalten. Sie sollte ihn davon überzeugen, dass es ihr gut ging, dann konnte er gehen, seine Verantwortung abstreifen. Ihre Hände zitterten, als sie in ihre Jeans schlüpfte.

Obwohl die Schwellung an ihrem Hinterkopf zurückgegangen war, wollte sie sich keinen Pullover über den Kopf ziehen. Sie war gerade dabei, ihre Bluse zuzuknöpfen, als sie ein unbekanntes Klingeln hörte. Das war nicht ihr Telefon und auch nicht ihr Pager.

Irgendwer rief Joe an. Sein Chef, seine Mutter, sein Bruder, ein Freund.

Es interessierte sie nicht. Und eifersüchtig war sie erst recht nicht.

Sie ging – langsam, um sich und der Welt ihre nicht vorhandene Neugier zu beweisen – in die Küche, wo sich Joe gerade einhändig eine Tasse Kaffee einschenkte, während er mit der anderen Hand sein Handy ans Ohr drückte.

Nell, die froh war, dass ihnen durch die Störung immerhin die Peinlichkeit des Morgens danach erspart blieb, nahm sich einen Becher aus dem Schrank.

Joe hielt die Kaffeekanne hoch, und sie nickte. Er schenkte ihr Kaffee ein, während er sagte: „Gibt er ihr noch einen Tag?"

Er presste die Lippen zusammen. „Schön. Dann frage ich ihn eben selbst."

Sie tat Milch in ihren Kaffee, wobei ihr bewusst war, dass sie lauschte, aber nicht recht wusste, was sie sonst hätte tun sollen. Es war schließlich ihre Küche. Es war ihr Kaffee.

„Nein, ich werde hier sein." Joe stellte die Kanne mit unnötiger Vehemenz wieder auf die Warmhalteplatte. „Wir wissen beide, dass sie nichts damit zu tun hat." Nells Herz hämmerte. Eine Pause, während der er auf und ab ging und zuhörte. „Ja, ja, okay. Dir auch."

Mit gefurchter Stirn beendete er das Gespräch.

Nell legte beide Hände um ihren Becher und trank einen Schluck, wobei sie ihre Nervosität und ihre Neugier im Zaum zu halten versuchte. „Ist was?", fragte sie möglichst beiläufig.

„Mein Bruder."

Sie schluckte. „Mike? Geht es ihm gut?"

„Ja."

Und warum war er dann so aufgebracht? *Wir wissen beide, dass sie nichts damit zu tun hat.* Ein warnender Schauer rieselte ihr über den Rücken.

Joe betastete seine leere Brusttasche und machte ein finsteres Gesicht. Offensichtlich hatte er sich keine Zigaretten geholt. Und Bagel auch nicht.

„Soll ich jetzt anbieten, ein paar Eier zu machen?", fragte sie.

Joe maß sie mit einem ruhigen Blick. „Bietest du es an?"

„Ich weiß nicht. Ich kenne die Spielregeln nicht."

„Die Spielregeln." Er grinste. „Gibt es denn welche?"

Sie musste sich ein Lächeln verkneifen. Das war nicht lustig. Sie war verletzlich. Ihm gegenüber im Nachteil. „Das musst du doch wissen."

„Ich kann mir keine denken."

Musste sie es wirklich aussprechen? „Ich will nicht, dass du dich verpflichtet fühlst, zum Frühstück zu bleiben, nur weil wir ... weil ich ... ich will einfach nicht, dass du dich zu irgendetwas verpflichtet fühlst."

Joe streckte die Hand aus und schob ihr eine Haarsträhne hinters Ohr. „Ich fühle mich nicht verpflichtet." Sein Daumen streifte ihr Kinn, intimer als ein Kuss. „Wo ist die Bratpfanne?"

Als eine Liebeserklärung konnte man das wohl kaum auffassen. Trotzdem machte es sie atemlos.

„Da ... unter dem Herd", sagte sie schließlich mühsam.

„Ah ja." Er wandte sich von ihr ab und kramte in der unteren Schublade nach der gusseisernen Pfanne ihrer Mutter. „Gibst du mir die Eier raus? Und hast du noch irgendwo Brot, das nicht aussieht wie ein Museumsstück?"

„Im Tiefkühlfach", sagte sie. „Ich esse an einem ganzen Laib allein einfach zu lange."

„Du bist wirklich praktisch." Er warf ein Stückchen Butter in die Pfanne.

Sie war sich nicht sicher, ob das ein Kompliment war. Lieber hätte sie gehört, wie schön oder sexy oder aufregend sie war. Aber ich bin praktisch, dachte sie und ging zum Kühlschrank hinüber. Kompetent. Sie riss die Kühlschranktür auf. Bescheiden.

Sie warf zwei Brotscheiben in den Toaster. „Du hast aber verstanden, dass du nicht bis nach dem Frühstück bleiben musst."

„Ja." Joe schwenkte die Pfanne, damit die letzte Butter schmolz, und stellte sie dann wieder auf die Platte. „Du bekommst heute Vormittag Besuch von der Polizei, und ich möchte dabei sein."

Nell hätte fast die Eier fallen lassen. „Warum das denn? Dein Bruder war doch gestern Abend schon hier, um meine Aussage aufzunehmen."

Joe schlug die Eier auf. „Um diese Sache wird Mike sich kümmern. Heute geht es um etwas anderes."

Ein böser Verdacht keimte in ihr auf. „Was heißt um etwas anderes? Ist irgendwas in der Klinik passiert?"

Er konzentrierte seine ganze Aufmerksamkeit auf die Eier. „Nicht direkt."

„Was denn dann? Sag es mir. Sofort!" Ihre Stimme war scharf geworden.

Joe stellte die Pfanne auf eine andere Platte und wandte ihr das Gesicht zu. „Im Verlauf der Untersuchung sind noch mehr gefälschte Rezepte aufgetaucht."

Sie begriff nicht gleich, was das bedeutete. „Aber wenn die Rezepte nicht eingelöst wurden ..."

„Sie wurden eingelöst", fiel ihr Joe ins Wort. „Allerdings nicht von den Patienten, deren Name draufstand."

Nell fühlte sich, als ob sie einen Schlag vor den Kopf bekommen hätte. „Und wer ..."

„Genau das will die Polizei von dir wissen. Irgendwer hat die Rezepte eingelöst und die Medikamente aller Wahrscheinlichkeit nach auf der Straße weiterverkauft."

„Und wer hat sie unterschrieben?", flüsterte Nell. Aber sie wusste es bereits.

„Du", gab Joe ruhig zurück. „Die Rezepte tragen alle deine Unterschrift."

Nell war wie betäubt. Diese Geschichte entwickelte sich zu einem Albtraum.

„Wie viele?"

Wie viel Schaden war durch ihren Namen entstanden? Wie viel Schaden hatte ihr Name genommen?

„Das wollte Mike nicht sagen." Joes Ton war ausdruckslos.

„Warum nicht? Weil du es schreiben könntest?", fragte Nell.

Joe öffnete Schranktüren, bis er ihre ordentlich gestapelten Teller fand. „Unter anderem."

„Oder weil du mit mir geschlafen hast?"

Joe knallte die Schranktür zu. „Davon weiß er nichts."

Ihr Herz zog sich schmerzhaft zusammen. „Aber er weiß, dass du die Nacht hier verbracht hast."

„Er weiß auch, dass du unschuldig bist", sagte Joe. „Oder er würde es wissen, wenn er nur einen Funken Verstand im Kopf hätte. Setz dich jetzt hin und iss deine Eier."

Sie hatte Magenschmerzen. Sie konnte jetzt unmöglich etwas essen. Aber sie sank auf einen Stuhl. „Da will mir jemand etwas anhängen."

„Richtig, und genau das werde ich dem Detective auch sagen."

Die Versuchung, es dabei zu belassen, war groß. Die Versuchung, die Kontrolle über die Situation und ihr Schicksal einfach abzugeben.

Sie räusperte sich. „Das ist vielleicht keine so gute Idee."

Joe spießte ein Stück Ei auf. „Warum nicht?"

„Nun, zuallererst einmal, weil ich denke, dass der Detective dir gar nicht erlauben wird, bei meiner Vernehmung dabei zu sein. Du bist nicht mein Anwalt. Und sosehr ich es zu schätzen weiß, dass du letzte Nacht hier warst ..."

„Und heute Morgen", warf Joe milde ein. „Vergiss heute Morgen nicht."

Ihr Gesicht wurde heiß. Die Hitze breitete sich nach unten aus, und ihr Blut begann wieder zu sieden. Diesen Morgen könnte sie nie vergessen, selbst wenn sie sich noch so viel Mühe gäbe.

Nell atmete tief durch. „Auch wenn ich das, was du getan hast – alles, was du getan hast – sehr zu schätzen weiß, brauche ich doch kein Kindermädchen."

Joe grinste. „Babe, du weißt gar nicht, was du brauchst."

Aber sie wusste es sehr genau.

Sie spielte mit ihrem Toast herum. „Vielleicht sollte ich sagen, dass ich weiß, was ich nicht brauche."

Sein Grinsen verblasste. „Mich zum Beispiel."

Sie konnte es sich nicht leisten, ihn zu brauchen. Sah er das denn nicht?

„Es ist wirklich lieb von dir, mir anzubieten dazubleiben", sagte sie ernst, dann verzog sie angewidert das Gesicht.

Lieb. Gott, klang das lahm.

Er legte Messer und Gabel hin. „Ist es, weil ich ein Reporter bin?", fragte er abrupt. „Traust du mir nicht?"

Sie blinzelte überrascht. „Nein, nein, das ist es nicht." Sie beugte sich vor und legte eine Hand auf eine seiner schönen Chirurgenhände. „Joe, das hat nichts mit dir zu tun."

„Nein, aber mit dir. Und damit, dass du keine Hilfe annehmen kannst."

Sie wollte nicht, dass er das wusste. Dabei hätte ihr klar sein müssen, dass seine scharfen Reporteraugen alles sahen. „Vielleicht."

Er presste die Lippen zu einem schmalen Strich zusammen. „Oder kannst du nur von mir keine Hilfe annehmen?"

Sie zog ihre Hand zurück. „Du weißt, dass ich dich mag." Was für eine Untertreibung! Sie versuchte es noch einmal. „Dass du mir etwas bedeutest."

„Aber du vertraust mir nicht. Du glaubst nicht, dass du dich auf mich verlassen kannst."

Sie verließ sich auf niemanden. Sie hatte gelernt, sich auf niemanden zu verlassen. Weil man, wenn man enttäuscht wurde, nicht nur die Scherben seines Lebens, sondern auch die Scherben seines Herzens aufsammeln und irgendwie allein weitermachen musste.

Sie versteckte ihre zitternden Hände in ihrem Schoß und versuchte zu verhindern, dass ihre Stimme bebte. „Ich dachte, du wüsstest es zu schätzen, dass ich nichts von dir erwarte. Du bist ein Beobachter. Du schreibst über die Probleme anderer Leute. Ich erwarte nicht von dir, dass du dich in meine Probleme verwickeln lässt."

„Ich habe Neuigkeiten für dich, Babe. Wir hatten heute Morgen Sex. Das bedeutet, dass ich bereits verwickelt bin."

„Gar nicht!", widersprach sie hitzig. „Du hast deiner Mutter gesagt, wir hätten eine heiße, aber nur flüchtige Affäre."

Seine Augen glitzerten wie Eissplitter. „Ist es das, was du willst?"

Nein, es war nicht das, was sie wollte. Aber das Leben hatte sie gelehrt, sich mit dem zu begnügen, was sie bekam.

Sie hatte plötzlich heftige Kopfschmerzen. Sie legte die Hände um ihren Kaffeebecher und hob den Blick. „Bietest du mir eine Alternative an? Nach einer einzigen gemeinsamen Nacht?"

Er zuckte so heftig zusammen, als ob sie ihm einen Elektroschock versetzt hätte. Damit hatte sie ihre Antwort. Und wenn sie ihr nicht gefiel, war sie selbst schuld.

„Ich biete dir an zu bleiben", sagte Joe, plötzlich vorsichtig geworden. „Ich biete dir meine Hilfe an."

Es war mehr, als ihr sonst irgendwer angeboten hatte. Und vermutlich mehr, als Joe in seinem nomadenhaften, entwurzelten Leben gewöhnt war anzubieten.

Es war fast genug.

Aber sie schaffte es einfach nicht, sich wieder auf einen anderen Menschen zu verlassen.

„Ich will nicht, dass du mich für undankbar hältst. Aber ich würde das wirklich lieber allein machen."

Sein Stuhl schrammte über den Boden, als er aufstand. Er ging zur Spüle, wo er sich umdrehte und sie finster anschaute.

Er war schon dabei wegzugehen. Seiner Wege zu ziehen.

„Es passt mir nicht, dich so allein zu lassen."

Sie war ihr ganzes Leben lang allein gewesen, sogar in ihrer Ehe. Jetzt erkannte sie es wenigstens.

Nell trank von ihrem Kaffee, aber davon wurden weder ihre Kopf- noch ihre Magenschmerzen besser. Und auch gegen die Tränen, die hinter ihren Lidern und in ihrem Hals brannten, nutzte es nichts.

„Ich rufe Billie an", sagte sie, um ihm den Abschied zu erleichtern. „Ich bin mir sicher, dass sie nach Feierabend bei mir reinschaut."

Er trank seine Tasse aus und stellte sie in die Spüle, und irgendwo ganz weit hinten in ihrem Hinterkopf hoffte sie immer noch, er würde sich einfach über ihre Wünsche hinwegsetzen und bleiben. Auch als sie beide ihre Teller abspülten und in die Spülmaschine stellten, hoffte ihr törichtes Herz immer noch, er würde den Ausweg, den sie ihm gezeigt hatte, nicht annehmen.

„Ich habe dir meine Handynummer auf den Block neben dem Telefon geschrieben", sagte er, während sie im Flur darauf wartete, dass er ging, damit sie endlich weinen konnte. „Ruf mich an, wenn du irgendwas brauchst."

Sie brauchte ihn.

Aber Stolz und Selbstschutz versiegelten ihr die Lippen. Und dann ging er ohne ein weiteres Wort.

Er hätte heute Morgen noch irgendetwas sagen sollen.

Joe knallte die Autotür zu. Das Geräusch hallte zwischen den Reihen parkender Autos auf dem Parkplatz nach.

Ja, irgendwas, um Nell doch noch umzustimmen.

Er stapfte auf die Kirche zu, wo im Souterrain das Sieben-Uhr-Treffen bereits begonnen hatte. Obwohl er es im Moment gar nicht brauchte. Er war müde. Er hatte den ganzen Tag an der ersten Folge seiner Serie über unversicherte Menschen in Chicago gearbeitet. Im Moment wollte er sich weder betrinken noch an Nells Wohnungstür hämmern oder unter ihrem Fenster heulen.

Aber er kannte die Auslöser: Wut, Schmerz, Frustration, Niedergeschlagenheit, Stress, Angst. Da hieß es aufpassen, aufpassen und nochmals aufpassen. Er hielt sich eisern an seine Regeln und das bedeutete, dass er heute zu einem Treffen gehen musste, egal ob er es zu brauchen glaubte oder nicht.

Er schlüpfte durch die Hintertür in einen Raum, in dem es nach Bohnerwachs und billigem Kaffee roch. Vorn sprach gerade ein schlanker junger Latino und gestikulierte lebhaft dabei. Neben ihm saß eine ältere Frau in einem adretten dunkelblauen Kostüm und nickte jedes Mal, wenn er eine Handbewegung machte.

Heute Abend war eine geschlossene Sitzung. Joe suchte sich ziemlich weit hinten einen Platz und hörte nur mit einem Ohr den von Schmerz, Verzweiflung und Hoffnung durchtränkten Geständnissen der Leute zu.

„Hi, mein Name ist Carmen …"

„Rick …"

„Kathleen …"

„Joe …"

„Und ich bin Alkoholiker."

Er kannte nicht alle mit Namen, aber er war einer von ihnen. Nach und nach sickerten die Geschichten in ihn ein, seine Frustration fiel langsam von ihm ab und er spürte, wie er ruhiger wurde.

Vielleicht hatte er das ja mehr gebraucht, als ihm klar gewesen war.

Am Schluss stand Joe auf, um sich einen Becher von dem lausigen Kaffee einzuschenken und ein paar Bekannte zu begrüßen.

„Hi", sagte eine junge weibliche Stimme hinter ihm.

Er drehte sich um.

Leuchtend blauer Lidschatten, lange braune Haare, ein Kind in einem Kindersportwagen. Die Frau kam ihm vage bekannt vor. Das Kind hatte er noch nie gesehen.

„Kommen Sie öfter hierher?", fragte die junge Frau, dann verzog sie peinlich berührt das Gesicht. „Himmel, ich kann es nicht glauben, dass ich das gesagt habe. Die typische Anmache, stimmt's?"

Joe lächelte sie beruhigend an. „Ich gehe nur noch so selten aus, dass es mir gar nicht aufgefallen ist."

Sie lächelte beruhigt. „Joe, richtig? Ich habe Sie in der Poliklinik gesehen."

Ah, jetzt erinnerte er sich. „Melody King", sagte er. „Sie arbeiten dort."

Sie gaben sich die Hand, eine Geste, die durch seine Kaffeetasse, ihre rutschende Handtasche, den an ihrem Arm baumelnden Regenschirm und den Kindersportwagen beträchtlich erschwert wurde.

Nells Bürokraft war Alkoholikerin?

Joes Blick fiel auf das kleine Mädchen, das mit rosa Schuhen gegen die Fußstütze des Kinderwagens stieß. „Und wer ist das?"

„Das ist meine Rosie." Die junge Mutter bückte sich und holte ihre kleine Tochter aus dem Kinderwagen. „Sie ist eigentlich schon zu groß für den Kinderwagen, aber dann sitzt sie wenigstens still und rennt nicht die ganze Zeit rum."

War es nur der Alkohol? überlegte Joe. Oder Alkohol und Drogen? War sie rückfällig geworden oder dabei, gesund zu werden? Wusste Nell davon?

Er musste irgendetwas sagen.

„Nehmen Sie sie immer mit?"

„Nein, normalerweise habe ich einen Babysitter." Melody verlagerte ihre Tochter auf ihrer Hüfte. „Aber der hat abgesagt, und ich musste unbedingt herkommen, verstehen Sie?"

Er verstand.

„Deshalb habe ich sie eben einfach mitgebracht. Und ich weiß ja, dass es den Leuten nichts ausmacht."

„Das ist gut", sagte Joe.

Er beschloss, sie nicht zu fragen. Sinn und Zweck dieser Treffen war es, sich gegenseitig zu unterstützen, gesund zu werden. Er würde den Zusammenhalt der Gruppe nicht dadurch zerstören, dass er Melody King im Souterrain der Kirche verhörte. Wozu er im Übrigen auch gar kein Recht hatte.

Joe erzählte, dass er erst zum zweiten Mal hier bei dieser Gruppe war. „Ich gehe normalerweise in die Halstead Street", fügte er hinzu.

Sie nickte. „Oh ja. Das ist vermutlich näher für Sie, oder? Gleich gehen wir, Schätzchen", versuchte sie ihrer sich windenden Tochter gut zuzureden. „Nach acht wird sie quengelig, weil sie müde ist", vertraute sie Joe an. „Ich glaube, wir gehen jetzt wohl besser."

Noch immer mit dem Kind auf der Hüfte, versuchte sie den Kinderwagen umzudrehen. Ein Rad stieß gegen den Kaffeetisch.

Joe streckte geistesgegenwärtig die Hand nach einem Stapel Plastikbecher aus, der sich bedrohlich neigte. „Kann ich Sie vielleicht irgendwohin mitnehmen? Ich nehme an, dass Sie normalerweise nicht mit Fremden mitfahren, aber …"

„Das wäre toll", fiel Melody ihm ins Wort. „Und Sie sind ja nicht wirklich ein Fremder. Ich meine, Sie kommen zu den Treffen, das heißt schon etwas. Außerdem kennt Nell Sie, und ich kann mir kaum vorstellen, dass sie mit Ihnen ausgehen würde, wenn mit Ihnen irgendetwas nicht stimmen würde."

Joe bemächtigte sich des Kinderwagens und hielt Melody die Tür auf. Die junge Frau ging, immer noch mit der Kleinen auf dem Arm, an ihm vorbei. „Es sei denn, Sie sind auch eine ihrer lahmen Enten", sagte sie über die Schulter.

Er trug den Kinderwagen die Treppe hinauf, wobei er sich überdeutlich bewusst war, dass sein Knöchel bei jedem Schritt knirschte. „Lahme Ente?"

„Na ja." Melody war schon oben. „Leute wie ich. Leute, die ihre Hilfe brauchen. Sie sammelt sie nämlich."

Er verspürte Unruhe in sich aufsteigen. Er wollte nicht zu dieser Sammlung gehören. „Nennen Sie mir ein Beispiel."

„Na ja, ich zum Beispiel. Niemand sonst wollte mich einstellen. Ich bin alleinerziehende Mutter und war cracksüchtig."

Er hatte sie nicht gefragt. Doch nachdem sie ihm die Information freiwillig gegeben hatte, wusste er nicht, ob er froh oder deprimiert sein sollte.

„Und sonst?", fragte er, während er die Tür zum Parkplatz öffnete.

Ein feiner Nieselregen glitzerte im Schein der Straßenlaternen und auf den Autos.

„Oh, jetzt bin ich aber wirklich froh, dass Sie mich mitnehmen", sagte Melody.

„Soll ich das Auto herholen?"

„Nein, das geht schon", wehrte Melody ab. „Geben Sie mir nur Roses Pullover, ja?"

Er tastete im Kinderwagen herum, bis er ihn fand, ein flauschiges rosafarbenes Ding mit Kapuze. Er reichte es ihr. „Also, wer gehört noch zu diesen so genannten lahmen Enten?"

„Na ja, sie hat so ihre Spezialkunden. Leute, mit denen sonst niemand was zu tun haben will. Mrs. Delaggio – dabei ist die so ein Biest – und dieser ewig mürrische Mr. Vacek zum Beispiel. Und dann noch Ed Johnson. Sie haben ihn eigentlich schon in Ruhestand geschickt, aber er braucht das Geld. Ihm gefällt seine Arbeit in der Klinik nicht, aber ohne Nell hätte er überhaupt keinen Job."

Interessant. Aber war der ältere Apotheker verbittert oder kaputt genug, um etwas zu machen, das der Frau, die ihn eingestellt hatte, schadete?

„Was ist mit Lucy Morales? Oder mit Billie Parker?"

Melody kniete sich vor ihre Tochter hin und begann behutsam die pummeligen Ärmchen durch die Pulverärmel zu ziehen. „Lucys erste Ehe muss wohl eine ziemliche Hölle gewesen sein, und Billie unterstützt ihre Schwester finanziell, die einen kleinen kranken Jungen hat."

„Aber sie könnten doch beide auch irgendwo anders Arbeit finden, oder? Sie sind doch nicht vorbestraft?"

Melody zog ihrer Tochter die Kapuze über die blonden Locken, und es dauerte noch eine ganze Weile, bis sie schließlich sagte: „Lucy war früher bei den *Conquistas*. Irgendwann hat sie mir mal ihr Tattoo gezeigt. Aber ich glaube nicht, dass sie vorbestraft ist."

Die *Conquistas* waren eine Girlgang. Joe konnte sich nicht erinnern, ob sie mit Rauschgift handelten oder nicht. Mike würde es wissen.

Nachdem sie losgefahren waren – in Ermangelung eines Kindersitzes hatte sich Melody mit ihrer kleinen Tochter auf den Rücksitz gesetzt –, fragte Melody: „Sie haben wohl keine Kinder?"

Vor einem Jahr, vor sechs Monaten oder sogar noch vor zwei Wochen wäre er bei dem Gedanken erschauert. Und seine Kollegen hätten schallend gelacht.

„Sehe ich so aus?"

„Na ja, ich weiß nicht." Melody machte es sich in den schwarzen Ledersitzen bequem und legte einen Arm um ihre Tochter. „Im richtigen Alter sind Sie jedenfalls."

„Nur fürs Protokoll, nein, ich habe keine Kinder", sagte er mit einem Blick in den Rückspiegel.

Melody nickte unbeeindruckt. „Waren Sie je verheiratet?"

„Nein." Das klang zu dürr. Defensiv. „In meinem Job bin ich viel unterwegs. Zumindest früher."

„Deshalb können Sie sich wahrscheinlich so ein tolles Auto leisten." Die junge Frau lehnte leise seufzend ihren Kopf gegen die Nackenstütze. „Jim – Dr. Fletcher – fährt einen Subaru."

Joes Wischerblätter kämpften gegen den Regen an. „Ich dachte immer, alle Ärzte fahren Mercedes."

„Den Mercedes fährt seine erste Frau. Und seine zweite einen Porsche."

„Das ist hart", bemerkte Joe trocken.

Melody richtete sich auf. „Da vorn müssen Sie abbiegen. Das vierte Haus auf der linken Seite. Ja, es ist wirklich hart", stimmte sie zu. „Er kann sich nicht mal eine Beziehung leisten, verstehen Sie?"

Joe bog an der Ecke ab, wobei er sich fragte, wie sehr Fletcher seine finanziellen Probleme wohl übertrieben haben mochte, um Melody, die in ihn verliebt zu sein schien, auf Abstand zu halten.

Es sei denn, er hatte nichts übertrieben.

Es sei denn, Dr. Fletcher brauchte wirklich dringend Geld. In diesem Fall waren die Ehefrauen keine Ausrede. Sie könnten ein Motiv sein.

Joe parkte in der zweiten Reihe vor dem schäbigen Wohnblock, in dem Melody wohnte. Was war, wenn der Arzt beschlossen hatte, sein Einkommen durch einen kleinen Rezeptbetrug ein bisschen aufzubessern?

12. KAPITEL

Billie stand mit vor der Brust verschränkten Armen auf der Schwelle zu Nells Büro. „Also, wenn ich es mir sechsunddreißig Stunden am Stück mit Joe Reilly zu Hause gemütlich gemacht hätte, würde ich lächeln."

Nell schaute von den Papierstapeln auf, die sich in ihrer Abwesenheit angesammelt hatten. Ihr war nicht nach Lächeln zumute.

„Wir haben es uns aber nicht gemütlich gemacht", sagte sie, entschlossen jede Erinnerung an Joe beiseite schiebend. Joe, der ihr die Suppe heiß gemacht hatte. Joe, der ihr Kaffee eingeschenkt hatte. Joe, heiß und hart unter ihr, in ihr. „Er hat mich nach Hause gebracht, dafür gesorgt, dass ich alles habe und ist wieder gegangen. Und später bist du dann gekommen und Detective Ward."

Billie zog die Augenbrauen hoch. „Und er ist nicht zurückgekommen, um dich ins Bett zu bringen?"

Nell schob einen Stapel Werbeprospekte von Arzneimittelfirmen beiseite. „Nein."

„Nein?"

„Nein", wiederholte Nell mit Nachdruck. „Ich habe ihm gesagt, dass er gehen soll, und er ist gegangen."

Billie schüttelte fassungslos den Kopf. Heute leuchtete ihr kurz geschorenes Haar gänseblümchengelb. „Honey, diese Gehirnerschütterung hat dein Gehirn aber mächtig durcheinander geschüttelt. So ein süßes Päckchen schickt man doch nicht einfach weg."

Hinter Nells Schläfen pochte es, ihr Hinterkopf schmerzte immer noch, und in ihrer Herzgegend herrschte eine Leere, die sie viel zu gut kannte. Vielleicht hatte ihre Freundin ja recht. Aber das zuzugeben würde überhaupt nichts helfen.

„Billie, wir befinden uns mitten in einer polizeilichen Untersuchung. Detective Ward hat den ganzen Vormittag mein Büro mit Beschlag belegt, um dort die Leute zu verhören. Ich habe eine Menge Papierkram aufzuarbeiten, und in fünf Minuten fängt meine Nachmittagssprechstunde an. Das ist wirklich ein ungünstiger Zeitpunkt für so eine Unterhaltung."

Billie schnaubte. „Na schön. Aber bevor du den Mann endgültig verscheuchst, solltest du wenigstens einen Blick in die Zeitung werfen."

„Ich habe die Zeitung längst gesehen", sagte Nell erschöpft. „Der Artikel hängt schon seit einer geschlagenen Woche am Schwarzen Brett."

„Nein, ich meine die von heute", entgegnete Billie.

„Wovon redest du?"
„Von dem Artikel in der Zeitung. Auf der Titelseite. Hast du ihn nicht gesehen?"

„Herzlichen Glückwunsch", begrüßte Nell Joe, als der ihr die Haustür öffnete. „Du hast es auf die Titelseite geschafft."
Er blinzelte sie an, verwirrt und so verdammt glücklich, sie zu sehen, dass es geschlagene fünf Sekunden dauerte, bis ihm ihr aufgesetztes Lächeln und die dunklen Ringe unter den Augen auffielen. Er war bereit zu wetten, dass sie heute wahrscheinlich wieder voll gearbeitet hatte, verdammt. Sie sollte eigentlich zu Hause im Bett sein.
Nell im Bett. Tolle Idee. Falscher Zug.
Er schob die Hände in die Taschen, um sich davon abzuhalten, sie an sich zu ziehen, und fragte: „Was machst du hier? Du siehst schrecklich aus."
Ihr Lächeln verrutschte. Sie schaute ihn finster an. „Lässt du mich trotzdem rein?"
Er trat einen Schritt zurück. Offenbar kam sie direkt aus der Klinik. Sie trug die ordentliche Hose und die adrette Bluse, die er für ihre Arbeitsuniform hielt, und in der Hand hielt sie …
„Was ist in der Tüte?"
„Ich habe Abendessen mitgebracht." Sie hielt ihm die Tüte zur Inspektion hin. „Zur Feier deiner Rückkehr auf die Titelseite."
Er beäugte sie wachsam. Abendessen, schön. Aber irgendetwas stimmte nicht mit ihr. Ihre Schultern unter dem roten Umhang wirkten steif, und ihr warmer Tonfall klang unecht.
„Nur im unteren Teil", schränkte er ein. „Und an einem Tag, an dem wenig los war."
„Trotzdem muss es dich freuen."
Er nahm ihr die Tüte ab und ging damit in die Küche. „Eigentlich hatte ich gehofft, dass du dich freust."
„Über die Publicity? Das tue ich auch. Es ist wundervoll. Danke", sagte sie etwa so, wie man sich nach einer Wurzelbehandlung beim Zahnarzt bedankt.
Joe grinste schief. Und er hatte sich ausgemalt, Nell würde, überschäumend vor Dankbarkeit, bei ihm ankommen und ihn bitten, die Nacht mit ihr zu verbringen. Und zwar ohne sich am nächsten Morgen von ihm zu distanzieren.
Er setzte Wasser auf. „Hast du ihn gelesen?", fragte er.
„Natürlich. Er ist sehr gut."

Sie war hier. Sie sagte die richtigen Dinge. Und warum fühlte er sich trotzdem betrogen?

„Hast du auch gesehen, dass ich dich zitiert habe?"

Nell nickte und setzte sich auf einen Barhocker vor der Kochinsel. Joe liebte seine Küche, ein großer altmodischer Raum mit Schränken aus Eichenholz und einem Holzfußboden. Er fragte sich, ob Nell ihn überhaupt wahrnahm. Und warum ihn das überhaupt interessierte.

„Ich hätte nie erwartet, dass es diese Bemerkung auf die Titelseite einer großen Tageszeitung schafft", sagte sie. Er hatte sie mit dem Satz *Ich interessiere mich für Menschen, nicht für Zahlen* zitiert.

„Es ist ein guter Satz."

Sie wich seinem Blick aus. „Hast du ihn deshalb zitiert?"

„Ich habe ihn zitiert, weil ich hoffe, dass es für die Klinik gut ist." Er ließ zwei Teebeutel in Becher fallen. „Und für dich vielleicht auch."

„Wir haben nach deinem Artikel über die Massouds schon Spenden bekommen."

„Diesmal werden es bestimmt noch mehr", versicherte er ihr. „Zwei Schecks sind schon bei der Zeitung eingegangen. Und irgendwer hat sogar Bargeld in einem Umschlag abgegeben. Der Chefredakteur war beeindruckt."

„Ich bin auch beeindruckt."

„Geld ist gut. Besonders wenn es ein Gradmesser für öffentliche Akzeptanz ist."

Jetzt hatte er wenigstens ihre Fassade zum Einsturz gebracht. „Hast du es deswegen gemacht?"

Er zuckte die Schultern. „Kann doch nicht schaden, wenn dieser Detective weiß, mit wem er es zu tun hat, oder?"

„Joe." Ihre Augen blickten besorgt. „Misch dich da nicht ein."

Er wurde von einer Welle der Enttäuschung überschwemmt. Deutlicher hätte sie ihm nicht sagen können, dass sie ihn nicht brauchte. Dass sie ihn nicht wollte.

„Ich schreibe nur die Wahrheit. Das ist mein Job", beharrte er.

Sie stutzte. Offenbar hatte sie immer noch nicht verstanden.

Der Wasserkessel pfiff. Er nahm ihn von der Platte und drehte sich zu ihr um.

„Ich tue dir keinen Gefallen", sagte Joe. „Ich schreibe nur, was ich sehe. Und wenn ich dich anschaue, sehe ich Hoffnung. Verantwortung. Mitgefühl. Ich sehe, wie du Verantwortung für alles und jeden um dich herum übernimmst, und ich kann sehen, wie wichtig dir das alles ist. Du kümmerst dich um die Verlierer, die eine zweite Chance brauchen, und um jene, die noch nicht mal eine erste hatten. Du kümmerst dich so viel um andere, dass du sogar mich dazu bringst, mich um andere zu kümmern. Was mich zwar wurmt, aber trotzdem nichts ändert."

Sie berührte seinen Arm. „Joe …"

„Lass mich ausreden." Er holte tief Atem und versuchte sich von ihrer Berührung nicht ablenken zu lassen. „Deshalb kann ich dir nur raten, es dir noch mal zu überlegen, wenn du nicht willst, dass ich mich einmische, du verdammter Dickkopf. Nur weil dein Ex so ein mieser Schuft ist und du im Moment mit jemandem zusammenarbeitest, der dich auf übelste Weise hintergeht, heißt das noch lange nicht, dass du vor diesem Detective kuschen musst."

„Okay", sagte Nell. Sie lächelte.

„Ist das alles, was du dazu zu sagen hast?"

Sie nickte. „Ja."

Joe glaubte an sie.

Joe glaubte ihr.

In dieser neuen Gewissheit schwelgte Nell, während sie beide auf seiner schwarzen Ledercouch saßen und aus Styroporschachteln chinesisches Essen aßen. Sie hatte ihre Beine unter sich gezogen. Er hatte sein lädiertes Bein bequem auf den Couchtisch gelegt.

Ihr Plan hatte funktioniert. Sie hatte die Situation unter Kontrolle.

„Sind noch ein paar Knoblauch-Shrimps da?", fragte sie.

„Klar. Wenn du mir dafür das Sesam-Rindfleisch rübergibst."

Sie tauschten kleine weiße Schachteln aus, und in diesem Moment war Nell fast glücklich.

Was machte es schon, dass Joe ihr noch keine Liebeserklärung gemacht hatte? Eine öffentliche Vertrauenserklärung war genauso bewegend und fast ebenso gut. Sie würde sich damit zufrieden geben.

Er versenkte seine Stäbchen in der weißen Styroporschachtel. Sie hatte bemerkt, wie geschickt er das Essbesteck handhabte, sogar diese billigen Wegwerfstäbchen, die sie sich hatte einpacken lassen.

Joe Reilly, der Mann von Welt, der schon überall herumgekommen war. Der Gedanke beeindruckte und deprimierte sie gleichermaßen.

„Und wie war's mit Detective Ken?", erkundigte er sich.

Nell schluckte den Bissen, den sie gerade im Mund hatte. „Sein Name ist Kevin, Kevin Ward."

„Der Kerl sieht aber aus wie eine Ken-Puppe."

Sie lächelte. Das tat er wirklich. Tadelloser Anzug, gelacktes Haar, Plastiklächeln. „Na ja ..." Ein bisschen ernüchtert erinnerte sie sich an die gezielten Fragen und das offensichtliche Misstrauen des Detective. „Immerhin hat er mich noch nicht verhaftet."

Joe hatte sich einen Bissen aus der Schachtel herausgeangelt. „Plant er das denn?"

„Er würde es gern. Ich glaube, das Einzige, was ihn davon abhält, ist die Tatsache, dass man mich in keiner der Apotheken auf dem Foto wiedererkannte. Und zwei Leute haben sogar erklärt, dass die Rezepte von einem Schwarzen Ende zwanzig oder Anfang dreißig eingelöst wurden."

Joe nickte. „Ward wird das Geld suchen."

„Da kann er bei mir lange suchen. Ich habe nichts."

„Nicht auf der Bank vielleicht. Aber Drogendeals sind meistens Bargeldtransaktionen. Ward wird nach irgendwelchen Auffälligkeiten in deinem Konsumverhalten Ausschau halten. Hast du dir in letzter Zeit irgendetwas Teures angeschafft? Oder hast du irgendwelche teuren Gewohnheiten?"

Sie schüttelte den Kopf. „Ganz bestimmt nicht."

„Wer dann?"

„Was?"

„Es muss irgendjemand aus deinem Umfeld sein. Denk genau nach. Wer braucht derzeit dringend Geld? Oder wer hat plötzlich welches?"

Ihre Zufriedenheit verflog. „Ich will nicht darüber reden. Ich wollte bisher ja nicht mal darüber nachdenken."

„Aber ein paar Gedanken hast du dir doch bestimmt schon gemacht."

„Na ja, ein paar vielleicht", gab sie widerwillig zu. Es kam ihr vor wie Verrat, eine Verschiebung von Allianzen. Plötzlich waren sie und Joe Bündnispartner, während bisher immer ihre Kollegen ihre Bündnispartner gewesen waren, und dazu war sie noch nicht bereit. „Das heißt noch lange nicht, dass ich daraus auch praktische Konsequenzen ziehen müsste."

„Es bringt nichts, den Kopf in den Sand zu stecken", sagte Joe leise.

Das wusste Nell aus bitterer Erfahrung. Und sie verabscheute Joe dafür, dass er sie daran erinnert hatte.

„Du tust dieser Person keinen Gefallen damit, wenn du schweigst", sagte er.

„Ich weiß nichts", beharrte sie.

„Aber du hast einen Verdacht."

Sie war hin und her gerissen. „Ich weiß nichts", wiederholte sie. „Ich kann nicht arbeiten, wenn ich durch die Gegend laufe und jeden um mich herum verdächtige."

„Und wenn du verhaftet bist, kannst du auch nicht mehr arbeiten. Also los, wen hast du in Verdacht?"

Nell stellte ihren Behälter mit den Shrimps auf dem Couchtisch ab. Ihr war der Appetit vergangen.

„Du hast eine Verantwortung", erklärte Joe. „Wenn du jemanden in Verdacht hast, mit Drogen zu handeln, hast du die moralische Verpflichtung, ihn anzuzeigen."

„Ich habe den Leuten gegenüber, die mit mir zusammenarbeiten, eine Verantwortung", konterte Nell. „Was ist, wenn es diese Person nicht des Geldes wegen macht?"

„Du meinst, wenn sie damit ihren eigenen Verbrauch deckt?"

Sie nickte nachdrücklich. „Was ist, wenn diese Person eine Therapie braucht? Sie der Polizei auszuliefern, könnte das Falscheste sein, was ich machen kann. Es könnte sein, dass sie sich davon nie wieder erholt."

„Und wenn du einfach darüber hinwegsiehst, dass sie ein Problem hat, wird sie sich erst recht nicht erholen, das garantiere ich dir."

Vom Verstand her akzeptierte Nell, was Joe sagte. Aber ihr Herz bekam Panik und schrak zurück.

„Ich will aber nicht zur Polizei gehen", brach es aus ihr heraus.

„Wir könnten zusammen gehen."

Sie schüttelte den Kopf.

„Du musst diese Person mit ihrem Problem konfrontieren. Wenn sonst schon nichts, gib ihr wenigstens die Chance, sich selbst zu verteidigen."

Die Kluft wurde immer breiter. Ihr dröhnte der Kopf. „Ich weiß nicht, ob ich das kann."

„Sicher kannst du das", sagte Joe. Sein Tonfall war leicht, aber er musterte sie eingehend. „Du schreckst doch sonst vor nichts zurück."

„In einem ähnlichen Fall bin ich schon einmal zurückgeschreckt." Sie spürte zu ihrem Entsetzen, wie ihr die Tränen in die Augen schossen. „Bei Richard. Ich habe ihn viel zu spät zur Rede gestellt. Es war meine Schuld, dass er damals nicht die Hilfe bekommen hat, die er brauchte."

„Das ist doch Unsinn", sagte Joe.

„Nein, es stimmt." Sie fiel in ein tiefes schwarzes Loch aus Schuldgefühlen. „Ich habe ihm gegenüber versagt und in unserer Ehe auch."

„Du hast ihn davor bewahrt, der schmerzhaften Realität ins Auge sehen zu müssen", sagte Joe. „Und das war wahrscheinlich wirklich ein

Fehler. Wenn man einen Süchtigen vor den Konsequenzen seiner Sucht zu bewahren versucht, ist das kein Anreiz für ihn, sich zu ändern. Aber dieser Wunsch nach Veränderung kann nur aus ihm selbst kommen. Er selbst muss entscheiden, sich zu ändern. Von außen hat man auf diese Entwicklung keinerlei Einfluss."

„Und warum sollte ich dann jetzt irgendetwas versuchen? Wo ich nicht einmal meinem eigenen Mann helfen konnte?"

„Du brauchst mich nicht, damit ich dir diese Frage beantworte", sagte Joe sanft. „Schließlich hast du selbst irgendwann gesagt, dass sich nie etwas verändert, wenn man es nicht versucht."

„Und du hast gesagt, dass sich sowieso nichts ändert."

„Vielleicht glaube ich das wirklich, vielleicht aber auch nicht." Er legte seinen Arm über die Rückenlehne der Couch, seine Hand streifte ihre Schulter. Seine Finger berührten ihre Haarspitzen. „Vielleicht musste ich mich ja erst von dir wieder daran erinnern lassen."

„Verdammt, Reilly." Jetzt liefen ihr die Tränen übers Gesicht. „Was soll ich denn deiner Meinung nach tun?"

„Du selbst musst gar nichts tun", sagte er. „Sag mir einfach, wen du in Verdacht hast, und dann sehen wir weiter."

Du selbst musst gar nichts tun? Wem wollte er hier etwas vormachen? Alles, was sie in ihrem Leben erreicht hatte, hatte sie aus eigener Kraft erreicht.

Richtig, und wohin hatte sie das gebracht?

Jetzt hatte sie die Wahl, jetzt hatte sie eine Chance, etwas anders zu machen.

Wenn sie ihm vertraute.

Sie atmete tief durch und starrte auf den Couchtisch, während sie leise sagte: „Ich fürchte, es ist Melody."

Er hüllte sich in Schweigen. Was hätte er auch sonst machen sollen?

Nell versuchte es noch einmal. „Du erinnerst dich doch an Melody King? Unsere Bürokraft? Sie …"

„Ich weiß, wer Melody ist. Ich glaube nicht, dass sie es war."

So weit, so gut.

„Aber Melody ist die Einzige, die früher drogenabhängig war", wandte sie ein.

„Hast du irgendeinen Grund anzunehmen, dass sie rückfällig geworden ist?"

„Ich habe keinen Beweis. Aber das Gegenteil kann ich auch nicht beweisen. Es ist schließlich nicht so, dass sie mir jedes Mal Bericht erstattet, wenn sie zu einem AA-Treffen geht."

Als Joe den Kopf hob und sie anschaute, machte ihr Herz einen kleinen erschrockenen Satz, weil sich sein Gesicht verzerrte und er die Lippen so grimmig aufeinander presste. Plötzlich hatte sie Mitleid mit ihm, ohne zu wissen, warum.

„Sie geht zu den Treffen", sagte er.

Nell machte den Mund zu und versuchte normal zu atmen. „Woher weißt du das?", flüsterte sie.

„Weil ich sie dort getroffen habe." Seine Stimme klang gepresst. In seinen Augen spiegelte sich sein ganzes Elend. „So, jetzt weißt du es, Nell. Ich bin süchtig. Genau wie dein Ex."

13. KAPITEL

Nell starrte ihn wie vor den Kopf gestoßen an.

„Warum erzählst du mir das?", brachte sie schließlich mühsam heraus.

Joe fühlte sich hundeelend. Es geschah ihm ganz recht, dass er sich so fühlte. Er hatte vorher gewusst, wie er sich fühlen würde, und er hatte sein großes Maul trotzdem aufgerissen.

„Melody ist ein gutes Mädchen", sagte er. „Ich finde, du solltest ihr vertrauen."

„Aber dir ist klar, dass ich jetzt *dir* misstrauen könnte?"

Er zuckte zusammen. Nun, was hatte er erwartet? Grenzenloses Verständnis? Ganz bestimmt.

Er war ein Opfer seiner eigenen Fantasie geworden. Hatte Luftschlösser gebaut, mit Nell in seinem Leben ...

Sie beobachtete ihn noch immer, in Erwartung einer Antwort.

„Ja", knurrte er.

„Dann nimmst du es also lieber in Kauf, dass ich dich für etwas verurteile, was du getan hast, als dass ich Melody wegen etwas verdächtige, was sie nicht getan hat?" Nells Stimme war kühl, ihre Ausdrucksweise präzise.

Er beäugte sie wachsam. Worauf wollte sie hinaus?

„Ja."

Sie nickte, als ob er etwas bestätigt hätte, was sie ohnehin wusste.

„Und du gehst zu den Treffen? Zu den Anonymen Alkoholikern?"

„Ja. Ich sage doch, dass ich Melody dort getroffen habe."

„Dann bist du überhaupt nicht wie mein Exmann", stellte Nell fest.

Er begann wieder zu atmen. Schöpfte neue Hoffnung.

Was ganz bestimmt ein Fehler war.

„Bist du immer noch abhängig?"

„Nein." Er nahm ihr die Frage nicht übel. Sie hatte ein Recht darauf, es zu wissen. Und es war endlich einmal eine Antwort, für die er sich nicht schämen musste.

„Wie lange warst du ..." Sie zögerte.

„Auf Entzug? Sieben Monate."

Zweihundertvierzehn Tage, und jeder einzelne Tag ein Sieg.

„Und vorher?"

„Wie lange ich abhängig war, meinst du?"

Sie wurde rot. „Nein, ich ... na ja ..." Sie begegnete seinem Blick, dann presste sie entschlossen die Lippen zusammen. „Ja."

„Das weiß ich gar nicht so genau. Getrunken habe ich wahrscheinlich schon immer zu viel. Kriegsberichterstatter, die nachts in schlechten Hotels eingesperrt sind, versuchen fast immer Hemingway zu spielen. Wir haben alle gesoffen. Aber ich hatte es immer noch irgendwie im Griff, oder zumindest dachte ich das, bis ich in den Irak kam."

„Was passierte dort?", fragte sie leise.

Joe nahm sein Bein vom Kaffeetisch. Er war nicht daran gewöhnt, dass ihm jemand Fragen stellte. „Das ist eine lange Geschichte."

„Ich kann gut zuhören."

Ja, das konnte sie wirklich.

Joe schaute auf seine Hände, faltete sie zwischen seinen Knien. „Am Anfang war ich stolz darauf, einfach nur dabei sein zu dürfen. Das waren wir alle. Wir waren in die Truppen eingebettet, egal ob man sie als Invasoren oder Befreier bezeichnet. Im Pressecorps schwirrte so viel Testosteron durch die Luft, dass man uns für einen Sandsturm halten konnte. Wir konnten unzensiert über alles berichten und waren entschlossen, den Leuten zu Hause bis in die kleinste Einzelheit zu berichten, wie es da drüben wirklich ist."

„Dein Bruder hat erzählt, dass du einen Preis gewonnen hast. Für den Artikel über die Plünderungen von Bagdad."

„Ja, stimmt. Obwohl ich nicht behaupten könnte, dass es mich zum Zeitpunkt der Preisverleihung wirklich interessiert hätte."

„Wegen deiner Verletzung."

Er wünschte, er könnte sie in dem Glauben lassen.

Joe hatte in der Vergangenheit mit seinem Paten, seinem Priester und anderen Aussteigern gesprochen. Nur Schritt fünf hatte er nie gemacht, der bedeutete, den sicheren Kreis der AA zu verlassen und mit seinen Arbeitskollegen und seiner Familie über seine Situation zu sprechen.

„Ich machte mir nichts daraus, weil ich bei der Preisverleihung bis obenhin zugedröhnt war", stellte er heiser richtig.

Es war keine Genugtuung zu sehen, wie Nell zusammenzuckte.

Aber Joe biss die Zähne zusammen und fuhr entschlossen fort: „Und dann kam der Tag, an dem ich mir den Knöchel brach ... aber ich wollte einfach nicht aufgeben. Vielleicht war es ja das Adrenalin. Oder Stolz. Oder reine Blödheit. Ich wickelte mir eine elastische Binde ums Fußgelenk und berichtete weiter. Und als das nicht mehr half, überredete ich die Ärzte, dass sie mir einen Gehgips dran klatschten und mir noch stärkere Pillen gaben. Verglichen mit dem, was um mich herum passierte, erschien mir das, was ich auszustehen hatte, keine große Sache."

Joe atmete aus. „Aber der Bruch wollte einfach nicht heilen. Und irgendwann bestand mein Fußgelenk nur noch aus Fleisch mit Knochensplittern, das durch Haut zusammengehalten wurde. Zu diesem Zeitpunkt nahm ich schon alles, was ich in die Finger bekam, nur um über die Runden zu kommen. Morphium gegen die Schmerzen, morgens Diätpillen zum Aufputschen und abends Alkohol, damit ich nachts schlafen konnte."

Nell bewegte sich neben ihm.

Sie hatte von ihrem Exmann wahrscheinlich genug Ausreden für ein ganzes Leben gehört. Sie brauchte von ihm nicht noch mehr.

„Ich habe dich gewarnt, dass es eine lange Geschichte ist", sagte er.

Jetzt beugte sie sich vor und legte ihm eine Hand aufs Knie, die Hand einer Krankenschwester, warm und unpersönlich. Aber er sollte wahrscheinlich froh sein, dass sie überhaupt noch bereit war, ihn zu berühren.

„Erzähl weiter."

„Mehr gibt es nicht zu erzählen."

Und mehr würde sie ihm auch nicht glauben. Süchtige waren notorische Lügner. Sie belogen sich selbst. Sie belogen ihre Arbeitgeber und Kollegen. Sie belogen die Menschen, die sie liebten.

„Wie kamst du zurück in die Staaten?"

„Ich hatte einen Zusammenbruch, und die Zeitung holte mich nach Hause." Dann fuhr er schnell fort: „Ich kam ins Krankenhaus und wurde operiert, was mir allerdings weder mit meinem Knöchel noch bei meinem Drogenproblem half. Und nachdem ich mich drei Monate lang in Selbstmitleid gesuhlt und meiner Familie nichts als Kummer bereitet hatte, wurde mir klar, dass mein Leben ein einziges Chaos und meine Karriere im Eimer ist und dass ich dringend Hilfe brauche."

Er riskierte einen Blick auf sie und hoffte, dass er nicht so erbärmlich klang wie er sich fühlte.

Sie schaute ihn aus klaren blauen Augen ruhig an. Er bekam vor Angst Magenschmerzen.

„Deshalb trinkst du also nie Alkohol", stellte Nell fest.

„Ja."

„Und weil du Angst hast, rückfällig zu werden, wenn du wieder Schmerzmittel nimmst, wehrst du dich gegen diese aus medizinischer Sicht unumgängliche Operation."

Gut erkannt.

„Ja." Er räusperte sich. „Ziemlich schwach, was?"

„Ganz im Gegenteil. Ich finde es bemerkenswert diszipliniert", sagte Nell in ihrer sachlichen Art. Als er ihr einen erstaunten Blick zuwarf, fügte sie hinzu: „Und sehr tapfer. Aber bist du dir sicher, dass das nötig ist? Es gibt Schmerzmittel ohne süchtig machende Komponenten, die …"

„Dieses Risiko will und kann ich nicht eingehen", unterbrach er sie entschieden.

„Du solltest es dir überlegen", meinte Nell sanft. „Du musst an deine Zukunft denken."

„Nein, das muss ich nicht. Ich kann es nicht. Ich lebe nur noch von einem Tag zum anderen."

Das lernte man beim AA. Um nüchtern zu bleiben. Tag um Tag.

Nell beobachtete ihn besorgt, mit einem bitteren Zug um den Mund.

Er wurde von Reue überschwemmt.

Um die Stimmung ein bisschen aufzuheitern, grinste er sie zerknirscht an. „Ich fürchte, ich muss noch an mir arbeiten. Da taucht eine schöne Frau mit Essen vom Chinesen bei mir auf und will mit mir feiern, und ich ruiniere alles mit meinen alten Geschichten."

Er war erleichtert, als sie zurücklächelte. „Na ja, ein bisschen verdirbt so etwas die Stimmung schon", räumte sie ein.

Das war die Untertreibung des Jahres.

Joe stand unbeholfen auf. „Komm jetzt. Ich fahre dich heim."

Nell blieb sitzen. „Es sei denn, die Frau betrachtet Aufrichtigkeit als eine ganz besondere Tugend."

Sein Herz begann zu hämmern.

Sie hob das Kinn. „Es sei denn, sie achtet dich dafür, dass du versuchst, einen anderen Menschen zu beschützen, auch wenn du selbst dabei das Nachsehen hast."

Nachdem sie ihre langen Beine entfaltet hatte und aufgestanden war, stand sie so dicht vor ihm, dass sein Körper anfing zu kribbeln. Sie legte ihre Hände auf seine Brust. Ihr Haar streifte sein Kinn. Er konnte ihr Shampoo riechen.

„Vielleicht sollten wir versuchen, uns immer nur um eine Sache pro Tag zu kümmern", sagte sie.

„Und um was zum Beispiel?", fragte er heiser.

„Um das." Sie stellte sich auf die Zehenspitzen und streifte seine Lippen mit ihren. „Um uns."

„Uns?" Hatte sie wirklich *uns* gesagt? Oh, verdammt!

Aber sich um ihn und seine Probleme zu kümmern, war ein enormes Risiko. Ein Schritt ins Dunkel für eine Frau, die sehen wollte, wohin sie ging. Ein riesiger Vertrauensvorschuss von einer Frau, deren Vertrauen schon einmal sträflich missbraucht worden war. Und selbst wenn Joe sie noch so sehr wollte, konnte er es doch nicht zulassen, dass sie da mit geschlossenen Augen hineinsprang.

„Bist du dir wirklich sicher?"

„Nein", gab Nell mit verheerender Offenheit zu. „Aber ich möchte es gern sein. Überzeug mich."

Sein Blut rauschte in seinen Ohren. „Ich will dich zu nichts überreden, wozu du noch nicht bereit bist."

Sie lächelte. „Dann sag einfach nichts", schlug sie vor.

Das könnte funktionieren. Ihr Anblick verschlug ihm ohnehin die Sprache.

Er legte seine Hände auf ihren hübschen runden Po und zog sie näher zu sich heran. Er mochte es, wie sie sich an ihm anfühlte, ihre Hüften und Brüste. Er küsste sie langsam und kostete dabei die Wärme ihres Körpers und die würzige Hitze ihres Mundes aus.

Überzeug mich.

Er holte tief Atem und schob seine Hände nach oben, unter ihre Brüste und strich mit den Daumen sacht über ihre Brustspitzen. Sie wurden sofort so hart, dass er sie durch den Stoff hindurch spüren konnte. Er rieb sie sanft und begann, ihre Bluse aufzuknöpfen.

Sie hielt ihn auf. „Wo ist dein Schlafzimmer?"

Er schaute über seine Schulter auf seine großen vorhanglosen Wohnzimmerfenster. „Am Ende des Flurs."

Hand in Hand gingen sie in sein Schlafzimmer. Dort blieb Nell stehen und ließ ihren Blick über die Gegenstände wandern, die er von seiner Großmutter geerbt hatte, das Heiligenbild aus dem Kosovo, die Glaskunst aus Israel, den rotschwarzen Kelim auf seinem Bett.

„Toll. Aus irgendwelchen Gründen habe ich schwarzen Satin und ein Wasserbett erwartet."

Er lehnte sich gegen den Türrahmen. „Enttäuscht?"

„Nein, das hier ist besser." Sie drehte sich um und schlang ihre Arme um seine Taille. Als sie ihn anlächelte, wurde ihm ganz schwindlig vor Verlangen.

Und jetzt erlaubte sie ihm, ihre Bluse aufzuknöpfen. Darunter waren nur glatte Kurven und weiche Baumwolle. Er holte bewundernd Luft. Sie schob ihm das Hemd von seinen Schultern, dann zogen sie sich gegenseitig aus. Sie ließen sich Zeit dabei und küssten sich zwischendurch immer wieder.

Er zog sie so fest an sich, dass sie den heißen Beweis seines Verlangens spüren konnte, streichelte ihren Rücken, ihren tollen Po. Sie war schön. Nackt. Und jetzt gehörte sie ihm.

Er holte schnell ein Kondom aus dem Bad, wobei er das Licht über dem Waschbecken anließ, dann drängte er Nell zum Bett zurück, bis ihre Kniekehlen die Matratze berührten. Und als er sie aufs Bett legte, breitete sich ihr helles Haar wie ein Fächer auf dem roten Gobelin aus. Sie schaute ihn aus weit geöffneten Augen ruhig an. Er legte seine Handflächen auf ihre, verflocht seine Finger mit ihren und drang gleich darauf schnell und geschmeidig in sie ein.

Sie erschauerten beide heftig.

Immer ein Tag nach dem anderen, erinnerte er sich, und dann konzentrierte er sich wieder auf diese Nacht, auf diesen Moment, in dem sie mit ihren langen kräftigen Beinen fest seine Taille umklammerte, in dem ihr warmer Atem sein Ohr streifte, während er sich langsam und gleichmäßig auf ihr bewegte.

Er hob den Kopf und schaute sie an. Sie erwiderte seinen Blick. Konzentriert. Intensiv. Voller Verlangen.

Er stieß einen Fluch aus und rollte sich von ihr herunter.

Nell runzelte verwirrt die Stirn. „Was hast du denn …?"

Da begann er sie mit heißen Küssen zu überschütten, ihren Hals, ihre Brüste, ihren Bauch, die Innenseiten ihrer Schenkel. Und dann fing er an, sie mit seiner Zunge zu liebkosen, bis sie vor Lust keuchte und sich unter ihm wand.

„Nein, hör auf, Reilly."

„Sei still", befahl er und fuhr fort, sie zu liebkosen.

Sie schmeckte köstlich, heiß und exotisch. Er hielt sie nieder und traktierte sie mit Lippen, Zunge und Zähnen, bis er spürte, wie sie heftig erschauerte. Bis sie ihre Finger in seine Haare krallte und ihn zu sich hochzog.

Er legte sich auf sie und drang in sie ein, während sie bereits anfing, sich unter ihm zu bewegen. Als er spürte, wie sich ihre Muskeln zusammenzogen, hätte er fast die Kontrolle verloren. Aber er trieb sich an, trieb sie beide an, nahm sie tiefer, schneller …

Ihre Augen weiteten sich. Ihr Atem stockte.

„Jetzt", murmelte er. „Komm. Jetzt."

Er hielt immer noch ihre Hände fest, während sie sich im Taumel der Lust unter ihm aufbäumte. Er schloss die Augen und stürzte mit ihr zusammen über den Rand der Ekstase.

Nachdem sie eine ganze Weile mit hämmernden Herzen still da gelegen hatten, küsste Joe Nell auf die Stirn. „Geht's dir gut?"

Nell zitterte immer noch. Ging es ihr gut?

Normalerweise war sie es, die alle Fäden in der Hand hatte, die sich um alles kümmerte, doch diesmal war es anders gewesen. Sie hatte sich einfach gehen lassen, während Joe die Führung an sich gerissen hatte. Und siehe da, der Himmel war nicht eingestürzt. Dafür hatte die Erde gebebt. Joe hatte einen entschlossenen Angriff auf ihre Sinne gestartet. Und jetzt wusste sie nicht, ob sie kämpfen oder sich ergeben sollte.

Nell schaute in das harte, kantige Gesicht ihres Geliebten. Er war immer noch auf ihr, in ihr, ihre schweißnassen Körper waren sich immer noch ganz nah.

Um ein bisschen Abstand zwischen sie zu bringen, scherzte sie: „Frag mich nach dem Namen des Präsidenten."

„Oh, Gott." Joe stützte sich auf seine Ellbogen auf. „Dein Kopf. Was macht dein Kopf?"

Ihr war immer noch ganz schwindlig, aber das kam nicht von der Gehirnerschütterung.

„Ich weiß nicht. Sitzt er noch auf den Schultern?"

Die Besorgnis verschwand aus Joe Augen, er lächelte. „Sieht ganz danach aus."

„Dann würde ich sagen, dass es mir gut geht."

„Sicher? Möchtest du irgendetwas?" Er strich ihr das Haar aus der Stirn. Die Geste war so zärtlich, dass sich ihr vor Rührung der Hals zusammenschnürte. „Ein Glas Wasser vielleicht?"

Sie verspürte ein leises Unbehagen. Es kam ihr irgendwie nicht richtig vor, sich von ihm bedienen zu lassen. Immerhin hatte sie ihr ganzes Leben lang nichts anderes getan, als sich um andere zu kümmern.

Sie schluckte den Kloß in ihrem Hals. „Lass nur, ich hole es mir schon selbst."

Joe schüttelte entschieden den Kopf. „Kommt nicht in Frage."

Er küsste sie und rollte sich weg.

In diesem Moment wurde ihr klar, woher dieses Unbehagen rührte. Bei Joe gab es für sie nichts mehr zu tun. Dadurch, dass er ihre angestammte Rolle übernahm und sie umsorgte, fühlte sie sich verletzlich.

Unzulänglich.

Er wollte sie umsorgen, aber er war nicht bereit, die umgekehrte Situation zu akzeptieren. Er brauchte sie nicht.

Und sie brauchte …

Nell beobachtete, wie Joe nackt aus dem Bad kam. In dem gelben Lichtschein wirkten seine Gesichtszüge wie gemeißelt. Obwohl er hinkte, wirkte sein Körper mit den breiten Schultern und den schlanken Hüften, dem glatten Rücken und den behaarten muskulösen Beinen geschmeidig.

Ganz unerwartet schossen ihr die Tränen in die Augen. Vor Angst wurde ihr die Brust ganz eng.

Vielleicht konnte sie es überleben, die Kontrolle zu verlieren.

Aber wie sollte sie es überleben, wenn sie ihr Herz verlor?

14. KAPITEL

„Was willst du heute zum Abendessen?", fragte Joe, als er Nell zwei Tage später vor der Klinik absetzte.

Es war so eine typische Paarfrage. *Hi, Honey. Ich bin's. Was gibt's zum Abendessen?*

Nell erschauerte in einer Mischung aus Freude und Angst. Wollte sie wirklich, dass sich mit Joe nach nur zwei Tagen eine häusliche Routine herausbildete? Sie war schon einmal verheiratet gewesen und war nicht erpicht, denselben Fehler noch einmal zu machen.

Andererseits war Joe nicht Richard. Sie konnte ihm vertrauen, und sie vertraute ihm.

Immer ein Tag nach dem anderen, erinnerte sie sich und beugte sich vor, um ihn zu küssen. „Warum holst du mich nicht einfach um sieben ab? Dann sehen wir weiter."

Er streckte den Arm aus, um ihre Tür von innen zu öffnen. Er roch nach Aftershave und – nur schwach – nach Tabak. „Heute ist Freitag. Ich dachte, ihr macht freitags früher Schluss."

„Stimmt. Aber ich habe noch Papierkram aufzuarbeiten."

„Wäre es nicht vernünftiger, ein bisschen Schlaf nachzuholen?"

„Ach, schlafen wir heute Nacht?", neckte sie ihn.

„Sehr lustig, Dolan. Sieh jetzt zu, dass du hier rauskommst, sonst bekomme ich noch einen Strafzettel."

„Ich kenne da einen Typ, dessen Bruder ist bei der Polizei. Er könnte vielleicht ein gutes Wort für dich einlegen."

„Raus jetzt", befahl Joe.

Nells Lächeln blieb auf ihrem Gesicht liegen, bis sie am Empfang auf Billie stieß, die wütend war, weil Jim Fletcher abgesagt und ihr Neffe einen Termin bei ihm hatte.

„Warum kommt er denn nicht?", erkundigte sich Nell bei Melody, die es ausgerichtet hatte.

Melody wurde rot. „Er hat gesagt, dass er sich nicht wohlfühlt."

Oje. Deckte Melody den gut aussehenden Arzt? Oder hatte sie womöglich eine Affäre mit ihm?

„In Ordnung. Ruf seine Patienten an und frag, welche Termine sich verschieben lassen. Dringende Termine gibst du an mich oder Dr. Nguyen weiter. Billie, wie geht es Trevor?"

„Er hat Schmerzen", gab Billie mit ausdruckslosem Gesicht zurück.

„Eine neue Schmerzattacke?"

„Immer noch dieselbe."

Nell verzog mitfühlend das Gesicht. „Das tut mir leid. Willst du, dass ich ihn mir ansehe?"

„Was bringt das schon?", fragte Billie gereizt, dann drehte sie sich auf dem Absatz um und ging davon.

Nell schaute ihr bedrückt nach.

„Ich habe dir den Kontoauszug von gestern auf den Schreibtisch gelegt", brach Melody das betretene Schweigen. „Joe hat uns eine fette Spende überwiesen, die jemand bei der Zeitung abgegeben hat. Das musst du dir ansehen."

„Ich mache es beim Mittagessen", versprach Nell.

Aber ihre Mittagspause verbrachte sie mit Eintragungen in die Karteikarten, weil sie heute doppelt so viele Patienten gehabt hatte wie normalerweise. Nach dem Essen war Stanley Vacek wieder da, starrte sie unter seinen buschigen Augenbrauen finster an und beschwerte sich, dass ihn die neuen Tabletten so müde machten.

Nell hörte zu, nickte mitfühlend und maß seinen Blutdruck.

„Ich habe in der Zeitung gelesen, dass Sie Geldprobleme haben", sagte Vacek anklagend.

Seit Joes Artikel erschienen war, machten sich viele Patienten Gedanken um die Zukunft der Poliklinik.

Nell lächelte beruhigend. „Das ist bei uns normal, aber wir kommen trotzdem schon lange Zeit über die Runden, Mr. Vacek. Und in den letzten paar Tagen haben wir erfreulicherweise deutlich mehr Spenden bekommen als sonst. Sie brauchen sich also keine Sorgen zu machen. Haben Sie irgendwelche Probleme beim Atmen?"

„Nein."

„Schön. Ich werde Sie trotzdem abhören."

Auch am Nachmittag riss der Patientenstrom nicht ab. Um vier war Nell gerade dabei, einem Opfer der jüngsten Grippewelle zu erklären, warum Antibiotika in diesem Fall nicht zu einer Besserung beitragen würden, als Melody den Kopf zur Tür hereinsteckte.

„Kann ich dich kurz sprechen?"

Nell trat auf den Flur. „Hat es nicht Zeit? Ich bin gerade …"

„Detective Ward hat ein paar Fragen", sprudelte Melody mit besorgtem Gesicht heraus. „Ich habe ihn in dein Zimmer gesetzt."

Ihre Beunruhigung war ansteckend. „Ich komme, sobald ich mit Mrs. Chatterjee fertig bin."

Und als Nell ein paar Minuten später ihr Zimmer betrat, sah sie Kevin Ward mit auf dem Rücken gefalteten Händen vor ihrem Schreibtisch stehen, auf dem sich die Papierberge stapelten.

Nell unterdrückte ihre Verärgerung. „Wie kann ich Ihnen helfen, Detective?"

Der stets wie aus dem Ei gepellte Ward wirbelte auf dem Absatz herum und musterte sie von oben bis unten. „Wollen Sie ein Geständnis ablegen, Miss Dolan?"

Nell bekam schlagartig Herzklopfen. „Da ich nichts Illegales getan habe, wüsste ich nicht, was ich gestehen sollte."

„Das war ein Scherz."

Keiner von beiden lachte.

„Ich habe noch ein paar Fragen an Sie", sagte Ward und blätterte in seinem Notizbuch herum. Dann schaute er sie scharf an. „Wenn es Ihnen nichts ausmacht."

Nell fiel so ein großer Stein vom Herzen, dass sie Schwierigkeiten hatte zu atmen. Was konnte sie sagen? Sie hatte nichts zu verbergen. Außer ihrem Verdacht.

„Ich habe nicht viel Zeit."

„Oder ist es Ihnen lieber, wenn wir diese Befragung auf dem Revier durchführen? Dann, wenn es Ihnen passt, selbstverständlich."

Es war eine höfliche Drohung.

Nell schüttelte den Kopf. „Ein paar Minuten kann ich erübrigen."

Ward lächelte. „Das ist sehr freundlich. Was können Sie mir über die zehntausendvierhundertfünfunddreißig Dollar erzählen, die gestern Nachmittag auf Ihr Konto eingezahlt wurden?"

Ihr Mund wurde trocken. „Was?"

„Zehntausendvierhundertfünfunddreißig Dollar", wiederholte Ward. „In bar. Sie wurden gestern Nachmittag auf das Klinikkonto eingezahlt."

In ihrem Kopf wirbelte alles durcheinander. Was hatte Melody gesagt? *Ich lege dir den Kontoauszug von gestern auf den Tisch.*

Nell schaute auf das Chaos auf ihrem Schreibtisch und dann wieder zu Ward. „Woher wissen Sie das, Detective?"

Er lächelte. „Mein scharfer Blick, Miss Dolan. Aber von den Spenden habe ich schon in der Zeitung gelesen. Ein echter Glücksfall für Sie, nicht wahr? Und so viel Geld in bar."

Dabei fiel ihr ein, dass Joe gesagt hatte, Drogengeschäfte würden in den meisten Fällen bar abgewickelt werden. Und dass Ward nach ungewöhnlichen Kontobewegungen suchen würde.

Nell befeuchtete sich die Lippen. „Natürlich freuen wir uns über die öffentliche Aufmerksamkeit und die Spenden. Aber so außergewöhnlich viel Geld sind zehntausend Dollar auch wieder nicht."

Ward zog erstaunt die Augenbrauen hoch. „Dann scheine ich wohl den falschen Job zu haben, Miss Dolan. Mir kommt es sehr viel vor. Was ist denn für Sie viel Geld?"

„Ich wollte damit nur sagen … Es ist natürlich viel Geld, aber Spenden dieser Größenordnung haben wir früher auch schon bekommen. Es ist nichts Ungewöhnliches."

„Und werden diese Spenden immer anonym durch Dritte übergeben? Große Barspenden in einem Umschlag? Ohne Spendenquittung?"

Während Nell in Wards selbstzufriedenes Gesicht schaute, wurde ihr klar, dass sie wieder einmal alles falsch machte. Sie sollte nicht versuchen, sich mit logischen Argumenten zu rechtfertigen. Sie sollte empört, entsetzt, schockiert sein. Sie sollte eine Erklärung verlangen. Auf einem Anwalt bestehen. So verhielt sich jemand, der unschuldig war.

Aber Nell hatte das alles schon einmal durchgemacht. Sie war nicht schockiert. Sie hatte nur Angst.

Ward pflanzte sich mit der größten Selbstverständlichkeit auf die Kante ihres Schreibtischs. „Was glauben Sie denn, wo all dieses Bargeld herkommt, Miss Dolan? Oder darf ich Sie Eleanor nennen?"

„Nell", sagte sie, in Gedanken ganz woanders. Das war entsetzlich. Er verdächtigte sie nicht nur, mit Drogen gehandelt zu haben. Er verdächtigte sie auch der Geldwäsche. „Ich nehme an, der Zeitungsartikel …"

„Hat eine Spendenwelle ausgelöst?"

„So ungefähr."

„Oder eine Welle von Schuldgefühlen?"

Sie hob das Kinn. „Ich weiß nicht. Worauf zielen Ihre Fragen eigentlich ab, Detective?"

„Ich wollte Ihnen nur Gelegenheit geben, Ihre Sicht der Dinge zu erläutern", erwiderte Ward. „Haben Sie irgendwelche Kenntnisse, irgendeine Theorie?"

Er schwieg eine ganze Weile, während sie ihr Blut in ihren Ohren rauschen hörte.

„Nein?", fragte er schließlich und stand auf. „Dann war's das wohl erst einmal. Ich darf Sie bitten, vorerst nicht zu verreisen."

Nach diesen Worten ging er zur Tür.

Nell zwang sich zu atmen.

„Ach, und noch etwas", sagte Ward und drehte sich ganz wie Columbo im letzten Moment um. „Sie werden heute noch einen Anruf bekommen, aber ich will Ihnen schon mal vorab Bescheid sagen. Sie dürfen in nächster Zeit keine Rezepte ausstellen. Ob und wann Sie es wieder dürfen, hängt von den Ergebnissen dieser Untersuchung ab."

Gar kein so schlechter Tag heute, dachte Joe, wobei er eine Zigarette zwischen Daumen und zwei Fingern rollte. In der Redaktion kamen immer noch Spenden für die Poliklinik an. Er hatte Anhaltspunkte für einen Betrug im Gesundheitswesen entdeckt, der hohe Wellen schlagen würde, falls er sich bewahrheitete. Und sein Chef hatte ihm heute Nachmittag erzählt, dass sie vorhatten, seine Serie jeweils sonntags auf der Titelseite zu bringen.

Nein, gar kein schlechter Tag.

Joe grinste und steckte die Zigarette wieder ein. Er konnte es gar nicht erwarten, Nell davon zu erzählen. Himmel, er konnte es sowieso nicht erwarten, sie zu sehen. Er fing langsam an, sich daran zu gewöhnen. Den Tag über in der Redaktion zu arbeiten, dann Nell abzuholen und nach Hause zu fahren.

Okay, an die Schreibtischarbeit musste er sich immer noch gewöhnen, aber der zweite Teil des Tages hatte durchaus etwas.

Er blieb an der Ecke neben dem Pfandleihhaus stehen und wartete darauf, dass die Fußgängerampel auf Grün schaltete. Vielleicht konnte er Nell ja überreden, das Wochenende bei ihm zu verbringen. Er wollte, dass sie in seinem Bett schlief und in seinem Zimmer aufwachte, umgeben von den Sachen, die er mochte. Er wollte mit ihr zum Sonntagsessen zu seinen Eltern gehen, er wollte, dass sie in der Küche mit seiner Mutter lachte und sich beim Essen mit seinen Brüdern kabbelte. Er wünschte sich mehr Verbindendes zwischen ihnen als seinen Rasierapparat in ihrem Bad oder ihre Zahnbürste in einem Zahnputzbecher auf der Konsole über seinem Waschbecken.

Die Ampel schaltete um. Er trat vom Bürgersteig auf die Straße.

Sie sollte bei ihm einziehen. Das wäre die praktischste Lösung. Er hatte das größere Haus. Jawohl, er würde sie fragen, ob sie nicht bei ihm einziehen wollte.

Die Beleuchtung über dem Klinikeingang war an, aber hinter den Fenstern war es dunkel. Joe klopfte an die Glastür.

Nell kam von hinten, ein weißer Fleck hinter der Milchglasscheibe, und schloss auf. Als sie vor ihm stand, spürte er, dass sein Tag erst jetzt richtig rund wurde.

„Was hältst du von Indisch?", schlug er vor. „Ich kenne ein Restaurant auf der Devon, wo es ein leckeres *Chicken Vindaloo* gibt."

Nell klammerte sich an der Tür fest und sagte angespannt. „Tut mir leid, aber ich kann heute nicht. Ich hätte dich anrufen sollen."

Joe verspürte ein nervöses Kribbeln im Nacken. „Was ist los?"

Nells Augen waren so groß und glänzend wie die einer Puppe. „Ich habe noch zu tun." Ihre Stimme zitterte.

„Macht nichts", sagte Joe gleichmütig. Er stellte seinen Fuß in die Tür. „Ich warte."

„Ich muss noch meinen Schreibtisch aufräumen."

„Heute ist Wochenende, Babe. Hat das nicht bis Montag Zeit?"

„Ich komme nicht zurück."

Er nahm seine Hände aus den Hosentaschen. „Wovon redest du?"

Sie holte mühsam Atem. „Diese Spende ... Detective Ward scheint zu glauben, dass es Drogengeld ist."

So ein Dreckskerl. „Hat er dir irgendetwas Konkretes vorgeworfen?"

„Er hat den Berufsverband informiert."

Das war nicht gut. Sie hatte immer noch Bewährung.

Joe kam herein und schloss fest die Tür hinter sich. „Und?"

Sie zuckte zusammen. „Sie haben die Drogenbehörde informiert. Ich darf bis auf Weiteres keine Rezepte mehr ausstellen."

„Was heißt das?" Seine Fragen kamen so schnell nacheinander wie die Kugeln aus einem Maschinengewehr.

Nell schluckte. „Es heißt, dass ich meine Arbeit nicht mehr machen kann."

„Warte. Bist du bei euch die einzige Krankenschwester mit der Erlaubnis, Rezepte auszustellen?"

„Ja."

Er überlegte einen Moment und sagte dann: „Du könntest eine andere Krankenschwester einstellen. Nur bis alle Vorwürfe gegen dich entkräftet sind."

In ihren Augen lag ein trostloser Ausdruck. „Und wie lange wird das dauern? Wie viel Schaden wird der Skandal in der Zwischenzeit angerichtet haben?"

„Was denn für ein Skandal? Wer muss davon erfahren? Ich habe jedenfalls nicht vor, darüber zu schreiben."

„Auch nicht, wenn es Neuigkeiten sind?"

Er fühlte sich überrumpelt. Was würde er tun, wenn die Sache durchsickerte und ihn sein Chef beauftragte, etwas darüber zu schreiben?

Nell schaute weg. „Außerdem gibt es noch andere Zeitungen in der Stadt."

„Du übertreibst die Sache", wandte Joe verzweifelt ein.

„Das glaube ich nicht. Den Vorstand hat Ward ebenfalls informiert", erklärte sie. Joe warf ihr einen ungläubigen Blick zu.

Verdammter Dreckskerl. Musste er seine Nase überall hineinstecken?

„Und?"

„Irgendwer hat den Vorschlag gemacht, dass es für die Klinik das Beste wäre, wenn ich kündige."

„Vergiss es", sagte Joe. „Sie können dir nichts anhaben. Sie können dich nicht grundlos feuern, und wenn sie es tun, haben sie genau die Art Skandal, die sie verhindern möchten."

„Aber ich habe ihre Unterstützung verloren. Es gibt Leute, die bezweifeln, dass ich in der Lage bin, meinen Job richtig zu machen. Außerdem wird immer noch wegen Rezeptfälschung gegen mich ermittelt."

„Du wirst dich erfolgreich dagegen zur Wehr setzen."

„Ich bin zu müde, um zu kämpfen", sagte Nell niedergeschlagen.

Es war ungefähr so, als ob Johanna von Orleans freiwillig die Waffen gestreckt hätte. Dass Nell aufgeben wollte, erschreckte Joe mehr als die Beschuldigungen, die man gegen sie vorbrachte.

„Ich verstehe ja, dass du müde bist", sagte Joe. „Aber das heißt noch lange nicht, dass du aufgeben musst."

„Doch. Zum Wohl der Poliklinik", sagte Nell.

„Du bist das Wohl der Poliklinik. Du *bist* die Poliklinik. Du bist die treibende Kraft. Du bist ihr Herz. Das weiß jeder, der hier arbeitet."

„Irgendjemand, der hier arbeitet, stiehlt Drogen und versucht es mir in die Schuhe zu schieben."

Und dieser Verrat verletzte sie mehr als alles andere, wie Joe vermutete. Kein Wunder, dass sie aufgeben wollte. Zorn auf die Person, die ihr das antat, stieg in ihm auf.

„Du musst darauf vertrauen, dass die Polizei die Sache aufklärt. Mein Bruder, Dietz, sogar Ward. Lass einfach die Profis ihre Arbeit machen."

„Das sagt ein Mann, der nicht mal seinen eigenen Ärzten traut?"

Joe presste die Kiefer aufeinander. Sogar wenn sie niedergeschlagen war, verstand Nell es immer noch gefährlich gut, den Finger auf die Wunde zu legen. „Ich sage nur, dass du dir nicht von deiner Vergangenheit die Gegenwart kaputt machen lassen darfst. Du darfst dich nicht von deiner Angst abhalten lassen, das Richtige zu tun. Die Arbeit zu tun, die du liebst. Eine Arbeit, durch die sich hier in diesem Viertel, in dieser Stadt etwas verändert."

Nells Gesicht war kalkweiß. Sie schaute ihn aus leicht zusammengekniffenen Augen an, während sie zurückgab: „Du lässt dich doch auch von deiner Angst abhalten, das Richtige zu tun, Warum sollte ich weiser und stärker, hoffnungsvoller und entschlossener sein als du?"

„Weil …" Nicht in der Lage auszudrücken, was ihr Idealismus, ihre Leidenschaft und ihr Mitgefühl ihm bedeuteten, öffnete er weit seine Arme: „Weil du es einfach bist."

„Nein, das bin ich nicht."

„Ich hätte dich nie für feige gehalten", versuchte er sie zu provozieren.

Sie riss den Kopf zurück. „Und ich hätte dich nie für scheinheilig gehalten. Aber ich muss dir ja nicht zuhören."

Ihre Anklage traf ihn so hart wie ein Handkantenschlag ins Genick.

„So ist es", sagte Joe und ging nach draußen.

Als Nell ihm nachschaute, wie er leicht hinkend mit langen Schritten die Straße hinunterging, zerbrach irgendetwas in ihr. In ihren Augen brannten Tränen. Sie blinzelte.

Jetzt zu allem Überfluss auch noch dieser Streit, das war einfach zu viel, und es war ihre Schuld, zumindest zum Teil, weil sie ihm so schreckliche Sachen an den Kopf geworfen hatte, obwohl er ihr doch nur gesagt hatte, was sie selbst schon wusste. Sie musste kämpfen. Das Problem war nur, dass sie viel zu müde war, um noch länger zu kämpfen.

Außerdem hatte sie es satt, ständig Verantwortung zu übernehmen.

Joe drehte sich nicht um.

Tränen strömten ihr übers Gesicht. Sie schaltete das Licht aus und ging zurück in ihr Büro, mit vor Traurigkeit schweren Schritten. Jetzt war ihre Karriere endgültig im Eimer. Alles, was sie sich in den vergangenen zwei Jahren erkämpft hatte, war verloren, niemand glaubte mehr an sie oder unterstützte sie.

Nur Joe, sagte eine leise Stimme in ihrem Hinterkopf.

Sie schob den Gedanken weg und suhlte sich weiter in ihrem Selbstmitleid.

Nell sank auf einen Stuhl und schlug sich die Hände vors Gesicht. Sie war nicht stark genug. Sie war nicht gut genug.

Sie schloss die Augen. Unter ihren Lidern sickerten Tränen hervor und rannen ihr über die Wangen.

Und so saß sie immer noch da, als sie von vorn ein Geräusch hörte. Ein Klicken. Ein Kratzen. Eine Sekunde lang dachte sie, es sei Joe, und ihr Herz machte vor Freude einen wilden Sprung.

Aber natürlich war es nicht Joe. Sie tat den Gedanken sofort als unmöglich ab. Wer immer auch hier drin sein mochte, Joe war es jedenfalls nicht. Er hatte keinen Schlüssel.

Nell wischte sich hastig die Tränen ab. Sie hatte doch abgeschlossen, oder etwa nicht?

Vielleicht war es ja Melody. Sie hatte einen Schlüssel.

Oder die Putzkolonne. Die kam immer irgendwann am Abend.

Aber irgendeine innere Stimme mahnte Nell zur Vorsicht, hielt sie davon ab zu rufen. Sie stand auf. Waren da Stimmen? Ihr Herz fing an schneller zu schlagen.

Statt über den Flur ging sie durchs Schwesternzimmer und durch die Büroebene zur Rezeption.

Obwohl es dunkel war, konnte sie Billie erkennen. Billie besaß einen Schlüssel. Sie hatte zwei Männer bei sich. Fremde. Patienten?

Aber Nell wusste, dass es keine Patienten waren. Ihr Magen krampfte sich vor Schreck zusammen. Sie schaute nach unten auf den Alarmknopf.

In diesem Moment entdeckten sie die drei und blieben stehen.

Einer der Männer – er trug ein schwarzes Stirnband – wandte den Kopf und knurrte Billie an: „Du hast doch gesagt, dass niemand mehr da ist."

15. KAPITEL

Er hatte versucht, ihr zu helfen, und sie hatte ihn als scheinheilig bezeichnet.

Joe krümmte die Schultern gegen die Kälte und schob die Hände tief in die Jackentaschen. Verdammt, er konnte so etwas eben einfach nicht. Er hätte sich nie darauf einlassen sollen. Wenn er nicht diesen Artikel über Nell geschrieben hätte, hätte sie diese Spenden nie bekommen. Und dann hätte sie jetzt nicht diese Schwierigkeiten.

Er hörte das Hallen seiner Schritte auf dem Asphalt. Sein Fußgelenk machte ihm wieder einmal höllisch zu schaffen. Ihm war die Sicherung durchgebrannt. Kein Wunder, dass sie wütend war.

Natürlich machte er es ihr nicht zum Vorwurf, dass sie sich müde und entmutigt fühlte. Oder dass aus ihren Worten Frustration und Angst sprach. Das Einzige, was er ihr zum Vorwurf machte und was er nicht vergessen konnte, war, dass sie recht hatte. Was ihn anbelangte.

Als er vom Bordstein auf die Straße trat, versagte sein misshandeltes Fußgelenk den Dienst. Er knickte um und stolperte.

Du lässt dich doch auch von deiner Angst abhalten, das Richtige zu tun.

Joe hob den Kopf. Er war fast beim *Flynn's* angelangt. Die Bierreklame am Schaufenster leuchtete in der Dunkelheit wie ein Versprechen.

Verdammt richtig, er hatte Angst. Nicht vor der Operation selbst, sondern vor dem, was danach kam.

Er hatte Angst davor, sich wieder in einem Tabletten- und Alkoholnebel zu verlieren.

Er hatte Angst, Nell zu verlieren. Oder zu enttäuschen.

Am meisten jedoch hatte er Angst, bei ihr zu versagen.

Sie wollte nicht auf ihn hören. Sie wollte sich nicht von ihm helfen lassen.

Joe blieb vor dem Eingang der Bar stehen. Und das ließ ihm nur noch eine einzige Wahl.

Nell hasste es, Angst zu haben. Hasste es, sich verletzlich zu fühlen. Und am allermeisten hasste sie es, die Kontrolle zu verlieren.

Sie atmete tief durch und machte unauffällig einen Schritt auf den Alarmknopf unterm Tresen zu. „Billie? Was ist denn hier los?"

Aber ihre Freundin und Kollegin weigerte sich, ihrem Blick zu begegnen.

Nell beschlich eine bitterböse Ahnung.

Du darfst jetzt nicht überreagieren, versuchte sie sich gut zuzureden. Das war schließlich Billie. Billie, die ihren Neffen liebte und sich unermüdlich für jeden ihrer Patienten einsetzte. Billie, die Nell immer wieder wegen ihres nicht vorhandenen Liebeslebens geneckt hatte. Billie, die heute Nachmittag die schriftliche Anordnung, dass Nell bis auf Weiteres keine Rezepte mehr ausstellen durfte, einfach zerrissen und in den Papierkorb geworfen hatte. Billie würde ihr ganz bestimmt nichts tun.

Bei den beiden Männern in Billies Begleitung war sich Nell da allerdings nicht so sicher.

Nell machte noch einen unauffälligen Schritt auf den Alarmknopf zu. Dabei merkte sie, dass sie plötzlich hellwach war. Ihr Gehirn registrierte Einzelheiten. Einer der beiden Männer war groß und der andere klein. Schmächtig. Der Große hatte sich ein Stirnband umgebunden. Der Schmächtige trug im rechten Augenwinkel eine aus drei Punkten bestehende Tätowierung und ein höhnisches Grinsen im Gesicht.

„Wer ist die Schlampe?", fragte er.

„Das ist egal", sagte Billie. „Sie bleibt sowieso nicht."

Eine Faust presste Nells Herz zusammen. Jede Hoffnung, dass ihre Freundin unfreiwillig hier sein könnte, löste sich in Luft auf.

„Stimmt." Er hob seinen Arm. Oh, Gott, er hielt eine Pistole, eine stupsnasige schwarze Kanone, mit der er lässig auf Nell zielte. „Stehen bleiben."

Nell blieb, immer noch zwei Schritte von dem Alarmknopf entfernt stehen, mit schweißnassen Handflächen und hämmerndem Herzen.

„Ist das die Dolan?"

Billie antwortete nicht.

„Ich hab dich was gefragt", brüllte der Schmächtige sie an. „Ist das die Dolan?"

Nell schluckte ihr Herz, das ihr in die Kehle gehüpft war, hinunter. „Was spielt das für eine Rolle? Was wollen Sie hier?"

„Wenn du die Dolan bist, kannst du noch mehr Rezepte ausschreiben. Echte."

„Das kann sie nicht", mischte sich Billie ein. „Ich habe dir gesagt, dass damit Schluss ist."

Er ging mit ruckartigen Bewegungen um sie herum. „Du redest viel, wenn der Tag lang ist. Zum Beispiel, dass niemand hier ist. Du bist genauso blöd und zu nichts nutze wie deine bescheuerte Schwester."

Nells Gehirn arbeitete auf Hochtouren. Billies Schwester? Trevors Mutter. Dann war das hier offenbar deren Freund, die Schlaftablette, wie Billie ihn immer verächtlich nannte. Warum sollte sie ihm helfen? Um damit ihrer Schwester zu helfen? Oder Trevor?

Wieder schob sich Nell in einem unbemerkten Moment einen halben Schritt näher an den Alarmknopf heran.

Der Schmächtige nagelte sie mit einem Blick fest. „Wo sind die Schlüssel?"

Nells Mund wurde trocken. Er wollte die Schlüssel zur Apotheke.

„Nicht ihre Schlüssel", sagte Billie scharf. „Du hast gesagt, dass du es wie einen Einbruch aussehen lassen willst. Du brauchst sie nicht."

Er verzog den Mund zu einem breiten Grinsen, aber seine Augen blieben kalt. „Irrtum. Nachdem ich sie jetzt habe, brauche ich dich nicht mehr."

Nell beobachtete ungläubig, wie er den Arm ausstreckte. Den Arm mit der Pistole.

Billie stemmte die Hände in die Hüften. „Spinnst du jetzt total, oder was?"

Er drückte ab. Die Kugel traf sie in die Brust, und sie fiel über eine Stuhlreihe im Wartebereich.

Nell rang entsetzt nach Atem. Dann ging sie blitzschnell unter der Rezeption in Deckung und drückte mit der gesamten Handfläche so fest sie konnte auf den Alarmknopf. Sie zitterte am ganzen Körper. *Billie, oh, mein Gott, Billie.*

„Schnapp sie dir", befahl der Schmächtige.

Nell kroch auf allen vieren so schnell sie konnte auf das Schwesternzimmer zu. Sie musste in ihr Büro. Dort hatte sie vielleicht noch eine Chance. Die Tür zu ihrem Zimmer konnte man abschließen. Sie würden das Schloss aufschießen müssen. Aber, oh, Gott, Billie lag blutend auf dem Fußboden im Wartezimmer …

Der baumlange Kerl hechtete über den Tresen, und Nell sprang auf die Füße. Sie rannte drei Schritte, dann hatte er sie. Er brach ihr fast das Genick, als er sie an den Haaren brutal zu sich heranzerrte. Hinter ihren Augen explodierten Sterne. Gleich darauf versetzte er ihr einen so harten Stoß, dass sie gegen die Wand geschleudert wurde. Sie fiel hin und rollte über die Schwelle von Untersuchungszimmer 1.

Weiß glühender Schmerz, durchsetzt mit schwarzen Pünktchen, blendete sie. Sie konnte nicht aufstehen, nicht denken, nicht mehr atmen …

Billie. Oh, Gott, Billie konnte auch nicht mehr atmen.

Mit letzter Kraft rappelte sich Nell wieder auf und begann auf allen vieren weiterzukriechen.

Ein Stiefel krachte in ihren Rücken und quetschte sie auf dem Boden wie eine Kakerlake. Die Luft entwich pfeifend aus ihren Lungen.

„Wo sind die Schlüssel?", fragte eine Stimme.

Sie wusste nicht, wem sie gehörte. Es war ihr auch egal. Ihr Gehirn war lahm gelegt. Ihr Kiefer wahrscheinlich zertrümmert. Ebenso wie ihr Wangenknochen, der gegen das Linoleum gepresst wurde. Sie hätte nicht antworten können, selbst wenn sie es gewollt hätte.

Der unerträgliche Druck des Stiefels ließ nach. Eine Hand legte sich auf ihren Rücken, packte sie am Kittel – zum Glück nicht wieder an den Haaren – und riss sie hoch. Das Deckenlicht ging an. Nell schloss geblendet die Augen.

Er schob sein Gesicht ganz dicht vor ihres. Die kleinen schwarzen Punkte in seinem Augenwinkel bewegten sich auf und nieder. Es waren die Symbole der Streetgang, die sich *mi vida loca* – mein irres Leben – nannte.

„Wo sind die verdammten Schlüssel?", fragte er wieder.

Nell leckte sich über die ausgedörrten Lippen. „Ich weiß nicht."

Wumm. Die Ohrfeige, die er ihr versetzte, war so hart, dass Nell gegen die gepolsterte Untersuchungsliege flog. Sie klammerte sich fest, um zu verhindern, dass sie wieder auf dem Boden landete. Auf ihrer Zunge schmeckte sie Blut.

Wie lange mochte es dauern, bis die Polizei auf den Alarm reagierte? Wie lange, bis Billie verblutete? Nell konnte die mühsamen röchelnden Atemzüge ihrer Freundin hören.

Oder waren es ihre eigenen? Schwer zu sagen.

„Her mit den Schlüsseln", sagte der Schmächtige mit drohender Stimme.

Sie könnte sie ihm geben. Sie spürte ihre gezackten Umrisse in ihrer Kitteltasche. Sie bohrten sich in ihren Bauch, während sie bäuchlings quer über der Untersuchungsliege hing.

Wen glaubte sie eigentlich zu beschützen, wenn sie es nicht tat? Die Klinik? Die Öffentlichkeit? Die netten Junkies in der Gegend? Warum sollte sie sich auch nur einen einzigen Gedanken um irgendwen machen, wenn ihr der Kopf dröhnte, ihre Kiefer pochten, ihre Rippen schmerzten und Billie, die Freundin, die sie verraten hatte, blutend auf dem Boden im Wartezimmer lag?

Nell schob eine Hand in ihre Kitteltasche. Ihre Finger schlossen sich um die Schlüssel.

Ich hätte dich nie für feige gehalten.

„Hol sie dir doch!", schrie sie voller Verachtung, während sie sich auf die Ellbogen hochzog und die Schlüssel in den fest verschlossenen Sondermüllbehälter an der Wand warf.

Die Augen des Schmächtigen waren ausdruckslos und kalt. „Das wirst du bereuen", prophezeite er ihr.

Davon war auszugehen.

Sie öffnete den Mund, um zu schreien.

„He, Baby." Diese Stimme kannte sie, diese tiefe, leicht heisere Stimme, die jetzt seltsam verwaschen klang. „Wo ist die Party?"

Über ihr schlug eine riesige Welle der Erleichterung zusammen, gefolgt von blankem Entsetzen.

„Joe!", kreischte sie. „Um Himmels willen, Joe, verschwinde!"

Der Schmächtige fluchte und zerrte sie zur Tür, um zu sehen, was da draußen los war.

Sie schluchzte auf. Oh, Gott. Oh nein. Nicht Joe. Bitte nicht Joe.

Er stand im Türrahmen der Eingangstür und grinste sie verlegen an.

„Bitte, Honey, nich' böse sein", sagte er und kam schwankend auf sie zu.

In diesem Moment durchschoss sie eine neue, ganz andere Angst. Er war doch nicht etwa ... er hatte doch nicht ...

Joe spähte sie an, verwirrt und ohne Billie zu sehen, die reglos am Boden lag. „War'n doch bloß 'n paar Drinks", sagte er in kläglichem Ton.

Nells Gesicht wurde taub. Ihr Herz gefror.

Er war und er hatte.

Sie war am Boden zerstört. Sie fühlte sich verraten. Aller Hoffnung beraubt.

Du bist nicht wie mein Exmann, hatte sie zu ihm gesagt.

Und sie hatte es geglaubt. Sie hatte an ihn geglaubt.

Joe stand leicht schwankend da und lächelte sie sanft an.

„Schick ihn weg", befahl der Schmächtige.

Jetzt erschien der Kerl mit dem Stirnband in dem Durchgang zwischen der Apotheke und dem Patientenausgang.

„Oh, halloo", begrüßte Joe ihn enthusiastisch, aber mehr hörte Nell nicht, weil der Schmächtige sie in Untersuchungsraum 1 zerrte.

„Joe, renn weg!", schrie sie, obwohl sie wusste, dass er es nicht konnte. Er humpelte und schwankte und war betrunken. Sie stieß verzweifelt mit Händen und Füßen um sich.

Ihr Gegner hob seine Pistole. Zielte. Nell versuchte trotz ihres gebrochenen Herzens mit aller Kraft, sich von ihm loszureißen. Aber er zielte nicht auf sie. Er zielte auf den Sondermüllbehälter an der Wand, und gleich darauf schoss er.

Die Wände warfen das Echo des Knalls zurück. Nell schrie auf und duckte sich. Der Gestank von Pulverrauch und geschmolzenem Plastik hing in der Luft.

Der Schmächtige deutete mit seiner Pistole auf den Boden, wo die Schlüssel inmitten von leeren Ampullen und blutigen Einmalspritzen lagen.

„Aufheben", befahl der Schmächtige. „Sonst kommt als Nächstes dein Freund dran."

Joe.

Nell ging besiegt in die Knie. Zitternd vor Angst und Wut stocherte sie in dem Abfall. Ihr Herz bebte vor Mitleid und weil es einen schrecklichen Verlust erlitten hatte.

Er würde Joe sowieso erschießen. Er würde sie beide erschießen.

Nell versuchte sich zu wappnen. Sie machte sich auf den nächsten Schuss gefasst. Und trotzdem keuchte sie laut vor Schreck, als sie den Knall hörte. So nah, so laut.

So laut, dass sie fast den Ruf: „Stehen bleiben, Polizei!", überhört hätte.

In dem Moment, in dem der Schmächtige nach vorn kippte, drehte sie sich um.

Sie schaute über den zu Boden gestürzten Körper hinweg zur Eingangstür. Dort stand Mike Reilly und ließ die Waffe sinken. Sein grimmiges Gesicht war blass und glänzte von Schweiß.

Nell wurde klar, dass er dem Schmächtigen keine Zeit gelassen hatte zu reagieren, keine Chance, sich zu ergeben. Während sie beobachtete, wie sich unter dem Körper langsam eine Blutlache ausbreitete, verspürte sie eine ungeheure Erleichterung in sich aufsteigen.

Doch gleich darauf meldete sich ihr Helferinstinkt zurück. Sie kroch auf allen vieren zu dem Mann und tastete an seinem Hals nach einem Puls. Sie brauchte nicht lange zu suchen, der Puls war da, stark und gleichmäßig. Der Mann lebte. Sie schnappte sich von einem Vorratswagen Latexhandschuhe und eine Handvoll Verbandsmaterial.

„Nell? Sind Sie okay?", fragte Mike.

„Ja, bestens." Sie kämpfte kurz mit den Plastikhandschuhen, dann zog sie sie hoch und rollte ihren außer Gefecht gesetzten Gegner herum. Er verdrehte stöhnend die Augen. Er hatte ein Loch in der Schulter, und sie nahm an, dass sein Schlüsselbein zertrümmert war.

„Sehen Sie nach Joe", drängte sie Mike. „Und nach Billie. Da ist irgendwo noch ein Mann, und er ist hinter Joe her."

„Nein, ist er nicht." Mike schob seine Waffe zurück ins Holster.

Nell war dabei, dem am Boden liegenden Mann einen Druckverband anzulegen. „Tom kam von vorn und ich von hinten. Joe sollte eigentlich vor dem Haus Posten beziehen, aber der verdammte Idiot konnte mal wieder nicht warten. Wir hatten uns gerade alle in Stellung gebracht, als wir den Schuss hörten."

Nell, die gar nicht richtig zugehört hatte, weil sie versuchte, dem Mann, der vorgehabt hatte sie zu töten, das Leben zu retten, hob den Kopf. „Wie geht es ihm?"

„Joe? Er ist am Boden. Aber ..."

Am Boden? Ihr Herz zog sich schmerzhaft zusammen. Sie warf Mike ein Paar Latexhandschuhe zu und traf ihn an der Taille. Sie hatte nicht die Absicht, Joes kleinen Bruder der Gefahr auszusetzen, dass er sich mit Aids anstecken könnte. „Ziehen Sie die an und drücken Sie den Verband ganz fest an seine Schulter. Ich muss mich um Joe und Billie kümmern."

Das Adrenalin, von dem ihr Körper überschwemmt wurde, dämpfte ihre Angst und Panik vorübergehend. Sie brauchte nicht lange zu überlegen. Sie reagierte so wie sie es gelernt hatte. Beladen mit noch mehr Verbandsmaterial und Gummihandschuhen rannte sie nach vorn. Kam sie zu spät? War schon alles vorbei? Als sie die Tür aufstieß, hörte sie die Sirenen.

Joe saß auf dem Boden, mit dem Rücken an der Wand, die Beine lang vor sich ausgestreckt. War er bewusstlos? Auf jeden Fall lebte er. Der baumlange Kerl lag mit Handschellen gefesselt auf dem Boden. Neben einer durcheinander gewürfelten Stuhlreihe beugte sich Tom Dietz über Billie.

Nell war hin und her gerissen, aber nur eine Sekunde lang.

Sie kannte die Prinzipien der Triage. Die schweren Verletzungen mussten zuerst behandelt werden. Immer. Sie rannte auf die Stuhlreihe zu.

Billie war schlimm dran. Nell sah auf den ersten Blick, dass ihre Freundin dringend eine Infusion brauchte, Sauerstoff, Decken, eine Operation und weit mehr Hilfe, als Nell ihr geben konnte. Doch noch ehe sie in die Intensivpflege rennen und sich einen Tropf schnappen konnte, flog die Tür auf. Die sehnlich erwarteten Sanitäter stürmten herein und verteilten sich in Windeseile über den Raum. Zwei Teams.

Nell, die froh war, dass sie sich zurückhalten konnte, während die Sanitäter ihre Arbeit machten, sandte ein stummes Dankgebet zum Himmel.

In Reaktion auf den Schock zitterte sie am ganzen Körper, und ihre Beine drohten einzuknicken. Sie musste sich dringend hinsetzen. Aber noch nicht gleich. Während sie sich ihre Handschuhe abstreifte, taumelte sie, sich an den Stuhllehnen festhaltend, durch den Raum, auf Joe zu, der immer noch mit dem Rücken an die Wand gelehnt am Boden saß. Neben ihm kauerte ein Sanitäter.

Joes Kopf sank zurück. Seine Augen waren geschlossen. Er sah erschreckend aus mit seinem wachsbleichen Gesicht, die kantigen Gesichtszüge verzerrt vor Schmerz, und sie liebte und verabscheute ihn so sehr, dass ihr Herz mitten entzwei brach.

Richard hatte ihr jedes Mal hoch und heilig versprochen, dass es das letzte Mal wäre. Er hatte ihr geschworen, clean zu bleiben, wenn sie ihn nur nicht verließ. Er hatte sie angefleht, ihm zu vertrauen, dann würde er nie mehr irgendetwas nehmen. Bei Joe war es anders gewesen. Er hatte ihr nie etwas versprochen. Aber sie hatte in ihrem tiefsten Innern an ihn geglaubt, und dass ihre Hoffnungen betrogen worden waren, schmerzte unerträglich.

Als Nell bei ihm angelangt war, hatte ein Sanitäter gerade seinen Hemdsärmel hochgerollt und holte eine Spritze heraus.

„Was geben Sie ihm?", fragte sie schärfer als beabsichtigt.

Als Joe die Augen öffnete, wandte sie schnell den Blick ab. Sie wollte nicht sehen, wie diese scharfen blauen Augen von Alkohol benebelt waren, und gleichzeitig wollte sie verhindern, dass er in seinem Zustand die Enttäuschung in ihren Augen las.

„Nur etwas gegen die Schmerzen", sagte der Sanitäter. „He, Sie sind ja ganz voller Blut. Ist das Ihr eigenes?"

Nell schüttelte den Kopf. „Geben Sie ihm Toradol. Aber kontrollieren Sie vorher, wie viel Alkohol er im Blut hat."

„Nell, es ist okay", sagte Joe leise.

Sie legte ihm eine Hand auf den Arm, sie brauchte den Trost, den ihr sein warmer lebendiger Körper geben konnte. In die Augen sehen konnte sie ihm jedoch immer noch nicht.

„Toradol ist ein Schmerzmittel ohne süchtig machende Komponenten. Aber man muss vorsichtig sein, wenn man es im Zusammenhang mit Alkohol nimmt."

„Gut. Toradol ist okay", sagte er sanft. „Aber ich habe nichts getrunken. Du brauchst dir also keine Gedanken um meinen Alkoholspiegel oder sonst etwas zu machen. Ist das alles dein Blut?"

„Nein." Sie hatte es nicht gewusst. „Ich glaube nicht."

Sie war wie betäubt. Sie hatte es kaum zu hoffen gewagt. Aber wenn er nicht betrunken war, was war dann los mit ihm? „Joe, als du vorhin reinkamst …"

„… dachte ich mir, dass ein torkelnder Betrunkener keine große Bedrohung darstellt." Die Augen fielen ihm wieder zu. „Bis dahin hatte ich recht."

„Aber … was ist denn dann mit dir passiert?"

Seine Mundwinkel hoben sich. „Zuerst haben sie mir die Beine rausgerissen und sie da rübergeworfen. Und dann haben sie mir die Brust aufgerissen und mein …"

„Kein Alkohol im Blut", bestätigte der Sanitäter. „Halluziniert er?"

Langsam dämmerte ihr, was mit ihm passiert war. Es hatte wieder sein Fußgelenk erwischt, und er war halb wahnsinnig vor Schmerzen. „Nein, er verliert bloß gleich den Verstand", gab Nell schroff zurück. „Joe!"

Er öffnete die vor Schmerz glänzenden Augen und fixierte sie mit seinem Blick. „Kein Verstand", flüsterte er. „Aber mein Herz gehört ganz allein dir."

Ihr kamen die Tränen, und sie schluchzte vor Erleichterung und Angst und unermesslicher Freude laut auf. „Oh, Joe."

Er streckte den Arm aus, nahm ihre Hand und verflocht seine Finger mit ihren. Sie setzte sich ganz dicht neben ihn auf den Boden, drückte seine Hand an ihre Brust und weinte wie ein Kind.

Mike trat hinter sie und schaute auf sie beide herunter. „Was zum Teufel ist denn mit dir passiert?", schnauzte er seinen Bruder ungehalten an. „Du solltest doch draußen warten."

„Er hat beschlossen, für ein bisschen Ablenkung zu sorgen", berichtete Tom Dietz. „Er marschierte rein, während ich über Funk Verstärkung anforderte, und als ich ankam, hatte er sich gerade den langen Kerl da vorgenommen. Hat mir die Gelegenheit gegeben, mich auch zu beteiligen, und so haben wir es dann mit vereinten Kräften geschafft, dem Burschen Handschellen anzulegen. Dein Bruder hat aber trotzdem ein bisschen was abbekommen."

Mike nickte. „Hatte schon immer Glasknochen."

„Dieser Knöchel sieht übel aus", schaltete sich der Sanitäter ein. „Man wird ihn operieren müssen."

„Fassen Sie ihn nicht an", sagte Nell scharf.

Die beiden Polizisten und der Sanitäter schauten sie erstaunt an.

Joe lachte leise auf und drückte ihre Hand noch ein bisschen fester. „Es ist okay, Dolan. Mit mir ist alles in Ordnung."

Und aus seinem leichten Ton und dem Leuchten in seinen Augen konnte sie schließen, dass er es endlich auch glaubte.

16. KAPITEL

„Kein Kaffee", sagte Nell unerbittlich, während sie die Hand nach dem großen Plastikbecher ausstreckte, mit dem Will zur Tür herein kam. „Er darf in den letzten acht Stunden vor der Operation weder essen noch trinken."

Joe, der sie von seinem Krankenhausbett aus beobachtete, fand, dass sie erschöpft aussah. Das grelle Neonlicht machte sie so blass, dass die Blutergüsse an Kinn und Wangen noch deutlicher hervortraten. Sie sollte eigentlich zu Hause in ihrem Bett sein und nicht hier, um auf ihn aufzupassen. Aber Nells Entschlossenheit hatte unter ihrem miserablen Gesundheitszustand nicht gelitten. Und ihre Schönheit auch nicht. Sie war immer noch so schön, dass es ihm im Herzen wehtat.

Will versuchte den Becher festzuhalten. „Er ist nicht für Joe. Er ist für mich."

„Gib ihn ihr", riet Mike. „Die Frau ist gnadenlos. Mir hat sie meine Donuts auch abgenommen. Obwohl ich ihr das Leben gerettet habe."

Joe überlegte, dass er es ihr nicht verdenken könnte, wenn sie da nicht mehr mitmachte.

„Er hat mir wirklich das Leben gerettet", sagte sie zu Will. „Und dafür bin ich ihm dankbar."

Mike kroch eine leise Röte in die Wangen. „Damit wollte ich nicht sagen ... also ich meine, Tom hat den Anruf entgegengenommen ... und auch wenn Joe ein Idiot ist, hat er den Kerl doch abgelenkt. Ich habe nur ..."

„Auf den Burschen geschossen", steuerte Will ungerührt bei.

Joe wusste, dass Mike keine Wahl gehabt hatte. Und er wusste auch, dass die Schießerei Konsequenzen haben würde, egal, ob Mike das so sehen wollte oder nicht.

„Wie geht es ihm? Diesem Typ?"

„Delbert Jackson. Ist aus dem Gröbsten raus." Mike zuckte die Schultern. „Wird heute ins Gefängniskrankenhaus verlegt."

„Und Billie Parker?"

„Billie ist noch nicht transportfähig. Sie ist immer noch auf der Intensivstation", sagte Nell.

Joe hob die Augenbrauen. „Und das weißt du, weil ..."

Nell reckte das Kinn. „Ich habe sie heute besucht."

Ja, das war auch nicht anders zu erwarten gewesen. Ganz egal, was passierte, Nell würde nie eine ihrer lahmen Enten im Stich lassen. Dieser Gedanke war leicht beunruhigend. Vor allem, weil sie sich seiner ganzen Familie angenommen hatte. Er wünschte, seine Brüder würden endlich von hier verschwinden, damit er ihr sagen konnte ... damit er sie fragen konnte ...

Er konnte sie gar nichts fragen. Nicht jetzt. Nicht solange es möglich war, dass sie nur aus den falschen Gründen Ja sagte.

„Aber hat sie denn nicht versucht, Ihnen einen Rezeptbetrug oder so was anzuhängen?", fragte Will.

„Nicht wirklich", gab Nell zurück. „Ihr Neffe Trevor leidet an der Sichelzellkrankheit und braucht regelmäßig Schmerzmittel. Billie hat immer wieder darauf hingewiesen, dass Trevor eine Medikamentenresistenz entwickelt haben könnte, aber Dr. Fletcher hat sich geweigert, die Dosis zu erhöhen. Was keiner von uns – einschließlich Trevors Mutter – wusste, war, dass der Freund von Trevors Mutter ..."

„Jackson", fiel Mike ihr ins Wort.

„Der Typ, auf den du geschossen hast."

„Ja."

„Auf jeden Fall wusste niemand, dass dieser Freund Trevor die ganze Zeit über seine Medikamente gestohlen hat", fuhr Nell fort. „Deshalb hatte Trevor dauernd Schmerzen. Und deshalb hat Billie irgendwann angefangen, aus der Klinikapotheke Medikamente für ihn mitzunehmen."

„Und das ging gut, bis du die Unregelmäßigkeiten aufgedeckt und die Polizei eingeschaltet hast", sagte Joe.

Nell nickte.

„Und hat sie dann aufgehört zu klauen?", fragte Will.

„Sie wollte es", verteidigte Nell die Freundin immer noch.

Bei Menschen, an denen ihr etwas lag, gab sie nie auf. Selbst als sie angenommen hatte, dass er wieder angefangen hatte zu trinken, hatte sie den Sanitätern nicht erlaubt, ihn mit Medikamenten vollzupumpen. Aber war sie aus Liebe so loyal oder aus Pflichtbewusstsein oder war es einfach nur eine fixe Idee? Und wollte er es überhaupt wissen?

Mike schnaubte verächtlich. „Sie behauptet jetzt, dass es der Freund herausgefunden und ihr gedroht hätte, sie anzuzeigen, wenn sie ihn nicht mit Medikamenten versorgte. Er hat sie dazu überredet, Nells Rezeptblock zu stehlen und ..."

„Gezwungen", präzisierte Nell.

„Wie auch immer. Auf jeden Fall hat sie den Rezeptblock gestohlen und Jackson eine Liste von Patienten gegeben, die regelmäßig Schmerzmittel bekommen. Wir können noch nicht beweisen, dass sie die Unterschrift auf den Rezepten gefälscht hat, aber man kann getrost davon ausgehen, da sie Nells Unterschrift kannte."

„Trevor hatte immer noch Schmerzen", sagte Nell. „Und Billie machte sich Sorgen, was aus ihm und seiner Mutter werden würde, wenn sie ihren Job verlöre."

„Wer hat die Rezepte eingelöst?", wollte Joe wissen.

„Jackson und seine Kumpels. Es hat wie geschmiert funktioniert", sagte Mike.

„Und was wollte er dann in der Klinik, wenn es wie geschmiert funktioniert hat?", fragte Will.

„Ich habe Billie erzählt, dass ich kündige, weil man mir die Berechtigung, Rezepte auszustellen, entzogen hatte", gestand Nell.

„Was bedeutete, dass Jacksons Quelle auszutrocknen drohte", sagte Mike. „Er hatte in dieser Nacht vorgehabt, die Klinikapotheke auszuräumen. Sein Pech war, dass Nell seine Pläne durchkreuzt hat, weil sie noch da war, als er ankam."

„Und warum waren Sie da?", erkundigte sich Will.

„Ich musste noch meinen Schreibtisch ausräumen."

„Und Joe hat geholfen", ergänzte Will trocken mit undurchdringlichem Gesicht.

Joe presste die Kiefer aufeinander. Nein, er hatte in diesem dunklen Moment seines Lebens beschlossen, ihr vorzuwerfen, dass sie nicht genug kämpfte.

„Genau gesagt ist er weggegangen", sagte Nell. „Aber später ist er zurückgekommen."

„Warum?", wollte Mike wissen.

Joe versteifte sich. Darüber würde er sich jetzt nicht auslassen. Nicht in Gegenwart seiner Brüder und wenn seine Eltern jeden Moment reinplatzen konnten. „Was?"

„Ja, genau, ich habe bisher noch nicht darüber nachgedacht, aber warum bist du zurückgekommen?"

Nell wandte den Kopf, um ihn anzusehen.

Er sah die Erwartung in ihren Augen und begann zu schwitzen. Auf diesem Weg wollte er es ihr nicht sagen.

Er konnte jetzt nicht über seine Gefühle sprechen, nicht jetzt, wo sie sich aus moralischen Gründen verpflichtet fühlte, sich auf seine Seite zu stellen.

„Das ist jetzt egal", sagte er.

Will grinste. „Das heißt, es ist gut."

„Ja?" Mike musterte ihn interessiert. „Wie gut?"

Will packte seinen Bruder beiläufig im Genick und zog ihn zur Tür. „So gut, dass er kein Publikum will, Kleiner."

„He." Mike versetzte seinem älteren Bruder einen Rippenstoß. „Du vergreifst dich an einem Polizeibeamten, Schlägergesicht."

„Dann sperr mich doch ein!", erwiderte Will gleichmütig.

„Ja, sagt mal, benimmt man sich so in einem Krankenhaus?" Mary Reilly stand auf der Schwelle, der Ton ernst, die Augen besorgt.

Ihre Söhne hörten auf zu rangeln, und Mike zog sich seine Uniformjacke über. „Nein, Ma'am."

„Hi, Mom."

Joes Vater Ted stapfte sofort zum Fernseher hinüber und stellte die Morgennachrichten an.

Joe war nervös. Er wusste es zu schätzen, dass sich seine Eltern die Mühe gemacht hatten herzukommen. Er tat es wirklich. Obwohl sie im Moment eine Ablenkung für ihn und eine zusätzliche Verantwortung für Nell bedeuteten.

Nell unterhielt sich jetzt mit seiner Mutter und berichtete, was sie von den Ärzten erfahren hatte.

„Es ist nur eine Vorsichtsmaßnahme", sagte sie gerade.

Ted wandte den Kopf, als ein Werbespot kam. „Und warum bekommt er dann nicht gleich von Anfang an eine Vollnarkose? Leuchtet mir irgendwie nicht ein."

Joe beobachtete, wie die Frage bei seinen Brüdern langsam einsickerte, und dann sah er, wie sie sich bei seiner Mutter festsetzte. Er bekam postwendend Magenschmerzen.

„Mit einer Vollnarkose sind immer gewisse Risiken verbunden", wich Nell der eigentlichen Frage geschickt aus. „Allergien, Abwehrreaktionen …"

„Das hatte er vorher doch auch alles nicht", sagte Ted. „Warum benutzen die Ärzte nicht einfach dasselbe Narkosemittel wie bei der ersten Operation?"

Nell atmete tief durch. Bereitete sie sich darauf vor, für ihn zu lügen?

Und Joe wusste, dass er das nicht zulassen durfte. Das war eine Antwort, die sie ihm nicht abnehmen konnte. Eine Last, die sie nicht tragen sollte. Eine Sünde, die sie nicht decken sollte.

Sie hatte sich gezwungen gesehen, ihren Exmann zu decken.

Er wollte verdammt sein, wenn er es zuließ, dass sie jetzt für ihn dasselbe tat. Er musste die Karten offen auf den Tisch legen. Das war er ihr schuldig. Ebenso wie sich selbst.

„Sie verwenden nicht dieselben Medikamente, weil ich sie gebeten habe, es nicht zu tun", mischte er sich ein.

Nell drehte sich besorgt zu ihm um. „Joe, ich glaube nicht, dass das der richtige Zeitpunkt ist, um …"

„Es wird allerhöchste Zeit", unterbrach er sie grimmig. „Die Frage steht im Raum. Sie verdienen die Wahrheit. Und du auch."

Auf Marys Gesicht spiegelte sich Bestürzung. „Was denn für eine Wahrheit? Wovon redest du?"

Nell durchquerte das Zimmer und stellte sich neben Joes Bett.

Er griff nach ihrer schmalen starken Hand und hielt sich fest. Vielleicht machte ihn das ja schwach und abhängig, aber er war sich nicht sicher, dass er es ohne ihre Unterstützung schaffte zu sagen, was er zu sagen hatte.

„Ich habe die Ärzte gebeten, nach einer Alternative zu den üblichen Narkosemitteln zu suchen, weil ich morphiumsüchtig bin", sagte er gepresst. „Ich wurde im Irak medikamentenabhängig, und dadurch, dass ich getrunken habe, habe ich die Situation noch verschlimmert. Ich darf nie mehr irgendwelche Betäubungsmittel nehmen. Und Alkohol darf ich auch nie mehr trinken."

Er wartete auf ihre Reaktion.

Im Krankenzimmer war es bis auf das Summen und Flackern der Neonröhren mucksmäuschenstill.

„Nun, damit erklärt sich, dass immer Bier übrig war", sagte Mike nach einem Moment trocken.

Will versetzte seinem jüngeren Bruder einen Rippenstoß. „Es erklärt noch viel mehr, du Blödmann."

Mary wirkte wie vor den Kopf gestoßen. In ihren Augen standen Tränen. „Oh, Joey", sagte sie, als wäre er immer noch der kleine Junge von früher. „Bist du sicher?"

„Natürlich ist er sicher", brauste Ted auf, während er sich schwerfällig von seinem Stuhl erhob. „Oder glaubst du vielleicht, dass er sich so etwas zusammenspinnt?"

Nell wollte etwas sagen, aber Joe drückte warnend ihre Hand. Er wollte hören, was sein Vater zu sagen hatte.

Ted blieb mit leicht gekrümmten Schultern, der große Kopf etwas gebeugt, am Fußende des Bettes stehen.

„Wir waren immer stolz auf dich, mein Junge", sagte er heiser. „Und daran hat sich nichts geändert. Du hast das Richtige gemacht."

Joe war sprachlos. *Das Richtige.* Es war das höchste Lob, das aus Ted Reillys Mund kommen konnte.

„Komm jetzt, Mary", sagte Ted zu seiner Frau. „Wir gehen Kaffee trinken."

„Aber Joe ...", protestierte Mary.

„Wir werden Joe nach der Operation sehen", sagte Ted. „Ich brauche jetzt einen Kaffee."

Mary stand fügsam auf, das Gesicht immer noch ganz zerknittert vor Sorge.

„Ma." Joe hielt sie auf, indem er ihr eine Hand auf den Arm legte. „Es tut mir leid. Ich liebe dich."

Jetzt strömten ihr die Tränen über die Wangen. Aber sie beugte sich zu ihm herunter und gab ihm einen Kuss auf die Stirn, so wie früher, wenn sie ihn ins Bett gebracht hatte. „Ich liebe dich auch." Ihre Stimme bebte. „Wir ... wir sehen uns bald."

Nach diesen Worten folgte sie ihrem Mann aus dem Zimmer.

Will hustete.

Mike straffte die Schultern. „Du kannst jetzt die Hand deiner Freundin loslassen. Sonst brichst du ihr noch die Finger."

Joe wurde bewusst, dass er Nells Hand in der Tat zu fest umklammerte.

„Entschuldige." Er ließ sie abrupt los.

„Du brauchst dich für nichts zu entschuldigen", sagte Nell.

Das klang gut. Aber er wusste es besser.

Will räusperte sich.

„Also ..."

Mike verlagerte unbehaglich sein Gewicht. „Wir sollten vielleicht besser gehen, bevor sie uns rauswerfen."

Es lag seinen Brüdern nicht, ihre Gefühle in Worte zu kleiden. Joe war derjenige, der mit Worten arbeitete und spielte. Und selbst ihm pflegten sie in emotionsgeladenen Momenten auszugehen.

„Richtig", sagte er. „Bis später."

Sie gaben ihm die Hand. Klopften ihm auf die Schulter.

„Bis später, Mann."

Es war ein Versprechen. *Wir werden da sein.*

Joe nickte. „Bis später."

Es war eine Garantie. *Mir wird es gut gehen.*

Er wünschte, er könnte es glauben.

Mike salutierte scherzhaft, dann waren sie fort.

„Ich mag deine Familie", sagte Nell, während sie sich abwandte und von seinem Bett wegging.

Er starrte frustriert auf ihren Rücken. „Sie mögen dich auch."

Zum Teufel mit dem Timing. Sie war hier. Sie waren allein. Er liebte sie, verdammt noch mal, und wenn er es jetzt nicht schaffte, ihr das zu sagen, war er wirklich feige.

Er machte sich bereit. „Nell …"

„Wir sollten jetzt darüber reden, was dich im OP erwartet", sagte sie.

Er machte ein finsteres Gesicht. „Das hat mir die OP-Schwester schon alles erklärt." Er nahm einen neuen Anlauf. „Nell …"

„Machst du dir Sorgen wegen der Schmerzen? In deiner Infusionslösung wird Toradol sein, und später kannst du alle sechs bis acht Stunden eine Injektion bekommen."

Und erst in diesem Moment begriff Joe, dass Nell alles daransetzte, diese Unterhaltung nicht allzu persönlich werden zu lassen.

Vielleicht wollte sie ja, dass er sich heute Morgen allein auf sich selbst konzentrierte. Das würde zu ihrer fürsorglichen Art passen.

Aber vielleicht hatte sie ja auch irgendwann aufgehört, einen Mann in ihm zu sehen, und sah nur noch den Patienten in ihm. Er hasste diese Vorstellung, doch es war denkbar.

Plötzlich verspürte er eine beängstigende Leere in der Brust. Oder vielleicht war ihr ja auch klar geworden, dass sie ihn nicht genug wollte. Vielleicht machte sie sich einfach nicht genug aus ihm. Brauchen tat sie ihn weiß Gott nicht. Sie hatte schon zu viele Jahre mit diesem Dreckskerl von Ehemann verschwendet. Vielleicht war sie ja weise genug, sich jetzt nicht noch für den Rest ihres Lebens an einen verkrüppelten Alkoholiker zu binden.

Aber würde sie ihm das in so einer heiklen Situation sagen? Joes Magen krampfte sich zusammen. Himmel, nein, natürlich nicht. Nicht Nell mit ihrem großen Herzen und ihren Idealen und ihrer Sammlung lahmer Enten.

Sie berührte sein Gesicht. Er sah das Geflecht aus blauen Venen, das sich über die Innenseite ihres Handgelenks zog. Ihr Duft war im Gegensatz zu den beunruhigenden antiseptischen Gerüchen des Krankenhauses warm und tröstlich.

„Brauchst du noch irgendetwas?", fragte sie. Die Frage einer Krankenschwester, doch ihr Blick war sanft und forschend.

Dich, dachte er. *Ich brauche dich.*

Aber er brachte es nicht über die Lippen. Er war entschlossen, sie nicht vor die Entscheidung zu stellen, ob sie lieber die Wahrheit sagen oder seine Gefühle schonen sollte.

Selbst wenn sie etwas für ihn empfand, was würde sein, falls die Operation nicht gut ausging? Joe zweifelte keine Sekunde daran, dass Nell ihm treu zur Seite stehen würde, auch wenn er krank, verunstaltet und behindert wäre. Aber er konnte sie nicht darum bitten. Nicht bevor er wusste, ob er je wieder richtig laufen konnte. Nicht bevor sie wusste, worauf sie sich einließ. Das zumindest hatte sie verdient.

Und so gab er ihr die Antwort, die sie hören wollte, die Antwort, die nicht noch weitere Forderungen an sie stellte, die nicht noch eine weitere Gewissenslast bedeutete.

„Mir geht es gut", log er. „Mach dir keine Sorgen um mich."

Nell schaute wieder mit Herzklopfen auf die Uhr an der Wand, während sich die Hände in ihrem Schoß zu Fäusten ballten.

Sie wusste, dass Joe vom besten Chirurgen Chicagos operiert wurde. Sie hatte zweimal mit dem Arzt gesprochen, um sicherzustellen, dass Joes Wünsche genau befolgt wurden. Es war alles dafür getan, dass die Operation ein voller Erfolg wurde.

Doch all das zählte nichts mehr, jetzt, da sie dazu verurteilt war, mit seiner Familie im Wartezimmer zu warten. Seit dem Tod ihrer Mutter war Nell nicht mehr so bang ums Herz gewesen.

Sie befeuchtete die Lippen und versuchte zu beten.

Mary Reilly streckte die Hand aus und legte sie auf Nells gefaltete Hände. „Es wird alles gut", sagte sie. „Machen Sie sich keine Sorgen."

Nell riss sich zusammen. Es war ihr Job, Trost und Unterstützung anzubieten. Sie konnte sich unmöglich von Joes Mutter trösten lassen.

„Ich mache mir keine Sorgen." Sie zwang sich zu einem Lächeln. „Es tut mir nur so leid, dass er das alles jetzt noch einmal durchmachen muss. Dass Sie alle das noch einmal durchmachen müssen."

„Er hätte sich sowieso noch mal operieren lassen müssen", mischte sich Will ein. „Und jetzt ist es so weit."

Mike wippte, die Hände in den Hosentaschen. „Danke."

Nell zuckte zusammen. „Wofür?"

„Weil durch Sie diese Drogengeschichte endlich zur Sprache kam. Er hat das ja alles schon eine halbe Ewigkeit mit sich herumgetragen."

Nell schaute sich unbehaglich um. „Und für Sie ist es ... in Ordnung so?"

Mike schnaubte.

„Haben wir eine Wahl?", fragte Will.

„Natürlich ist es für uns in Ordnung", sagte Ted. „Er ist schließlich unser Junge."

„Er ist ein guter Junge." Mary lächelte ihren Mann mit Tränen in den Augen an. „Sie sind alle drei gute Jungs. Und Joe ..."

„Joe wird es bald wieder gut gehen." Mike presste die Kinnladen aufeinander. „Er ist …"

„… ein verdammt zäher Mistkerl", sagte Will.

Mary kniff die Augen zusammen. „Deine Ausdrucksweise", ermahnte sie ihn.

„Lass ihn", sagte Ted. „Ich habe dich schon Schlimmeres sagen hören."

„Na hör mal. Ich doch nicht!", wehrte sich Mary.

An Mikes Mundwinkeln zerrte ein Lächeln. „Dad muss Will meinen."

Will lachte. „Niemals."

Während Nell zuhörte, wie sie sich gegenseitig neckten, wurde ihr die Brust so eng, dass sie keine Luft mehr bekam. Und da wusste sie es.

Sie konnte sich nicht mehr mit weniger zufrieden geben als sie eigentlich wollte. Sie wollte mehr. Sie wollte alles, diese vorurteilslose Akzeptanz, diese bedingungslose Liebe.

Aber das konnte sie natürlich nicht laut sagen.

Nichtsdestotrotz hatte sie es schließlich doch noch verstanden, dass man sich Liebe nicht verdienen konnte, sondern dass sie ein Geschenk war. Doch wenn Joe ihre Liebe nun nicht wollte?

Auf jeden Fall aber wollte sie den Eindruck verhindern, ihre Hilfe und Unterstützung könnte an Bedingungen geknüpft sein.

Nell verlagerte ihre Einkaufstüten auf den anderen Arm und kramte in den Taschen ihres Umhangs nach Joes Hausschlüssel. Sie hatte Brot, Salat, ein frisches Hähnchen und vorgebackenen Apfelkuchen gekauft. Alles, was sie brauchten, um zu feiern, dass heute Joes Gips entfernt und die Fäden gezogen worden waren.

Er hatte sie nach seinem Termin bei der Krankengymnastik in der Klinik angerufen. Er würde noch sechs Wochen an Krücken laufen müssen, aber der Knöchel heilte gut. Durch die Operation war die Funktionsfähigkeit seines Fußgelenks wiederhergestellt worden. Joe würde wieder ganz gesund werden.

Was bedeutete, dass er sie bald, sehr bald nicht mehr brauchen würde.

Nell klopfte das Herz im Hals. Sie schluckte schwer.

Sie versuchte sich davon zu überzeugen, dass das wunderbar war. Heute Abend konnten sie viel mehr feiern als Joes körperliche Wiederherstellung. Heute könnte ihr neues Leben beginnen.

Vorausgesetzt, sie hatte den Mut, ihren Plan wirklich durchzuführen.

Sie fummelte mit den Schlüsseln herum. Nach Joes Entlassung aus dem Krankenhaus war sie zu ihm gezogen. Seit zwei Wochen lebten sie zusammen in seinem Haus, eine bittersüße Erfahrung. Seine Familie kümmerte sich tagsüber um ihn. Aber seine Abende und Nächte gehörten ihr. Letzte Nacht hatten sie es sogar geschafft, sich trotz Gips und Schmerzen mit köstlicher Behutsamkeit zu lieben.

Aber die Zukunft blieb im Dunkeln. Darüber redeten sie nicht miteinander. Und Nell wagte nicht zu fragen.

Obwohl sie für jeden Augenblick, für jede Erinnerung, die sie horten konnte, dankbar war. Und vielleicht würde sie sich mit diesen Augenblicken ja zufriedengeben müssen. Wenn er sie wegschickte.

Immer einen Tag nach dem anderen, erinnerte sie sich, während sie die Tür aufschloss.

Sie hörte Stimmen. Männliche Stimmen, selbstbewusst und laut. Joe hatte offenbar Besuch.

Nell verlagerte ihre Einkäufe auf eine Hüfte und folgte dem Klang der Stimmen ins Wohnzimmer.

„… wirklich bedauern, Sie zu verlieren", sagte die unbekannte Stimme gerade. „Aber es ist eine prima Gelegenheit. Myerson fragt schon ständig, wann Sie zurückkommen."

Nell blieb vor der Tür stehen. Zurückkommen? Wohin?

„Ich will es ja auch", sagte Joe. Er saß, das kranke Bein bequem auf dem Couchtisch, auf der schwarzen Ledercouch und unterhielt sich angeregt mit einem Mann, den sie noch nie gesehen hatte. Als er aufschaute und sein Blick auf sie fiel, verzog er das Gesicht zu einem Willkommenslächeln, das bewirkte, dass sich ihre Brust nicht mehr ganz so eng anfühlte. „Hi, Honey. Komm her, damit ich dir Paul Goodwin, unseren Chefredakteur, vorstellen kann. Paul, das ist Nell."

Ihr entging nicht, dass er sie einfach nur mit ihrem Vornamen und ohne nähere Bezeichnung vorgestellt hatte. Nicht meine Freundin Nell und auch nicht meine Krankenschwester Nell oder Nell, die Liebe meines Lebens.

„Mr. Goodwin." Sie verlagerte ihre Einkäufe wieder, sodass sie ihm die Hand geben konnte. „Freut mich."

Was glatt gelogen war.

Aber Goodwin bemerkte es offensichtlich nicht, weil er ihr freundlich die Hand schüttelte und sagte: „Paul, bitte. Ich wollte nicht stören."

„Paul kam vorbei, um mir zu erzählen, dass er deinem großzügigen Spender auf die Schliche gekommen ist."

Nell verstand nicht auf Anhieb, von wem die Rede war. „Meinem ...?"

„Dem Burschen, der zehn Riesen in einen Umschlag gestopft und in der Redaktion abgegeben hat."

„Oh! Oh, natürlich. Wer ..."

„Ein Patient von dir. Stanley Vacek."

„Mr. Vacek?" Sie wollte ihren Ohren nicht trauen. Ihr mürrischer alter Gnom? „Aber er hat doch gar kein Geld."

Paul Goodwin lachte leise auf. „Glauben Sie das bloß nicht. Der Bursche hat noch vor dem Zusammenbruch des Ostblocks auf dem russischen Schwarzmarkt ein Vermögen gemacht. Offenbar hat er sich anfangs nicht aus der Deckung getraut, weil er befürchtete, die Steuerbehörde könnte aufmerksam werden."

„Hat er Schwierigkeiten bekommen?", fragte Nell besorgt.

„Nein. Sein Vergehen ist bereits verjährt, allerdings wird er wohl in Zukunft Steuern bezahlen müssen."

Nells Mundwinkel zuckten. „Na, das ist ja ..."

Unglaublich, dachte sie.

„Wundervoll", sagte sie. „Danke, dass Sie vorbeigekommen sind."

„Gern geschehen." Es klang aufrichtig. „In unserem Geschäft gibt es nicht oft ein Happy End. Und natürlich wollte ich Joe beglückwünschen, dass er seinen alten Job wieder hat."

Nell stockte der Atem. Ihr Herz gefror und zersplitterte wie ein heruntergefallener Eiszapfen.

„Seinen alten Job?", wiederholte sie matt.

„Ja. Er hat hier in der Lokalredaktion gute Arbeit geleistet – man denke nur an die Serie übers Gesundheitswesen –, aber ich kann mir vorstellen, dass man ihn woanders noch besser brauchen kann." Er schaute auf die Blumen, die aus Nells Einkaufstüte herausschauten, und lächelte. „Na, das sieht ja aus, als hätten Sie beide schon Ihre eigene kleine Feier geplant. Joe, wir sehen uns."

„Paul. Danke, dass Sie vorbeigekommen sind."

Irgendwie – wie wusste sie nicht – schaffte es Nell, den Chefredakteur zur Tür zu bringen, ohne in Tränen auszubrechen.

Joe wartete schon auf ihre Rückkehr.

„Natürlich wird es noch eine Weile dauern, bevor ich wieder einen Auftrag übernehmen kann", sagte er, sobald sie das Zimmer betreten hatte. „Aber Myerson hat mir ausrichten lassen, dass er mich zurückhaben will, sobald ich wieder voll einsatzfähig bin."

Die Einkaufstüte mit dem kalten Hähnchen und den idiotischen leuchtend bunten Blumen hing jetzt, nachdem ihre Hoffnungen mit einem Schlag zunichte gemacht worden waren, wie ein Bleigewicht in ihren Armen.

Atme, befahl sich Nell. Lächle.

Nur weil sich Joe so freute, seinen alten Job wiederzubekommen, musste das noch lange nicht heißen, dass er sie nicht wollte. Sie sollte sich für ihn freuen. Und sie freute sich wirklich. Wenn er glücklich war, würde sie ihm sein Glück nicht neiden. Sie brauchte einfach nur einen Moment, um die Neuigkeiten zu verdauen und ihre eigenen Erwartungen an die neue Sachlage anzupassen.

„Das ist wundervoll", sagte sie ruhig. „Bitte entschuldige, ich will nur rasch die Blumen ins Wasser stellen."

Sie floh in die Küche aus Angst, die Fassung zu verlieren. Mit gebeugtem Kopf und gegen ihre Tränen ankämpfend, stellte sie die Tüten auf dem Tisch ab.

Joe stand auf und humpelte auf Krücken hinter ihr her. „Ich dachte, du freust dich."

Mit energischen Bewegungen begann sie die Einkaufstüten auszupacken, wobei sie versuchte, ihn nicht anzusehen. „Das tue ich ja auch", sagte sie. „Ich versuche einfach nur praktisch zu sein."

Er runzelte die Stirn und fixierte sie aus scharfen blauen Augen. „Was soll das heißen?"

Oh, Gott, es war nicht aushalten. Ihr Timing war falsch. Wieder einmal. Das eine war es, zu beschließen, sich nicht mehr zu begnügen. Etwas ganz anderes aber war es, einem Mann seine Hoffnungen und Träume anzuvertrauen, der gerade kundgetan hatte, wie sehr er darauf brannte, von ihr weg in eine weit entfernte Ecke der Welt zu kommen.

Es machte die ganze Stimmung kaputt.

Ihre Hände zitterten. Der Kopfsalat verschwamm vor ihren Augen. „Ich muss kochen", sagte sie schroff. „Du musst essen."

„Verdammt, Nell." Er schwang sich auf seinen Krücken nach vorn. „Würdest du jetzt bitte endlich aufhören, dich um mich zu kümmern, und mir einfach nur sagen, was los ist?"

So, das war's dann. Sie gab auf. Sie ließ den Salat fallen und drehte sich zu ihm um. Sie war es müde gegen ihn und sich selbst anzukämpfen.

„Ich kann nicht", sagte sie. „Bitte mich nicht darum. Wenn ich aufhöre, mich um dich zu kümmern, gibt es keinen Platz mehr für mich in deinem Leben."

Seine Augen verengten sich. Erbost. Erschüttert. „Das ist totaler Blödsinn. Ich liebe dich."

Sie hatte nie geträumt, dass er ihr die Worte hinschleudern würde wie Steine.

Sie zuckte zusammen. „Das brauchst du nicht zu sagen."

Er fluchte. „Offenbar schon. Und offenbar hätte ich es schon viel früher sagen sollen."

Ihr Herz hämmerte. „Nicht wenn du es nicht so meinst."

Er schaute sie böse an. „Natürlich meine ich es so. Ich wollte dich einfach nur nicht in eine Situation bringen, in der du nur Ja oder Nein sagen kannst."

Sie befeuchtete sich ihre trockenen Lippen. „Warum ... warum nicht?"

„Zuerst einmal wusste ich ja gar nicht, ob die Operation erfolgreich verläuft. Was für eine Zukunft hätte ich dir denn bieten können, wenn ich nicht einmal hätte laufen können?"

Ihr Herz hämmerte. „Das wäre mir egal gewesen."

„Nun, mir nicht", stieß er zwischen zusammengepressten Zähnen hervor. „Ich wollte nicht, dass du wieder eine Verpflichtung eingehst."

Konnte sie es wagen, ihm zu glauben? Konnte sie es ertragen, es nicht zu tun?

„Du bist keine Verpflichtung für mich", flüsterte sie.

Er schüttelte den Kopf. „Du gibst so verdammt viel. Du verdienst es, so viel zurückzubekommen. Vielleicht mehr, als ich dir geben kann."

Ihr Magen verkrampfte sich vor Angst.

„Kommt jetzt der Lass-uns-Freunde-sein-Spruch?", fragte sie. „Weil ich nämlich nicht glaube, dass ich das im Moment ertragen könnte."

Nein. Himmel, nein. „Ich will nicht, dass wir Freunde sind, Dolan. Aber ich will auch nicht dein verdammter Patient sein. Ich will nicht, dass du nur hier bleibst, um dich um mich zu kümmern."

„Wie kommst du denn darauf?", fragte sie.

„Warum nicht? Es ist schließlich dein Job."

„Eben nicht, und darum geht es hier. Und was ist mit deinem?"

„Was soll damit sein?"

Sie wurde deutlicher. „Du hast vor wegzugehen."

Er hob den Kopf. Sein Gesicht war undurchdringlich. „Möchtest du, dass ich mich zwischen dir und dem Schlachtfeld entscheide?", fragte er ruhig.

„Nein." Sie schüttelte entschieden den Kopf. „Auf keinen Fall. Ich freue mich, dass du deinen alten Job wiederhast. Ich freue mich, dass du deinen Idealismus wiederhast. Du solltest in die Welt hinausgehen und mithelfen, dass sich etwas verändert. Aber wenn du gehst, nimmst du mein Herz mit."

Und die Trennung würde sie wahrscheinlich umbringen.

Er starrte sie an. „Du hast es immer noch nicht verstanden, stimmt's? Mein Herz ist hier. Egal, wohin ich auch gehe, was ich auch tue, mein Herz ist immer bei dir."

Sie begann zu weinen, als er fortfuhr: „Du bist der Mittelpunkt meiner Welt. Ich werde nicht ständig im Ausland arbeiten. Ich kann die Dauer meiner Auslandsverpflichtungen reduzieren. Ich werde alles tun, damit es für dich erträglich ist."

„Ich will nicht, dass du irgendetwas tust", sagte sie aufrichtig. „Hauptsache ist, dass du immer wieder nach Hause kommst."

Mit den Ellbogen auf seinen Krücken balancierend, umrahmte er ihr Gesicht mit den Händen und küsste ihr die Tränen von den Lidern.

„Wenn du mich willst", flüsterte er. „Willst du mich? Willst du mich heiraten und mit mir in unserem Haus leben und Kinder mit mir haben und für mich mein Zuhause und meine Welt sein?"

Sie legte den Kopf in den Nacken. Gerade weit genug, um in seinen Augen lesen zu können. Und die Antwort, die sie dort fand, machte sie glücklich.

„Das ist ein ziemlich unverbrämter Heiratsantrag, Reilly."

„Ja." Er grinste. „Und ein verdammt aufrichtiger."

Zutiefst zufrieden sagte sie: „Dann werde ich mich wohl oder übel damit bescheiden müssen."

„Ist das ein Ja?"

Auf ihrem Gesicht breitete sich ein Lächeln aus. „Das ist ein ganz und gar uneingeschränktes Ja."

Er küsste sie. Und als er sie in die Arme schloss, wusste sie, dass sie sich nie mehr mit weniger würde begnügen müssen.

– ENDE –

4 Romane in einem Band

Nora Roberts u.a.
Melodien der Sehnsucht

Nora Roberts – Entscheidung in Cornwall:
Mit jedem Lied verliert die Sängerin Ramona ihr Herz ein bisschen mehr. Warum hat sie sich nur darauf eingelassen, mit ihrem Exfreund Brian an ihrem Album zu arbeiten – ausgerechnet in seinem romantischen Landhaus in Cornwall?

Band-Nr. 20054
9,99 € (D)
ISBN: 978-3-95649-115-3
528 Seiten

Lynne Graham – Nur Sehnsucht brennt heißer:
Eine Ehe ohne Liebe und Zärtlichkeit – jetzt reicht es der Musikerin Leah. Sie fordert von ihrem Mann Nik die Scheidung. Doch statt einzuwilligen, entführt er sie auf seine traumhafte Privatinsel …

Sandra Field – Wie ein schöner Schmetterling:
Seth hat eine Nacht mit einer bezaubernden Unbekannten verbracht. Als er sie wiedertrifft, erwartet ihn eine Überraschung: Es ist die berühmte Violinistin Lia D'Angeli! Hat er überhaupt eine Chance, ihr Herz zu gewinnen?

Carole Mortimer – Heut sing ich nur für dich:
Drei Jahre herrschte Funkstille zwischen Maggie und ihrem Mann Adam, die früher als Duo große Erfolge feierten. Bis er bei einem Festival plötzlich neben Maggie auf der Bühne steht …

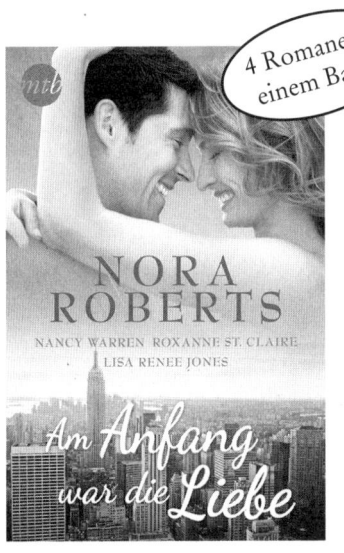

4 Romane in einem Band

Nora Roberts u.a.
Am Anfang war die Liebe

Nora Roberts – Gegen jede Vernunft:
Lebenslänglich – nichts anderes will Zackary, als er die hübsche Rachel kennen lernt. Leider verteidigt die Juristin seinen Bruder vor Gericht. Steht ihr Job ihrer Liebe im Weg?

Nancy Warren – Sinnliche Spiele im Büro:
Seit Jane von einem Kollegen belästigt wurde, trägt sie einen falschen Ehering, um ihre Ruhe zu haben. Doch diese Idee bereut sie schnell, als sie ihren attraktiven neuen Boss Spencer kennenlernt …

Roxanne St. Claire – Darf ein Boss so zärtlich sein?:
Cade ist hingerissen von seiner Praktikantin Jessie. Leider muss er befürchten, dass sie für die Konkurrenz spioniert – und nur deshalb einwilligt, ein romantisches Wochenende mit ihm zu verbringen.

Lisa Renee Jones – Verbrenn dir nicht die Finger!:
Amandas Traum wird wahr: Die Reporterin trifft den Baseballstar Brad – und beginnt einen heißen Sommerflirt mit ihm. Aber damit setzt sie nicht nur ihr Herz sondern auch ihre Karriere aufs Spiel …

Band-Nr. 20057
9,99 € (D)
ISBN: 978-3-95649-217-4
eBook: 978-3-95649-469-7
496 Seiten

Zwei Romane von der Meisterin der
Romantik über die erste große Liebe!

2 Romane in einem Band

Band-Nr. 25903
9,99 € (D)
ISBN: 978-3-95649-272-3
384 Seiten

Nora Roberts
Dreams of Forever

Heißer Atem:
Bei einer Reportage über Rennfahrer begegnet Foxy dem Mann wieder, dem ihr Herz seit ihrer Teenagerzeit gehört: dem teuflisch attraktiven Lance Matthews! Allerdings hat sie nie gewagt Lance ihre Gefühle zu gestehen. Aus Angst vor Enttäuschung will sie es auch dabei belassen. Wenn da nur nicht dieses erotische Knistern zwischen ihr und Lance wäre – und die erregende Frage: Wie er wohl küsst?

In dein Lächeln verliebt:
Noch nie hat sie für jemanden so empfunden wie für den charismatischen Verleger Burt Bardorff. Zum ersten Mal ist das junge Topmodel Harriet richtig verliebt! Auch er scheint von ihr hingerissen – und im Lichterglanz von New York kommen sie sich näher. Da taucht plötzlich eine andere Frau aus Burts Leben auf und offenbart Harriet seine wahren Beweggründe …